Francesca Haig wuchs in Tasmanien auf und promovierte in Literaturwissenschaften an der Universität Melbourne. Wenn sie nicht gerade an ihren eigenen Texten arbeitet, unterrichtet sie Kreatives Schreiben an der Universität von Chester. Für ihre Gedichtsammlungen wurde sie bereits mehrfach ausgezeichnet, bevor sie sich mit ihrer *Feuerzeichen*-Trilogie an ihr erstes großes Jugendbuch-Projekt wagte. Francesca Haig lebt mit ihrer Familie in London.

Bei Heyne fliegt sind bereits erschienen:
Band 1: *Das Feuerzeichen*
Band 2: *Das Feuerzeichen – Rebellion*

FRANCESCA
HAIG

DAS FEUER ZEICHEN

REBELLION

FRANCESCA
HAIG

DAS FEUER ZEICHEN
REBELLION

ROMAN

Aus dem Englischen übersetzt
von Viola Siegemund

heyne>fliegt

Die Originalausgabe erscheint unter dem Titel *The Map of Bones*
bei Harper Voyager, an imprint of HarperCollins Publishers, London

FSC
www.fsc.org
MIX
Papier aus verantwortungsvollen Quellen
FSC® C014496

Verlagsgruppe Random House FSC® N001967

in der Verlagsgruppe Random House GmbH,
Neumarkter Str. 28, 81673 München
Redaktion: Melike Karamustafa
Umschlaggestaltung: Das Illustrat GbR, München
Jacket Design by HarperCollins Publishers, UK
Jacket Photograph by Shutterstock (HEFR, BLUEKAT)
Autorenfoto by Andrew North

Satz: Leingärtner, Nabburg
Druck und Bindung: GGP Media GmbH, Pößneck
Printed in Germany
ISBN 978-3-453-27041-1

www.heyne-fliegt.de

Prolog

IN MEINEN TRÄUMEN war es wie bei unserer ersten Begegnung – er schwebte. Durch das dicke Glas und den zähflüssigen Sud, in dem er trieb, nahm ich seine Umrisse nur schemenhaft wahr. Bilder flackerten auf. Sein Kopf, der nach vorne gesackt war, die sanfte Rundung seiner Wange. Obwohl ich das Gesicht im Tank nicht erkennen konnte, wusste ich, dass es zu Kip gehörte, genau wie der Arm, mit dem er mich einst so zärtlich umschlungen hatte, und seine leisen Atemzüge in der Dunkelheit. Mit gekrümmtem Rücken und angewinkelten Knien hing er jetzt da wie ein Fragezeichen, auf das mir keine Antwort einfiel.

Alles wäre mir lieber gewesen als diese Träume, sogar die Erinnerung an seinen Sprung. Tagsüber holte sie mich oft genug ein. Sein leichtes Schulterzucken, bevor er den Satz über die Brüstung machte. Der lange Sturz in die Tiefe, bevor er von seinen eigenen Knochen auf dem Betonboden des Silos zermahlen wurde wie in einem Mörser.

Wenn Kip mir nachts in seinem Tank erschien, änderte der Schrecken sein Gesicht. Dann graute mir nicht mehr vor der Blutlache auf dem Siloboden, sondern vor etwas viel Schlimmerem. Vor den Schläuchen und Kabeln, deren virtuoser Folter er hilflos ausgeliefert war. Zwar hatte ich ihn schon vor Monaten aus dem gläsernen Gefängnis befreit, doch seit er vor meinen Augen gestorben war, saß er in meinen Träumen fast jede Nacht wieder darin.

Der Traum wechselte das Bild. Anstelle von Kip sah ich jetzt einen schlafenden Zach vor mir, der die Hand ausgestreckt hielt. Um seine Fingernägel war die Haut abgekaut, an seinem kantigen Kinn sprießten Bartstoppeln.

Als Babys hatten wir uns eine Wiege geteilt und jede Nacht eng aneinandergekuschelt geschlafen. Und auch als wir älter waren und mein Bruder mich längst fürchtete und verachtete, weigerten sich unsere Körper, die alte Nähe zu vergessen. Immer wenn ich mich in meinem Bett zu ihm umdrehte, wälzte er sich auf der gegenüberliegenden Seite des Zimmers in meine Richtung.

Das schlafende Gesicht in meinem Traum ließ nichts von seinen Gräueltaten erahnen. Ich war von uns beiden die Gezeichnete. Trotzdem hätte man ihm etwas ansehen müssen. Wie kam es, dass Zach, der die Tanks gebaut und das Massaker auf der Insel veranlasst hatte, jetzt so friedlich und selbstvergessen mit offenem Mund dalag? Sonst konnte er doch auch nie stillhalten. Ich erinnerte mich noch gut an seine fahrigen Hände, die Finger, die nie zur Ruhe kamen. Doch im Schlaf zeigte er keinerlei Regung. Nur seine Lider zuckten im Rhythmus der Träume. Weiter unten wachte pochend eine Ader über seinen Puls, und damit auch über meinen, schließlich gehörten die beiden zusammen. Wenn sein Herz aufhörte zu schlagen, würde auch ich mein Leben aushauchen. Zach hatte mich ein ums andere Mal verkauft und verraten, doch unser gemeinsamer Tod war ein Schwur, den selbst er nicht brechen konnte.

Er schlug die Augen auf. »Was willst du?«, fragte er.

Bis auf die Insel und zurück ins Ödland war ich vor ihm geflohen, doch jetzt lag mein Zwilling im Traum plötzlich vor mir und starrte mich unverwandt an. Es war, als hätte man unsere Körper mit einem Strick zusammengebunden, der sich umso straffer spannte, je verzweifelter wir versuchten, einander zu entkommen

»Was willst du?«, fragte er noch einmal.

»Ich will dich aufhalten«, erwiderte ich. Früher hätte ich gesagt, ich wolle ihn retten. Vielleicht meinte ich damit aber auch dasselbe.

»Du kannst mich nicht aufhalten«, sagte er. Aus seiner Stimme klang keine Genugtuung, nur unerschütterliche Gewissheit.

»Was habe ich dir getan?«, fragte ich. »Was hast du mit uns gemacht?«

Doch statt Zach antworteten die Flammen, und mit einem grellen Blitzschlag zerbarst der Traum. Die Explosion raffte meine Welt an sich und ließ nichts als Feuer zurück.

1

ALS MICH DIE Flammen aus dem Schlaf rissen, entfuhr mir ein lauter Schrei, und ich tastete blindlings um mich, doch neben mir lag nur eine ascheverdreckte Decke. Mein vergesslicher Körper hatte sich noch nicht an Kips Abwesenheit gewöhnt und suchte nach dem Aufwachen noch immer instinktiv seine Wärme.

Während mein Aufschrei in der Dämmerung verhallte, drehte ich mich wieder auf den Rücken. In letzter Zeit hatte ich immer häufiger Visionen von der Explosion, manchmal im Schlaf, manchmal auch, wenn ich wach war. Mit jedem Tag wurde mir klarer, weshalb so viele Seher den Verstand verloren. Man kam sich vor wie auf einem zugefrorenen See – bei jeder Vision zog sich ein neuer Riss durch das ohnehin brüchige Eis, und an manchen Tagen war ich mir sicher, im nächsten Moment endgültig im Wahnsinn zu versinken.

»Du bist ganz verschwitzt«, stellte Piper fest.

Mein Atem ging schnell und rasselnd und wollte sich einfach nicht beruhigen.

»Dabei ist es ziemlich kalt. Hast du vielleicht Fieber?«

»Lass sie doch erst mal in Ruhe«, ertönte von jenseits des Lagerfeuers Zoes Stimme. »Es geht bestimmt gleich wieder.«

»Sie hat Fieber.« Piper hatte eine Hand auf meine Stirn gelegt. So lief es neuerdings immer, wenn ich eine Vision hatte – blitzschnell war er zur Stelle und bestürmte mich mit Fragen, bevor meine inneren Bilder zu verblassen drohten.

»Ich bin nicht krank.« Mit diesen Worten setzte ich mich auf, schob energisch seine Hand weg und wischte mir übers Gesicht. »Es war bloß die Explosion.«

Obwohl sie mich bereits ein Leben lang verfolgten, trafen mich die Bilder jedes Mal wieder mit voller Wucht und wie aus heiterem Himmel. Alle meine Sinne flossen dann ineinander. Der Lärm war tiefschwarz, die Flammen von einem gellenden Weiß, und das Brennen der Hitze überbot selbst die unerträglichsten Schmerzen, bis der Horizont dem gigantischen Feuer erlag und in einem grenzenlosen Augenblick die Welt ein Raub der Flammen wurde.

Zoe stand auf und reichte mir über die kläglichen Reste des Feuers hinweg eine Wasserflasche.

»Das passiert in letzter Zeit öfter, oder?«, fragte Piper.

Dankbar nahm ich die Flasche entgegen. »Zählst du etwa mit?«, fragte ich.

Er blieb mir eine Antwort schuldig, ließ mich aber nicht aus den Augen, während ich trank.

Bis heute hatte ich wochenlang nicht mehr geschrien. Es war ein hartes Stück Arbeit gewesen. Ich hatte so wenig wie möglich geschlafen und bei jeder Vision versucht, als Erstes meinen fliegenden Atem unter Kontrolle zu bringen und die Zähne so fest zusammenzubeißen, dass ich das Gefühl hatte, sie würden einander zu Staub zermahlen. Doch Piper konnte man nichts vormachen.

»Stehe ich hier unter Beobachtung oder was?«

»Ja«, bekannte er freimütig. »Wir haben beide keine Wahl. Du musst die Visionen ertragen, und ich muss mir überlegen, was sich damit anfangen lässt.«

Irgendwann hielt ich seinem Blick nicht mehr stand und rollte mich auf die Seite.

Seit Wochen lebten wir in einer Welt aus Asche. Auch jenseits des Ödlands trieb der Wind aus dem Osten noch immer den schwarzen Staub vor sich her, der den Himmel verdüsterte und sich sogar in den kunstvoll gewundenen Ohrmuscheln meiner beiden Gefährten absetzte. Hätte ich es gewagt, meinen Gefühlen freien Lauf zu lassen, mir wären schwarze Bäche die Wangen hinabgeströmt. Doch für Tränen war keine Zeit. Und um wen hätte ich auch weinen sollen? Um Kip? Um die Toten auf der Insel? Um die Omegas, die in New Hobart in der Falle saßen? Oder um all jene, die noch immer jenseits von Raum und Zeit in den Tanks vor sich hin dämmerten? Es waren zu viele, und meine Tränen nützten ihnen nichts. Gleichzeitig wurde mir schmerzlich bewusst, was für Widerhaken die Vergangenheit hat. Wie an den Dornbüschen, die im Ödland den schwarzen Fluss säumten, blieb ich immer wieder unweigerlich an meinen Erinnerungen hängen. Auch wenn ich versuchte, an etwas Schönes zu denken – an das Fenstersims auf der Insel, wo ich mit Kip so gerne gesessen hatte, oder an die vergnügten Küchenvormittage mit Elsa und Nina in New Hobart –, kehrten meine Gedanken früher oder später zum Silo zurück. Zu jenen letzten paar Minuten. Zur Beichtmutter und ihren Enthüllungen über Kip. Zu Kips Sprung und seinem leblosen Körper tief unter mir auf dem Betonboden.

Beim Gedanken an Kips Gedächtnisverlust aufgrund seiner Gefangenschaft im Tank packte mich inzwischen der Neid. Also versuchte ich mir beizubringen, nicht mehr an die Vergangenheit zu denken. Stattdessen klammerte ich mich verzweifelt an die Gegenwart, an die robuste Wärme des Pferdes zwischen meinen Schenkeln, an die Reiseplanung mit Piper über einer in den Staub geritzten Landkarte und an die nicht entzifferbaren Botschaften der Eidechsen, die bäuchlings über die zerstörte, aschebedeckte Erde krochen.

Mit dreizehn hatte ich mich nach meiner Brandmarkung vor den Spiegel gestellt und mit einem Blick auf die langsam verheilende Wunde gesagt: *Das bin ich.* Dasselbe machte ich jetzt mit meinem neuen Leben. Ich lernte, es mir Schritt für Schritt zu erobern, genau wie damals, als ich mir allmählich meinen gezeichneten Körper wieder zu eigen gemacht hatte. *Das ist mein Leben,* sagte ich mir jeden Morgen, wenn Zoe mich aus dem Schlaf rüttelte, weil meine Wache begann oder Piper das Feuer austrat und zum Aufbruch drängte. *Das ist jetzt mein Leben.*

Da es nach unserem Überfall auf das Silo in Wyndham und Umgebung vor Ratssoldaten nur so wimmelte, mussten wir vor der Rückkehr in den Westen einen Umweg durch das Ödland in Kauf nehmen, das sich wie ein gigantisches Geschwür in südlicher Richtung über die Erde ausbreitete. Irgendwann blieb uns nicht anderes übrig, als die Pferde laufen zu lassen. Im Gegensatz zu uns konnten sie sich auf Dauer nicht von Echsenfleisch und Maden ernähren, und im Ödland wuchs nun mal kein Gras. Zoe schlug vor, sie zu schlachten, aber zu meiner Erleichterung wies Piper sie darauf hin, dass an ihnen nicht mehr dran sei als an uns. Er hatte recht. Inzwischen waren die müden Klepper so ausgemergelt, dass ihre spitzen, scharfen Knochen am Rücken hervorstachen. Als Zoe sie schließlich losband, galoppierten sie fluchtartig auf ihren streichholzdünnen Beinen in Richtung Westen davon. Ob sie vor uns Reißaus nahmen oder vor dem Ödland, vermochte niemand zu sagen.

Ich hatte immer geglaubt, über das Ausmaß der Zerstörung, die die Explosion angerichtet hatte, hinreichend Bescheid zu wissen. Aber in jenen Wochen taten sich ganz neue Abgründe vor mir auf. Zurückgeklappt wie ein Augenlid, lag die Erde da, darunter wartete nichts außer Steinen und Staub. Angeblich war nach der Explosion ein Großteil der Welt unbewohnbar gewesen. Die Barden sangen vom Langen Winter, als ein Aschevorhang vom Himmel gefallen war, woraufhin die Felder jahrelang brach lagen. Jetzt, Hunderte Jahre später, hat sich das Ödland gen Osten zurückgezogen, doch seit wir dort unterwegs waren, verstand ich auf einmal die Angst und die Wut hinter den Säuberungen, bei denen die Überlebenden landauf, landab alle Maschinen vernichtet hatten, die nach der Katastrophe noch übrig gewesen waren. Das Tabu um ihre Relikte war nicht nur im Gesetz verankert, es kam auch ein Instinkt darin zum Ausdruck. Sämtliche Gerüchte oder Geschichten über die außergewöhnlichen Fähigkeiten der Maschinen im Vorher wurden überschattet von den sichtbaren Zeichen ihrer vermeintlichen Allmacht: Feuer und Asche. Auf Tabubruch standen drakonische Strafen, doch sie mussten niemals vollstreckt werden. Unsere Abscheu allein sorgte dafür, dass wir automatisch vor den rostigen Metallteilen zurückschreckten, die gelegentlich unter dem Staub zum Vorschein kamen.

Aus demselben Grund graute den Leuten auch vor uns Omegas, denn die Explosion hatte unsere Körper gezeichnet. In den Augen der Alphas waren wir das fleischgewordene Ödland – unfruchtbar und entstellt. Der verseuchte Zwilling konnte seinen Makel ebenso wenig verbergen wie die verbrannte Erde im Osten. Und um den Rest der Bevölkerung nicht immerfort an die Explosion zu erinnern, hatte der Rat uns Omegas aus ihren Siedlungen und von ihren Feldern verbannt und in den kargen, dürren Ecken des Landes unserem Schicksal überlassen.

Als Piper, Zoe und ich dem Ödland endlich den Rücken kehrten, sahen wir aus wie rußgeschwärzte Gespenster. Bei unserer ersten Wäsche floss schwarzes Wasser den Fluss hinab, und auch danach schimmerte es zwischen meinen Fingern noch eine ganze Weile hellgrau. Auf Pipers und Zoes dunkler Haut lag fortan ein gräulicher Schleier, der vom ständigen Hunger und der Erschöpfung herrührte und sich nicht einfach so abwaschen ließ. Das Ödland wurde man nie ganz los. Auch weiter im Westen fanden wir abends beim Auspacken immer noch Asche auf unseren Decken, und jeden Morgen mussten wir erst einmal kräftig husten.

Während am Horizont die Sonne die Nacht abschüttelte, saßen Piper und ich vor dem Eingang zur Höhle. Ein paar Wochen zuvor hatten wir auf dem Weg zum Silo schon einmal in diesem Versteck übernachtet und auf demselben flachen Stein Rast gemacht. Neben meinem Knie war noch immer die Stelle zu erkennen, wo Piper damals sein Messer gewetzt hatte.

Die notdürftig zusammengeflickte Schnittwunde an seinem Arm war inzwischen zu einem runzeligen rosafarbenen Streifen verwachsen, und auch die Stelle an meinem Hals, wo mich das Messer der Beichtmutter gestreift hatte, war endlich verheilt. Im Ödland war ständig Asche in die offene Wunde geweht.

Auffordernd hielt Piper mir mit dem Messer ein Stück Kaninchenfleisch entgegen, das am Vorabend übrig geblieben und jetzt mit einer dicken grauen Fettschicht überzogen war.

Ich schüttelte den Kopf und sah weg.

»Du musst etwas essen«, sagte er. »Bis zur Verlorenen Küste sind es noch drei Wochen. Und wenn wir an der Westküste nach den Schiffen suchen wollen, dauert es sogar noch länger.«

Inzwischen kreisten unsere Gespräche fast nur noch um die Schiffe, deren Namen in unseren Ohren mitunter klangen wie Zauberformeln: *Rosalind. Evelyn.* Selbst wenn das offene Meer den hölzernen Ungetümen nichts anhaben konnte, kam es mir manchmal vor, als müssten sie früher oder später an der Last unserer Erwartungen zugrunde gehen. Auf ihnen ruhten jetzt alle Hoffnungen. Wir hatten die Beichtmutter aus dem Weg geräumt und die Maschine zerstört, mit der sie die Omega-Bevölkerung überwacht hatte, aber das reichte bei Weitem nicht aus, vor allem nicht nach dem Massaker auf der Insel. Auch wenn wir dem Rat in die Quere gekommen waren und ihn um zwei seiner wertvollsten Waffen gebracht hatten, die Tanks waren geduldig. Schließlich hatte ich sie mit eigenen Augen gesehen, zunächst im Traum und dann in ihrer ganzen grausamen Leibhaftigkeit. Reihen um Reihen gläserner Schaukästen, jeder für sich eine eigene kleine sterile Hölle. Wenn es nach dem Rat ginge, trieben bald alle Omegas reglos in so einem gläsernen Gefängnis. Und wenn wir keinen Widerstand leisteten, wenn wir nicht alle an einem Strang zogen und uns stattdessen in kleinlichen Scharmützeln ergingen, dann hatten wir verloren. Eine Weile ließ sich die Katastrophe vielleicht noch hinauszögern, aber langsam lief uns die Zeit davon. Einst war die Insel unsere Bestimmung gewesen, doch dieser Traum hatte sich in Blut und Rauch aufgelöst. Deshalb hielten wir jetzt nach der Flotte Ausschau, die Piper ausgesandt hatte, um nach dem Anderswo zu suchen. Hin und wieder mutete der Plan eher an wie verzweifeltes Wunschdenken. Beim nächsten Vollmond waren die Schiffe bereits vier Monate unterwegs.

»Sie sind schon verdammt lange unterwegs, wenn du mich fragst«, sagte Piper neben mir.

Da mir keine tröstenden Worte einfielen, blieb ich stumm. Es ging nicht nur darum, ob ein Anderswo tatsächlich existierte, die eigentliche Frage lautete, was wir dort vorfinden würden. Ob die Menschen, die an diesem Ort lebten, mehr wussten oder konnten als wir. Das Anderswo durfte sich nicht als eine zweite Insel entpuppen, als neuer zeitweiliger Zufluchtsort vor dem Rat, wo uns eine Atempause gegönnt wurde, aber kein Ausweg in Sicht war. Wir brauchten mehr als das, wir mussten eine echte Alternative finden.

Und selbst wenn die Schiffe das Anderswo fanden, mussten sie danach die gefährliche Heimreise übers offene Meer antreten. Wenn sie die Fahrt überstanden und beim Versuch, auf die besetzte Insel zurückzukehren, nicht gefasst wurden, würden sie irgendwann am Cape Bleak an der Nordwestküste landen. Wenn, wenn – inzwischen glich unsere Zukunft dem reinsten Glücksspiel, und mit jedem neuen Tag schwand die Hoffnung weiter, während Zachs Armada von Tanks immer größer wurde.

Piper hütete sich, weiter in mich zu dringen. Den Blick geradeaus auf die aufgehende Sonne gerichtet, fuhr er fort: »Von früheren Erkundungstrupps haben es die meisten erst Monate später zurück auf die Insel geschafft. Und außer ramponierten Schiffen und einer skorbutkranken Besatzung gab es damals nichts zu vermelden. Zwei Schiffe kamen gar nicht wieder.« Er hielt kurz inne, doch seine Gesichtszüge zeigten keinerlei Regung. »Das Problem ist nicht nur die weite Strecke oder der Seegang. Ein paar von den Seeleuten haben uns Geschichten erzählt, die man sich kaum ausdenken kann. Vor ein paar Jahren ist Hobb, einer unserer besten Kapitäne, mit einer Dreierflotte gen Norden gesegelt. Als er nach über zwei Monaten zurückkam, stand der Winter vor der Tür, und sie hatten eins von den Schiffen verloren. Die Stürme an der Westküste zu dieser Jahreszeit sind gefürchtet. Früher haben wir im Winter sogar bis auf Weiteres den Schiffsverkehr auf die Insel eingestellt. Aber laut Hobb war das Meer weiter oben im Norden ganz und gar zugefroren gewesen, und das Eis hatte eins von den Schiffen verschluckt, einfach so.«

Er öffnete die Hand und ballte sie dann ruckartig zur Faust. »Für die Besatzung kam natürlich jede Rettung zu spät.« Er hielt erneut inne. Das Gras zu unseren Füßen klirrte vor Raureif. Der Winter lag in der Luft.

Piper sah mich an. »Glaubst du«, fragte er, »dass sich die Rosalind und die Evelyn nach all der Zeit wirklich noch irgendwo da draußen rumtreiben?«

»Glauben fällt mir schwer«, antwortete ich. »Aber ich hoffe es.«

»Und das reicht dir?«

Ich zuckte mit den Schultern. Was hatte »reichen« schon zu bedeuten? Reichen wofür? Um weiterzumachen vermutlich. Ich hatte gelernt, mich damit zu begnügen. Es reichte mir, jeden Tag nach der Rast meine Decke zurück in den Rucksack zu stopfen und Piper und Zoe auf einen weiteren nächtlichen Marsch in Richtung Küste zu folgen.

Erneut hielt Piper mir das Stück Fleisch hin.

Ich drehte den Kopf zur Seite.

»Hör auf damit«, sagte er.

Sein Tonfall hatte sich nicht verändert. Er klang noch immer, als läge ihm die Welt zu Füßen. Wenn ich die Augen schloss, sah ich ihn wieder vor mir, wie er in seiner Uniform im Versammlungssaal auf der Insel stand und Befehle erteilte. Manchmal bewunderte ich sein unerschütterliches Selbstbewusstsein, denn in einer Welt, die uns tagein, tagaus erbarmungslos spüren ließ, dass wir wertlos waren, kostete so viel Stolz großen Mut. Und manchmal war er mir auch ein Rätsel. Immer wieder ertappte ich mich dabei, wie ich ihn verstohlen musterte. Die Flucht hatte ihm zugesetzt, die Haut über seinen Wangenknochen spannte verdächtig, doch noch immer schob er bei jeder Gelegenheit angriffslustig das Kinn vor und scheute sich nicht, mit seinen breiten Schultern den Platz einzunehmen, der ihm zustand. Es war, als spräche sein Körper eine Sprache, die meiner niemals beherrschen würde.

»Womit?« Ich blickte auf meine Schuhe.

»Du weißt genau, was ich meine. Du isst nichts, du schläfst kaum, und jedes Wort muss man dir aus der Nase ziehen.«

»Ich falle euch doch nicht zur Last, oder?«

»Davon kann keine Rede sein. Aber du bist einfach nicht mehr du selbst.«

»Und woher willst du wissen, wie ich wirklich bin? Du kennst mich doch kaum!« Schrill drang meine Stimme durch die morgendliche Stille.

Es war unfair, Piper so anzufahren. Er hatte mich längst durchschaut. Obwohl die Ebene jenseits des Ödlands wieder ausreichend Essbares hergab, nahm ich immer weniger zu mir. Gerade genug, um nicht krank zu werden und beim Wandern mit den anderen mithalten zu können. Wenn ich bei winterlichem Wetter keinen Wachdienst hatte, zog ich mir die Decke vom Körper und umarmte die eisige Luft. Gegenüber Piper oder Zoe erwähnte ich davon nichts, denn dann wäre das Gespräch unweigerlich auf Kip gekommen, und sein Name, diese eine Silbe, steckte mir wie eine Gräte im Hals fest. Auch über seine Vergangenheit verlor ich kein Wort, es wollte mir einfach nicht über die Lippen kommen. Seit die Beichtmutter mir im Silo verraten hatte, was für ein Mensch Kip früher gewesen war, trug ich ihre Geschichte stumm mit mir herum. Geheimnisse waren bei mir gut aufgehoben. Mein halbes Leben hatte ich meiner Familie die Visionen verheimlicht, bis Zach mich mit dreizehn enttarnt hatte. Und während meiner Gefangenschaft in der Ratsfestung hatte die Beichtmutter vier Jahre lang vergeblich versucht, mir einen Hinweis über die Insel zu entlocken, die ich vor meinem inneren Auge sah. Auf der Insel schließlich hatte ich Piper und der Versammlung wochenlang verschwiegen, um wen es sich bei meinem Zwilling handelte. Und jetzt unterschlug ich, was ich über Kip wusste. Wie grausam er die

Beichtmutter als Kind gequält hatte und wie unbändig seine Freude gewesen war, als sie endlich gebrandmarkt und fortgeschickt worden war. Dass er als Erwachsener versucht hatte, sie aufzuspüren, um sie zu seinem eigenen Schutz in die Verwahrungsräume sperren zu lassen.

Wieso war mir Kip auf einmal so fremd, wenn ich doch jeden seiner Rückenwirbel in- und auswendig kannte und noch ganz genau wusste, in welchem Winkel sich sein Hüftknochen zärtlich an meinen schmiegte? Am Ende war er aus freien Stücken für mich gestorben. Und allmählich hatte ich den Eindruck, als wäre unser Tod das Einzige, was wir einander jemals schenken konnten.

2

AUF HALBEM WEG zur Verlorenen Küste kannte Zoe am Rande der Ebene ein Geheimversteck. In dem Cottage rührte sich nichts, nur die offene Eingangstür schepperte im Wind.

»Sind die Bewohner geflohen, oder hat sie jemand verschleppt?«, fragte ich, während wir das Innere des Hauses inspizierten.

»Es musste auf jeden Fall schnell gehen«, sagte Zoe.

Auf dem Küchenboden lag ein zersprungener Krug, und auf dem Tisch standen zwei benutzte Schüsseln mit einer samtigen grünen Schimmelschicht.

Piper hatte sich zum Türschloss hinuntergebeugt. »Die hat jemand von außen eingetreten.« Er richtete sich wieder auf. »Wir müssen sofort hier weg.«

Obwohl ich mich schon auf ein Dach über dem Kopf gefreut hatte, war ich froh, den leeren Räumen, wo der Staub jegliche Geräusche dämpfte, zu entkommen. Wir tauchten im hohen Gras, das direkt hinter dem Cottage wuchs, unter und schlugen erst spätabends nach einem vollen Tagesmarsch unser Lager auf.

Während Zoe ein Kaninchen häutete, kümmerten Piper und ich uns ums Feuer.

»Es ist schlimmer als gedacht«, sagte er und lehnte sich vor, um die Flamme anzufachen. »Wahrscheinlich ist längst das halbe Netzwerk unterwandert.«

Das Cottage war nicht der erste unbrauchbar gewordene Unterschlupf, den wir auf unserem Weg entdeckt hatten. Kurz vor den Silos waren wir auf ein Versteck gestoßen, von dem nichts als schwelende schwarze Balken übrig waren. Der Rat war offenbar dabei, den Gefangenen auf der Insel systematisch sämtliche Geheimnisse der Widerstandsbewegung abzunötigen.

Während Zoe und Piper Zwischenbilanz zogen, saß ich wie so oft schweigend daneben. Es war nicht so, dass sie mich aus ihren Beratungen ausschlossen, aber ihre Gespräche drehten sich meistens um Leute und Orte, von denen ich noch nie gehört hatte, und steckten voller Anspielungen, die ich nicht verstand.

»Es bringt nichts, bei Evan vorbeizuschauen«, sagte Piper. »Wenn Hannah entführt wurde, hat man ihn bestimmt auch schon verhaftet.«

Zoe hatte den Blick weiter konzentriert auf das Kaninchen gerichtet. Sie drehte es auf den Rücken, griff mit einer Hand nach den Hinterläufen, und als sie mit dem Messer längs an dem weißen Fell entlangfuhr, klappte der Bauch des Tieres auf wie zwei gefaltete Hände. »Aber wäre Jess nicht eigentlich vor ihm dran?«, gab sie zu bedenken.

»Nein, Jess hat nichts zu befürchten. Sie hatte nie direkt mit Hannah zu tun. Evan war Hannahs Kontaktperson. Wenn der Rat sie in seiner Gewalt hat, ist er erledigt.«

Das Netzwerk der Widerstandskämpfer auf dem Festland entpuppte sich als erstaunlich weitverzweigt. Doch in wie vielen Geheimverstecken führten kaputte Türen mit aufgebrochenen Schlössern inzwischen in menschenleere Zimmer? Das Netzwerk war wie ein Wollpullover mit mehreren losen Fäden, die jeder für sich drohten, das gesamte Strickwerk aufzutrennen.

»Kommt darauf an, wie lange Hannah durchgehalten

hat«, sagte Zoe. »Vielleicht konnte sie ein bisschen Zeit schinden, und er hat es doch noch geschafft abzuhauen. Julia hat damals erst nach drei Tagen aufgegeben.«

»Aber Hannah ist nicht so stark wie Julia. An deiner Stelle würde ich mit dem Schlimmsten rechnen.«

»Sally hatte jedenfalls keinen Kontakt zu Hannah. Und im Westen dürften auch noch ein paar Zellen intakt sein. Die hatten mit dem Netzwerk im Osten nichts zu tun, weil du ihr direkter Ansprechpartner warst.«

»Mir war nie bewusst, wie aktiv der Widerstand hier auf dem Festland ist«, warf ich ein.

»Hast du gedacht, es konzentriert sich alles nur auf die Insel?«, fragte Zoe.

Ich zuckte mit den Schultern. »Sie war doch der Mittelpunkt, oder?«

Nachdenklich schürzte Piper die Lippen. »Ich glaube, das Entscheidende an der Insel war, dass es sie überhaupt gab. Sie war ein Symbol, und zwar nicht nur für den Widerstand, sondern auch für den Rat. Eine Art Mahnmal, dass es auch anders geht. Aber irgendwann wäre sie aus allen Nähten geplatzt. In den letzten Monaten mussten wir immer wieder Flüchtlinge abweisen, wir hatten einfach nicht genug Platz. Wir hätten die Flotte vergrößern müssen und die Versorgungsleitungen ausbauen …« Grimmig schüttelte er den Kopf. »Es war nun mal keine Dauerlösung.«

»Ja, weil die meisten Inselbewohner nichts unternommen haben«, fiel Zoe ihm ins Wort. »Die kamen sich doch schon vor wie die großen Rebellen, nur weil sie da draußen gelebt haben. Aber das war alles. Vielleicht haben sie ab und an Wachdienst geschoben oder auch mal im Aussichtsturm gehockt, aber die wenigstens haben sich wirklich eingebracht – bei den Rettungsaktionen auf dem Festland geholfen zum Beispiel oder das Netzwerk an Unterschlüpfen betreut oder den Rat beschattet. Und das gilt auch für deine engen Vertrauten, Piper. Die Hälfte hat sich doch immer nur im Versammlungssaal hinter ihren Landkarten verschanzt und Strategien gewälzt, aber aufs Festland hat sich keiner von denen getraut! Sobald die Leute einmal auf der Insel waren, wollten die meisten nicht mehr weg.«

»Ich hätte es nicht ganz so drastisch formuliert«, sagte Piper, »aber grundsätzlich hat Zoe schon recht. Zu viele Inselbewohner waren faul und satt. Sie dachten, es reicht, dort zu leben. Und die eigentliche Arbeit blieb an den Leuten auf dem Festland hängen und an der Besatzung der Kurierschiffe, die hin- und herfuhren. Zoe zum Beispiel hat für den Widerstand mehr geleistet als fast alle anderen, dabei war sie noch kein einziges Mal auf der Insel.«

Überrascht sah ich zu ihr hinüber. »Im Ernst?«

»Als Alpha durfte man die Insel nicht betreten, und sogar ich habe kapiert, weshalb.« Zoe saß noch immer über das Kaninchen gebeugt da und zog ihm jetzt das Fell über die Ohren, als streife sie einen Handschuh ab. »Wieso dachtest du, ich sei da gewesen?«

»Na, weil du ständig vom Meer träumst.«

Erst nachdem ich sie ausgesprochen hatte, wurde mir klar, was meine Worte bedeuteten. In all den Nächten, die wir Seite an Seite geschlafen hatten, hatte wir uns Zoes Träume geteilt, genau wie ihre Wasserflasche oder ihre Decke. Und alle kreisten um das Meer. Vielleicht war es mir deshalb nie aufgefallen, weil ich nach jahrelangen Visionen von der Insel daran gewöhnt war. An das Kräuseln der Wellen und die vielen verschiedenen Grau-, Schwarz- und Blautöne. In Zoes Träumen war mir jedoch keine Insel erschienen, sondern nur die wogende See.

Eben hatte Zoe noch neben dem Feuer gekniet, in der Hand den leblosen Körper des Kaninchens, im nächsten Moment hielt sie mir ein Messer an den Bauch. »Du hast mir im Traum hinterhergeschnüffelt?«

»Waffe runter!«, sagte Piper. Obwohl er die Stimme nicht hob, klang es wie ein Befehl.

Doch Zoe dachte gar nicht daran zu gehorchen und packte mich stattdessen mit der anderen Hand unsanft an den Haaren. Schmerzhaft bohrten sich ihre Fingerknöchel in meine Kopfhaut. Ihre Klinge hatte sich einen Weg durch meinen Pullover und das Shirt gebahnt und ruhte nun flach und kalt auf meiner Haut. Mein Kopf war zur Seite verdreht, sodass ich das Kaninchen neben dem Feuer liegen sah, mit gebrochenem Genick und aufgerissenen Augen.

»Was soll der Scheiß?«, zischte Zoe. Je weiter sie sich vorlehnte, desto unerträglicher wurde der Druck der Klinge. »Was hast du gesehen?«

»Zoe«, warnte Piper. Er legte ihr den Arm um den Hals, doch die Geste hatte nichts Bedrohliches. Auch er wartete auf meine Antwort.

»Was hast du gesehen?«, wiederholte sie.

»Habe ich doch gesagt. Nur das Meer. Viele Wellen. Tut mir leid, ich habe keinen Einfluss darauf. Mir ist es doch selber eben erst aufgefallen.« Ich konnte ihr nicht erklären, wie genau das Ganze ablief, weshalb mein Einblick in ihre Träume nichts mit Aushorchen zu tun hatte.

»Du hast doch immer behauptet, dass es so nicht funktioniert.« Heiß spürte ich ihren Atem auf meinem Gesicht. »Dass du keine Gedanken lesen kannst.«

»Kann ich auch nicht. Es ist anders. Ich nehme nur manchmal Dinge wahr. Aber ohne Absicht.«

Sie stieß mich so heftig von sich, dass ich beinahe zu Boden ging. Als ich mich wieder aufgerappelt hatte, fasste ich mir an den Bauch. Danach waren meine Hände rot.

»Kaninchenblut«, sagte Piper.

»Diesmal«, knurrte Zoe.

»Immerhin weißt du auch, wovon *ich* träume«, sagte ich.

»Die ganze Gegend weiß, wovon du träumst«, gab sie zurück. »So wie du jedes Mal rumschreist.« Sie warf das Messer auf den Boden. Es landete neben dem halb gehäuteten Kaninchen. »Das gibt dir noch lange nicht das Recht, in meinen Gedanken herumzustochern.«

Ich konnte mich noch sehr gut erinnern, wie ausgeliefert ich mir bei den Verhören der Beichtmutter vorgekommen war. Wie meine Seele unter ihren unerbittlichen Vorstößen in mein Innerstes gelitten hatte. »Tut mir leid«, rief ich Zoe nach, als sie in Richtung Fluss davonstapfte.

»Lass sie«, sagte Piper. »Alles in Ordnung mit deinem Bauch? Zeig mal her.« Er machte Anstalten, meinen Pullover hochzuziehen.

Ich schob seine Hand weg. »Nicht jetzt. Was war denn eben los mit ihr?«

Er hob das Kaninchen auf und begann, es abzustauben. »Sie ist zu weit gegangen. Ich rede mit ihr.«

»Du musst nicht mit ihr reden. Ich will nur wissen, was los ist. Warum hat sie so überreagiert?«

»Sie hat es nun mal nicht leicht«, antwortete er ausweichend.

»Wer von uns hat es schon leicht? Ich ganz bestimmt nicht. Du etwa?« Ich starrte ihn an. »Eben.«

»Vielleicht braucht sie einfach ein bisschen Abstand.«

»Abstand?« Mit einer entnervten Geste deutete ich in die Ferne. Kilometerweit zog sich das blasse Gras in Richtung Horizont, und über allem thronte gebieterisch der unendliche Himmel. »Hier gibt es nichts anderes als Abstand. Sie kann mir doch einfach aus dem Weg gehen, wenn sie will.«

Statt einer Antwort vernahm ich nur das leise Rascheln der Grashalme, die am Himmel kratzten und das Schaben von Pipers blutgetränktem Messer, als er dem Kaninchen das restliche Fell abzog.

Erst im Morgengrauen kam Zoe wieder. Beim Essen hüllte sie sich in Schweigen und schlief danach auf Pipers anderer Seite, anstatt auf ihrem angestammten Platz zwischen uns. Ihre Worte vom Abend zuvor wollten mir nicht aus dem Kopf: *Sobald die Leute einmal auf der Insel waren, wollten die meisten nicht mehr weg.* Dachte sie etwa an Piper, wenn das Meer in ihren Träumen aufbrandete? Das Meer, das er überquert hatte, um zur Insel zu gelangen, während sie alleine am Ufer zurückgeblieben war – nach allem, was sie für ihn aufgegeben hatte?

3

ALS ICH ZUM ersten Mal von Sally und der Verlorenen Küste hörte, befanden wir uns noch im Ödland. Zoe und Piper waren eigentlich mit Schlafen dran, doch plötzlich drangen aus unserem Lager aufgebrachte Stimmen an mein Ohr. Der Morgen dämmerte schon, und ich hatte freiwillig die erste Wachschicht übernommen, aber als ich die beiden streiten hörte, machte ich mich wieder auf in Richtung Feuer.

»Ich wollte Sally da nie mit reinziehen«, sagte Zoe gerade.

»Wen?«, fragte ich.

Ihre Köpfe schnellten herum. Zweimal die gleiche Bewegung, der gleiche Gesichtsausdruck: hochgezogene Augenbrauen, prüfender Blick. Selbst wenn Piper und Zoe sich in den Haaren lagen, kam ich mir vor wie ein Eindringling.

Piper erbarmte sich. »Wir brauchen einen Stützpunkt, bei jemandem, dem wir vertrauen«, erklärte er. »In den Geheimverstecken sind wir nicht mehr sicher. Sally wird uns bestimmt aufnehmen. Von dort aus können wir den Widerstand zusammentrommeln und Leute nach Cape Bleak schicken, um nach der Erkundungsflotte Ausschau zu halten, und wenn nötig weitere Schiffe klarmachen.«

»Das Thema hatten wir doch schon«, sagte Zoe, während sie mich weiter geflissentlich ignorierte. »Wir können Sally da nicht mit reinziehen. Es ist zu gefährlich.«

»Wer ist Sally?«, fragte ich.

»Hat Zoe dir erzählt, wie es nach unserer Aufsplittung weiterging?«

Ich nickte. Zoe und Piper stammten aus dem Osten, wo Zwillinge für gewöhnlich etwas länger zusammenbleiben durften. Als Piper mit zehn gebrandmarkt und verstoßen wurde, war Zoe von zu Hause ausgerissen und ihm gefolgt. Die beiden hatten sich mit Gelegenheitsarbeiten und kleinen Gaunereien über Wasser gehalten, in der ständigen Angst, entdeckt zu werden. Bis sie sich schließlich dem Widerstand anschlossen, hatten sie nur dank der Unterstützung von ein paar mitfühlenden Omegas überlebt.

»Sally hat uns geholfen«, sagte Piper. »Als Allererste. Wir waren auf jede Hilfe angewiesen.«

Heute war das schwer vorstellbar. Aber ich rief mir ins Gedächtnis, wie jung die beiden damals gewesen sein mussten – noch jünger als ich bei der Trennung von meiner Familie.

»Sie hat uns aufgenommen«, sagte Zoe. »Und wir haben alles von ihr gelernt. Damals war sie schon ziemlich alt, aber in jüngeren Jahren galt sie als eine der besten Agentinnen, die der Widerstand in Wyndham zu bieten hatte.«

»Wyndham?« Ich hatte mich wohl verhört. Seit wann durften Omegas in Alpha-Städten leben? Und noch dazu in Wyndham, wo der Rat seinen Sitz hatte?

»Sie hat in höchsten Regierungskreisen spioniert«, sagte Piper.

Verblüfft ließ ich den Blick zwischen den beiden hin und her wandern. »Davon höre ich zum ersten Mal.«

»Das Spionageprogramm des Widerstands war streng geheim«, erklärte Piper. »Heute wäre so etwas undenkbar. Aber früher nahm es der Rat mit dem Brandmarken nicht so genau, vor allem im Osten. Das muss jetzt mindestens fünfzig Jahre her sein. Jedenfalls hatte der Widerstand ein paar nicht gebrandmarkte Omegas rekrutiert, deren Missbildungen so unerheblich waren, dass sie mit der richtigen Kleidung als Alphas durchgingen. Sally zum Beispiel hatte einen verkrüppelten Fuß, aber sie konnte trotzdem normale Schuhe tragen und brachte sich bei, ganz normal zu laufen. Sie hatte zwar höllische Schmerzen, aber über zwei Jahre ist niemandem etwas aufgefallen. Insgesamt saßen damals drei Spione mit in den Ratskammern – nicht als Mitglieder, aber als Berater oder Assistenten. Sie waren hautnah dran am Geschehen.«

»Der Rat hat die Spione natürlich erbittert verfolgt.« Piper grinste. »Gar nicht mal, weil geheime Informationen durch sie in falsche Hände gelangt sind. Nein, am meisten gewurmt hat es sie, dass sich diese Omegas so erfolgreich als Alphas ausgeben konnten, und das manchmal jahrelang. Die Spione waren der lebende Beweis dafür, dass wir uns doch nicht so sehr voneinander unterscheiden.«

»Sally war eine Legende«, sagte Zoe. »Ohne ihre Berichte aus den Ratskammern gäbe es die heutige Widerstandsbewegung wahrscheinlich gar nicht.« Wenn sie von Sally sprach, ließ Zoe den üblichen Sarkasmus vermissen, und auch die angriffslustig hochgezogene Augenbraue suchte man in ihrem Gesicht vergeblich. »Aber inzwischen ist sie uralt«, fuhr sie fort. »Sie kann kaum mehr laufen. Selbst als wir damals zu ihr kamen, hatte sie dem Widerstand schon vor Jahren den Rücken gekehrt. Abgesehen davon ist das Risiko einfach zu hoch. Sie steht schon lange auf der Abschussliste des Rats ganz weit oben. Ich will sie da raushalten.«

»Wir stecken doch alle schon viel zu tief drin«, entgegnete Piper. »Irgendwann wird der Rat auch bei ihr vor der Tür stehen. Egal, wie alt und gebrechlich sie ist.«

»Sie versuchen seit Jahren vergeblich, sie aufzuspüren«, sagte Zoe. »Wir können sie da nicht mit reinziehen.«

Piper schwieg. Dann sagte er beschwörend: »Du weißt, dass sie uns nichts abschlagen kann.«

»Genau deshalb ist es unfair, sie überhaupt zu fragen.«

Er schüttelte den Kopf. »Uns bleibt nichts anderes übrig. Denk daran, was auf der Insel geschehen ist.«

Ich sah das Blut auf den Pflastersteinen im Hof der Festung vor mir, als wäre es gestern gewesen.

»Selbst wenn du Cass und Kip an die Beichtmutter ausgeliefert hättest – der Rat hätte die Insel doch niemals verschont«, sagte Zoe.

»Natürlich nicht«, sagte Piper. »Aber woher sollen wir wissen, ob der restliche Widerstand das genauso sieht? Du hast doch mitbekommen, wie die Leute reagiert haben. Wenn so viele Menschen ihr Leben lassen, muss immer irgendjemand als Sündenbock herhalten. Wer weiß, wie wir bei unserer Rückkehr empfangen werden, und dann auch noch mit Cass im Schlepptau. Das Risiko können wir nicht eingehen. Wenn wir bei der Bewegung Boden gutmachen wollen, dann müssen wir bei jemandem anfangen, dem wir hundertprozentig vertrauen können.«

Zoe fixierte ihn mit ihrem Blick. »Sally hat schon genug durchgemacht«, sagte sie leise.

»Sie würde es nicht anders wollen.«

»Ach ja? Hast du neuerdings etwa Seherqualitäten?«, fragte Zoe. Doch wie in Zeitlupe verzog sich ihr Mund dabei zu einem Lächeln.

Ihr Zwillings-Spiegelbild lächelte zurück.

In jeder Siedlung, die wir auf unserer Reise zur Verlorenen Küste durchquerten, erzählten wir so vielen Bewohnern wie möglich von den Plänen des Rats, die gesamte Omega-Bevölkerung in Tanks zu versenken. Und vor allem warnten wir sie vor den Reservaten. Diese riesigen, bewachten Lager dienten zur Aufnahme von Omegas, die alleine nicht mehr für sich sorgen konnten. Ein vermeintlich sicherer Zufluchtsort, wo sie für ein Dach über dem Kopf und drei warme Mahlzeiten am Tag Feldarbeit verrichten sollten. Unter den Omegas galten die Reservate als letzte Hoffnung, doch für die Alphas waren sie der reinste Segen. Denn egal, wie erbarmungslos der Rat die Omegas mittlerweile in halb verödete Landstriche abdrängte, und egal, wie gewaltig die Steuern jedes Jahr erhöht wurden, die Reservate sorgten dafür, dass kein Omega mehr dem Hungertod erlag. Und obwohl ein paar Jahre zuvor in den Lagern strenge Ausgangssperren verhängt worden waren, schnellten die Zahlen der Obdachsuchenden unaufhaltsam in die Höhe. Dabei bestanden die Reservate inzwischen fast nur noch aus riesigen Tankarealen.

Doch immer wenn wir versuchten, die Omega-Bevölkerung über die grausamen Absichten des Rats aufzuklären, begegneten wir eisiger Ablehnung, Schweigen und misstrauischen Blicken. Als Kip und ich im Wald bei New Hobart den Brand gelegt hatten, hatten die Flammen sich wie von selbst ausgebreitet. Der einfachen Bevölkerung die Gefahr begreiflich zu machen, erwies sich jedoch als ebenso schwierig, wie mithilfe von nassen grünen Zweiglein im Regen ein Feuer zu entfachen. Man konnte nicht einfach seinem Tischnachbarn in der Taverne davon erzählen, als handele es sich um den neuesten Nachbarschaftsklatsch. Das Thema durfte nur vor Sympathisanten der Bewegung angeschnitten werden, und so kurz nach dem Massaker auf der Insel war kaum jemand mehr bereit, sich zum Widerstand zu bekennen.

Nachdem der Rat die Existenz der Insel jahrelang geleugnet hatte, ließ er jetzt überall verlauten, sie sei erfolgreich erobert worden. Das Blut in ihren Gassen bürgte dafür, dass der einstige Zufluchtsort als abschreckendes Beispiel diente.

Eine Strategie, die Wirkung zeigte. Neuankömmlingen begegnete man unter Omegas nun mit mehr Misstrauen denn je. Wenn sich unser kleiner Trupp einer Siedlung näherte, unterbrachen die Leute auf dem Feld ihre Arbeit und ließen uns nicht mehr aus den Augen, während sie sich demonstrativ an ihren Heugabeln und Spaten festhielten. In Drury, einer großen Omega-Stadt, wagten wir uns in zwei Tavernen, doch jedes Mal verstummten die Gespräche bei unserem Eintreten so schlagartig, als hätte jemand eine Lampe gelöscht. Argwöhnische Blicke folgten uns durch den Gastraum. Manch einer schob beim Anblick von Zoes ungezeichnetem Gesicht mit einem Ruck seinen Stuhl zurück und ging. Wer ließ sich schon freiwillig mit drei verwahrlosten Fremden auf eine Diskussion über den Widerstand ein, noch dazu, wenn ein Alpha und eine Seherin dabei waren?

Am härtesten traf uns jedoch die Erkenntnis, dass selbst die, die unseren Erzählungen Glauben schenkten, danach ungerührt weitermachten wie bisher. In zwei Siedlungen hörten die Menschen uns bereitwillig zu und schienen zu begreifen, was die Tanks mit der zunehmenden Diskriminierung der Omegas zu tun hatten; dass sie das oberste Ziel eines politischen Kurses waren, den der Rat schon vor Jahren eingeschlagen hatte. Trotzdem ertönte auch hier immer wieder die Frage: *Was sollen wir denn dagegen tun?* Niemand wollte die Last dieser grausamen Wahrheit schultern. Als Omega hatte man es bereits schwer genug. Das Elend war allerorten unübersehbar. Ausgezehrte Gesichter, Wangenknochen, die so weit vorstanden, als versuchten sie, durch die Haut zu stechen. Siedlungen, in denen ärmliche Hütten und Holzverschläge dicht an dicht standen, um nicht in sich zusammenzufallen. Und überall leuchtend rote Zähne und Gaumen, weil die Menschen immerfort auf Betelnüssen kauten, um ihr Magenknurren zu unterdrücken. Was hatten wir erwartet?

Zwei Tage nachdem wir den verlassenen Unterschlupf entdeckt und ich mich mit Zoe gestritten hatte, marschierte Piper im Morgengrauen los, um eine kleine Omega-Stadt westlich von unserem Lager auszukundschaften. Er kam noch vor Mittag zurück. Trotz der Kälte waren Schweißflecken auf seinem Hemd zu erkennen.

»Der Richter ist tot«, keuchte er. »Die ganze Stadt redet von nichts anderem.«

»Aber das sind doch gute Nachrichten, oder?«, fragte ich. Der Richter hatte dem Rat vorgesessen, seit ich denken konnte, doch hinter den Kulissen hatten in den letzten Jahren Zach und seine Verbündeten die Fäden gezogen. »Er war sowieso nur eine Marionette, da macht es doch nichts, dass er endlich tot ist.«

»Nicht, wenn jetzt einer von den jungen Radikalen seinen Platz einnimmt«, sagte Zoe.

»Ihr habt ja keine Ahnung«, sagte Piper und zog ein Stück Papier aus der Jackentasche.

Als ich mich neben Zoe im Gras niederließ, um mitzulesen, bemühte ich mich redlich zu verdrängen, dass sie mir zwei Tage zuvor fast ein Messer in die Eingeweide gerammt hätte.

Der Richter von Omega-Terroristen ermordet, lautete die Schlagzeile. Und in kleinerer Schrift war weiter unten zu lesen: *Attentäter der selbst ernannten »Omega-Widerstandsbewegung« verübten gestern einen Anschlag auf den Zwilling des langjährigen Ratsvorsitzenden.*

Ich hob den Blick. »Kann das sein?«

Piper schüttelte den Kopf. »Vergiss es«, sagte er. »Zach und Konsorten haben sich schon vor über fünf Jahren seinen Zwilling geschnappt. So hatten sie den Richter immer schön unter Kontrolle. Nein, das ist alles ein abgekartetes Spiel. Offenbar wurde der Mann einfach nicht mehr gebraucht.«

»Aber was hat sich denn geändert? Du hast doch immer behauptet, der Richter habe nichts zu befürchten, weil die Leute Wert darauf legen, dass der Rat von einem Moderaten geführt wird.«

»Später. Hört zu!« Er griff nach dem Plakat und las vor: »In seinen vierzehn Amtsjahren als Ratsvorsitzender setzte der Richter sich stets unerschrocken für die Belange der Omegas ein. Dieser jüngste Gewaltexzess von Seiten der Omega-Rebellen wirft dringliche Fragen nach der Sicherheit unserer Ratsmitglieder auf …«

»Als hätten die ihre Zwillinge nicht schon vor Jahren weggesperrt … oder gleich in die Tanks gesteckt«, ätzte Zoe.

Piper las weiter: »Und stellt auch für alle anderen Alphas eine nicht zu unterschätzende Gefahr dar. Der Angriff auf das Oberhaupt unserer Regierung beweist einmal mehr, dass die zunehmende Bedrohung durch Omega-Dissidenten das friedliche Zusammenleben von Alphas und Omegas empfindlich gefährdet. Die Generalin, die sich laut Regierungsquellen erst nach eingehenden Beratungen bereit erklärte, den Ratsvorsitz zu übernehmen, zeigte sich tief erschüttert über den plötzlichen Tod ihres Amtsvorgängers. Durch diesen feigen Terroranschlag wurde die Omega-Bevölkerung einer ihrer wichtigsten Fürsprecher beraubt. Er beweist die Rücksichtslosigkeit und Brutalität derer, die im Namen einer vermeintlichen Selbstbestimmung der Omegas bereit sind, ihre engsten Verbündeten zu opfern, nur um die Arbeit des Rats zu behindern.« Piper warf das Plakat neben sich ins Gras. »So schlägt man zwei Fliegen mit einer Klappe. Die Radikalen sind endlich den Richter los, und indem man uns das Ganze in die Schuhe schiebt, heizt man die Anti-Omega-Stimmung weiter an und stärkt seine Position gegenüber den Moderaten.«

»Jetzt regiert also die Generalin«, sagte ich.

»Die sich *erst nach eingehenden Beratungen bereit erklärte*. So ein Scheiß«, fauchte Zoe. »Die war doch schon seit Jahren scharf auf den Posten. Und der Reformer und der Dompteur stecken garantiert mit ihr unter einer Decke.«

Offiziell verwendete im Rat niemand seinen Geburtsnamen. Früher dienten die Decknamen dazu, Angriffe auf die Zwillinge der Regierungsvertreter zu verhindern. Heute, wo diese Zwillinge allesamt in den Verwahrungsräumen oder Tanks gefangen saßen, bestanden die meisten Ratsmitglieder nur noch aus Eitelkeit auf ihren fantasievollen Pseudonymen. Jeder Name enthielt eine Botschaft und ließ erahnen, wofür sein Träger stand.

Die Generalin, der Dompteur, der Reformer. Ich musste an die Zeichnungen des Gespanns zurückdenken, die mir Piper auf der Insel gezeigt hatte. Die drei mächtigen jungen Ratsmitglieder, bei denen alle Fäden in Wyndham zusammenliefen. Der Dompteur, wie er freundlich unter seinem schwarzen Wuschelkopf hervorlächelte. Das eckige, scharf geschnittene Gesicht der Generalin. Und schließlich Zach, der Reformer, mein Zwillingsbruder, verewigt in den Federstrichen des Künstlers. Der Mensch, der mir am vertrautesten war und den ich gleichzeitig kaum kannte.

»Hinter den Kulissen haben die drei schon seit Jahren das Heft in der Hand«, sagte Piper. »Aber dass sie sich jetzt einfach so des Richters entledigen, macht mir Sorgen. Um so selbstbewusst aus seinem Schatten zu treten, müssen sie sich ihrer Sache inzwischen verdammt sicher sein.«

»Das ist nicht alles«, sagte Zoe. »Egal wo man hinkommt, überall wird der Angriff auf die Insel heiß diskutiert. Weil es so wahnsinnig viele Opfer gab. Ich wette, das hat auch ein paar Alphas stutzig gemacht. Indem man den Mord am Richter den Omegas in die Schuhe schiebt, zieht man die Zweifler wieder auf die eigene Seite. Jetzt wirkt das Ganze nämlich wie ein gerechter Krieg gegen einen Widerstand, der seinerseits über Leichen geht. Nur so kann der Rat sein brutales Vorgehen gegen die Omegas rechtfertigen.«

Es war ein von Meisterhand gewobenes Netz aus Angst, und nicht nur die Omegas, auch die Alphas saßen mittlerweile in der Falle. Ich hatte oft genug erlebt, wie sie vor uns zurückzuckten, weil wir mit unseren entstellten Körpern, die anmuteten wie ein giftiger Nachhall der Explosion, lebendige Mahnmale für sie darstellten. Dass meine Mutation unsichtbar war, spielte dabei keine Rolle. Das Brandmal auf meiner Stirn hatte ausgereicht, um als Teenager regelmäßig bespuckt und beschimpft zu werden. Auch in besseren Zeiten hatten die Alphas die Omegas stets gemieden. Doch dann kam die große Dürre, bei der sogar manche Alphas nicht genug zu essen gehabt hatten. Und ein paar Jahre später, als ich schon in der Omega-Siedlung lebte, litt das ganze Land unter einer katastrophalen Missernte. Hunger und Angst säen immer Zwietracht, weshalb die Regierung jedes Mal gewissenhaft dafür sorgte, dass die aktuelle Misere den Omegas zur Last gelegt wurde. Der vermeintliche Anschlag auf den Richter war nur die neueste Strophe des Schlachtgesangs, den der Rat schon vor Jahren angestimmt hatte: Omegas gegen Alphas.

Ich griff nach dem zerknitterten Stück Papier. »Langsam überschlagen sich die Ereignisse, oder? Der Rat schürt an allen Ecken und Enden Panik – unter Alphas *und* Omegas.«

»Trotzdem war die Beichtmutter ein echter Verlust«, sagte Piper. »Und ihre Maschine erst recht. Vergiss nicht, was wir schon alles erreicht haben.«

Ich schloss die Augen. Dass Zach fortan auf den grausamen Scharfsinn der Beichtmutter verzichten musste, war an und für sich Grund zur Freude. Doch beim Gedanken daran bohrte der Schmerz sich erneut wie ein spitzer Stiefel in meine Magengrube, und mir stockte der Atem. Die Beichtmutter war nur nicht mehr am Leben, weil Kip tot war.

»Wie viel wisst ihr über die Generalin?«, fragte ich schließlich.

»Nicht allzu viel«, sagte Zoe. »Seit sie auf der Bildfläche erschienen ist, wird sie von uns überwacht, aber seit Jahren hat es kein Spion mehr in die Ratskammern von Wyndham geschafft. In die Stadt reinzukommen ist heutzutage schon schwierig genug, ganz zu schweigen von der Festung.«

»Was wir wissen, verheißt jedenfalls nichts Gutes«, sagte Piper. »Sie ist eine militante Omega-Gegnerin, genau wie der Dompteur und der Reformer.«

Es versetzte mir noch immer einen Stich, Zachs Ratsnamen zu hören. Was hatte die Beichtmutter im Silo gesagt? *Ich hatte früher auch einen anderen Namen.* Ob mein Zwillingsbruder manchmal noch an sein altes Leben als Zach zurückdachte? Vermutlich nicht. Bestimmt hatte er die Vergangenheit längst abgehakt, vor allem seine Kindheit, die ich ihn gezwungen hatte, mit mir zu teilen.

»Die Generalin genießt von den dreien das höchste Ansehen«, fuhr Piper fort. »Sie haben alle jung angefangen, aber das ist bei diesen Regierungsposten üblich. Die Festung ist eine Schlangengrube, und viele Ratsmitglieder segnen vorschnell das Zeitliche. Aber politisch gesehen ist die Generalin mit allen Wassern gewaschen. Anfangs hat sie dem Feldherrn zugearbeitet, und um an den Sitz im Rat zu kommen, hat sie ihn später angeblich vergiftet.«

An die Nachricht vom Tod des Feldherrn vor ein paar Jahren konnte ich mich noch gut erinnern. *Vorzeitig,* hatte es im offiziellen Nachruf geheißen. Vorzeitig hatte scheinbar gerade rechtzeitig für die Generalin bedeutet.

»Die Generalin selbst hat sich zu den Gerüchten nie geäußert«, sagte Piper. »Aber sie legt es darauf an, gefürchtet zu werden. Wenn man versucht, sich ihr in den Weg zu stellen, nimmt es meistens kein gutes Ende. Die Frau schreckt vor keiner Intrige zurück, und dass sie ihren Widersachern in den Rücken fällt, ist wörtlich zu nehmen. Ihre Gegner im Rat wurden entweder einer nach dem anderen kaltgestellt oder systematisch rausgeekelt. Den Richter hat sie nur so lange verschont, weil er ihr und ihren zwei Verbündeten treu zu Diensten war – als volksnaher Strohmann, der alles gemacht hat, was sie wollten.«

»Warum darf jetzt ausgerechnet sie regieren und nicht der Dompteur oder Zach?«

»Der Dompteur war vor seiner Ratskarriere bei der Armee«, antwortete Piper. »Unter den Soldaten wird er glühend verehrt, aber auf dem politischen Parkett ist er nicht so erfahren wie die beiden anderen. Trotzdem können sie nicht auf ihn verzichten. Er sitzt von allen dreien am längsten im Rat, ist beim Volk beliebt und weiß die Streitkräfte hinter sich. Doch er gilt als weniger radikal. Versteh mich bitte nicht falsch, der Dompteur ist wahnsinnig gefährlich. Zum einen hat er den Oberbefehl über die Truppen. Was die Strafverfolgung angeht, ist er also schon seit Jahren die treibende Kraft. Aber bei aller Kaltblütigkeit steckt er offenbar nicht hinter den großen Reformen. Die meisten Zwangsmaßnahmen – die Umsiedlung der Omegas in ertragsarme Gebiete, die hohen Steuern – stammen scheinbar von der Generalin persönlich. Und die Verschärfung der Meldepflicht ist auf dem Mist deines Bruders gewachsen. Wahrscheinlich hatte die Beichtmutter dabei auch noch ihre Finger im Spiel.«

»Und wie weit, meinst du, reicht sein Einfluss?«

»Was das betrifft, weißt du vermutlich mehr als wir«, erwiderte Piper.

Früher hätte ich das ohne Weiteres bejaht. Ich hätte geschworen, Zach besser zu kennen als irgendjemand sonst.

Doch inzwischen hatte er sich zu weit von mir entfernt. Zwischen uns lag die Leiche der Beichtmutter – und die von Kip. Ganz zu schweigen von all jenen Menschen, die hilflos in seinen Glastanks trieben.

»Der Reformer wirkt immer wie ein Außenseiter«, fuhr Piper fort. »Wahrscheinlich, weil ihr so spät gesplittet wurdet und er nicht, wie die anderen beiden, in Wyndham groß geworden ist. Dafür hatte er die Beichtmutter und damit unsagbare Macht. Ich vermute, die Tanks waren seine Idee, genau wie die Datenbank. Das politische Geschick der Generalin geht ihm vollkommen ab, und auch in Sachen Charme kann er ihr nicht das Wasser reichen, aber auf seine Weise ist er natürlich genauso skrupellos wie sie.«

»Ach was«, sagte ich nur.

Piper nickte. »Aber jetzt, wo er ohne die Beichtmutter zurechtkommen muss, sind die Rollen vielleicht nicht mehr so klar verteilt.«

Bei seinen Worten musste ich daran denken, wie Zach mir nach dem Tod von Kip und der Beichtmutter zur Flucht verholfen hatte. Wie seine Stimme gezittert hatte, als er mich vor den herannahenden Soldaten gewarnt hatte. *Wenn sie herausfinden, dass du deine Finger im Spiel hattest, dann bin ich erledigt.* Fürchtete er sich vor der Generalin oder vor dem Dompteur? Oder vor beiden? Es gab eine Zeit, da hatte ich die Hoffnung noch nicht ganz aufgegeben, dass er mir insgeheim die Freiheit schenken wollte. Doch jener Teil von mir, der in schwachen Momenten an meinen Bruder geglaubt hatte, lag inzwischen leblos neben Kip auf dem Siloboden.

»Wir müssen so schnell wie möglich zu Sally«, sagte Piper. »Wir haben keine andere Wahl. Von dort aus können wir neue Leute für den Widerstand rekrutieren und nach der Flotte Ausschau halten. Erst haben sie die Insel dem Erdboden gleichgemacht, dann den Richter aus dem Weg geräumt, und jetzt sind sie dabei, Stück für Stück unser Netzwerk auseinanderzunehmen. Wir müssen etwas unternehmen«

In diesem Moment neigte sich der wolkenverhangene Himmel bedrohlich auf uns herab, und ich fühlte mich mit einem Mal vollkommen verloren. Am Ende waren wir nur drei winzige, windumtoste Gestalten und den Machenschaften des Rats hilflos ausgeliefert. Jede Nacht, die wir durch das hohe Gras in Richtung Küste stapften, wurden in den Reservaten neue Tanks aufgestellt. Niemand wusste, wie viele Menschen schon darin festsaßen, und die Lager verzeichneten weiterhin regen Zulauf. Zwar konnte ich Zachs Beweggründe schon lange nicht mehr nachvollziehen, doch eins war mir klar: Mein Bruder bekam nie genug, und er würde erst ruhen, wenn alle Omegas hinter Glas in Gewahrsam waren.

4

AUF UNSERER NÄCHSTEN Etappe beschlich mich ein seltsames Gefühl. Weit nach Mitternacht ertappte ich mich auf einmal dabei, wie ich nervös versuchte, in der Dunkelheit um uns herum etwas zu erkennen. Als Zach und ich klein gewesen waren, hatten sich in unserem Dachstuhl Wespen eingenistet, direkt über unserem Schlafzimmer. Bis Dad das Nest endlich aufgestöbert hatte, lagen wir nächtelang wach, lauschten dem leisen Summen und Schaben und erzählten uns im Flüsterton Gespenstergeschichten. Und dieses Geräusch klang ähnlich: Ein hohes, kaum wahrnehmbares Surren drang an mein Ohr, wie eine rätselhafte Botschaft, die die klare, kühle Nachtluft eintrübte.

Auf halbem Weg zwischen Wyndham und der Südküste stießen wir auf den ersten Wegweiser zum Reservat. Obwohl wir einen großen Bogen um die Hauptstraße gemacht hatten, erkannten wir schon von Weitem das Schild und schlichen vorsichtig näher. Auf einem Holzbrett stand in großen weißen Lettern:

Willkommen im Reservat
9 – 10 Kilometer in Richtung Süden.
Zum Schutz aller Bürger.
Sicherheit und Wohlstand durch gerechte Arbeit.
Ihre Zuflucht in der Not.

Obwohl Omegas der Schulbesuch streng untersagt war, lernten einige mehr schlecht als recht lesen, entweder zu Hause, so wie ich, oder sie nahmen verbotenerweise Unterricht. Trotzdem fragte ich mich, wie viele Omegas das Schild überhaupt entziffern konnten und wer von ihnen den Beteuerungen Glauben schenkte.

»*In der Not*«, höhnte Piper. »Dass ich nicht lache! Kein Wort darüber, dass ihre ständigen Steuererhöhungen und die Abdrängung der Omegas in verödete Landstriche für diese Not verantwortlich sind.«

»Oder, dass es egal ist, ob die Not irgendwann ein Ende hat«, fügte Zoe hinzu. »Endstation Tank, sage ich nur.«

Uns war klar, worauf sie anspielte: Tausende von Omegas, die in einem ewigen Dämmerschlaf vor sich hin drifteten, während ihre Alpha-Gegenstücke ein sorgenfreies Leben führten, da sie ihre Zwillinge in den grausigen Glasbäuchen sicher verwahrt wussten.

Fortan folgten wir im Schutz von Wasserrinnen und Bäumen der Straße nach Süden. Mit jedem Meter verlangsamten sich meine Schritte, und je näher die Quelle meines Unbehagens rückte, desto schwerer wurden meine Glieder. Als im Morgengrauen schließlich das Reservat vor uns auftauchte, kam mir der restliche Weg vor, als müsse ich stromaufwärts durch einen Fluss waten.

Trotz der allmählich aufgehenden Sonne wagten wir uns bis zu einem Wäldchen auf einem Hügel vor, von dem aus sich in nur dreißig Metern Entfernung das Lager vor uns auftat. Sein Anblick übertraf alles, was ich jemals erwartet hatte. Von den Ausmaßen her glich das Reservat eher einer kleinen Stadt. Die steinerne Schutzmauer war noch höher als der Wall aus Holz, den der Rat um New Hobart errichtet hatte. Sie ragte bestimmt fünf Meter hoch in die Luft, und um ihr oberes Ende rankte sich Stacheldrahtzaun, der aussah, als hätten sich gigantische Vögel dort oben ein Nest gebaut. Dahinter konnte man ein Meer aus Dächern ausmachen.

Piper deutete auf eine riesige Halle auf der Westseite des Lagers, die fast die halbe Anlage einnahm. Offenbar handelte es sich dabei um ein relativ neues Bauwerk. Die gelbliche Kiefernholzverkleidung stand im krassen Gegensatz zu den verwitterten grauen Holzbalken der anderen Häuser.

»Keine Fenster«, bemerkte Zoe.

Wir wussten alle, was diese vier Silben zu bedeuten hatten. In der Halle waren die Tanks untergebracht. Manche waren leer, manche befanden sich noch im Bau, doch die Übelkeit, die jetzt in mir aufstieg, war über jeden Zweifel erhaben: Viele waren bereits gefüllt. Hunderte Menschen schwammen in dem zähflüssigen Sud. Klebrig-süß hatte er sich seinen Weg in ihre Augen, Ohren, Nasen und Münder gebahnt und sie verstummen lassen, bis nichts mehr zu hören war außer dem Brummen der Maschinen.

Das weitläufige Reservatgelände war nahezu komplett von der Steinmauer umgeben. Doch auf der Ostseite grenzte ein umzäuntes Feld an das Lager. Der Zaun war zu hoch, um einfach darüber zu klettern, und die Pfosten standen zu eng zusammen, als dass man hätte hindurchschlüpfen können, aber bei näherem Hinsehen war dahinter ein gepflegter Acker zu erkennen und ein paar Feldarbeiter, die sich mit ihren Spitzhacken zwischen Rüben und Kürbissen zu schaffen machen. Etwa zwanzig Leute, allesamt Omegas, scharrten auf dem Feld in der Erde. Es versprach, eine üppige Ernte zu werden. Die Kürbisse zumindest waren größer und dicker als alles, was wir in der letzten Zeit zwischen die Zähne bekommen hatten.

»Immerhin stecken sie noch nicht alle in den Tanks«, sagte Zoe.

»Wie viel Ackerland mag das sein – vielleicht zwanzig, fünfundzwanzigtausend Quadratmeter?«, überlegte Piper. »Vergleicht das mal mit der Gesamtgröße des Reservats, vor allem mit dem neuen Gebäude. In unseren Unterlagen auf der Insel stand, dass sich jedes Jahr Tausende von Menschen in die Reservate aufmachen; und in letzter Zeit ist die Zahl wegen schlechter Ernten und erhöhter Abgaben anscheinend sprunghaft angestiegen. Allein in diesem Reservat müssten demnach schon über fünftausend Omegas leben. Wie soll man mit dem kleinen Feld so viele Leute sattkriegen? Der Ertrag reicht wahrscheinlich gerade mal fürs Wachpersonal.«

»Das Feld ist nur fauler Zauber«, sagte ich. »Wie bei den Gauklern. Es soll alles so aussehen, wie man es sich idealerweise vorstellt. Damit will man die Leute anlocken.«

Und noch etwas am Lager beunruhigte mich. Minutenlang überlegte ich fieberhaft, was es sein könnte, bis mir schließlich auffiel, dass ganz einfach etwas fehlte. Im Reservat herrschte nahezu vollkommene Stille, und das, obwohl sich laut Piper Tausende von Menschen jenseits der Mauern aufhielten. Ich dachte zurück an das quirlige Treiben auf dem Markt in New Hobart und den Gassen der Insel und an das Krähen der Kinder in Elsas Quartier. Doch das einzige Geräusch, das zu uns heraufdrang, stammte von den Hacken der Feldarbeiter, die sich in den hart gefrorenen Untergrund bohrten. Menschliche Stimmen vermisste man gänzlich. Die unheimliche Szenerie erinnerte mich an den Tankraum in Wyndham, wo nur das Surren der Elektrik zu hören gewesen war und in jedem Mund ein Schlauch gesteckt hatte wie ein Korken in einer Weinflasche.

Auf der Straße, die am Reservat vorbei nach Osten führte, näherten sich ein paar Gestalten. Zum Glück keine berittenen Soldaten, sondern nur drei Wanderer, die schwer bepackt in Richtung Lager unterwegs waren. Schon nach wenigen Metern wurde offenkundig, dass es sich um Omegas handelte. Ein Arm des kleineren der beiden Männer endete am Ellbogen, und der andere zog ein verkrüppeltes Bein hinter sich her, das aussah wie ein Stück Treibholz. Zwischen ihnen ging ein kleiner Junge. Ich schätzte ihn auf höchstens sieben oder acht, obwohl ich mich schwertat, sein Alter genau zu bestimmen, weil er so abgemagert war. Er hatte den Blick fest auf den Boden gerichtet und hielt sich an der Hand des hinkenden Mannes fest. Die viel zu großen Köpfe auf den ausgezehrten Körpern jagten mir einen Schauer über den Rücken. Doch am schlimmsten traf mich der Anblick ihrer liebevoll geschnürten Bündel. Sie waren das Ergebnis sorgfältiger Planung; darin steckten ihre wichtigsten Habseligkeiten, alles, was sie für das neue Leben, zu dem sie sich vermeintlich aufgemacht hatten, zu brauchen glaubten. Der größere Mann balancierte eine Schaufel auf den Schultern, und am Rucksack des anderen baumelten zwei gusseiserne Pfannen, die bei jedem Schritt schepperten.

»Wir müssen sie aufhalten«, sagte ich, »und ihnen klarmachen, was sie da drin erwartet.«

»Zu spät.« Piper schüttelte den Kopf. »Die Wachen würden uns sehen. Dann wäre alles vorbei.«

»Und selbst wenn wir uns heimlich heranpirschen könnten – was sollen wir denn sagen?«, flüsterte Zoe. »Die halten uns bloß für verrückt. Schau uns doch mal an.«

Ich ließ den Blick von Zoe zu Piper wandern und dann an mir selbst hinuntergleiten. Sie hatte recht. Wir waren schmutzig und halb verhungert, und auf unseren zerlumpten Kleidern lag seit dem Ödland ein hartnäckiger Grauschleier.

»Warum sollten sie ausgerechnet *uns* vertrauen?«, fragte Piper. »Und was haben wir ihnen überhaupt zu bieten? Früher hätten wir sie auf der Insel in Sicherheit bringen können oder zumindest zu einem Unterschlupf der Bewegung. Inzwischen ist die Insel Geschichte, und unser Netzwerk ist in Auflösung begriffen.«

»Alles ist besser als die Tanks«, beharrte ich.

»Ja, natürlich«, sagte Piper. »Aber woher sollen die drei das wissen? Wie willst du ihnen auf die Schnelle klarmachen, was es damit auf sich hat?«

In diesem Moment tat sich in der Mauer ein Tor auf, und drei Ratssoldaten in roten Tuniken traten heraus, um die Neuankömmlinge in Empfang zu nehmen. Als sie so seelenruhig mit verschränkten Armen dastanden und warteten, wurde mir wieder einmal die eiskalte Effizienz von Zachs Plan bewusst. Die überzogenen Abgaben sorgten dafür, dass die verzweifelten Omegas keinen anderen Ausweg mehr sahen als die Reservate, die durch eben jene Abgaben finanziert wurden. Und wenn die Tanks in den Hallen sie erst einmal verschluckt hatten, gab es kein Entrinnen mehr.

Just in diesem Augenblick tat sich etwas auf dem Feld. Einer der Erntehelfer war zum Zaun gerannt und versuchte verzweifelt, die drei Reisenden auf der Straße auf sich aufmerksam zu machen. Die Botschaft hinter seinen wilden Handbewegungen war unmissverständlich: *Haut ab!* Seine übertriebenen Gesten standen in derart groteskem Kontrast zur absoluten Stille, in der sie stattfanden, dass ich nicht wusste, ob der Mann stumm war oder nur verhindern wollte, dass die Wachen ihn bemerkten. Die anderen Feldarbeiter hatten sich neugierig aufgerichtet, und eine Frau ging ein paar Schritte auf ihn zu, vielleicht um ihm zu helfen, vielleicht aber auch, um ihn von seinem Vorhaben abzubringen. Doch bevor sie ihn erreichen konnte, riskierte sie einen Blick über die Schulter und blieb wie angewurzelt stehen.

Aus einem Schuppen neben dem Feld kam ein Soldat und

streckte den winkenden Mann mit einem gezielten Schlag auf den Hinterkopf nieder. Als ein zweiter Wachmann dazu kam, war der Omega bereits zu Boden gegangen. Gemeinsam zerrten sie seinen leblosen Körper außer Sichtweite, bevor drei weitere Soldaten das Feld betraten und den restlichen Erntehelfern warnende Blicke zuwarfen, worauf sich diese eilig wieder an die Arbeit machten.

Das alles war so schnell passiert, dass die Neuankömmlinge den Zwischenfall vermutlich gar nicht registriert hatten. Mit gesenkten Köpfen trotteten sie weiter auf das Tor zu. Und selbst wenn sie die Warnsignale wahrgenommen hätten, war es fraglich, ob es ihnen etwas genutzt hätte, auf dem Absatz kehrtzumachen und die Flucht zu ergreifen. Die Wachen hätten sie sofort eingeholt, sogar zu Fuß. Trotzdem bewunderte ich die Geste des winkenden Mannes, und beim Gedanken daran, was ihm jetzt wohl bevorstand, fröstelte ich am ganzen Körper.

Inzwischen hatte die kleine Reisegruppe das Tor erreicht. Einer der Wachmänner streckte die Hand nach der Schaufel des größeren Omega-Mannes aus, die dieser ihm ohne Zögern aushändigte. Dann traten die drei durch das Tor. Bevor die Soldaten es langsam hinter ihnen zuzogen, warf der größere Mann noch einmal einen Blick zurück auf das freie Feld, und obwohl er mich nicht sehen konnte, hob ich unwillkürlich die Hände und begann, verzweifelt zu gestikulieren. *Haut ab!* Es war sinnlos und der Instinkt meines Körpers so vergeblich und unaufhaltsam wie der Atemzug eines Ertrinkenden unter Wasser. Der Mann drehte sich wieder um, bevor mit einem lauten Knall das Tor hinter ihm ins Schloss fiel.

Für die drei wäre jede Rettung zu spät gekommen. Und der Strom an Neuankömmlingen würde nicht abreißen. In sämtlichen Siedlungen ringsum überlegten Omegas gerade, was sie mitnehmen sollten, bevor sie ihre Häuser absperrten, in die sie niemals zurückkehren würden. Überall im Land gab es Reservate, jedes von ihnen mit einer eigenen Tankhalle – auf Pipers Landkarte waren fast fünfzig Stück eingezeichnet gewesen –, und in allen lauerte unsagbares Elend. Ich konnte den Blick nicht von dem neuen Gebäude abwenden. Selbst wenn ich nicht gewusst hätte, was sich darin abspielte, hätte es bedrohlich auf mich gewirkt, doch so war es ein einziges Denkmal des Grauens.

Erst als Piper mich anstieß und nach meinem Arm griff, um mich zurück ins Wäldchen zu ziehen, nahmen meine Lungen stotternd wieder ihren Dienst auf, und ich tat einen rasselnden Atemzug.

Ein paar Kilometer entfernt hatte Piper im Unterholz etwas vorbeihuschen sehen. Doch an der betreffenden Stelle tat sich nur ein Flecken zertrampeltes Gras auf, und in der ausgetrockneten Erde waren keine Fußspuren zu erkennen. Am nächsten Tag, als Zoe Wache hielt, während Piper und ich in einer flachen Kuhle schliefen, hörte sie einen Buchfinken singen und weckte uns mit den Worten, im Spätherbst gebe es hier normalerweise keine solchen Vögel. Mit gezücktem Messer wartete ich, bis Piper und sie die nähere Umgebung unseres Schlafplatzes nach der Quelle des Warnsignals abgesucht hatten, doch sie kamen mit leeren Händen zurück.

Wir machten uns noch vor Sonnenuntergang wieder auf den Weg und blieben auch nach Einbruch der Dunkelheit im Schutz der Bäume. Gegen Mitternacht durchquerten wir ein Tal, in dem Eisenstangen aus dem Vorher aus der Erde ragten. Die Explosion hatte sie nicht gefällt, sondern nur gekrümmt, und so wölbte sich jetzt fünfzehn Meter über unseren Köpfen ein rostiges Gerippe, das aussah wie der abgenagte Kadaver eines gewaltigen Monsters aus grauer Vorzeit. Im Laufe des Abends war ein böiger Wind aufgekommen, der inzwischen so heiser um die Stangen pfiff, dass man sein eigenes Wort kaum verstand.

Wir wollten gerade den Aufstieg aus dem Tal in Angriff nehmen, als hinter einem der verrosteten Pfähle ein Mann hervorsprang. Er packte mich an den Haaren, und noch bevor ich einen Schrei ausstoßen konnte, hatte er mich schon umgedreht und hielt mir von hinten ein Messer an die Kehle. »Ich habe dich schon gesucht«, raunte er mir ins Ohr.

Piper und Zoe waren nur wenige Schritte hinter mir gewesen. Beide hatten blitzschnell ihre Messer gezogen und waren in Wurfstellung gegangen.

»Lass sie los, oder du bist auf der Stelle tot!«, rief Piper.

»Deine Leute sollen die Waffen runternehmen«, sagte der Mann zu mir. Er klang so ruhig und unaufgeregt, als kümmerten ihn Zoe und Piper nicht weiter.

Zoe rollte mit den Augen. »Wir sind nicht *ihre Leute.*«

»Ich weiß genau, wer ihr seid«, entgegnete der Mann mit unverändert gelassenem Tonfall.

Die Klinge an meiner Kehle saß genau dort, wo der Schnitt mit dem Messer der Beichtmutter die Narbe hinterlassen hatte. Würde der dicke, robuste Streifen Haut die Waffe abbremsen, wenn der fremde Mann zustieß? Ich reckte den Hals, um einen Blick auf sein Gesicht zu erhaschen, doch ich konnte nur ein paar Strähnen dichtes schwarzes Haar ausmachen, das nicht kraus war wie bei Piper oder Zoe, sondern in sanften Wellen sein Kinn umspielte und mich an der Wange kitzelte. Er schien meine Blicke nicht zu bemerken. Langsam drehte ich den Kopf ein Stück weiter. Mit jedem Zentimeter erhöhte sich der Druck der Klinge, doch immerhin konnte ich jetzt seine Augen erkennen, die er fest auf Piper und Zoe gerichtet hatte. Er war älter als wir, aber vermutlich noch keine dreißig. Sein Gesicht kam mir bekannt vor, aber die Erinnerung war seltsam verschwommen.

Piper half mir auf die Sprünge. »Glaubst du etwa, wir wüssten nicht, wer *du* bist?«, gab er zurück. »Du bist der Dompteur.«

In diesem Moment fiel mir ein, wo ich den Mann schon einmal gesehen hatte – die Zeichnung auf der Insel. Volle Lippen und vergnügte Augen. Aus der Nähe fing sich in jeder einzelnen Lachfalte auf seinem nachtfinsteren Antlitz das Mondlicht.

»Waffen runter«, wiederholte er. »Oder sie stirbt.«

Aus der Dunkelheit hinter Zoe und Piper tauchten drei Gestalten auf. Zwei hatten Schwerter in der Hand, der dritte Mann trug Pfeil und Bogen. Die Sehne quietschte, als er sie stramm zog. Der Pfeil zeigte genau auf Pipers Rücken. Piper rührte sich nicht vom Fleck, doch Zoe schnellte bei dem Geräusch zu den Soldaten herum.

»Wer garantiert uns, dass du sie nicht trotzdem umbringst?« Piper ließ sich nicht beirren. »Und uns beide gleich mit?«

»Sie stirbt nur, wenn ihr mir keine andere Wahl lasst. Ich bin gekommen, um mit euch zu reden. Warum habe ich wohl kein großes Gefolge dabei? Ich bin bei der Suche nach euch ein ziemliches Risiko eingegangen.«

»Was willst du?« Piper redete weiter in jenem gelangweilten, ungeduldigen Tonfall, mit dem man sich in der Taverne eines lästigen Tischnachbars entledigt. Doch an seiner Hand traten vor Anspannung die Sehnen hervor. Das Messer balancierte er noch immer einsatzbereit über seiner Schulter. Im Mondlicht schimmerte die Klinge wie ein winziger silberner Pfeil. Wenn man seine Wurfgeschosse noch nicht in Aktion erlebt hatte, bot Piper bereits in dieser Pose einen faszinierenden Anblick.

»Ich muss mit der Seherin über ihren Zwilling reden«, sagte der Dompteur.

»Fängt bei dir jedes Gespräch mit einem Messer an der Kehle an?«, erwiderte Piper.

»Das hier ist keine normale Unterredung.«

Während der Dompteur noch immer vollkommen reglos hinter mir stand, kam in seine Gefolgsleute kaum merklich Bewegung. Ich sah das Licht auf der Schwertklinge tanzen, als einer der Soldaten Zentimeter für Zentimeter zu Piper aufrückte, und ich hörte das leise Zittern der Sehne, als der Schütze den Pfeil noch weiter zu sich heranzog.

»Ich rede nicht mit dir, solange ihr uns bedroht«, sagte ich. Bei jedem Wort spürte ich die scharfe, kalte Klinge an meiner Kehle.

»Und ihr wollt scheinbar nicht einsehen, dass ich keine leeren Drohungen ausstoße.« Mit diesen Worten setzte der Dompteur das Messer ein Stück weiter oben an und zwang mich so, das Kinn anzuheben.

Zoe hatte vorsichtig ein paar Schritte rückwärts gemacht, sodass sie nun mit dem Rücken zu ihm zwischen Piper und den Soldaten stand. Nur ein paar Fußlängen von ihr entfernt, kniff der Mann mit dem Bogen ein Auge zu und richtete den Pfeil auf ihre Brust.

Als Piper angriff, geschah es wie in Zeitlupe. Mit ausgestrecktem Arm schleuderte er sein Messer durch die Luft, den Zeigefinger anklagend auf den Dompteur gerichtet. Gleichzeitig flogen Zoes Messer in Richtung Bogenschütze, während sie blitzschnell zur Seite wegtauchte. Den Bruchteil einer Sekunde lang wirbelten alle drei Klingen durch die Luft. Der Pfeil verfehlte Zoe nur knapp. Doch der Dompteur pflückte Pipers Waffe mit seinem eigenen Messer vom Himmel.

Danach ging alles ganz schnell. Auf das Klirren der Klingen folgte der Aufschrei des Schützen, als eins von Zoes

Messern ihn traf, bevor das zweite laut scheppernd gegen eine der Stangen prallte. Indes war der Pfeil haarscharf an meiner Schulter vorbeigezischt und in der Finsternis verschwunden.

»Halt«, rief der Dompteur seinen Männern zu. Panisch fasste ich mir an die Kehle und wartete auf den Schmerz und das Blut, das gleich aus der Wunde quellen und mir heiß zwischen den Fingern den Hals hinabrinnen würde. Doch nichts geschah. Alles, was ich spürte, war die alte Narbe und darunter meinen rasenden Puls.

5

EIN PAAR SEKUNDEN lang wagte niemand, sich zu rühren. Der Dompteur war vor mir in die Hocke gegangen und hatte sein Messer auf Piper gerichtet, dessen Dolch nur ein paar Zentimeter vor ihm in der Luft schwebte. Rücken an Rücken mit Piper war Zoe mit zwei frisch gezückten Messern wieder in Angriffsstellung gegangen. Dahinter zerrte der Bogenschütze mit schmerzverzerrtem Gesicht an der Klinge, die direkt unterhalb seines Schlüsselbeins feststeckte. Außer Reichweite standen abwartend und mit erhobenen Schwertern die beiden anderen Gefolgsleute des Dompteurs.

Hastig tastete ich nach der Waffe an meinem Gürtel, doch im selben Moment ertönte ein Rasseln, und der Dompteur ließ sein Messer zurück in die Scheide gleiten. »Waffen runter«, sagte er mit einem knappen Kopfnicken zu seinen Soldaten, die gehorsam ein paar Schritte zurücktraten.

Der verletzte Mann fluchte. Ich konnte seine Wunde in der Dunkelheit nicht erkennen, doch in der Luft lag jener unverkennbare Geruch nach blutiger Leber, der mich mein Leben lang an gehäutete Kaninchen und die Toten auf der Insel erinnern würde.

»Ich glaube, wir verstehen uns«, sagte der Dompteur. »Eigentlich wollte ich mich nur mit euch unterhalten, aber jetzt wisst ihr wenigstens, dass ich mit dem Messer umgehen kann.«

»Wenn du sie noch einmal anfasst, schneide ich dir die

Zunge ab«, zischte Piper. »Dann hat es sich ausgeplaudert.« Ohne den Dompteur aus den Augen zu lassen, griff er nach meinem Arm und zerrte mich hinüber zu Zoe, die ihre Waffen zwar gesenkt, jedoch noch nicht weggesteckt hatte.

»Lasst uns allein«, rief der Dompteur seinen Soldaten mit einer ungeduldigen Handbewegung zu, die daraufhin den Rückzug antraten. Bald hatte die Finsternis ihre Gesichter verschluckt, und auch das jämmerliche Schnaufen des verwundeten Bogenschützen verstummte.

»Alles klar?«, fragte Piper.

Mit einer Hand umklammerte ich noch immer meinen Hals. »Er hätte mir die Kehle aufschlitzen können, als du das Messer geworfen hast«, flüsterte ich.

»Er hatte nie vor, dich zu töten«, erwiderte Piper leise. »Schließlich wollte er unbedingt mit dir reden. Das war nur ein Bluff.« Dann hob er die Stimme, damit der Dompteur ihn hören konnte. »Es ging ihm nur darum, zu beweisen, was für ein Teufelskerl er ist.«

Ich sah zu ihm hoch. Wie sich so viel Selbstsicherheit wohl anfühlte?

Zoe ließ den Blick über das Tal schweifen. »Wo ist der Rest deiner Truppe?«, fragte sie den Dompteur.

»Ich sagte doch, ich habe nur meine Späher dabei. Ihr habt ja keine Ahnung, was los wäre, wenn herauskäme, dass wir uns getroffen haben.«

Aus knapp zwanzig Metern Entfernung beobachteten uns die drei Soldaten mit argwöhnischen Blicken, die Schwerter noch immer gezückt. Der verwundete Schütze hatte seinen Bogen fallen gelassen und lehnte sich gerade erschöpft gegen eine der gekrümmten Eisenstangen, nur um gleich darauf erschrocken zusammenzufahren. Offenbar schmerzte die Berührung des Relikts aus dem Vorher mehr als der Dolch in seinem Fleisch.

»Wie hast du uns gefunden?«, fragte ich den Dompteur. »Der Rat versucht schon seit Monaten, uns aufzuspüren. Warum du und warum ausgerechnet jetzt?«

»Dein Bruder und die Generalin glauben, dass sie dank ihrer Maschinen den totalen Überblick haben. Das mag auch ganz gut funktioniert haben, solange sie sich auf die Beichtmutter und ihre Visionen verlassen konnten. Für die altmodischen Methoden hatten die zwei nie etwas übrig. Dabei hätten sie von den langjährigen Ratsmitgliedern und den altgedienten Soldaten viel lernen können, wenn sie sich dazu bequemt hätten zuzuhören so wie ich. Weshalb bezahle ich wohl schon seit Jahren in sämtlichen Siedlungen von Wyndham bis zur Küste die Straßenkinder? Wenn man wirklich auf dem Laufenden bleiben will, ist ein gieriger Gassenjunge mit der Aussicht auf eine Silbermünze mehr wert als jede Maschine. Natürlich kursieren auch immer wieder haltlose Gerüchte, aber das ist es mir wert. Denn ab und zu hat man Glück. Einer meiner Informanten hat euch in Drury gesehen, ein anderer meinte, in Windrush seien drei Fremde aufgetaucht – eine junge Alpha-Frau mit zwei Omegas im Schlepptau. Interessant, nicht? Meine Späher sind euch schon seit vier Tagen auf den Fersen.«

»Und warum?«, fiel Piper ihm ins Wort.

»Weil wir einiges gemeinsam haben.«

Laut dröhnte Pipers Lachen durch die Finsternis. »Wir? Ist das dein Ernst?«

Auch jenseits von Wyndham umgab den Dompteur die hoheitsvolle Aura eines Ratsmannes. Irgendwo hier in der Nähe stand ein Zelt, das seine Soldaten transportiert und aufgebaut hatten, und darin ein frisch bezogenes Feldbett. Während wir knietief durch Aschehügel wateten und mit Blasen an den Füßen über steinige Berge kletterten, thronte er auf einem Pferd. Wahrscheinlich sorgten seine Männer auch stets für sauberes Wasser. Im Gegensatz zu uns, auf deren Haut eine dicke Schmutzschicht lag, wirkte der Dompteur wie aus dem Ei gepellt. Seine vollen Wangen legten den Verdacht nahe, dass er noch nie einen Pilz von Larven hatte befreien müssen oder geschlagene zehn Minuten damit zugebracht hatte, einer Eidechse die spärlichen Fleischreste von den Knochen zu nagen, um nach einer langen, durchwanderten Nacht etwas zu essen zu haben. Unser Hunger war wie ein Gewand, das wir nicht über den Kopf bekamen, und nach einem Blick in das wohlgenährte Gesicht des Dompteurs stimmte ich in Pipers Gelächter mit ein. Hinter mir spuckte Zoe auf den Boden.

»Ich weiß, weshalb ihr lacht«, sagte der Dompteur. »Aber wir haben mehr gemeinsam, als ihr ahnt. Wir wünschen uns dasselbe.«

Jetzt war es an Zoe zu spotten. »Wenn du wüsstest, was ich mir für dich und die anderen Monster in eurem Rat so wünsche …«

»Wie gesagt, ihr begeht einen Fehler, wenn ihr uns alle über einen Kamm schert.«

Piper meldete sich wieder zu Wort. »Während die Omegas Not leiden, liegt ihr in euren weichen Federbetten. Was interessiert es uns, wenn ihr euch nicht einig werdet, wie man uns am besten beseitigt? Ihr bringt euch zwar in regelmäßigen Abständen um die Ecke, aber wir haben davon nichts.«

»Es hat sich einiges geändert.«

»Lass mich raten«, sagte Piper. »Die Omegas sind dir auf einmal nicht mehr egal?«

»Doch, vollkommen.« Die Ehrlichkeit des Dompteurs machte sogar Zoe sprachlos, die drauf und dran gewesen war, ihm ins Wort zu fallen. Ohne einen Anflug von falscher Scham fuhr er fort: »Mir geht es um die Alphas. Ich will nur das Beste für sie. Darin besteht meine Aufgabe, genau wie du stets im Interesse der Omegas handelst.«

»Ich stehe der Versammlung nicht mehr vor«, sagte Piper und fügte mit einer vielsagenden Geste auf seine zerlumpte Kleidung und sein ungewaschenes Gesicht hinzu: »Sehe ich etwa aus wie ein Rebellenführer?«

Der Dompteur tat, als hätte er ihn nicht gehört. »Was der Reformer und die Generalin vorhaben, bringt uns alle in Gefahr – Alphas wie Omegas.«

»Wovon redest du?«, fragte ich.

»Tu nicht so«, gab er zurück. »Du bist doch durch die Tankräume aus der Ratsfestung geflüchtet. Du weißt genau, dass sie dabei sind, die Maschinen und die Elektrik aus dem Vorher wieder zum Laufen zu bringen. Und wahrscheinlich weißt du auch mehr über die Datenbank der Beichtmutter, als du zugibst. Ich habe dem Reformer nie abgekauft, dass der Zwilling der Beichtmutter sie im Alleingang zur Strecke gebracht haben soll.«

Ich biss mir auf die Zunge.

»Jahrelang habe ich erfolgreich mit der Generalin und dem Reformer zusammengearbeitet«, fuhr der Dompteur fort. »Sogar seine enge Beziehung zur Beichtmutter habe ich geduldet.« Angewidert kräuselte er die Oberlippe. »Immerhin hat sie sich als nützlich erwiesen. Aber irgendwann waren unsere Ziele nicht mehr vereinbar. Inzwischen ist mir klar, dass dein Zwilling und die Generalin dem Tabu keinerlei Bedeutung mehr beimessen. Für sie sind die alten Gesetze ein reines Lippenbekenntnis, um die Bevölkerung in Sicherheit zu wiegen. Aber insgeheim rütteln sie schon lange daran. Natürlich gehen sie so diskret vor wie möglich, aber ganz alleine können sie das alles nun mal nicht schaffen. Seit über einem Jahr kommen immer wieder Soldaten ihrer Leibgarden zu mir und packen aus. Ratet mal, was sie alles bewachen müssen. Die Tanks. Die Datenbank. Im Gegensatz zum Reformer oder zur Generalin bin ich über die Armee an meinen Ratsposten gekommen. Ich weiß, wie die Leute ticken, und deshalb ist mir auch klar, was für eine wichtige Rolle das Tabu nach wie vor für die Bevölkerung spielt. Dein Zwilling und die Generalin sind so verzückt von ihren eigenen Ideen, dass sie darüber vollkommen vergessen haben, wie sehr das einfache Volk das Vorher hasst und fürchtet.«

»Mehr als die Omegas?«, fragte ich.

»Das ist doch einerlei«, erwiderte er. »Die Maschinen haben die Explosion ausgelöst, danach kamen die Zwillingsgeburten und die Omegas.«

In den Augen des Dompteurs waren wir also nur eine Abweichung, ein Fehler. Eine Katastrophe, die man als Alpha im gleichen Atemzug nannte wie die Explosion. Ein Problem, das es zu lösen galt.

»Nachdem die Beichtmutter getötet und ihre Datenbank zerstört worden war, hatte ich gehofft, dass der Spuk damit vorbei ist«, fuhr er fort. »Aber die Faszination deines Bruders und der Generalin für die Maschinen ist ungebrochen. Der Richter war der Letzte im Rat, der es gewagt hat, den beiden die Stirn zu bieten. Sogar am Schluss, als sie seinen Zwilling in ihrer Gewalt hatten, hat er das Tabu noch verteidigt. Weil er genau wusste, dass das Volk sonst auf die Barrikaden gehen würde. Das war sein Todesurteil.«

»Was ist mit den anderen Ratsmitgliedern?«, wollte Piper wissen. »Sind sie in die Pläne des Reformers und der Generalin eingeweiht?«

»Der Großteil tappt natürlich im Dunkeln. Trotzdem haben die meisten stillschweigend ihr Einverständnis gegeben. Sie schauen einfach nicht so genau hin. Wenn der Plan funktioniert, hoffen sie, auch etwas davon zu haben, und wenn er fehlschlägt, können sie zumindest nicht belangt werden.«

Was für ein Luxus, dachte ich, sich einfach dumm stellen zu können und angesichts des Schreckens auf der Welt nur mit den Achseln zu zucken.

»Ein paar hatten gar keine Wahl«, fuhr der Dompteur fort. »Sie konnten ihre Zwillinge nicht schnell genug warnen.«

»Und dein Zwilling?«, fragte ich.

»Sie ist in Sicherheit«, erwiderte er. »Aber nicht in den Verwahrungsräumen. Sie steht unter Aufsicht meiner Leute.«

Bei seinen Worten überkam mich ein leises Frösteln. Noch immer hockte ich im Traum manchmal in meinem Verlies in der Ratsfestung, wo die Tage kein Ende nahmen und ich bis in alle Ewigkeit eine Gefangene der Zeit war.

»Und das soll besser sein als die Verwahrungsräume?«, fragte ich.

»Bei meinen Soldaten ist sie gut aufgehoben«, sagte er. »Angesichts der derzeitigen Lage ist es in Wyndham viel zu gefährlich für sie und damit für uns beide.«

»Was willst du ausgerechnet von uns?«

»Ich kenne deinen Bruder und die Generalin schon lange, aber das ganze Ausmaß ihrer Besessenheit von den Maschinen ist mir erst vor ein paar Jahren klar geworden. Seither versuche ich, so viel wie möglich über ihre Pläne in Erfahrung zu bringen. Ich habe es schon mit anderen Sehern probiert. Leider seid ihr äußerst selten und auch höchst unterschiedlich begabt, und die meisten von euch sind irgendwann einfach nicht mehr zu gebrauchen.« Er sagte die Worte so leichthin, als sei ein Seher, der dem Wahnsinn anheimfiel, ähnlich wertlos wie ein kaputtes Wagenrad oder ein verrosteter Eimer. »Du hingegen …« Er sah mir in die Augen. »Von dir habe ich bisher nur Gutes gehört. Und da du noch dazu in so engem Kontakt zu den Rebellen stehst«, er machte eine Kopfbewegung in Richtung Piper und Zoe, »dürfte sich unsere Zusammenarbeit umso erfolgreicher gestalten.«

»Wie oft soll ich es denn noch sagen?«, warf Piper ein und betonte dabei jede Silbe einzeln. »Ich habe im Widerstand nichts mehr zu melden.«

»Dann willst du also nichts gegen die Tanks unternehmen?«

»Was genau erwartest du dir eigentlich von uns?«, fragte ich, ohne auf Piper zu achten.

»Ich brauche eure Hilfe«, sagte der Dompteur. »Wir müssen der Generalin und deinem Bruder mit ihren Maschinen Einhalt gebieten.«

Ich verstand die Welt nicht mehr. Der Dompteur saß im Rat, ihm standen die nötigen Soldaten und Geldmittel zur Verfügung, und er hatte mehr Einfluss auf die Geschicke des Landes, als wir – zerlumpt, ausgemergelt und verzweifelt – uns je hätten erträumen können.

»Wenn du Hilfe brauchst«, gab Piper zurück, »dann frag doch deine Freunde in der Regierung.«

Der Dompteur lachte. »Glaubst du etwa, wir sind eine große, glückliche Familie, die einträchtig in den Ratskammern zusammensitzt und sich gegenseitig auf die Schultern klopft?« Er wandte sich wieder an mich. »Als du damals in Verwahrung warst, vor wem, glaubst du, wollte der Reformer dich beschützen? Die ärgsten Feinde eines Ratsmannes sind die, die ihm am nächsten stehen, weil sie von seiner Entmachtung am meisten profitieren. Denkt nur mal an den Richter.«

»Und deshalb sollen wir uns auf deine Seite schlagen?«, fragte Piper. »Du kommst doch nur angekrochen, weil dein Stuhl wackelt und du nicht mehr weißt, wohin.«

Der Dompteur warf ihm einen vielsagenden Blick zu. »Das Gefühl müsstest gerade du gut kennen.«

»Bevor die Maschinen einen Keil zwischen dich und deine beiden Konkurrenten getrieben haben, hattest du auch kein

Problem mit ihrer Einstellung«, warf ich ein. »Warum sollten wir mit jemandem gemeinsame Sache machen, der alle Omegas hasst?«

»Weil nur ich euren Leuten eine Alternative zu den Tanks bieten kann. Das Reservatsystem hat jahrzehntelang reibungslos als sozial verträgliche Antwort auf das Omega-Problem funktioniert. Und dank der Abgaben ist diese Lösung weiter ausbaufähig. Wenn dein Bruder und die Generalin nicht wären, könnte alles so weitergehen wie zuvor.«

»Genau deshalb kommt eine Zusammenarbeit für mich nicht infrage«, sagte ich. »Es gibt nämlich kein *Omega-Problem*. Alle unsere Probleme haben wir nur der Regierung zu verdanken – die hohen Steuern und die Verdrängung in immer abgelegenere Gebiete, wo die Böden nichts mehr hergeben, die Brandmarkung und die ganzen anderen Auflagen, die ein menschenwürdiges Leben unmöglich machen.«

»Das ist jetzt nicht mehr von Belang. Du weißt so gut wie ich, dass es nur noch darum geht, den Bau der Tanks aufzuhalten.«

»Wozu dann diese Nacht- und Nebelaktion? Deine Soldaten hätten mich auch einfach nach Wyndham verschleppen können. Mit mir als Geisel hättest du Zach in der Hand.«

»Stimmt, aber wer weiß, ob ich damit so viel erreichen würde. Es stand auch schon zur Debatte, dich zu ermorden, um ihn damit endgültig auszuschalten.« Er kannte mit seinen Worten ebenso wenig Gnade wie mit dem Messer, das an meiner Kehle geruht hatte. »Vor ein paar Monaten hätte das vielleicht noch funktioniert. Aber inzwischen ist deinem Bruder die Angelegenheit über den Kopf gewachsen. Er hat sich zu sehr auf die Beichtmutter verlassen, und ihr Tod hat seine Position innerhalb der Regierung extrem geschwächt. Die Generalin hat ihm ein paar Jahre in Wyndham voraus, sie genießt im Rat entsprechend mehr Ansehen. Nachdem die beiden den Richter zur Strecke gebracht haben, hat sie nach der Krone gegriffen, und die gibt sie jetzt nicht mehr ohne Weiteres her. Wenn ich den Reformer unter Druck setze oder ihn gar hinrichten lasse, hätte das keinerlei Auswirkungen auf den politischen Kurs des Landes. Und wenn die Generalin auch nur den geringsten Verdacht schöpft, dass wir vorhaben, dich gegen deinen Bruder auszuspielen, bringt sie ihn wahrscheinlich lieber gleich selbst um die Ecke.«

Vor meiner Flucht aus Wyndham hatte Zach zu mir gesagt: *Ich habe etwas angefangen, und das muss ich zu Ende bringen.* Doch er schien den Ernst der Lage verkannt zu haben und drohte jetzt von seinen eigenen Maschinen zermalmt zu werden.

»Abgesehen davon«, fuhr der Dompteur fort, »kann ich durch deinen Kontakt zum Widerstand hier draußen viel mehr mit dir anfangen.«

»Ich lasse mich nicht benutzen.« Was hatte Piper erst vor ein paar Tagen zu mir gesagt? *Du musst die Visionen ertragen, und ich muss mir überlegen, was sich damit anfangen lässt.* Langsam hatte ich es satt, von Männern ständig nur wie ein willenloses Mittel zum Zweck behandelt zu werden.

»Wir können voneinander profitieren«, sagte der Dompteur. »Schließlich haben wir dasselbe Ziel.«

»Das haben wir nicht!« Seine Behauptung traf mich härter als jeder Schlag, den er hätte austeilen können. »Du willst uns genauso loswerden wie Zach, nur dass dir seine Methoden nicht gefallen.«

»Vielleicht sind wir uns, was das weitere Vorgehen angeht, nicht ganz einig, aber momentan wollen wir beide etwas gegen die Tanks unternehmen. Stellt sich die Frage, wie wichtig dir das wirklich ist.«

»Ich werde dir nicht helfen.«

Piper schnitt mir das Wort ab. »Falls doch, was springt für uns dabei raus?«

»Wissen. Regierungsgeheimnisse aus erster Hand, mit denen der Widerstand verhindern kann, dass noch mehr Omegas in den Tanks enden. Auch wenn die beiden sich mir gegenüber bedeckt halten, habe ich Zugriff auf Informationen, von denen ihr nur träumen könnt.«

»Informationen sind wertlos, wenn wir damit hinterm Berg halten müssen«, sagte ich. »Früher hat es vielleicht gereicht, Spione auf den Rat anzusetzen und sich vor seinen Feinden zu verstecken. Aber bei der Schlacht auf der Insel haben unsere Leute ihr Leben gelassen. Wenn du gegen die Tanks wirklich etwas ausrichten willst, musst du eine Armee aufstellen und uns helfen.«

»Ihr verlangt Unmögliches von mir«, erwiderte er. »Wenn ich militärisch gegen die Generalin und den Reformer vorgehe, kommt das einer Kriegserklärung gleich. Und das bedeutet Tote, auf meiner wie auf eurer Seite.«

»Es sind schon so viele Menschen gestorben«, sagte ich. »Und der Rest landet sowieso in den Tanks, und die sind schlimmer als der Tod.«

»Ich bin bereit, zusammen mit euch diesem Grauen ein Ende zu bereiten. Warum wollt ihr mir nicht ein Stück weit entgegenkommen?« Sein Appell klang überzeugend. Man konnte ihn sich gut an einem Rednerpult in den Ratskammern vorstellen. »Wozu die Maschinen fähig sind, liegt jenseits unserer Vorstellungskraft. Wer weiß, was uns noch alles bevorsteht?«

Als er mir in die Augen sah und meinen Blick festhielt, wusste ich, dass seine Besorgnis nicht gespielt war. Aber mir war auch klar, dass es ihm nur um die Alphas ging. Sein »uns« bezog sich nicht auf die Omegas in den Tanks. Wir bildeten nur die Geräuschkulisse. Nicht zu vergessen, dass er

Oberbefehlshaber der Truppen war. Ich dachte zurück an die Soldaten in Hobart, die einen Omega-Gefangenen so lange ausgepeitscht hatten, bis die Haut auf seinem Rücken aufgeplatzt war wie eine überreife Frucht, an die Alphas, die das Blutbad auf der Insel angerichtet hatten. Hatten sie dem Dompteur Meldung erstattet? Hatten sie auf seinen Befehl hin gehandelt?

»Wir müssen uns gegen die Tanks wehren, weil es ein brutales Verbrechen ist, Menschen unter Wasser in einen gläsernen Sarg zu sperren«, sagte ich. »Und nicht wegen des Tabus.«

»Ich bin kein Unmensch«, erwiderte der Dompteur. »Wenn wir die Maschinen anhalten, profitieren auch die Omegas davon. Gerade ihr seid doch die ersten Opfer dieser neuen technischen Errungenschaften.« Sein Blick blieb an Pipers linker Schulter hängen. »Ich gehöre nicht zu den Idioten, denen der Rat erfolgreich eingetrichtert hat, Omegas seien der Inbegriff des Bösen. Mir ist klar, dass ihr eher unser Mitleid verdient als unseren Hass.«

»Dein Mitleid kannst du dir sparen«, knurrte Piper. »Wir brauchen deine Hilfe. Deine Schwerter, deine Soldaten.«

»Ihr wisst genau, dass das nicht geht.«

»Dann ist unser Gespräch hiermit beendet«, sagte ich.

Er sah mir herausfordernd in die Augen. Ich hielt seinem durchdringenden Blick stand. »Du änderst deine Meinung schon noch«, sagte er. »Wenn es so weit ist, komm zu mir.« Damit wandte er sich zum Gehen, doch ich hielt ihn auf.

»Wenn du willst, dass wir dir vertrauen«, sagte ich, »musst du uns wenigstens deinen Namen verraten.«

»Ihr wisst, wie ich heiße.«

»Nicht dein Pseudonym, deinen wahren Namen.«

»Ihr kennt ihn.« Seine Stimme war unnachgiebig wie Granit. »Was spielt es für eine Rolle, wie meine Eltern mich genannt haben? Spricht daraus etwa mehr Wahrheit als aus dem, den ich mir selbst gegeben habe?«

Doch ich ließ mich nicht so einfach abspeisen. »Wie bist du ausgerechnet auf Dompteur gekommen?«

Er legte den Kopf schief und sah mich prüfend an. »Als ich ein Kind war«, begann er nach kurzem Schweigen, »kamen Gaukler durch unsere Stadt. Eine große Truppe, nicht nur Barden, auch Jongleure und Akrobaten waren dabei. Sie hatten ein Pferd, das auf den Hinterbeinen zur Musik auf und ab tänzelte, und einen Mann dabei, der Schlangen darauf dressiert hatte, dass sie auf ihm herumkrochen. Die halbe Stadt war auf den Beinen. Ich hatte noch nie so etwas Aufregendes erlebt. Aber während alle anderen im Publikum Oh und Ah machten, hatte ich nur Augen für den Mann mit der Peitsche, der die Künstler ansagte. Ich sah, wie er beim Publikum die Vorfreude auf jeden neuen Auftritt schürte und wie er die Darbietung unterbrach, wenn die Zuschauer sich zu langweilen drohten. Er hatte die Manege vollkommen im Griff. Die Gaukler hatten das Talent, aber sie gehorchten dem Dompteur, und am Ende fraß ihm das Publikum aus der Hand, wie das tanzende Pferd, und sein Zylinder quoll über vor Münzen. Ich wollte nie der Mann auf den Stelzen sein oder der Schlangenbeschwörer. Mein Held war immer der Mann mit der Peitsche, der die Dinge ins Rollen bringt. Und genau das bin ich geworden. Denkt immer daran.« Damit drehte er sich um und schlenderte in aller Ruhe zu seinem Gefolge zurück, das im Schutz der Dunkelheit auf ihn wartete.

»Woher weißt du, dass wir dich nicht in ein paar Sekunden kaltmachen?«, rief Zoe ihm hinterher.

Der Dompteur blieb stehen und drehte sich um. »Weil das ganz im Sinne ihres Bruders wäre.« Ein Grinsen huschte über sein Gesicht. »Der Reformer hätte mir schon längst ein Messer in den Rücken gejagt.« Im Mondlicht blitzten seine

Zähne auf wie die Klinge eines Messers. »Kommt wohl darauf an, wie sehr ihr euch ähnelt.«

Er hatte recht. Uns einfach so den Rücken zuzukehren bewies Mut. Die Soldaten waren noch zu weit entfernt, um ihm zu Hilfe zu kommen. Er wäre auf der Stelle tot. Ich wusste genau, wann Piper den Arm heben würde, der Ablauf war mir inzwischen unglaublich vertraut. Die Hand, die blitzartig vorschnellte, das Messer, das nicht geschleudert, sondern nur losgelassen wurde, um sich geradewegs in den Nacken des Dompteurs zu bohren …

»Nicht«, keuchte ich und griff nach Pipers Ellbogen.

Seine Muskeln waren angespannt, und er machte keinerlei Anstalten, die Waffe zu senken, auch nicht, als ich mit beiden Händen seinen Oberarm umklammerte. Aufmerksam verfolgte er den Weg des Dompteurs durch den Geisterwald aus verrosteten Eisenstangen. Neben ihm taxierte Zoe mit einem Messer in der Hand die Soldaten in der Ferne.

»Nenn mir einen Grund, weshalb ich ihn verschonen sollte«, raunte Piper.

»Nein!«

Er warf mir einen verwunderten Blick zu, als höre er meine Stimme zum ersten Mal.

»Ich weigere mich, da mitzuspielen«, sagte ich. »Dasselbe hast du mich damals auf der Insel gefragt, als die anderen mich ausliefern wollten. Kein Mensch ist mehr oder weniger wert als ein anderer.«

»Aber wir können es nicht riskieren«, sagte Piper. »Ihn am Leben zu lassen ist viel zu gefährlich. Und er sitzt im Rat, verdammt noch mal. Er ist ein schlechter Mensch!«

Obwohl er mit allem recht hatte, ließ ich seinen Arm nicht los. »Die Welt ist voll von schlechten Menschen. Aber er wollte nur mit uns verhandeln. Wer gibt uns das Recht, ihn einfach so umzubringen – und seinen Zwilling gleich mit?«

In der Stille, die folgte, hallten die Worte des Dompteurs in mir wider: *Kommt wohl darauf an, wie ähnlich ihr euch seid.*

Der Dompteur hatte die Soldaten schon fast erreicht, als Piper mich abschüttelte und ihm im Stechschritt folgte. »Warte!«, befahl er.

Umringt von seinen Männern, drehte sich der Ratsmann zu ihm um. Die beiden Schwertkämpfer hatten die Waffen gezogen, und sogar der Bogenschütze, der noch immer die rechte Hand um das Messer unterhalb seines Schlüsselbeins krallte, hielt Piper mit der linken zitternd einen Pfeil entgegen.

»Ich glaube, das gehört uns«, sagte Piper, beugte sich vor und zog dem Schützen mit einem kräftigen Ruck Zoes Messer aus dem Fleisch.

Der Mann schnappte nach Luft und stieß einen erstickten Fluch aus, doch unter dem teilnahmslosen Blick des Dompteurs wagte er nicht, zum Gegenschlag auszuholen, sondern drückte die Hand nur noch fester auf die Wunde. Frisches Blut quoll zwischen seinen Fingern hervor.

Nach einem Kopfnicken in Pipers Richtung fixierte der Dompteur noch einmal mich. »Wenn du deine Meinung änderst, komm zu mir«, rief er, bevor er sich umdrehte und mit seinen Soldaten im Schlepptau davonmarschierte.

6

»DU MUSST LERNEN, dich zu verteidigen«, sagte Zoe am nächsten Morgen zu mir. Piper hielt Wache, und wir beide waren eigentlich mit Ausruhen dran, doch nach der Begegnung mit dem Dompteur war an Schlaf nicht zu denken.

»Ich kann nicht«, sagte ich.

»Du sollst ja nicht gleich zum Attentäter mutieren. Aber Piper und ich können dir auch nicht alle fünf Minuten das Leben retten.«

»Ich will nicht töten.« Ich konnte den Blutgeruch nach der Schlacht auf der Insel einfach nicht vergessen und musste noch immer an die schrecklichen Visionen denken, in denen mir nicht nur die Opfer des Massakers erschienen waren, sondern auch ihre Zwillinge, die der Tod hinterrücks überfallen hatte.

»Dir wird in Zukunft nichts anderes übrig bleiben«, gab Zoe zurück. »Du musst deinen Verfolgern die Stirn bieten können. Der Dompteur war nur der Anfang. Wir können dir nicht jedes Mal aus der Patsche helfen.«

»Beim bloßen Gedanken daran wird mir schon schlecht«, sagte ich. »Ich will einfach niemanden umbringen, verstehst du? Nicht mal die Ratssoldaten. Die haben auch alle Zwillinge.«

»Glaubst du etwa, mir macht das Spaß?«, fragte Zoe leise.

Nach kurzem Zögern lenkte ich schließlich ein. »Gut, aber nur für den Fall, dass ich angegriffen werde.«

»Den Normalfall meinst du also.« Wenn sie so schelmisch eine Augenbraue hob, erinnerte sie mich an Kip. »Hol dein Messer raus!«

Gehorsam zog ich die Waffe hervor, die Kip mir auf der Insel in die Hand gedrückt hatte. Sie war in etwa so lang wie mein Unterarm, mit einer beidseitig geschliffenen Klinge, die vorne nadelspitz zulief. Der Griff war vom Schweiß seines Vorbesitzers so stark angelaufen, dass das Leder fast schwarz aussah. »Kannst du mir beibringen, wie man damit wirft – so wie Piper und du?«

Zoe lachte und nahm mir das Messer ab. »Damit du dir aus Versehen ein Ohr absäbelst? Mit dem hier kann man sowieso nicht werfen – jedenfalls nicht, wenn man es korrekt hält.« Lässig schwang sie die Klinge zwischen Daumen und Zeigfinger hin und her. »Und von meinen kriegst du keins. Aber ich kann dir ein paar Grundlagen zeigen, damit du nicht völlig aufgeschmissen bist, wenn wir nicht mehr da sind, um Lebensretter zu spielen.«

Ich sah zu ihr auf. Trotz unserer Meinungsverschiedenheiten konnte ich mir ein Leben ohne Zoe inzwischen kaum mehr vorstellen. Ihre sarkastischen Kommentare waren mir ebenso vertraut wie ihre breiten Schultern und rastlosen Hände. Wenn wir nachts zusammen ums Feuer saßen, gehörte das nervöse Klacken der Klinge auf ihren Nägeln genauso dazu wie die zirpenden Grillen im Gras. »Willst du etwa weg?«

Sie schüttelte den Kopf, wich jedoch meinem Blick aus.

»Sag mir die Wahrheit, Zoe.«

»Pass lieber auf«, sagte sie nur. »Das ist wichtig.« Sie warf den Dolch auf den Boden. »Den brauchst du erst mal nicht. Und diesen ganzen dramatischen Schnickschnack mit Beine hoch und Salto rückwärts kannst du dir auch gleich abschminken. Meistens kämpft man mit den Fäusten, und da geht es eher dreckig zu. So ein Nahkampf ist kein Vergnügen.«

»Ich weiß«, sagte ich. Auf der Insel hatte ich die grausame Realität hautnah miterlebt.

»Gut«, sagte sie. »Dann können wir ja anfangen.«

Ich lernte, wie ich meinem Angreifer den Ellbogen in den Unterleib rammen musste, wenn er mich von hinten festhielt, und wie ich am besten den Kopf zurückwarf, um ihn an der Nase zu treffen. Sie brachte mir bei, wo sich die empfindlichste Stelle in den Weichteilen meines Gegners befand und wie ich ihn mit einem wuchtigen Schlag seitwärts gegen den Kiefer außer Gefecht setzen konnte.

»Du darfst nicht einfach so draufhauen«, schärfte sie mir ein. »Damit kommst du nicht weit. Du musst ein klares Ziel vor Augen haben und den Angriff dann konsequent durchziehen. Versuch immer, eine Stelle zu treffen, die mindestens fünfzehn Zentimeter unter der Haut liegt.«

Als sie mich nach ein paar Stunden endlich auf das Messer losließ, war ich durchgeschwitzt und erschöpft. Und auch dann zeigte Zoe mir vorerst nur, wie man einen Hieb mit der Klinge parierte, während der Griff die Hand abschirmte. Wie man den Körper zur Seite drehte, um die Angriffsfläche zu verringern, und stets darauf achtete, breitbeinig und mit leicht gebeugten Knien dazustehen, damit der Gegner einen nicht einfach umwerfen konnte.

Zum Schluss kamen wir endlich zum Angriff. Zoe brachte mir bei, wie man zustieß, ohne sein Gegenüber vorzuwarnen. Wo genau die maßgebenden Blutgefäße zwischen Schritt und Schenkel lagen. Und dass man, wenn man in der Unterbauchgegend zustach, das Messer erst drehte, bevor man es wieder herauszog.

Ich schnitt eine Grimasse. »So etwas will ich gar nicht wissen.«

»Ach was, ich sehe doch, dass du Spaß daran hast«, sagte sie. »Endlich hat die schlechte Laune ein Ende. So munter habe ich dich seit Wochen nicht erlebt.«

Vielleicht hatte sie recht. Es war seltsam befriedigend, Schrittfolgen und Posen immer besser zu beherrschen und festzustellen, wie einem die Handgriffe in Fleisch und Blut übergingen. Doch gleichzeitig widerte mich der Gedanke, jemanden aufzuschlitzen, zutiefst an. Ließen sich eine Tat und ihre Konsequenzen so sauber voneinander trennen? Diese Schläge und Tritte duldeten weder Zurückhaltung noch Zweideutigkeiten. Doch nach einer gewissen Anzahl von Wiederholungen musste ich wohl oder übel zugeben, dass die geistlose Routine etwas Beruhigendes hatte. Ähnlich wie Nägelkauen, lenkte es vom Denken ab. Doch bei Letzterem hatte ich schlimmstenfalls mit wunden Fingerkuppen zu rechnen. Was Zoe mir beibrachte, würde hingegen irgendwann mit einem geschundenen, womöglich toten Körper enden. Und wenn anderswo zur gleichen Zeit ein Zwilling sein Leben aushauchte, ginge dieser zweifache Tod allein auf mein Konto.

Zoe brachte sich wieder in Position und wartete darauf, dass ich es ihr gleichtat. »Ohne Üben geht es nicht«, sagte sie. »Du musst das Messer schon gezückt haben, bevor du weißt, dass du es überhaupt brauchst. Es muss zur Verlängerung deiner Hand werden, damit der Angriff irgendwann automatisch abläuft.«

Immer wenn ich Piper und sie in Aktion erlebt hatte, war alles im Fluss gewesen. Ihre Körper reagierten nicht auf Gedanken, sie wurden selbst zu solchen. Mir war klar, dass auch die fulminanten Messerkünste von Zoe und Piper nur Mittel zum grausigen Zweck waren. Und doch konnte ich nicht anders, als die Anmut zu bewundern, mit der die beiden der Welt ihren Protest ins Antlitz ritzten.

Als wir die Übungen beendeten, war es schon fast Nachmittag.

»Es reicht«, sagte Zoe, nachdem ich unbeholfen ihren letzten Vorstoß pariert hatte. »Du bist müde. Dann kommt es oft zu dummen Fehlern.«

»Danke«, sagte ich mit einem Lächeln und ließ meine Waffe zurück in die Scheide gleiten.

Sie zuckte mit den Achseln. »Ich habe ja auch was davon, wenn du zur Abwechslung mal auf dich selbst aufpassen kannst.« Damit wandte sie sich zum Gehen. Sie war wie eine Tür, die mir immer wieder mit einem lauten Knall vor der Nase zugeschlagen wurde.

»Warum bist du so?«, rief ich ihr hinterher. »Warum würgst du mir bei jeder Gelegenheit eins rein und haust dann einfach ab?«

Sie blieb stehen und drehte sich um. »Wie hättest du's denn gerne?«, fragte sie. »Sollen wir auch noch Händchen halten und einander die Haare flechten? Kriegst du den Hals nie voll?«

Ich wusste nicht, was ich darauf antworten sollte. Ein ums andere Mal hatte Zoe bewiesen, dass sie bereit war, ihr Leben für mich zu riskieren. Auf einmal kam ich mir kleinlich vor, weil ich mich auch noch nach ihrer Freundschaft sehnte.

»Ich wollte deine Träume nicht ausspionieren«, sagte ich. »Es ist einfach so passiert. Du weißt nicht, wie es als Seherin ist.«

»Du bist nicht die Erste mit der Gabe«, erwiderte sie nur und stiefelte davon.

Zwei Tage später tauchten im Morgengrauen die Barden auf. Erst ein paar Stunden zuvor hatten wir unser Lager aufgeschlagen, an einer Stelle, die Zoe und Piper gut kannten, auf einem bewaldeten Hügel mit einer Quelle und Blick auf die

Landstraße. Seit der Dompteur uns aus dem Hinterhalt aufgelauert hatte, zuckten wir bei jedem Geräusch nervös zusammen. Zu allem Übel regnete es außerdem schon seit zwei Tagen. Meine durchnässte Decke war so schwer, dass mir die Riemen des Rucksacks die Schultern aufscheuerten. Als wir haltmachten, fiel zwar nur noch leichter Nieselregen, aber der Untergrund und die Zweige waren zu nass, um ein Feuer zu entfachen.

Piper hatte gerade seine Wachschicht angetreten, als er sie im diesigen Dämmerlicht erspähte – zwei Vagabunden, die aus entgegengesetzter Richtung zu unserer Marschroute die Landstraße entlangkamen. Als er uns rief, hatte ich mich gerade unter ein paar Bäumen in meine Decke eingerollt. Zoe war kurz zuvor mit zwei frisch erlegten Kaninchen am Gürtel von der Jagd zurückgekehrt.

Obwohl die Fremden noch zwei winzige Figuren im weitläufigen Gelände waren, drang von der Straße her plötzlich Musik zu uns herauf. Als sich die beiden näherten, erkannten wir durch den sich langsam lichtenden Nebel, dass die Frau eine Trommel dabeihatte, mit der sie ihre Schritte rhythmisch untermalte, während der bärtige Mann an ihrer Seite mit einer Hand einen Stock umklammerte und mit der anderen eine Mundharmonika an die Lippen hielt, der er Fetzen einer Melodie entlockte. An der Stelle, wo die Straße eine Kurve machte, folgten die beiden ihrem Verlauf zu unserer Überraschung nicht weiter, sondern machten sich stattdessen daran, durch das hohe Gras den Hügel hinaufzuklettern, auf dessen Gipfel wir unser Lager aufgeschlagen hatten.

»Wir müssen weg.« Zoe war schon dabei, ihre Trinkflasche zurück in den Rucksack zu stopfen.

»Woher wissen die zwei von dieser Stelle?«, fragte ich.

»Weil sie genau wie wir schon tausendmal hier vorbeigekommen sind«, sagte Piper. »Barden sind immer unterwegs.

Diese Quelle ist die einzige weit und breit, da wollen sie hin.«

»Pack deine Sachen!«, forderte Zoe mich ungeduldig auf.

»Wartet mal!« Ich hielt sie am Arm fest. »Wir könnten wenigstens mit ihnen reden. Ihnen sagen, was wir wissen.«

»Wann begreifst du endlich, dass wir besser aufpassen müssen?«, zischte Zoe.

»Damit niemand etwas mitbekommt? Aber genau darum geht es uns doch! Seit Wochen versuchen wir schon, die Leute wachzurütteln.«

»Die Leute über die Reservate aufzuklären ist eine Sache«, schaltete Piper sich ein. »Dass alle mitkriegen, wer wir sind und wohin wir wollen, steht auf einem anderen Blatt. Hätte uns vor ein paar Tagen nicht der Dompteur, sondern dein Bruder aufgespürt, säßen wir jetzt schon längst hinter Gittern. Oder noch schlimmer. Ich will uns nur beschützen. Wir können es uns nicht leisten, vertrauensselig zu sein.«

»Du hast doch gesehen, was in den Reservaten los ist«, sagte ich. »Ihr Zulauf ist ungebrochen, weil alle denken, dort wären sie sicher. Wenn ans Licht kommt, was in den Lagern wirklich vor sich geht, hätte der Ansturm schlagartig ein Ende.«

»Und was haben die zwei Fremden damit zu tun?«

»Um möglichst viele Menschen zu erreichen, braucht man jemanden, der durch die Lande zieht, ohne Verdacht zu erregen, und überall, wo er hinkommt, ein breites Publikum findet. Jemanden, der eine Botschaft so vermittelt, dass sie hängen bleibt und nach und nach in der Bevölkerung die Runde macht.«

In den Omega-Siedlungen konnte man als Omega-Barde stets mit freundlichem Empfang rechnen, und in jedem Alpha-Dorf waren Sänger aus den eigenen Reihen willkommen. Sie galten als das wandernde Gedächtnis der Welt. Sie erzählten jene Geschichten, die sonst nach dem Tod ihrer Protagonisten in Vergessenheit geraten würden. Ihre Lieder schilderten die Liebe zwischen zwei Menschen, beschrieben die Stammbäume von Familien und zeichneten die Geschichte von ganzen Dörfern, Städten oder Landstrichen nach. Auch Legenden trugen sie vor, von großen Schlachten und übersinnlichen Begebenheiten. Sie traten sowohl an Festtagen als auch bei Begräbnissen auf, und ihre Darbietungen wurden überall als Zahlungsmittel gebilligt.

»Uns nimmt niemand ernst«, sagte ich. »Aber einem Barden hören die Leute zu. Ihr wisst doch, wie so was funktioniert. Lieder verbreiten sich wie ein Lauffeuer. Oder die Pest.«

»Toller Vergleich«, bemerkte Zoe.

»Aber er passt«, sagte ich.

Piper hatte mich aufmerksam beobachtet. »Selbst wenn den Barden zu trauen ist, verlangen wir nicht ein bisschen viel von ihnen?«, gab er zu bedenken.

»Lass sie das doch selber entscheiden«, erwiderte ich trotzig.

Weder Zoe noch Piper gaben mir eine Antwort, doch sie hörten auf zu packen. Die Musik rückte immer näher. Als ich mich umsah, kam das Paar gerade den Hügel hinaufgestapft. Dabei stützte sich der bärtige Mann nicht auf seinen Stock, sondern schwang ihn locker vor sich hin und her, wie um die Luft nach Hindernissen abzutasten. Er war blind.

Als die beiden den Waldrand erreichten, rief Piper ihnen eine Begrüßung zu. Wie auf Kommando verstummte die Musik. In der Stille schien jedes noch so kleine Geräusch mit einem Mal laut widerzuhallen.

»Wer ist da?«, rief die Frau zurück.

»Nur ein paar Reisende wie ihr«, sagte Piper.

Als sie auf die Lichtung traten, stellte ich fest, dass die Frau jünger war als wir. Sie trug das rote Haar zu einem Zopf geflochten, der ihr bis zum Po reichte, und obwohl sie gebrandmarkt war, konnte ich keine Mutation an ihr entdecken.

»Wollt ihr auch nach Norden zum Markt in Pullman?«, fragte der Mann. Er hielt sich noch immer mit einer Hand an dem Stock und mit der anderen an seiner Mundharmonika fest. Seine Augen waren nicht geschlossen, sie fehlten ganz. Unter dem Brandmal auf seiner Stirn spannte die Haut über die Augenhöhlen, und aus seinen Fingergelenken sprossen ein paar widerspenstige Ableger, die an Kartoffeltriebe erinnerten. Insgesamt hatte er an jeder Hand mindestens sieben Finger.

Piper wich seiner Frage aus. »Wir machen uns nach Einbruch der Dunkelheit wieder auf den Weg. Dann habt ihr die Lichtung für euch.«

Der Mann lächelte wissend. »Ihr wandert also nachts. Kein Wunder, dass ihr uns nicht verraten wollt, wo es hingeht.«

»Wir sind zurzeit tagsüber *und* nachts unterwegs«, sagte die Frau. »Der Markt geht in zwei Tagen los, und wir mussten in Abberley eine Pause einlegen, weil die Brücke überflutet war.«

»Ich wandere immer im Dunkeln, auch wenn die Sonne scheint.« Der Mann deutete auf seine versiegelten Augenhöhlen. »Ich kann mir also kein Urteil erlauben.«

»Unser Ziel geht euch nichts an«, sagte Zoe, worauf der Blick der jungen Frau an ihrer Stirn hängen blieb. Während sie die unversehrte, ungezeichnete Alpha-Frau mit offenem Mund anstarrte, hoffte ich inständig, die beiden Barden zuvor nicht ganz so ungeniert gemustert zu haben.

»Wo du recht hast, hast du recht.« Der Mann ließ sich von Zoes Befehlston nicht aus der Ruhe bringen.

Zögerlich kamen die Frau und er ein paar Schritte auf uns zu. Doch anstatt nach dem Arm seiner Begleiterin zu greifen, ließ sich der Mann von seinem Stab durch die für ihn unsichtbare Welt lotsen. Bei seinem Anblick fühlte ich mich unwillkürlich an mein Seherschicksal erinnert. Auf meinem Weg durch das Riff oder die Grotten unter Wyndham hatten meine Gedanken sich ähnlich wie der Stock des Barden Stück für Stück vorgetastet und mich so an mein Ziel geführt.

»Eins verstehe ich nicht«, sagte der Mann, nachdem er sich auf einem umgestürzten Baumstumpf niedergelassen hatte. »Ihr reist nachts, um den Ratspatrouillen aus dem Weg zu gehen, oder? Aber ihr bewegt euch nicht wie Omegas.«

»Sie ist ja auch keine Omega«, raunte die Frau mit einem Seitenblick auf Zoe.

»Sie gehört zu uns«, beeilte sich Piper klarzustellen.

»Ich meine nicht nur sie.« Der Blinde drehte sich in Pipers Richtung. »Bei dir ist es mir auch gleich aufgefallen.«

»Ich bin ein Omega. Genau wie meine andere Weggenossin. Deine Freundin wird dir das bestätigen. Und sie«, er deutete auf Zoe, »ist zwar eine Alpha, aber sie gehört zu uns, und ich verbürge mich für sie.«

»Was meinst du damit, die beiden bewegen sich nicht wie Omegas?«, fragte ich den Mann.

Er wandte sich zu mir um. »Wenn man nichts sieht, hört man genauer hin. Die meisten von uns klingen, als würden sie permanent den Kopf einziehen. Wir mussten uns zu oft ducken und hatten so häufig nichts zu beißen, dass wir uns inzwischen automatisch klein machen. Und das merkt man unserem Gang an. Omegas machen keine langen, ausgreifenden Schritte. Wir schlurfen eher, wagen uns nur zaghaft voran und sind stets auf der Hut. Aber die beiden«, er machte eine Handbewegung in Richtung der Zwillinge, »die klingen anders.«

Ich hätte nie gedacht, dass allein der Klang ihrer Schritte so viel über sie verriet, aber ich wusste genau, was der Mann meinte. Schon bei unserer ersten Begegnung auf der Insel hatte mich Pipers ungeniertes Auftreten beeindruckt. Die meisten Inselbewohner legten jene übertriebene Vorsicht, die einem das Leben auf dem Festland als Omega lehrte, in ihrer neuen Heimat erst nach und nach ab. Piper hingegen hatte es offenbar von Anfang an nicht an Selbstbewusstsein gemangelt. Erhobenen Hauptes schritt er durch die Welt, und weder Hunger noch dreckige, abgewetzte Kleidung vermochten etwas daran zu ändern.

Der Blinde wandte den Kopf wieder in Pipers Richtung. »Du bewegst dich genau wie die Alpha-Frau. Und da ihr zusammen unterwegs seid, hast du bestimmt eine spannende Geschichte auf Lager.«

»Du hast sie doch gehört. Es geht uns nichts an«, sagte die Frau und zog ihn am Arm. »Gehen wir lieber.«

»Aber eine kleine Pause haben wir uns verdient«, sagte der Mann und bohrte seinen Stab ungerührt in die Erde.

»Warum wollt ihr unbedingt hierbleiben?«, fragte Zoe. »Die meisten Omegas machen einen großen Bogen um uns.«

»Na ja«, erwiderte der Mann, »ich bin nun mal Barde. Ich sammele Geschichten so wie andere Leute Münzen oder irgendwelchen Plunder. Das ist mein Handwerk. Und selbst jeder Blinde sieht, dass ihr etwas zu erzählen habt.«

»Wir können euch nicht einfach so ins Vertrauen ziehen«, sagte Piper. »Am Ende handeln wir uns damit einen Haufen Ärger ein.«

»Ich habe nicht vor, euch zu verpfeifen, falls du das meinst. Sogar als Barde macht einem der Rat heutzutage das Leben schwer. Mit diesen Gaunern habe ich nichts zu schaffen.«

»Angeblich will der Rat Omega-Barden die Auftrittserlaubnis entziehen«, fügte die Frau hinzu. »In Wyndham wird es nicht gern gesehen, wenn jemand viel unterwegs ist. Solche Leute lassen sich schlecht im Auge behalten.«

»Dabei kann mir kein Alpha-Barde das Wasser reichen«, sagte der Mann und wackelte verheißungsvoll mit seinen zusätzlichen Fingern.

»Die Soldaten würden dir die Hand abhacken, wenn sie mitbekämen, wie du daherredest«, mahnte ihn die Frau.

»Von uns erfahren sie nichts«, sagte Piper. »Und wenn ihr niemandem verratet, dass ihr uns an diesem Ort getroffen habt, können wir von mir aus gerne zusammen hier kampieren.«

Zoe und die junge Frau wirkten nicht wirklich überzeugt, doch der blinde Mann lächelte. »Gut, dann bleiben wir hier. Eine kleine Rast kommt mir äußerst gelegen. Ich heiße übrigens Leonard, und das ist Eva.«

»Unsere Namen erfahrt ihr nicht«, sagte Piper. »Bevor ich euch irgendwelche Lügen auftische, bleiben wir lieber anonym.«

»Freut mich zu hören«, sagte Leonard.

Eva hockte sich neben ihn und fing an, ihren Rucksack auszupacken. Dabei förderte sie auch ein paar in Wachspapier eingewickelte Kohleklumpen zutage, die noch nicht völlig durchweicht waren.

»Na schön«, sagte Zoe, »aber wir müssen uns mit dem Kochen beeilen. Die Straße liegt nur ein paar Hundert Meter entfernt, und wenn sich der Nebel erst einmal gelichtet hat, darf hier oben kein Feuer mehr brennen.«

Während Piper die Glut entfachte und Zoe ihre Messer wetzte, setzte ich mich zu Leonard auf den Baumstamm.

»Du hast vorhin gesagt, die anderen beiden würden sich nicht wie Omegas bewegen.« Ich hatte die Stimme gesenkt, damit Zoe und Piper mich nicht hörten. »Aber was ist mit mir?«

»Für dich gilt dasselbe.«

»Ich komme mir aber ganz anders vor als sie. Die zwei

sind sich ihrer Sache immer so …« Ich suchte nach dem passenden Ausdruck. »Sicher. Und sie sind selbstgewiss. In allem.«

»Ich habe auch nicht gesagt, dass du genauso *bist* wie sie. Nur, dass du auch nicht läufst wie ein Omega.« Er zuckte mit den Schultern. »Mädchen, es kommt einem eher vor, als wärst du gar nicht da.«

»Was meinst du damit?«

Er zögerte und lachte dann leise. »Du gehst durch die Welt, als würde sie dir jeden Schritt übel nehmen.«

Bei seinen Worten musste ich an den Augenblick nach Kips Tod denken, als Zach mich zusammengekauert auf der Plattform unter dem Silodach gefunden hatte. Hätte mein Bruder mich nicht angefleht, ihm zuliebe die Flucht zu ergreifen, ich wäre wohl nicht imstande gewesen aufzustehen. Und bis eben war mir nicht klar gewesen, wie schwer ich nach all den Wochen und Kilometern noch immer mit jedem Schritt an der Last des Himmels über mir trug.

7

ZUM FRÜHSTÜCK VERSPEISTEN wir die gebratenen Kaninchen, zu denen Eva ein paar Pilze und Wildpflanzen aus ihrer Tasche beisteuerte.

»Hast du etwa auch die Gabe?«, fragte ich sie beim Essen.

Sie grunzte verächtlich. »Klar.«

»Entschuldige«, sagte ich hastig. Niemand wurde gerne mit einem Seher verwechselt. »Ich kann nur keine Mutation an dir ausmachen.«

Bei meinen Worten hatte sich Leonards Gesicht verfinstert. »Sie hat die furchterregendste Mutation von allen«, sagte er. »Seltsam, dass ihr sie noch nicht bemerkt habt.«

In der langen Stille, die darauf folgte, musterte ich Eva noch einmal eingehend, aber mir fiel nichts Ungewöhnliches an ihr auf. Was konnte furchterregender sein als eine Gabe, die mit an Sicherheit grenzender Wahrscheinlichkeit für die Betroffenen im Wahnsinn endete?

Leonard lehnte sich vor und raunte: »Rote Haare.«

Unser schallendes Gelächter scheuchte zwei Amseln auf, die mit wütendem Gezeter das Weite suchten.

»Du musst genauer hinschauen«, sagte Eva, drehte den Kopf zur Seite und schob den dicken Zopf aus dem Nacken. Darunter verbarg sich ein zweiter Mund. Als sie ihn öffnete, kamen zwei schiefe Zähne zum Vorschein. »Das einzig Blöde ist, dass ich damit nicht singen kann«, sagte sie und ließ die Haare wieder fallen. »Dann bräuchte ich Leonard nicht mehr und könnte den alten Miesepeter endlich zum Teufel jagen.«

Als das Feuer gelöscht und die Sonne aufgegangen war, wischte Leonard sich gründlich die Hände ab, bevor er zu seiner Gitarre griff. »Es darf kein Fett auf die Saiten kommen«, erklärte er.

»Solange du hier deine Show abziehst, halte ich besser Wache«, sagte Zoe und blickte prüfend an einem Baum hoch. »Falls auf der Landstraße jemand vorbeikommt, müssen wir ihn sehen, bevor er uns hört.«

Als Piper sich darauf vor ihr hinkniete und sie wortlos auf seinen gebeugten Oberschenkel stieg, bevor sie nach dem ersten Ast über ihrem Kopf griff, fiel mir einmal mehr auf, was auch Leonard mit seiner Bemerkung über Piper und Zoe gemeint hatte. Mit welcher Leichtigkeit sie sich ihren Weg durch die Welt bahnten. In manchen Momenten beneidete ich Zoe, allerdings nicht um ihr fehlendes Brandmal oder ihr Selbstbewusstsein, nicht einmal darum, dass ihr die Visionen erspart blieben. Es war das stumme Einverständnis zwischen Piper und ihr. Eine Nähe, die keiner Worte bedurfte. Einst hatten Zach und ich uns auch blind verstanden, lange bevor wir gesplittet wurden und er sich gegen mich verschworen hatte. Nach allem, was seither geschehen war, kamen mir unsere innigen Kindertage so weit entfernt vor wie die Insel. Sie waren ein Ort, an den wir niemals zurückkehren konnten.

Eva nahm ihre Trommel, und Leonard schlug den ersten Akkord an. Während er der Gitarre mit der rechten Hand eine leichtfüßige Melodie entlockte, strich er mit der Linken eher gemächlich über die Saiten.

Mit seinen Worten über meinen zaudernden Gang hatte er ins Schwarze getroffen. Die ganze Zeit schon versuchte ich, meinen Körper aus der Reserve zu locken, indem ich freiwillig fror und hungerte. Obendrein versagte ich mir jeglichen Trost, da er für all jene, deren Tod ich verschuldet hatte, zu spät kam. Doch von der Musik ging ein Zauber aus, dem selbst ich mich nicht entziehen konnte. Also lehnte ich mich mit dem Rücken gegen einen Baumstamm und ließ es einfach geschehen.

Seit Wochen hatten wir uns nicht mehr getraut, so laut zu sein. Inzwischen verlief alles in unserem Leben gedämpft. Nachts zuckten wir zusammen, wenn ein Zweig unter unseren Stiefeln knackte. Um nirgendwo aufzufallen, unterhielten wir uns fast nur noch im Flüsterton. Die Gefahr war zu unserem ständigen Begleiter geworden, bis wir irgendwann das Gefühl hatten, an Geräuschen schlechthin sparen zu müssen. Deshalb kamen uns jetzt selbst die albernsten Liedchen der zwei Barden vor wie eine kleine Rebellion. Indem wir dem Klang der Musik lauschten, war uns mit einem Mal mehr vergönnt als das bloße Überleben. Manche Stücke klangen gemessen und melancholisch, und andere sprühten derart vor Energie, dass die Noten zischten und hopsten wie Maiskörner in einer heißen Pfanne. Bei vielen Texten brachen wir vor lauter Vergnügen in hemmungsloses Gekicher aus. Und als ich einen Moment lang den Blick vom Feuer löste, sah ich, dass sogar Zoe auf ihrem Ast im Rhythmus mit den Füßen wippte.

»Hatte dein Zwilling auch musikalisches Talent?«, fragte ich Leonard, als Eva und er eine Pause einlegten, um etwas zu trinken.

Er zuckte mit den Schultern. »Ich kenne bloß ihren Namen und den Ort, an dem wir geboren wurden, und das auch nur, weil es auf meinen Meldepapieren steht.« Er fischte ein abgegriffenes Stück Papier aus der Tasche und wedelte damit lachend vor meiner Nase herum. »Der Rat weiß einfach nicht, was er will. Da trennt man uns so früh wie möglich, und dann sollen wir unseren Zwilling doch ständig mit uns herumtragen.« Behutsam fuhr er mit den Fingerspitzen über den Zettel, als könnte er die Wörter darauf erspüren. »Elise heißt sie. Behauptet Eva zumindest, sie kann ein bisschen lesen.«

»Und du kannst dich wirklich überhaupt nicht an sie erinnern?«

Erneutes Schulterzucken. »Ich wurde schon als Baby fortgeschickt. Diese paar Zeichen sind alles, was ich noch von ihr habe. Und die kann ich nicht einmal sehen.«

Ich musste wieder an Zach denken. Was war mir von ihm geblieben? Mit dreizehn war ich gebrandmarkt und verstoßen worden – viel zu früh für mich und viel zu spät für ihn. Und auch in den Verwahrungsräumen hatte er mich über die Jahre hinweg nur sporadisch besucht. Bei unserer letzten Begegnung im Silo, nach dem Tod von Kip und der Beichtmutter, hatte er einen kopflosen, hektischen Eindruck gemacht, hatte gefaucht und gezuckt wie die elektrischen Kabel, die Kip und ich zuvor durchtrennt hatten.

Als Leonard und Eva zum nächsten Stück ansetzten, war ich in Gedanken noch immer im Silo mit Zach, der mir mit zitternder Stimme den Befehl gab zu fliehen. Eva hatte ihre Trommel durch eine Flöte ersetzt, sodass jetzt nur noch Leonards Stimme zu hören war. Inzwischen war es Vormittag, der Nebel hatte sich gelichtet und die Sonne warf ihre Strahlen durch das dichte Geäst auf den Waldboden. Es dauerte eine Weile, bis mir klar wurde, wovon der Barde sang.

Sie kamen in schwarzen Schiffen
Sie kamen in finsterer Nacht
Und der eisige Kuss der Beichtmutter
Hat der Insel den Garaus gemacht.

Piper stand auf. Aus den Augenwinkeln sah ich, wie Zoe lautlos vom Baum sprang und ein paar Schritte auf das Lagerfeuer zumachte.

»Angeblich sind nicht alle Inselbewohner gestorben«, sagte Piper betont beiläufig.

Obwohl Leonards Gesang verstummt war, schallte die Musik weiter über die Lichtung.

»Ach so?«, erwiderte er nur und zupfte ungerührt weiter. »Na ja, in Liedern wird immer übertrieben.« Dann stimmte er die zweite Strophe an.

Sie sagten, es gibt keine Insel
Sie ließen kein Widerwort zu
Doch dann kamen die schwarzen Schiffe
Und im nächsten Hafen wohnst du.

»Gebt acht, vor wem ihr so etwas zum Besten gebt«, sagte Zoe. »Sonst bekommt ihr noch Ärger.«

Leonard lächelte. »Steckt ihr drei nicht schon genug in Schwierigkeiten?«

»Woher wisst ihr von der Insel?«, fragte Piper.

»Na, vom Rat höchstpersönlich«, sagte Leonard. »Die Regierung posaunt überall herum, dass sie den Zufluchtsort entdeckt und den Rebellenaufstand vereitelt hat.«

»Was ihr da singt, klingt nicht gerade nach einem Loblied auf den Rat«, sagte Piper. »Woher wisst ihr von dem Massaker?«

»Als Barde erfährt man so einiges«, erwiderte Leonard und schlug ein paar neue Akkorde an. »Aber euch muss ich doch nichts über die Insel erzählen. Ihr wisst wahrscheinlich besser als ich, was sich dort zugetragen hat.«

Piper schwieg. Ich wusste, woran er dachte. Wir waren beide dabei gewesen, als auf einmal das Chaos ausgebrochen und von überallher Geschrei und Gewimmer ertönt war. Als es auf den Straßen gerochen hatte wie in einer Schlachtstube.

»Das kann kein Lied in Worte fassen«, sagte Piper. »Und es lässt sich auch nicht mehr ungeschehen machen.«

»Mag sein«, sagte Leonard. »Aber immerhin kann ein Lied den Menschen vor Augen führen, was passiert ist. Was der Rat verbrochen hat und wozu er noch fähig ist.«

»Und dafür sorgen, dass sich niemand mehr traut, dem Widerstand beizutreten?«, warf Zoe ein.

»Vielleicht. Deshalb bringt der Rat ja so fleißig seine Version des Geschehens in Umlauf. Trotzdem hoffe ich, dass meine Verse das Publikum aufrütteln. Den Leuten muss klar werden, wie wichtig der Widerstand ist. Aber ich kann nur davon singen. Was meine Zuhörer damit anfangen, bleibt ihnen überlassen.«

»Wenn ihr unsere Geschichte erzählt«, sagte ich, »schwebt ihr automatisch in Lebensgefahr.«

»Wir können schon auf uns aufpassen«, erwiderte Eva.

Nach kurzem Zögern stellte sich Zoe neben ihren Bruder, und Piper holte tief Luft. Die zwei Barden ließen die Instrumente sinken und hörten aufmerksam zu. Während wir uns beim Erzählen abwechselten, stellte ich mir vor, die umgedrehte Gitarre auf Leonards Schoß sei eine Schachtel, die es mit Worten zu füllen galt. Abgesehen von meiner Verbindung zu Zach, hielten wir mit nichts hinterm Berg. Wir beschrieben ihnen die Tanks, jeder für sich ein gläserner Schaukasten des Grauens. Wir erzählten von den entführten Kindern und den winzigen Schädeln in der Grotte unter dem Tankraum in Wyndham. Und schließlich kamen wir zu den stetig wachsenden Reservaten und den Maschinen, die wir, einschließlich der Beichtmutter, außer Gefecht gesetzt hatten.

Als wir fertig waren, schwiegen die beiden Barden für einen Moment.

»Ein Gutes hat die Sache ja«, bemerkte Leonard schließlich leise. »Die Beichtmutter. Letzte Woche waren wir zufällig an der Verlorenen Küste unterwegs. Angeblich stammte sie aus der Gegend, deshalb haben wir an allen Ecken Gerüchte aufgeschnappt, sie sei tot. Aber ich hatte es nicht zu glauben gewagt.«

»Es ist wahr«, flüsterte ich und wich Leonards Lächeln aus. Er konnte nicht ahnen, welchen Tribut die gute Nachricht gefordert hatte. Einen Tribut, den ich immer noch zahlte.

»Und der Rest, diese Tanks – stimmt das wirklich?«, fragte Eva ungläubig.

Leonard kam uns zuvor. »Natürlich stimmt es. Teufel noch mal, so etwas kann man sich doch gar nicht ausdenken.« Kopfschüttelnd rieb er sich über die leeren Augenhöhlen. »Und es erklärt alles. Warum der Rat in den letzten Jahren die Abgaben erhöht und die Omegas von ihrem angestammten Farmland vertrieben hat. Die wollen uns in die Reservate drängen.«

»Seid ihr sicher, dass ihr darüber singen wollt?«, fragte ich vorsichtig.

Leonard umfasste den Hals seiner Gitarre. »Aus eurer Geschichte muss man unbedingt ein Lied machen. Allerdings kein fröhliches.« Damit legte er das Instrument auf die Knie und fing an, mit dem Daumen über die Saiten zu streichen, wie um sie zärtlich aus dem Schlaf zu wecken.

»Cass hat recht, ihr dürft das Risiko nicht unterschätzen«, sagte Piper.

Leonard nickte. »Natürlich. Aber solange die Wahrheit über die Tanks und die Reservate nicht ans Licht kommt, schweben wir alle in Lebensgefahr.«

»Ich weiß, wir verlangen viel von euch«, sagte ich.

»Ihr verlangt gar nichts«, erwiderte der Barde leise. In seiner Stimme lag keine Musik mehr, sie klang auf einmal tieftraurig. »Ihr habt mir erzählt, was ihr gesehen habt. Nun muss ich meiner Pflicht nachkommen.«

Während ich Wache hielt, hörte ich Leonard und Eva beim Komponieren zu. Ab und zu drang eine Bemerkung zu mir herüber – »Halt, probier's mal so«, »Warte mit dem Akkordwechsel bis zum Refrain«, »Was sagst du dazu?« –, doch die meiste Zeit über schwiegen sie und verständigten sich alleine über die Musik. Leonard zupfte auf der Gitarre ein Motiv, dem Eva zunächst folgte, bevor sie damit zu experimentieren begann, indem sie die Tonfolge variierte oder Harmonien ergänzte. Stundenlang saßen sie so zusammen und spielten sich gegenseitig die Töne zu.

Selbst nachdem sich Eva schlafen gelegt hatte, arbeitete Leonard unermüdlich weiter. Nun war der Text an der Reihe. Langsam tastete er sich vor und probierte verschiedene Varianten aus. Dabei reihte er die Worte aneinander wie Perlen an einer Schnur, die er immer wieder ausfädelte und neu aufzog. Nachdem Piper mich endlich abgelöst hatte, sang mich Leonard mit seiner tiefen, rauen Stimme in den Schlaf.

Als ich aufwachte, ging in der Abenddämmerung bereits der Mond auf, und Leonard spielte noch immer Gitarre. Die Klänge schwebten mir bis zur Quelle hinterher, weshalb Zoe mich vermutlich auch nicht gleich kommen hörte. Unweit der Stelle, wo das Wasser aus dem Felsen sprudelte, stand sie an einen Baum gelehnt und wiegte sich mit himmelwärts gewandtem Gesicht und geschlossenen Augen im Takt der Musik. Zigmal war sie schon mit offenem Mund neben mir eingeschlafen. Ich hatte sogar durch das Fenster ihrer träumenden Seele aufs Meer geschaut. Aber noch nie war sie mir so verwundbar erschienen wie in diesem Moment. Ich wandte den Blick ab, als hätte ich sie in einer peinlichen Situation überrascht, und wollte mich gerade unauffällig verdrücken, als sie die Augen aufschlug.

»Spionierst du mir hinterher?«

»Ich wollte nur Wasser holen«, sagte ich und hob meine leere Flasche.

Zoe drehte sich wieder in Richtung Quelle. Ohne mich anzusehen, sagte sie: »Früher kam durch unser Heimatdorf ein paarmal im Jahr eine Bardin. Sie konnte wahnsinnig gut Geige spielen. Piper und ich waren damals noch zu klein, deshalb mussten wir uns abends immer heimlich aus dem Bett schleichen, um ihr zuzuhören.«

Ich haderte kurz mit mir, ob ich überhaupt etwas sagen sollte. Ihr Messer an meinem Bauch, nachdem herausgekommen war, dass ich mich in ihre Träume verirrt hatte, war mir noch in lebhafter Erinnerung. »Wenn du mal jemanden zum Reden …«, wagte ich schließlich einen zaghaften Vorstoß.

»Dein Spezialgebiet ist die Zukunft«, unterbrach sie mich abrupt und griff nach meiner Flasche. »Beschränk dich lieber darauf. Dafür wirst du gebraucht. Meine Vergangenheit geht dich nichts an.« Dann kniete sie sich neben die Quelle, zog mit einem Ruck den Stöpsel aus der Flasche und hielt sie unters Wasser. Dann richtete sie sich wieder auf.

Während die Tropfen von ihrer nassen Hand perlten, suchte ich fieberhaft nach Worten, aus denen sie mir keinen Strick drehen konnte.

Doch bevor es dazu kommen konnte, verstummte plötzlich die Musik, und von weiter oben vernahm ich Pipers Stimme, der nach uns rief. Ohne mich eines Blickes zu würdigen, marschierte Zoe an mir vorbei den Hügel hinauf.

»Das Lied ist noch nicht ganz fertig«, warnte Leonard, als

wir uns um Eva und ihn scharten. Mit der Dämmerung hatte sich auch der Nebel wieder über die Lichtung gesenkt. Piper hatte das Feuer neu entfacht. »Sobald wir damit auf Reisen gehen«, fügte er hinzu, »wird es sich verändern, und wenn andere Barden es aufgreifen, wird vielleicht ein ganz neues Stück daraus. Ein lebendiges Lied entwickelt sich immerfort weiter.«

Ich musste an die vielen verschiedenen Varianten ein und derselben Melodie denken, die ich schon gehört hatte. Das Lied über die Explosion etwa klang von Barde zu Barde anders und hörte sich zu keiner Jahreszeit gleich an.

Leonards Vortrag begann verhalten mit ein paar beinahe heiteren Akkorden auf der Gitarre. Die technischen Schnörkel, mit denen er mich zuvor so beeindruckt hatte, vermisste ich diesmal gänzlich. »Ich habe mich auf das Wesentliche konzentriert«, sagte er, als habe er meine Gedanken gelesen. »Wenn ein Lied ein großes Publikum erreichen soll, muss man es auch mit nur zehn Fingern problemlos spielen können.«

Im weiteren Verlauf schlichen sich klammheimlich immer mehr wehmütige Klänge ein, und spätestens als Leonard und Eva beim Refrain angelangt waren, fühlte man sich an ein Klagelied erinnert. Irgendwann strebten die beiden Stimmen auseinander, erklomm Evas Sopran immer neue melancholische Höhen, während Leonards Bass die Melodie erdete. Dabei wetteiferten sie miteinander und standen zugleich so vollkommen im Einklang, dass der Raum zwischen den einzelnen Noten fast vor Sehnsucht zersprang.

Im Reservat, da wartet der Tod
Kein Frieden herrscht hinter dem Tor
Keine Freiheit, nur noch viel größere Not
Die Tanks kommen dir zuvor.

Dort sitzt du in einem Käfig aus Glas
Zwischen Leben und Sterben gefangen.
Die Hölle auf Erden, so sieht sie aus
Davor darf dir ruhig bangen.

Oh, du hast niemals Hunger und hast niemals Durst
Doch der Rat, er kennt keine Gnade.
Oh, du bist niemals müde, dir ist niemals kalt
Und du wirst nie und nimmer auf dieser Welt alt.
Und der einzige Preis ist dein Leben
Ja, dein Leben musst du geben.

Man jagt dich weit fort in ein karges Land
Und nimmt dir dein letztes Hemd.
Und führt dein Weg dich ins Reservat
Bleibst du dort doch für immer fremd.

Denn bist du mal dort, kommst du nie wieder fort
Die Maschinen sind wieder erwacht.
Das Tabu kümmert keine Seele mehr
Und der Rat suhlt sich in seiner Macht.

Oh, du hast niemals Hunger und hast niemals Durst
Doch der Rat, er kennt keine Gnade.
Oh, du bist niemals müde, dir ist niemals kalt
Und du wirst nie und nimmer auf dieser Welt alt.
Und der einzige Preis ist dein Leben
Ja, dein Leben musst du geben.

Nur ein paar Stunden zuvor waren wir nach den schnellen Stücken in begeistertes Juchzen ausgebrochen, und wenn Leonards Finger besonders flink über die Saiten geglitten waren, hatte er Szenenapplaus geerntet. Doch jetzt klatschte niemand. Nachdem die letzten Noten zwischen den Bäumen, die sich wie Schaulustige ausnahmen, verklungen waren, herrschte ehrfürchtiges Schweigen.

Ich wollte etwas in die Welt hinausschicken, das mit Feuer, Blut oder Waffen nichts zu tun hatte. An fast allem, was ich in den letzten Monaten angefasst hatte, klebte Blut. Doch dieses Lied war anders – wir hatten zu seiner Entstehung beigetragen, nicht zu seiner Zerstörung. Trotzdem war ich mir des Risikos bewusst, das wir alle damit eingingen. Falls Leonard erwischt wurde, würde er wie jeder Verräter am Galgen enden. Wenn Ratssoldaten ihn singen hörten oder auch nur seine Fährte aufnahmen, würde sich das Lied wie ein Strick um seinen Hals legen und zu seiner und Evas Totenklage werden. Und dasselbe Schicksal drohte ihren Zwillingen.

»Ihr seid sehr tapfer«, sagte ich zu Leonard, als wir in der Dunkelheit unsere Sachen packten.

»Die Leute auf der Insel haben ganz andere Opfer gebracht. Ich bin nur ein blinder alter Mann mit einer Gitarre.«

»Mut hat viele Gesichter«, sagte Piper und leerte seine Wasserflasche über dem Feuer aus, um die verräterische Glut zu löschen.

Unten an der Straße sagten wir Leonard und Eva Lebewohl. Ein kurzer Händedruck im Dunkeln und sie waren verschwunden, in Richtung Osten, während wir weiter gen Westen zogen. Wieder blies Leonard auf seiner Mundharmonika, doch bald hatte die Finsternis ihre Klänge verschluckt.

In den darauf folgenden Tagen ertappte ich mich dabei, wie ich im Rhythmus des Refrains meinen Dolch wetzte und beim Feuerholzsammeln leise die Melodie vor mich hin pfiff. Es war nur ein Lied, doch es hatte in meinem Kopf Wurzeln geschlagen, wie das Traubenkraut, das irgendwann den Garten meiner Mutter ganz und gar überwuchert hatte.

8

DIE VERLORENE KÜSTE versetzte mich vom ersten Moment an in Erstaunen. Als wir nach fünf durchwanderten Nächten endlich ankamen, dämmerte gerade der Morgen. Die Landschaft zu unseren Füßen sah aus, als hätte sich das Meer mit der Zeit immer weiter landeinwärts gefressen, bis das Festland irgendwann die Waffen niedergelegt und mit großen, stolpernden Schritten das Weite gesucht hatte. Im Gegensatz zu den steilen Klippen an der Südwestküste oder zu der buchtenreichen Mündung des Miller River ließ sich hier keine klare Grenze zwischen Wasser und Land ausmachen. Stattdessen bestand die Küste aus einem Wirrwarr von Halbinseln und Landstreifen, zwischen denen sich unzählige Meeresarme in Richtung Festland streckten. An manchen Stellen hielten seichte Sumpfgebiete wacker die Stellung, bevor sie sich weiter westlich den Fluten geschlagen gaben. Andernorts ragten flache Inselchen aus dem Wasser, die von einem dichten graugrünen Teppich aus Gras oder Seetang überzogen waren.

»Im Moment herrscht Ebbe«, sagte Piper zu mir. »Aber bis Mittag liegt die Hälfte der Inseln unter Wasser. Pass bloß auf, dass du dich beim Gezeitenwechsel nicht in der falschen Bucht aalst, sonst wird es gefährlich.«

»Wie kommt es, dass Sally hier lebt? Omegas dürfen doch schon seit Jahren nicht mehr am Meer siedeln.«

»Siehst du?« Am äußersten Rand der zerfurchten Küste,

wo das Land sachte zum Wasser hin abfiel, schien sich ein Grüppchen lose miteinander verbundener Eilande dem unaufhaltsam anrückenden Meer kaum widersetzen zu können. »Auf ein paar von den Schären da hinten ist der Boden zu salzhaltig zum Gemüseanbau und zu sumpfig zum Fischen, und wenn man einen Weg anlegt, ist er mit der nächsten Flut schon wieder verschwunden. Freiwillig verschlägt es keinen Alpha dorthin. Die Gegend ist vollkommen ausgestorben. Sally versteckt sich schon seit Jahrzehnten da draußen.«

»Nicht nur die Landschaft schreckt die Leute ab«, fügte Zoe hinzu. »Schau mal genauer hin.«

Ich folgte ihrem Blick hinaus aufs offene Meer. Jenseits des Inselgewirrs sah ich in der aufgehenden Morgensonne im Wasser etwas aufblitzen. Mit zusammengekniffenen Augen starrte ich geradeaus. Zunächst glaubte ich in den zahllosen Masten eine Flotte zu erkennen. Doch die vermeintlichen Schiffe nahmen vom Auf und Ab der Wellen keine Notiz und rührten sich nicht von der Stelle. Noch ein Blinken. Glas.

Vor der Küste lag eine versunkene Stadt, und sie war gigantisch. Hunderte von Türmen sprossen dort draußen aus dem Meer. Manche ragten dreißig Meter hoch über die Oberfläche, andere waren mit bloßem Auge kaum zu erkennen. Hier und da erhob sich ein einzelnes Gebäude, anderswo standen mehrere dicht gedrängt. In einigen Fenstern schimmerte Glas, doch die meisten wirkten leer. Stählerne Käfige aus Wasser und Himmel.

»Ich war vor Jahren mal mit Sallys Boot da draußen«, sagte Piper. »Man kann stundenlang zwischen den Ruinen rumschippern. Ich hatte noch nie eine so große Stadt aus dem Vorher gesehen. Stellt euch mal vor, wie viele Leute da gelebt haben.«

Ich musste meine Fantasie nicht bemühen. Während ich den Blick über die Türme schweifen ließ, drang ein gedämpftes Gurgeln an mein Ohr, das ganz nah und gleichzeitig unendlich weit entfernt klang. Wie waren die Einwohner der Stadt wohl gestorben? Was kam damals zuerst, Feuer oder Wasser?

Auf einem Felsvorsprung mit Blick auf den Flickenteppich aus Land und Meer richteten wir unser Schlaflager ein. Ich träumte von der Explosion und fand mich nach dem Aufwachen minutenlang nicht zurecht. Als Zoe mich für die letzte Wachschicht vor Einbruch der Dunkelheit wecken wollte, saß ich, in meine Decke gehüllt, da und hatte die Hände verschränkt, um ihr Zittern zu unterdrücken. Auf dem Weg zum Aussichtsposten spürte ich, wie sie mich beobachtete.

Die Flut hatte die äußeren Landarme verschlungen und die Küste in ein Mosaik aus winzigen Hügeln und Felsbuckeln verwandelt, die wie dunkle Tupfen aus dem Wasser ragten. Von der versunkenen Stadt war nichts mehr zu sehen. Mit der Dämmerung zog sich das Meer allmählich wieder zurück. In den Alpha-Dörfern landeinwärts gingen die Lampen an.

Während sich das Wasser davonstahl wie ein Fuchs aus dem Hühnerstall, musste ich an Leonards beiläufige Bemerkung denken, die Beichtmutter habe aus einem Dorf an der Verlorenen Küste gestammt. Irgendwo in den sanft zum Meer abfallenden Hügeln stand ihr und Kips Elternhaus. Nach ihrer Splittung war sie natürlich fortgeschickt worden, doch Kip hatte wahrscheinlich den Rest seiner Jugend hier verbracht. Jene seltsame Landschaft war sein Zuhause gewesen. Als Kind hatte er auf diesen Wiesen gespielt, und vielleicht hatte er bei Ebbe sogar von derselben Stelle aus wie ich beobachtet, wie das Meer langsam den Rückzug gen Westen antrat und nach und nach immer mehr Land den Blicken des Mondes preisgab.

Erst als es stockfinster war, ging ich Zoe und Piper wecken. »Los, raus!«

Mit leisem Knurren streckte Zoe die müden Glieder von sich. Als Piper keinerlei Anstalten machte aufzustehen, zog ich ihm mit einem Ruck die Decke weg und pfefferte sie neben ihn auf den Boden, bevor ich wieder zum Ausguck zurückkehrte.

In Sichtweite der Dörfer konnten wir kein Feuer riskieren, also aßen wir kalten Eintopf im Dunkeln. Während Piper und Zoe ihre Sachen packten, trat ich mit verschränkten Armen ungeduldig gegen eine Baumwurzel. Als wir uns endlich an den Abstieg zu den saftigen grünen Wiesen machten, sagte niemand ein Wort, und auch als Piper mir ein paar Stunden später die Trinkflasche reichte, nahm ich sie schweigend entgegen.

»Warum bist du so mies gelaunt?«, fragte Zoe.

»Bin ich gar nicht«, erwiderte ich.

»Ach ja? Im Vergleich zu dir wirkt Zoe heute wie der reinste Sonnenschein«, spottete Piper. »Ist mal eine nette Abwechslung.«

Ich antwortete nicht. Seit am vorhergehenden Morgen die Küste vor uns aufgetaucht war, biss ich verzweifelt die Zähne zusammen. An unserem ersten Tag am Meer hatten Kip und ich im hohen Gras auf den Klippen gesessen und fasziniert beobachtet, wie die Wellen an den Rand der Welt schwappten. Der ungewohnte Anblick hatte uns überrascht und bezaubert. Inzwischen wusste ich, dass das Meer zu seinem Alltag gehört hatte. Die See, die uns an jenem Tag derart in ihren Bann gezogen hatte, war ihm einst so vertraut gewesen wie die reetgedeckten Dächer seines Heimatdorfs. Ich hatte mehr als nur Kip verloren. Nicht einmal die ungetrübte Erinnerung an ihn war mir noch vergönnt. Nach allem, was ich seit seinem Tod über ihn in Erfahrung gebracht hatte, kamen mir unsere gemeinsamen Augenblicke zunehmend unecht und verlogen vor.

Versuch ihn zu vergessen, sagte ich mir, während ich meine Schritte beschleunigte. Lass die versunkene Stadt aus Erinnerungen lieber am Meeresgrund ruhen.

Vorsichtig bahnten wir uns einen Weg durch die feindselige Landschaft. Nicht nur, dass wir einen großen Bogen um sämtliche Alpha-Siedlungen machen mussten, auch die oft tief ins Land hineinragenden Buchten und Fjorde bargen ungeahnte Gefahren. Manchmal tat sich direkt vor uns eine Spalte auf, hinter der der Fels senkrecht in die tiefschwarzen Fluten abfiel. Trotzdem marschierten wir die ganze Nacht durch und legten erst im Morgengrauen eine kurze Rast ein. Als wir endlich den flachen, zerfurchten Küstenabschnitt mit seinen halb versunkenen Inselchen erreicht hatten, stand die Sonne schon hoch am Himmel. Ich blieb stehen und warf einen letzten Blick zurück in Richtung der Alpha-Dörfer.

Jäh riss mich Zoes Stimme aus meinen Gedanken. »Ich habe auch gestutzt, als Leonard erzählt hat, die Beichtmutter stamme von hier.« Piper war vorausgegangen und längst außer Hörweite. Den Fuß auf einen Felsen gestützt, blickte Zoe mir entgegen. »Ich dachte mir schon, dass dich das interessiert.«

»Es geht nicht nur um sie«, erwiderte ich. Den Blick fest auf den Pfad vor mir gerichtet, ging ich neben ihr her. Dann wagte ich zum ersten Mal, laut auszusprechen, was mir die Beichtmutter über Kips Vergangenheit verraten hatte. Ich musste mein Geheimnis loswerden. Und dass ich ausgerechnet Zoe ins Vertrauen zog, kam für mich einer Entschuldigung dafür gleich, dass ich sie bis in ihre Träume verfolgt hatte. Ich berichtete ihr alles, was die Beichtmutter mir erzählt hatte: wie grausam Kip als Kind zu ihr gewesen war und wie diebisch er sich gefreut hatte, als sie endlich gebrandmarkt und fortgejagt worden war. Wie er sie später, als er es sich leisten konnte, aufgespürt und alles darangesetzt hatte, sie in den Verwahrungsräumen unterzubringen, damit jegliche Gefahr, die von ihr ausging, ein für alle Mal gebannt war. Ich gestand Zoe, dass Kips Vergangenheit alles, was ich fühlte, in Schieflage brachte. Wenn ich beim Blick auf die Verlorene Küste versuchte, mir seine Kindheit vorzustellen, sah ich immer nur Zach vor mir. Beide hatten sie unter einer verhassten Seherin als Schwester gelitten, die die Aufsplittung so lange wie möglich hinausgezögert hatte. Anfangs war ich vor Zach geflohen, doch je länger ich über Kips Vergangenheit nachdachte, desto deutlicher erkannte ich in ihm meinen Bruder. Und trotz meiner panischen Angst vor der Beichtmutter hatte ich mich in der Geschichte ihrer Kindheit wiedergefunden. Genau wie ich war sie einst gezeichnet und verstoßen worden. Meine Erinnerung stand Kopf. Alles schien verdoppelt, wie in einem Spiegel, der sein eigenes Abbild so oft zurückwirft, bis es zu klein ist, um noch etwas zu erkennen.

Als ich erschöpft innehielt, blieb Zoe stehen, drehte sich um und stellte sich mir in den Weg. »Und was soll ich jetzt damit anfangen?«, fragte sie.

Hilflos zuckte ich mit den Schultern.

»Hast du vielleicht gedacht, du kannst dich bei mir ausheulen«, fuhr sie fort, »und dich von mir trösten lassen?« Unsanft packte sie mich am Arm. »Das ändert doch alles nichts. Es spielt keine Rolle, wie Kip früher war, oder wie schwer es die Beichtmutter als Kind hatte. Wir haben keine Zeit für deinen Egotrip. Unsere Aufgabe besteht darin, dich zu beschützen und nebenher nicht selber draufzugehen. Wie soll das funktionieren, wenn du zu nichts zu gebrauchen bist? Deine Visionen nehmen langsam wieder überhand, und du weißt genau, wie sehr dir das zusetzt. Wie du schreist und zitterst, wenn du im Schlaf die Explosion vor dir siehst.« Sie schüttelte den Kopf. »Ich habe so was schon mal erlebt. Du musst etwas dagegen unternehmen. Und das geht nicht, solange du dich immer noch zwanghaft mit Kip beschäftigst. Du lebst noch. Er ist tot. Und offenbar war es ja sowieso kein großer Verlust.«

Ich wollte ihr mit voller Wucht einen Schlag ins Gesicht verpassen. Als sie vor ein paar Monaten eine ähnlich abfällige Bemerkung über Kip gemacht hatte, war mir schon einmal die Hand ausgerutscht. Aber damals hatte ich in der Dunkelheit nur wild um mich geschlagen. Diesmal zielte ich.

Schwer zu sagen, wen von uns beiden mein Angriff mehr überraschte. Aber auf Zoes Reflexe war Verlass. Instinktiv wich sie nach links aus, sodass meine Faust ihren Kopf nur leicht streifte. Trotzdem jaulte ich auf, als ich mit einem verdächtigen Knacken auf Widerstand – Wangenknochen, Kiefer? – stieß.

Zoe schlug nicht zurück, sondern stand einfach nur da und hielt sich eine Hand ans Gesicht. »Du musst mehr üben«, sagte sie bloß. Prüfend tastete sie ihre Wange ab und öffnete vorsichtig den Mund. An ihrem Unterkiefer bildete sich allmählich ein roter Striemen. »Und du bist immer noch nicht konsequent genug.«

»Halt die Klappe«, brummte ich.

»Streck mal die Finger aus und dann mach eine Faust«, befahl sie, während ich mit schmerzverzerrtem Gesicht gehorchte. Sie griff nach meiner Hand, drehte sie um und inspizierte systematisch jeden einzelnen Finger. »Nur geprellt«, lautete ihr Urteil.

»Sei still«, fauchte ich. Als ich behutsam meine pochende Hand ausschüttelte, klapperten wider Erwarten keine Knochen.

»Schön, dich mal wütend zu sehen«, gab Zoe grinsend zurück. »Solange du nicht wie ein Gespenst durch die Gegend schlappst, ist mir alles recht.«

Was hatte Leonard zu mir gesagt? *Es kommt einem eher vor, als wärst du gar nicht da.*

»Außerdem ging es ja gar nicht um mich«, fügte sie hinzu.

»Du hast echt keine Ahnung.« Ich schob mich an ihr vorbei, um Piper einzuholen, der inzwischen fast außer Sichtweite war.

»Du bist wütend auf Kip«, rief sie mir hinterher. »Aber nicht wegen seiner Vergangenheit. Du kannst ihm nicht verzeihen, dass er dich verlassen hat.«

Die nächsten Stunden wanderten wir stumm querfeldein. Die Halbinsel, auf die unser Weg uns führte, bestand eigentlich aus einer Kette von Inseln, die durch einen schmalen Streifen Land verbunden waren. Auf beiden Seiten kroch das Wasser unaufhaltsam in die Höhe, und so manches Eiland war bald nur noch durch einen waghalsigen Balanceakt erreichbar. Am späten Nachmittag tauchte schließlich unser Ziel, die allerletzte Insel, vor uns auf. Da die Flut jetzt beinahe ihren Scheitelpunkt erreicht hatte, ragten statt eines Pfades nur ein paar Felsen aus dem Wasser. Piper bildete noch immer die Vorhut und hatte den glitschigen Damm fast schon zur Hälfte überquert.

Ich drehte mich zu Zoe um, die hinter mir ging. »Und, wann erzählst du ihm von Kip?«

»Los, geh weiter«, sagte sie nur. »In ein paar Minuten steht hier alles unter Wasser.«

Ich rührte mich nicht vom Fleck. »Wann erzählst du es ihm?«, wiederholte ich. Wie ein kalter Hauch schwappte eine Welle gegen mein Bein.

»Wie ich dich kenne, erledigst du das sowieso bald selber«,

sagte sie, drängte sich an mir vorbei und erklomm den ersten feuchten Felsen.

Die Erleichterung ließ auf sich warten. Zwar gehörte das Geheimnis jetzt wieder mir, doch damit lastete auch die ganze Verantwortung auf meinen Schultern. Ich allein musste Piper die Wahrheit sagen. Dabei kamen mir die Worte allmählich vor wie eine Beschwörungsformel. Als rücke jedes Mal, wenn ich sie aussprach, Kips Vergangenheit ein Stück näher.

9

AM UFER DER letzten Insel hatten Piper und Zoe eine Pause eingelegt. Genau zwischen der Landbrücke und dem bewaldeten Pfad ins Inselinnere kauerte Piper mitten auf dem Weg.

Als ich mich an ihm vorbeizwängen wollte, stand er abrupt auf und hielt mich am Ärmel fest. »Warte«, raunte er.

»Was ist denn?« Ich schüttelte seine Hand ab.

»Schau«, sagte er und sank erneut auf die Knie. Sein Blick war fest auf den Boden gerichtet. Ich beugte mich zu ihm hinunter, um zu sehen, was er entdeckt hatte.

Fünfzehn Zentimeter über der Erde war quer über den Pfad ein Draht gespannt. »Bleib unten«, sagte er. Neben ihm ging Zoe in die Hocke. Piper lehnte sich vor und zupfte an dem Draht.

In diesem Moment zischte ein Pfeil über unsere Köpfe hinweg und versank hinter uns im Meer. Grinsend richtete Piper sich auf. Irgendwo auf der Insel läutete eine Glocke. Ich warf einen Blick zurück aufs Wasser. Von dem Pfeil fehlte jede Spur. Wären wir stehen geblieben, er hätte einen von uns durchbohrt.

»Wenigstens weiß sie jetzt, dass wir kommen«, sagte Zoe. »Aber dass du dafür einen Pfeil geopfert hast, wird ihr nicht gefallen.«

Piper beugte sich hinunter und zog erneut an dem Draht. Zweimal lang, zweimal kurz, zweimal lang. Jenseits des Hügels bimmelte es im selben Takt.

Auf unserem Weg über die Insel mussten wir insgesamt noch dreimal haltmachen, um über Falldrähte zu klettern. Einmal konnte ich die Falle spüren, noch bevor Zoe mich warnte, und einen Schritt zur Seite machen. Als ich in die Hocke hing, um die Stelle zu begutachten, nahm ich auf einmal eine Leere wahr, ein Durcheinander von Erde und Luft. Zu meinen Füßen lag unter einer Blätterschicht eine Art geflochtene Decke aus Zweigen.

»Darunter geht's fast zwei Meter in die Tiefe«, sagte Piper. »Und aus dem Boden ragen angespitzte Pflöcke. Sally hat Zoe und mich als Teenager die Grube ausheben lassen. War eine Heidenarbeit.« Er setzte sich wieder in Bewegung. »Na los.«

Die Überquerung der Insel dauerte fast eine Stunde. Irgendwann ging uns schlicht der Boden unter den Füßen aus. Jenseits des Gipfels im Süden der Insel fiel eine steile Klippe zum Meer ab, und vor uns lag nichts mehr außer der wogenden See und den bizarren Türmen der versunkenen Stadt.

»Schau«, sagte Piper und deutete auf eine Gruppe von Bäumen. »Da wohnt Sally.«

Ich konnte zuerst nur ein paar helle Stämme ausmachen, die mit ihren dunklen Flecken anmuteten wie die Hände eines alten Mannes. Dann sah ich die Tür. Niedrig und halb verborgen von den Felsbrocken am Rand der Klippe, stand sie gefährlich nahe am Steilufer – wie eine Pforte ins Nichts, die Wind, Sonne und Salz derart gebleicht hatten, dass sie von dem versengten Gras zu ihren Füßen fast nicht mehr zu unterscheiden war. Das Haus war so in den Windschatten der Felsen gebaut, dass es rückwärtig bestimmt ein gutes Stück über die Klippe hinausragte.

Zoe begann zu pfeifen, in demselben Rhythmus, mit dem Piper zuvor an der Warnglocke gezogen hatte: zwei lange Töne, zwei kurze Töne und dann wieder zwei lange.

Die Frau, die daraufhin die Tür öffnete, war der älteste Mensch, der mir je begegnet war. Ihr Haar hatte sich bereits so stark gelichtet, dass darunter die Kopfhaut durchschimmerte. Um ihren Hals lag die Haut in Falten wie eine Kutte. Sogar ihre Nase, deren Spitze wie geschmolzenes Kerzenwachs herabhing, wirkte müde und abgekämpft. Auf den ersten Blick war auf ihrer Stirn kein Brandmal zu erkennen, doch die Furchen in ihrem Gesicht waren zu tief, um es ausschließen zu können. Wenn sie lächelte, verschwanden ihre Augen vermutlich ganz unter den zerknitterten Hautlappen ihrer Lider.

Doch sie lächelte nicht. Sie starrte uns lediglich abwartend an. »Ich hatte gehofft, dass ihr nicht kommt«, sagte sie.

»Danke, wir auch«, gab Zoe zurück.

»Weil ich wusste, dass ihr nur im absoluten Notfall so weit gehen würdet«, sagte Sally und trat schwankend ein paar Schritte vor. Sie hatte zwei verkrüppelte Beine mit von der Gicht gezeichneten, steifen Gelenken. Zuerst umarmte sie Zoe, dann kam Piper dran.

Zoe schloss die Augen, als Sally sie an sich drückte. Ich versuchte mir vorzustellen, wie die alte Frau die zwei zehnjährigen Ausreißer bei sich aufgenommen hatte. Wie sehr sie sich seither wohl verändert hatten? Die Welt war ein Flintstein, an dem man die beiden gewetzt hatte.

»Ist das die Seherin?«, fragte Sally.

»Ja, das ist Cass«, erwiderte Piper.

»Eigentlich kommen mir keine Fremden ins Haus. Zu gefährlich.« Das Sprechen bereitete ihr hörbar Mühe. Manchmal hielt sie nach jeder Silbe inne, um erst laut rasselnd Luft zu holen. Jeder Atemzug war ein Seufzer.

»Du kannst mir vertrauen«, sagte ich.

Mich traf ein durchdringender Blick. »Das wird sich zeigen.«

Wir folgten ihr über die Schwelle. Als sie die Tür hinter

uns zuzog, wackelte das ganze Haus. Ich musste an die Klippe denken und an das Meer, das darunter seine Klauen in den Felsen schlug.

»Keine Angst«, sagte Piper. Mir war gar nicht aufgefallen, dass ich mich am Türrahmen festklammerte. »Die Hütte steht schon jahrzehntelang an dieser Stelle. Heute Abend stürzt sie bestimmt nicht runter.«

»Nicht einmal, wenn ein ungebetener Gast sich hier breitmacht«, fügte Sally hinzu, bevor sie sich umdrehte und in die Küche schlurfte. »Aber wenn ihr schon alle da seid, mache ich euch mal was zu essen.«

Während sie zu werkeln begann, fiel mein Blick auf die geschlossene Tür neben dem Herd. Dahinter war kein Laut zu vernehmen, aber wie einen kalten Luftzug im Nacken spürte ich auf einmal, dass sich noch jemand hier aufhielt. »Wer ist außer uns hier?«, fragte ich.

»Xander ruht sich gerade aus«, sagte Sally. »Er war die ganze Nacht wach.«

»Xander?«

Sally zog eine Augenbraue hoch und warf Piper einen fragenden Blick zu. »Hast du ihn gar nicht erwähnt?«

»Noch nicht.« Er drehte sich zu mir um. »Kannst du dich erinnern, dass ich dir erzählt habe, dass wir auf der Insel noch zwei andere Seher hatten? Und dass der jüngere ohne Brandmal zu uns kam?«

Ich nickte.

»Xander war uns bei diversen geheimen Missionen durchaus eine Hilfe«, fuhr Piper fort, »aber wir wollten den Bogen nicht überspannen.«

»Wieso, war er noch zu klein?«

»Glaubst du, der Widerstand konnte es sich leisten, auf die Kinder zu verzichten?« Er lachte. »Einige von unseren Spähern auf dem Festland waren gerade mal zehn. Nein, darum ging es nicht, und eigentlich konnte man Xander auch immer vertrauen. Er hätte uns nie vorsätzlich verraten. Aber langfristig war auf ihn kein Verlass.«

»In den letzten Jahren wurde es immer schlimmer«, sagte Zoe. »Aber leicht die Fassung verloren hatte er schon immer. Er war unberechenbar wie ein Pferd, das vor einer Schlange scheut.«

»Ja, wirklich schade«, sagte Piper.

»Schade für ihn, weil er offenbar Probleme hat?«, fragte ich. »Oder schade für euch, weil ihr ihn nicht so effektiv einsetzen konntet wie erhofft?«

»Das eine schließt das andere doch nicht aus, oder?«, sagte Piper. »Jedenfalls hat er immer sein Bestes gegeben. Wir hatten ihn auf dem Festland stationiert. Auch ohne Visionen war es gut, jemanden dort zu wissen, der ohne Weiteres als Alpha durchging. Und manchmal ließ sich mit seinen Eingebungen durchaus etwas anfangen. Aber irgendwann mussten wir ihn abziehen. Er war nicht mehr einsatzfähig. Und dann hat Sally ihn bei sich aufgenommen.«

»Warum sprecht ihr ständig in der Vergangenheit von ihm? Er ist doch hier, oder?«

»Mach dir am besten selbst ein Bild«, antwortete Sally, humpelte quer durch die Küche und öffnete die Tür.

Auf dem Bett saß mit dem Rücken zu uns ein Junge. Wie Piper hatte er krauses schwarzes Haar, das jedoch nicht kurz geschoren war, sondern ihm büschelweise, wie Berge aus dunklem Eischnee, vom Kopf abstand. Von einem Fenster über dem Bett aus hatte man einen weiten Blick aufs Meer, und auch als wir eintraten, machte der Junge keine Anstalten, sich umzudrehen.

Piper ließ sich aufs Bett fallen und winkte mich zu sich. Ich setzte mich neben ihn.

Xander war etwa sechzehn, hatte kindlich gerundete Wangen und trug kein Brandmal. Auf Pipers Begrüßung gab er keine Antwort. Stattdessen irrte sein Blick durch den Raum, als folge er einem unsichtbaren Insekt, das über unseren Köpfen herumschwirrte. Ich wusste nicht, ob man als Nichtseher auch so deutlich wahrnahm, was mir vom ersten Moment an ihm auffiel: wie gebrochen er wirkte. Sally hatte gesagt, er ruhe sich aus, doch dieser Junge fand keinen Frieden. In ihm regierte der Schrecken. Das panische Gezeter seiner Gedanken erinnerte mich an eine Wespe, die in einem Schraubglas festsaß.

Zoe stand noch immer im Türrahmen. Während sie zusah, wie Xander mit nervösen Fingern die Luft bearbeitete, verzog sie den Mund zu einem schmalen Strich. Ich musste daran denken, was sie ein paar Stunden zuvor über die Zerstörungskraft meiner Visionen gesagt hatte: *Ich habe so was schon mal erlebt.*

Piper nahm Xanders Hand, um sie ruhigzustellen. »Schön, dich wiederzusehen, Xander.«

Der Junge klappte den Mund auf, doch es kam kein Ton heraus. In der Stille konnte ich die Misstöne in seinem Kopf förmlich hören, wie bei einer zerborstenen Gitarre, die in ihrem Koffer vor sich hin scheppert.

»Hast du irgendwas Neues für uns?«, fragte Piper.

Xander lehnte sich vor, bis ihre Nasenspitzen sich fast berührten. Er sprach im Flüsterton. »Ewiges Feuer. Lärm. Gleißendes Licht.« Seine Worte klangen gehetzt.

»In letzter Zeit sieht er die Explosion häufiger denn je«, sagte Sally. »Beinahe rund um die Uhr.«

»So schlimm war es noch nie«, stellte Piper fest. »Was ist passiert?«

»Labyrinth aus Knochen«, murmelte Xander.

Ich sah zu Sally hoch. »Was meint er damit?«

»Keine Ahnung. Manchmal kann man ihn fast normal verstehen. Und dann redet er wieder nur wirres Zeug. Meistens geht es um Feuer, manchmal auch um Knochen.«

»Laute im Labyrinth aus Knochen«, sagte Xander. Seine wild umherzuckenden Pupillen waren inzwischen zur Ruhe gekommen, und er starrte mit entrücktem Blick in eine Ecke des Zimmers.

Kurzerhand setzte ich mich ihm gegenüber, umschloss sein Gesicht sanft mit beiden Händen und sah ihm in die Augen. Ich wollte nicht gewaltsam in seine Gedankenwelt eindringen. Dazu war die Erinnerung an die Verwahrungsräume, wo die Beichtmutter einen brutalen Vorstoß nach dem anderen in meinen Kopf unternommen hatte, noch viel zu lebendig. Nach jeder Sitzung mit ihr hatte sich mein Hirn angefühlt wie ein Puppenhaus, das jemand hochgenommen und geschüttelt hatte, sodass sämtliche Kleinteile wild durch die Gegend geflogen waren. Trotzdem war ich neugierig, was ich bei Xander entdecken würde. Ich wollte unbedingt wissen, ob er dasselbe sah wie ich. Um endlich meine Vermutung bestätigt zu wissen, dass ich nicht die Einzige war, die mit den grauenvollen Feuerbildern zu kämpfen hatte. Was ich in seinem Gedankenwirrwarr zu finden hoffte, war letztlich eine Spur meiner selbst.

Während ich mich langsam in seinem Kopf vortastete, blieb sein Blick leer. Ab und zu schien er Worte formen zu wollen, doch sie nahmen keine Gestalt an. Wie Totgeburten saßen sie auf seinen Lippen, hohle, stumme Geschöpfe. Mit der Zeit hatten die Flammen Xanders Seelenlandschaft restlos niedergebrannt. Alles in ihm war verkohlt und vergangen, zermahlen zu Asche und Staub, und zwischen den Trümmern irrten nun Worte umher, die keine Bedeutung mehr hatten.

»Er hatte einfach zu viele Visionen von der Explosion«, sagte ich.

Was mich an Xanders seltsamen Zustand jedoch am meisten beunruhigte, war, dass er mir so bekannt vorkam. Auch ich hatte ihn schon gespürt, den Wahnsinn, der vor den Toren meines Bewusstseins scharrte wie eine Ratte im Dachstuhl. Er war immer da. Und manchmal, besonders in den Verwahrungsräumen und seit ich wieder gehäuft von der Explosion träumte, drang er so weit vor, dass ich ihn in der Ferne beinahe erkennen konnte.

»Blitz. Feuer. Ewiges Feuer«, sprudelte es wieder aus Xander hervor. Doch nicht er stieß die Worte aus – es war umgekehrt. Bei jedem Ton, der ihm entfuhr, zuckte er zusammen, als wäre er selbst überrascht, ihn aus seinem Mund zu hören.

»Irgendwann blüht das wohl jedem Seher.« Mühsam unterdrückte ich das Zittern in meiner Stimme. Seit ich von meiner Gabe wusste, lebte ich mit diesem Wissen. Doch nach der Begegnung mit den versengten Resten von Xanders Gedankenwelt überkam mich dennoch ein Frösteln, und ich ballte die Hände so fest zu Fäusten, dass sich meine Nägel in die Handflächen bohrten.

Mit angezogenen Knien wiegte sich der Junge jetzt vor und zurück. In seinem zusammengekrümmten Körper erkannte ich den verzweifelten Versuch, sich vor den Visionen zu verstecken, als bliebe er verschont, wenn er sich nur möglichst klein machte. Als Kind hatte ich mich selbst oft so eingerollt, den Kopf eingezogen und die Augen fest zugepresst. Natürlich vergebens. Xander hatte recht. *Ewiges Feuer* – man wurde es niemals los. Die Explosion suchte alle Seher heim. Aber warum ausgerechnet in letzter Zeit wieder so häufig?

»Lassen wir ihn lieber ein wenig schlafen.« Sally trat vor und strich Xander sanft übers Kinn. Dann zog sie die Decke hoch, die ihm von den Schultern gerutscht war, und wickelte ihn darin ein.

Als wir uns zum Gehen wandten, schlug Xander die Augen auf. Einen Moment lang blieb sein Blick an mir hängen. »Lucia?«

Fragend sah ich Piper an. Er warf Zoe einen Hilfe suchenden Blick zu, dem sie jedoch auswich. Stattdessen verschränkte sie die Arme vor dem Körper und setzte einen abweisenden Gesichtsausdruck auf.

»Lucia?«, wiederholte Xander.

Piper sah mich an. »Er merkt wahrscheinlich, dass du die Gabe hast. Lucia war auch eine Seherin.«

Die erwachsene Seherin mit dem Brandmal. Sie war auf dem Weg zur Insel ertrunken, hatte Piper mir erzählt. Ein Schiffbruch auf stürmischer See.

»Lucia ist tot«, sagte Piper zu Xander. »Ihr Schiff ist vor über einem Jahr untergegangen. Das weißt du doch.« Sein Ton war zu laut und zu barsch, um beiläufig zu klingen.

Als wir das Zimmer verließen, starrte Xander wieder aus dem Fenster, vor dem das Meer mit dem Himmel die Farben tauschte. Der Anblick seiner rastlosen Hände erinnerte mich an Leonards Gitarrenspiel. Doch Xanders Finger zupften das unsichtbare Instrument seines Wahnsinns.

»Was hast du mit ihm vor?«, fragte ich Sally, nachdem sie die Tür zum Schlafzimmer hinter sich zugezogen hatte.

»Vorhaben?« Sie lachte. »Das klingt, als hätte ich eine Wahl. Alles, was ich für ihn tun kann, ist überleben. Um ihn zu beschützen.«

Obwohl jetzt eine Wand zwischen uns lag, zehrte Xanders Gegenwart weiter an meinen Kräften. Selbst von jenseits der geschlossenen Tür drangen seine ruhelosen Gedanken an mein Ohr – ein ohrenbetäubendes Schnarren, das mich erschaudern ließ. Als Sally uns losschickte, um Feuerholz und Pilze zu sammeln, überkam mich eine solche Erleichterung, dass ich mich sofort dafür schämte.

Piper und ich kauerten unter einem Baum im Gras, wo rund um den Stamm scharenweise Pilze wuchsen. Da Zoe keine zwanzig Meter entfernt Äste zusammensuchte, sprach er so leise wie möglich.

»Jetzt weißt du also, was die Gabe mit Xander angestellt hat.« Nach einem Blick hinüber zu seiner Zwillingsschwester senkte er die Stimme noch weiter. »Bei Lucia war es damals genauso.« Bei der Erwähnung ihres Namens stockte er und schloss kurz die Augen. »Am Schluss«, fügte er erklärend hinzu. »Bei dir nehmen die Visionen von der Explosion in letzter Zeit auch überhand. Warum hat bei dir der Wahnsinn noch nicht eingesetzt?«

Ich konnte es mir selbst nicht erklären. An manchen Tagen spürte ich regelrecht, wie meine Zurechnungsfähigkeit schwand. Irgendwann drohte mein Verstand auszufallen wie ein fauler Zahn, und jedes Mal, wenn die Flammen erneut in mir aufloderten, fragte ich mich, wieso ich davon noch so wenig merkte. Nachdem die Worte in Xander hochgeblubbert waren wie Wasser in einer überhitzen Pfanne, war es wohl nur mehr eine Frage der Zeit, bis die Visionen auch mich zum Siedepunkt brachten. Wie viel Zeit mir wohl noch blieb? Jahre oder doch nur Monate? Und wenn es so weit war, würde ich es überhaupt mitbekommen? Auf die Frage, weshalb mein Zusammenbruch so lange auf sich warten ließ, fiel mir immer nur eine Antwort ein, doch die konnte ich Piper nicht anvertrauen. Es lag an Zach. Die letzte Spur von Sicherheit, an die ich mich klammerte, wenn die Bilder in meinem Kopf alles daransetzten, mich mit in den Abgrund zu reißen, führte zu meinem Bruder. Der erbitterte Trotz, mit dem ich gegen mein Schicksal ankämpfte, wurzelte im störrischen Glauben an ihn. Er war immer der Dreh- und Angelpunkt meines Lebens gewesen. Auch wenn er seine Macht über mich ein ums andere Mal missbraucht hatte, ließ es sich dennoch nicht leugnen. Jeder einzelne Teil von mir war entweder von ihm oder gegen ihn geprägt. Und wenn ich mich dem Wahnsinn kampflos ergab, konnte ich Zach weder aufhalten noch retten. Dann wäre alles umsonst gewesen.

Zurück im Haus halfen wir Sally beim Kochen, während Xander im Schlafzimmer nebenan Silben in die Nacht hinausschleuderte. Ab und zu drangen die Worte »Knochen« und »Feuer« unter der Tür hindurch. So hoffnungslos sein Zustand auch war, er wusste ganz genau, was die Explosion mit unserer Welt angerichtet hatte.

»Wie lange lebst du schon hier?«, fragte ich Sally, während ich ihr beim Taubenrupfen half. Mit jeder ausgerissenen Feder kam mehr von der grau-rosa Haut zum Vorschein, die auf meinen Fingern einen klebrigen Film hinterließ.

»Viele Jahre. Ach was, Jahrzehnte. Wenn man so alt ist wie ich, verliert man jegliches Zeitgefühl.«

Das ist bei uns Sehern genauso, dachte ich. Immerfort war man zwischen den Zeitebenen hin- und hergerissen. Aus jeder Vision tauchte ich keuchend und nach Luft schnappend auf, als wäre die Zukunft ein See, dessen Strömung mich unter Wasser zog, bevor ich in der Gegenwart wieder hochkam.

»Manchmal spiele ich mit dem Gedanken, von hier wegzugehen. In meinem Alter hätte ich es einfach gerne etwas bequemer. Früher konnte ich noch zum Meer hinunterkraxeln und fischen. Aber inzwischen stelle ich nur noch meine Fallen auf und baue ansonsten das Wenige an, was hier wächst. Trotzdem kommen mir die ewigen Kartoffeln langsam zu den Ohren raus. Na ja, immerhin bin ich in Sicherheit. Der Rat fahndet nach einer lahmen alten Frau, und die vermutet man nicht unbedingt auf einer einsamen Insel.«

»Und dein Zwilling?«

»Schau mich doch an«, sagte sie. »Ob du's glaubst oder

nicht, ich bin noch älter, als ich aussehe. Hätte es damals, als Alfie und ich gesplittet wurden, schon eine Meldepflicht gegeben, der Rat hätte mich längst aufgespürt. Aber früher war alles anders. Da gab es noch keine Listen mit Daten von uns allen. Ich weiß nicht, wo mein Bruder inzwischen steckt, aber zum Glück war er schlau genug, rechtzeitig unterzutauchen.«

Sie stand auf und schlurfte hinüber zum Herd. Auf halbem Weg machte sie halt und tätschelte Piper kurz die Schulter. Als sie ihn als Zehnjährigen bei sich aufgenommen hatte, war er vermutlich nicht größer gewesen als sie, wahrscheinlich sogar kleiner. Inzwischen musste Sally sich strecken, um seine Schulter überhaupt zu erreichen, und ihre Hand ruhte auf seinem muskelbepackten Arm wie eine winzige Motte auf einem dicken Ast.

Beim Essen saß Xander am Stirnende des Tisches, schaukelte mit den Beinen und starrte an die Decke. Als Piper die Tauben zerlegte und ihnen mit einem langen, gekrümmten Messer die Flügel abtrennte, musste ich unwillkürlich daran denken, wie viele Klingen er in seinem Leben schon geschwungen hatte. Was er alles gesehen und getan hatte.

Doch bald konzentrierte ich mich nur noch auf die Mahlzeit. Sally hatte die Tauben mit Salbei und Zitrone gefüllt, ihr Fleisch war zart und saftig. Kein Vergleich zu den mageren Lebewesen, von denen wir uns unterwegs ernährt hatten. Hastig gebraten über verstohlen entzündeten Feuern, sodass sie außen verkohlt waren und aus ihren kalten, rohen Bäuchen das Blut quoll. Schweigend genossen wir unser Festmahl, bis nur noch ein trister Haufen Knochen auf den Tellern lag und der Mond am Fenster vorbei in den Nachthimmel geklettert war.

»Piper hat mir von deiner Zeit als Spionin in der Ratsfestung erzählt«, sagte ich zu Sally. »Aber ich weiß noch nicht, weshalb du dich danach zur Ruhe gesetzt hast.«

Sie blieb stumm.

»Irgendwann sind Sallys zwei Mitverschwörer aufgeflogen«, antwortete Zoe an ihrer Stelle.

»Was ist mit ihnen passiert?«, fragte ich.

»Sie sind gestorben«, erwiderte Piper knapp, stand auf und fing an, den Tisch abzuräumen.

»Hat der Rat sie hinrichten lassen?«

Zoes presste die Lippen zusammen. »Nicht ganz.«

»Zoe!« Piper warf ihr einen warnenden Blick zu.

»Sie wären bestimmt irgendwann zum Tode verurteilt worden«, sagte Sally. »Die Angst vor Eindringlingen war damals so groß, dass der Rat sie niemals am Leben gelassen hätte, auch nachdem die Folterknechte sämtliche Geheimnisse aus ihnen herausgeprügelt hätten. Allerdings kam Lachlan ihnen zuvor, er vergiftete sich rechtzeitig. Wir hatten für den Notfall immer ein Mittel bei uns. Aber Eloise wurde von den Wachen durchsucht, bevor sie Gelegenheit hatte, ihre Kapsel zu schlucken.«

»Was ist mit ihr geschehen?«

Piper ließ die Teller sinken. Zoe und er hatten den Blick auf Sally gerichtet.

Sie sah mir fest in die Augen. »Ich habe sie umgebracht.«

10

»SALLY«, SAGTE PIPER leise. »Du musst nicht darüber reden.«

»Aber ich schäme mich nicht«, erwiderte sie. »Wer weiß, was sie sonst mit ihr angestellt hätten. Folter ist viel schlimmer als der Tod, und danach wäre sie sowieso hingerichtet worden. Alle wussten, was auf dem Spiel stand. Wir drei waren das Herz des Spionagenetzwerks. Wenn der Rat uns erfolgreich verhört hätte, wäre es um den Widerstand geschehen gewesen. Alle unsere Kontakte, die Geheimverstecke, die ganzen Informationen, die wir jahrelang aus der Ratskammer geschmuggelt hatten … Eine Katastrophe! So weit durfte es niemals kommen. Deshalb hatten wir die Giftkapseln.«

Sally fixierte mich noch immer mit ihrem Blick. Ich hätte ihr gerne gesagt, wie gut ich sie verstehen konnte, doch mir war auch klar, dass sie mein Verständnis nicht brauchte. Sie sehnte sich nicht nach Vergebung, weder durch mich noch durch sonst irgendjemanden. Vielleicht war ihr die Entscheidung sogar noch schwerer gefallen als Kip, weil es damals nicht um ihr eigenes Leben gegangen war. Was hatte Piper zu Leonard gesagt? *Mut hat viele Gesichter.*

»Sie wurden in der Großen Ratskammer festgenommen«, sagte Sally. »Ich stand zu dem Zeitpunkt mit ein paar Ratsmitgliedern oben auf der Empore. Lachlan und Eloise hatten nicht den Hauch einer Chance, die Soldaten haben nur auf ihr Stichwort gewartet. Als sie zu viert auf ihn zu sind, hat Lachlan blitzschnell reagiert. Wir trugen die Kapsel alle an einer Kette um den Hals. Aber als er auf einmal Schaum vor dem Mund hatte und wild zu zucken anfing, war den Wachen schnell klar, was gespielt wurde, und sie haben sich auf Eloise gestürzt.« Sallys Stimme war nichts anzumerken, doch als sie ihren Teller von sich schob, klirrte leise das Besteck, so sehr zitterte ihre Hand.

»Ich war mir sicher, dass ich die Nächste bin«, fuhr sie fort. »Ich hatte die Kapsel schon zwischen den Zähnen und war drauf und dran, sie zu schlucken.« Mit der Zungenspitze spürte sie in ihrem Mundwinkel der Erinnerung nach. »Ich war auf alles gefasst, was man mir garantiert angesehen hat. Aber in dem allgemeinen Durcheinander hat niemand auf mich geachtet. Unten im Saal lag Lachy mit blutendem Mund auf dem Boden und hat sich vor Schmerzen gekrümmt. Gift ist kein einfacher Tod. Währenddessen wurde Eloise von vier Soldaten an Armen und Beinen festgehalten. Ich habe wie alle anderen nur dagestanden und geglotzt. Und plötzlich dämmerte mir, dass ich nichts zu befürchten hatte. Zwar war irgendjemand Lachy und Eloise auf die Schliche gekommen, aber dass wir insgesamt zu dritt waren, wusste offenbar niemand.«

Beschwichtigend legte Piper ihr die Hand auf den Arm. »Kein Grund, das alles noch mal zu durchleiden, Sally.«

Mit einem vielsagenden Blick in meine Richtung gab sie zurück: »Wenn Cass sich bei uns engagieren soll, muss sie wissen, was damals geschehen ist. Was echter Widerstand bedeutet.« Sie machte eine kurze Pause. »Ich habe sie umgebracht«, wiederholte sie. »Ich habe mein Messer gezückt und Eloise in die Brust getroffen. Wahrscheinlich war sie schneller tot als Lachy. Aber das konnte ich leider nicht mehr überprüfen. Ich bin sowieso nur entkommen, weil überall Chaos herrschte und ich oben auf der Empore stand. Trotzdem musste ich noch durch ein Bleiglasfenster springen, hinter dem es fast zehn Meter in die Tiefe ging.«

»Dabei hat Sally sich auch den Fuß gebrochen«, sagte Zoe. »Dummerweise den gesunden. Er war danach nicht mehr zu retten. Aber sie hat die Zähne zusammengebissen und ist auf dem erstbesten Pferd in einen Unterschlupf in der Nähe von Wyndham geflüchtet.« Sie legte die Hand auf Sallys anderen Arm, sodass die alte Frau jetzt von Piper und ihr eingerahmt wurde. »Als sie dort blutend zur Tür reingestolpert kam, hat sie als Erstes die Giftkapsel ausgespuckt. Die hatte sie die ganze Zeit im Mund, für den Fall, dass die Soldaten sie einholen.«

Wie auf Kommando nahm Piper den Faden von Zoes Geschichte auf. »Jahrelang war der Rat hinter ihr her«, sagte er. »Landauf, landab hingen Fahndungsplakate. Überall hieß sie nur *die Hexe*.« Er stieß ein gequältes Lachen aus. »Als könnte sonst keiner von uns als Alpha durchgehen. Dass wir womöglich magische Kräfte besitzen, hat den Rat offenbar weniger gestört als die Erkenntnis, dass wir uns letztlich doch nicht so sehr voneinander unterscheiden.«

Während Zoe in sein Gelächter einstimmte, sah ich wieder Sally an. Sie verzog keine Miene. War ihr kaputter Fuß vielleicht nicht der einzige Schaden, den sie an jenem Tag davongetragen hatte? Konnte man einer Freundin ein Messer in die Brust jagen, ohne dass etwas in einem zerbrach?

»Hast du Piper und Zoe das Messerwerfen beigebracht?«, fragte ich.

Sie nickte. »Heute sieht man es mir nicht mehr an, aber ich konnte mal aus fünfzig Metern Entfernung eine Kirsche spalten.«

Wie oft hatte ich Zoe und Pipers Messerkünste schon bewundert. Sallys Erbe bestand im Talent zum Töten. Ob das ein Segen war oder ein Fluch, konnte ich nicht sagen.

Nachdem Sally Xander ins Bett gebracht hatte, erzählten wir ihr, was sich seit unserer Flucht von der Insel alles zugetragen hatte und was wir über die Pläne des Rats wussten. Dabei fühlte sie uns gründlich auf den Zahn. Hin und wieder schloss sie bei unseren Antworten die Augen, doch jedes Mal, wenn ich mich ernsthaft zu fragen begann, ob sie eingeschlafen war, schlug sie sie plötzlich wieder auf, um erneut nachzuhaken. Ihre Fragen waren präzise und wohlüberlegt. Wann genau hatten wir das ausgebrannte Geheimversteck entdeckt? Wie viele Wachen hatten wir im Reservat gezählt? Wie vielen Patrouillen waren uns jenseits des Ödlands über den Weg gelaufen? Was hatte der Dompteur über das Bündnis zwischen der Generalin und dem Reformer gesagt?

Als wir uns schlafen legten, war es nach Mitternacht. Während wir unsere Decken vor dem Herd ausbreiteten, versuchte ich, nicht daran zu denken, dass uns nur ein paar windige Holzplanken vom offenen Meer trennten. Obwohl kein Ton aus dem Zimmer drang, in dem Sally und Xander ihre Betten stehen hatten, spürte ich jenseits der geschlossenen Tür seine Gedanken umherhuschen.

Nachdem ich endlich eingeschlafen war, träumte ich von Kip im Tank. Die Trauer, die mich ein paar Stunden später aufweckte, erschien mir so unbezwingbar wie die gläserne Wand, hinter der er getrieben war. Hilflos rang ich nach Worten, sogar nach Schreien. Als sich mein fliegender Atem beruhigt hatte, stand ich auf und schlich auf Zehenspitzen zu dem kleinen Fenster neben der Tür, hinter dem nicht das Meer, sondern Bäume aufragten.

»Wir brauchen keine Wache zu halten«, hörte ich Piper flüstern. »Bis zum Morgengrauen herrscht Flut. Und selbst wenn hier ein Boot ankäme, sind überall Fallen aufgestellt. Also nutz die Gelegenheit.«

»Das ist es nicht«, sagte ich. »Ich kann einfach nicht schlafen.«

In der Finsternis waren seine Umrisse kaum auszumachen. Beim Durchqueren des Raums stieg er vorsichtig über Zoe, die sich mit einem ungeduldigen Grunzen zur Seite rollte, dann trat er zu mir ans Fenster. »Du musst dich ausruhen«, sagte er.

»Hör auf, mich ständig mit Samthandschuhen anzufassen. Ich bin keine alte Frau.«

Er lachte sein tiefes, glucksendes Lachen. »Sally ist alt, und bei ihr würde ich es niemals wagen, sie in Watte zu packen.«

»Du weißt genau, was ich meine. Ständig springst du um mich herum und machst dir Sorgen.«

»Ich passe nur auf dich auf. Das hat Kip nicht anders gemacht, oder?«

Ich antwortete nicht.

»Sei doch froh«, fuhr er fort, »dass dich jemand im Auge behält.«

Seine Worte erinnerten mich daran, wie gnadenlos mich die Beichtmutter einst verfolgt hatte. »Ich will nicht im Auge behalten werden. Ich will, dass ihr mich in Ruhe lasst.«

Piper schwieg. »Ich sehe, wie du dich quälst«, sagte er schließlich leise. »Du musst nicht wiedergutmachen, was geschehen ist. Das ist nicht deine Aufgabe.«

Ich rückte näher an ihn heran, um Zoe nicht zu wecken. Doch selbst im Flüsterton zischte meine Stimme wie heißes Fett in einer Pfanne. »*Was* muss ich nicht wiedergutmachen? Dass der Rat die Insel dem Erdboden gleichgemacht hat? Dass die Bürger von New Hobart in der Falle sitzen? Dass Kip für mich gestorben ist? Oder dass Abertausende von Menschen unter Zachs Machthunger zu leiden haben? Willst du allen Ernstes behaupten, damit hätte ich nichts zu tun?«

Jetzt war es an Piper, die Geduld zu verlieren. »Überschätz dich mal nicht«, knurrte er. »Es dreht sich nicht immer alles um dich, geschweige denn um Zach. Im Rat hat der doch schon lange nichts mehr zu melden – die Generalin gibt in Wyndham den Ton an. Außerdem herrscht Krieg. Die Leute auf der Insel wussten um das Risiko, als sie sich dem Widerstand anschlossen. Und Kip musste eine Entscheidung treffen. Dein Selbstmitleid hat mit Selbstlosigkeit nichts zu tun. Eher mit Arroganz. Mit deiner Trübsal und deinem Selbsthass ist weder den Toten noch den Lebenden geholfen.« Eindringlich sah er mir in die Augen, doch ich wich seinem Blick aus. »Dein ganzes Leben liegt noch vor dir. Das hier ist nicht das Nachspiel.«

Ich wünschte, er hätte unrecht. Es wäre so viel einfacher gewesen, ihn erneut einfach anzufauchen. Doch Pipers Worte pochten in meinem Kopf wie Zahnweh. *Nachspiel.* Er hatte den Nagel auf den Kopf getroffen. Ich lebte nicht, ich taumelte. Damals war ich aus dem Silo gewankt, und ich wankte noch immer.

Vor dem Fenster zogen die Sterne ihre schimmernden Spuren über den Himmel.

»Es dauert nun mal, über so was hinwegzukommen«, flüsterte ich schließlich.

Piper seufzte. »Wie viel Zeit, glaubst du, haben wir?«

Beim Frühstück im Morgengrauen erkundigte sich Piper bei Sally nach Neuigkeiten zum Widerstand.

»Es sieht nicht gut aus«, seufzte sie. »Aber wem erzähle ich das? Die, die es bis aufs Festland geschafft haben, hat es sonst wohin verschlagen. Und in den Wochen danach gab es im ganzen Land Kontrollen. Ihr wisst ja, wie schnell es dann oft geht. Bei jeder Kontrolle wird jemand Neues aufgegriffen und verhört.« Sally war um klare, deutliche Worte nicht verlegen, trotzdem klang alles, was sie sagte, seltsam gehaucht und genuschelt. Beim Aufstehen hielt sie sich an der

Tischplatte fest und streckte mit einem leisen Ächzen die Beine.

»Aber wir haben immer aufgepasst«, sagte Piper und rieb sich nachdenklich die Wange. »Sämtliche Zellen waren unabhängig voneinander im Einsatz. Kontakte haben wir auf das Nötigste beschränkt. Es hätte nicht so schnell außer Kontrolle geraten dürfen.«

Sally nickte. »Ja, ihr hattet eure Leute immer gut im Griff. Sogar besser als wir damals. Aber kein System ist perfekt. Die aktuelle Marschroute lautet, bloß nicht zurück in die alten Unterschlüpfe und auch sonst die gewohnten Abläufe meiden.«

»Und wer hat die Marschroute vorgegeben?«, fragte Zoe. »Wer führt jetzt die Versammlung?«

»Versammlung? Wir sind schon lange nicht mehr so straff organisiert wie auf der Insel. Die meisten Überlebenden sind in alle Himmelsrichtungen verstreut. Viele sind auch abgetaucht, weil sie nach dem Massaker mit dem Widerstand nichts mehr zu tun haben wollen. Aber den kläglichen Rest führt, soweit ich weiß, Simon an.«

Seit dem Blutbad auf der Insel hatte sich Piper, wenn überhaupt, nur zu einem flüchtigen, verstohlenen Lächeln hinreißen lassen. Doch jetzt grinste er breit.

Ich erinnerte mich noch gut an Simon. Von den Versammlungsmitgliedern auf der Insel hatte er Piper immer am nächsten gestanden. Wenn Piper mich zu sich hatte rufen lassen, steckten Simon und er bei meiner Ankunft meistens über Schriftrollen und Landkarten die Köpfe zusammen. Beide wirkten eher wie Soldaten als Höflinge. Simons drei Arme waren muskulös und von oben bis unten vernarbt, und während man im Versammlungssaal häufig edle, farbenfrohe Stoffe sah, trug er lieber eine verschlissene Tunika mit zahlreichen Lederflicken. Er hatte beim Angriff durch die Ratssoldaten furchtlos den Nordtunnel verteidigt, auch als für die Insel längst keine Hoffnung mehr bestand. Und obwohl er wie alle anderen Versammlungsmitglieder für unsere Auslieferung an die Beichtmutter plädiert hatte, hätten Kip und ich es ohne seinen heldenhaften Einsatz am Tunneleingang niemals rechtzeitig auf das Boot geschafft.

»Als ich ihn das letzte Mal gesehen habe, hat er mir mit der Faust eins übergezogen«, sagte Piper. »Das war noch auf der Insel, nachdem ich der Versammlung eröffnet hatte, dass ich euch zur Flucht verholfen habe.«

»Und da freust du dich, dass er jetzt den Anführer spielt?«, fragte ich.

Piper grinste noch breiter. »Mit der Backpfeife bin ich gut weggekommen. Ein paar andere wollten mich sogar den Ratssoldaten ans Messer liefern. Das hat Simon zum Glück verhindert. Er wusste genau, dass wir für die endgültige Evakuierung so viele kampferprobte und segeltüchtige Leute brauchten wie möglich. Aber in dem allgemeinen Chaos unten am Hafen habe ich ihn aus den Augen verloren. In meinem Fluchtboot saß er jedenfalls nicht. Ich war mir nicht mal sicher, ob er es überhaupt bis aufs Festland geschafft hat.«

»Und wo steckt er?«, fragte Zoe.

»Zum Glück ist er nicht so blöd, sich immer an ein und demselben Ort zu verkriechen«, gab Sally zurück. »Jetzt, wo der Rat nach und nach sämtliche Verstecke aufstöbert.«

»Aber er lebt? Weißt du, wo er ist?«

»Elena kam letzte Woche auf dem Weg nach Osten hier vorbei. Sie hatten sich kurz vorher getroffen.«

»Wo?«

Sally ignorierte Pipers Frage. »Woher weißt du, dass Simon dich überhaupt sehen will? Mit deinen Alleingängen auf der Insel hast du dich beim Widerstand nicht gerade beliebt gemacht.«

»Mir ist egal, ob ich mit offenen Armen empfangen werde. Was zählt, ist doch, dass ich helfen kann.«

»Und was, wenn dich stattdessen gezückte Messer erwarten?«, fragte Sally. »Mir ist zu Ohren gekommen, was du dir da draußen geleistet hast. Du hast dich einem einstimmigen Beschluss der Versammlung widersetzt. Wenn du jetzt wieder ankommst, könnte das ein böses Ende nehmen.«

»Mag sein«, erwiderte Piper gelassen. »Aber ich bin nicht allein. Du kommst mit.«

Energisch schüttelte Sally den Kopf. »Ich lasse mich da nicht mehr mit reinziehen. Dass ich mich um Xander kümmere, muss reichen.«

»Wir stecken doch alle schon viel zu tief drin«, sagte Piper. »Du weißt genau, was uns früher oder später blüht. Das Netzwerk löst sich allmählich auf. Selbst in den Geheimunterschlüpfen sind wir nicht mehr sicher. Glaubst du allen Ernstes, dass du hier auf deiner Insel verschont bleibst? Ein paar Fallen sind keine Sicherheitsgarantie. Aber wenn du mitkommst, kann ich Xander und dich beschützen.«

Prüfend sah Sally ihn an. Dann verzog sie den Mund zu einem wissenden Lächeln. »Das hast du von mir.«

»Was soll das heißen?«

»Du handelst nie ohne Hintergedanken. Dass du Xander und mich beschützen willst, ist nur die halbe Wahrheit. Du brauchst mich, weil du insgeheim Angst hast, dass der Widerstand nichts mehr von dir wissen will.«

Piper erhob keinen Einspruch. »Du weißt genau, wie viel Ansehen du unter den Rebellen genießt. Du bist die Heldin der Spione. Mit deiner Hilfe können wir den Widerstand neu aufbauen.«

»Das ist lange her. Inzwischen bin ich eine alte Frau, von der du verlangst, dass sie ihr Zuhause verlässt. Und bilde dir bloß nicht ein, du könntest für meine Sicherheit sorgen. Die gibt es heutzutage nicht mehr.« Ihr Blick fiel auf mich. »Diese Tanks und die Reservate, von denen ihr mir erzählt habt«, sagte sie. »Hast du die wirklich gesehen?«

Ich nickte.

»In einer Vision? So wie Xander?«

Gerade wollte ich protestieren, meine Visionen seien ganz anders. Aber das hätte nicht gestimmt. Sie ähnelten sich – nur hatte ich es irgendwie geschafft, mich trotz des Sogs der Bilder über Wasser zu halten, während Xander untergegangen war wie ein Stein. »Ja«, sagte ich. »Ich habe sie sogar in Wirklichkeit gesehen, unter der Festung in Wyndham. Aber in meinen Visionen sind auch die anderen aufgetaucht. Hunderte von Tanks. Tausende.«

Sie nickte langsam. »Lucia meinte immer, ihre Visionen seien nicht so leicht lesbar.«

»Lucia ist hier gewesen?«

»Piper und Zoe haben sie vor ein paar Jahren einmal mitgebracht. Aber da war sie schon längst nicht mehr richtig im Kopf.«

»Sie stand dem Widerstand jahrelang treu zu Diensten!« Piper schlug mit der Faust auf den Tisch. »Xander ist doch der beste Beweis dafür, was die Gabe einem abverlangt.«

»Schon gut«, beeilte Zoe sich zu sagen. »Das ist ein anderes Thema.«

Ich wandte mich wieder Sally zu. »Lucia hatte recht. Die Bilder sind meistens nicht eindeutig. Ich sehe etwas, weiß aber oft nicht, worum es sich handelt oder ob es um die Zukunft oder die Vergangenheit geht.«

»Aber bei den Tanks bist du dir ganz sicher?«, fragte Sally.

»Ja, die habe ich gesehen.«

Sally sah zu Xander, der am Tischende saß. Das Brot auf seinem Teller hatte er nicht angerührt. Seine Hände folgten wieder ihrer geheimen Choreografie. »Sie macht einen ganz vernünftigen Eindruck«, sagte sie zu Piper und Zoe, obwohl ich direkt danebensaß.

»Was fällt dir ein? Ich bin kein unmündiges Kind«, rief ich.

»Wir können uns hier nicht mit Höflichkeiten aufhalten!«, fauchte Sally. »Du verlangst von uns, dass wir wegen ein paar Visionen unser Leben aufs Spiel setzen!«

Ich bemühte mich, ruhig zu bleiben. »Ist dir klar, was alles auf dem Spiel steht, wenn du mir *nicht* glaubst?«

Schweigen.

Obwohl Sally das Wort an Piper richtete, ruhte ihr Blick weiter argwöhnisch auf mir. »Seit ich denken kann, herrscht Krieg. Glaubst du wirklich, dass diese junge Frau daran irgendetwas ändern kann?«

»Nein«, gab Piper unumwunden zu.

Obwohl ich derselben Meinung war, stockte mir bei seiner unverblümten Antwort der Atem.

»Jedenfalls nicht im Alleingang«, fuhr er fort. »Sie braucht Zoes und meine Unterstützung. Aber das reicht nicht. Du musst uns helfen, den Widerstand zu einen und die Erkundungsflotte ausfindig zu machen. Vielleicht müssen wir auch neue Schiffe losschicken. Ich weiß nicht, ob Cass das Anderswo finden oder den Rat stürzen kann. Aber sie ist unsere größte Hoffnung. Und ohne uns hat sie nicht den Hauch einer Chance.«

Sally starrte mich noch immer an, doch ich war es gewohnt, ständig auf dem Prüfstand zu stehen. Schon in meiner Kindheit hatte hinter jeder Ecke das Misstrauen gelauert. Mit angehaltenem Atem hatte Zach mich beobachtet, während unsere Eltern nicht wussten, wem von uns beiden zu trauen war. Und auch Pipers Blicke spürte ich ständig auf mir.

»Gut, dann brechen wir morgen früh auf«, sagte sie schließlich. »Simon versteckt sich hier an der Küste, in dem eingestürzten Steinbruch ein Stück weit landeinwärts von Hawthornden, wo übrigens die halbe Flotte vor Anker liegt. Wir nehmen das Boot, am Anfang zumindest. Und ich zeige Cass jetzt mal lieber das Archepapier.«

11

»DAS ARCHEPAPIER?«, fragte ich.

Sally erhob sich. »Ich habe es vor über vierzig Jahren als Spionin in Wyndham gefunden.«

Schwerfällig humpelte sie zum Kamin und ging davor in die Knie. Als ich ihr helfen wollte, hielt Piper mich zurück und schüttelte den Kopf.

Behutsam hob Sally an einer Ecke die Verblendung hoch und förderte darunter einen großen braunen Umschlag zutage, dem man sein fortgeschrittenes Alter schon von Weitem ansah. Langsam stand sie wieder auf und kehrte zum Tisch zurück, wo sie nach ein paar Minuten Blättern schließlich aus einem Stapel von Papieren einen Bogen herauszog und ihn zwischen Zoe und mir auf den Tisch legte.

»Darüber bin ich in einem unbeobachteten Moment in der Schreibstube des Feldherrn gestolpert«, sagte sie.

Ein paar Tage zuvor hatte Piper den Feldherrn schon einmal erwähnt. Er war der Mentor der Generalin gewesen, bevor sie ihn angeblich hatte ermorden lassen.

»Ich war damals durch Zufall an den Schlüssel zu seinem Aktenschrank gekommen. Das hier ist nur eine Abschrift«, erklärte sie. »Das Original war uralt, älter als alles, was ich jemals zuvor gesehen hatte. Und das Papier hauchdünn und so mitgenommen, dass es stellenweise schimmelte. Manche Abschnitte waren entweder unleserlich oder fehlten ganz. Auch die Schrift an sich sah merkwürdig aus –

lauter winzige, akkurate Buchstaben. Schwer zu beschreiben. Leider konnte ich die Seite nicht mitgehen lassen. Nicht nur, weil es dem Feldherrn irgendwann aufgefallen wäre, sondern auch, weil ich Angst hatte, dass mir das gute Stück in der Tasche auseinanderfällt. Also habe ich alles abgeschrieben, was ich entziffern konnte, bevor das Zimmermädchen des Feldherrn zurückkam.«

Ich beugte mich über das Archepapier. Sally hatte eine furchtbar unordentliche Schrift, und überall, wo sie in der Eile mit der Feder hängen geblieben war, zierten Tintenkleckse den Text. Doch die meisten Probleme bereiteten mir die vielen unbekannten Wörter.

J.6, 5. JUNI. MEMORANDUM (14c)
FÜR DIE ÜBERGANGSREGIERUNG DER ARCHE:
MASSNAHMEN ZUR ARTENERHALTUNG

Wie bereits in Anhang 2 (Gutachten zu den Oberflächenverhältnissen außerhalb der Arche, Expedition 3a) erwähnt, übertreffen die klimatischen Folgen der Detonationen sowohl hinsichtlich des Ausmaßes als auch der Dauer eines nuklearen Winters selbst unsere pessimistischsten Vorkriegsprognosen. 2–4 Stunden täglich dringt milchiges Licht durch die Aschewolken, doch die Sichtverhältnisse sind nach wie vor stark eingeschränkt und sämtliche landwirtschaftlichen Anbauversuche erweisen sich weiterhin als zwecklos. Die Oberflächentemperatur zeigt einen Rückgang auf […]

Ich hob den Blick. »Da geht es um die Explosion. Und um den Langen Winter!« Obwohl sie deutlich hörbar durch die Küche schallten, zweifelte ich an meinen eigenen Worten. »Ist das etwa von damals?«

Vom Langen Winter war nichts überliefert außer den Liedern und Geschichten der Barden. Auch wenn die verschiedenen Versionen leicht voneinander abwichen, blieb ihr Grundtenor stets derselbe: Die Asche am Himmel hatte die Welt in ewige Finsternis getaucht. Weder Getreide noch Kinder wollten wachsen, und die Überlebenden fristeten ein kümmerliches Dasein. Ich konnte mir einfach nicht vorstellen, dass die Aufzeichnungen, die Sally gefunden hatte, aus jener Zeit stammten.

»Was soll das sein, diese *Arche?*«, fragte ich. »Von wo stammt das Schriftstück?«

»Wart's ab«, sagte Piper nur.

Beim Weiterlesen fuhr ich mit dem Zeigefinger die Buchstaben nach.

[…] früheren Expeditionsberichten in erster Linie die unmittelbaren Auswirkungen der radioaktiven Strahlung (ARS) diskutiert wurden. Bei sämtlichen von Expedition 3 entdeckten Überlebenden sind inzwischen typische Nebenwirkungen aufgetreten. Diese reichen von chronischer Geschwürbildung und diversen Hautschäden bis hin zu einer dramatischen Zunahme von Krebserkrankungen (einzelne Tumore zeigen bereits […]

In Anbetracht der widrigen Wetterverhältnisse an der Oberfläche und der Strahlungsgefahr, der die Überlebenden dort nach wie vor ausgesetzt sind, lassen sich das einzigartige Potenzial der Arche und ihre wichtige Rolle im Kampf um die Artenerhaltung nicht mehr von der Hand weisen […]

[…] und angesichts des Ausmaßes der radioaktiven Strahlung sieht sich die Übergangsregierung in ihrer Entscheidung bestätigt, die Arche weiterhin abzuschotten sowie Expeditionen und sonstige Exkursionen an die Oberfläche vorerst zu reduzieren, bis im Hinblick auf die entscheidenden Umweltfaktoren (siehe Anhang F) konkrete Fortschritte zu vermelden sind.

»Was ist mit dieser *Oberfläche* gemeint? Die Leute, die das hier geschrieben haben, befanden sich woanders, oder? Und sie beobachteten alles von dort aus.« Fragend sah ich zu Piper hoch, der daraufhin nickte.

»Weil sie bereits vorher gewusst hatten, was kommt«, sagte er. »Sie hatten mit der Explosion gerechnet und sich zum Schutz davor die Arche gebaut.«

Sprachlos starrte ich auf das abgegriffene Stück Papier. Auf einmal waren die Karten neu gemischt. Mein Leben lang hatte ich das Vorher für eine Zeit gehalten. Nie wäre ich auf die Idee gekommen, dass es sich dabei auch um einen Ort gehandelt hatte.

»Aber wo um alles in der Welt haben sie sich denn versteckt?«, fragte ich. »Es hat doch überall gebrannt.« Niemand wusste so gut wie ich, dass die Explosion vor nichts und niemandem haltgemacht hatte. Immer und immer wieder sah ich die Bilder vor mir – von einer Welt, die in Flammen aufging.

»Unter der Erde«, sagte Piper. »Da steht *Exkursionen an die Oberfläche.*« Er deutete mit dem Zeigefinger auf die betreffende Zeile. »Überleg doch mal! Die Menschen damals waren uns technisch haushoch überlegen und hatten außerdem genug Zeit, die nötigen Vorbereitungen zu treffen.«

Sally nickte. »Offenbar war die Arche eine Art geheimer

Unterschlupf. Natürlich nur für ein paar Auserwählte, wahrscheinlich die Anführer.«

»Aber das Spannendste kommt erst noch«, sagte Piper und drehte das Papier um. »Sieh hier.«

Es werden weiterhin gezielte Versuche unternommen, mit alliierten Nationen in Kontakt zu treten. Sowohl Funk- als auch Satellitenempfänger wurden durch die Detonationen schwer beschädigt. Obwohl die Wiederinstandsetzung der Funkstationen grundsätzlich als machbar gilt, genießt dies angesichts des Ausmaßes der Zerstörung und der kritischen Situation an der Oberfläche derzeit nicht oberste Priorität. Natürlich hängt *eine erfolgreiche Kontaktaufnahme mit den alliierten Nationen auch vom Zustand der dortigen technischen Infrastruktur ab. Zudem dürfte die hohe Aschekonzentration in der Atmosphäre den Funk- und Satellitenverkehr bis auf Weiteres erheblich beeinträchtigen (siehe Anhang F).*

Aus diesem Grund wurde eine Sonderkommission eingerichtet, die die Durchführbarkeit von Forschungsgängen zu Wasser und zu Luft untersuchen soll. Allerdings stellen die Zerstörung des Flugzeughangars der Arche sowie der noch immer nicht eingedämmte Brand in den Brennstofflagern […] Weiter behindert wird die Luftaufklärung durch die aschebedingt derzeit stark eingeschränkten Sichtverhältnisse.

Bzgl. Seeaufklärung: Im Rahmen der Oberflächenexpedition 3 wurde die Komplettzerstörung des Hafens in […] festgestellt […] Laut deren Bericht eines der in Hangar 1 untergebrachten Schiffe unter Umständen nach wie vor einsatzfähig ist.

Um die Chancen auf eine Kontaktaufnahme mit

anderen Überlebenden zu erhöhen (insbesondere mit Überlebenden, von denen mit Unterstützung zu rechnen ist), muss unser Hauptaugenmerk jenen Nationen gelten, die aller Voraussicht nach nicht direkt von den Militärschlägen betroffen waren. Jeglicher Kommunikationsversuch mit [...] hat sich bislang als aussichtlos erwiesen. Trotzdem sind wir zuversichtlich, in absehbarer Zeit mit alliierten Nationen in Kontakt treten zu können, sofern sich dort Überlebende aufhalten [...]

Mit der Hälfte der Worte konnte ich nichts anfangen. Doch irgendwo unter der fremden Sprache blitzte ein Hoffnungsschimmer auf, an den ich mich klammerte wie ein Ertrinkender an seine Rettungsleine. »Anderswo«, sagte ich.

Sally nickte. »Sie wussten, dass es existiert. Und wo es liegt. Wobei sich *alliierte Nationen* sogar nach mehreren Orten anhört. Jedenfalls haben die Leute von der Arche aus versucht, mit anderen Überlebenden Kontakt aufzunehmen.«

Und dazu standen ihnen Mittel zur Verfügung, von denen unsereins nicht einmal zu träumen wagte. Satelliten und Flugzeug. Hatte es damals Fuhrwerke gegeben, mit denen man fliegen konnte? Ein absurder Gedanke. Doch dann fielen mir wieder die Worte des Dompteurs ein: *Wozu die Maschinen fähig sind, liegt jenseits unserer Vorstellungskraft.* Wenn die Bewohner des Vorhers die Explosion ausgelöst hatten, kannte ihre Macht mit ziemlicher Sicherheit keine Grenzen.

»Nur weil es im Vorher mal ein Anderswo gegeben hat, muss es nicht unbedingt überdauert haben«, gab Zoe zu bedenken. »Da steht es doch.« Sie wanderte mit einem Finger über das Papier. »*Sofern sich dort Überlebende aufhalten.* Die wussten selber nicht, ob das Anderswo überhaupt noch steht.«

Sie hatte recht. Hinter dem Wort »Militärschläge« steckte auch vierhundert Jahre später noch der Tod. Und woher sollten wir wissen, ob die Arche-Bewohner jemals im Anderswo angekommen waren und was sie dort vorgefunden hatten? Ich musste an die Erkundungsflotte denken. Wie kamen wir darauf, dass es an einer fremden Küste anders aussah als in den verkohlten Steppen unseres Ödlands?

»Das Papier ist unser einziger Beweis dafür, dass das Anderswo überhaupt existiert«, sagte Piper. »Vielleicht verstehst du jetzt, weshalb ich immer so erpicht darauf war, dass wir die Flotte aussenden.«

Beim Gedanken an die Rosalind und die Evelyn wusste ich mit einem Mal, dass noch Hoffnung bestand. Die Schiffe irrten nicht blindlings jenseits der Landkarten über das offene Meer. Sie hatten ein Ziel.

»Und du hast beim Feldherrn nur dieses eine Papier gefunden?«, fragte ich Sally. »Mehr nicht?«

»Ich konnte den Text gerade noch fertig abschreiben, bevor ich mich aus dem Staub machen musste. Das ist alles. Zumindest alles, was sich auf den ersten Blick entziffern ließ. Ich bin zwar noch die anderen Dokumente in seinem Schrank durchgegangen, aber keins davon kam mir bekannt vor, und nirgendwo stand etwas von der Arche. Und der Feldherr hat auch nie ein Wort darüber verloren. Bei seinen Vieraugengesprächen bin ich allerdings nie dabei gewesen. Am selben Nachmittag haben Eloise und Lachy seinen Schreibtisch durchsucht, während ich in einer Sitzung für ihn Protokoll führen musste. Aber ich hatte nie Gelegenheit, in Erfahrung zu bringen, was sie dort gefunden haben, denn tags darauf sind sie gestorben.«

»Glaubst du, jemand hat mitbekommen, dass sie sich Zugang zu den Räumen des Feldherrn verschafft haben?«, fragte ich.

Sally senkte den Blick, dann sah sie mich wieder an. »Kein Tag vergeht, an dem ich mir nicht diese Frage stelle. Aber unser Geheimnis drohte damals jederzeit aufzufliegen. Wer weiß, was letztlich den Ausschlag gegeben hat.«

»Wusste der Widerstand von dem Papier?«, fragte ich.

»Für wie dumm hältst du mich eigentlich?«, gab sie zurück. »Ich habe noch am gleichen Tag eine Eilmeldung auf die Insel geschickt. Damals war eine gewisse Rebecca Anführerin der Versammlung. Sobald sich die Wogen nach meiner Flucht einigermaßen geglättet hatten, kam sie extra aufs Festland, um sich mit mir zu treffen. Uns beiden war schon damals klar, dass ich in ein Wespennest gestochen hatte.«

Ich konnte die Augen nicht von dem Schriftstück lösen. Dieses unscheinbare Blatt Papier auf Sallys Küchentisch erzählte von fremden Welten und Zeiten. Von der Arche, einem Zufluchtsort des Vorhers, der irgendwo im Nachher versteckt lag. Von neuen Ländern im Osten und Westen, jenseits von Ödland und Ozean. Und doch konnte niemand wissen, ob das Anderswo die Explosion überlebt hatte oder nur noch aus Knochen und Staub bestand.

»Und was hat Rebecca unternommen?«, fragte ich.

»Was hätte sie denn unternehmen sollen?« Sally zuckte mit den Achseln. »Wir hatten, wie gesagt, nur dieses eine Dokument. Sonst gab es keinerlei Anhaltspunkte. Ich musste untertauchen, Lachy und Eloise waren tot. Von der Arche zu wissen ist eine Sache, aber wo sie liegt, das steht buchstäblich auf einem anderen Blatt. Seit Rebecca war jeder Rebellenführer über die Arche im Bilde. Manche haben sogar Schiffe ausgesandt, wie Piper. Nur fündig geworden ist keiner.«

»Vor ein paar Jahren hatten wir in New Hobart eine heiße Spur«, sagte Zoe. »Angeblich waren dort Papiere mit Hinweisen auf die Arche aufgetaucht. Aber der Rat hat rechtzeitig Wind von der Sache bekommen und vor Ort mit einem

Schlag die komplette Zelle hochgehen lassen. Das war es dann fürs Erste gewesen.«

Bei ihren Worten musste ich an Elsa denken, die Kip und mich bei sich in New Hobart aufgenommen und ihren verstorbenen Ehemann nur ein einziges Mal erwähnt hatte: *Mein Ehemann hat auch immer Fragen gestellt.* Als ich das Thema Widerstand angeschnitten hatte, war in der Küche des Notquartiers die Angst mit einem Mal förmlich greifbar gewesen, bevor Elsas Nichte Nina aufgeschreckt davongestürmt war. Elsa hatte fortan jegliche Diskussion über die Insel im Keim erstickt. Eine Antwort auf die Frage, ob ihr Mann etwas mit dem Widerstand zu tun gehabt hatte, würde sie mir wohl ewig schuldig bleiben. Inzwischen hatte der Rat die Stadt in seine Gewalt gebracht. Seit Kip und mir die Flucht gelungen war, glich New Hobart einem Gefängnis.

»Machen wir uns nichts vor«, sagte Piper. »Der Rat ist auf der Suche nach der Arche und dem Anderswo. Vielleicht sind sie sogar längst fündig geworden. Immerhin stehen ihnen ganz andere Mittel zur Verfügung als uns. Von ihrem Wissensvorsprung ganz abgesehen.«

Mein Blick fiel wieder auf das Papier. »Meint ihr nicht, dass die Leute in der Arche noch am Leben sind?«

Sally schüttelte den Kopf. »Vierhundert Jahre lang waren keine Gerüchte im Umlauf, von einer Sichtung ganz zu schweigen. Die sind da unten verreckt.«

»Labyrinth aus Knochen«, murmelte Xander an seinem angestammten Platz vor dem Fenster. »Ewiges Feuer.«

Prüfend sah Piper mir in die Augen. »Spürst du was?« Er hatte sich so weit vorgelehnt, dass seine Fingerspitzen auf meinem Knie ruhten. »Irgendeine Ahnung, wo das Anderswo sein könnte? Oder wo die Arche versteckt war?«

»Das hat schon mit Lucia und Xander nicht funktioniert«, bemerkte Zoe.

»Cass ist nicht wie die beiden«, sagte Piper.

Gereizt wandte Zoe sich ab. Womöglich dachte sie dasselbe wie ich: *Noch nicht.*

Nach meiner Ankunft auf der Insel hatte Piper mir eine Landkarte vorgelegt in der Hoffnung, dass ich auf der Suche nach dem Anderswo helfen könnte. Ich musste ihn enttäuschen, aber inzwischen lagen die Dinge ganz anders. Damals war das Anderswo nur ein Traum gewesen, doch das zerknitterte Stück Papier vor uns lieferte den Beweis, dass es existierte oder zumindest einmal existiert hatte.

Ich griff nach dem verblichenen Pergament und schloss die Augen. Als Erstes versuchte ich, ans Fliegen zu denken. Zwar konnte ich mir beim besten Willen nicht vorstellen, wie jenes *Flugzeug* des Vorhers ausgesehen oder gar funktioniert haben sollte, doch ich malte mir trotzdem in allen Einzelheiten aus, wie ich jenseits des Landsaums über dem Meer in die Lüfte stieg. Dann hielt ich nach der Insel Ausschau, so, wie ich sie in Erinnerung hatte – als Makel auf einer ansonsten spiegelglatten Wasseroberfläche. Weiter im Norden sah ich jetzt die winterlichen Eisschollen vor mir, von denen Piper erzählt hatte, und als sich im Westen und Süden nur mehr offenes Meer unter mir auftat, zwang ich mich dazu, ihn zu spüren: den Anblick einer neuen Küste, die plötzlich vor mir auftauchte.

Mit einem Mal flog ich nicht mehr, ich ertrank. Haushoch schlugen die Wellen über mir zusammen, doch als ich aufschrie, hatte ich statt scharf-salzigen Meerwassers einen süßen Geschmack im Mund, der so künstlich und zuckrig war, dass mir schlecht davon wurde. Ich hätte ihn überall wiedererkannt. Mein Körper war wie gelähmt. Mühsam drehte ich den Kopf. Neben mir in dem zähflüssigen Sud war undeutlich ein Gesicht zu erkennen, halb verdeckt von langen, fließenden Haarsträhnen. Als die Flüssigkeit zur Seite schwappte, sah ich, dass es zu Elsa gehörte. Ich stieß einen gellenden Schrei aus.

Erst Pipers Hand auf meinem Arm brachte mich zurück ins Hier und Jetzt. Das Papier in meinen zitternden Fingern flatterte wie ein Nachtfalter mit den Flügeln.

»Was hast du gesehen?«, fragte Zoe.

Schwerfällig stand ich auf. Die traurige Nachricht drohte, mich jeden Moment in die Knie zu zwingen. »Es ist so weit«, sagte ich. »Der Wall um die Stadt war nur der Anfang. Sämtliche Einwohner von New Hobart sollen in die Tanks.«

»New Hobart interessiert uns im Moment nicht«, sagte Piper. »Konzentrier dich auf das Anderswo und die Arche.«

»Ich kann nicht«, sagte ich. »Ich habe es gespürt. Ich habe Elsa unter Wasser gesehen.«

Piper senkte die Stimme. »Aber das war doch klar«, sagte er beschwörend. »Nur deshalb hat der Rat die Stadt eingenommen. Meinst du etwa, die ganzen Leute wären irgendwann einfach so wieder freigekommen?«

Natürlich hatte er recht. Jemand wie Zach würde sich niemals damit begnügen, nur die Obdachsuchenden in den Reservaten aus dem Weg zu räumen. New Hobart war ein Gefängnis und würde bald ähnlich verlassen dastehen wie die Stadt unter Wasser an der Verlorenen Küste.

»Ich verstehe, dass du dir Sorgen um deine Freunde machst«, sagte Piper. »Aber wir können New Hobart nicht befreien. Das käme einer Kriegserklärung gleich, und gegen die Ratsarmee haben wir keine Chance. Wir können Elsa und den anderen nur zu Hilfe kommen, indem wir die Arche oder das Anderswo finden. Deshalb musst du dich konzentrieren. Es geht hier um mehr als nur um New Hobart.«

»New Hobart«, ertönte hinter mir eine Stimme.

Wir schnellten herum. In der Aufregung war niemandem aufgefallen, dass Xander den Raum durchquert hatte.

»Die Soldaten durchsuchen alles«, sagte er.

»In New Hobart?«, fragte ich.

»New Hobart«, wiederholte er, doch mir war nicht klar, ob es sich um eine Bekräftigung oder nur um ein Echo handelte.

»Keine Sorge«, sagte Piper. »Die Soldaten waren auf der Suche nach Cass, aber sie konnte rechtzeitig fliehen.«

Mir fiel wieder ein, dass die Fahndungsplakate mit den Porträtzeichnungen von Kip und mir in New Hobart an jeder Straßenecke hingen.

»Nein«, sagte Xander. Er klang ungeduldig, als wären wir Kinder oder schwer von Begriff. Dann sah er mir in die Augen. »Dich suchen sie nicht.«

Ich spürte, wie mir das Blut in die Wangen schoss. »Das stimmt. Um mich ging es gar nicht, zumindest nicht nur. Die Beichtmutter war vor allem hinter Kip her.« Doch auf die Idee wäre ich damals im Traum nicht gekommen. »Aber das ist längst vorbei, aus, fertig. Jetzt kann ihm niemand mehr was tun.«

»Sie sind noch nicht fertig«, sagte Xander. Den Blick weiter fest auf mich gerichtet, hielt er inne und legte den Kopf schief. Ein paar Sekunden lang herrschte abwartende Stille, und ich hätte ihn am liebsten gepackt und die Worte aus ihm herausgepresst wie die letzten Tropfen Saft aus einer Zitrone. Schließlich sah er wieder in Richtung Fenster. »Labyrinth aus Knochen«, sagte er leise und gab danach keinen Ton mehr von sich.

Als Piper nachmittags bei Xander saß und Sally ihre Sachen packte, legten Zoe und ich vor dem Haus eine Trainingseinheit ein. Obwohl ich inzwischen öfter mit dem Dolch üben durfte, fuhr sie immer noch alle paar Sekunden dazwischen, um mich zu verbessern, zumindest kam es mir so vor. »Achte auf dein Messer, nicht auf meins.« – »Schneller.« – »Pass auf dein Handgelenk auf. Wenn du im Ernstfall so parierst, brichst du dir alle Knochen.« – »Geh ein paar Schritte vor. Siehst du die Böschung? Lass dich da nicht runterlocken.«

Natürlich würde ich Zoe im Kampf niemals das Wasser reichen können. Doch allmählich fühlte sich Pipers Dolch nicht mehr wie eine Leihgabe an, sondern wie meine eigene Waffe. Ich hatte mich an sein Gewicht gewöhnt und kannte den Übergang zwischen Klinge und Griff ganz genau. Ich wusste, wie fest ich zupacken musste, um einen Angriff abzublocken, und dass es das Handgelenk leicht zu lockern galt, wenn ich zum Gegenschlag ansetzte.

Hinter dem Fenster regte sich etwas. Es war Xander, der mit hängenden Mundwinkeln und glasigem Blick in unsere Richtung starrte, uns jedoch nicht zu sehen schien.

Zoe machte sich meine vorübergehende Unaufmerksamkeit zunutze und stieß so blitzschnell zu, dass ich gezwungen war, ein paar Schritte zurückzuweichen. »Lass dich nicht ablenken«, sagte sie. »Du hast schon wieder deinen Vorteil aufgegeben.«

Ich nickte, umfasste entschlossen den Griff meines Messers und machte mich wieder daran, sie zu umkreisen. Flammen der Explosion versengten mein Blickfeld.

Mein Aussetzer dauerte nur den Bruchteil einer Sekunde, doch Zoe nutzte die Gelegenheit und pikte mir sanft mit der Messerspitze in die Brust. »Wenn dir das in einem Gefecht passiert, dann gute Nacht.« Mit gesenkter Waffe trat sie einen Schritt zurück.

»Es war wieder die Explosion.« Wie sollte ich ihr nur begreiflich machen, dass unsere Welt in diesen Momenten aus Asche bestand und wir alle tot waren? »Ich habe das Gefühl, es liegt an Xander«, sagte ich mit einem Seitenblick zum Fenster. »In seiner Gegenwart bin ich anfälliger für die Visionen.«

»Dann musst du dich eben noch mehr konzentrieren«, erwiderte Zoe nur.

Ich hob also noch einmal mein Messer, und wir umkreisten einander von Neuem. Sie stieß zu, ich hielt dagegen, und als ich beinahe ihr linkes Brustbein erwischte, machte sie einen Satz rückwärts. Dann explodierte es erneut in meinem Kopf. Wie ein Nachbeben durchzuckte mich ein Blitz, der so grell war, dass mir die Waffe aus der Hand fiel und ich die Hände vors Gesicht schlug.

Zoe stampfte wütend auf. »Wenn du so drauf bist, vergeht mir die Lust am Üben«, fuhr sie mich an.

»Ich gebe mir doch alle Mühe«, sagte ich. Xander stand noch immer regungslos am Fenster. »Aber ich habe die Visionen einfach nicht im Griff.«

Sie folgte meinem Blick. »Ich versuche doch nur, dir zu helfen. Willst du etwa so enden wie er?«

Seufzend hob ich meinen Dolch auf, und sie tat es mir gleich. Bis nach Einbruch der Dunkelheit gönnten wir einander nichts, doch Zoe war jetzt stiller, verbesserte mich nur noch sporadisch und trieb mich auch nicht mehr so gnadenlos an. Wozu auch? Wir wussten beide, dass gegen meinen bedrohlichsten Feind mit Messern nichts auszurichten war.

12

NACHTS LAUERTEN IN der versunkenen Stadt zu viele Gefahren, also brachen wir kurz vor Sonnenaufgang auf, die Taschen bis oben hin vollgepackt mit Essen.

Nachdem sie mit einem energischen Ruck die Haustür hinter sich zugezogen hatte, riskierte Sally keinen Blick mehr zurück. Stattdessen bemühte sie sich, Xander zu beruhigen, der wie auf Kommando in leises Wimmern ausgebrochen war und sich erst zum Weitergehen bewegen ließ, als Sally ihn an die Hand nahm und sanft vorwärtsbugsierte.

Der Weg zum Bootsanleger zog sich. Zwar führte im Zickzackkurs ein schmaler Pfad über die Klippen, der dank jahrelanger Nichtbenutzung jedoch halb verfallen war. Auf den letzten Metern musste Piper die protestierende Sally auf den Rücken nehmen, die trotzig verkündete, problemlos alleine zurechtzukommen, solange sie nicht gehetzt werde. Zoe und ich wechselten uns mit Xander ab, der sich hartnäckig weigerte, den Blick auf den bröckelnden Grat zu seinen Füßen zu richten und stattdessen mit fest zusammengekniffenen Augen ungelenk voranstakste. Obwohl sich am Wegesrand ständig Steine lösten, lag das Meer zu tief unter uns, um ihren Aufprall im Wasser zu hören. Als endlich das Boot in seiner flutgeschützten Höhle vor uns auftauchte, war die Sonne bereits aufgegangen.

Nachdem eine Mäusefamilie, die es sich im Segel bequem gemacht hatte, das Feld geräumt und Piper sorgfältig die morschen Planken und das steife Tauwerk auf Schäden untersucht hatte, ließen wir es zu Wasser. Es war größer als die kleinen Jollen, in denen Kip und ich unterwegs gewesen waren, und besaß zwei kleine statt eines großen Segels.

Sally und Xander nahmen im Heck Platz. Xanders Aufregung schien sich gelegt zu haben, denn er ließ den Blick fortan stumm über das Meer schweifen. Sobald Zoe und er uns durch das Riff vor der Halbinsel gerudert hatten, setzte Piper mit ein paar geübten Handgriffen die Segel und rief mir Befehle zu, während seine Schwester das Steuer übernahm. Es war äußerste Vorsicht geboten, da sich direkt unter der schwarzen Oberfläche kilometerweit die Ruinen der versunkenen Küstenstadt erstreckten und bei Flut nur die höchsten Gebäude aus dem Wasser ragten. Einmal glitten wir so dicht an einem verrosteten Turm vorbei, dass in einem gesprungenen Fenster unser Spiegelbild zu erkennen war. Erst als mir durch den Morgennebel mein blasses, verängstigtes Gesicht entgegenstarrte, wurde mir klar, wie sehr ich mich eigentlich fürchtete.

Nachdem wir uns aus den Klauen der Verlorenen Küste befreit und an Fahrt aufgenommen hatten, fiel mir auf, dass mit Zoe etwas nicht stimmte. Schweigend stand sie im Heck des Schiffes und hielt das Ruder so fest umklammert, dass ihre Fingerknöchel weiß hervortraten.

»Alles klar?«, fragte ich. Ihre Träume vom Meer wagte ich nicht zu erwähnen. Die Erinnerung an ihre wutentbrannte Reaktion steckte unter meiner Haut wie ein Holzsplitter, der bei jeder Berührung schmerzte.

»Ich bin nicht gerne auf hoher See«, sagte sie nur, drehte sich um und richtete den Blick auf das schäumende Kielwasser.

Tagsüber blieben wir bewusst außer Sichtweite des Ufers, und erst nach Sonnenuntergang wagten wir uns wieder in

Richtung Küste. Der Wind war uns gewogen, und so kamen wir zügig voran. Zoe hüllte sich weiter in Schweigen, dafür verfiel Xander bald wieder in sein gewohntes Muster. Am späten Nachmittag bekam er einen hysterischen Anfall, brüllte etwas von Feuer und brabbelte dann nervös vor sich hin, wobei wieder die Worte »Labyrinth« und »Knochen« fielen. Sein Ausbruch entfachte die Flammen in meinem Kopf aufs Neue, sodass ich mich irgendwann verzweifelt auf den Holzplanken des Bootes krümmte, während die Explosion drohte, die Mauern meines Bewusstseins zu sprengen. Gleichzeitig versuchte ich, mich auf Pipers warme Hand auf meinem Rücken zu konzentrieren, die meinen einzigen Halt in einer wild hin und her schwankenden Welt darstellte.

Sally hielt nach Patrouillenbooten Ausschau. Beim Gedanken an die riesigen schwarzen Schiffe der Ratsflotte, die unweit der Insel dicht an dicht vor Anker gelegen hatten, lief mir noch immer ein Schauer über den Rücken.

Sobald der Mond senkrecht am Himmel stand, holte Piper die Segel ein, und wir ruderten zu einem Felsenstrand, dessen Kiesel unter unseren Füßen knirschten, als wir das Boot an Land zogen, um es weiter oben im hohen Gras zu verstecken.

Obwohl ich mich freiwillig für die erste Nachtwache anbot, schüttelte Zoe energisch den Kopf. »Ich kann sowieso nicht schlafen«, sagte sie, und ich hatte erneut ihren verkniffenen, schweigsamen Mund bei der Überfahrt vor Augen.

Auch für mich war an Schlaf nicht zu denken. Zum einen waren wir am Strand schutzlos dem Nieselregen ausgesetzt, zum anderen lag ich später genau zwischen Zoe und Xander, deren Träume vom Feuer beziehungsweise Wasser die ganze Nacht im Wechsel um meine Aufmerksamkeit buhlten. Als wir uns im Morgengrauen auf den Weg landeinwärts machten, übernahm ich bereitwillig die Vorhut, nur um den beiden zu entkommen. Sally gab das Tempo vor, und als sie schlapp machte, nahmen Piper und Zoe sie abwechselnd auf den Rücken.

Mit Einbruch der Dunkelheit erreichten wir einen flachen, rauen Landstrich. Da Sally dringend eine Pause brauchte, schlugen wir in einem Kiefernwäldchen unweit eines sachte vor sich hin plätschernden Bachs unser Lager auf.

Als ich mit nassen Haaren vom Waschen zurückkehrte, kauerte Piper mit wurfbereit erhobenem Messer neben dem Feuer. Ich erstarrte und suchte instinktiv die Bäume ringsum nach Angreifern ab. Von den anderen fehlte jede Spur. Alles, was ich sah, war Piper, der den Blick auf ein Ziel in der Ferne gerichtet hatte. Dann ließ er sein Messer vorschnellen, und ich hörte, wie Zoe einen Triumphschrei ausstieß, worauf beide zu lachen anfingen. Ich trat auf die kleine Lichtung. An einem Baum war eine kleine Zielscheibe in den Stamm gekerbt, in der die Waffen der beiden steckten. Während sich Zoe mit einem zufriedenen Grinsen daranmachte, die Klingen aus der Rinde zu ziehen, beobachteten Sally und Xander von ihrem Platz am Feuer aus das Spiel.

»Ich brauche wohl nicht zu fragen, wer gewonnen hat«, sagte ich.

»Piper ist heute mit Fallenaufstellen dran.« Zoe wischte die Messer an ihrer Hose ab. »Und er darf die erste Wachschicht übernehmen, er hat nämlich schon zwei Runden hintereinander verloren. So schlecht, wie er heute wirft, kannst du froh sein, dass er dich vorhin nicht aus Versehen erwischt hat.«

Ich ließ mich neben Sally und Xander nieder.

Zoe machte den Anfang und bezog hinter einer in den Waldboden geritzten Linie Position, während Piper sie von jenseits der Lichtung nicht aus den Augen ließ. Als sie zum ersten Mal beim Abwurf mit dem Fuß über die Linie trat, brach er in schadenfrohes Gelächter aus, doch Zoe wies jeglichen Betrugsverdacht entschieden von sich. Dafür kam beim zweiten Mal eins von Pipers Messern geflogen und spießte Zoes Schnürsenkel am Boden auf, sodass sie den verdächtigen Fuß nicht zurückziehen konnte.

»Und jetzt versuch, dich da rauszureden«, sagte er grinsend, worauf sie sich fluchend hinabbeugte, um ihren Schuh zu befreien.

»Zu dumm, dass du nie triffst, wenn es drauf ankommt«, sagte sie und drückte ihm das Messer in die Hand.

Er lachte, und sie trat wieder zurück hinter die Linie.

Trotz der ansteckenden Fröhlichkeit der Szene saß mir insgeheim die Anspannung im Nacken. Erst ein paar Wochen zuvor hatte die jetzt so vergnügte Zoe vor meinen Augen einem Mann die Kehle aufgeschlitzt und ihn am Wegesrand verbluten lassen. Und Piper sprach oft derart beiläufig übers Töten, als ginge es darum, eine Taube zu rupfen. Während ich den Zwillingen zusah, konnte ich mich nicht gegen den Gedanken wehren, dass selbst die Spiele der beiden ein Tanz auf Messers Schneide waren.

Nach einem weiteren Tagesmarsch erreichten wir gegen Mitternacht einen Gipfel, von dem aus sich zu unseren Füßen der Steinbruch auftat. Wie eine kilometerlange, im Mondlicht weiß schimmernde Narbe durchzog seine lehmige Furche die Hügellandschaft. An den Rändern reihten sich ein paar flachere Lehmkuhlen und Kalkbecken aneinander, doch in der Mitte fraß sich die enge Schlucht abrupt über hundert Meter tief in die Erde. Im Norden ragten rot gesäumte Steinklippen auf, im Süden hingegen waren die Wände zum großen Teil weggesackt, hatten Felsbrocken und Bäume mit sich in den Abgrund gerissen und alles unter den Schuttbergen begraben, die inzwischen die Hälfte der Grube einnahmen. Etwa anderthalb Kilometer gen Westen führte eine breite, gut erhaltene Straße vorbei, doch der Steinbruch an sich machte einen lange verlassenen Eindruck, denn an den Stellen, die von den Geröllawinen verschont geblieben waren, war er dicht bewaldet.

Im Schutz von Bäumen und Gräben konnten wir uns auf ein paar Hundert Meter an die Mündung des Steinbruchs heranpirschen, ohne aufzufallen. Im Osten, wo verloren ein paar Omega-Hütten in der Landschaft standen, grenzten weite Felder an den Steinbruch, doch da die Ernte längst eingebracht war, bot sich uns dort kein Versteck. Und auf der Westseite lag zwar ein Wäldchen, doch der Baumbestand war zu spärlich, um als Tarnung zu dienen.

Ich ließ den Blick über die steilen Felswände wandern. »Wenn der Rat schon da war, laufen wir ihm da unten geradewegs in die Falle.«

»Wenn der Rat schon da gewesen wäre, würden wohl kaum ein paar Omegas Schmiere stehen«, sagte Zoe ungerührt. »Schau mal.« Sie deutete nach Westen.

In einer Eiche am Rande des Wäldchens hielt jemand Wache. Das Hauptaugenmerk des Mannes galt offenbar der Landstraße, doch als er sich zur Seite drehte, um einen prüfenden Blick über die Bäume schweifen zu lassen, war im Halbdunkel sein Profil zu erkennen – auf dem Ast hockte ein Zwerg, der einen Bogen geschultert hatte.

»Das ist doch Crispin«, sagte Piper. »Und er schiebt bestimmt nicht als Einziger Wache. Wo sind die anderen?«

»Keine Ahnung«, antwortete Zoe. »Aber ich frage mich, weshalb zu dieser Jahreszeit das Heu noch nicht eingeholt ist.« Sie deutete auf einige Ballen auf einem Feld. »Ich wette, da liegt einer auf der Lauer. Von dort aus hat man die gesamte Ostseite im Blick.«

»Seit wann sind meine Wachen so nachlässig?«, fragte Piper. »Sie hätten uns längst schon entdecken müssen.«

»Pass auf«, sagte Sally. »Das sind inzwischen Simons Wachen.«

»Wie könnte ich das vergessen?«, gab Piper zurück. Doch er war längst in Richtung Eiche unterwegs, bewegte sich leise, aber sehr zügig. Wir huschten hinter ihm her von Stamm zu Stamm. Erst gute zehn Meter vor der Eiche trat er aus dem Schatten der Bäume. »Crispin«, rief er zu dem Zwerg hoch. »Gib das Signal! Simon soll wissen, dass er Besuch hat.«

Der Wachmann erholte sich erstaunlich schnell von dem Schreck und förderte flugs einen Pfeil zutage. »Keine Bewegung«, rief er. Von unserer Position aus teilte der Bogen sein Gesicht in zwei Hälften. Er kniff ein Auge zu.

Doch Piper winkte nur freundlich und steuerte unbeeindruckt auf die Mündung des Steinbruchs zu.

»Keine Bewegung«, wiederholte der Mann. Als er den Pfeil zu sich heranzog, begann die Sehne zu zittern. »Du hast hier nichts mehr zu sagen.«

»Sei froh«, erwiderte Piper. »Sonst würde ich dich auspeitschen lassen, weil du so schlecht aufgepasst hast.«

Inzwischen hatte Zoe zu ihrem Bruder aufgeschlossen, und die beiden marschierten Seite an Seite in Richtung Steinbruch. »Und sag deinem Freund hinter den Heuballen, er soll sich das nächste Mal einen weniger leicht entflammbaren Platz aussuchen«, rief sie dem Mann im Weggehen zu. »Nicht, dass ein Ratssoldat mit einem Pfeil und ein paar Zündhölzern auf dumme Ideen kommt.«

Als sich in diesem Augenblick in Crispins Baum etwas regte, machte ich mich innerlich auf das Flirren des Pfeils gefasst, ein Geräusch, das seit dem Angriff auf die Insel fest zum Repertoire meiner Albträume gehörte. Doch der Zwerg ließ nur seinen Bogen fallen und wölbte die Hände um den Mund, um die Reichweite seines Pfiffes zu erhöhen. Die drei lang gezogenen Töne klangen zwar nur ansatzweise nach einem Käuzchen, trotzdem drang kurz darauf aus dem Steinbruch eine Antwort zu uns herauf.

Der Pfad schlängelte sich zwischen Lehmkuhlen und Erdhügeln entlang, und je weiter wir vordrangen, desto bedrohlicher schoben sich die eingestürzten Wände am Südrand des Steinbruchs ins Bild. Hierher drang kaum ein Mondstrahl vor, und ich rutschte zweimal auf dem glitschigen Lehmboden aus. Einer nach dem anderen kamen jetzt zwischen Gräben und Geröllhügeln die Wachen zum Vorschein und marschierten geschlossen auf uns zu. In der dreiarmigen, axtbewehrten Silhouette an vorderster Front erkannte ich Simon. Doch je näher uns sein kleiner Trupp kam, desto weniger fühlte ich mich an den Mann erinnert, den ich von der Insel kannte. Zwar hatte er auf den ersten Blick bei der Schlacht keine Verletzungen davongetragen, trotzdem war irgendetwas an ihm anders. Sein Gesicht wirkte im Mondlicht grau und seltsam angeschwollen, und anstelle seines energischen Soldatengangs bewegte er sich mit einer stoischen Entschlossenheit vorwärts, als müsste er gegen eine unsichtbare Strömung ankämpfen.

Plötzlich ging ein Raunen durch die Reihen der Wachen. Dann hoben sie ehrfürchtig die Hand an die Stirn. Zunächst dachte ich, der feierliche Gruß gelte Piper, so wie früher auf der Insel. Doch stattdessen ruhten sämtliche Blicke auf Sally, die in diesem Moment neben einem sich ängstlich an sie klammernden Xander in den Steinbruch gehumpelt kam und die Ehrenbezeigung der Wachen konsequent ignorierte.

Nachdem Simon in ein paar Metern Entfernung haltgemacht hatte, bildeten die anderen sechs oder sieben einen Kreis um uns. Die Zeit für Höflichkeiten war offenbar vorbei. Unser Empfangskomitee wirkte schwer bewaffnet. Die

Frau neben mir hielt ein Kurzschwert in der Hand, dessen Klinge deutliche Spuren eines erbitterten Gefechts trug.

Simon trat vor. »Seid ihr nur zu fünft?«, fragte er Piper.

Der nickte. »Wir haben strategisch wichtige Informationen für euch.«

»Willst du mir etwa vorschreiben, was ich zu tun habe?«, fuhr Simon ihn an.

Sally seufzte. »*Ich* wollte, dass ihr euch trefft, Simon. Hör dir einfach an, was Piper zu sagen hat.«

»Weiß sie, was du getan hast?«, fragte Simon und fixierte mich argwöhnisch. »Weiß sie von der Insel?« Ich war zum Symbol für das Massaker geworden. Jeder Blick in meine Richtung strotzte vor Blut.

»Ja«, sagte Piper mit selbstbewusst vorgeschobenem Kinn und einem angriffslustigen Blitzen in den Augen.

»Hört schon auf mit eurer Aufplusterei.« Sally klang ungeduldig. »Wir müssen jetzt zusammenhalten.«

Simon starrte Piper weiterhin misstrauisch an. Inzwischen hatte er sich ihm bis auf einen halben Meter genähert. Früher war ich oft unfreiwillig Zeugin ihrer hitzigen Wortgefechte geworden, doch diesmal war es anders. Zwischen ihnen stapelten sich die Toten der Insel. In der Luft lag die Erinnerung an ihre Schreie und das dumpfe Geräusch unzähliger Pfeile, die sich wehrlosen Menschen ins Fleisch bohrten.

»Verräter«, murmelte ein Mann hinter Simon.

»Denkt, er kann einfach wieder hier aufkreuzen, nach allem, was war«, fügte die Frau neben ihm hinzu.

Mittlerweile waren wir komplett umzingelt. Zoe hatte die Hände lässig in die Hüften gestemmt, doch ich wusste, welch tödliche Gefahr von den Messern an ihrem Gürtel ausging. Trotzdem waren wir unseren Gegnern zahlenmäßig unterlegen. Ich sah wieder Simon an. Trotz aller Erschöpfung wirkten seine Arme nach wie vor drahtig und muskulös. Der schwarz angelaufene Griff seiner Axt erinnerte mich an den Blutgeruch, der bei der Schlacht aus dem Inselkrater aufgestiegen war, und mir wurde bewusst, dass nicht allein Schweiß dieses Leder verfärbt hatte.

»Ich bin nicht hier, um zu Kreuze zu kriechen.« Piper hatte den Blick zwar fest auf Simon geheftet, doch er sprach so laut und deutlich, dass alle versammelten Wachen ihn hören konnten. »Ich stehe zu meiner Entscheidung. Ihr habt gesehen, wozu der Rat fähig ist. Selbst wenn ich Cass und Kip ausgeliefert hätte, die Inselbewohner wären nicht mit dem Leben davongekommen.«

Simon schüttelte den Kopf. »Der Preis war einfach zu hoch, selbst für eine Seherin.«

»Sobald man anfängt, Menschen nach ihrem Nutzwert zu beurteilen, hat man schon verloren«, warf ich ein. »Außerdem war ich nicht allein. Kip ist mit mir geflohen.«

»Ja und?«, fragte Simon.

»Er hat die Beichtmutter ausgeschaltet«, sagte ich, »und seinen Mut mit dem Leben bezahlt. Davor haben wir die Überwachungsmaschine zerstört, mit der über Leben und Tod bestimmt wurde und darüber, wer als Nächstes in die Tanks wandert.«

»Mir ist schon zu Ohren gekommen, dass die Beichtmutter das Zeitliche gesegnet hat.« Damit wandte Simon sich an Sally. »Kannst du das bestätigen?«

Sally nickte. »Ich glaube den dreien. Sie ist tot. Und die Maschine, die sie bedient hat, funktioniert auch nicht mehr.«

»Trotzdem, du bist dem Rat in den Rücken gefallen«, sagte Simon zu Piper. »Dass die Beichtmutter aus dem Weg geräumt ist oder du Sally hier anschleifst, ändert daran nichts.«

Die alte Frau schüttelte Xanders Arm ab und hinkte ein paar Schritte auf Simon zu. Als sie die Stimme hob, wurden ringsum kaum merklich die Waffen gesenkt. »Seit meinem fünfzehnten Lebensjahr kämpfe ich aufseiten des Widerstands, Simon, und in all der Zeit habe ich mich noch nie gegen meinen Willen irgendwohin schleifen lassen. Ich habe Dinge erlebt und getan, die kannst du dir nicht einmal vorstellen, und mit einsamen Entscheidungen kenne ich mich aus.« Sie machte eine Verschnaufpause. »Piper hat auf der Insel eine Entscheidung getroffen – die richtige –, und ich bin hier, um für ihn eine Lanze zu brechen. Aber dass ich mich für Zoe und ihn verbürge, spielt eigentlich keine Rolle.« Mir fiel auf, dass sie mich mit keinem Wort erwähnte. »Alles, was zählt, ist, dass du die beiden dringend brauchst.«

»Das stimmt«, sagte Piper. »Wie gesagt, ich habe Informationen für euch. Es gibt einiges zu besprechen und viel zu tun.«

Neben mir blitzte bedrohlich ein Schwert auf.

»Ich entscheide, was zu tun ist«, sagte Simon. »Aber ich höre mir gerne an, was du zu sagen hast.« Damit drehte er sich um und fügte knapp hinzu: »Kommt!«

Nach kurzem Zögern traten die Wachen zur Seite, um uns durchzulassen. Das Kratzgeräusch, mit dem die Waffen in ihre Scheiden zurückglitten, klang wie Zähneknirschen. Doch Simon legte seine Axt nicht aus der Hand, als er uns tiefer in den Steinbruch hineinführte.

In der hintersten Ecke der riesigen Grube waren unter ein paar niedrigen Bäumen eine Handvoll Zelte auszumachen, die überall dort aufgestellt waren, wo Zweige und Felsen ausreichend Sichtschutz vor Blicken von oben boten. Offenbar hatten Simon und seine Wachen sich schon vor einiger Zeit häuslich eingerichtet, denn die Wege zwischen den Zelten bestanden nur noch aus matschigen Trampelpfaden, in denen man fast mit den Stiefeln stecken blieb.

Die Plane von Simons Zelt war noch nicht hinter uns

zugefallen, da hatten die Wachen bereits vor dem Eingang Stellung bezogen. Drinnen mussten Piper und Zoe den Kopf einziehen, um nicht an der Zeltdecke anzustoßen.

Simon stand uns mit der Axt in der Hand gegenüber und wartete. Sobald das Zelt geschlossen war, stürzte er sich auf Piper.

Zoes Wurfarm schoss schneller in die Höhe, als ich nach Luft schnappen konnte, doch Pipers Lachen entwaffnete uns beide. Simon hatte die Arme um ihn geschlungen und drückte ihn selig an sich, bevor die beiden einander herzlich auf den Rücken klopften.

»Nichts für ungut«, sagte Simon mit einer Geste in Richtung Zelteingang. »Aber ihr habt ja gesehen, was hier los ist. Wenn ich vor meinen Leuten das Gesicht wahren will, darf ich dir nicht in aller Öffentlichkeit den roten Teppich ausrollen.« Er schlug Piper noch einmal freundschaftlich auf die Schulter. »Ich hatte gehofft, dass du kommst.«

»Damit du mir wieder eins überziehen kannst?«, erwiderte Piper und zog gut gelaunt eine Augenbraue hoch.

»Setzt euch«, sagte Simon und deutete in eine Ecke, wo ein Tisch und ein paar kurze Bänke standen. »Und bitte greift zu. Ihr seht halb verhungert aus.«

»Wir sind nicht zum Essen da«, sagte Zoe.

»Du vielleicht nicht«, erwiderte Sally. Das Holz gab ein leises Ächzen von sich, als sie sich erschöpft auf eine Bank plumpsen ließ und nach einem Teller griff.

Simon zog sich zurück, bis wir uns mit Fladenbrot und Wasser gestärkt hatten. Ich war so müde, dass ich kaum den Kopf aufrecht halten konnte. Irgendwann spritzte ich mir etwas Wasser ins Gesicht, um nicht auf der Stelle einzuschlafen.

Simon nahm neben Piper Platz. »Du weißt, dass ich deine Entscheidung nach wie vor nicht gutheiße.«

»Nenn die Dinge doch beim Namen«, fiel ich ihm ins Wort. »*Deine Entscheidung* … Warum sagst du nicht einfach die Wahrheit? Du hättest mich der Beichtmutter ausgehändigt oder gleich selber umgebracht.«

Endlich sah Simon mir direkt in die Augen. »Ganz genau. Und wenn es nach mir gegangen wäre, hätte Piper genauso gehandelt.«

»Das wäre doch völlig sinnlos gewesen«, sagte Piper. »Die Soldaten hätten sich Cass geschnappt und den Rest der Insel trotzdem dem Erdboden gleichgemacht.«

»Mag sein.« Mit den Ellbogen auf den Knien beugte Simon sich vor und rieb sich nachdenklich übers Gesicht. »Nach allem, was der Rat sich inzwischen geleistet hat, sind einige von uns jedenfalls davon überzeugt. Jetzt, wo du wieder da bist, kannst du bestimmt noch ein paar Zweifler umstimmen.«

»Über die Meinung der Leute kann ich mir später immer noch den Kopf zerbrechen. Erst mal musst du erfahren, was der Rat in New Hobart vorhat und was Cass alles gesehen hat.«

»Die Seher würde ich vorerst aus der Sache raushalten«, sagte Simon. »Wenn ich dir öffentlich das Vertrauen ausspreche, kannst du vielleicht wieder Boden gutmachen. Und Sally mitzubringen war ein Schritt in die richtige Richtung. Aber hier einfach so aufzutauchen, nicht nur mit Cass, sondern auch noch mit einem zweiten Seher und einer Alpha im Schlepptau, das war taktisch unklug. Nach allem, was passiert ist, müssen wir den Leuten unbedingt das Gefühl geben, dass du einer von uns bist.«

»Ach, hör doch auf«, sagte Piper. »Zoe hat mehr für den Widerstand geleistet als die meisten anderen Rebellen zusammen. Und Seher sind Omegas wie du und ich.«

»Du weißt genau, was ich meine.«

Simons Gesichtsausdruck sprach Bände. Doch das überraschte mich nicht. Ich kannte die argwöhnischen Blicke, die mich überallhin verfolgten, sobald klar war, dass das Brandmal auf meiner Stirn nicht zu meinem unversehrten Körper passte. Den Abstand, den die Leute ab diesem Zeitpunkt stets zu mir wahrten.

»Seit dem Massaker ist die allgemeine Panik weiter gestiegen, und zwar nicht nur vor Alphas, sondern auch vor Sehern«, fuhr Simon fort. Er sah wieder mich an. »Erzähl mir genau, was passiert ist. Wie hat Kip die Beichtmutter zur Strecke gebracht?«

Ich schluckte und holte tief Luft, doch dann versagte mir die Stimme. Zum Glück kam Piper mir zu Hilfe und beschrieb in groben Zügen, was sich im Silo ereignet hatte.

»Eigentlich hätte ich mir denken können, dass du was damit zu tun hattest«, sagte Simon zu ihm. »Das dürfte locker reichen, um die Leute auf deine Seite zu ziehen. Schließlich waren alle dabei, als die Beichtmutter auf der Insel eingefallen ist. Sobald die anderen erfahren, dass ihr sie aus dem Weg geräumt habt, haben sie vielleicht sogar mit dir ein Einsehen.«

»Auf das Verständnis der Leute können wir verzichten«, sagte Zoe.

»Ist das dein Ernst?«, fragte Sally. »Wir müssen den Widerstand einen. Da hat dein Ego Pause.«

»Egal«, fiel Piper ihr ins Wort. »Wir können nicht überall rumposaunen, dass wir etwas mit dem Tod der Beichtmutter zu tun hatten. Offiziell war nur Kip vor Ort. Wenn Cass' Name ins Spiel kommt, sorgt der Rat am Ende persönlich dafür, dass der Reformer kaltgestellt wird, nur um sie unschädlich zu machen.«

Simon seufzte. »Das macht es mir nicht gerade leichter, dich wieder in unseren Reihen zu begrüßen.«

»Was hattest du denn erwartet, als du den Vorsitz übernommen hast?«

»Das habe ich doch gar nicht. Du bist abgehauen, deiner Seherin hinterher, und der Rest hat mich zum Anführer bestimmt. Glaubst du, ich mache das hier freiwillig?« Er zog eine Grimasse und begann, sich den Nacken zu massieren. »Ach, und dieses Lied … stammt das etwa auch von euch? Einer meiner Späher hat in Longlake einen Barden von den Reservaten singen hören. Er meinte, es klang wie eine Warnung.«

»Ein blinder Barde? Mit einer jüngeren Frau?«, fragte ich, hellhörig geworden.

»Nein, ein junger Mann. Laut meines Informanten war er allein unterwegs.«

Piper und ich tauschten ein verschwörerisches Lächeln. Das Lied machte bereits die Runde.

»Freut euch nicht zu früh«, sagte Simon. »Jeder Barde, der von solchen Dingen singt, kann seinen Kopf auch gleich durch die nächste Schlinge stecken.«

»Hat der Späher erwähnt, dass Barden festgenommen wurden?«

»Nein. Aber das ist nur eine Frage der Zeit. So was spricht sich rum.«

»Darum ging es uns ja«, sagte ich.

»Gibt es Neuigkeiten von den Schiffen?«, wollte Piper wissen.

»Acht liegen hier in der Nähe vor Anker. Aber der Rat hat an der Küste die Kontrollen verschärft, also muss die Flotte bald wieder Richtung Osten segeln. Mindestens vier Boote wurden kurz nach der Landung am Miller River beschlagnahmt. Nördlich davon ist angeblich die Caitlin auf Grund gelaufen. Und noch weiter im Norden gab es eine unbestätigte Sichtung der Juliet. Gut möglich, dass Larson und seine

Besatzung da oben weiterhin unterwegs sind. Von allen anderen fehlt jede Spur.«

»Gut, immerhin bleiben uns acht. Aber das meinte ich gar nicht. Habt ihr irgendwas von der Erkundungsflotte gehört?«

»Fehlanzeige.« Simon schüttelte den Kopf. »Die reinste Zeitverschwendung. Aber das habe ich dir ja immer schon gesagt.«

»Ach komm, du hast Sallys Archepapier doch mit eigenen Augen gesehen. Du weißt genau, dass es das Anderswo gibt. Und damals bist du haushoch überstimmt worden, erinnerst du dich?«

»Wir wissen nur, dass es im Vorher existiert hat. Heute liegen die Dinge womöglich ganz anders. Und ich wurde nur überstimmt, weil die Versammlung dir aus der Hand gefressen hat.«

»Es war ihre Entscheidung.«

»Das ist dir doch sonst auch ziemlich egal, oder?«

Piper ignorierte den Seitenhieb. »Die Rosalind und die Evelyn sind noch immer da draußen.«

»Bist du dir da so sicher? Dass sie bislang nicht wiedergekehrt sind, muss nichts heißen. Vielleicht sind sie schon vor Monaten gekentert, oder die Ratsflotte hat sie aufgegriffen.« Simon hielt inne und senkte die Stimme. »Deshalb habe ich die Späher ja ausgesandt. Mal ganz abgesehen von deinem Anderswo können wir auf keins unserer Schiffe verzichten, ganz zu schweigen von den Mannschaften. Also wurde Hannah mit zwei Leuten losgeschickt. Drei Wochen lang haben sie am Cape Bleak Ausschau gehalten. Aber außer den Seepatrouillen des Rats war vor der Küste nichts los. Keine Signalfeuer, nichts. Und die Winterstürme standen vor der Tür. Falls die Schiffe zu dem Zeitpunkt noch unterwegs waren, bestand sowieso keine Hoffnung mehr. Unsere Soldaten werden an Land gebraucht. Ich kann es mir nicht leisten, sie auf irgendwelche Geisterschiffe anzusetzen.« Zu meiner Erleichterung war in seinem ernsten Tonfall keine Spur von Schadenfreude auszumachen. »Was das Anderswo betrifft, gingen unsere Chancen doch sowieso immer gegen null«, fügte er leise hinzu.

Nach Simons trauriger Einschätzung hielt Piper sekundenlang die Augen geschlossen. Dann starrte er mit nachdenklich geschürzten Lippen vor sich hin, als hätte es in seinem Kopf schon wieder angefangen zu rattern.

»Das Anderswo ist und bleibt unsere einzige echte Alternative.« Ich erinnerte mich noch lebhaft an den Moment, als ich im Archepapier die Worte *alliierte Nationen* gelesen hatte. Plötzlich hatte sich mir eine ganz neue Welt aufgetan. Seither wurde ich den Verdacht nicht mehr los, dass dort, wo unsere Landkarten endeten, irgendetwas auf uns wartete und der Rat nicht im Alleingang die Geschicke der Menschheit lenkte. Dass wir dem Teufelskreis der Gewalt, der Zwilling gegen Zwilling ausspielte und am Ende beide das Leben kostete, vielleicht doch nicht so hoffnungslos ausgeliefert waren wie gedacht.

»Eines muss klar sein«, sagte Simon. »Solange ich hier das Sagen habe, laufen keine Erkundungsschiffe mehr aus. In besseren Zeiten hätte ich mir so ein Wagnis vielleicht noch einreden lassen, aber inzwischen hat sich die Lage viel zu bedrohlich zugespitzt.«

»Wäre deshalb jetzt nicht der perfekte Zeitpunkt?«, fragte ich.

Simon ignorierte meinen Einwurf. »Während ihr euch in euren Luftschlössern vergnügt habt, habe ich zugesehen, dass hier nicht alles den Bach runtergeht. Seit Monaten arbeiten wir rund um die Uhr. Alle Rebellen, die noch in Gefahr schweben, müssen gewarnt werden. Gleichzeitig sollte immer jemand ein Auge auf die Ratstruppen haben, nicht nur an Land, sondern auch vor den Küsten. Die Flüchtlinge von der Insel wollen untergebracht und verpflegt werden. Irgendjemand muss das Nachrichtensystem wieder in Gang bringen, und seit den Razzien und Festnahmen fehlen landesweit Hunderte von Geheimunterschlüpfen. Im Südosten haben wir einen Standort aufgetan, wo sich hoffentlich ein Teil der Leute unterbringen lässt. Ein Team baut dort gerade eine Zeltstadt auf, damit die Schwächsten so zumindest den Winter überstehen.«

»Das reicht nicht«, sagte ich.

Langsam wandte Simon den Kopf in meine Richtung. »Du hast doch keine Ahnung, was alles dazugehört, um den Widerstand am Laufen zu halten.« Seine Stimme hatte sich in ein gefährliches Knurren verwandelt.

»Irgendjemand muss es machen«, sagte ich. »Und ich weiß, dass du dein Bestes gibst. Aber damit ist es einfach nicht getan. Momentan wird nur versucht, die alten Verhältnisse wiederherzustellen. Doch damals waren wir ständig auf der Flucht. Jetzt soll also an der Grenze zum Ödland ein neues Auffanglager entstehen. Wozu? Damit es in ein paar Wochen von einer Horde Ratssoldaten überrannt wird? Wie soll sich je etwas ändern, wenn wir immer nur davonlaufen? Warum schlagen wir nicht zurück?«

»Wie denn?« Entnervt hob Simon die Arme. »Die Schlacht auf der Insel hat unser Heer zu stark dezimiert. Irgendwann sind wir vielleicht einmal so weit, uns gegen den Rat zur Wehr zu setzen. Aber solange unsere Streitkräfte derart geschwächt sind und die Hälfte unserer Zivilbevölkerung Hunger leidet und ihr Heil in der Flucht sucht, ist die Zeit dazu noch nicht reif.«

»Dann ist es zu spät«, beharrte ich. »Genau darauf hat der Rat es doch abgesehen. Wir werden systematisch kleingehalten, damit wir gar nicht erst auf die Idee kommen, Widerstand zu leisten.«

Simon schwieg. »Und was schlägst du vor?«, fragte er schließlich.

»An deiner Stelle würde ich noch mehr Soldaten nach Norden schicken, um weiter nach den vermissten Schiffen Ausschau zu halten. Dann würde ich neue Boote bauen, die im Frühjahr in See stechen können. Aber das ist nicht alles. Ich würde versuchen, New Hobart zu befreien.«

13

SIMON SCHLUG MIT allen drei Fäusten auf den Tisch. »New Hobart zu befreien wäre das reinste Himmelfahrtskommando. Vor allem jetzt, da der Widerstand im Chaos versinkt. Wir kämen um einen Kampf nicht herum. In der Stadt wimmelt es nur so von Soldaten.«

Ich erklärte ihm, was ich gesehen hatte. Dass der Rat sich mit dem Gedanken trug, die gesamte Bevölkerung von New Hobart in den Tanks zu versenken. Und dass die Lage noch dramatischer war als in den Reservaten. Auf einen Schlag hätte man Tausende Omegas heimtückisch ihrer Freiheit beraubt – Elsa und die Kinder und all die anderen wehrlosen Menschen in der eingezäunten Stadt, wo das quirlige Treiben auf dem Marktplatz bald dem klinischen Surren der Tanks weichen würde.

Doch als ich mit meiner Ansprache fertig war, wandte Simon sich an Piper. »Was sind das schon wieder für Geschichten? Du jagst doch einem Phantom hinterher. Die Schiffe im Nordwesten. Dein Pakt mit der Seherin. Dieses Lied, das neuerdings alle Barden singen. Und jetzt das. Dabei könnten wir gemeinsam so viel erreichen, wenn du dir endlich diese Hirngespinste aus dem Kopf schlagen würdest!«

»Dank einem dieser *Hirngespinste* sind wir die Beichtmutter mitsamt ihrer Datenbank losgeworden«, erinnerte ihn Piper. »Rein strategisch gesehen konnte der Widerstand seit Jahren keinen solchen Erfolg mehr verbuchen.«

»Den Leuten, die zu mir kommen, sind Strategien egal. Die kämpfen ums nackte Überleben. Sie haben Hunger, und vor allem haben sie Angst.«

»Zu Recht«, meldete Sally sich zu Wort. »Schließlich will der Rat sie alle in Tanks versenken.« Und nach einer Pause fügte sie hinzu: »Die Zeit für den Gegenschlag ist gekommen: Der Widerstand muss alles daransetzen, die Schiffe ausfindig zu machen und New Hobart zu befreien.«

»Du bist doch schon lange genug dabei, um zu wissen, was für eine Verantwortung ich trage«, sagte Simon. »Meine Aufgabe besteht in erster Linie darin, neue Geheimverstecke aufzutun und nach Unterkünften für die Flüchtlinge zu suchen ...«

Unerbittlich hielt Piper ihn mit seinem Blick fest. »Ich habe viel für Cass' Leben riskiert. Weil ich wusste, wie wertvoll sie für uns ist. Wenn du jetzt ihre Warnungen in den Wind schlägst, war dieses Opfer umsonst.«

Ich schloss die Augen. Piper war keinen Deut besser als Simon. Auch er scheute sich nicht, menschliches Leben auf eine Kosten-Nutzen-Rechnung zu reduzieren.

»Es war *dein* Opfer«, fauchte Simon, »nicht meins. Ich liefere doch nicht eine ganze Stadt ans Messer, nur weil deine Seherin spontan eine Eingebung hat und dich plötzlich das schlechte Gewissen plagt!«

»Dann war alles umsonst«, sagte Piper.

»Sei bloß still!«, brach es auf einmal so ungestüm aus Simon hervor, dass er mich fast an Xander erinnerte. »Ich war doch dabei, als die halbe Insel abgeschlachtet wurde. Aber vielleicht reden wir hier ja gar nicht von demselben Opfer ... Immerhin hat dich dein Alleingang deine Führungsrolle gekostet.«

»Hier geht es nicht um mich. Das ist doch lächerlich.«

»Sicher?«

Wir waren seit fast vierundzwanzig Stunden auf den Beinen, bald würde draußen die Sonne aufgehen. Sally beschwerte sich nicht, doch als ich einen Blick auf ihren Schoß warf, sah ich, wie ihre Hände kaum merklich zitterten. Neben ihr war Xander mit dem Kopf auf der Tischplatte eingeschlafen.

»Legt euch erst mal aufs Ohr«, sagte Simon, bevor er aufstand und zum Zelteingang trat. »Wir reden später weiter.«

Während wir hinter ihm quer durch den Steinbruch zu unserem Quartier stapften, wärmten sich die ersten Widerstandskämpfer bereits am morgendlichen Feuer. Sobald sie unsere kleine Prozession bemerkten, verstummten sämtliche Gespräche, und bald waren über fünfzig Augenpaare auf uns geheftet. Sally wurde allseits lächelnd begrüßt, zwei ältere Männer und eine Frau salutierten sogar. Doch als die Blicke der Soldaten auf uns fielen, verdüsterten sich schlagartig ihre Mienen. Argwöhnisch beäugten sie Zoe und mich.

Verstohlen drehte ich mich um, weil ich wissen wollte, wie Piper empfangen wurde. Ein paar Soldaten nickten ihm zu, als er an ihnen vorbeiging, doch eine groß gewachsene, einäugige Frau mit roten Haaren warf ihm vernichtende Blicke zu, und ein Mann mit Krücke spuckte vor ihm auf den Boden, bevor er dem Kameraden neben sich etwas zuraunte.

Unser Zelt war sichtbar hastig von den Spuren seines Vorbewohners befreit worden. Ehe er uns unserem Schicksal überließ, drückte Simon Piper noch einmal mit allen fünfzehn Fingern die Hand. »Schön, dass du wieder da bist«, sagte er. »Trotz allem.«

Als er sich anschickte, unser Zelt zu verlassen, fielen mir erneut seine graue Haut und die hängenden Schultern ins Auge. »Was ist seit der Insel mit dir passiert?«, fragte ich.

Er stieß einen tiefen Seufzer aus. »Ich habe Pipers Amt übernommen. *Das* ist passiert.«

Nach ein paar dürftigen Stunden Rast schreckten wir bereits gegen Mittag wieder hoch. Nur Sally und Xander schliefen weiter.

Zurück in Simons Zelt, in Gesellschaft von Piper, Zoe und einer Handvoll von Simons Beratern, bekam ich schnell ein Gefühl dafür, wie der Alltag einer Widerstandsbewegung aussah, die zu alter Stärke zurückfinden musste. In regelmäßigen Abständen kündigte am Rande des Steinbruchs das Pfeifsignal die Ankunft eines Spähers an. Boten kamen mit Nachrichten von Plünderungen, Angaben über Truppenstärken und Neuigkeiten von den Insel-Flüchtlingen, für die noch immer kein sicherer Unterschlupf gefunden worden war. Ein Kundschafter aus dem Osten berichtete von weiteren Baumaßnahmen in Reservat 14 sowie von Aushängen, die erneute Steuererhöhungen in der Gegend bekannt gaben. Ein Spion aus Wyndham hatte Gerüchte über Spannungen in der Ratsfestung gehört. Angeblich hatte das Machtgerangel zwischen der Generalin, dem Reformer und dem Dompteur seit dem Tod des Richters einen neuen Höhepunkt erreicht. Wir erzählten von unserer Begegnung mit dem Dompteur und sahen unsere Informationen von den Nachrichten aus Wyndham bestätigt. Der Heerführer konnte in Armeekreisen noch immer auf eine loyale Anhängerschaft zählen, wurde in der Ratskammer, wo die Generalin mit Zach als ihrem engsten Vertrauten das Wort führte, jedoch zunehmend ins Abseits gedrängt.

Immer wenn im Rahmen der Diskussionen und Planungen an diesem langen Nachmittag der Name des Reformers fiel, richteten mit einem Mal alle ihre Blicke auf mich. Zach war ein Problem, für das mein Körper die einfachste Lösung bot. Den ganzen Tag fiel mir auf, dass sich Piper und Zoe bei jeder Gelegenheit wie eine Art Hindernis zwischen mir und den anderen aufbauten und dass Pipers Hand stets an seinem voll bestückten Messergürtel ruhte. Aber nach den neuesten Nachrichten aus Wyndham wusste ich, dass es Gefahren gab, vor denen selbst die beiden mich nicht beschützen konnten. Schließlich hatte ich am eigenen Leib erfahren, was für ein gnadenloser Konkurrenzkampf im Rat herrschte. Dafür hatte der Richter sogar ein erstaunlich hohes Alter erreicht. Falls sich mein Bruder mächtige Feinde gemacht hatte, standen meine Chancen, einem Übergriff im Steinbruch oder einem Attentat auf Zach zum Opfer zu fallen, in etwa gleich gut. Vielleicht hatte mein Tod am Ende gar nichts mit mir zu tun.

Im Verlauf der stundenlangen Besprechungen begriff ich allmählich, weshalb Simon so erschöpft wirkte. Nach jedem neuen Botenbericht mussten Entscheidungen getroffen und Maßnahmen ergriffen werden. Ein Arzt wurde in das neu eingerichtete Auffanglager im Osten entsandt, wo gerade eine Durchfallepidemie wütete. Fünf Wachen sollten ihn begleiten, um beim Umzug des Lagers an einen Standort mit besserer Wasserqualität zu helfen. Gleichzeitig musste Violet, eine von Simons Vertrauten, in einem Lager einen Tagesritt weiter nördlich das Verhör eines Ratssoldaten leiten, der vor Kurzem unweit von New Hobart aufgegriffen worden war.

»Wird man ihn foltern?«, fragte ich Simon.

Sally verdrehte die Augen. »Sei nicht so zimperlich. Meinst du etwa, der Rat hat in so einem Fall Skrupel?«

»Seit wann dient uns der Rat als Vorbild?«, gab ich zurück.

Darauf fiel niemandem etwas ein.

Der Nachrichtenstrom riss nicht ab. Der Inhalt war fast immer der gleiche: Viele Familien – teils ganze Siedlungen – hatten nach einem weiteren Jahr mit hohen Steuern und mageren Ernten derart mit dem Wintereinbruch zu kämpfen, dass sie keinen anderen Ausweg sahen, als sich in die

Reservate aufzumachen, ohne zu ahnen oder wahrhaben zu wollen, was sie dort erwartete. Brandanschläge auf Omega-Behausungen häuften sich, wobei sich die Täter wider Erwarten meist als gewöhnliche Alphas entpuppten, die damit auf die Ermordung des Richters reagierten. Flankiert von seinen Ratgebern, saß Simon am Kopf des Tisches und erteilte ruhig und entschlossen Anweisungen.

Je länger ich ihn beobachtete, desto klarer wurde mir, dass er auf der Stelle trat. Wir drohten immer tiefer in einem Sumpf aus kleinen Krisen zu versinken, ohne uns auf irgendeine Gesamtstrategie geeinigt zu haben. Zwar suchte Simon in den folgenden Tagen ein ums andere Mal unseren Rat, seine Berater hingen ehrfürchtig an Sallys Lippen, und sogar Piper durfte ab und an seine Meinung kundtun. Doch jedes Mal, wenn wir es wagten, die Schiffe oder New Hobart zu erwähnen, wollte die Führungsriege davon nichts wissen. Selbst Piper schien sich allmählich damit abzufinden, dass sich Simon beim Thema der Flotten nicht erweichen ließ. Wenn er ihn dazu anhielt, weitere Späher nach Norden zu schicken, klang er weit weniger überzeugend als sonst. Ich musste an die finsteren Wellen auf unserer Überfahrt zur Insel denken und stellte mir vor, wie die Winterstürme über das Meer peitschten, ganz zu schweigen von den Eisschollen, die weiter im Norden lauerten. Ein Blick auf Pipers angespannte Schultern und seinen gesenkten Kopf verriet mir, dass er dasselbe dachte wie ich.

Jeden Abend brütete ich in unserem Zelt über dem Archepapier. Inzwischen konnte ich den Inhalt fast auswendig. Während ich das Geschriebene immer und immer wieder überflog, klammerte ich mich an dem verblichenen Pergament fest, als handelte es sich dabei um eine Landkarte, mit deren Hilfe sich meine Visionen irgendwann einen Weg zur Arche oder ins Anderswo bahnen würden. Doch alles, was ich fand, war meine eigene Angst und das Wasser der Tanks, in dem ganz New Hobart zu versinken drohte. Das Anderswo, die Arche, New Hobart – wie passte das nur zusammen?

»Vielleicht sind wir des Rätsels Lösung ja längst auf der Spur und die Arche liegt unter New Hobart«, überlegte Sally. »Das würde auch erklären, weshalb der Rat die Stadt eingenommen hat.«

Ich schüttelte den Kopf. »Nein. Ich war wochenlang dort. Wenn die Arche darunter liegen würde, hätte ich das gemerkt. Orte kann ich meistens am deutlichsten spüren.« So wie die Tankräume unter Wyndham und die Grotten und Tunnel durch den Berg. So wie die Insel, fügte ich stumm hinzu.

Wenn ich die Augen schloss, sah ich ihn wieder vor mir: Elsas wehrlos geöffneten Mund, in den langsam die zähe Flüssigkeit eindrang wie eine feuchte Zunge. Immer wieder überkamen mich die Bilder, bis mir vom vielen Zähnezusammenbeißen der Kiefer wehtat und der Schweiß von der Stirn lief, obwohl der Boden unter unserem Zelt gefroren war. Ich verkrampfte mich so stark, dass mir die Geräusche meines eigenen Körpers in den Ohren dröhnten. Der Atem, der durch meine Nasenlöcher strömte, das leise Quietschen meiner Haut, als ich mir über die Augen rieb.

Xander griff nach dem Papier. »Sie sind noch nicht fertig«, sagte er. »In dem Labyrinth aus Knochen.«

»Wovon redest du?«, fuhr ich ihn an. »Sag doch einfach, was du meinst.« Hinter meinen Worten blitzte leise Hysterie auf.

Sally trat zwischen uns. »Sprich nicht so mit ihm«, fuhr sie mich an, worauf ich meinen barschen Tonfall sofort bereute. Xander klappte den Mund auf und zu wie ein Fisch. Niemand wusste so gut wie ich, dass er nicht absichtlich in Rätseln sprach. Die Visionen hatten die Worte in seinem

Kopf losgetreten, und er versuchte verzweifelt, sich zwischen den Trümmern zurechtzufinden.

»Tut mir leid«, sagte ich und griff nach seiner Hand, bevor Sally mich unsanft wegschob und Xander tröstend in den Arm nahm. Die ganze Nacht hörte ich, wie er zwischen Raunen und Jammern verstümmelte Sätze ausspuckte, als wären es faule Zähne.

Das alles war meine Schuld, und alles war meine Zukunft.

Nach drei Tagen zog Simon mitten in der Nacht mit einem Ruck die Zeltplane zur Seite. »Kommt schnell«, sagte er.

Während wir aufstanden und uns hastig etwas überzogen, warf seine schwankende Öllampe aufgeregte Schatten an die Zeltwände. Xander brabbelte im Halbschlaf vor sich hin, also ließen wir ihn weiterdämmern.

Vor Simons Zelt stand ein Wachmann mit einem schweißüberströmten grauen Pferd, dessen heißer Atem in der Nachtluft dampfte. Als Simon vor uns in seine Unterkunft schlüpfte, sprang die Frau, die drinnen wartete, eilfertig auf, doch er gab ihr mit einer Handbewegung zu verstehen, sich wieder zu setzen. Nach dem schnellen Ritt durch die regennasse Nacht zierten ihr Gesicht zahlreiche Schlammspritzer. Sie wirkte nur wenig jünger als Simon, ihr dunkles Haar war im Nacken streng zusammengebunden, und ihr drahtiger, muskulöser Körper ließ erahnen, dass ihr im Leben nichts geschenkt worden war. Links endete ihr Arm am Handgelenk in einem runden Knubbel, der aussah wie ein Brotkanten.

»Raus damit, Violet!«, forderte Simon sie auf.

Mit hochgezogener Augenbraue musterte die junge Frau Piper, Zoe und mich.

»Jetzt glaub mir doch endlich.« Simon klang ungeduldig. »Die drei genießen mein Vertrauen.« Während er nervös auf und ab tigerte, begann Violet zu berichten.

»Ich komme gerade aus dem Norden, wo Noahs Team den Ratssoldaten aufgegriffen hat. Er war als Bote einer Garnison im Süden nach New Hobart unterwegs. Wir wollten nur sehen, ob irgendwas aus ihm rauszukriegen ist. Die Nachricht, die er dabeihatte, war nicht besonders spannend – Ersatztruppen, Frachtgut und so. Aber dann hat er uns ein paar hochinteressante Sachen über New Hobart verraten.«

»Ach?«, fiel ich ihr ins Wort. »Habt ihr ihn etwa gefoltert?«

Simon warf mir einen wütenden Blick zu. »Der Zweck heiligt die Mittel. Schon mal was davon gehört?«

Violet ignorierte uns beide. »Er hat behauptet, in der ganzen Stadt seien Suchmannschaften unterwegs. Es geht scheinbar um irgendwelche Dokumente.«

»Und was noch?«

»Das war alles. Angeblich wissen nur die ranghöheren Soldaten Bescheid, was gespielt wird. Aber der Befehl lautete, jeglichen Papierkram sofort zu beschlagnahmen, je älter, desto besser. Seine Einheit war bei zwei Durchsuchungen dabei, jeweils, nachdem sie anonyme Hinweise erhalten hatten. Und beide Male fanden sie in einer Omega-Schule statt. Klar, die sind offiziell verboten, aber normalerweise lässt der Rat bei diesen Dingen ja Gnade vor Recht walten. Jedenfalls sollten die Soldaten sämtliche Räume durchkämmen und alle Papiere ins Hauptquartier mitnehmen.« Violet zuckte mit den Achseln. »Damals fand er es wohl noch lustig, wie sorgfältig die ABC-Kritzeleien von irgendwelchen Kindern gebündelt wurden, damit ein Experte sie untersuchen konnte.« Sie verzog den Mund zu einem freudlosen schmalen Strich. »Aber das Lachen ist ihm bald vergangen.«

Als ich aufstand, drehten sich alle ruckartig zu mir herum. »Hol Xander!«, forderte ich Sally auf.

Violet rollte mit den Augen. »Der kleine Verrückte? Muss

das sein? Eine Seherin ist mehr als genug, wenn ihr mich fragt.«

Ich setzte schon zu einer Antwort an, als Simon mir zuvor kam. »Für heute bist du entlassen«, sagte er zu Violet. »Geh schlafen, wir reden morgen weiter.«

Im Rausgehen warf sie Piper über die Schulter einen giftigen Blick zu.

Sally stand auf. »Ich hole Xander.«

Ungeduldig wandte ich mich an die anderen. »Xander hat die ganze Zeit schon versucht, uns etwas zu mitzuteilen. Er hat gemurmelt, dass die Soldaten in New Hobart gar nicht auf der Suche nach mir waren: *Dich suchen sie nicht*. Ich dachte, er meint, dass die Beichtmutter es nicht auf mich, sondern auf Kip abgesehen hatte. Aber darum ging es ihm gar nicht.« *Sie sind noch nicht fertig*, hatte er gesagt, während ich mir noch den Kopf darüber zerbrochen hatte, wie die Puzzleteile zusammenpassen – Elsa, das Archepapier und New Hobart. Dabei war es von Anfang an immer nur ein Teil gewesen, und Xander hatte es die ganze Zeit über gewusst.

Mit einer Decke um die Schultern kam er jetzt hinter Sally ins Zelt geschlurft. Zoe führte ihn zu einer Bank, und ich kniete mich neben ihn.

»Was ist das Labyrinth aus Knochen?« Ich bemühte mich um einen beiläufigen Tonfall.

Statt einer Antwort ließ Xander wie so oft prüfend den Blick an die Decke wandern.

»Sag es mir, Xander!«

»Habe ich schon«, erwiderte er nur.

»Ja, aber wir haben dich nicht richtig verstanden. Du musst es mir noch mal sagen.«

»Früher hat es sich anders angefühlt. Ein stiller Ort unter der Erde.«

Obwohl ich ihn am liebsten schon wieder unterbrochen

hätte, zwang ich mich zur Geduld. Behutsam legte Sally ihm eine Hand auf die Schulter.

»Dann wurde es laut«, fuhr er fort. »Jemand hat mit den Knochen gerasselt.«

»Meinst du die Arche?«, fragte ich.

»Es ist nur ein Loch«, murmelte er. »Wo Leute ihre Knochen verloren haben. Ein Labyrinth aus Knochen.«

»Aber jetzt spürst du dort Lärm? Sind auch Menschen da unten?«

Er nickte. »Geräusche in der Finsternis.«

»Hat der Rat den Ort schon gefunden? Weißt du, wo er liegt?«

Er wackelte mit dem Kopf hin und her. »Sie haben ihn gefunden, aber sie suchen noch immer nach Teilen. Papierteile. Wortknochen aus dem Vorher.«

»In New Hobart?«, fragte ich. Mir fiel wieder ein, was Zoe mir erzählt hatte. Dass es vor Jahren geheißen hatte, in New Hobart seien Dokumente aufgetaucht, worauf der Rat die dortige Widerstandszelle sprengen ließ, bevor Einzelheiten ans Licht kommen konnten. »Meinst du Papiere aus der Arche, wie das, von dem Sally eine Abschrift gemacht hat? Suchen die Soldaten etwa danach?«

Xander nickte. »Die brauchen sie. Sie sind noch nicht fertig.«

14

MEHR WAR AUS Xander nicht herauszubekommen, aber es reichte. Sobald er wieder in seiner Welt aus verkümmerten Silben und kaputten Wörtern versunken war, richtete ich das Wort an Simon.

»Auch wenn dich die Aussicht auf Tausende unschuldiger Menschen in Tanks offenbar kaltlässt – bist du jetzt wenigstens bereit, New Hobart zu befreien?«

»Vor Jahren waren in New Hobart mal Gerüchte im Zusammenhang mit der Arche im Umlauf«, sagte er. »Aber bevor wir irgendwas unternehmen konnten, hatten die Soldaten unsere komplette Zelle ausgelöscht.«

»Was es damals zu finden gab, war dem Rat auf jeden Fall wichtig«, sagte ich. »So wichtig, dass er keine Zeit verlieren durfte und nicht mal vor mehrfachem Mord zurückgeschreckt ist. Die Suche ist nicht vorbei, weil immer noch etwas fehlt. Und ich glaube, Elsa weiß mehr darüber, als sie zugibt.« Ihr Gesichtsausdruck, als ich sie damals in der Küche nach dem Widerstand gefragt hatte, war mir noch in lebhafter Erinnerung. Und was das Schicksal ihres toten Ehemannes anging, hatte sie sich stets auffallend bedeckt gehalten. »Ihr Mann ist vor Jahren umgekommen, und sie hat durchblicken lassen, dass er zu viele Fragen gestellt hatte. Vielleicht war er ja damals am Widerstand beteiligt?«

Piper schüttelte den Kopf. »Wir hatten sechs Leute in New Hobart. Ich habe sie alle persönlich gekannt, keiner war mit der Leiterin des Notquartiers verheiratet. Wenn sie etwas mit der Zelle zu tun gehabt hätten, wäre mir das zu Ohren gekommen.«

»Wie passend«, ertönte aus dem Hintergrund Zoes Stimme. »Dass du damals ausgerechnet bei der Frau untergekommen bist, die uns jetzt die entscheidenden Hinweise liefern soll.«

Ich schnellte zu ihr herum. »*Du* redest doch in einer Tour davon, wie wichtig und wertvoll meine Visionen sind. Bist du schon mal auf die Idee gekommen, dass ich vielleicht nicht ohne Grund bei Elsa gelandet bin? Dass mich irgendeine Ahnung zu ihr geführt hat, ohne dass ich mir dessen bewusst war? Dieselbe Ahnung, die mir den Weg zur Insel gezeigt hat?« Seit Kips Tod stellte ich mir diese Frage immer wieder. War ich vielleicht nicht aus Zufall ausgerechnet an Kips Gefängnis vorbeigekommen? Hatte mich die Angst vor der Beichtmutter ohne mein Wissen geradewegs zu ihrem Zwilling gebracht?

»Es spielt keine Rolle, ob deine Freundin in die Geschichte verwickelt ist«, sagte Simon. »Wir können die Stadt nicht befreien. Das käme einer Kriegserklärung gleich, und wir sind der Ratsarmee sowohl zahlenmäßig als auch waffentechnisch hoffnungslos unterlegen.«

»Der Krieg ist doch längst im Gange, es ist nur noch niemandem aufgefallen«, erwiderte ich. »Und wir sind drauf und dran, ihn zu verlieren. Diese Dokumente, nach denen die Soldaten in New Hobart suchen, sind dem Rat offenbar so wichtig, dass er nicht ruht, bis er sie gefunden hat. Vielleicht lässt sich mit ihnen die Arche oder sogar das Anderswo ausfindig machen. Diese Papiere könnten alles verändern.«

»Wie denn?«, fragte Simon mit matter Stimme. »Selbst wenn wir die Stadt befreien und die Schriften finden, was erhoffst du dir von ein paar verstaubten Notizen aus dem Vorher? Noch mehr Fachbegriffe? Noch mehr Hinweise auf die

Tabumaschinen, mit denen wir ohnehin nichts anfangen können?«

»Du klingst wie der Dompteur«, sagte ich. »Wir können nicht einfach den Schwanz einziehen, nur weil uns die Maschinen Angst machen. Zach und die Generalin nutzen die Technik aus dem Vorher bereits, ihr ganzer Schlachtplan beruht darauf. Und auch die Arche haben sie wahrscheinlich schon gefunden. Die fehlenden Papiere könnten uns den Weg dorthin weisen, vielleicht sogar ins Anderswo. Je mehr Informationen die Regierung hat, desto gefährlicher wird es für uns alle.«

Eine gute Stunde lang ging es in diesem Stil hin und her. Unserer Pflicht, New Hobart zu befreien, stand die Aussichtslosigkeit einer solchen Rettungsaktion gegenüber. Die Diskussion drehte sich im Kreis.

»Wenn wir die Schlacht verlieren«, sagte Simon, »ist der Widerstand am Ende.«

Da meldete sich Sally, die die ganze Zeit schweigend danebengesessen und abwesend Xanders Hand getätschelt hatte, mit leiser Stimme zu Wort. »Das ist alles, worum es in letzter Zeit geht, oder? Das Massaker auf der Insel. Der Rückzug in Richtung Osten. Nenn es, wie du willst, aber das Ganze wirkt auf mich wie ein Schritt in Richtung Kapitulation. Seit wann geben wir so schnell auf? Für unsere Ideale lohnt es sich zu kämpfen! Doch stattdessen ergreifen wir die Flucht, um dem Untergang des Widerstands zuvorzukommen. Ich verstehe, wovor du Angst hast, so verfahren wie jetzt war die Situation noch nie. Und mir ist klar, mit welchem Gegner wir es zu tun haben. Aber wer weiß, was diese Arche alles ins Rollen bringt? Anstatt uns andauernd über das Ende des Widerstands den Kopf zu zerbrechen, sollten wir uns lieber überlegen, wie wir dem Rat ein für alle Mal das Handwerk legen können.«

Kurz vor Anbruch der Morgendämmerung gab Simon das Kommando aufzubrechen. Der Marschbefehl lautete: New Hobart.

Aus den Wäldern ringsum wurden die dort versteckten Pferde geholt und unten im Steinbruch beladen. Obwohl zwei Wachen vor Ort zurückbleiben sollten, mussten Zelte und Ausrüstung mit auf die Reise. Beides war mit einer weißen Lehmschicht überzogen, und die Pferde rutschten immer wieder auf dem feuchten, zerfurchten Untergrund aus. Anfangs unternahm ich noch ein paar Versuche, beim Beladen der Tiere zu helfen, doch jedes Mal, wenn ich mich näherte, drehten mir die Soldaten den Rücken zu.

Unser Trupp brach am späten Vormittag auf, und wir machten erst tief in der Nacht zum ersten Mal halt. Piper und ich ritten neben Simon voraus, gefolgt von Sally mit Xander und Zoe, die zusammen mit zwei von Simons Spähern die Nachhut bildete. Nach all der Zeit, die ich mit Kip, Zoe und Piper querfeldein gewandert war, empfand ich es als Luxus, auf einem Pferd zu sitzen, während Späher die Route vorgaben, Wache hielten und andere die Zelte aufbauten und für unsere Verpflegung sorgten. Wir waren hauptsächlich nachts und in kleinen Gruppen unterwegs und trafen den Rest unseres Trecks nur gelegentlich an den Sammelplätzen. Doch jedes Mal spürte ich die Blicke der gesamten Kompanie auf mir. Es waren dieselben Blicke, die die Alphas uns Omegas so gerne zuwarfen: eine Mischung aus Argwohn und Ekel. Und auch Piper und Zoe schlug vonseiten der Soldaten unverhohlene Ablehnung entgegen.

Als wir eines Morgens in einem Findlingsfeld unser Lager aufschlugen, hörte ich einen der Männer abfällig grunzen: »Da ist er wieder mit seinem Alpha-Zwilling und der Seherin.«

»Die sind wohl interessanter als seinesgleichen«, stimmte die Frau neben ihm ein.

Zoe schnellte herum, doch Piper packte sie am Arm und bugsierte sie vorwärts.

»Willst du dir das etwa gefallen lassen?«, fauchte sie.

»Ich lege mich doch nicht mit meinen eigenen Leuten an«, sagte Piper. »Und bis New Hobart ist es noch ein weiter Weg.«

»Weiter Weg«, murmelte Xander, als würden Pipers Worte wie ein Echo auf ihn zurückgeworfen. »Weiter Weg, weiter Weg«, wiederholte er immer wieder. Dabei hob und senkte er die Hände. So reagierte er oft, wenn er spürte, dass jemand wütend war.

Ich trat zur Seite, während Sally Xanders Gesicht zwischen beide Hände nahm, ihre Stirn an seine legte und im Flüsterton versuchte, die Wogen zu glätten. Als sie ihn endlich beruhigt hatte, sagte sie leise zu Piper: »Irgendwann musst du dich mit den Soldaten an einen Tisch setzen. Sie müssen *für* dich kämpfen, nicht gegen dich.«

Ein Lächeln huschte über sein Gesicht. »Alles zu seiner Zeit.«

So geschwächt der Widerstand seit dem Angriff auf die Insel auch war, unter Simons Führung hatten die Streitkräfte nichts an Tatkraft und Effizienz eingebüßt. Binnen zwei Nächten hatten wir McCarthy's Pass überquert, eine schmale Schlucht in den Bergen am Rande der Zentralebene. In der sternenklaren Nacht war vom höchsten Punkt des Passes aus im Süden das Meer zu erkennen.

An einer Quelle machten wir halt, um die Pferde zu tränken. Als ich mich ein paar Schritte von der Gruppe entfernte, um einen besseren Blick auf die Küste zu haben, folgte Piper mir.

»Es heißt immer, die Explosion habe alles zerstört«, sagte er. »Und ich weiß natürlich auch, was damit gemeint ist.«

Die Zerstörung hatte so viele Gesichter. Gebirge, die zu verdreckten Geröllhalden zusammengesackt waren. Städte aus dem Vorher, die wie das Gerippe der Welt aus der Erde ragten. Entstellte Körper, wohin man sah.

»Aber dann …« Er machte eine ausladende Geste. Ein paar Meter vor uns gaben die Felsen den Blick auf eine sanfte Hügellandschaft frei, und in der Ferne kuschelte sich die Brandung an die Kurven der Küste wie ein schlafender Liebhaber. Piper drehte sich um und sah mich an, wie immer freimütig und ohne Scham. »Man vergisst so gerne, wie viel Schönes es noch auf der Welt gibt.«

Darüber ließ sich nicht streiten, jedenfalls nicht vor dem Meer, das ohnehin keine Notiz von uns nahm. Und auch nicht vor Piper selbst, mit seinen strahlend grünen Augen in dem dunklen Gesicht, den hohen Wangenknochen und dem markanten Kinn. Die Welt hatte mir stets eingeschärft, dass wir alle beschädigt waren. Doch an Piper konnte ich keinen Makel entdecken.

Ich spürte, wie er mein Gesicht berührte, und schloss die Augen. Seine Finger, mit denen er Fallen aufstellte und Messer durch die Luft wirbelte, waren mit Schwielen übersät, doch die Handfläche, an die ich jetzt meine Wange schmiegte, fühlte sich weich an. So weich wie Kips. Erschrocken wich ich zurück.

»Was willst du von mir?«, fragte ich.

»Gar nichts.« Auf seiner Stirn hatte sich eine steile Falte gebildet. »Aber ich sehe, wie sehr dich deine Visionen quälen. Und dann hast du auch noch ständig Xander vor Augen. Das muss schrecklich sein. Ich will dich nur trösten.«

Wie sollte ich ihm nur erklären, dass für mich jeder Trost zu spät kam? Wenn man mich aufschlitzte, würde man in mir nur Feuer finden, Feuer und Bilder von Kip in seinem Tank und auf dem Boden des Silos. Wie sollte jemand wie

Piper begreifen, dass sich manche Wunden einfach nicht heilen ließen? Und so drehte ich mich um und ließ ihn zwischen den Splittern der zerschmetterten Berge stehen.

Insgesamt brauchten wir eine ganze Woche bis New Hobart. Zunächst führte unser Weg durch Alpha-Gebiet, doch dank Simons Spähern kamen uns weder übellaunige Dorfbewohner noch Ratspatrouillen in die Quere. Erst in der steppenartigen Landschaft im Süden der Stadt, wo die Alpha-Siedlungen auf dem Rückzug waren, wagten wir uns auch bei Tageslicht voran. Gnadenlos peitschte der Wind über die weite Landschaft, bis meine Augen tränten und meine Lippen spröde und wund waren. Allmählich hielt der Winter auch hier Einzug. In dem hohen, trockenen Gras verloren sich unsere Spuren.

Jenseits der kleinen Stadt Twyford entfachten wir ein Feuer, dessen Rauchschwaden den Himmel trübten. In unserem Zelt wimmerte Xander die ganze Nacht vor Kälte und schlief eng zusammengerollt zwischen Zoe und Piper. Doch nicht sein Stöhnen und Brabbeln brachten mich um den Schlaf, sondern das wilde Gezappel seiner Gedanken. Als Kind war mir einmal eine Ameise ins Ohr gekrochen. Alles Zupfen und Bohren erwies sich als zwecklos, und so krabbelte sie noch zwei Tage später deutlich spürbar in meinem Gehörgang umher und schon beim kleinsten Zucken des Tieres bebte ich am ganzen Körper. Dasselbe geschah, wenn ich in Xanders Nähe war.

Am folgenden Tag rief Sally, die flankiert von zwei Wachen mit Xander ein paar Hundert Meter hinter uns ritt, gegen Mittag laut Pipers Namen. Besorgt rissen wir unsere Pferde herum, doch uns bot sich das alltägliche Bild: Xander, der abwesend vor sich hin starrte, und Sally, die hinter ihm saß. »Sag es noch mal«, drängte sie Xander, der daraufhin stumm den Mund auf- und zuklappte. Ihr Pferd trippelte nervös hin und her, als hätte sich sein Unbehagen auf das Tier übertragen.

»Sag es noch mal«, wiederholte Sally. »Sag Piper, was du eben zu mir gesagt hast.«

Da Xander beharrlich schwieg, richtete Sally das Wort schließlich selbst an Piper. »Welche Schiffe hast du auf die Suche nach dem Anderswo geschickt?«, fragte sie.

»Die Evelyn und die Rosalind«, antworteten Zoe und Piper im Chor.

Als Sally lächelte, entstanden auf ihrem faltigen Gesicht plötzlich ganz neue Muster. »Das hat er gesagt. Rosalind.« Sie packte Xander erneut an den Schultern. »Sag es«, flüsterte sie. »Sag es noch mal!«

Xander wirkte ungeduldig, bekam jedoch endlich den Mund auf. »Habe ich doch schon. Rosalind. Rosalind ist auf dem Weg nach Hause.«

Obwohl wir danach bis auf Weiteres bei ihm auf Granit bissen, verging unser langer Tagesritt mit einem Mal wie im Fluge. Simon hielt sich bedeckt und brummte nur, er werde sich erst nach einer geglückten Befreiung New Hobarts Gedanken um weitere Suchaktionen am Cape Bleak machen.

Ich konnte seine Zurückhaltung gut verstehen. Angesichts der langen Abwesenheit der Schiffe und der rauen Winterstürme, die bald über das Meer peitschen würden, klang Xanders Gestammel einfach zu schön, um wahr zu sein. Trotzdem trug ich seine Worte die nächsten beiden Tage wie ein Vogelei in der schützenden hohlen Hand meiner Gedanken bei mir. *Rosalind ist auf dem Weg nach Hause.*

In den Sümpfen setzte uns das raue Wetter noch mehr zu. Hätte die Zeit weniger gedrängt, wir hätten um das unwirtliche Gebiet einen großen Bogen gemacht, doch wir konnten uns keine Umwege leisten, und so waren wir manchmal den halben Tag oder sogar länger damit beschäftigt, unsere Pferde durch das knietiefe Wasser zu lotsen. Auf dem Weg ließ Sally sich nichts anmerken, doch wenn wir abends um unser bescheidenes Lagerfeuer aus feuchtem Schilfrohr kauerten, fiel ihr fast der Proviant aus den Händen, die sich durch die Kälte in unentwirrbare Knoten verwandelt hatten. Seiner Kinnmuskulatur war anzusehen, dass Piper ständig versuchte, ein Frösteln zu unterdrücken, und Zoe hatte sich die Jackenärmel über die blau angelaufenen Finger gezogen.

Im tiefsten Marschland zehn Kilometer östlich von New Hobart schlugen wir auf Simons Geheiß unser Lager auf, obwohl die Gegend, ein Gewirr aus Mooren und Tümpeln, die nur von ein paar Dämmen und Inselchen zusammengehalten wurden, nicht gerade zum Verweilen einlud. Das an den Rändern bereits von einer Eisschicht bedeckte Wasser entpuppte sich als zu tief zum Durchwaten, und das Schilfrohr ringsum überragte sogar Piper. Die verknöcherten Bäume auf den Landbrücken hatte der böige Wind bizarr verbogen. Am Rande der grün-grauen Pfützen ließen ein paar Sträucher kläglich ihre Wurzeln in den Sumpf hängen. Es dauerte einen ganzen Tag, bis ein passender Standort in Form eines etwa einen halben Hektar großen, grasbedeckten Buckels inmitten eines übel riechenden Weihers ausfindig gemacht war. Der einzige Zugang war ein schmaler, morastiger Pfad, der sich kilometerlang durch den schier endlosen Sumpf schlängelte. Es ging nur langsam voran, denn die Pferde setzten argwöhnisch einen Huf vor den anderen, und als sie endlich im Lager angelangt waren, rotteten sie sich im Schilfgras zusammen und verliehen ihrem Missmut laut wiehernd Ausdruck. Doch der Lärm war kein Anlass zur Besorgnis – in diese Gegend verirrte sich keine Menschenseele, und ehe ein Wanderer auf unser Lager stoßen würde,

würde ihm vermutlich das trübe, vereiste Wasser zum Verhängnis.

Zwar hatte Simon längst Kundschafter und Späher ausgesandt, um die verbliebenen Mitglieder des Widerstands zusammenzutrommeln, doch es würden noch Tage, wenn nicht Wochen vergehen, bis sie zu uns stießen.

In Simons Zelt scharten sich alle um eine Landkarte. Mit energischen Federstrichen hatte jemand New Hobart auf Papier gezeichnet, das sich, inzwischen komplett umzäunt, auf einem Hügel aus der flachen Landschaft erhob. Etwa zwei Kilometer südlich lag der Wald, den Kip und ich niedergebrannt hatten. Im Norden und Westen prägte Gras das Bild, aufgelockert nur hier und da von ein paar Kanälen und Gehölzen. Und im Osten war das Sumpfgebiet zu erkennen, wo sich inmitten von halb zugefrorenen Tümpeln, Schlamminseln und Schilf unsere Zeltstadt versteckte.

»Richtet euch bloß nicht zu häuslich ein«, sagte Simon zu Piper, als er mitbekam, dass wir einen Rundgang durch das Lager machten.

Zoe ließ einen vielsagenden Blick über das Eiland aus Lehm und Gras mit seinem spärlichen Baumbestand schweifen und grunzte verächtlich.

»Zoe und du, ihr legt euch südlich der Stadt auf die Lauer«, fuhr Simon fort. »Violet und zwei Späher übernehmen die Nordhälfte. Achtet vor allem auf die Truppenstärken und Verteidigungsmaßnahmen vor Ort. Abläufe und Routen der Patrouillengänge und was euch sonst noch alles auffällt.«

»Nur wenn Cass mitkommt«, sagte Piper.

»Das ist hier kein Abenteuerurlaub«, sagte Simon. »Ich wünsche mir Zoe und dich auf dem Posten, weil ich weiß, dass ich mich auf euch verlassen kann. Im Lager ist für Cass' Sicherheit gesorgt.«

»Ohne Cass gehe ich nirgendwo hin«, sagte Piper.

Neben mir rollte Zoe mit den Augen.

»Ich kenne mich in New Hobart aus«, schaltete ich mich ein. »Und im Gegensatz zu euch war ich erst vor Kurzem südlich der Stadt im Wald unterwegs.«

»Welcher Wald?«, fragte Zoe. »Der, den ihr abgefackelt habt?«

Ich beachtete sie nicht. »Wenn es darum geht, Orte zu finden und Gefahren vorauszusehen, bin ich unschlagbar. Ich will mit.«

Simon ließ den Blick zwischen Piper und mir hin und her wandern. »Na gut«, sagte er schließlich. »Aber passt auf sie auf.« Er stapfte davon, und ich fragte mich, ob er damit gemeint hatte, dass die beiden mich beschützen oder beschatten sollten.

So oder so war ich froh, das Lager endlich verlassen zu dürfen. Zwar kam es vonseiten der Truppe inzwischen nicht mehr zu offenen Anfeindungen, doch das lag wohl eher daran, dass sich die Männer und Frauen inzwischen an mich gewöhnt hatten und sich auf einer gemeinsamen Reise der ein oder andere Wortwechsel nicht vermeiden ließ. Wenn es darum ging, die Wasserflasche weiterzureichen oder die sicherste Marschroute durch den Sumpf zu finden, bemühten sich alle um einen höflichen Umgangston. Doch ansonsten wurde ich tunlichst gemieden und, egal wo ich hinkam, von Blicken verfolgt. Scheinbar war das auch Simon aufgefallen, der wohl hoffte, dass eine Auszeit vom Lageralltag den drei Außenseitern Auftrieb verschaffen würde.

Also ließen wir Sally und Xander in der Obhut der Kompanie zurück. Ich hätte es vor den anderen nie zugegeben, aber obwohl mir die stumme Ablehnung der Soldaten schwer zusetzte, war ich nicht minder erleichtert, endlich dem Seher zu entkommen. Seit seiner Prophezeiung über die Rückkehr der Rosalind hatte er den Mund kaum mehr aufgemacht.

Doch mit jedem Mal, da er mit den Armen ruderte oder Wortfetzen ausspuckte, wurde mir bewusster, wie rastlos meine eigenen Hände zuckten und wie die Flammenbilder in meinem rappelvollen Kopf versuchten, einander auszustechen.

Nach einem stundenlangen Zickzackkurs durch den Morast näherten Piper, Zoe und ich uns endlich New Hobart. Jenseits des Marschlandes begann der Wald, beziehungsweise das, was davon übrig war. Was Kip und ich im Spätsommer in Brand gesteckt hatten, war vom Feuer zu einem Brachland aus verkohlten Baumstümpfen zurechtgestutzt worden. Von den kleineren Bäumen fehlte jede Spur, und von den größeren waren nur noch Reste zu erkennen. Vor dem Feuer hätten wir uns im Wald nur mit einer Lampe zurechtgefunden, doch so leuchtete uns der Mond den Weg durch das Meer aus Baumstümpfen, die wie spitz zulaufende Spindeln vorwurfsvoll in den Himmel ragten. Ob es nach der Explosion überall so ausgesehen hatte? Mit einem Schlag war die Welt damals um seine gesamte Pflanzen- und Tierwelt gebracht worden. Ich musste wieder an das Ödland denken, wo selbst Jahrhunderte später nichts gedeihen wollte, und fragte mich, ob es im Anderswo genauso trostlos aussah.

Ein paar Kilometer weiter in Richtung New Hobart war der Wald noch intakt. Hier, wo jenseits der Bäume die Lichter der Stadt aufblitzten, machten wir Rast, und ich übernahm freiwillig die erste Wachschicht. Beim Anblick des hell erleuchteten Hügels in der Ferne überkam mich ein seltsames Gefühl. Elsa, Nina und die Kinder waren so nah. Nach allem, was ich gesehen hatte, hüpfte mein Herz beim Gedanken an sie inzwischen wie eine aufgeschreckte Kröte in meiner Brust auf und ab. Jede Nacht driftete Elsa in ihrem Tank mit einem Schlauch im Mund durch meine Träume. Zusammengepfercht in einem größeren Gefäß daneben, steckten die Kinder. In dem Wirrwarr aus Armen und Beinen ließen sich sogar ein paar Gesichter ausmachen: Alex, der jedes Mal außer Atem gewesen war vor Lachen, wenn Kip ihn am Bauch gekitzelt hatte. Louisa, die mir auf dem Fuß gefolgt und einmal sogar auf meinem Schoß eingeschlafen war. Wenn mir nicht gerade Elsa und die Kinder erschienen, hatte ich Visionen von der Explosion, aus denen ich jedes Mal schreiend erwachte.

»Du wolltest ja unbedingt, dass sie mitkommt«, zischte Zoe, als Piper sich wieder einmal besorgt über mich beugte.

Ich brachte keinen Ton heraus. Hätte ich die Zähne nicht so fest zusammengebissen, ich wäre erneut in Tränen ausgebrochen. Im Moment der Explosion hatte ich meine Hände in die schwarze Erde gekrallt, sodass neben mir zwei tiefe Furchen im Boden klafften.

Beruhigend legte mir Piper den Arm um die Schultern. »Sie kann doch nichts dafür. Das weißt du genau«, sagte er kühl zu Zoe. »Und wir brauchen sie.«

»Mag sein. Aber sie ist nicht dazu da, uns mit ihrem Gebrüll die Soldaten auf den Hals zu hetzen«, zischte sie und stiefelte davon.

Drei Tage lang beobachteten wir die Stadt. Jeden Morgen vor Tagesanbruch machten wir uns von unserem Lager auf in Richtung freies Feld, vor dem wir langsam im Schutz von Erdbuckeln und Gehölzen durch das hohe Gras voranschlichen. Der Wall, den die Soldaten im Sommer so hastig hochgezogen hatten, machte inzwischen einen äußerst robusten Eindruck und wurde von massiven Holzpfählen gestützt. In seinem Schatten hielten rings um die mannshohen Tore Ratssoldaten in leuchtend roten Uniformen Wache. Wir achteten besonders auf die Truppenstärke der Patrouillen, die sowohl zu Fuß als auch zu Pferd die Stadt umkreisten, und prägten uns ein, wann die Schichtwechsel stattfanden. Wir zählten die Fuhrwerke, die auf der Landstraße unterwegs waren, die durch das Sumpfgebiet östlich der Stadt nach Wyndham führte. Wir passten auf, wenn ein Karren Einlass in die Stadt begehrte, bis wir wussten, wie und von wem die Tore geöffnet wurden und mit wie vielen Soldaten die Wachtürme besetzt waren. Mit jedem Tag, den wir auf der Lauer lagen, bestätigte sich von Neuem unsere Vermutung: Der Rat hatte New Hobart eisern im Griff, und der Wall drohte der Stadt die Kehle abzuschnüren.

Nur ein paar Kilometer entfernt, warteten Elsa, Nina und die Kinder. Und irgendwo jenseits dieser streng bewachten Tore befanden sich die Papiere, die weitere Hinweise auf die Arche und ihre Geheimnisse bargen. Die Soldaten waren auf der Suche. Die Tanks füllten sich in rasendem Tempo. Die Stunden auf unserem Beobachtungsposten wollten einfach nicht verstreichen und kamen mir gleichzeitig nie lang genug vor.

Jeden Morgen kurz nach Sonnenaufgang wurden etwa fünfzig Omegas von berittenen Soldaten aus dem Tor im Osten New Hobarts gescheucht und auf die Felder nordöstlich der Stadt eskortiert, wo das kleine Grüppchen unter Aufsicht in der Erde wühlte, bis man es abends zusammen mit dem geernteten Obst und Gemüse wieder zurückbrachte. Während die Omegas schufteten, standen die Soldaten herum und unterhielten sich. Als ein älterer Arbeiter ins Stolpern geriet und die Kürbisse fallen ließ, mit denen er gerade ein Pferdefuhrwerk beladen wollte, drehte sich die Wache, die den Wagen lenkte, um und verpasste ihm einen Peitschenhieb, der so beiläufig wirkte, als würde ein Pferd mit dem Schweif eine Fliege verscheuchen. Ohne ihn eines weiteren Blickes zu würdigen, fuhr er los und ließ den Mann, der sich verzweifelt die Hände vors Gesicht hielt, einfach im Staub liegen. Als sich eine Frau anschickte, dem Verletzten zu Hilfe zu eilen, herrschte ein zweiter Soldat sie an, sich gefälligst nicht vom Fleck zu rühren.

Im Süden der Stadt fiel uns am Hang ein Neubau ins Auge. Mit seinen lang gezogenen, niedrigen Mauern stach er zwischen den windschiefen alten Häusern ringsum deutlich heraus. Fenster suchte man vergeblich. Früher hätte ich das Gebäude wohl für eine Lagerhalle gehalten, doch inzwischen spürte ich bei jedem Blick in Richtung des wuchtigen Klotzes förmlich, wie drinnen das Tankwasser stieg. Der Rat hatte New Hobart erst vor ein paar Monaten eingenommen, und der Bau eines solchen Gebäudes war bestimmt mit großem Aufwand verbunden. Dennoch sah ich neuerdings bald jede Nacht die Gesichter der Kinder hinter der Glasscheibe vor mir. Langsam lief ihnen die Zeit davon.

Am dritten Tag unserer Spähmission kehrte Zoe im Laufschritt zum Schlafplatz zurück. Sie hatte von einem niedrigen Hügel inmitten von Marschland das Westtor von New Hobart beobachtet. Mit den Händen auf den Knien rang sie nach Atem.

»Wir sind nicht die Einzigen, die heimlich das Tor überwachen«, brachte sie schließlich hervor. »An meinem Aussichtspunkt habe ich Fußspuren entdeckt. Mindestens vier oder fünf Paar, noch frisch nach dem Regen gestern. So platt wie das Gras ringsum war, hat da bestimmt die halbe Nacht jemand auf der Lauer gelegen.«

»Vielleicht sind Violet und ihre Späher aus irgendeinem Grund auf unsere Seite der Stadt gewechselt?«

»Nicht in den Schuhen«, sagte sie. »Die Spuren gleichen sich bis aufs Haar. Das waren Ratssoldaten in Armeestiefeln.«

»Aber warum schleichen die nachts in der Gegend herum und beschatten ihre eigenen Leute?«

Darauf fiel keinem von uns eine plausible Antwort ein.

»Die Spuren führen weg von der Stadt«, sagte Zoe. »Aber im hohen Gras habe ich sie irgendwann verloren. Da draußen kann man sich schlecht verstecken, ich konnte mich also nicht allzu lange umschauen.«

Wir beschlossen, noch vor Einbruch der Dunkelheit ins Lager zurückzukehren, um uns nicht nachts in dem Chaos aus Tümpeln und Pfützen zu verirren. Dort angekommen berichteten wir Simon in allen Einzelheiten, was wir gesehen hatten, einschließlich der untrüglichen Zeichen dafür, dass noch jemand aus der Ferne die Stadt auskundschaftete.

»Haben Violets Späher im Norden irgendwas in die Richtung gemeldet?«, fragte Piper.

Simon schüttelte den Kopf. »Nein, aber Crispin und Anna ist bei der Jagd etwas aufgefallen. In der Schlucht mit der einsamen Fichte westlich der Stadt lagen wohl zwei uniformierte Wachen auf der Lauer, und die ganze Nacht kamen und gingen Soldaten. New Hobart steht offenbar unter Beobachtung.«

»Das ergibt keinen Sinn«, sagte Zoe. »Warum sollte der Rat die Stadt observieren lassen, wenn er sie längst eingenommen hat?«

»Es gibt nun mal nicht nur *einen* Rat«, gab ich zu bedenken. Was hatte der Dompteur gesagt? *Glaubst du etwa, wir sind eine große, glückliche Familie? Die ärgsten Feinde eines Ratsmannes sind die, die ihm am nächsten stehen.* Dann fiel mir ein, wann uns das letzte Mal heimliche Beobachter auf den Fersen gewesen waren – in der Nacht, bevor uns der Dompteur aufgelauert hatte. Und plötzlich kam es mir vor, als hielte er mir wieder ein Messer an die Kehle.

»Der Dompteur«, sagte ich. »Er ist hier.«

»Wie kommst du denn darauf?«, fragte Simon.

Ich drehte mich zu ihm um. »Wie? Wenn du meine Visionen nicht ständig infrage stellen würdest, könntest du sie auch einfach mal zu unserem Vorteil nutzen. Ich habe es auf die Insel geschafft. Ich habe mich eigenhändig aus den Verwahrungsräumen befreit. Ich habe die Maschine der Beichtmutter gefunden.«

»Und warum beobachtet der Dompteur New Hobart?«, fragte er ungeduldig.

»Aus demselben Grund wie wir«, sagte ich und musste an den angewiderten Gesichtsausdruck denken, mit dem er von den Maschinen gesprochen hatte. »Er traut weder der Generalin noch Zach über den Weg. Deshalb will er herausfinden, was sie vorhaben. Was es in New Hobart zu finden gibt.«

»Langfristig profitieren wir natürlich von internen Spannungen im Rat«, sagte Piper. »Aber letztlich ist es egal, ob ausgerechnet der Dompteur uns da draußen Konkurrenz macht.« Damit wandte er sich an Simon. »Warne die Wachen rings um das Lager. Wir dürfen den westlichen Waldrand nicht aus den Augen lassen, damit wir wissen, ob die Soldaten des Dompteurs eine Gefahr für uns darstellen.« Piper erteilte so instinktiv seine Befehle, wie er sonst mit Messern um sich warf. Und Simon nickte ergeben und gehorchte.

15

BALD WURDEN VON morgens bis abends Vorbereitungen auf den Angriff getroffen, im ganzen Lager herrschte emsiges Treiben. Neben Simons Zelt zurrten gerade zwei Männer ohne Beine eine Leiter zusammen. Fasziniert beobachtete ich, mit welcher Fingerfertigkeit sie die Streben an den Holmen befestigten. Unter einem windschiefen Baum am Rande des Lagers war eine Einheit mit Enterhaken zugange. Unermüdlich schleuderten sie die kleinen Anker in Richtung Baumkrone und kletterten in Windeseile das Tau empor, sobald ein Haken im Geäst Halt gefunden hatte. Wenn unser Angriff erfolgreich über die Bühne gehen sollte, galt es, als Erstes den Wall zu überwinden. Sonst würden wir noch vor den Stadttoren allesamt unser Leben lassen.

Jeden Tag erreichten neue Soldaten das Lager, und jeden Tag waren wir enttäuscht, dass es nicht mehr waren. Fast alle hatten sich zu Fuß und in kleinen Gruppen auf den Weg gemacht, ein paar von ihnen kamen allein. Manche waren kampferfahren, besaßen jedoch keine Waffen. Andere wiederum schleppten alles, was sie hatten auftreiben können, mit sich: verrostete Schwerter und stumpfe Äxte, die zum Holzfällen geeignet waren, aber sicher nicht als Kriegswerkzeug. Dennoch wussten die Neuankömmlinge auch von vielen Freunden und Nachbarn zu berichten, mit denen nicht zu rechnen war. Die sich zu viele Sorgen machten, weil sie Familie hatten und der Winter bevorstand. Die nach dem Massaker auf der

Insel und der Plünderung der Geheimverstecke um ihr Leben fürchteten. Und wer konnte es ihnen verdenken?

Einige Freiwillige – darunter sowohl ehemalige Inselbewohner als auch Anhänger des Widerstands vom Festland – entpuppten sich als geübte Kämpfer. Doch sie waren kein stehendes Heer. Ihre Erfahrungen hatten sie nicht auf dem Schlachtfeld, sondern bei kleinen Kämpfen mit den Ratspatrouillen und Angriffen auf Alpha-Dörfer gesammelt, wo sie Omega-Babys vor der Brandmarkung gerettet hatten. Sie hatten Übung darin, Ratssoldaten in die Irre zu führen, Pferde zu stehlen und Versorgungskonvois zu überfallen. Vor über hundert Jahren, so ging die Legende, hatten Ratstruppen einen Omega-Aufstand im Osten niedergeschlagen. Seither war es meines Wissens nach nur zu einem einzigen weiteren Massengefecht gekommen – dem auf der Insel –, und das hatten nur wenige Rebellen überlebt.

Andere, die sich zum Dienst an der Waffe meldeten, gehörten zwar zum Widerstandsnetzwerk, waren als Streitkräfte aber unbrauchbar. Teils mangelte es ihnen an Erfahrung, teils machte ihnen ihre körperliche Verfassung einen Strich durch die Rechnung. Sie waren allesamt treue Anhänger der Bewegung, und wir waren dankbar, dass sie gekommen waren. Doch oft, wenn ich nachts wach lag, musste ich an die Lahmen und Verkrüppelten denken, die sich im Schneckentempo zu unserem Feldlager durchkämpften, und ich fragte mich, was diesen Menschen noch alles bevorstand.

In jener Nacht befand ich mich im Traum wieder in Elsas Notquartier. Während ich durch den lang gezogenen Schlafsaal schritt, in dem die Kinderbetten der Reihe nach an der Wand standen, war rings um mich alles still. Erst dachte ich, die Kinder schliefen, doch als ich mich zu einem der Betten hinabbeugte, war es leer. Da fiel mir auf, wie ohrenbetäubend die Stille tatsächlich war. In all den Wochen, die ich im Quartier verbracht hatte, hatte dort stets ein gewisser Geräuschpegel geherrscht. Vor allem tagsüber, wenn die Kinder im Hof oder bei der Essensausgabe Lärm machten, Nina in der Küche lautstark mit Töpfen und Pfannen hantierte und Elsa in einer Ecke mit einem ungezogenen Schützling schimpfte. Selbst nachts war das ganze Haus erfüllt gewesen vom sanften Schnarchen und rasselnden Atem der vierzig schlafenden Kinder. Jetzt war davon nichts zu hören. Alles, was ich vernahm, war ein Tropfen, ein zartes *Pling, pling, pling,* das mit gespenstischer Gleichmäßigkeit vom anderen Ende des Schlafsaals her an mein Ohr drang. Vorsichtig bewegte ich mich in der Finsternis durch den Raum auf das Geräusch zu. Vielleicht leckte das Dach, oder einer der Waschkrüge hatte einen Sprung. Doch am Ende des Zimmers angelangt, suchte ich vergeblich nach einer Pfütze am Boden. Ich legte den Kopf in den Nacken und sah, dass es von oben tropfte. Das Wasser hatte es nicht weit – jeder Tropfen landete nur eine Fußlänge unter der Decke in jener Flüssigkeit, die jetzt langsam den gesamten Raum flutete. Von meinem Standpunkt aus konnte ich sehen, wie sich über mir mit jedem neuen Tropfen konzentrische Kreise bildeten, doch als ich den Mund aufriss, kam nur ein dumpfes Gurgeln heraus, da der zähe Sud, in dem ich trieb, sämtliche Geräusche erstickte.

Ich wachte auf, als Piper mich am Arm packte und schüttelte. Die zusammengerollte Jacke, die mir als Kopfkissen diente, war vollkommen durchgeschwitzt, und die Decke hing mir um die Knie, weil ich offenbar wild mit den Beinen gestrampelt hatte.

»Die Kinder sollen zuerst in die Tanks«, stieß ich hervor.

»Was? Wann?«

Ich schüttelte den Kopf. »Heute. Oder vielleicht morgen. Keine Ahnung. Bald.« Meine jüngste Vision ließ keinen Zweifel an ihrer Dringlichkeit. »Wir müssen angreifen.«

»Wir warten gerade noch auf sechzig Soldaten aus den Westgebieten«, sagte Piper. »Und auch aus dem Osten ist noch mit Verstärkung zu rechnen, sofern die Boten schnell genug waren.«

»Dann ist es zu spät.«

»Wenn wir uns dem Feind ans Messer liefern, ist den Kindern erst recht nicht geholfen«, sagte Zoe. »Uns bleibt nur ein einziger Versuch. Egal, wohinter der Rat in New Hobart her ist, wir müssen es vor ihm finden. Und dazu haben wir nur mit ausreichend Leuten eine Chance.«

»Und was für eine Chance haben die Kinder?«, fragte ich an Piper gewandt. »Du weißt genau, was der Tank mit Kip angerichtet hat, dabei war er ein Alpha. Selbst wenn es uns irgendwann gelingt, die Stadt einzunehmen und sie zu befreien, müssen sie den Rest ihres Lebens mit den Folgen leben. Willst du ihnen das nicht ersparen?«

»Es geht nicht darum, was ich will«, erwiderte er und senkte den Blick. »Alles was zählt, ist der Widerstand.«

Den ganzen Morgen, während ich der Kompanie beim Training zusah, brannte mir die zähe Flüssigkeit im Rachen. Um mich abzulenken, bat ich Zoe, mit mir die Angriffs- und Verteidigungstaktiken zu üben.

Der Unterricht verlief, abgesehen von ihren Anweisungen, weitgehend wortlos: »Tiefer. So machst du dich verwundbar.« – »Wenn du so nahe dran bist, nimm den Ellbogen, nicht die Faust.« Inzwischen hatten meine Schrittfolgen an Fahrt aufgenommen, und die Kluft zwischen Gedanke und Bewegung schrumpfte allmählich in sich zusammen. Die Handgriffe gingen mir langsam in Fleisch und Blut über, und obwohl ich Zoe bei den Übungsgefechten stets unterlegen war, konnte ich ihren Fäusten mitunter erfolgreich ausweichen. Trotz der eisigen Kälte hatten wir uns unserer Jacken und Pullover entledigt, und bald klebte mir mein

Oberteil schweißnass an Rücken und Ellbogen. Beim Training war ich gezwungen, auf meinen Körper zu achten – von dem Muskelkater in der rechten Schulter bis hin zu dem Bluterguss an der Wange, wo Zoe mir in einem unachtsamen Moment einen Tritt verpasst hatte. Während wir uns lauernd umkreisten und sie sich mit ihrem niemals müden Messer unerbittlich auf mich stürzte, blieb mir nichts anderes übrig, als mich auf meine Atmung zu konzentrieren anstatt auf die Bilder von den Kindern in meinem Kopf.

»Schluss für heute«, sagte sie nach einer guten Stunde. »Sonst machst du mir noch vorzeitig schlapp.« Doch bevor sie davonstapfte, nickte sie mir zu. »Schon besser.« Es war das erste Mal, dass sie mir annähernd so etwas wie ein Lob geschenkt hatte.

Ich stand vor dem Eingang unseres Zelts. Ein paar Meter weiter saß Sally mit vier Soldaten zu ihren Füßen auf einem umgestürzten Baumstamm und fuhr energisch mit einem Stock auf einer Landkarte hin und her, die vor ihr auf dem Boden lag. Dahinter kauten die Pferde geräuschvoll auf dem Heu, das die Späher jenseits des Sumpfgebietes gesammelt hatten. Zu meiner Rechten waren drei Waffenschmiede dabei, aus dem Holz eines gefällten Baumes Schilde zu schnitzen. In der Mitte des Lagers, wo der Boden halbwegs eben war, hatte sich Piper einem Grüppchen angeschlossen, das sich im Nahkampf übte. Beim Klirren der Schwerter fühlte ich mich unweigerlich an die Alarmglocken auf der Insel erinnert, die die Bewohner vor der anrückenden Ratsflotte gewarnt hatten.

Piper nahm sich gerade Simons Vertraute Violet vor. Zwar war er ihr an Größe und Kraft deutlich überlegen, doch im Gegensatz zu ihm hatte sie zwei Arme und schwang trotz ihrer fehlenden linken Hand einen Schild vor sich her, der an ihrem Unterarm festgeschnallt war. Im direkten Vergleich erwies sie sich als würdige Gegnerin. Dank ihres Kurzschwerts konnte sie flink auf Pipers unhandlichere Klinge reagieren, und durch ihren Schild war sie seinen Paraden besser gewachsen. Der einarmige Piper musste auf jeglichen Schutz verzichten, weshalb er zum Ausgleich auf Schnelligkeit setzte und nicht so weit ausholte wie sein Gegenüber. Bei ihm saßen jedoch jeder Schritt und jede Drehung perfekt. Er schien stets um die eigene Achse zu wirbeln, wodurch Violet gezwungen war, unaufhörlich Kreise um ihn zu ziehen. Doch nur, wenn sie ihn durch eine allzu ausladende Geste förmlich dazu einlud, stieß er auch zu.

Es war ein ausgeglichenes Duell. Zweimal tastete sich Piper dank seiner Armlänge bis zu Violets Hals vor, wo er ihr mit der flachen Klinge einen leichten Klaps verpasste. Zweimal nutzte Violet ihre Wendigkeit, um Piper so zu Leibe zu rücken, dass er sich seinerseits einen sanften Stoß gefallen lassen musste. Darauf traten die beiden ein paar Schritte auseinander, nur um einander sofort wieder wachsam zu umkreisen. Allerdings fiel mir auf, dass Piper ihr jedes Mal anerkennend zunickte, wenn er einen Treffer kassierte, und einmal sogar herzhaft lachte, als er aus Versehen über seine eigenen Füße stolperte. Violet indes verzog keine Miene. Stattdessen erhöhte sie bei jedem neuen Angriff das Tempo, weshalb beide irgendwann außer Atem gerieten und von der Frostdecke auf dem niedergetrampelten Gras ringsum nichts mehr zu sehen war.

Als Violet das nächste Mal traf, drehte sie die Klinge nicht auf die flache Seite, sondern zog mit der scharfen Kante durch. Obwohl es kein echter Schwertstoß war, zuckte Piper zusammen, und auf seinem Hemd zeichnete sich eine schmale rote Spur ab. Als Zoe, die gerade mit Simon ins Gespräch vertieft war, herumschnellte, fragte ich mich, ob sie den stechenden Schmerz am eigenen Leib gespürt oder nur gehört hatte, wie ihr Bruder scharf die Luft einsog.

Mit hochgezogener Augenbraue trat Piper einen Schritt zurück. Ohne auf seine blutende Wunde zu achten, nahm er wieder die Angriffsposition ein, die ich aus meinen Übungseinheiten mit Zoe kannte: leicht gebeugte Knie, Gewicht auf den Zehen, erhobenes Schwert. »Erledigst du neuerdings die Drecksarbeit für den Rat, Violet?«, fragte er.

»Damit kennst du dich seit der Insel doch aus«, gab sie zurück.

Im Gleichschritt drehten sich die beiden jetzt um den Punkt, wo ihre Schwerter sich beinahe trafen.

Ringsum hatten die Soldaten das Training unterbrochen. Die Waffen gesenkt, ruhten alle Blicke auf Piper und Violet.

»Du hättest die Seherin dem Rat aushändigen müssen«, sagte sie.

Piper lachte verächtlich. »Was wäre ich für ein Anführer, wenn ich gekuscht und eine von uns ans Messer geliefert hätte?«

Erneut setzte Violet zum Angriff an. Beim dritten Stoß schrammte ihr Schwert kreischend an Pipers Klinge hinunter, und als sich die Griffe ineinander verhakten, trennten die beiden Gegner nur noch Zentimeter.

Erfolgreich wich Piper Violets Tritten aus, und als sie kurz das Gleichgewicht verlor, nutzte er die Gelegenheit, sie von sich zu stoßen und sein Schwert zu befreien. Dabei wurde Violet von ihrem eigenen Schwertgriff getroffen. Als ihr das Blut aus dem Mundwinkel quoll, wischte sie es mit der Schulter ab.

»Sie ist keine von uns«, sagte sie. Ihr Kinn war blutverschmiert. »Sie ist eine Seherin.«

Als mich die Blicke der Umstehenden trafen, zwang ich mich, sie zu erwidern.

»Cass gehört zu uns«, sagte Piper mit fester Stimme.

Mit dem Schwert auf Lendenhöhe machte Violet erneut einen Satz in seine Richtung. Er parierte nicht nur diesen Stoß, sondern auch den, der kurz darauf folgte.

»Selbst wenn ich Cass an die Beichtmutter ausgeliefert hätte, wäre die Insel untergegangen«, knurrte er, als er mit Wucht ihren nächsten Schlag abschmetterte.

»Ach ja?«, keuchte Violet. »Es sieht doch jeder Blinde, wie du sie anglotzt. Tu bloß nicht so, als hättest du ihr dem Widerstand zuliebe den Arsch gerettet.«

Diesmal musste Piper einen langen Schritt nach hinten machen, damit ihr Schwert nicht seinen Oberschenkel streifte. Dann holte er zum Gegenschlag aus und stieß dreimal hintereinander in schneller Abfolge zu. Violet parierte den Angriff, war jedoch gezwungen zurückzuweichen, worauf Piper gefährlich nahe aufrückte und ihr den Fuß zwischen die Beine schob, sodass sie der Länge nach hinfiel. Bevor sie wusste, wie ihr geschah, saß Piper auf ihr und hatte sie entwaffnet, während er das Knie in ihre Rippen bohrte und das Schwert an ihren Hals presste.

Im ersten Moment dachte ich, er würde ihr die Kehle durchtrennen, und ich schrie auf. Gellend hallte mein »Nein« durch die frostkalte Luft.

Doch Piper ließ die Klinge unter Violets Kinn ruhen und beugte sich so tief zu ihr hinab, dass sie seinem Blick nicht mehr ausweichen konnte. »Selbst wenn es der Insel etwas genützt hätte, wenn ich Cass und Kip ausgeliefert hätte – wer wäre wohl als Nächstes drangekommen? Und als Übernächstes? Was, wenn irgendwann dein Mann an der Reihe ist oder die Frau, die dich großgezogen hat, oder das Kind, um das du dich schon seit Jahren kümmerst? Und was, wenn irgendwann niemand mehr übrig ist, den ich dem Rat aushändigen kann? Was dann?«

»Du hättest dich auf einen Kompromiss einlassen sollen«, fauchte Violet. Blind tastete sie nach ihrer Waffe, bis Piper ihr Schwert mit seinem eigenen außer Reichweite beförderte.

»Der Rat macht keine Kompromisse«, sagte er. »Die einzige Sprache, die man in Wyndham versteht, ist Kapitulation in Raten. Bildest du dir etwa ein, die lassen uns irgendwann einfach in Frieden? Früher ging es vielleicht nicht anders. Aber inzwischen haben sie die Tanks, und wenn es nach dem Rat geht, dämmern wir alle irgendwann hinter Glas vor uns hin. Die Generalin und der Reformer werden nicht ruhen, bis dieses Ziel erreicht ist. Cass auszuliefern hätte das Ganze nur beschleunigt.« Wütend feuerte er sein Schwert beiseite, das zu meinen Füßen im Morast liegen blieb. Dann stand er auf. »Auch ich habe auf der Insel gekämpft. Ich habe an deiner Seite mein Blut vergossen, und ich trauere mit dir um alle, die dort ihr Leben lassen mussten.« Er hatte die Stimme gehoben, denn seine Worte galten jetzt nicht mehr nur ihr, sondern der versammelten Mannschaft. »Die Befreiung der Stadt wird uns alles abverlangen. Aber lieber sterbe ich vor den Toren New Hobarts, als den Rest meines Lebens in einem Tank zu verbringen.« Er beugte sich zu Violet hinab und hielt ihr die Hand hin.

Sie zögerte. Eine schmale Blutspur rann langsam aus ihrem Mundwinkel in Richtung Kinn. Schließlich ergriff sie die dargebotene Hand, zog sich daran hoch und stapfte wortlos davon.

Piper wandte sich an die umstehenden Soldaten.

»Hat noch irgendjemand was auf dem Herzen? Irgendeinen Kommentar zum Thema Insel?«

Stille.

»Gut«, sagte er und griff nach seinem Schwert. »Dann weiter!« Er drehte sich um und marschierte zurück in die

Mitte des Duellplatzes, und als die Soldaten vor ihm zurückwichen, sah ich, wie Sally grinste.

In jener Nacht riss mich ein leises Schluchzen aus dem Schlaf, und erst nach ein paar orientierungslosen Minuten im Dunkeln ging mir auf, dass es nicht zu Xander gehörte. Der lag zufrieden und mit offenem Mund an Sally gekuschelt, daneben schliefen Piper und Zoe, die sich die Decke fast bis zur Stirn hochgezogen hatte. Das Schluchzen fand in meinem Kopf statt. Bald konnte ich in dem verzweifelten Chor sogar einzelne Stimmen ausmachen – das blubbernde Keuchen des kleinen Alex, dem Elsa bei jeder Gelegenheit mit ihrem Taschentuch die Rotznase geputzt hatte, Louisas hysterisches Weinen.

»Die Kinder werden gerade entführt«, flüsterte ich.

Piper schreckte hoch.

Ich war ihm dankbar, dass er in den nächsten Stunden nicht versuchte, mich mit leeren Phrasen abzuspeisen. Anstatt mir einzureden, alles werde gut, saß er die ganze Nacht stumm im Schneidersitz an meiner Seite. Und wenn ich mich beim Hin- und Herzappeln oder beim hemmungslosen Aufheulen ertappte, warf er mir keine besorgten Blicke zu oder versuchte, mich in den Arm zu nehmen. Er wartete nur zusammen mit mir auf den Morgen, geduldig wie die Finsternis.

Das Einzige, was ich in jener Nacht für die Kinder tun konnte, war, von ihrem Schicksal Zeugnis abzulegen. Und so schloss ich die Augen und gab mich meiner Vision geschlagen. Ich sah, wie sich die Fuhrwerke durch die schmalen Gassen bahnten, beleuchtet nur von einer einsamen Laterne, die an einem Haken über dem Kutscher hin und her schwang. Dann schob sich der Umriss des lang gezogenen, niedrigen Bauwerks vor die Sterne. An der Rückseite einer der Wagen ragten winzige Finger durch einen Spalt zwischen den Holzbrettern. Doch das Schluchzen, das im Innern zu hören war, klang nicht mehr so verzweifelt wie zuvor, als es mich aus dem Schlaf gerissen hatte. Die Kinder, die in den Fuhrwerken eingepfercht waren, hatten jegliche Hoffnung darauf, gehört, geschweige denn gerettet zu werden, begraben. Sie ahnten längst, dass ihnen niemand zu Hilfe kommen würde. Und sie hatten recht.

16

IM MORGENGRAUEN FIEL der erste Schnee, und nachmittags bogen sich die Zelte bereits unter seiner Last. Selbst bei guter Witterung bot sich der Sumpf nicht unbedingt als Rastplatz an, doch unter diesen Bedingungen glich unser Lager schnell einer hoffnungslos überfüllten Zeltstadt aus Schnee und Schlamm, deren Planen im eisigen Wind flatterten. Der faule Geruch aus den Abfallgruben breitete sich unaufhaltsam über die gesamte Insel aus.

Laut Simon waren inzwischen etwa fünfhundert Soldaten im Lager versammelt. Mehr, als ich gehofft hatte, aber weniger, als wir für den Angriff brauchten.

»Es reicht einfach nicht«, sagte Simon leise. »Meinen Schätzungen zufolge befinden sich allein in New Hobart mindestens fünfzehnhundert Ratssoldaten, die allesamt schwer bewaffnet sind.«

»Der Rat ist gespalten«, sagte ich. »Ich finde, das sollten wir ausnutzen.«

»Wovon redest du?«, fragte Sally.

»Vom Dompteur.«

Einer von Xanders zusammenhanglosen Wortergüssen hätte vermutlich dieselbe Reaktion hervorgerufen wie mein Vorschlag. Zoe rollte mit den Augen, Simon schüttelte fassungslos den Kopf. Doch ich ließ mich nicht beirren.

»Wir wissen, dass er New Hobart beobachten lässt. Wir wissen, dass er gegen die Tanks ist.«

»Er ist Mitglied des Rats«, sagte Zoe. »Das sagt doch wohl alles.«

»Warum bitten wir ihn nicht um Hilfe?«, fragte ich.

»Das können wir vergessen«, sagte Piper. »Außerdem müssten wir ihn dann in unsere Pläne einweihen. So zerstritten er mit Zach und der Generalin auch sein mag, er vertritt die Interessen der Alphas und wird allein deshalb im Sinne des Rats handeln. Wenn er seine Freunde in Wyndham vor uns warnt, haben wir nicht den Hauch einer Chance.«

Ich schüttelte den Kopf. »Wenn er offiziell mit Zach und der Generalin bricht, würden sich andere Alphas auf seine Seite schlagen.«

»Aber die Generalin hat den Rat doch komplett in der Tasche«, sagte Sally. »Da zettelt bestimmt keiner freiwillig eine Revolte an.«

»Ich spreche nicht vom Rat«, sagte ich. »Ich meine ganz gewöhnliche Alphas. Zum einen die Soldaten. Die meisten sind dem Dompteur ohnehin blind ergeben. Erinnert euch, was er über Zachs Leibgarde gesagt hat – dass immer wieder verstörte Soldaten zu ihm kommen, nachdem sie die Maschinen mit eigenen Augen gesehen haben.«

»Und warum graut den Menschen wohl so vor den Maschinen?«, fragte Piper. »Wegen uns! Von allem Unheil, das die Explosion heraufbeschworen hat, fürchten sie die Omegas am meisten. Diese Leute riskieren doch für uns nicht ihr Leben!«

»Ich glaube, dem Dompteur zuliebe würden sie das Opfer bringen.« Ich musste daran denken, wie wenig ihn Pipers und Zoes gezückte Messer beeindruckt hatten. Dieser Mann war es gewohnt, dass man ihm gehorchte.

Dasselbe galt für Piper, der mich jetzt mit hochgezogener Augenbraue ansah. »Du willst dich allen Ernstes mit einem Mann zusammentun, der nur davor zurückschreckt, sämtliche Omegas in Tanks zu versenken, weil dazu Maschinen erforderlich sind? Jemand, der uns am liebsten mit einem Schlag ausrotten würde, wenn man dazu keine Technik bräuchte? Der Dompteur steht nicht auf unserer Seite!«

»Wir brauchen dringend Hilfe. Von wem sie kommt, können wir uns nun mal nicht aussuchen«, sagte ich. »Oder fällt dir was Besseres ein? Mir ist schon klar, dass der Dompteur keine ehrenvollen Ziele verfolgt. Aber was hast du gestern Nacht erst zu mir gesagt? Es geht nicht darum, was wir wollen. Was zählt, ist der Widerstand. Und mithilfe des Dompteurs könnten wir die Bevölkerung von New Hobart vor den Tanks retten.«

»Das könnten wir vielleicht«, fiel Piper mir ins Wort. »Aber so weit würde er nie gehen. Auch damals, als er uns aufgelauert hat, war er nur auf Informationen aus. Um es darauf ankommen zu lassen, steht zu viel auf dem Spiel.«

Piper wandte sich wieder den Landkarten zu, und um mich herum wurde weiterdiskutiert, als wäre nichts geschehen.

»Um Mitternacht in fünf Tagen greifen wir an«, sagte Piper. »Der Mondwechsel bietet die beste Deckung.«

Wenn ich die Augen schloss, sah ich nichts als Schwerter und Blut.

»Das reicht nicht«, lautete Simons vernichtendes Urteil jedes Mal, wenn wir uns in seinem Zelt zusammenfanden, um die Neuankömmlinge des Tages durchzugehen.

»In New Hobart warten die Leute nur darauf, an unserer Seite zu kämpfen«, sagte ich. »Man müsste sie bloß irgendwie vorwarnen.«

»Wenn du eine schlaue Idee hast, wie wir unbemerkt über den Wall kommen, bitte«, sagte Zoe.

Mir fielen die Feldarbeiter ein, die zweimal täglich durch

die Tore geschleust wurden. »Was ist mit den Omegas, die aus der Stadt rausmüssen, um zu arbeiten?«

»Die sind den ganzen Tag von Soldaten umzingelt«, gab Piper zu bedenken. »Wie sollen wir da nahe genug herankommen?«

Damit hatte er natürlich recht. Und obwohl die Tabak kauenden, gut gelaunt schwatzenden Wachen auf ihren Kontrollgängen rings um die Felder insgesamt einen gelassenen Eindruck gemacht hatten, waren wir bereits Zeugen geworden, wie sie mit schnalzenden Peitschen auf einen Omega losgegangen waren, der sich beim Kartoffelgraben allzu viel Zeit gelassen hatte.

»Die Felder werden nur tagsüber bewacht«, sagte ich langsam.

»Was soll das heißen?«, fragte Sally.

»Wir könnten uns nachts dorthin schleichen und den Arbeitern eine Botschaft hinterlassen. Dass eine Schlacht bevorsteht und sie sich bereithalten sollen.«

»Womit sollen sie kämpfen?«, fragte Piper. »Sie haben nicht mal Sensen zum Ernten! Und um die nötigen Waffen einzuschmuggeln, haben wir selber nicht genug.«

»Trotzdem können sie uns helfen, wenn sie rechtzeitig von dem Angriff erfahren. Die Soldaten ablenken, ihre Pferde verstümmeln, den Wall in Brand setzen. Sich mit allem, was ihre Küchen und Ställe hergeben, bewaffnen. Messer, Stöcke … Wir müssen ihnen nur einen Hinweis zukommen lassen.«

»Und wenn den keiner sieht?«, fragte Simon skeptisch. »Meine Güte, Cass! Der Großteil dieser Leute kann wahrscheinlich nicht mal lesen.«

»Stimmt. Aber wenn sie eine Nachricht entdecken, werden sie Mittel und Wege finden, sie zu entziffern.«

»Was, wenn ein Soldat den Omegas zuvorkommt?«

»Wir haben die Wachen tagelang beobachtet. Hast du je miterlebt, dass sich einer von denen da draußen die Finger schmutzig gemacht hat? Wenn wir die Botschaft gründlich genug verstecken, wird sie nicht den Falschen in die Hände fallen.«

»Wir wissen nicht mal, wer diese Arbeiter sind. Was, wenn sie uns verraten oder einer Angst bekommt? Oder sich bei den Soldaten beliebt machen will?« Simon schüttelte wieder den Kopf. »Es muss nur einer den Aufpassern Bescheid geben, dann sind wir geliefert.«

»Bevor die Kinder verschleppt wurden, hätte ich deine Bedenken geteilt«, schaltete Sally sich ein. »Aber Cass hat recht. Inzwischen muss auch dem letzten Einwohner in New Hobart klar sein, wie dramatisch sich die Lage zugespitzt hat.«

»Damit würden wir alles auf eine Karte setzen«, unternahm Piper einen letzten Versuch.

Ich hielt seinen Blick fest. »Wäre das denn etwas Neues?«

Mit Einbruch der Dunkelheit erreichten wir den Rand des verkohlten Waldes. Jenseits der Stadt war bis auf wenige Felder die Ernte eingebracht. Auf den ordentlich in Reih und Glied stehenden Kürbissen lag eine dünne Schneeschicht.

Zwar hatte Simon irgendwo ein Stück Papier und Schreibzeug aufgetrieben, doch Tinte barg die Gefahr, bei Nässe zu verlaufen. Am Ende beschlossen wir, die Flucht nach vorne anzutreten, und so kauerten wir schließlich nur ein paar Hundert Meter neben dem dicht bemannten Wall in der Finsternis auf dem Boden und ritzten unsere Botschaft in die Unterseiten der Kürbisse.

Wir waren auf dem Bauch durch den Schnee gerobbt, so langsam, dass mir die Kälte irgendwann mehr Angst einflößte als die Wachposten rings um New Hobart. Dichte

Wolken verhüllten den allmählich schwindenden Mond. Auf unserer Erkundungsmission hatten wir uns nie so nahe an die Stadt herangewagt. Meine völlig durchnässten Klamotten drohten mir allmählich die Haut aufzuscheuern, und irgendwann gab ich mir keine Mühe mehr, mein Zittern und Zähneklappern zu unterdrücken. Stück für Stück krochen wir vorwärts, und als ein Spähtrupp vorbeiritt, hielten wir mit geduckten Köpfen inne, bis die Soldaten außer Sichtweite waren. Das Dröhnen der Hufe auf dem vereisten Boden und das Rasseln der wuchtigen Schwerter drang bedrohlich laut an unsere Ohren. Als die Reiter am Osttor vorbeikamen, ertönten lebhafte Zurufe aus dem Wachturm. Als wir endlich auf dem Kürbisfeld ankamen, war ich so durchgefroren, dass mir beim Schnitzen zweimal das Messer aus der Hand fiel.

Wir hatten uns vorab auf den genauen Wortlaut geeinigt, schließlich war es wichtig, die Botschaft möglichst knapp und deutlich zu formulieren. Jeder von uns übernahm einen Satz, den er so oft schreiben sollte, wie die Zeit es erlaubte. Pipers lautete: *Bald werdet ihr alle verschleppt wie die Kinder.* Und Zoes: *In ein Gefängnis, schlimmer als der Tod.* Auf Details verzichteten wir, denn die Mechanismen der Tanks waren schon mündlich schwer genug zu beschreiben. Ich schnitzte: *Bei Neumond um Mitternacht greifen wir an – haltet euch bereit.* Auf alle Sätze folgte das Omega-Symbol, das nicht nur meine Stirn zierte, sondern auch auf der Flagge prangte, die vor dem Massaker auf der Insel gehisst worden war: W. Selbst ein Omega, der des Lesens nicht mächtig war, würde das Zeichen wiedererkennen, das man ihm einst ins Fleisch gebrannt hatte.

Ich hatte mit jedem Buchstaben zu kämpfen. Ständig rutschte das Messer ab. Die Dunkelheit, die uns vor den Blicken der Wachposten abschirmte, erschwerte uns gleichzeitig die Sicht, weshalb wir uns irgendwann mehr auf unseren Tastsinn als auf unsere Augen verlassen mussten. Bei meinem ersten Kürbis hatte ich mich mit der Schriftgröße übernommen, sodass ich für den Rest des Satzes kaum mehr Platz hatte und das arme Gemüse am Ende aussah, als wäre es in eine Schlägerei geraten. Der zweite Versuch verlief glimpflicher, nachdem ich herausgefunden hatte, wie man die Klinge halten musste, um in die frostharte Schale eine saubere Kerbe zu schlagen. Unter meinen zitternden Fingern nahmen die Worte allmählich Gestalt an. Beim dritten Kürbis warf ich von Krämpfen geschüttelt den Kopf in den Nacken.

»Alles in Ordnung?« Piper fuhr bei meinem erstickten Keuchen herum.

Obwohl ich mir die Hand vor den Mund hielt, konnte ich das Kichern nicht länger unterdrücken. »Es ist einfach so absurd. Ich meine – *Kürbisse!*« Hilflos rang ich nach Luft. Aus dem Augenwinkel rann mir warm eine Träne über das kalte Gesicht. »Ich habe Leonard und Evas Lied ja schon für eine seltsame Strategie gehalten, aber das hier übertrifft wirklich alles. Hiermit rufe ich die Kürbisrevolution aus!«

Piper lachte leise. »Das Ganze hat nicht gerade das Zeug zur Legende«, flüsterte er. »Über Wurzelgemüse schreibt keiner ein Heldenlied. Nicht mal Leonard könnte daraus was machen.«

»Nur keine falsche Bescheidenheit«, raunte Zoe. Selbst sie konnte ein Schmunzeln nicht unterdrücken.

Und so kauerten wir grinsend im Dreck, während der schrumpfende Mond über unseren Köpfen die Stunden bis zum Angriff herunterzählte.

Den Rest der Nacht verbrachten wir im Wald. Als wir im Morgengrauen zu unserem Ausguck zurückkehrten, wurden die Arbeiter gerade durch das Stadttor getrieben. Von unserem Versteck hinter einem grasbedeckten Hügel aus war zu erkennen, dass der nächtliche Schneefall unsere Spuren verwischt hatte. Doch auch das Gemüse auf dem Feld war vom plötzlichen Wintereinbruch nicht verschont geblieben, sodass unsere akribisch geritzten Botschaften jetzt unter einer zentimeterdicken weißen Decke begraben lagen.

Den ganzen Morgen geriet keiner der Arbeiter auch nur in die Nähe der Kürbisse. Stattdessen führten die Soldaten sie auf das Nachbarfeld, wo sie stundenlang auf allen vieren zwischen Karotten und Pastinaken herumkrochen. Wir wussten nicht, ob unsere Botschaften inzwischen noch lesbar waren. Wenn die Kürbisse nicht bald geerntet wurden, hätten wir uns die Nacht- und Nebelaktion auch sparen können, denn bis zum Neumond waren es nur noch drei Tage.

Mittags öffnete sich erneut das Tor. Zwei Soldaten auf einem leeren Erntewagen kamen herausgefahren. Sobald sie bei den Feldern angekommen waren, wurden die Arbeiter mit viel Getöse in Richtung Kürbisfeld gescheucht. Auf ein Zeichen von Zoe hin rutschten wir weiter vor, um im Schutz des hohen Grases einen besseren Blick auf das Geschehen zu haben.

Bis die Omegas zu der Ecke des Feldes gelangten, wo unsere Botschaften auf sie warteten, dauerte es eine gute Stunde. Doch irgendwann hatten sich zwei Frauen so weit vorgearbeitet. Da sie weder Sensen noch Messer benutzen durften, blieb ihnen nichts anderes übrig, als die gefrorenen Stängel mit bloßen Händen von der Ranke zu lösen. Eine Knochenarbeit, zumal bei einer der beiden Frauen ein Arm am Ellbogen endete und die andere eine Zwergin war, der die größeren Kürbisse fast bis zur Hüfte reichten. Keine zehn Meter entfernt stand ein Soldat, der ab und an kräftig aufstampfte, um sich den Schnee von den Schuhen zu schütteln. Sobald die Frauen einen Kürbis geerntet hatten, reichten sie ihn an einen groß gewachsenen Omega weiter, der sie in den leeren Wagen lud, an dem jetzt ein zweiter Soldat lehnte.

Die Zwergin kämpfte gerade mit einem besonders großen Exemplar, als sie mit einem Mal zu stutzen schien. Neben mir hielt Zoe den Atem an. Als die Frau noch einmal kräftig zog, brach der Stängel, und sie schubste den Kürbis beiseite, damit der große Mann ihn bei seiner Rückkehr aufheben konnte. Für den nächsten Kürbis brauchte sie länger, und während sie sich daran zu schaffen machte, ging sie tief in die Hocke. Aus der Entfernung war schwer zu erkennen, was jenseits der Grashalme und des Schneegestöbers auf dem Feld vor sich ging. Saß die Frau nur so zusammengekrümmt da, um einem besonders hartnäckigen Exemplar Herr zu werden, oder fuhr sie gerade mit den Fingern die Botschaft nach? Als sie endlich den Kürbis hochhievte, ließ sie ihn nicht gleich wieder fallen, sondern hielt ihn kurz fest, während der Omega-Mann auf sie zukam. Um ihn ihr abzunehmen, musste er sich zu ihr hinabbeugen. Ob sie dabei ein paar Worte wechselten, war nicht auszumachen. Auf dem Weg zurück zum Wagen ließ der Mann sich nichts anmerken, doch mir fiel auf, dass er den Kürbis sorgsam mit dem Strunk nach oben auf der Ladefläche abstellte, und zwar in der von dem Soldaten aus gesehen entlegensten Ecke des Fuhrwerks.

Während sich die beiden Omegas weiter der Ernte widmeten, ließen wir sie nicht aus den Augen. Immer wenn eine der Frauen sich bei einem Kürbis etwas mehr Zeit ließ, malte ich mir aus, wie sie verstohlene Blicke auf unsere Botschaften warf. Einmal rief die Zwergin die andere Arbeiterin zu Hilfe. Vielleicht bereitete ihr nur ein Exemplar größere Probleme, doch ich glaubte zu sehen, dass sie ihrer Gefährtin etwas zuflüsterte. Als der Soldat neben dem Feld mitbekam, dass die beiden die Köpfe zusammensteckten, brüllte er los, worauf sie auseinanderfuhren und wieder ihre angestammten Plätze zwischen den anderen Feldarbeitern einnahmen.

Die Omegas mussten bis in die Dunkelheit hinein arbeiten, und als der voll beladene Wagen schließlich durch das Stadttor verschwand, türmte sich auf den Kürbissen der Schnee.

»Selbst wenn sie die Nachrichten bisher nicht gesehen haben«, sagte ich, »besteht immer noch die Chance, dass sie jemand beim Ausladen oder Einlagern entdeckt.«

»Hoffentlich ist dieser jemand kein Ratssoldat«, erwiderte Zoe.

Langsam schloss sich das Tor. Das dumpfe Geräusch des einrastenden Querbalkens in der Ferne hatte etwas ähnlich Endgültiges wie ein Henkersbeil, das auf den Richtblock niederkracht.

17

ZURÜCK IN UNSEREM Lager im Marschland träumte ich von Blut. Flutartig ergoss es sich über New Hobart wie das Tankwasser in all meinen Visionen zuvor. Auch Elsa versank in den roten Wellen, und nachdem sie untergegangen war, öffnete sie die Augen und starrte mich an. Als sie den Mund aufmachte, kamen nur Blasen hervor.

Ich schreckte hoch. Es ging auf Mitternacht zu. Piper und Zoe schliefen Rücken an Rücken, Zoe mit offenem Mund. Ihr im Wachzustand oft so verkniffenes Gesicht sah mit einem Mal viel jünger und weniger abweisend aus. Auf Pipers anderer Seite lag Xander. Sally hatte sich am Abend erboten, die Wache zu übernehmen. Ohne sie wirkte der junge Seher selbst im Schlaf ruhelos, und jedes Mal, wenn er sich umdrehte, kamen ihm unverständliche Worte über die Lippen.

Ähnlich langsam und lautlos wie auf dem Kürbisfeld, kroch ich aus dem Zelt. Draußen hatte der Schnee eine neue Schicht Schweigen über das Lager gebettet. Im Westen erkannte ich den schmalen Pfad, der den einzigen Zugang zur Insel bildete. Auf halbem Weg hatte sich Sally ihren Ausguck eingerichtet, und tiefer im Sumpf waren noch weitere Späher postiert. Also schlich ich in die andere Richtung, wo das Schilf am dichtesten war, und ging in die Hocke, um die Dicke des Eises zu prüfen. Als ich mit der Fußspitze einen Vorstoß wagte, knackte es wie ein paar angebrochene Rippen. Es würde mich auf keinen Fall tragen, ich würde schwimmen müssen. Bis zur nächsten Insel waren es nur knapp hundert Meter, doch die Kälte barg ein weitaus größeres Risiko als die Entfernung.

»Bevor du da drin ersäufst, erfrierst du eher.«

Beim flüsternden Klang der Stimme brach ich vor lauter Schreck mit dem Fuß durch die Eisdecke und musste all meine Gleichgewichtskräfte aufbieten, um nicht komplett im Wasser zu landen. Als die Kälte in meinen Schuh drang, stockte mir kurz der Atem.

»Ich hatte mir schon gedacht, dass du dich heute Nacht zu ihm aufmachst«, sagte Sally und trat aus dem Schilf.

»Wovon redest du?«, sagte ich. »Ich wollte bloß ein paar Schritte gehen, um kurz mal für mich zu sein.«

Sie seufzte. »Hast du immer noch nicht kapiert, dass ich von Spielchen nichts halte? Warum habe ich mich in den letzten Tagen wohl freiwillig für den Wachdienst gemeldet? Seit du den Dompteur erwähnt hast und keiner was von deiner Idee wissen wollte, lasse ich dich nicht mehr aus den Augen.«

Wortlos wich ich ihrem Blick aus und bückte mich, um mein durchnässtes Hosenbein auszuwringen.

»Wie kommst du nur darauf, dass uns ein Ratsmann helfen würde?«, fragte sie.

»Weil er die Tanks aus der Welt schaffen will«, sagte ich. »Das weiß ich genau.«

»Aber würde er dafür auch gegen seine eigenen Leute in den Krieg ziehen?« Es war seltsam, Sally mit ihrer leisen, gehauchten Stimme vom Krieg sprechen zu hören.

Natürlich wünschte ich mir, über jeden Zweifel erhaben zu sein. »Ich glaube, auf gewisse Weise ist er ein Mann mit Prinzipien«, formulierte ich es ein wenig vorsichtiger. »Nur lassen sich seine und unsere Prinzipien nicht vereinbaren. Er steht fest hinter dem Tabu und will in erster Linie die Alphas schützen.«

»Kaum vorstellbar, dass so jemand gegen seine Freunde im Rat Sturm läuft. Und ihn in unsere Angriffspläne einzuweihen ist verdammt gewagt. Mit deinem kleinen Ausflug heute Nacht hättest du beinahe alles aufs Spiel gesetzt.«

»Ich weiß«, sagte ich. »Aber was bleibt uns denn anderes übrig?« Beim Blick auf meine Hände musste ich wieder an das Blut denken, das sich in meinen Visionen über New Hobart ergossen hatte. »Wenn wir es darauf ankommen lassen, dann könnte er uns helfen.«

»Mag sein«, sagte Sally. »Aber das Risiko würden die anderen niemals eingehen. Da beißt du auf Granit.«

»Kannst du nicht mal mit ihnen reden?«

»Vergiss es! Auch Piper und Zoe haben ihre Prinzipien, genau wie Simon. Ein Ratsmitglied um Hilfe zu bitten, würde ihnen im Traum nicht einfallen.«

Ich wusste, dass sie recht hatte. Seufzend ergab ich mich in mein Schicksal. Sally tätlich anzugreifen, um meinen Plan in die Tat umzusetzen, kam nicht infrage. Außerdem wäre schon beim kleinsten Hilfeschrei der alten Frau das halbe Lager auf den Beinen.

Doch überraschenderweise trat Sally in diesem Moment einen Schritt zurück. »Kurz hinter der Stelle, wo der Pfad auf festen Boden trifft, habe ich an der dicken Mangrove ein Pferd festgebunden. Sieh zu, dass du einen großen Bogen um die Wachen auf den Außenposten machst. Und bitte sei bis zum Morgengrauen wieder zurück, da geht nämlich meine Schicht zu Ende.«

Ein paar Sekunden lang starrte ich sie verständnislos an.

Sally verzog keine Miene, nickte mir jedoch kurz zu. »Beeil dich«, sagte sie nur.

»Und was ist mit *deinen* Prinzipien?«, fragte ich.

Sie zuckte mit den Schultern. »Falls ich je welche hatte, kann ich mich nicht daran erinnern.« Dann senkte sie die

Stimme noch weiter. »Ich habe den Dompteur nie kennengelernt. Ich weiß nichts über ihn oder wofür er steht. Aber mit Truppen und Taktik kenne ich mich aus. Und ich glaube nicht, dass wir die Schlacht ohne Hilfe für uns entscheiden können.« Sie deutete in Richtung Lager, wo die Zelte unter der Last des Schnees fast zusammenbrachen. »Gegen die Ratssoldaten haben wir mit den paar Leuten einfach keine Chance. Ich bin schon alt, Cass. Von mir aus kann ich auch draufgehen. Aber Piper und Zoe haben ihr ganzes Leben noch vor sich. Und Xander auch. Deshalb muss ich mich über ihre Pläne hinwegsetzen.«

Als ich nach ihrer Hand greifen wollte, zog sie sie weg.

»Beeil dich«, sagte sie wieder, und zum ersten Mal lag in ihrer Stimme so etwas wie Angst.

Der Mond war nur noch eine schmale Sichel und die Nacht jetzt fast schwarz. Auf meinem Weg durch den Sumpf musste ich oft die Pfade verlassen und mit dem Pferd am Zügel hüfttief durchs Wasser waten, um nicht den Wachen auf den äußeren Posten in die Hände zu fallen. Sobald ich wieder halbwegs festen Boden unter den Füßen hatte, stieg ich, zitternd vor Kälte in der durchnässten Hose, auf.

Es fiel noch immer leichter Schnee – genug, so hoffte ich, um meine Spuren zu verwischen, falls doch irgendjemand mein Verschwinden bemerkt und die Verfolgung aufgenommen hatte. Um ausreichend Sicherheitsabstand zu New Hobart zu wahren, musste ich einen erheblichen Umweg in Kauf nehmen. Finsternis und Schnee schienen sich gegen mich verschworen zu haben, denn ich hatte große Mühe, die Schlucht zu finden. Anstatt weiterhin vergeblich den diesigen, dunstigen Horizont abzusuchen, schloss ich irgendwann einfach die Augen und ließ meine Gedanken in Richtung Dompteur wandern. Dabei konzentrierte ich mich auf das, was mir von ihm im Gedächtnis geblieben war: sein Atem an meinem Hals und der Klang seiner Stimme, als er Zoe und Piper befohlen hatte, die Waffen runterzunehmen.

Nach Stunden des Umherirrens erspähte ich endlich die einsame Fichte. Als ich mich langsam dem Rand der Schlucht näherte, bremste nicht mehr nur die Dunkelheit mein Vorankommen. Zögerlich ritt ich weiter, wohl wissend, dass es nur eine Frage der Zeit war, bis die Kundschafter des Dompteurs mich entdeckten und die Nacht ihre Schwerter zog. Seit meiner Flucht aus den Verwahrungsräumen hatte ich alles darangesetzt, den Ratssoldaten zu entgehen. Jetzt musste ich sie plötzlich auf mich aufmerksam machen. Ich war dem Dompteur schutzlos ausgeliefert. Piper und Zoe befanden sich kilometerweit entfernt auf der anderen Seite von New Hobart. Nach all den gemeinsam verbrachten Monaten traf mich der Gedanke an ihre Abwesenheit unerwartet hart.

Zaghaft bahnte sich das Pferd seinen Weg durch die Schneemassen. Zwar hatte er mir versichert, dass ich jetzt, da die Generalin im Rat die treibende Kraft war, als Geisel nichts mehr wert sei, doch ich schloss einen spontanen Sinneswandel des Dompteurs nicht aus. Auch wenn mit meiner Auslieferung an Zach in Sachen Tanks nichts gewonnen wäre, gab ich ein brauchbares Druckmittel ab. Jeder meiner Schritte brachte mich womöglich auf direktem Weg zurück in die Verwahrungsräume, wenn nicht sogar an schlimmere Orte. Wann hatte ich diesen Weg eingeschlagen? Als ich mich aus dem Zelt stahl, in dem Zoe, Piper und Xander schliefen? Als wir beschlossen, New Hobart anzugreifen? Nein. Die Geschichte hatte schon lange zuvor ihren Anfang genommen. Auf der Insel bei dem Massaker oder im Tankraum unter Wyndham, als ich Kip befreit und wir gemeinsam die Flucht angetreten hatten. Vielleicht waren die Würfel aber auch schon viel früher gefallen. An dem Tag, als es

Zach endlich gelungen war, mich loszuwerden, das Brandmal eine pochende Wunde auf meiner Stirn. Ja, am Tag unserer Trennung hatte das Schicksal seinen Lauf genommen. Und jetzt gab es kein Zurück mehr. Zach hatte mich und seinen alten Namen abgelegt, um als Reformer seine finsteren Fantasien auszuleben. Und mir blieb nichts anderes übrig, als weiter durch die rabenschwarze Nacht zu reiten, um meinem Bruder irgendwie Einhalt zu gebieten.

Vor mir ertönte ein Warnruf, dann ging auf einmal alles ganz schnell. Mit einem Schlag war ich von Soldaten mit gezückten Schwertern umzingelt. Ein Schritt in die falsche Richtung und sie hätten mich wahrscheinlich aufgespießt.

»Ich bin allein«, rief ich und nahm demonstrativ die Hände hoch. »Ich muss den Dompteur sprechen.«

Einer der Soldaten schnappte sich das Zaumzeug meines Pferds, ein anderer zerrte mich aus dem Sattel. Mit einem Ruck wurde mir der Dolch vom Gürtel gerissen, dann leuchtete man mir ins Gesicht, um mein Brandmal zu begutachten.

»Eine von denen«, sagte die Wache mit der Lampe. Er kam mir so nahe, dass ich erkennen konnte, wo er beim Rasieren geschlampt hatte. »Vielleicht die Seherin. Sonst scheint ihr jedenfalls nichts zu fehlen.« Während er mich auf der Suche nach weiteren Waffen von oben bis unten abtastete, ließ er sich auffallend viel Zeit.

»Meine Brust dürfte deinem Chef wohl kaum gefährlich werden, oder?«, fauchte ich mit gesenkter Stimme.

Hinter mir ertönte hämisches Gelächter. Der Mann schwieg, doch er ließ die Hände weiter über meinen Körper wandern, meine Arme entlang und bis hinunter zu meinen Füßen.

»Waffen runter«, rief der Dompteur, der in diesem Moment keuchend angerannt kam.

Ringsum wurden die Schwerter gesenkt.

»Bringt sie rein«, sagte er. »Aber verdoppelt die äußeren Wachposten. Ich will wissen, ob sie wirklich allein ist.« Ohne meine Reaktion abzuwarten, drehte er sich um und marschierte mit langen Schritten voraus in Richtung Schlucht.

Ich folgte ihm, flankiert von zwei Soldaten, während ein dritter mit meinem Pferd zurückblieb.

Im Schneegestöber hatte ich bereits kaum die Hand vor Augen sehen können, doch über der Schlucht lag die Finsternis wie ein pechschwarzer Umhang. Erst nach einer Weile ließen sich an ihrem tiefsten Punkt im Schutz der dicht bewucherten Felswände etliche Zelte ausmachen. Neben dem größten waren mehrere Pferde angebunden, die laut wiehernd mit den Hufen aufstampften, während von allen Seiten Alphas mit Lampen in der Hand an uns vorbeieilten.

In der Mitte des Lagers angekommen, klappte der Dompteur eine Zeltplane hoch und bedeutete mir einzutreten. »Lasst uns allein«, befahl er seinen Soldaten, die daraufhin wieder in die Nacht hinaustraten.

Obwohl wir uns in einem Feldlager befanden, erinnerte nichts in dem Zelt an die provisorischen Schlafstätten unserer Flucht, geschweige denn an die windschiefe Zeltstadt im Sumpf. Die Wände ringsum bestanden aus festem weißem Segeltuch und waren so hoch, dass man an jeder Stelle aufrecht stehen konnte. Auf dem Bett in der Ecke lag eine weiche Felldecke, und neben dem Eingang stand ein Tisch mitsamt Stühlen. Eine Lampe in der Mitte warf flackernde Schatten.

»Weiß der Rest des Widerstands, dass du hier bist?«, fragte mich der Dompteur.

Ich schüttelte den Kopf.

»Setz dich«, sagte er. Während ich das Angebot ausschlug, ließ er sich auf einen Stuhl fallen und lehnte sich zurück, um mich eingehend zu mustern. »Ganz schön gefährlich, so alleine unterwegs zu sein. Weißt du nicht, wer dir alles auf den Fersen ist?«

»Deinen herablassenden Ton kannst du dir sparen«, gab ich zurück. »Ich weiß genau, wer hinter mir her ist und weshalb. Aber anders ging es nicht. Warum lässt du New Hobart auskundschaften?«

»Aus demselben Grund wie ihr. Dein Bruder und die Generalin interessieren sich für die Stadt. Das hat natürlich meine Neugier geweckt.«

Ich gab mir alle Mühe, mich von seinem durchdringenden Blick nicht aus der Fassung bringen zu lassen.

»Ich wusste, dass du irgendwann deine Meinung ändern würdest«, fuhr er fort. »Was hast du mir zu berichten?«

»Ich habe meine Meinung nicht geändert«, sagte ich. »Ich bin hier, um dir eine Chance zu geben. Wenn du wirklich etwas gegen die Tanks unternehmen willst, brauche ich deine Soldaten und ihre Schwerter. Deine Armee.«

Diesmal lachte er. »Du verlangst Unmögliches von mir, und das auch noch ohne Gegenleistung.«

»Ich bin nicht mit leeren Händen gekommen«, sagte ich. »Ich habe dir etwas zu sagen. Wir haben vor, die Stadt zu erobern.«

»Das ist doch Irrsinn.« Er nahm einen Krug und schenkte sich ein Glas Wein ein.

»Nicht, wenn wir uns zusammentun«, sagte ich und trat näher. »Ich weiß, wie viele Soldaten dir treu ergeben sind. Zusammen könnten wir es schaffen.«

Er nickte. »Du hast recht, mehr als die Hälfte der Streitkräfte steht hinter mir. Und dein Bruder und die Generalin sind zu sehr mit ihren Privatprojekten beschäftigt, um von der Stimmung im Volk Notiz zu nehmen. Trotzdem kann ich von meinen Leuten nicht erwarten, dass sie Seite an Seite mit den Rebellen für die Omegas in die Schlacht ziehen. Das ist einfach zu viel verlangt – von ihnen und von mir.«

»Glaubst du etwa, ich bin scharf auf so ein Bündnis?« Aus meinen Worten sprach allzu deutlich der Abscheu. Ich versuchte, mich zusammenzureißen. »Wusstest du, dass die Kinder bereits in den Tanks treiben?«

»Das überrascht mich nicht«, erwiderte er. »Die beiden haben immer schon langfristig geplant. Das Übel soll an der Wurzel gepackt werden. Du müsstest sie mal reden hören.« Angewidert verzog er das Gesicht und spuckte die folgenden Worte aus, als hätte er einen faden Geschmack im Mund. »Es sei *ressourcenschonend*, hat die Generalin vor Kurzem mir gegenüber erwähnt, wenn man die Omegas schon als Kinder in die Tanks stecke. Wenn sie erst mal da drin sind, wachsen sie nämlich nicht mehr. Sie brauchen weniger Nahrung und nehmen nicht so viel Platz weg.«

»Wie kannst du dir so etwas anhören, ohne diesem Wahnsinn ein für alle Mal ein Ende bereiten zu wollen?«

»Ich soll also einen Krieg anzetteln? Zwei Lager derselben Armee gegeneinander aufhetzen?«

»Nein, du sollst einen Massenmord vereiteln!«

Das entsprach nur der halben Wahrheit. Der Massenmord war nicht mehr aufzuhalten. Selbst wenn es uns gelang, New Hobart zu befreien, würden zahllose Menschen dabei ihr Leben lassen und ihre Zwillinge gleich mit. Doch anders ließ sich der immerwährende Beinahe-Tod in den Tanks nicht verhindern.

»Du warst doch so scharf auf Informationen«, sagte ich. »Und du wolltest, dass ich dir helfe. Also, in drei Tagen greifen wir an. Um Mitternacht, bei Neumond.«

Jetzt lag es an ihm. Wenn er vorhatte, mein Vertrauen zu missbrauchen, hatte ich soeben unser aller Todesurteil unterzeichnet. Ich musste an den Moment denken, als wir Leonard von den Tanks erzählt hatten. Wir hatten ihn gar nicht erst um Hilfe bitten müssen. Sobald er erfahren hatte, was in den Reservaten vor sich ging, hatte sein Gewissen den Takt vorgegeben. Und mir fiel ein, wie Kip hinter der Glasscheibe seines Gefängnisses meinen Blick gesucht hatte. Er hatte nichts von mir verlangt. Allein zu wissen, dass er dort bei vollem Bewusstsein vor sich hin vegetierte, hatte gereicht. Seither wusste ich, dass ein Augenblick zum Versprechen werden kann.

»Das würde ein einziges Massaker«, sagte der Dompteur. »Selbst wenn ich euch helfe, ist die Zeit viel zu knapp bemessen. Die Soldaten in New Hobart stehen voll hinter der Generalin. Ich müsste also meine Streitkräfte aus dem Norden zusammentrommeln. Und das für ein absolutes Himmelfahrtskommando.«

»Wir haben keine andere Wahl. Und das gilt auch für dich. Du kannst nicht mehr so tun, als ginge dich das Ganze nichts an.«

Er hob abwehrend die Hände. »Die Zeit ist noch nicht reif. Du willst mir doch nicht etwa weismachen, dass der Widerstand seit der Schlacht auf der Insel ein brauchbares Heer auf die Beine gestellt hat?«

»Aber später ist *zu* spät«, beharrte ich. »Und das weißt du so gut wie ich. Die Kinder haben sie schon verschleppt. Bald ist der Rest dran, und du lehnst dich einfach zurück und lässt es darauf ankommen. Wenn wir es schaffen, die Stadt zu befreien, freust du dich, weil dir das im Rat einen taktischen Vorteil verschafft. Und wenn wir versagen, wäschst du deine Hände in Unschuld.«

»Wenn du mich schon so in- und auswendig kennst, weshalb hast du dir dann die Mühe gemacht, hier aufzukreuzen?« Sein Gesicht war auffallend blass – und er hielt sich mit einer Hand an seinem Weinglas fest.

»Warum hast du solche Angst vor uns?«, fragte ich. »Angeblich geht es dir um das Tabu. Aber hinter deiner Furcht vor den Maschinen steckt in Wahrheit deine panische Angst vor den Omegas. Ja, ohne das Vorher gäbe es uns nicht. Aber gegen die Maschinen kannst du nur etwas ausrichten, wenn du an unserer Seite kämpfst.«

»Du weißt gar nichts von mir«, rief er und stieß sein Glas so ruckartig von sich, dass der Wein überschwappte. Tiefrot rann er den kristallenen Stiel hinunter und sammelte sich in einer Pfütze auf dem Tisch.

»Was haben wir dir bloß getan?«

Einen Moment lang starrte er mich wortlos an. An seinem Gürtel blitzte ein Messer auf. Hatte ich den Bogen überspannt? Wenn er wollte, konnte er mich auf der Stelle töten. Anstandslos würden seine Soldaten meinen leblosen Körper fortschaffen, und er müsste sich nicht einmal um die Sauerei auf dem Zeltboden kümmern. Ich sah die Szene schon vor mir, doch in weit weniger satten Farben als die anderen Bilder, die mich sonst heimsuchten.

»Ich hatte eine Frau.« Jäh riss mich die Stimme des Dompteurs aus meinen Gedanken. »Wir haben jung geheiratet. Unser erstes Kind war unterwegs.«

»Kinder«, erinnerte ich ihn.

»Nenn es, wie du willst.« Er hob das Glas an die Lippen und trank, ohne mich anzusehen. »Ich habe den Armeedienst quittiert und mir in der Ratsfestung eine Stelle gesucht, um näher bei meiner Familie zu sein. Ich wollte meinem Kind beim Aufwachsen zusehen. Bei der Geburt kam das Alpha-Mädchen zuerst. Sie war wunderschön. Vollkommen. Ich durfte sie halten, während wir auf den Omega warteten. Aber er wollte einfach nicht raus. Er steckte fest.« Er hielt inne. »Die Hebamme versuchte alles, was in ihrer Macht stand. Aber der Kopf war zu stark verformt.« Er senkte den Blick und verzog den Mund, als läge ihm die Erinnerung wie ein bitterer Nachgeschmack auf der Zunge. »Sie vermutete sogar zwei Köpfe. Irgendwann wollte meine Frau, dass der Arzt sie aufschneidet, um wenigstens das Baby zu retten. Aber ich habe es nicht übers Herz gebracht. Und das war ein Fehler. Ich war so dumm. So habe ich sie beide verloren.«

Erst dachte ich, er meinte die Zwillinge. Hoffte, dass der Verlust seines Omega-Kindes doch nicht ganz spurlos an ihm vorübergegangen war.

Doch dann fuhr er fort: »Zuerst meine Tochter. Und dann, keine anderthalb Tage später, auch meine Frau. Das tote Baby steckte in ihr fest, und Gemma ging es immer schlechter. Ihr Haar wurde grau, und ihr Fieber war irgendwann so hoch, dass sie fast den Verstand verlor. Und die ganze Zeit fragte sie nach dem kleinen Mädchen. Ich brachte es nicht fertig, ihr die Wahrheit zu sagen – dass unser Kind in eine Decke gewickelt tot auf einem Stuhl in der Küche lag.« Er sah mir in die Augen. »Wer behauptet, sich nicht vor den Omegas zu fürchten, der lügt. Ihr seid der Fluch, mit dem die Explosion uns belegt hat. Ihr seid die Bürde, die die Menschheit schultern muss, ohne etwas dafür zu können.«

»Aber dein Sohn«, sagte ich. »Er war genauso unschuldig wie deine Tochter. Und was ist mit den Kindern von New Hobart – können die vielleicht etwas dafür?«

»Das Omega-Baby hat meine Familie ausgelöscht.«

»Nein. Es ist gestorben, genau wie deine Frau und deine Tochter. Und das ist grausam und schrecklich. Wenn solche Tragödien ein Grund dafür sein sollen, alle Omegas zu hassen, ist es kein Wunder, dass Zach und die Generalin mit ihrem perfiden Plan durchkommen.«

Doch meine Worte stießen auf taube Ohren. »Als sie tot war, habe ich sie aufschneiden lassen.« Wieder suchte der

Dompteur meinen Blick. »Ich wollte es mit eigenen Augen sehen.«

»Natürlich. Das Kind war dein Sohn.«

»Glaubst du, dass es mir darum ging?« Langsam schüttelte er den Kopf. »Nein, ich wollte das Ding sehen, das meine Frau auf dem Gewissen hatte. Da waren nicht mal zwei Köpfe, also, nicht ganz. Nur ein riesiger Schädel, an dem seitlich ein zweites Paar Augen, ein Mund und eine Nase hervorstanden.« Angeekelt verzog er das Gesicht. »Ich habe der Hebamme gesagt, sie soll es wegschaffen. Ich wollte nicht, dass es zusammen mit meiner Familie beerdigt wird.«

»Aber das Kind war dein Sohn«, beharrte ich.

»Du wiederholst dich.«

»Und du verschließt die Augen vor der Wahrheit.«

Er stand auf. »Ich kann euch nicht helfen, New Hobart zu befreien. Selbst wenn ich wollte, würde die Vorbereitung zu viel Zeit in Anspruch nehmen.«

»Dann sag mir wenigstens, was du über die Arche und das Anderswo weißt.«

»Nichts«, erwiderte er. Als ich ihn musterte, konnte ich in seiner Miene keine Anzeichen entdecken, dass er log. »Nichts außer Gesprächen, die verstummen, sobald ich das Zimmer betrete. In den Ratskammern wird über das Thema Arche nicht offen diskutiert. Bislang sind mir nur Gerüchte zu Ohren gekommen. Ich weiß, dass sie Teil der Gesamtstrategie ist, aber ich habe keine Ahnung, welche Rolle sie genau spielt und was New Hobart damit zu tun hat. Nur dass der Reformer und die Generalin dort etwas Wichtiges zu finden hoffen.«

»Wenn wir die Stadt befreien, kann ich dir bei der Suche helfen. Wir könnten die Arche finden. Wir könnten die Welt verändern.«

»Glaubst du das wirklich?«, fragte er leise.

Ich trat zum Eingang und schob die Zeltplane zur Seite. Auf dem Segeltuch lag eine dicke Eisschicht. »Was mit deiner Frau und deinen Kindern passiert ist, lässt sich nicht ungeschehen machen«, sagte ich. »Aber die Zukunft hast du in der Hand. Du kannst dich entweder zurücklehnen und Zach und die Generalin in New Hobart schalten und walten lassen oder etwas dagegen unternehmen. Es liegt an dir.«

Während ich an den glotzenden Soldaten vorbei meinen Rückweg durch die Schlucht antrat, stand er vor seinem Zelt und blickte mir nach. »Ich kann euch nicht helfen«, rief er mir hinterher.

»Um Mitternacht, bei Neumond«, sagte ich noch einmal, obwohl mir mein Appell an das Gewissen des Dompteurs inzwischen ebenso hirnrissig und absurd vorkam wie unsere Kürbisschnitzereien. Wenn er den Rat alarmierte, war unsere Befreiungsaktion unweigerlich zum Scheitern verurteilt. Doch mir blieb nichts anderes übrig. Diese vier Worte waren alles, was ich hatte. Und wenn ich erreichen wollte, dass die Alphas uns irgendwann als Menschen wahrnahmen, musste ich wider besseres Wissen darauf hoffen, dass sich auch im Dompteur eine Spur von Menschlichkeit verbarg.

An der Mündung der Schlucht wartete ein Späher mit meinem Pferd. Das Messer bekam ich erst zurück, als ich im Sattel saß. Bei der Übergabe achtete der Mann peinlich genau darauf, dass sich unsere Hände nicht berührten.

Als ich mich wieder auf dem Wegewirrwarr durch den Sumpf befand, deutete sich im Osten bereits der Sonnenaufgang an. Obwohl ich vollkommen erschöpft war und das Pferd vor Kälte bibberte, wateten wir durch die eisigen Fluten, um den Wachen zu entgehen, die Simon an den Rändern des Marschlands postiert hatte. Auf dem schmalen Damm, der durch das metertiefe Wasser zurück ins Lager führte, wartete Sally schon auf mich.

»Und, hilft er uns?«, fragte sie.

Ich schüttelte den Kopf. »Aber einen Versuch war es wert«, sagte ich und drückte ihr die Zügel in die Hand.

Sie schwieg, doch als ich mich in das Zelt zurückstahl, wo die anderen seit Stunden ahnungslos schlummerten, war ich froh, dass Sally über alles Bescheid wusste. Wenn ich soeben den Widerstand ans Messer geliefert hatte, musste ich wenigstens nicht alleine mit den Folgen leben. Mein Verrat und meine Hoffnung waren ebenso die ihren.

18

IN DEN DARAUF folgenden drei Tagen war ich mit den Gedanken nur noch beim Dompteur. Während ringsum im Schneegestöber die Waffen gewetzt und verteilt wurden, stellte ich mir vor, wie er in seinem behaglichen Zelt saß, und fragte mich, ob er uns in den Rücken fallen würde. Während Piper und Simon die Soldaten auf den Angriff vorbereiteten und Sally mit ihnen den Schlachtplan durchging, wartete ich von früh bis spät auf ein Zeichen von ihm. Wenn er sich beeilte, konnte er uns noch Verstärkung schicken, bevor wir aufbrachen. Ich ließ den Horizont im Norden und Westen nicht aus den Augen.

Obwohl Sally die meiste Zeit auf Abstand zu mir ging, nutzte sie einen unbeobachteten Moment, als ich am Rande des Schilfgürtels in die Ferne starrte. »Kein Bote?«, fragte sie. »Nichts?«

»Nichts.« Ich spürte weder die Gegenwart des Dompteurs noch sonst irgendeinen Hinweis darauf, dass Verstärkung nahte. Auch am Horizont war, außer dem verkohlten Gerippe des ehemaligen Waldes, nichts zu erkennen. Morgen würden wir angreifen, und das allem Anschein nach allein.

Obwohl ich die Explosion schon tausendfach wie eine Feuerwalze über die Welt hatte rasen sehen, wirkten die Kampfszenen in meinen jüngsten Visionen so intim, dass sie mich ganz anders berührten. Ein Schwertgriff, der einen Kiefer spaltete. Ein Pfeil, der sich mit einer solchen Wucht in einen Brustkorb bohrte, dass die Spitze am Rücken wieder hervortrat. Ein Tod auf dem Schlachtfeld war etwas derart Persönliches, dass ich mich für die Bilder in meinem Kopf regelrecht schämte. Während neben mir die Soldaten ihre Bogen justierten und ihre behelfsmäßigen Schilde zurechtrückten, wagte ich es kaum, ihnen in die Augen zu sehen. Wenigstens ihren Tod sollten sie ganz für sich haben.

Derweil hielten Piper und Simon die Kompanie auf Trab. Zusätzlich zu ihren täglichen Trainingseinheiten mussten die Soldaten nun zur Vorbereitung auf den mitternächtlichen Angriff auch ein Nachtprogramm absolvieren. Die Truppe reagierte zügig auf Befehle und wirkte entschlossen und hoch konzentriert. Dennoch war in den Pausen zwischen den Übungen das Unvermeidliche zu erkennen: Zwischen den undichten Zelten machte sich Unbehagen breit. Immer wieder bekam ich mit, wie sich jemand über die Verpflegung oder die Zuteilung der Waffen beschwerte. Angst befiel das Lager wie eine Horde von Kopfläusen. Und wenn sich die Soldaten mit unter den Achseln vergrabenen Händen und eingezogenen Schultern fröstelnd im Wind um das Feuer drängten, hörte ich, was sie einander zuraunten: »Ein Himmelfahrtskommando.« Die Worte des Dompteurs.

»So können wir nicht gewinnen«, sagte Simon, nachdem wir uns am Vorabend des Angriffs in seinem Zelt versammelt hatten. »Nicht wenn sich alle schon in ihr Schicksal ergeben haben.«

Um ihm zu widersprechen, hätte ich lügen müssen. Niemand wusste so gut wie ich, dass wir in dieser Schlacht auf verlorenem Posten standen. Ich hatte das Blut und die Schwerter gesehen.

Noch am Tag vor dem Angriff ließ ich nichts unversucht, mir eine Teilnahme an der Schlacht zu sichern. Doch Piper ließ sich nicht erweichen.

»Das wäre Wahnsinn«, sagte er. »Wir haben dich doch nicht die ganze Zeit über beschützt, nur um jetzt alles aufs Spiel zu setzen.«

Wir waren zu dritt auf dem Weg zu Simons Zelt. Ich musste mich sputen, um mit Piper und Zoe Schritt zu halten. »Aber wozu habt ihr mich denn beschützt?«, fragte ich. »Wenn wir heute Nacht verlieren, ist ohnehin alles vorbei. Bei diesem Angriff könnt ihr auf nichts und niemanden verzichten. Und meine Visionen wären uns bestimmt eine große Hilfe.«

»Geschrei und Gejammer gibt's auf einem Schlachtfeld schon zu Genüge, auch ohne deine Visionen«, sagte Zoe.

»Aber vielleicht sehe ich etwas, das uns einen strategischen Vorteil verschafft.«

Natürlich wollte ich nicht kämpfen, schließlich hatte ich das Blutbad auf der Insel hautnah miterlebt. Nie würde ich den bestialischen Gestank vergessen, nie die ausgeschlagenen Zähne, die wie Regentropfen auf die Pflastersteine prasselten. Seit damals wusste ich, dass körperliche Unversehrtheit ein Trugbild war, das ein Schwert in Sekundenschnelle zerschmettern konnte. Und nachdem ich die Ratssoldaten hatte kämpfen sehen, war mir auch klar, dass ich, nur mit einem Messer und Zoes Tricks bewaffnet, in einem Gefecht auf Leben und Tod nicht den Hauch einer Chance hatte. Doch gerade deshalb wollte ich diesmal unbedingt dabei sein. Ich konnte mich nicht schon wieder verstecken, während andere für mich ihr Leben ließen. Dazu hatte ich schon zu viele Menschen auf dem Gewissen. Mit Märtyrertum hatte das nichts zu tun, im Gegenteil. Es war Ausdruck reinsten Egoismus. Ich fürchtete mich vor dem Kämpfen, aber noch mehr Angst hatte ich davor, mich zu verkriechen, während sich auf dem Schlachtfeld die Toten türmten. Beim Gedanken daran, allein mit den Gespenstern zurückzubleiben, lief mir ein

Schauer über den Rücken. Doch ich versuchte erst gar nicht, das Piper und Zoe zu erklären.

»Wenn die Ratssoldaten wissen, dass ich dabei bin, sind sie praktisch gezwungen, sich zurückzuhalten«, sagte ich. »Zachs Ansage wird auf jeden Fall lauten, mich in Ruhe zu lassen, weil er sonst selbst in Gefahr gerät. Sogar auf der Insel hat man das gemerkt, und da war ich nicht mal am Kampfgeschehen beteiligt.«

»Sie werden sich nicht zurückhalten«, sagte Zoe. »Dazu ist New Hobart für den Rat viel zu wichtig. Und denk daran, was der Dompteur gesagt hat. Die Generalin zieht im Hintergrund die Fäden, nicht Zach. Um ihre Pläne nicht zu gefährden, wird sie jedes Risiko eingehen, auch auf die Gefahr hin, dass der Reformer dabei bluten muss.«

In diesem Moment wurden wir von einer dunkelhaarigen Frau unterbrochen, die sich uns in den Weg gestellt hatte. »Du kannst doch in die Zukunft sehen, oder?«, fragte sie mich. »Dann weißt du bestimmt längst, wie das Gefecht heute Nacht ausgeht.«

»So funktioniert das nicht«, sagte ich.

Doch die Frau machte keine Anstalten, zur Seite zu treten.

Ich konnte ihr nicht verraten, was ich gesehen hatte. Der Gedanke, der Soldatin hier auf dem vereisten Trampelpfad zu eröffnen, dass sie geradewegs in ihr Verderben rannte, war kaum auszuhalten. Flankiert von Piper und Zoe wich ich ihr aus.

»Sag die Wahrheit«, rief sie mir hinterher, während ich davonstolperte. Doch nicht nur der spiegelglatte Boden ließ mich ins Straucheln geraten – auf einmal hatten sich Bilder zwischen meine Augen und die Welt geschoben. Blut, das erbarmungslos im Schnee leuchtete.

Am Ende sorgte ausgerechnet die Soldatin dafür, dass ich mit in die Schlacht ziehen durfte. Sie und all die anderen, die sich jedes Mal, wenn ich aus dem Zelt trat, um mich scharten. Die meisten wahrten einen deutlichen Abstand, und in ihren Augen spiegelte sich eine Mischung aus Furcht und Ekel, die ich so gut kannte. Doch alle wollten sie dasselbe wissen: *Sag uns, was passiert. Sag uns, was uns erwartet.*

»Ihr müsst mich kämpfen lassen«, erklärte ich, sobald wir uns in Simons Zelt in Sicherheit gebracht hatten.

»Die Diskussion hatten wir doch schon«, seufzte Zoe. »Das Risiko lohnt sich nicht.«

»Es geht nicht um mich«, sagte ich und deutete nach draußen. »Sondern um die anderen. Alle wissen, dass ich in die Zukunft sehen kann. Kein Wunder, dass sie jegliche Hoffnung auf einen Sieg längst begraben haben, wenn feststeht, dass ich mich auf dem Schlachtfeld vornehm zurückhalten werde.«

»Nur weil sie an deine Visionen glauben, heißt das noch lange nicht, dass sie auch auf dich hören«, sagte Piper. »Sie trauen dir nicht. Als Seher hat man unter Omegas nun mal keinen leichten Stand. Denk nur an Violets Worte.«

Sally sah mich ernst an. »Cass hat recht«, sagte sie. »Eben weil sie ihr nicht trauen, hat ihr Wort unter den Soldaten Gewicht. Warum sollte jemand wie sie in einen aussichtslosen Kampf ziehen?«

»Ich muss dabei sein«, sagte ich. »Und zwar an vorderster Front, wo alle mich sehen können.«

Damit war die Entscheidung gefallen. Zum Glück, sagte ich mir, und war ehrlich erleichtert. Doch fortan krächzten meine Lungen mit jedem Atemzug wie ein altersschwacher Blasebalg, und unter dem Kragen meines Wollpullovers juckte der Schweiß. Nicht nur, weil mir vor der Schlacht graute. Vor allen Dingen quälte mich die grausame Gewissheit, dass ich nur den Lockvogel spielte. Meine Gegenwart auf dem Schlachtfeld diente einzig und allein dazu, unseren

Soldaten weiszumachen, dass der Angriff auf New Hobart nicht zum Scheitern verurteilt war.

Als die Sonne unterging, saßen Sally und Xander einsam zwischen den Überresten der abgebrochenen Zelte. Wir würden sie im Lager zurücklassen, zusammen mit der Handvoll Soldaten, die nicht imstande waren zu kämpfen.

»Wo wollt ihr hin, wenn es uns nicht gelingt, die Stadt zu befreien?«, fragte ich.

»Spielt das eine Rolle?«, gab Sally zurück. »Ich werde mein Bestes tun, um Xander zu beschützen. Vielleicht schaffen wir es sogar wieder zurück an die Verlorene Küste. Aber du weißt genau wie ich, dass wir alle so gut wie erledigt sind, wenn wir heute Nacht keinen Sieg einfahren. Piper hat recht. Auch auf meiner kleinen Insel bin ich vor dem Rat nicht mehr sicher.«

Ich ging neben Xander auf die Knie, doch er wich meinem Blick aus. Mit angezogenen Knien saß er da, während er mit den Fingern eine stumme Botschaft auf seinen Schuh klopfte.

»Wir wollen die Papiere finden«, sagte ich zu ihm. »Die Papiere, von denen du uns erzählt hast. Die aus dem Labyrinth aus Knochen.«

Er hob und senkte den Kopf, dann schien sich das Nicken über den Rest seines Körpers auszubreiten, bis er irgendwann wild vor und zurück wippte. »Papiere finden. Papiere finden«, sagte er, und ich wusste nicht, ob es sich um einen Befehl oder ein Echo handelte. Als ich mich im Weggehen noch einmal zu ihm umdrehte, wiegte er sich noch immer im Takt einer lautlosen Melodie.

In den Wochen zuvor hatten wir stets das Gefühl gehabt, uns liefe die Zeit davon. Zeit, um ein Heer aufzustellen, Zeit, um die Soldaten für die Schlacht zu wappnen, Zeit, um die

Einwohner von New Hobart zu warnen – wir lebten in ständiger Angst davor, zu spät zu kommen. Angst, dass die Tanks die Stadt verschlingen würden, bevor wir sie befreien konnten. Angst, dass vor uns jemand auf die restlichen Archepapiere stieß. Als wir jetzt in der Dunkelheit auf den Marschbefehl warteten, kam uns die Zeit plötzlich vor wie eine Lawine an einem Geröllhang, die langsam an Fahrt aufnahm und uns alle mit in den Abgrund riss.

Obwohl ich wusste, dass es längst kein Zurück mehr gab, probte mein Körper auf einmal den Aufstand. Von meinen kalten, feuchten Füßen aus kroch ein Zittern in mir hoch, bis ich bis unter die Haarspitzen bebte wie eine angeschlagene Glocke. Die Waffenschmiede hatten mir einen hölzernen Schild und ein Kurzschwert zugeteilt, das ich mit schweißnassen Fingern umklammerte. Zwar hätte ich mich mit dem Messer, dessen lederumwickelter Griff sich inzwischen perfekt in meine Hand schmiegte, bedeutend wohler gefühlt, aber Piper hatte nicht mit sich reden lassen.

»Bevor du das zücken kannst, bist du tot«, hatte er gesagt. »Du brauchst viel mehr Reichweite und Wucht.«

»Aber ich kann mit einem Schwert überhaupt nicht umgehen«, protestierte ich.

»Mit deinen Messerkünsten ist es auch nicht gerade weit her«, sagte Zoe. »Und du sollst dich sowieso nicht ins Getümmel stürzen. Es reicht, wenn dich alle gut sehen können und du am Leben bleibst. Halt dir beim Angriff den Schild über den Kopf, die Pfeile kommen nämlich von oben. Und verkneif dir wenn möglich Alleingänge.«

Trotzdem steckte ich den Dolch ein. Auf dem kilometerlangen Marsch an der Spitze des schweigenden Zuges vom Lager bis an den Waldrand hing er wie ein verlässlicher alter Freund an meinem Gürtel.

Zoe und Piper waren ebenfalls mit Schwertern bewaffnet.

Zoes entpuppte sich als so schwer, dass ich es nur mit beiden Händen hochhieven konnte.

»Das ist kein Spielzeug«, zischte sie und entriss es mir wieder. Fortan war ihr Blick starr auf die Klinge gerichtet, während sie das Schwert von einer Hand in die andere gleiten ließ.

Obwohl sich Piper ebenfalls ein Langschwert ausgesucht hatte, blitzte an seinem Gürtel der übliche Satz Wurfmesser auf.

Hinter uns hatte sich die gesamte Kompanie versammelt. Bei der letzten Zählung waren wir auf über fünfhundert Soldaten gekommen. Bis das Lager geräumt war, waren Stunden vergangen, denn das Sumpfgebiet ließ keine gängige Marschordnung zu. Stattdessen hatten sich die Soldaten im Gänsemarsch über die wenigen Landbrücken, die sich aus den vereisten Fluten erhoben, einen Weg aus dem Marschland gebahnt. Die Pferde mussten eins nach dem anderen über die grasbewachsenen Trampelpfade gelenkt werden; mit gesenkten Köpfen und geblähten Nüstern folgten sie schnaubend und schnuppernd der schmalen Spur. Erst im Wald konnten sich die Truppen wie geplant sammeln und trotzten in Reih und Glied tapfer der Kälte. Ein paar trugen die blaue Uniform der Inselwache, doch die meisten steckten in ihren eigenen, abgetragenen und geflickten Wintermänteln. Ihre Gesichter waren dick vermummt. Niemand sagte ein Wort.

Ich musste an die Archepapiere denken, die irgendwo in der Stadt versteckt waren. Und an die kleinen Finger zwischen den Holzbrettern der zugenagelten Fuhrwerke. Um die Kinder vor den Tanks zu retten, war es bereits zu spät. Dann fielen mir Elsa und Nina ein, die jenseits des Walls auf uns warteten. Vermutlich würde unsere nächtliche Befreiungsaktion an ihrem Schicksal nichts ändern. In meinen

Träumen war zu viel Blut geflossen, um eine erfolgreiche Eroberung der Stadt in den Bereich des Möglichen zu rücken. Aber vielleicht bestand genau darin unser Vermächtnis: die dem Untergang geweihten Menschen in New Hobart wissen zu lassen, dass jemand für sie kämpfte.

Seit ich meinen Platz zwischen Piper und Zoe eingenommen hatte, spürte ich die Blicke der Soldaten im Rücken. Mein Körper war das Symbol für die List, die sie in einen Kampf locken sollte, der nicht zu gewinnen war. »Ich lüge sie alle an«, flüsterte ich Piper zu. Die Worte kamen stockend, mein Atem flog.

Er schüttelte den Kopf. »Du machst ihnen Hoffnung«, sagte er leise.

»Das ist doch dasselbe.« Und dann brach es aus mir heraus: »Es gibt keine Hoffnung. Die Ratssoldaten sind uns zahlenmäßig haushoch überlegen. In meinen Visionen fließt viel zu viel Blut.«

»Nein«, sagte er und neigte den Kopf, bis sich unsere Gesichter fast berührten. Weiß hing sein Atem in der kalten Nachtluft. »Du gibst nicht auf, obwohl du gesehen hast, dass wir verlieren. Du hast die ganze Zeit davon gewusst, und trotzdem stehst du jetzt hier, mit gezogenem Schwert. Das ist Hoffnung.«

Für mehr Worte blieb uns keine Zeit. Dafür harrten die Truppen schon zu lange in der Finsternis aus. Alle Blicke ruhten auf Simon. Doch anstatt vorzutreten und das Wort an die Kompanie zu richten, wandte er sich an Piper. »Du konntest das immer schon besser als ich«, sagte er.

»Du bist jetzt ihr Anführer«, erwiderte Piper leise.

Der Ältere schüttelte den Kopf. »Ich habe nur das Sagen. Das ist nicht dasselbe. Sie hören auf mich, ja. Aber ich bin nicht ihr Anführer. Seit ich dich damals auf die Insel gebracht habe, würden sie dir überallhin folgen.« Er legte seinem Freund die Hand auf die Schulter, und nachdem die beiden einen langen Blick getauscht hatten, hob Simon wie zum Salut stumm die Finger an die Stirn.

Ein Raunen ging durch die Menge, und die Soldaten reckten die Hälse, während Simon einen Schritt nach hinten machte. Als Piper vortrat, verstummte das Geflüster.

»Unsere Brüder und Schwestern in New Hobart warten auf uns«, begann er. Seine Stimme hallte laut und deutlich durch die Dunkelheit. »Ich kann euch nicht versprechen, dass wir sie befreien werden. Aber die einzige Alternative lautet abwarten, während der Rat ein Menschenleben nach dem anderen vernichtet. Wenn wir keinen Widerstand leisten, enden wir früher oder später alle in den Tanks. Nach jahrhundertelanger Unterdrückung durch die Alphas haben Omegas in dieser Welt keinen Platz mehr. Deshalb müssen wir uns eine neue Welt erschaffen. Hier, heute Nacht, und wenn es sein muss mit unserem eigenen Blut. Ewige Gefangenschaft ist schlimmer als der Tod.« Bedächtig ließ er den Blick über die Soldaten schweifen. »Der Rat hat uns unterschätzt«, verkündete er. »Wie immer. Die Regierung dachte, mit uns hätte sie leichtes Spiel. Dass unser Stolz und unsere Würde nach all den Steuern und Strafen und schlechten Ernten so verletzt sind, dass wir uns aus freien Stücken in unser Schicksal ergeben. Aber da haben sie sich geirrt. Weil wir nicht heiraten dürfen, glauben sie, dass es uns nicht trifft, wenn man unsere Liebsten foltert oder tötet. Weil wir keine Kinder zeugen können, nehmen sie an, dass wir nicht trauern, wenn man uns unsere Ziehkinder wegnimmt. Und weil unser Leben in ihren Augen wertlos ist, rechnen sie nicht damit, dass wir darum kämpfen und für einander einstehen. Heute Nacht werden wir allen zeigen, dass unser Leben nur uns gehört und dass wir bessere und stärkere Menschen sind, als der Rat es je für möglich gehalten hätte. Heute

Nacht rufen wir: *Es reicht!* Heute Nacht rufen wir: *Nie wieder!*«

Der Boden unter meinen Füßen begann zu beben, als Hunderte von Stangen und Äxten zeitgleich mit Pipers letzten Worten auf die Erde niederfuhren. *Nie wieder!*

19

PIPER HOB DIE Hand und gab das Signal zum Angriff. Er stand so nah neben mir, dass ich sein Schwert durch die Luft zischen hörte.

Keiner von uns trug eine Fackel. Wir hatten einen Pakt mit der Finsternis. So lautlos wie mit fünfhundert bewaffneten Soldaten möglich, rückte das Heer bis zum nördlichsten Rand des verkohlten Waldes vor. Auf ein zweites Signal hin löste sich die Vorhut aus den Bäumen. Unser einziger Vorteil bestand darin, dass niemand mit uns rechnete, also zögerten wir den großen Ansturm hinaus.

Zunächst machten sich nur sechs handverlesene Einzelkämpfer auf den Weg nach New Hobart. Ihre Messer waren für die Kehlen der Wachsoldaten bestimmt, die in einem fort die Stadt umkreisten. Kaum hatten sie ihren schleichenden Spurt über das freie Feld angetreten, verschluckte die Nacht sie auch schon.

Wir hatten die Stadt lange genug beobachtet, um zu wissen, dass zu jeder Tages- und Nachtzeit drei Patrouillen rings um den Wall unterwegs waren, allerdings ließ die Aufmerksamkeit der Soldaten zu wünschen übrig. Und die Späher in den vier Wachtürmen hatten hauptsächlich das Geschehen innerhalb der eroberten Stadt im Blick. Wenn sie mit einer Störung rechneten, dann offenbar nicht mit einer von außen.

Am Südrand der Stadt rückte eine Patrouille in unser Blickfeld. Sie bestand aus mindestens drei Soldaten, deren

Anführer eine Fackel trug. Als aus westlicher Richtung ein Ruf ertönte, wirbelte der Feuerschein herum. Doch das Geräusch brach so abrupt wieder ab, dass ich mich fragte, ob das heisere Krächzen vielleicht doch nur von einer Krähe hergerührt hatte. Nach einem kurzen Halt setzten die Wachen ihre Reise um den Wall fort. Kurz darauf vernahm ich erneut einen Schrei, diesmal kürzer, gefolgt von einem lauten Rasseln. Die Fackel fiel zu Boden und sprang noch einmal in die Höhe, bevor sie im Schnee ihr Leben aushauchte. Weiter östlich hörte man in der Ferne ein Pferd durchgehen. Dann war auf einmal alles still. Wenn man wusste, was gerade auf dem Pfad rings um die Stadt vor sich ging, kam einem diese Stille seltsam erdrückend vor, als hätte jemand eine Decke über die Nacht geworfen.

Das nächste Zeichen stammte von unserer Vorhut. Auf halbem Weg zwischen nördlichem und westlichem Tor flackerte am Fuße des Walls ein Licht auf. Um das Feuer möglichst schnell zu entfachen, hatten die Soldaten Öl und Streichhölzer dabei. Selbst wenn die Flammen den Wall nicht zum Einsturz brachten, stellten sie zumindest eine willkommene Ablenkung dar, während unser Heer von Süden aus angriff.

Noch einmal hob und senkte Piper sein Schwert, dann rannten wir los. Ein dumpfes Dröhnen lag in der Luft, als fünfhundert Soldaten gleichzeitig über den zerfurchten Boden trampelten. Von allen Seiten ertönte ein verzweifeltes Keuchen aus Lungen, die stundenlang verängstigt in der Kälte ausgeharrt hatten. Degenscheiden krachten gegen Schienbeine, Messer klirrten beim Laufen.

Die Ratssoldaten rechneten offenbar wirklich nicht mit uns. Zwar war mein Appell an den Dompteur ungehört verklungen, aber immerhin hatte er mein Vertrauen nicht missbraucht. Weder gerieten wir in einen Hinterhalt, noch stürmte uns aus den Stadttoren ein Heer entgegen. Die ersten Alarmrufe ertönten erst, als wir bereits die halbe Strecke zwischen Wald und Stadt zurückgelegt hatten. Binnen kürzester Zeit hallte das Geschrei von sämtlichen Toren wider, und jenseits des Walls wurden hastig die Laternen entzündet.

Als wir uns der Stadt bis auf ein paar Hundert Meter genähert hatten, trafen uns die ersten Pfeile. Einer zischte haarscharf an mir vorbei und riss links von mir ein breites Loch in die Erde. Schützend hielt ich mir den Schild über den Kopf, doch nicht jedem stand einer zur Verfügung. Zudem gab es in unseren Reihen viele Soldaten mit nur einem Arm. In der pechschwarzen Finsternis gab es kein Entrinnen vor den Pfeilen. Sie tauchten aus der Dunkelheit auf, als hätte der Nachthimmel selbst die Klauen ausgefahren. Von Anfang an ließen die Schützen keinen Zweifel daran, dass die auf der Insel noch verhalten aufgetretene Ratsarmee diesmal zu allem bereit war. Falls sie wussten, dass sich Zachs Zwilling unter den Angreifern befand, schien sie das nicht zu beeindrucken.

Hinter mir ertönte ein gellender Schrei. Ein untrügliches Zeichen dafür, dass ein Pfeil ins Schwarze getroffen hatte. Als ich mich umdrehte, war der gefallene Mann bereits von den nachrückenden Truppen überrannt worden.

In diesem Moment wurde das südliche Stadttor geöffnet und spuckte im Schein der Laternen die Ratsarmee in ihren roten Tuniken aus, allen voran einen Stoßtrupp berittener Soldaten. In Viererreihen galoppierten sie auf uns zu, mit Schwertern und brennenden Fackeln, deren Licht sich in den Klingen und Augen der Pferde widerspiegelte.

Bei unseren strategischen Planungen in Simons Zelt hatte es keine Diskussionen gegeben, nur Pfeile und Kreuze auf einer Landkarte. Die Stelle, von der aus unsere Bogenschützen die Kletterer mit den Enterhaken und Leitern am besten im Blick hatten. Die Routen, auf denen unsere beiden berittenen Einheiten die Stadt umkreisen und danach die Nordseite des Walls belagern sollten, wo die Vorhut inzwischen das Feuer gelegt hatte. Weitere vier Einheiten würden sich das östliche Stadttor vornehmen, wo der Wachturm am schwächsten besetzt war. Was auf Simons Karte so eindeutig und überschaubar gewirkt hatte, versank jedoch mit dem ersten Schlachtruf in einem Chaos aus Blut und Barbarei. Auf der Insel hatte ich das Kampfgeschehen fast bis zum Schluss vom Fenster eines abgesperrten Turmzimmers aus verfolgt und mir seither eingebildet, über den Krieg Bescheid zu wissen. Jetzt erst wurde mir klar, was für einen himmelweiten Unterschied ein paar Hundert Meter machten. Taktisch war ich hoffnungslos überfordert, und bald wusste ich nicht einmal mehr, wo ich war. Alles, was zählte, spielte sich direkt vor meinen Augen ab. Die Ansage lautete zwar, Zoe und Piper nicht von der Seite zu weichen, während sie den Angriff auf das Tor im Osten starteten, doch ich hatte inzwischen völlig die Orientierung verloren. Die Welt nahm an Fahrt auf, alles ging auf einmal viel zu schnell.

Die donnernden Hufe der Pferde ließen den Boden erzittern. Als ein Soldat aus dem Sattel seine Waffe in Richtung Zoe schwang, tauchte sie zur Seite weg, und während Piper sich zu meiner Rechten mit einem anderen ein erbittertes Gefecht lieferte, verfehlte ein weiterer Hieb nur knapp meinen Kopf. Im nächsten Moment war Zoe schon wieder auf den Beinen, und als der Reiter ihren Stoß parierte, schlüpfte sie unter seinem Schwert hindurch und durchtrennte mit einem Ruck den Sattelgurt. Dabei erwischte ihr Messer das Pferd am Bauch, und während der Sattel mitsamt dem Soldaten so rasant zu Boden rutschte, dass er mich fast unter sich begrub, färbte sich der Schnee ringsum langsam rot. Hastig rappelte sich der Mann wieder auf, doch bei seinem

Sturz war ihm das Schwert aus der Hand geglitten, und bevor er sich danach bücken konnte, stellte ich einen Fuß auf den Griff.

Langsam blickte er zu mir hoch. Jetzt war der Moment gekommen, ihn zu töten. Ich spannte die Finger an. Doch bevor ich zustechen konnte, kam Zoe hinter dem taumelnden Pferd hervorgeschossen und rammte ihm ihre Klinge in die Magengrube. Um ihn endgültig außer Gefecht zu setzen, musste sie noch ein zweites Mal zustechen, und als er endlich auf den Boden sank, glänzte ihre blutige Waffe fast schwarz.

Neben uns hatte sich Piper inzwischen seines Gegners entledigt, doch sofort stürzte sich der nächste Reiter auf ihn. Im letzten Moment trat er zur Seite und stieß dem Pferd das Schwert zwischen die Beine. Mit einem Mal war es, als sei dem Tier ein zusätzliches Gelenk gewachsen, ein Knick, wo keiner sein sollte. Ich konnte kaum hinsehen, als es hysterisch wiehernd zu Boden ging und sein Reiter gerade noch rechtzeitig aus dem Sattel sprang, um nicht von dem riesigen Tier zermalmt zu werden, das zur Seite rollte und mich dabei von den Füßen riss.

Über mir duellierten sich Piper und Zoe jeweils mit einem Ratssoldaten. Neben mir versuchte das Pferd vergeblich, sich aufzurichten. Dabei flatterten seine Nüstern wie halb verblühte Lilien, und seine Augen waren so weit in den Schädel zurückgerollt, dass nur noch rot marmoriertes Weiß zu sehen war. Das schmerzerfüllte Gewieher klang für mich menschlicher als so mancher Schlachtruf, der aus den Kehlen der Soldaten ringsum ertönte. An einem Bein ragte ein Knochensplitter aus dem blutverklebten Fell.

Ich zog mein Messer, griff nach dem wild hin und her zuckenden Kopf des Pferdes und schnitt ihm die Kehle durch. Warm quoll das Blut aus der Wunde, und als es in die gefrorene Erde sickerte, schmolz ringsum langsam der Schnee.

Dann war es vorbei. Das Tier starb ganz für sich alleine. Ich spürte, wie einfach sein Tod vonstattenging, ganz ohne Echo eines zeitgleich verendenden Zwillings. Trotz des Blutbads kam mir dieses Ende geradezu sauber vor.

Inzwischen hatte der erste Schwung berittener Ratssoldaten unsere vorderste Front durchbrochen, doch aus den Augenwinkeln sah ich, dass im Westen der Stadt mehrere Leitern am Wall lehnten, an denen Gestalten hochkletterten. Ob sie oben ankamen, konnte ich nicht mehr erkennen, denn in diesem Moment drangen schwer bewaffnete Fußsoldaten in die Lücken vor, die die Reiter in unsere Reihen geschlagen hatten. Meinen Schild hatte ich längst irgendwo verloren, deswegen beschränkte ich mich darauf, in Zoe und Pipers Nähe zu bleiben, mich so weit wie möglich aus dem Kampfgeschehen herauszuhalten und bedrohlich mit dem Schwert auszuholen, sobald sich ein Ratssoldat näherte. Wurde mir tatsächlich einer gefährlich, waren zum Glück die Zwillinge zur Stelle, um ihn mir vom Leib zu halten. Wenn ich mich doch einmal selber verteidigen musste, hatte ich stets mit Übelkeit zu kämpfen. Doch davon ließ ich mich nicht abhalten, und wenn keiner meiner Vorstöße tödlich endete, lag das nur an meiner mangelnden Erfahrung. Ich teilte nach allen Seiten aus, und bald zierte mein Schwert ein tiefrotes Muster. Da ich schon so viele Menschen auf dem Gewissen hatte, brachte mich selbst der Anblick der blutverschmierten Klinge nicht mehr aus der Fassung, im Gegenteil, endlich ließen sich meine Taten sichtbar an etwas festmachen.

Doch egal, wie viele Alpha-Soldaten wir niederschlugen, letztlich schien es aussichtslos. Zwar hatten Piper, Zoe und ich Boden gutgemacht, doch jeder Blick in die Runde machte deutlich, dass unsere Truppen dem Gegner heillos unterlegen waren. Noch immer strömten Ratssoldaten aus dem südlichen Stadttor, und auch unsere Klettereinheit war inzwischen umzingelt und stand sprichwörtlich mit dem Rücken zur Wand. Weiter westlich, wo die Vorhut versucht hatte, am Wall entlang Feuer zu legen, hatte ihr die Nässe einen Strich durch die Rechnung gemacht. Gerade einmal zwei dürre Flammen loderten in die Höhe. In der Mauer waren noch keine Löcher zu erkennen, und die Tore wurden weiterhin erbittert verteidigt.

Je näher wir rückten, desto besser konnten wir im Schein der Fackeln und Feuer ausmachen, was am Wall vor sich ging. Gleichzeitig drohte jetzt erneut Gefahr durch die Bogenschützen, die sich während der Nahkampfphase zurückgehalten hatten. Sobald wir kurz innehielten, wurden die Pfeile wieder auf uns gerichtet. Sie stachen von oben auf uns ein, mit so viel Wucht, dass sie sich zentimetertief in die Erde bohrten. Zweimal verfehlten sie mich so knapp, dass sich die Luft neben meinem Gesicht spürbar erwärmte. Ein dritter Pfeil zischte auf Piper zu, doch auf meinen Warnschrei hin sprang er rechtzeitig zur Seite, sodass die Spitze seinen Schenkel nur streifte, anstatt ihn zu durchbohren.

Ich hatte jegliches Zeitgefühl verloren, und als ich mir übers Gesicht wischte, wusste ich nicht, ob an meiner feuchten dunkelroten Handfläche mein eigenes oder fremdes Blut klebte. Mehrmals stolperte ich über reglose Körper, deren groteske Posen Rückschlüsse auf ihren Tod zuließen – ein Kopf, der zu weit vom Nacken abstand, ein Knie, das nach vorne anstatt nach hinten abgewinkelt war. In dieser Nacht ohne Mond warf nur der ferne Schein der Feuer ein leises Zwielicht auf die Szenerie. Doch die gefallenen Körper schufen ihre eigenen Schatten, im Schnee schimmerten die blutigen Pfützen fast schwarz.

Nachdem Piper einem toten Soldaten das Messer aus dem Nacken gezogen hatte, legten wir im Schutz eines schneebedeckten Felsbrockens eine kurze Verschnaufpause ein.

»Es sind zu wenig Ratssoldaten«, stellte Piper mit einem Blick nach allen Seiten fest. »Unseren Schätzungen zufolge sind bis zu fünfzehnhundert in New Hobart stationiert. Wo stecken die?«

»Also, mir reicht das aktuelle Aufgebot«, sagte Zoe. Als sie ihre Schwertklinge im Schnee abwischte, blieben zwei Blutspuren zurück.

Gebückt machten wir uns im Pfeilhagel auf den Weg zu Simon, der zusammen mit etwa zehn weiteren Soldaten in einem Graben keine fünfzig Meter vor der Stadt Schutz gesucht hatte. Dort spuckte ein Mann gerade fluchend zwei Zähne in den Schnee, während neben ihm eine Frau dabei war, eine klaffende Wunde an ihrem Schenkel mit einem Stück Stoff zu verbinden. Mit schmerzverzerrtem Gesicht biss sie sich auf die Unterlippe.

Simon verlor keine Zeit. »Violets Einheit ist schon zweimal die Leiter hochgeklettert und immer wieder zurückgedrängt worden. Ich habe Charlies Leute von der Westseite abgezogen. Die Wachen stehen dort zu dicht, und die Feuer gehen ständig aus. Sie sollen lieber im Süden Violet unter die Arme greifen. Da sind die Lücken zwischen den Wachtürmen am größten, und die Mauer ist bereits stellenweise beschädigt.«

»Was ist mit Derek?«, fragte Piper.

Simon fuhr sich mit einer Hand übers Gesicht und schüttelte kaum merklich den Kopf. »Geschnappt. Am Wall, mitsamt seiner Einheit. Immerhin konnten sie am Anfang ein paar Feuer legen.« Die Hand, in der er sein Schwert hielt, war mit Beulen und purpurfarbenen Blutergüssen übersät.

»Dieses Feuer hat Derek aber nicht gelegt, oder?« Piper deutete in Richtung Stadt, wo jenseits der Mauer eine hohe Rauchsäule gen Himmel stieg.

Simon stutzte. »Da drinnen ist irgendwas los«, sagte er.

Trotz seines blutverkrusteten Gesichts und der geschwollenen Hand hatte ich ihn seit der Insel nicht mehr so aufgekratzt erlebt. »Die Erntehelfer haben unsere Botschaft also doch erhalten. Sie wehren sich!«

»Das erklärt auch, weshalb der Rat sein Heer nicht in Vollbesetzung auf uns gehetzt hat«, sagte Zoe. »Aber irgendwann werden die Einwohner an ihre Grenzen stoßen. Sie haben bestimmt nicht mal richtige Waffen.«

Sie hatte recht. Beim Gedanken daran, dass sich die Bürger von New Hobart mit Schüreisen und Kochmessern gegen die Breitschwerter einer Berufsarmee verteidigen mussten, wurde mir flau im Magen.

»Wir müssen in die Stadt einfallen, bevor dort alle ihr Leben lassen«, sagte ich. Meine Stimme klang schriller als beabsichtigt.

»Worum, glaubst du bitte, geht es hier?«, zischte Zoe.

Nachdenklich ließ Piper den Blick über das freie Feld zwischen New Hobart und dem niedergebrannten Wald wandern. Inzwischen hatten sich unsere Leute, so gut es ging, in Sicherheit gebracht. Manche hatten sich hinter Pferde- oder Soldatenleichen versteckt. Die Ratssoldaten hatten sich neu formiert und zu den Toren zurückgezogen, obwohl an der Westseite des Walls noch Gefechte tobten.

»Wir müssen am Südtor ansetzen, solange die Alphas in der Stadt abgelenkt sind. Die Bogenschützen sollen uns von da drüben aus Deckung geben.« Piper deutete auf eine niedrige Felsformation ein Stück weiter westlich. »Und zieht alle Einheiten von der Ostseite ab. Wir können auf niemanden verzichten.«

Das war er also, der letzte Angriff. Jenseits der Mauer kämpften die Einwohner von New Hobart um ihr Leben. Auf der Ebene lagen die leblosen Körper der Gefallenen aus beiden Lagern. Und mit der Dämmerung kamen die Aasgeier.

Unter Simon und Pipers Kommando rotteten sich unsere überlebenden Streitkräfte auf einem kleinen Hügel südlich der Stadt zusammen. Zwar befanden wir uns dort theoretisch noch immer in Reichweite der gegnerischen Bogenschützen, doch wenn ich mich konzentrierte, spürte ich die Pfeile, noch bevor das Zischen sie ankündigte, und konnte meine Mitstreiter rechtzeitig warnen. Selbst die Soldaten, die mich im Lager mit giftigen Blicken verfolgt hatten, gehorchten mir jetzt aufs Wort.

Nach einer halben Stunde war unser gesamtes Heer versammelt. Zwar hatte eine kleine Abordnung von Ratssoldaten versucht, eine Einheit auf dem Weg zur Gruppe abzufangen, doch der vereiste Boden entpuppte sich als heimtückische Falle für ihre Pferde, und vier axtbewehrte Widerstandskämpfer hielten die Angreifer so lange in Schach, bis der Rest der Truppe die schützende Anhöhe erreicht hatte.

»Wie viele sind wir noch?«, fragte ich Piper.

Er sah sich prüfend um. »Mehr als die Hälfte.«

Wir wussten beide, was das bedeutete. *Nicht genug*. Trotzdem hatten sich unsere Leute wackerer geschlagen, als ich es mir je hätte träumen lassen. Meine Befürchtungen, sang- und klanglos gegen die Ratsarmee unterzugehen, hatten sich bislang nicht bewahrheitet. Ich musste Piper recht geben. Entscheidend war, dass unsere Soldaten an einen Sieg glaubten. Scheinbar hatte das den Ausschlag gegeben. Und die Bürger der Stadt hatten nicht nur unsere Botschaft erhalten, sie hatten darauf geantwortet, indem sie nun an unserer Seite kämpften. Wahrscheinlich würde es am Ende nicht reichen, doch inmitten des Blutvergießens barg diese Nacht noch Hoffnung.

Inzwischen hatte sich das Heer halbwegs geordnet hinter Piper, Zoe und mir aufgereiht. Als Piper das Kommando zum Angriff gab, traten wir aus dem Schutz des Hügels und spurteten los. Plötzlich schien die Zeit beinahe stillzustehen. Ich hörte jedes Detail um mich herum überdeutlich – meinen keuchenden Atem, die Messer, die an Pipers Gürtel klirrten, den dumpfen Hall unserer Stiefel im frischen, weichen Schnee und das Knacken der Eisschicht darunter.

Zwar stieß ich jedes Mal, wenn ich einen drohenden Angriff aus der Luft spürte, einen Warnruf aus, doch auf dem freien Feld bot sich kein ausreichender Schutz, und da wir alle nebeneinander herliefen, gab es nicht genug Platz zum Ausweichen. Neben mir ging eine Frau mit einem Pfeil im Gesicht zu Boden. Als er sie durchfuhr, hörte ich die Knochen splittern, als würde eine Axt ein Stück Holz spalten. Auch hinter mir ertönten immer mehr Schreie.

Der Pfeilregen ließ erst nach, als uns knapp hundert Meter vor dem Wall die ersten Ratssoldaten erreichten. Im Gegensatz zu dem riesigen Schlachtfeld vor den Toren der Stadt fanden die Gefechte hier auf engstem Raum statt. Zweimal musste ich einem Schwerthieb vonseiten unserer eigenen Leute ausweichen. Piper und Zoe kämpften Rücken an Rücken und geizten ausnahmsweise mit schwungvollen Paraden. Ob mit Schwert oder Ellbogen, jeder Handgriff saß, und alles, was sie berührten, fing prompt an zu bluten.

»Bleib bloß in der Nähe«, rief Piper und warf mir aus den Augenwinkeln einen warnenden Blick zu, während er sich mit einem groß gewachsenen Soldaten ein erbittertes Duell lieferte.

Ich gab mir größte Mühe, den Zwillingen nicht von der Seite zu weichen, und ging nur in die Offensive, wenn sich eine klare Möglichkeit bot und ich den beiden nicht in die Quere kam. Doch ein paar Minuten später hatte ein Ratssoldat im Kampf mit Zoe die Oberhand gewonnen und sie so weit zurückgedrängt, dass sie rückwärts gegen Piper prallte und auf dem Boden landete. Obwohl sie ihr Schwert nicht losließ, nutzte der Soldat die Gelegenheit und trat ihr mit Schwung gegen den Kiefer. Zoes Kopf kippte nach hinten, sodass ihr Hals entblößt war. Als der Soldat zum Schlag ausholte, traf ihn mein Schwert mit voller Wucht am Hinterkopf. Dank Piper und Zoe war ich nicht mehr zimperlich. Auf unserer langen gemeinsamen Reise hatte ich Tauben gerupft, Kaninchen gehäutet und in der Hoffnung auf etwas Essbares unzählige Tierkadaver zerpflückt. Beim Blutvergießen auf der Insel war mir von allen Seiten der schwere eisenhaltige Geruch in die Nase gestiegen. Doch das hier fühlte sich anders an. Nach anfänglichem Widerstand gab die Haut des Soldaten allmählich nach, bevor sich meine Klinge tief in seinen Schädelknochen grub.

Ich vernahm drei Schreie: den des sterbenden Soldaten, den seines Zwillings in meinem Kopf und schließlich meinen eigenen, der länger anhielt als die anderen beiden zusammen.

20

ICH ZOG MEIN Schwert zurück, und der Mann sackte in sich zusammen. In diesem Moment brach sich etwas in mir Bahn. Wie entfesselt wirbelten auf einmal sämtliche Visionen der letzten Monate durch meine Gedanken. Die Explosion. Reihen von Tanks, in denen Feuer aufloderte. Der Krater auf der Insel, bis oben hin gefüllt mit Blut.

Piper schüttelte mich, bis ich aufhörte zu schreien, um Luft zu holen. »Sieh lieber zu, dass du nicht draufgehst«, sagte er und stieß mich zur Seite, als der nächste Soldat auf ihn zustürmte.

Während ich mit dem Schwert in den zitternden Händen rückwärtsstolperte, machte sich ein ungekanntes Gefühl in mir breit. Obwohl ich bereits unzählige Menschen auf dem Gewissen hatte, war das hier etwas anderes. Ich hatte diesen Mann eigenhändig ums Leben gebracht, in einem Akt, der so unbedingt, unwiderruflich und intim war wie ein Kuss. Und gleichzeitig war irgendwo sein Zwilling gestorben, ohne zu wissen, warum.

»Reiß dich zusammen«, brüllte Zoe.

Ich hob den Blick. Sie war wieder auf den Beinen. Nach dem Tritt des Soldaten quoll Blut aus ihrem Mundwinkel, und auch ihr Hemd war mit dunklen Flecken übersät. Der steife Kragen stand schief vom Hals ab, und als sie mich anschrie, sah ich, dass sogar ihre Zähne rot gesprenkelt waren. Was war nur mit uns geschehen? Früher hatte ich auf dem

Acker in der Erde gewühlt und darauf gehofft, dass etwas wuchs und gedieh. Jetzt war alles, was ich auf dem vereisten Feld erntete, Blut.

»Reiß dich zusammen«, rief Zoe noch einmal.

Ich holte tief Luft. Wider Erwarten lag das Schwert noch immer in meiner Hand. Ein Blick in Richtung Wall verriet mir, dass wir keinerlei Fortschritte machten. Die gegnerischen Soldaten hatten unsere Abwehr bereits durchbrochen und drängten uns immer weiter ab. Zwar hatten Simon und ein paar seiner Anhänger etwas Boden gutgemacht, aber das reichte bei Weitem nicht aus. Inzwischen waren sie außerdem vom Rest der Truppe abgeschnitten und von Alphas umzingelt. Ihr Anblick erinnerte mich an die Inseln vor der Verlorenen Küste, die nach und nach von der gierigen Brandung verschluckt wurden. Simon kämpfte mit zwei Schwertern und einem Messer in der dritten Hand, an ihm kam niemand vorbei. Doch daneben waren bereits zwei Omegas gefallen, und die Soldaten ringsum rückten immer näher zu ihm auf.

Vielleicht hatte ich gespürt, dass ein neuer Ansturm drohte und mich deshalb nach Osten in Richtung Straße gewandt. Da Piper gleichzeitig das Kommando gab, noch einmal vorzupreschen, wurde ich von den rings um mich losstürzenden Horden fast umgerissen. Als Piper sah, wie ich mich umdrehte, schnellte er ebenfalls herum.

Hunderte von Pferden rasten mit donnernden Hufen auf uns zu. Im Sattel rot gewandete Soldaten, die mit dem Sonnenaufgang im Rücken in wildem Galopp auf die Stadt zuhielten. Uns blieben nur noch wenige Minuten. Zahlenmäßig hatten wir gegen die Verstärkung aus dem Osten keine Chance. Auf einen von uns kamen fünf von ihnen, und damit schwand auch das letzte Fünkchen Hoffnung, an das sich unsere Behelfsarmee geklammert hatte. Hierher hatten mich die Bilder von dem blutigen Schnee also geführt. So sah das Ende aus.

Ob Zach ahnte, dass seine Stunde geschlagen hatte? In meiner Erinnerung sah er immer noch aus wie ein Kind. Damals hatte er stets mit dem Arm quer über dem Gesicht geschlafen, als wolle er seine Träume vor den neugierigen Blicken der Nacht schützen. Meinen Bruder und mich verband seit Jahren nichts mehr, doch während die Soldaten unaufhaltsam auf uns zupreschten, ließ mich die Gewissheit, dass wir trotz allem gemeinsam sterben würden, die Aussicht auf den Tod leichter ertragen. Auch das Schicksal von Zoe und Piper war besiegelt. Wenigstens sind sie zusammen, dachte ich. Der Gedanke, dass die Zwillinge zum Schluss nebeneinander im Schnee liegen und ihr Blut sich vermischen würde, hatte etwas Tröstliches.

Die Ratssoldaten verliehen ihrer Erleichterung angesichts der anrückenden Verstärkung lautstark Ausdruck. Als ich ihren Jubel hörte, wurde mir mit einem Mal klar, dass unser Sieg zum Greifen nahe gewesen war. Die Alphas hatten tatsächlich Angst vor uns gehabt, die Stadt wäre nicht uneinnehmbar gewesen. Doch der Zufall wollte es, dass irgendein Bote, unbemerkt von unseren Schützen, die Flucht ergriffen hatte. Oder es trafen einfach nur planmäßig neue Truppen ein, die dabei hatten helfen sollen, die Bürger von New Hobart in den Tanks zu versenken. Alles, worauf ich jetzt noch hoffte, war ein schnelles Ende ohne Folter und gläsernes Gefängnis.

Aus den Augenwinkeln bemerkte ich, dass Pipers Blick auf mir ruhte. Sein Schwert steckte vor ihm in der Erde. Stattdessen hielt er jetzt ein kleines Messer in der Hand, dessen Spitze nicht auf die herannahenden Reiter gerichtet war, sondern auf mich. Ich wusste genau, was er vorhatte, wenn es darauf ankam. Sein Plan überraschte mich nicht, ich hatte nicht einmal Angst davor. Die jähe Klinge an meiner Kehle, der heiße Strahl tiefroten Bluts – es wäre der reinste Gnadenakt. Und allemal besser als das Verlies oder die Tanks. Als unsere Blicke sich trafen, sah er weder beiseite, noch verbarg er das Messer vor mir. Langsam nickte ich ihm zu. Auch wenn ich kein Lächeln zustande brachte, wollte ich mich zumindest erkenntlich zeigen. Denn während Kip für mein Leben in den Tod gegangen war, würde Piper mir meinen Tod zum Geschenk machen, und auch dafür war ich ihm zu Dank verpflichtet.

Die Soldaten vor dem Tor legten derweil eine Verschnaufpause ein. Sie hatten es nicht mehr eilig, schließlich war es nur noch eine Frage der Zeit, bis uns die Neuankömmlinge aus dem Osten eingekesselt hatten.

Das Donnern der Hufe ließ die gefrorene Erde erzittern. Zwischen den Reitern und uns lagen gerade noch ein paar Hundert Meter. Doch irgendetwas stimmte nicht mit den Geräuschen, die jetzt an mein Ohr drangen. Sie klangen seltsam entwurzelt, und das Geschrei kam aus der falschen Ecke – von rechts, wo das östliche Stadttor lag. Die Reiter waren nicht ausgeschert, um sich südlich von New Hobart auf uns zu stürzen. Sie nahmen geradewegs Kurs auf besagtes Tor. Mit einem Mal ragten aus ihrer Mitte Dutzende Bögen empor. Sekunden später landeten die ersten Pfeile auf dem Wachturm, bevor die Soldaten zu ihren Geschossen aufschlossen und Enterhaken warfen. Da die meisten Wachen mit der Verteidigung des südlichen Tores zu tun hatten, war das östliche nur spärlich besetzt, und so lehnte kurz darauf die erste Leiter am Turm.

Und da sah ich ihn. Inmitten des berittenen Heeres saß, mit gezogenem Schwert und flankiert von seinen Beratern, der Dompteur auf seinem Pferd und dirigierte mit lauter Stimme und deutlichen Gesten vom Sattel aus seine Truppe.

Inzwischen stand ein Teil des Osttors in Flammen, und die Bogenschützen eröffneten erneut das Feuer auf den Wachturm. Von oben ertönte ein Schrei, und kurz darauf fiel jemand aus dem Turm direkt auf das brennende Tor, dessen Holz daraufhin mit einem Kreischen zerbarst. Schon bahnten sich die ersten Angreifer einen Weg in die Stadt.

Die Ratssoldaten am Südtor hatten indessen erkannt, dass sie zwischen unseren und den Streitkräften des Dompteurs in der Falle saßen. Eine berittene Einheit war bereits vor dem eingestürzten Osttor abgedreht und kam in Reih und Glied am Wall entlang auf uns zu galoppiert. Obwohl sie dieselbe Uniform trugen wie die Ratssoldaten, zögerten sie nicht, selbige über den Haufen zu reiten. Panisch ertönte jetzt von allen Seiten der Befehl an die Alphas, den Rückzug anzutreten und sich abseits des Schlachtfelds neu zu formieren. Nur wo sollten sie hin? Das Osttor war fest in Feindeshand, und obwohl das Rebellenheer stark dezimiert war, machten wir jetzt von Süden und Westen her Druck. Im Osten fielen weiter die Dompteurstreuen auf das freie Feld vor der Stadt ein. Inzwischen war selbst auf die Entfernung auszumachen, dass sie zu ihrer roten Kluft einen schwarzen Stoffstreifen um den Kopf trugen, um eine Verwechslung mit dem Gegner zu vermeiden. Wo ich auch hinsah, waren die bebänderten Soldaten in der Überzahl.

Bald nach der Besetzung des östlichen Tores fiel auch die Stadt. Jenseits des Walls stiegen immer dichtere Rauchschwaden auf, direkt vor uns wurde von innen das Südtor aufgebrochen, und kurz darauf bahnte sich die Armee des Dompteurs gewaltsam einen Weg durch das Getümmel am Fuße des Wachturmes. Auf der anderen Seite der Mauer erhob sich lautes Protestgeschrei. Ich konnte die Verwirrung der Bewohner von New Hobart gut nachempfinden – plötzlich waren sie mit einer Horde Alpha-Soldaten konfrontiert, die trotz ihres Aufzugs aufseiten der Bürger für die Befreiung der Stadt kämpften.

Hoch auf dem östlichen Wachturm blitzte bleich etwas auf. Zunächst dachte ich, an der Brüstung sei jemand seinen Verletzungen erlegen, doch bei der nächsten Windböe stieg der helle Gegenstand in die Luft, flackerte zweimal auf und entfaltete sich dann zu voller Größe. Eine bucklige Frau hatte sich mit der Flagge gegen den Wind gestemmt. Es war ein Bettlaken, auf das jemand das Omega-Zeichen gepinselt hatte. Einst hatte der Rat damit unsere Gesichter gebrandmarkt. Jetzt flatterte das Symbol unübersehbar über Rauch und Blut im Wind. Die Eroberung von New Hobart war vollbracht.

Auf der Ebene vor der Stadt hatten sich die verbliebenen Ratssoldaten mit der Verzweiflung des sicheren Verlierers noch einmal in die Schlacht gestürzt. Neben mir war Zoe in ein Handgemenge mit einem bärtigen Mann verstrickt, und ein Stück weiter hielt Piper einen Kämpfer in Schach, der bereits aus einer tiefen Kopfwunde blutete. Gerade wich er erfolgreich einer weiteren Soldatin aus, die mit einer Axt in seine Richtung ausholte. Als sie mich hinter ihm entdeckte, steuerte sie geradewegs auf mich zu. Mit ihren schreckgeweiteten Augen erinnerte sie mich an das Pferd, das ich auf dem Schlachtfeld getötet hatte. War das wirklich erst ein paar Stunden her?

Mit erhobenem Schwert machte ich mich auf den Angriff gefasst. Ihren ersten Axthieb parierte ich noch erfolgreich, doch als sie ein zweites Mal auf mich losging, verlor ich durch die Wucht des Aufpralls mein Schwert. Sie hob noch einmal ihre Waffe, und plötzlich erstrahlte alles an diesem frostigen Morgen in einem gleißenden Licht.

Zach, dachte ich. *Was habe ich dir angetan? Was hast du nur mit uns gemacht?*

21

DIREKT NACH DEM Aufwachen war ich überzeugt, wieder im Ödland zu sein. Alles ringsum sah so verschwommen aus wie damals, als der Wind in einem fort die Asche vor sich hergeblasen hatte und mir wochenlang die Augen getränt hatten. Erst ein paar Sekunden später begriff ich, dass ich mich nicht mehr im Freien befand und anstatt der Asche ein sachte zitternder Schleier in der Luft lag, der sich im Rhythmus der pochenden Beule an meinem Hinterkopf senkte und wieder hob. Ich konnte nicht gleich zwischen den verschiedenen Schmerzen unterscheiden, die meinen Körper durchzuckten. Rund um die Schrammen und Schnitte an meinen Fingerknöcheln und Knien brannte die Haut. Von einer Seite meines Kopfes ging eine seltsame Spannung aus, und durch die Schwellung war mein Puls so deutlich zu spüren, dass ich bei jedem Herzschlag kaum merklich zusammenfuhr. Doch letztlich kreiste alles nur um den stechenden Schmerz in meinem rechten Unterarm.

»Sie ist wach«, hörte ich Zoes Stimme.

Piper kam auf mich zu. Er hinkte.

»Hast du dich am Fuß verletzt?«

»Nein«, sagte er mit einem Seitenblick auf Zoe, die sitzen geblieben war. Als die Welt ringsum allmählich wieder an Schärfe gewann, sah ich, dass sie um den rechten Oberschenkel einen Verband trug. Das durchsickernde Blut hatte ein rotes Lächeln in den weißen Stoff geschnitzt.

»Zum Glück ist es ein sauberer Schnitt, und genäht wurde ich auch schon. Das heilt schnell wieder«, sagte sie.

»Was ist mit deinem Kopf?«, fragte Piper.

Mit meinem gesunden Arm tastete ich nach der Beule, die sich hart und heiß anfühlte. Danach klebte an meinen Fingern zwar kein Blut, doch als ich versuchte, den anderen Arm zu heben, schoss mir ein derart heftiger Schmerz durch den Körper, dass ich kurz glaubte, mich übergeben zu müssen. Mein Handgelenk war auf den doppelten Umfang angeschwollen, und als ich die Finger bewegen wollte, gehorchten sie mir nicht.

»Was ist passiert?«

»Es ist gebrochen«, sagte Piper.

»Das meine ich nicht. Wie ist die Schlacht ausgegangen?«

»Wir sind in New Hobart.«

»Zusammen mit dem Dompteur«, warf Zoe ein.

»Das können wir später besprechen«, sagte Piper. »Erst mal müssen wir den Knochen gerade rücken, bevor die Schwellung weiter zunimmt, und die Hand mit einer Schiene ruhig stellen.«

»Und wer soll das machen? Ihr etwa?«

»Siehst du hier einen Arzt?« Zoe wies mit einer Handbewegung in den Raum, der klein und nur spärlich beleuchtet war. Die zersplitterten Holme der demolierten Fensterläden warfen krumme Schatten auf den Boden. Im Durchgang zum Nachbarzimmer hing eine einsame Holzplanke in den Angeln, der Rest der Tür war niedergebrannt. Dahinter konnte ich ein paar zertrümmerte Stühle ausmachen, die jemand wahllos aufeinandergestapelt hatte. Ich lag auf einer nackten Matratze.

Zoe griff nach einem Laken und fing an, es in Streifen zu reißen. Das fauchende Geräusch erinnerte mich an die Pfeile auf dem Schlachtfeld. Doch als ich versuchte, mich aufzusetzen, jagte mir erneut ein stechender Schmerz durch den Arm.

Irgendwo in Wyndham oder wo auch immer er war, spürte Zach jetzt gerade dasselbe. Mit acht oder neun hatte er sich beim Baden im Fluss an einer Glasscherbe verletzt, während ich alleine vor der Haustür gesessen und Pastinaken geschält hatte. Meinem Fuß war nichts anzusehen gewesen: kein Blut, keine Wunde, nichts, das den rasenden Schmerz erklärt hätte, der so durchdringend war, dass ich aufschrie und das Gemüse fallen ließ. Im ersten Moment glaubte ich, von einer Spinne oder Ameise gebissen worden zu sein. Doch als ich weinend meinen unversehrten Fuß begutachtete, wurde mir klar, dass Zach etwas zugestoßen sein musste. Als er nach Hause gehumpelt kam, zog er eine rote Fußspur vom Fluss bis zu unserem Haus hinter sich her. Er hatte sich von den Zehen bis zur Ferse die Haut aufgeschlitzt. Der Schnitt war so tief, dass er genäht werden musste. Ich humpelte mehrere Tage, er wochenlang.

Während Piper ein Stuhlbein auf Schienengröße zurechtstutzte und Zoe für Verbandsmaterial sorgte, tröstete mich der Gedanke, dass Zach dieselben Qualen ausstand wie ich. Weil ich ihn bestrafen wollte? Oder weil er so endlich gezwungen war, meinen Schmerz zu teilen und mein Leid zu verstehen? Vielleicht traf beides zu.

Als sich Zoe mit dem Fuß am Tisch abstützte und mit einem Ruck an meinem Arm zog, konnte ich mir den Aufschrei nicht verkneifen. Piper hielt mich fest, und ich verbarg das Gesicht an seiner Schulter, um nicht mit ansehen zu müssen, was Zoe mit meinem Handgelenk anstellte. Irgendwann nahm er mich in den Schwitzkasten, weil ich mich wand, zuckte und zappelte. Wie aus weiter Ferne hörte ich meine Knochen knacken.

Dann war es endlich vorbei. Zwar hatte der Schmerz kein

bisschen nachgelassen, doch das schaurige Geräusch war verstummt. Schlaff sank ich an Pipers Brust. Auf seiner Haut vermischte sich unser Schweiß. Zoe war damit beschäftigt, die hölzerne Schiene an meinem Arm festzuzurren.

»Du musst ihn ruhig stellen und wenn möglich hochlegen«, sagte Piper. »Als Zoe sich als Kind das Handgelenk gebrochen hat, wollte sie den Arm partout nicht stillhalten und hat dadurch alles noch schlimmer gemacht.«

»Hat es lange wehgetan?«

Obwohl ich meine Frage an Zoe gerichtet hatte, antworteten beide: »Ja.«

»Fertig«, sagte Zoe schließlich und schlang einen letzten strammen Knoten in den Verband.

Vorsichtig ließ Piper mich auf den Boden zurückgleiten und stopfte mir ein zusammengefaltetes Tuch unter den Arm, damit die Hand höher lag. Dabei ging er so behutsam mit mir um, als hielte er einen Schmetterling in der hohlen Hand. Ich musste daran denken, wie er das Messer auf mich gerichtet hatte, als unsere Niederlage unausweichlich schien. Doch ich erwähnte den Augenblick mit keinem Wort, denn ich wusste so gut wie er, dass hinter der blitzenden Klinge genauso viel Zärtlichkeit gesteckt hatte wie jetzt in diesen Gesten.

»Ruh dich aus«, sagte er.

»Ich will wissen, was passiert ist.«

»Du hast eigentlich fast alles mitbekommen«, sagte Zoe. »Der Dompteur und seine Soldaten hatten das östliche Tour im Nu in Kleinholz verwandelt. Unter den Omegas in der Stadt herrschte am Anfang Verwirrung, aber die hat sich schnell gelegt. Die Ratssoldaten hatten nicht den Hauch einer Chance.«

»Und was passiert mit denen, die überlebt haben?«

»Sie wollten sich nicht ergeben«, sagte Piper. »Deshalb sind sie fast alle tot.«

Dass ich zusammengezuckt war, merkte ich erst, als Zoe mit den Augen rollte. »Tu bloß nicht so«, sagte sie. »Du warst doch selber da draußen und hast dein Schwert geschwungen. Du hast genau gewusst, was auf uns zukommt.«

Sie hatte recht. Doch die Erinnerung an den Soldaten würde mich mein Leben lang verfolgen. Nie würde ich vergessen, wie sich meine Klinge in seinem Knochen verkeilt hatte. Und noch immer ertönte in mir der doppelte Aufschrei. Todesangst in zwei Tonlagen.

Pipers Stimme riss mich aus meinen Gedanken. »Einige von ihnen sind nach Norden geflohen, und ein paar haben am Ende kapituliert. Wir sind noch unschlüssig, was mit ihnen geschehen soll.«

»Das klingt ja geradeso, als läge die Entscheidung bei uns«, sagte Zoe. »Der Dompteur lässt sie von seinen Leuten bewachen. Glaubst du etwa, den interessiert unsere Meinung?«

»Aber wir haben es geschafft«, sagte ich. »New Hobart ist befreit.«

»Dafür gibt jetzt ein anderes Ratsmitglied in der Stadt den Ton an«, sagte Zoe.

Ich schloss die Augen. Genauer gesagt fielen sie mir wie von selbst zu. Erneut drohte mich eine Ohnmacht zu übermannen. »Wir müssen Elsa finden«, wollte ich noch sagen, doch meine Lippen gehorchten mir nicht mehr.

Ich drohte zu verdursten, rings um mich loderten Flammenträume. Irgendwo in der Nähe ertönte die Stimme des Dompteurs. »Aber sie wird es überleben?«

»Wenn du sie in Ruhe lässt«, zischte Zoe.

Jemand wischte mir mit einem feuchten Lappen übers Gesicht. Ich drehte den Kopf und presste die Wange gegen den kühlen Stoff.

»Warum ist sie so blass?«, fragte der Dompteur.

Wieder schlugen die Flammen hoch, und alles um mich herum verstummte.

Als ich aufwachte, fehlte von ihm und Piper jede Spur. Nur Zoe schlief neben meiner Matratze auf dem Boden. Ich wusste nicht, wie viel Zeit vergangen war, doch auf ihrem einst scharlachrot gemusterten Verband hatte sich inzwischen eine schwarze Kruste gebildet. Erst als Piper zur Tür hereinkam, wachte sie auf. Nachdem er aus zerrissenen Bettlaken eine Schlinge für meinen Arm gebastelt hatte, würgte ich ein Stück von dem Brot hinunter, das er mitgebracht hatte.

Das Aufstehen fiel mir noch schwer. Mein ganzer Körper schwankte unbeholfen um den Dreh- und Angelpunkt aus Schmerz in meinem fest verbundenen Handgelenk. An Pipers Schulter gelehnt, folgte ich Zoe und ihm nach nebenan. Jenseits des Haufens aus zertrümmerten Stühlen tat sich ein großer Saal vor uns auf, in dessen Mitte ein Stuhlkreis stand, wo der Dompteur zusammen mit Sally, Xander, Simon und einer älteren Frau auf mich wartete. Obwohl wir uns nie zuvor begegnet waren, erkannte ich ihre kurzen Haare und den buckligen Rücken sofort wieder. Sie hatte auf dem Ostturm gegen Ende der Schlacht die provisorische Flagge gehisst.

»Das ist June«, erklärte Piper. »Sie hat den Aufstand in der Stadt angeführt.«

Mit einem kurzen Blick auf meinen Arm, an dessen Ellbogen unter dem Verband die Schiene hervorlugte, sagte sie: »Auf einen Handschlag verzichte ich mal lieber.«

»Und der Dompteur und du seid ja alte Bekannte«, sagte Zoe mit beißendem Spott.

»Ihr wärt jetzt alle tot oder in den Tanks, wenn sie ihn nicht um Hilfe gebeten hätte«, mahnte Sally.

»Du hast uns angelogen.« Zoe ließ nicht locker.

»Wenn ich euch damals gesagt hätte, dass ich auf dem Weg zu ihm bin, hättet ihr mich garantiert aufgehalten. Und dann hätten wir es nie geschafft, New Hobart zu befreien.«

»Haben wir das denn?«, gab Zoe zurück. »Soweit ich weiß, werden die Tore noch immer von Ratssoldaten bewacht.«

»Das hatten wir doch alles schon«, schaltete sich der Dompteur ein. »Diese Wachen stehen unter meinem Kommando. Ohne sie wäre es ein Leichtes für den Rat, die Stadt zurückzuerobern.« Er saß etwas abseits von den anderen. Auf seiner Wange prangte eine Schnittwunde, die bereits verheilte.

Simon, der mir gegenübersaß, trug den linken Arm in einer Schlinge, ein Bluterguss zierte einen Mundwinkel.

»Wo sind wir hier?«, fragte ich und sah mich um. Der Raum war groß – zu groß für ein normales Haus. Er bot mehr Platz als der Schlafsaal in Elsas Notquartier.

»Im Amtssitz des Steuereintreibers«, antwortete der Dompteur.

»Es dürfte die Moral in der Stadt nicht gerade heben«, sagte June, »dass ihr ausgerechnet dort Quartier bezogen habt, wo wir uns früher anstellen mussten, um unsere Abgaben zu zahlen. Und warum wurde übrigens die Flagge wieder eingeholt?«

»Das Gebäude stand leer«, antwortete der Dompteur. »Und irgendwo mussten wir nun mal unsere Zelte aufschlagen. Hätten wir stattdessen einen braven Bürger aus seinem Haus jagen sollen? Was die Flagge angeht – ich kann meinen Truppen nicht zumuten, Tag und Nacht unter dem Omega-Banner zu dienen, obwohl sie es waren, die die Stadt befreit haben.«

»Wir haben sie gemeinsam befreit«, sagte ich. »Wenn wir nicht den ersten Schritt gemacht hätten, wäre New Hobart längst verloren.« Dann wandte ich mich an June. »Warnbotschaften hin oder her, wir hätten nie zu hoffen gewagt, dass ihr in der kurzen Zeit so viel zuwege bringt. Wie habt ihr das nur geschafft? Hattet ihr irgendwo Waffen versteckt?«

»Ein paar, aber nicht genug«, sagte sie. »Dafür hatte der Rat in den Wochen nach der Abschottung bereits gesorgt. In der ganzen Stadt waren Suchtrupps unterwegs. Es gab Razzien und Belohnungen, wenn man jemanden mit verbotenen Gegenständen verpfiff. Irgendwann waren wir praktisch entwaffnet und hatten außerdem Todesangst. Eure Kürbisse haben uns schließlich auf eine Idee gebracht. Die Omegas mussten für die Besatzer kochen. Beim Essen haben uns diese Dummköpfe blind vertraut, und das sogar noch, nachdem sie die Kinder entführt hatten. Am Tag danach habe ich bei der Wachablösung ein Gespräch zwischen zwei Soldaten belauscht. *Meinst du, heute Abend ist mit Problemen zu rechnen?*, fragte der eine. Sein Freund hat nur mit den Schultern gezuckt und gesagt: *Warum denn? Sind doch nicht ihre eigenen Bälger.*«

Das Gesicht des Dompteurs zeigte keinerlei Regung.

»Sie haben alle Kinder unter zehn mitgenommen«, fuhr June fort. »Sämtliche Notquartiere wurden geräumt. Die Ziehkinder meiner Nachbarn haben sie vor meinen Augen an den Haaren davongeschleift.« Sie presste die Lippen zusammen. »Als eure Botschaft kam, saßen wir also schon in den Startlöchern. An der Böschung hinter dem Marktplatz gibt es Tollkirschen, und in den Gräben am Wall wächst Schierling. Nach der Sperrstunde sind vier von uns heimlich los zum Pflücken, aber mit der Ausbeute konnten wir nicht alle Soldaten vergiften. Trotzdem hat es die ersten schon kurz nach Sonnenuntergang erwischt, bevor die nächste Schicht in den Speisesaal kam. Ein paar sind gestorben und die meisten anderen kollabiert. Die Besatzer haben ziemlich schnell kapiert, was Sache ist, und als am Wall das Chaos ausbrach, hatten bereits drei Köche Bekanntschaft mit der Peitsche gemacht. Wenn ihr nicht planmäßig angegriffen hättet, wäre hier der Teufel los gewesen.«

Zu spät, rutschte es mir beim Gedanken an den qualvollen Tod der vergifteten Soldaten beinahe heraus. Aber ich hatte kein Recht, June zu verurteilen. Die Bürger von New Hobart hatten getan, worum wir sie gebeten hatten, und ihre Aufgabe erfolgreicher gemeistert, als ich je zu hoffen gewagt hätte.

June richtete das Wort an den Dompteur. »Aber wir haben das alles nicht riskiert, nur damit sich eine neue Besatzungsmacht in der Stadt breitmacht.«

Der Truppenführer stand auf. »Ihr seid nicht die Einzigen, die alles auf eine Karte gesetzt haben. Ich habe meinen Sitz im Rat aufgegeben. Meine Soldaten haben unter Einsatz ihres Lebens für euch gekämpft. Bei unserer Ankunft stand euer Lumpentrupp kurz davor, sang- und klanglos vor den Stadttoren unterzugehen. Wenn ihr glaubt, beim nächsten Angriff auf New Hobart im Alleingang mit der Ratsarmee fertigzuwerden, könnt ihr gerne die Verteidigung der Stadt übernehmen. Bis dahin seid gefälligst dankbar.«

»Dankbar?«, fauchte Zoe.

Der Dompteur blieb ruhig. »Mir behagt unser Zweckbündnis genauso wenig wie euch. Aber wir haben ein gemeinsames Ziel: den Maschinen Einhalt zu gebieten. Und im Gegensatz zum Reformer oder der Generalin wünsche ich euch nichts Schlechtes. Mir geht es nur darum, die Situation unter Kontrolle zu bringen, damit sich so eine Katastrophe wie die Explosion nicht wiederholt.«

»*Die Situation unter Kontrolle bringen*«, wiederholte ich verächtlich. »Wenn es nach dir geht, fristen irgendwann alle Omegas ihr Dasein in den Reservaten, oder? Abgeschottet von der Außenwelt, in reinen Arbeitslagern, wo man uns nicht mehr zu Gesicht bekommt und wir keine Chance auf ein selbstbestimmtes Leben haben.« Beim aufgebrachten Klang meiner Stimme war Xander wieder in sein typisches Vor- und Zurückwiegen verfallen. Dabei hielt er sich verzweifelt die Ohren zu.

Doch der Dompteur ließ sich noch immer nicht aus der Ruhe bringen. »Die Reservate bieten Schutz und Sicherheit, für Omegas wie für Alphas«, sagte er. »Und diese Lösung ist allemal besser als das, was dein Zwilling vorhat.«

»Vergiss es!« rief Piper. »Wir müssen uns nicht zwischen dir und dem Reformer entscheiden, und schon gar nicht die Generalin …«

»Das bringt uns alles nicht weiter«, fiel Sally ihm ins Wort. »So ist keinem von uns geholfen. Wir haben Seite an Seite gekämpft und die Schlacht gewonnen. Damit hätte vorher niemand gerechnet. Die Bürger der Stadt sind den Tanks entkommen, aber New Hobart ist erst der Anfang. Wenn wir uns gegenseitig zerfleischen, tun wir dem Rat nur einen Gefallen.« Sie wandte sich an den Dompteur. »Wie viele Soldaten der Ratsarmee stehen unter Ihrem Kommando? Und ist davon auszugehen, dass sie nicht überlaufen?«

»Wenn es hart auf hart kommt, weiß ich etwa die Hälfte des Heeres hinter mir«, sagte er. »Der Reformer und die Generalin stehen derart im Bann der Maschinen, dass sie völlig ausgeblendet haben, welche Macht das Tabu über die Bevölkerung hat. Seit die Gerüchte über die Maschinen in Umlauf sind, wenden sich immer wieder abtrünnige Soldaten Hilfe suchend an mich. Die, die noch nicht hier sind, haben fast alle Wyndham verlassen und sich in Richtung Westen aufgemacht. An der Sebald's Bay liegt landeinwärts ein Sammelpunkt.«

June erhob sich. »Meine Leute sehen es nicht gern, dass

immer noch Soldaten an den Stadttoren Wache schieben, ganz egal, ob sie offiziell nicht mehr dem Rat unterstehen. Wenn es nach uns ginge, würde der Wall ganz abgerissen.«

»Damit würde sich die Stadt zu leicht angreifbar machen«, widersprach Piper. »Wenn die Leute zur Verteidigung gegen die Ratsarmee dienen, können sie von mir aus gerne bleiben. Aber ich will, dass auch Omegas auf den Türmen postiert werden.«

»Das lassen sich meine Truppen niemals gefallen«, sagte der Dompteur. »Es war schwierig genug, sie zum Aufstand gegen die Ratsarmee zu überreden. Jetzt sollen sie auch noch mit Omegas zusammenarbeiten? Keine Chance. Und wenn Unfrieden unter den Soldaten herrscht, können wir gleich einpacken.«

»Dann sieh zu, dass es nicht so weit kommt«, sagte ich. »Überleg dir was!« Ich stand auf, musste mich aber sofort an der Rückenlehne des Stuhls festhalten. »Lass einen Dienstplan erstellen, damit Alphas und Omegas sich abwechseln können. Oder postiere deine Leute rings um den Wall und unsere an den Stadttoren. Du findest schon eine Lösung.« Ich trat ein paar Schritte auf ihn zu. »Hast du Schiffe?«

»Was meinst du damit? Wie sollte man mit Schiffen New Hobart verteidigen oder das Tankproblem angehen?«

»Wir sind auf der Suche nach dem Anderswo«, sagte ich. »Du hast recht – gegen den Rat zu gewinnen ist nahezu unmöglich. Und wenn es ohne Gewalt nicht geht, haben am Ende alle verloren. Aber es gibt vielleicht einen Ausweg. Einen Ort, wo alles anders ist. Einen Ort, an dem uns geholfen wird oder an dem wir zumindest eine echte Zuflucht finden.«

»Im Moment«, sagte Simon, »sind der Reformer und die Generalin dabei, ihre Truppen zusammenzuziehen. Wahrscheinlich schmieden sie gerade Pläne, wie sie uns am besten in die Flucht schlagen können. Oder sie beschließen, wer als Nächstes in die Tanks soll und welches Reservat bei einem Vergeltungsschlag – denn der steht auf jeden Fall bevor – zuerst dran glauben muss. Wenn wir jetzt in Richtung Anderswo davonsegeln, wird sich das Volk verraten fühlen.«

Eine lange Stille folgte.

»Wenn wir in Zukunft auf Waffengewalt setzen, spielen wir nur auf Zeit«, ergriff ich schließlich das Wort. »Dabei kommt auf längere Sicht nichts Sinnvolles heraus. Stattdessen riskieren wir weiteres Blutvergießen. Die Schlacht um New Hobart ließ sich nicht vermeiden, aber schon jetzt gibt es Alphas, die um die Opfer des Angriffs trauern und uns ewige Rache schwören. Wir haben getan, was wir tun mussten, und wahrscheinlich bleibt es auch nicht bei dem einen Aufstand. Aber langfristig ist Gewalt keine Lösung. Durch Mord und Totschlag lässt sich auf Dauer kein Frieden stiften. Da gelten andere Spielregeln.«

»Sie hat recht«, sagte Piper. »Wir müssen die Gelegenheit beim Schopf packen. Wir müssen nicht nur weitere Omegas für den Widerstand gewinnen, sondern auch die Suche nach den verschollenen Schiffen neu organisieren. Derzeit ist die gesamte Aufmerksamkeit des Rats auf New Hobart gerichtet, an die Küste denkt niemand. Wenn wir uns beeilen, können wir binnen kürzester Zeit eine neue Flotte klarmachen und in Richtung Norden aufbrechen, durch den Eiskanal und …«

»Fang nicht schon wieder damit an«, unterbrach ihn Simon ungeduldig. »Für die Schiffe kommt jede Rettung zu spät. Wenn ihnen die Ratsflotte nicht in die Quere gekommen ist, dann hat sie das Wetter auf dem Gewissen. Meine Späher haben am Cape Bleak so lange ausgeharrt, wie es ging, Piper. Aber diesen eisigen Winden ist so ein Schiff auf Dauer nicht gewachsen, vor allem nicht zu dieser Jahreszeit.

Indem du dich an die Hoffnung auf das Anderswo klammerst, gehst du doch nur den echten Problemen im Hier und Jetzt aus dem Weg.«

Ungeachtet Simons Einwand richtete Piper das Wort an den Dompteur. »Zwei unserer Schiffe sind vor über vier Monaten Richtung Nordwesten in See gestochen. Da sie hoffentlich nicht so dumm waren, vor der Insel dem Rat in die Arme zu segeln, dürften sie bald an der Küste landen. Deshalb müssen wir Späher am Cape Bleak postieren.«

Der Dompteur schüttelte den Kopf. »Wessen Späher? Könnt ihr es euch etwa leisten, auf Leute zu verzichten? Zudem reicht es nicht, wenn die Kundschafter unbeschadet von hier wegkommen. Zwischen New Hobart und Cape Bleak liegen mehrere Hundert Kilometer dicht besiedeltes Alpha-Territorium. Und mittendrin steht eine Ratsgarnison, die bald so groß ist wie Wyndham.«

»Und wie lautet dein Gegenvorschlag?«, fragte ich. »Krieg macht alles nur schlimmer. Es muss ein echter Wandel stattfinden.«

»Genau um diesen Wandel geht es mir doch«, sagte er. »Aber dazu brauchen wir realistische Ziele, keine Luftschlösser. Inzwischen befinden wir uns in der Position, mit dem Rat Verhandlungen aufzunehmen. Wir können unseren Sieg nutzen, um in Wyndham auf Reformen zu pochen und am Thron der Generalin zu sägen. Ich weiß bereits mehrere Ratsmitglieder auf meiner Seite. Wir könnten eine ganz neue, gemäßigte Regierung schaffen, die den Omegas mehr Rechte einräumt. Die voll und ganz hinter dem Tabu steht, die Tanks abschafft und die Abgaben wieder auf ein zumutbares Maß senkt. Das ist doch in eurem Interesse, oder?«

»Die den Omegas mehr Rechte einräumt«, wiederholte Piper wütend, »aber trotzdem uneingeschränkt über uns

herrscht. *Zumutbare Abgaben?* Mit welchem Recht verlangt der Rat überhaupt Geld von uns? Auf der Insel gab es auch keine Steuern.«

»Die Insel ist Geschichte«, sagte der Dompteur. »Und was das Anderswo betrifft – ich kann keine Soldaten auf eine Stecknadel im Heuhaufen ansetzen! Mir geht es darum, die Maschinen aus der Welt zu schaffen und den Rat wieder in sicheren Händen zu wissen. Deshalb bin ich hier.«

»In sicheren Händen?«, fragte Zoe. »In deinen Händen, meinst du wohl.«

»Wäre es dir lieber, der Reformer und die Generalin blieben an der Macht? Ohne mich wird sich in Wyndham nichts ändern.«

»Diese ständigen Streitereien führen zu nichts«, sagte ich schließlich. »Wir müssen uns auf eine Strategie jenseits von Schwertern, Schlachten und Blut einigen. Wenn es die Schiffe bis an die Festlandküste schaffen, müssen wir sie ausfindig machen, bevor die Besatzung dem Rat in die Hände fällt. Außerdem sollten wir die Stadt so schnell wie möglich nach den Archepapieren durchkämmen.«

»Ah ja, die Papiere«, sagte June und gab ein müdes Lachen von sich. Alle Anwesenden fuhren zu ihr herum. »Vom Rezept bis zum Liebesbrief hat der Rat alles konfisziert, was auch nur ansatzweise nach Schriftstück aussah. Sogar die Trödelläden unten am Markt haben sie auf den Kopf gestellt. Und nach einem anonymen Hinweis, dass dort irgendwas vergraben sei, wurde vor der Bäckerei die halbe Straße aufgerissen.« Ihr Lächeln erlosch. »Eigentlich gibt's da nichts zu lachen. Ein paar Leute mussten ganz schön Prügel einstecken, weil die Soldaten dachten, sie hätten etwas zu verbergen. Die Suche ist jetzt schon seit Monaten im Gange. Sogar Belohnungen wurden ausgesetzt. Aber wenn die Leute in diesen mageren Zeiten selbst mit der Aussicht auf ein paar

Goldmünzen nichts rausrücken, wie wollt ihr dann an die Papiere kommen?«

»Ich muss unbedingt mit Elsa vom Notquartier reden. Und wir müssen schleunigst zu den Tanks. Vielleicht haben wir Glück und die Kinder lassen sich einigermaßen problemlos befreien«, sagte ich.

Stille senkte sich über den Raum.

»Was?«, fragte ich. »Was habt ihr mir verschwiegen?«

Piper stand auf. »Komm, ich bringe dich zu den Tanks. Elsa ist schon vor Ort.«

22

DIE SCHLACHT UND der Schnee hatten die einst so bunten Gassen vollkommen ausgelaugt. Schwarze Holzbalken, weißer Schnee, schwarze Erde. Ein paar Häuser waren bis auf die Grundfesten niedergebrannt, bei anderen machten zumindest Türen und Fensterläden einen beschädigten oder nur notdürftig reparierten Eindruck. Die wenigen Passanten, denen wir über den Weg liefen, wirkten auffallend dünn, und ein paar von ihnen trugen blutige Verbände. Auch ich kam nur schleppend voran, denn trotz der Schlinge um meinen Arm machte sich jeder Schritt schmerzhaft bemerkbar.

Auf dem Weg begegnete uns ein Blinder. Unüberhörbar kratzte sein Stock über das vereiste Pflaster, und als er auf eine verkohlte Tür stieß, die mitten auf der Straße lag, geriet er ins Stolpern. »Früher kam ich hier ohne Weiteres zurecht«, sagte der Mann, nachdem Piper ihm über das Hindernis geholfen hatte. »Aber es hat sich so viel verändert.« Ich musste ihm recht geben – nichts an New Hobart erinnerte mich noch an die quirlige Stadt, in der ich noch ein paar Monate zuvor gelebt hatte.

Das Feuer hatte auch den klotzigen Neubau am Stadtrand in Mitleidenschaft gezogen. Bis zum Dach hinauf zog sich an einer Ecke der schwarze Brandfleck, die Tür war eingetreten, und im Eingangsbereich lag Schnee.

Ich folgte Piper über die Schwelle, blieb nach ein paar Schritten jedoch wie angewurzelt stehen. Durch den offenen

Eingang fiel spärliches Licht und spiegelte sich in den riesigen, runden Behältern, die längs der Halle die Wand säumten. Ansonsten war es stockfinster. Ich vermisste die grün leuchtenden Punkte über den Tanks. Und wo blieb das leise Brummen der Maschinen? Stattdessen herrschte ringsum eine beklemmende Stille, als befänden wir uns unter Wasser.

In diesem Moment trat Elsa mit erhobenem Küchenmesser hinter einem der Tanks hervor. Als sie Piper sah, ließ sie entnervt die Waffe fallen. »Wie oft soll ich dir und deinen Soldaten denn noch sagen, dass ich keine Hilfe brauche? Ich schaffe das auch alleine.«

Ihr körperloses Gesicht war mir schon in so vielen Visionen erschienen, dass ich regelrecht erschrak, als sie jetzt leibhaftig vor mir stand – mit dreckigen Händen, stramm zurückgebundenen Haaren, Kopftuch und einem dick angeschwollenen Bluterguss über einem Auge. Ich hatte sie jünger in Erinnerung, ohne graues Haar und mit aufrechterem Gang.

Als ich ihren Namen rief, kniff sie geblendet von dem Licht, das hinter mir in den Raum strömte, die Augen zusammen. Dann rannte sie, so schnell ihre krummen Beine sie trugen, auf mich zu und drückte mich so fest an sich, dass sich ihre Blusenknöpfe schmerzhaft in meine Wange bohrten. Erst als mein geschienter Arm von ihrem Busen beinahe zerquetscht wurde und ich einen erstickten Schrei ausstieß, ließ sie mich los.

»Wo ist Kip?«, fragte sie.

»Er ist tot.« Es laut auszusprechen, brachte mich noch immer halb um den Verstand. Aber für Verzweiflung war jetzt keine Zeit. »Was ist passiert?«, fragte ich.

Sie schürzte die Lippen. »Wir zwei haben uns wohl einiges zu erzählen. Leider hat meine Geschichte kein Happy End.« Als sie mir über die Wange strich, lächelte sie einen

Moment lang so breit, dass auch ihr unverletztes Auge beinahe zwischen den Lidern verschwand. »Aber es ist schön, dich zu sehen, mein Mädchen.«

Dann verschwand das Lächeln, und Elsa führte mich an meinem gesunden Arm tiefer in die niedrige Halle, wo Piper bereits auf uns wartete. Die Tanks waren jetzt deutlich zu erkennen. Genau wie in meiner Erinnerung überragten sie mich um ungefähr einen Meter, doch im Gegensatz zu den Behältnissen unter Wyndham war hier jedes vier bis fünf Meter breit. Ich musste an die Worte der Beichtmutter im Silo denken: *nach unseren letzten Experimenten mit Massentanks*. Dicht aneinandergereiht füllten die riesigen Fässer den ganzen Raum. Wahrscheinlich boten sie Platz für die gesamte Stadt. Doch bis auf drei waren derzeit noch alle leer.

Aus dem Tank direkt vor uns hatte jemand das Wasser abgelassen; nur rund um den offenen Abfluss standen noch ein paar Zentimeter Flüssigkeit. Von der Plattform unter der Decke hing eine Strickleiter, die weiter unten an der feuchten Seitenwand festklebte, bevor sie in der Pfütze am Boden endete.

Ich verstärkte den Griff um Elsas Handgelenk und wagte mich ein paar Schritte vor.

Der nächste Tank war bis obenhin mit dem klebrigen Sud gefüllt, doch zu meiner Überraschung drifteten die Kinder hinter dem Glas nicht schwerelos vor sich hin, sondern lagen meterhoch aufgetürmt am Boden. Die Schläuche, die sich in ihre Münder und Handgelenke bohrten, ragten aus dem Wasser, doch sie hatten sich heillos verheddert, und ein paar waren abgerissen und trieben ziellos in der Flüssigkeit umher. Anstatt im Takt mit dem gleichförmigen Surren der Maschinen kaum merklich zu vibrieren, stand die Oberfläche des Suds vollkommen still. Ohne die Elektrik hatte sich der

Tank in eine gläserne Gruft verwandelt. Die Kinder waren allesamt ertrunken.

»Das Feuer hatte damit nichts zu tun?«, fragte ich.

Ich kannte Pipers Antwort, noch bevor er sie aussprach. »Rund die Hälfte der Maschinen war zerstört und die Kabel durchtrennt.«

Ich sah in die Richtung, in die er deutete. Am anderen Ende des Saals hatte sich jemand gewaltsam Zugang zu einem monströsen Stahlkasten verschafft und dessen Innenleben aus Kabeln und Drähten hemmungslos ausgeweidet. Auch die Rohre, die an der Decke entlang in die Tanks führten, waren zertrümmert. Aus einem Leck tropfte die zähe Flüssigkeit auf den Boden.

»Sobald unser Sieg feststand, habe ich eine Abordnung hergeschickt«, fuhr Piper fort. »Sie haben alles so vorgefunden. Wahrscheinlich sollten die Ratssoldaten um jeden Preis verhindern, dass uns die Maschinen in die Hände fallen. Und sobald klar war, dass die Stadt nicht mehr zu halten war, sind sie zur Tat geschritten.«

Elsa schüttelte den Kopf. »Das war nicht der Grund. Du weißt so gut wie ich, dass man uns vor allem eine Lektion erteilen wollte.« Sie ließ den Blick durch die Halle schweifen. »Der Rat hat die Maschinen zerstören und die Kinder ertränken lassen, weil wir uns gewehrt haben.«

Ich konnte den Blick nicht von den Leichenbergen lösen. In dem Durcheinander aus Armen und Beinen ließen sich kaum einzelne Körper ausmachen. Die meisten Augen und Münder standen weit offen, als hätten die Kinder unter Wasser um ihr Leben geschrien. Doch so unerträglich der Gedanke an ihre letzten Minuten auch war, so schwer fiel es mir jetzt, einfach wegzusehen. Wir hatten die Befreiung New Hobarts teuer bezahlt, und die Kinder hatten zusätzlich dafür büßen müssen.

»Ich habe inzwischen rausgefunden, wie man den Abfluss aufkriegt, und im ersten Tank das Wasser abgelassen«, sagte Elsa. Ihre Hand hatte einen feuchten Abdruck auf meinem Arm hinterlassen, und als ich an ihr herunterblickte, sah ich, dass ihre Bluse triefte und ihre Hose bis zu den Knien durchnässt war.

Elsa führte mich ans andere Ende des Saals, wo auf einem Laken die Leichen aufgebahrt waren, die sie im Alleingang geborgen hatte. Nass und glitschig lagen sie da, wie Seetang am Strand. »Die ersten zwölf habe ich schon rausgeholt«, sagte sie. »Aber es gibt noch viel zu tun. Insgesamt sind es mindestens sechzig Kinder.«

Und weitere sechzig, die ihre Alpha-Eltern am Morgen nach der Schlacht leblos in ihren Betten gefunden hatten, mit blauen Lippen, an der Luft ertrunken. Das war Zachs Werk. Beim Gedanken an ihn rebellierte mein Magen, und ich spürte, wie mir die Galle hochkam. Als wir noch Kinder gewesen waren und ich meine Visionen verbarg, damit wir nicht gesplittet wurden, hatte Zach mich überlistet, indem er vorgab, der Omega zu sein. Mein schlauer Bruder hatte mich gut genug gekannt, um zu wissen, dass ich mich jederzeit würde brandmarken und verstoßen lassen, um ihm die Tortur zu ersparen. Schon damals hatte er bereitwillig sein eigenes Wohl aufs Spiel gesetzt, nur um mich endlich loszuwerden. Die Ermordung dieser Kinder anzuordnen, wohl wissend, dass dabei auch Alphas ihr Leben lassen würden, war dieselbe Geste, nur diesmal im großen Stil. Inzwischen ließen die Generalin und er keinen Zweifel mehr daran, dass ihnen im Kampf gegen die Omegas jedes Mittel recht war.

Am Ende konnte ich Elsa überreden, unsere Hilfe anzunehmen. Sie war völlig erschöpft, obwohl sie es niemals zugegeben hätte. Piper holte Zoe und Crispin, den Zwerg, der damals im Steinbruch Wache gehalten hatte. Beim Aufbahren der Leichen wollte Elsa sich nicht helfen lassen, doch immerhin durften die anderen die Kinder aus ihrem gläsernen Gefängnis befreien. Sie zeigte Piper den Hebel auf der Vorderseite, mit dem sich der Tank entleeren ließ. Während der Wasserspiegel sank, zuckten und zitterten die aufgetürmten Leiber in einer grotesken Parodie echten Lebens vor sich hin, und Crispin übergab sich verstohlen hinter einem der Tanks.

Die ganze Zeit über sagte niemand ein Wort. Nicht nur, weil wir von toten Kindern umgeben waren, auch die Maschinen ließen uns vor Angst verstummen. Vorsichtig wie auf rohen Eiern schlich Piper zwischen den Tanks umher, und als Zoe zufällig eine der ausgedienten Röhren streifte, zuckte sie zurück, als sei das Material glühend heiß. Im Gegensatz zu mir, die mehrere Jahre unter den elektrischen Lichtern der Verwahrungszellen verbracht und sowohl mit den Tankräumen als auch der Datenbank der Beichtmutter vertraut war, steuerten die anderen durch den Saal, als vermuteten sie hinter jedem Draht eine Falle, die bei der kleinsten falschen Bewegung zuzuschnappen drohte. Alles ringsum war tabu.

Nachdem die Flüssigkeit aus allen Tanks abgelassen war, kletterten Zoe und Crispin an der Strickleiter hinab und entwirrten die verhedderten Glieder der Leichen. Vorsichtig setzten sie einen Fuß vor den anderen, um nicht aus Versehen auf einen Finger oder ein Ohr zu treten, und entfernten behutsam die Schläuche aus Mündern und Handgelenken, bevor sie mit den tropfenden Bündeln die Plattform erklommen, wo Piper bereits darauf wartete, die leblosen Körper an Elsa weiterzureichen.

In meinem Kopf stand die Welt in Flammen. Erst kurz zuvor war vor meinen Augen ein halbes Heer abgeschlachtet worden, doch noch nie hatte mich etwas derart aus der Fassung gebracht wie jener Tag in der halbdunklen Halle, als ein

Kind nach dem anderen aus den Tanks geborgen wurde, bevor Elsa ihm zärtlich das Haar aus der Stirn strich und die steifen Glieder gerade bog. Vergeblich versuchte sie, auch die Augen der Kleinen zu schließen, doch sie hatten dem Tod zu lange ins Antlitz gesehen, um den Blick jetzt senken zu können.

Piper hatte Laken und Decken holen lassen, in die ich Elsa half, die Kinder einzuwickeln. Obwohl nicht alle aus ihrem Notquartier stammten, erkannte ich viel zu viele Gesichter wieder. Als die kleine Louisa mit offenem Mund vor mir lag, starrte ich wie gebannt auf ihre winzigen, weit auseinanderstehenden weißen Zähne, bevor ich mich entsetzt abwandte.

Wir erledigten unsere Arbeit schweigend. Uns fehlten schlichtweg die Worte, das Grauen um uns herum zu beschreiben. Manchmal schluchzte Elsa stumm vor sich hin. Als wir fertig waren, brachten wir die verhüllten Kinder zum Eingang. Elsa trug die Älteren, und ich nahm mich einarmig der Säuglinge und Kleinkinder an. Das Jüngste war kaum größer als ein Laib Brot. Doch selbst die Kleinsten wogen jetzt mehr als früher, da ihre winzigen Lungen und Bäuche bis an den Rand mit Flüssigkeit gefüllt waren.

Erst als sämtliche Kinder neben der Tür aufgebahrt waren, fanden Elsa und ich unsere Sprache wieder. Zoe und Crispin waren zu unserem einstweiligen Hauptquartier zurückgekehrt, und Piper organisierte draußen die Abholung der Leichen. Angesichts meines schmerzenden Arms und Elsas sichtlicher Erschöpfung war ich kurz versucht, sie nicht auch noch mit meinen Neuigkeiten zu belasten, doch inzwischen wusste ich, dass man Unangenehmes besser nicht aufschob. Außerdem war es wichtig, dass wir uns endlich austauschten. Da seit unserer letzten Begegnung Monate vergangen waren, musste ich ziemlich weit ausholen. Als ich ihr von den Ereignissen auf der Insel erzählte, nickte sie.

»Normalerweise haben wir kaum mitbekommen, was draußen in der Welt vor sich ging, aber dass die Insel erobert wurde, hat sich natürlich rasend schnell rumgesprochen. Dafür hat der Rat gesorgt. Vor dem Massaker hatte ich immer gehofft, dass du es dorthin schaffst. Danach habe ich gebetet, dass ihr die Insel nicht gefunden habt.«

Als ich ihr zaghaft gestand, wer mein Zwilling war, musterte sie mich eingehend, als wolle sie sich vergewissern, dass ich noch dieselbe war wie zuvor. Dann drückte sie meine Hand. »Du bist immer noch du«, sagte sie.

Ich hätte ihr so gerne geglaubt, doch durch Zach hatte sich etwas in mir verändert. Seine Taten hatten mich unwiderruflich geprägt, und auch er konnte meinen Einfluss auf sein Leben allmählich nicht mehr leugnen. Einer von uns war das Messer und der andere der Wetzstein. Während ich Elsa erklärte, was Zach mit den Tanks vorhatte, wagte ich es nicht, ihre Hand loszulassen.

»Ich bin nicht dumm«, sagte sie mit gesenkter Stimme. »Als die Kinder entführt wurden, habe ich mit dem Schlimmsten gerechnet. Aber diese Folterkammer hier und was du mir gerade erzählt hast, das übertrifft meine kühnsten Befürchtungen.«

»Hast du versucht, die Soldaten aufzuhalten, als sie wegen der Kinder kamen?«

Über ihrem geschwollenen Auge zuckte es verdächtig. »Was glaubst du denn?«

»Und Nina?«

Sie senkte den Blick. »Sie wurde bei der Räumung des Quartiers schwerer verletzt als ich. Hat einen Schlag auf den Kopf abbekommen und dann aus den Ohren geblutet.« Sie holte tief Luft. »Zwei Tage später war sie tot.«

Schweigend saßen wir nebeneinander, die zugedeckten Kinder aufgereiht zu unseren Füßen.

»Vielleicht haben sie ja nicht gelitten.« Hilflos zuckte ich mit den Schultern.

Elsa drückte meine Hand. »Als Kip und du hier aufgetaucht seid, war klar, dass ich nicht wissen durfte, wer ihr seid und woher ihr kommt. Aber jetzt brauchst du mich nicht mehr anzulügen. Dazu bin ich zu alt. Ich habe keine Zeit mehr für so was.«

Als wir vor der Halle mit den Tanks standen und zusahen, wie die Soldaten die Kinderleichen auf die Fuhrwerke verluden, ertönten vom Gipfel des Hügels auf einmal unsere Namen. Kurz darauf kam eine verschwitzte Zoe um die Ecke gerannt. Durch den Spurt war die Wunde an ihrem Schenkel aufgeplatzt, frisches Blut sickerte durch ihr Hosenbein.

»Ein Bote aus Wyndham ist da«, keuchte sie. »Vor zehn Minuten stand er einfach so vor dem östlichen Stadttor.«

Bevor wir uns auf den Weg machten, drückte Elsa mich noch einmal kräftig an sich, und ich versprach, bald wiederzukommen. Dann eilten Piper, Zoe und ich durch die Stadt in Richtung Hauptquartier.

Als wir den Sitzungssaal des Steuereintreibers betraten, stand der Dompteur auf. »Die Botschaft stammt von deinem Bruder. Er wirkt gesprächsbereit.«

»Ist er auf dem Weg nach New Hobart?«

»Ja, zusammen mit der Generalin. Offenbar befinden sie sich mit ihrem Gefolge östlich der Stadt. Wir sollen ihnen entgegenkommen.«

»Wir?«

»Willst du dich etwa unter vier Augen mit deinem Zwilling unterhalten?« Argwöhnisch ließ er den Blick über mein Gesicht wandern. Misstrauen, höher als der Schnee vor der Tür, lag über dem Saal.

Ich schüttelte den Kopf. »Ich will mich eigentlich gar nicht mit ihm unterhalten.« Meine Finger klebten noch immer von dem zähflüssigen Sud, der den toten Kindern aus dem Haar getropft war. Dafür waren Zach und die Generalin verantwortlich. Sie hatten in Kauf genommen, dass sie ertranken.

»Das Schicksal der Kinder geht uns allen nahe«, sagte der Dompteur. »Aber wir dürfen die Gelegenheit, uns mit den beiden zu treffen, nicht verstreichen lassen. Sie wissen genau, wie viele Soldaten schon zu mir übergelaufen sind. Jetzt gilt es, erste Verhandlungen anzustoßen.«

Ich schüttelte den Kopf. »Die sind nicht zum Verhandeln gekommen.«

»Woher willst du das wissen?«, fragte Sally. »Hattest du eine Vision?«

»Nein. Aber ich kenne meinen Bruder.« Und ich hatte seine Skrupellosigkeit am eigenen Leib erfahren. »Ich weiß, was für ein Mensch er ist«, fuhr ich fort, »weil ich ihn dazu gemacht habe.«

Dasselbe hatte die Beichtmutter zu Kip im Silo gesagt: *Das hast du mir angetan. Du hast mich zu dem gemacht, was ich bin.* Mir war klar, wie sehr unsere Kindheit Zach geprägt hatte, doch inzwischen ging es nicht mehr um Schuld, sondern nur noch um Wissen.

Als wir gen Osten aufbrachen, stand die Sonne senkrecht am Himmel. Wir hatten zwanzig Soldaten dabei, zehn gehorchten dem Dompteur, zehn weitere gehörten zu Simon. An vorderster Front ritten Piper, Zoe, Simon, der Dompteur und ich.

Nach einer halben Stunde war am Horizont ein Tross von rund zwanzig Reitern auszumachen, die sich auf uns zubewegten. Zach bildete die Speerspitze der Gruppe. Selbst aus der Ferne war sein kantiges Kinn auszumachen und die ruckartigen Kopfbewegungen, in die er so oft verfiel, wenn er stumm sein Gegenüber fixierte.

Geblendet vom glitzernden Schnee, kniff ich die Augen zusammen, um meinen Zwilling besser erkennen zu können. Die Kälte hatte seine blassen Wangen rot gefärbt, den rechten Arm hielt er sorgsam vom Körper abgewinkelt. Beim Blick auf mein geschwollenes Handgelenk in der Schlinge war ich drauf und dran, mich kräftig zu zwicken, nur um zu sehen, wie er sich vor Schmerzen wand.

Die Frau auf dem Pferd neben Zach trug als Einzige außer ihm keine rote Tunika. Die Blicke ihrer Soldaten waren starr auf sie gerichtet. Das war also die Generalin. Durch ihre strenge Frisur wurde ihr eckiges Gesicht noch stärker betont. Auch Zach sah sie mehrmals verstohlen von der Seite an, doch sie beachtete ihn überhaupt nicht. Stattdessen saß sie kerzengerade im Sattel und starrte uns mit ungerührter Miene entgegen. Auf ein Handsignal von ihr kamen die Soldaten ringsum zum Stehen, bevor Zach und sie die letzten paar Meter alleine in Angriff nahmen und schließlich genau zwischen den beiden Lagern mitten auf der Landstraße haltmachten.

Anstatt meinen Blick zu suchen, wandte sich die Generalin an meine Begleiter. »Eine nette Truppe habt ihr da beisammen. Ein Rebellenführer, der bei seiner eigenen Versammlung in Ungnade gefallen ist, eine Alpha-Frau, die freiwillig unter Omegas lebt, und ein Ratsmann, der in Wyndham nicht länger erwünscht ist.«

»Schwing keine langen Reden«, sagte Piper.

Sie ignorierte die Bemerkung und sah stattdessen mich an. »Und du. Eine Seherin, dank deren Visionen der Widerstand von einer Katastrophe in die nächste schlittert.«

»Wir haben New Hobart befreit«, sagte Piper. »Das hätten wir ohne Cass nicht geschafft.«

»Ich würde eher sagen, das hättet ihr ohne den Dompteur nicht geschafft«, fiel Zach ihm ins Wort. »Und dennoch ist euer halbes Heer dabei draufgegangen.« Er ließ den Blick zwischen Piper und mir hin und her wandern. »Seit sie aufgetaucht ist, reißt eure Pechsträhne einfach nicht ab, was? Erst die Schlappe auf der Insel, dann verlierst du deinen Posten. Eure Leute sterben wie die Fliegen, und trotzdem habt ihr es immer noch nicht kapiert.« Er lehnte sich im Sattel vor und senkte die Stimme zu einem verschwörerischen Flüstern: »Sie ist Gift. Schon ihr ganzes Leben lang.«

»Nenn mich, wie du willst«, sagte ich. »Aber insgeheim hast du Angst vor mir, und zwar schon *dein* ganzes Leben lang.«

Wie ein wütender Peitschenhieb schlug mir seine Stimme entgegen. »Hüte deine Zunge«, zischte er. »Ich habe da noch was von euch.«

»So gerne ich diesem faszinierenden Gespräch weiter lauschen würde«, schaltete sich die Generalin wieder ein, »wir sind nicht gekommen, damit ihr zwei endlich eure schwierige Kindheit aufarbeitet.«

»Sie hat recht«, sagte der Dompteur. »Wir müssen besprechen, wie es weitergehen soll.«

»Von einem *wir* kann keine Rede sein«, sagte die Generalin. »Ihr habt New Hobart erobert. Vielleicht gelingt es euch sogar, die Stadt zu halten. Aber damit habt ihr nur eure Galgenfrist verlängert, genau wie bei der Zerstörung der Datenbank. Es gibt noch so viele andere Städte.«

»Ihr könnt uns nicht aufhalten«, stimmte Zach ein. »Durch eure Revolte habt ihr ein sinnloses Blutbad angerichtet. Mir hingegen ging es immer nur darum, Leben zu retten.«

»Ja, Alpha-Leben«, sagte ich. »Indem du uns Omegas in die Tanks steckst. Sie sind schlimmer als der Tod, das weißt du genau. Und was ist mit den ertrunkenen Kindern? Deren Leben war es wohl nicht wert, gerettet zu werden.«

Das kalte Lächeln der Generalin erreichte ihre Augen nicht. Nur ihr Mund krümmte sich wie die frisch geschärfte

Klinge eines Dolchs. »Da wir euch nicht persönlich in New Hobart begrüßen konnten, sollten unsere Soldaten euch zumindest ein kleines Willkommensgeschenk bereiten.« Damit wandte sie sich an den Dompteur. »Du brauchst dich in Wyndham nicht mehr blicken zu lassen. Deine Tage im Rat sind gezählt.«

»Nicht erst seit heute«, sagte der Dompteur. »Ihr beide regiert das Land doch schon seit Jahren im Alleingang.«

»Und du bildest dir ein, du kannst die Macht jetzt einfach so an dich reißen? Nur weil ein paar gefrustete Soldaten zu dir gerannt kommen, deren Aberglaube größer ist als ihr Ehrgeiz?« Sie lachte spöttisch. »Bildest du dir allen Ernstes ein, dass diese Hampelmänner auch noch hinter dir stehen, wenn es zu weiteren Aufständen kommt?«

»Ja, weil sie euch durchschaut haben«, sagte ich.

Zach schüttelte den Kopf. »Du bist noch genauso naiv wie früher, Cass. Die Abtrünnigen handeln nicht aus Mitgefühl. Und dasselbe gilt für den Dompteur. Sie haben allesamt nur Angst vor dem Tabu. Um zu begreifen, was sich mithilfe von Technologie alles erreichen lässt, fehlt ihnen einfach der Weitblick. Aber die passende Aufklärung kann da leicht Abhilfe schaffen. Das beste Beispiel sind die Arbeiter, die für den Bau der Tanks zuständig sind. Anfangs haben immer alle Bedenken, doch sobald ihnen klar wird, was ich ihnen bieten kann – eine Welt, in der sie keinen Gedanken mehr an ihren Zwilling verschwenden müssen –, sind ihre Zweifel wie weggeblasen. Nichts löst Ängste so schnell in Luft auf wie Eigennutz.« Abschätzig betrachtete er mich, als wäre ich ein törichtes Kind. »Wie sieht euer Gegenentwurf aus? Ich kann für eine Zukunft ohne Zwillinge sorgen. Alles, was euch einfällt, ist Krieg. Zu Tausenden werden die Menschen ihr Leben lassen, auf Alpha- wie auf Omega-Seite. Und selbst wenn ihr am Ende gewinnt, was dann? Mit euch ist so etwas wie Fortschritt undenkbar. Wenn das fatale Band zwischen Geschwistern nicht gekappt wird, rückt der Traum von einem unbeschwerten Leben in weite Ferne. Ihr glaubt doch nicht etwa, dass euch noch irgendein Alpha die Treue hält, wenn das herauskommt?«

»Warum habt ihr dieses Treffen überhaupt einberufen, wenn ihr eure Position für so unanfechtbar haltet?«, fragte der Dompteur. »Ich glaube, ihr geratet langsam in Panik. Seit wir New Hobart zurückerobert haben, dämmert euch, dass ihr um Verhandlungen nicht herumkommt.«

»Mit Omegas kann man nicht verhandeln«, sagte die Generalin. »Die sind dazu gar nicht fähig.« Mit einer Geste in unsere Richtung fügte sie hinzu: »Das Problem ist, dass ihr euch nicht fortpflanzen könnt. Weil ihr als Eltern nicht infrage kommt, müsst ihr im Gegensatz zu uns bei euren Entscheidungen nicht an das Wohl künftiger Generationen denken. Kein Wunder, dass ihr einen derart beschränkten Horizont habt.«

»Weil wir als Eltern nicht infrage kommen?« In diesem Moment sah ich Elsa vor mir, wie sie mit sanfter Hand ihren toten Zöglingen das Haar aus der Stirn strich, und Nina, die beim Versuch, den Kindern fremder Leuten das Leben zu retten, gestorben war. »Was fällt dir ein, so etwas zu behaupten, nach allem, was ihr im Notquartier angerichtet habt? Und überhaupt, ihr Alphas seid es doch, die die Hälfte ihrer Nachkommen verstoßen. Wir nehmen sie auf, kümmern uns um sie und tun unser Bestes, um sie vor euch zu beschützen!«

Entnervt hob der Dompteur die Hand. »Könnt ihr das nicht ein andermal ausdiskutieren? Es gilt, einen Bürgerkrieg zu verhindern, also sollten wir allmählich unsere Forderungen kundtun. Zunächst muss garantiert werden, dass der Rat in Zukunft das Tabu wahrt.«

»Eure Forderungen?«, erwiderte die Generalin. »Ihr wollt es also tatsächlich darauf ankommen lassen?« Sie hielt kurz inne und nickte dann langsam. »Nun gut. Ich habe euch etwas mitgebracht. Ein Geschenk, wenn man so will, um die erste Verhandlungsrunde zu eröffnen. Ich dachte mir, das könnte euch interessieren.« Sie gab Zach ein Zeichen, der sich daraufhin zu dem wartenden Gefolge umdrehte und zwei Soldaten herbeiwinkte, die zwischen ihren Pferden eine Holztruhe balancierten.

Zach schwang sich aus dem Sattel und reichte die Zügel an einen der beiden Männer weiter, die die Truhe jetzt vorsichtig herabließen, während Zach den hölzernen Kasten mit der linken Hand abstützte. Als er auf dem Boden auftraf, ertönte aus seinem Inneren ein dumpfes Poltern.

»Mach sie ruhig auf«, sagte er zu mir. »Na los.«

»Mach du sie auf«, gab ich zurück.

Zach hob den Blick und lächelte. Dass wir noch immer im Sattel saßen und er schutzlos vor uns auf der Straße stand, schien ihn nicht weiter zu kümmern. Stattdessen trat er einen Schritt vor und hob den Deckel an.

Im ersten Moment hielt ich die zwei Gebilde für Menschenköpfe, denn sie hatten die richtige Größe und Form. Doch dann stieg mir ein Geruch in die Nase, der nicht recht in die verschneite Landschaft ringsum passen wollte. Er katapultierte mich geradewegs zurück auf die Insel, wo stets ein salziger Hauch in der Luft gelegen hatte. Ich lehnte mich weiter vor, um einen besseren Blick auf den Inhalt der Truhe zu erhaschen. Er bestand aus zwei Schnitzarbeiten, und als Zach eine davon in die Höhe hielt, erkannte ich, dass es sich um den Kopf einer Frau handelte, der das Haar lockig die Schultern hinabfiel. Die Zeit hatte das Holz gebleicht und ihre Gesichtszüge stumpf werden lassen – statt einer Nase zierte ihr Antlitz nur mehr ein winziger Höcker. Einzig am

Hals, wo der Kopf mit ein paar kräftigen Axthieben vom Körper getrennt worden war, kam unter der Oberfläche das dunklere Holz zum Vorschein. Fragend drehte ich mich zu Piper um, der gerade erst wieder die Augen aufschlug.

»Wo habt ihr die her?« Die Frage kostete ihn sichtbare Überwindung.

»Das spielt keine Rolle«, erwiderte die Generalin.

»Was sind das für Köpfe?«, raunte ich Piper zu, worauf Zach mit Schwung die zweite Skulptur aus der Truhe zog und sie vor meinem Pferd auf den Boden schleuderte, das mit nervösem Schnauben ein paar Schritte rückwärts trippelte. Das hölzerne Ding rollte einige Male hin und her, bevor es im flachen Schnee liegen blieb. Blind starrte das Gesicht in den weißen Himmel.

»Das sind die Galionsfiguren der Rosalind und der Evelyn«, antwortete die Generalin. »So heißen doch eure kostbaren Schiffe, nicht wahr?«

23

»DAS BEWEIST GAR nichts«, schrie Zoe. »Wer sagt, dass die Schiffe nicht vor der Küste vertäut liegen und die Besatzung unbehelligt an Land gegangen ist?«

»Hätte ich euch lieber den Kopf eures Freundes Hobb mitbringen sollen?«, fragte die Generalin.

Ich sah, wie Piper die Finger um seine Zügel krallte.

Die Generalin schien es nicht zu bemerken. »Die beiden Schiffe waren gerade auf dem Rückweg zur Insel, als ihnen auf hoher See unsere Küstenwache in die Quere kam.«

»Wo sind die Seeleute?«, fragte Simon.

»Im Tank.« Es klang, als müsse die Generalin einen lästigen Husten unterdrücken. »Aber davor haben sie uns noch einiges verraten«, fügte sie hinzu. »Deshalb wissen wir auch, wonach sie gesucht haben.«

Achtlos stieg Zach über die gestrandeten Galionsfiguren und baute sich vor mir auf. »Auf der Insel habt ihr euch sicher gefühlt, nicht wahr? Tja, falsch gedacht. Ihr habt gesehen, was wir mit den Kindern gemacht haben. Die Schiffe waren nur der Anfang. Denkt immer daran: Wir werden euch bis in die hintersten Winkel der Erde verfolgen. Es gibt keinen Ort auf der Welt, an dem ihr vor uns sicher seid.«

Die Generalin neigte den Kopf und nickte ihm kaum merklich zu, worauf Zach zu den wartenden Soldaten zurückmarschierte und sich in den Sattel schwang.

»Habt ihr ernsthaft geglaubt, ich komme mit eingezogenem Schwanz hier angekrochen«, sagte die Generalin spöttisch, »nur weil ihr es geschafft habt, euch dieses elende Kaff unter den Nagel zu reißen? Habt ihr geglaubt, ich würde um Verzeihung winseln und wir würden uns nett darüber unterhalten, wie es eurer Meinung nach weitergehen soll? Ihr könnt uns nicht aufhalten. Ihr habt nicht die geringste Ahnung, wozu wir fähig sind.« Damit wendete sie ihr Pferd und machte sich auf den Weg zurück zu ihrem Gefolge.

Ich machte Anstalten, ihr zu folgen, doch Piper griff energisch nach meinen Zügeln. Als ich Zachs Namen rief, drehten sich auch die Generalin und ihre Soldaten nach mir um. »Was du da gerade gesagt hast – *es gibt keinen Ort auf der Welt, an dem ihr vor uns sicher seid* –, das gilt auch für euch«, sagte ich. »Die ganze Gewalt, die Intrigen, das alles rührt nur daher, dass ihr und euresgleichen euch nicht eingestehen könnt, dass wir nicht anders sind als ihr. Seht es doch endlich ein: Wir sind ein Teil von euch.«

Spöttisch hob die Generalin eine Augenbraue. »Ihr seid eine Begleiterscheinung von uns. Mehr nicht.« Damit ritt sie davon.

Einen Atemzug lang verharrte Zachs Blick auf meinem Gesicht, bevor er sein Pferd herumriss und der Generalin hinterhergaloppierte.

Die leere Truhe lag noch immer mit offenem Deckel vor uns auf der Erde, die Galionsfiguren glotzten weiter starr in den Himmel, während erneut ein leichter Schneefall einsetzte.

Nachdem wir die Pferde am Tor abgegeben hatten, machte ich mich schnurstracks auf den Weg zu Elsa.

»Wir hätten mit den anderen ins Hauptquartier gehen sollen«, sagte Zoe, die neben mir die Gasse zu Elsas Haus hinaufstapfte. »Wir müssen uns Gedanken über den nächsten

Schachzug des Rates machen und eine Strategie entwerfen. Außerdem kannst du nicht einfach so alleine durch die Straßen wandern. Das ist viel zu gefährlich.«

»Du kannst ja gerne zurückgehen«, sagte ich. »Aber es gibt nichts zu besprechen. Zach und die Generalin rechnen damit, dass wir uns vor lauter Panik gegenseitig zerfleischen. Sie wollen uns Angst einjagen, damit wir die Suche nach dem Anderswo und den Archepapieren abbrechen, und Zweifel in uns säen. Aber nicht mit mir!«

Obwohl sich kurz vor unserem Ziel Fußstapfen durch den Schnee zogen, war niemand auf der Straße zu sehen. An einem schmalen Haus auf der linken Seite wurde ein Fenster zugeknallt, als wir vorbeikamen. Das Notquartier stand noch, wenngleich die Eingangstür fehlte und sämtliche Fensterläden zertrümmert waren. Zoe postierte sich an der Schwelle, um Wache zu halten, während ich in den Korridor trat und nach Elsa rief.

Ich fand sie in der Küche, wo sie auf allen vieren Scherben sortierte.

»Als wir sie aufhalten wollten, haben die Soldaten hier alles kurz und klein geschlagen«, sagte sie. »Ich hatte noch keine Zeit aufzuräumen.«

Mein Blick fiel auf den Hof vor dem Fenster, der mit den zersplitterten Latten und verkrüppelten Stühlen und Tischen einem Friedhof aus Holz glich. In einer Ecke hatten die Soldaten anscheinend einen Turm aus Möbeln in Brand gesteckt, von dem nur noch ein verkohlter, schneebedeckter Scheiterhaufen übrig war.

»Es reicht für heute«, sagte ich mit einem Blick auf die Trümmer. »Lass das Geschirr liegen und ruh dich endlich mal aus.«

»Die Arbeit lenkt mich ab«, sagte Elsa, ohne mich anzusehen.

Ich musste daran denken, was sie ein paar Stunden zuvor übers Lügen gesagt hatte: *Ich habe keine Zeit mehr für so was.* Also kam ich gleich zur Sache. »Du hast mir nie verraten, wie dein Mann ums Leben gekommen ist.«

Langsam stand sie auf, eine Hand stützend ins Kreuz gestemmt, als sei sie schwanger. »Es war zu gefährlich, darüber zu reden«, sagte sie. »Ich musste an das Wohl der Kinder denken.« Den Blick weiterhin beharrlich zu Boden gerichtet, begann sie, unter lautem Knirschen die Scherben auf den Fliesen zu einem Haufen zusammenzukehren. Wenn sie eine Schale oder Tasse entdeckte, die bis auf einen Sprung unversehrt war, bückte sie sich und stellte sie behutsam zur Seite.

»Für wen willst du das aufheben?«, fragte ich und nahm ihr einen henkellosen Becher aus der Hand. »Die Kinder kommen nicht wieder.«

»Aber es kommen neue«, sagte sie und griff wieder nach dem Kehrblech.

»Du glaubst doch nicht, dass die Alphas ihre Kinder jetzt noch zu dir schicken? Es herrscht Krieg, Elsa. Wenn wir dem Rat keinen Einhalt gebieten, wandern von nun an alle Omega-Kinder gleich nach der Geburt in die Tanks.«

Statt einer Antwort war nur das Knacken der Splitter und das leise Scharren des Besens zu vernehmen.

»Du hast mir also die Wahrheit über deinen Mann verschwiegen, um die Kinder nicht in Gefahr zu bringen. Aber schau dich doch mal um.« Ich deutete auf den leeren Hof und die aus den Angeln gerissenen Fensterläden. »Sie sind weg. Alle ertrunken. Du brauchst niemanden mehr zu beschützen.«

Elsa ließ den Besen los. Während der Stiel polternd auf die Fliesen krachte, starrte sie mich an. »Er wurde festgenommen.« Nach dem durchweinten Tag klang ihre Stimme rau. »Aber das hast du dir bestimmt schon gedacht. Eines Nachts vor vier Jahren standen auf einmal Soldaten vor unserer Tür. Erst haben sie Joe mitgenommen und dann das ganze Haus auf den Kopf gestellt. Das Quartier glich danach einem Schlachtfeld, nicht mal vor den Matratzen im Schlafsaal der Kinder haben sie haltgemacht. Und in der Küche haben sie jeden Topf ausgeleert.«

»Sind sie fündig geworden?«

»Keine Ahnung. Irgendwann sind sie ohne ein Wort einfach weg. Obwohl ich sie angefleht habe, mir zu sagen, was los ist, wo sie mit meinem Mann hinwollen und weshalb.« Sie schniefte. »Schon seltsam, was von so einer Nacht hängen bleibt. Woran man sich später erinnert. Ich werde nie vergessen, was für einen Schreck ich den Kindern mit meinem Geschrei eingejagt habe. Brutale Soldaten gehörten zu ihrem Alltag. Selbst damals war man von den Rotröcken nichts anderes gewohnt. Aber dass ich die Fassung verloren habe, hat ihnen viel mehr Angst gemacht. Obwohl Nina sich alle Mühe gegeben hat, sie zu beruhigen, waren sie danach vollkommen verstört.« Sie starrte auf ihren Schoß, wo sie die Finger nervös ineinander verkrampft hatte.

»Daran bist nicht du schuld, sondern die Soldaten«, sagte ich. »Immerhin hatten sie gerade deinen Mann verhaftet und dein Zuhause verwüstet.«

»Ich weiß.« Sie sah wieder auf. »Ich dachte mir gleich, dass sie Joe nicht am Leben lassen. Und ich habe recht behalten.«

»Woher weißt du das?«

»Ich habe wochenlang auf eine Nachricht von ihm gewartet. Sogar beim Steuereintreiber wollte ich mich nach ihm erkundigen, aber die Soldaten fingen mich schon auf der Eingangstreppe ab. Kein Wort war aus ihnen herauszubekommen. Zum Schluss habe ich die Kinder in Ninas Obhut gelassen und mich zu Fuß auf den Weg ins Dorf von Joes

Zwilling gemacht. Es liegt drei Wochen westlich von hier an der Küste, mitten im tiefsten Alpha-Gebiet. Die Reise war also ziemlich beschwerlich. Niemand ließ mich bei sich übernachten, nicht mal im Heuschober, und ein paarmal sind sogar Steine geflogen, wenn ich mich in ein Dorf verirrt hatte. Aber du kennst mich ja.« Sie lachte, doch der Laut unterschied sich kaum von einem Schluchzen. »Ich gebe nicht so leicht auf.«

Ich versuchte mir vorzustellen, wie sie auf ihren krummen Beinen auf der Suche nach Antworten in ein Alpha-Dorf gehumpelt kam.

»Ich kannte seine Schwester natürlich nicht. Alles, was ich von ihr hatte, war ein Name und der Geburtsort. Aber ob sie nach all den Jahren noch dort wohnte, war fraglich.« Sie ließ den Blick zum Fenster wandern. »Sie war tatsächlich noch da, allerdings lag sie längst auf der Dorfwiese unter der Erde. Ganz wie es sich gehört, mit Blumen und einem schönen Grabstein.«

Ohne Leichnam hatte Elsa ihren Mann nie zu Grabe tragen können. Ich musste wieder an Kip auf dem Siloboden denken.

»Die Leute in Joes Geburtsdorf wollten natürlich, dass ich schleunigst wieder verschwinde, aber ich habe mich nicht abwimmeln lassen. Ich hielt mich weiter in der Nähe auf in der Hoffnung, dass sich irgendjemand meiner erbarmte. Ein paar Bauern haben gedroht, die Soldaten zu rufen und mich abholen zu lassen, aber irgendwann kamen sie wohl darauf, dass sie mich schneller wieder los wären, wenn sie mir ein paar Fragen beantworteten. So erfuhr ich schließlich, dass Joes Schwester vier Wochen zuvor gestorben war. Das dürfte nur ein paar Tage nach seiner Festnahme gewesen sein.« Sie hielt inne und presste die Lippen fest zusammen, doch ihr Kinn ließ ein leises Zittern erahnen. »Schnell ging es nicht«, fuhr sie danach so leise und schleppend fort, als zöge man ihr jedes Wort aus dem Mund wie einen faulen Zahn. »Anscheinend hat sie zwei Tage lang nur geschrien.« Sie suchte meinen Blick. »Joe hat in seinem Leben eine Menge Fehler gemacht, aber so ein Ende hatte er nicht verdient.«

Eine Zeit lang saßen wir nur da und blickten schweigend auf den Hof mit den Trümmerbergen hinaus.

»Weißt du, wonach die Soldaten gesucht haben?«, fragte ich. »Hast du mal was von dem Anderswo oder einer gewissen Arche gehört?«

»Nein.« Sie zuckte die Schultern. »Joe hat nie groß was von seinen Geschäften erzählt. Und ich wollte es auch gar nicht so genau wissen. Schließlich hatte ich mit den Kindern schon genug zu tun. Klar, er war auf dem Schwarzmarkt unterwegs und hat mit Relikten und anderem zwielichtigem Kram gehandelt. Aber er war nicht dumm. Von allem, was auch nur annähernd nach Maschine aussah oder Drähte hatte, hat er wohlweislich die Finger gelassen. Das war es ihm einfach nicht wert. Außerdem haben ihm solche Sachen Angst gemacht, und mir wäre so etwas ohnehin nicht ins Haus gekommen. Das Zeug aus dem Vorher, mit dem er gehandelt hat, war nur Firlefanz. Papiere, kaputtes Porzellan. Metallteile. Was die Leute insgeheim interessiert. Ehrlich gesagt stammte die Hälfte nicht mal aus dem Vorher. Irgendwann haben er und sein Freund Greg mal ein Riesengeschäft mit einem Haufen Geschirr gemacht, das angeblich tabu war. Dabei hatten sie nur ein paar teure Teller und Tassen von einem Alpha-Karren geklaut, die Sachen mit dem Hammer bearbeitet und dann in Tee getunkt und mit Erde eingerieben, bis sie richtig schön alt aussahen. Das gefällt den Leuten – ein bisschen Exotik, ein bisschen Abenteuer.« Sie verzog den Mund zu einem bitteren Lächeln. »Aber mein Joe hat nie die Gefahr gesucht. Dazu war er viel zu faul. Er hatte nur was für Kram übrig, der sich schnell zu Geld machen ließ. Als kleines Zusatzeinkommen, von dem der Steuereintreiber nichts wusste.«

»Er wäre nicht der Erste, der mit Tabusachen handelt oder sich um die Abgaben drückt«, sagte ich. »Dafür wird man normalerweise weder umgebracht noch vorher tagelang gefoltert.«

Beim Wort »gefoltert« zuckte Elsa zusammen, als hätte ich ihr einen Schlag versetzt.

Doch ich ließ nicht locker. »Und du hast nie gesehen, womit er gehandelt hat?«

Sie schüttelte den Kopf. »Ich wollte mit seinen dubiosen Geschäften nichts zu tun haben. Und Joe hat seinen ganzen Kram sowieso in einem Speicherhaus am Markt gelagert. Dort hat er auch oft übernachtet. Wenn er betrunken war, habe ich ihn nicht in die Nähe der Kinder gelassen.«

»Existiert dieser Speicher noch?«

»Sei doch nicht albern. Am Tag nach Joes Festnahme ist dort ein Feuer ausgebrochen, sogar die Rückseite der Bäckerei lag in Schutt und Asche. Natürlich war das kein Zufall. Greg hat gesehen, wie die Soldaten das Lager noch in der Nacht bis auf den letzten Löffel ausgeräumt haben. Damit war mein Schicksal eigentlich besiegelt«, sagte sie. »Aber nichts geschah. Ausnahmsweise kam es uns mal zugute, dass Omega-Ehen nicht offiziell anerkannt werden. Die Soldaten wussten zwar, dass Joe manchmal hier gearbeitet hat, sonst hätten sie das Haus nicht so gründlich durchsucht. Aber weil er seinen Speicher am Markt hatte, dachten sie wohl, dass er dort auch wohnt. Sie kamen gar nicht auf die Idee, dass wir verheiratet sein könnten.«

»Ich muss wissen, wonach sie gesucht haben«, sagte ich. »Bitte!«

»Wie oft soll ich es denn noch sagen?«, fuhr sie mich an.

»Was seine Arbeit anging, hat Joe sich immer bedeckt gehalten.«

»Das muss nicht heißen, dass du ahnungslos bist.«

So abgekämpft hatte ich Elsa noch nie erlebt. Sonst war sie von früh bis spät auf den Beinen und quälte Nina bereits mit der Einkaufsliste, während sie einem Kind noch die Haare flocht. Jetzt saß sie mit gekrümmten Schultern und verkniffenem Mund da, und ihr Blick ging ins Leere. »Vier Jahre lang habe ich den Mund gehalten«, flüsterte sie, obwohl wir alleine in der Küche waren. »Erst musste Joe daran glauben, dann die Kinder.«

»Ich will dir keine falschen Hoffnungen machen«, sagte ich. »Du tust gut daran, Angst zu haben. Mir gehen die Bilder von den Kleinen in den Tanks auch nicht aus dem Kopf, und wir wissen beide nur zu gut, wozu der Rat fähig ist. Aber genau deshalb musst du dich mir anvertrauen.« Ich nahm ihre Hand. »Wenn wir nicht bald finden, wonach die Soldaten suchen, haben wir verloren. Dann ist die Katastrophe nicht mehr aufzuhalten, und irgendwann dämmern wir alle hinter Glas vor uns hin.«

Reglos starrte Elsa geradeaus, als hätte man sie bereits eingesperrt.

»Weißt du, was Joe vor den Soldaten versteckt hat?«, fragte ich.

»*Was*, weiß ich nicht«, sagte Elsa, straffte die Schultern und wischte sich die Hände an der Schürze ab. »Aber ich weiß, wo.«

24

SCHWERFÄLLIG LIESS SICH Elsa auf die Küchenbank fallen. »Kurz bevor er festgenommen wurde, hatte Joe ziemlich schlechte Laune, aber das kam häufiger vor. Die Woche zuvor war ihm irgendwo ein Schwung alter Sachen untergekommen. Keine Ahnung, ob er das Zeug gekauft, gefunden oder geklaut hatte. Er hat kein Wort darüber verloren, und ich habe nicht nachgefragt. Erst war er voller Vorfreude, weil er dachte, zur Abwechslung mal was Wertvolles aufgetan zu haben. Doch dann war die Enttäuschung groß, weil es anscheinend nur Papierkram war, und so was lässt sich nur schwer an den Mann bringen, zumindest unter Omegas. Schließlich können die meisten von uns gar nicht lesen. Joe im Übrigen auch nicht. Ich habe eine Zeit lang versucht, es ihm beizubringen, aber für diese Dinge fehlte ihm die Geduld. Früher hätte man solche Papiere wahrscheinlich noch ein paar neugierigen Alphas unterjubeln können, bei denen ist der Krempel aus dem Vorher schließlich genauso gefragt wie bei uns. Joe hatte auch mal ein paar Alpha-Kontakte, mit denen er ab und zu Geschäfte gemacht hat, aber das war damals schon Jahre her. Und seit der großen Dürre und den ganzen Ratsreformen lief man sowieso ständig Gefahr, wegen Tabubruchs angezeigt zu werden. Deshalb hatte er Mühe, die Papiere loszuwerden. Mehr weiß ich nicht darüber.«

»Du hast also nie einen Blick darauf geworfen?«

»Wie gesagt, solche Sachen wären mir nicht ins Haus gekommen. Erst dachte ich, dass das Zeug bestimmt in Joes Speicher rumgelegen und der Rat es in Sicherheit gebracht hatte, bevor das Gebäude in Flammen aufging. Aber dann habe ich erfahren, dass er gefoltert worden war, und ich musste daran denken, wie die Soldaten unser Haus zerlegt hatten. Und da ist mir der Liebesbaum eingefallen.«

Ich sah sie verständnislos an.

»Joe hat ihn als Teenager entdeckt«, erklärte sie. »Als wir noch frisch verliebt waren, sind wir ständig da gewesen. Ich wohnte damals in einer Pension, und in Joes Speicherhaus waren wir auch nie für uns, weil sein Freund Greg ständig dort herumlungerte. Also ist Joe mit mir zum Liebesbaum gegangen – ein riesiges, hohles Ungetüm mitten im Wald. Dort waren wir ungestört und vor Wind und Wetter geschützt.« Sie wirkte kein bisschen verlegen, im Gegenteil, zum ersten Mal seit meiner Rückkehr nach New Hobart sah ich sie grinsen. »Joe hat sogar ein kleines Regal in den Stamm gezimmert, für Kerzen, Streichhölzer und eine Decke. Auch als wir schon verheiratet waren und ich das Notquartier übernommen hatte, sind wir manchmal noch mit einem Picknickkorb in den Wald, wenn wir eine Pause vom Alltag und den Kindern brauchten.« Sie seufzte tief. »Als er verhaftet wurde, waren wir schon eine halbe Ewigkeit nicht mehr da gewesen. Aber der Baum war unser Geheimnis, nur wir zwei wussten davon. Und soweit ich mich erinnern kann, hat er ab und zu auch Sachen dort gelagert, die den Ratspatrouillen nicht in die Hände fallen durften oder wenn Greg vom Gewinn nichts abkriegen sollte.«

»Wo steht der Baum?«

»Im Wald südlich der Stadt.«

Mit hängendem Kopf sank ich neben ihr auf die Bank, die Bilder der kohlschwarzen Stumpen deutlich vor Augen.

»Nimm's nicht so schwer«, tröstete Elsa. »Ihr habt ja nicht den ganzen Wald abgefackelt. Und selbst wenn der Baum nicht mehr steht – wer weiß, ob dort wirklich etwas versteckt war.«

»Hast du nie nachgesehen?«

»Du hörst mir wohl nicht zu. Joe wurde vor meinen Augen verschleppt und dann brutal gefoltert.« Langsam schüttelte sie den Kopf. »Wenn ich mich diesem Baum jemals wieder genähert hätte, dann nur, um ihn eigenhändig in Brand zu stecken.«

Zoe hielt noch immer vor der Tür Wache und begleitete uns auch zum Amtssitz des Steuereintreibers, wo wir Piper und den anderen Bescheid gaben, die darauf bestanden, dass wir nicht ohne Schutz den Weg in den Wald antraten. Obwohl noch nichts darauf hindeutete, dass sich vor der Stadt die Ratstruppen zusammenrotteten, galt es, kein unnötiges Risiko einzugehen.

Beim Südtor bekamen wir auf Befehl des Dompteurs unsere Pferde ausgehändigt. Wegen meines gebrochenen Arms half mir Zoe beim Aufsteigen. Als sie mich schwungvoll in den Sattel beförderte, musste ich die Zähne zusammenbeißen, um nicht laut aufzuheulen. Da Elsa nicht reiten konnte, saß sie hinter mir und hielt sich mit beiden Händen an mir fest.

In den vergangenen drei Tagen hatten unsere Soldaten sämtliche Gefallenen vom Schlachtfeld geschleift, doch die Erde war zu einem Eisblock gefroren und weigerte sich, die Toten aufzunehmen. Außerdem fehlte für Begräbnisse die Zeit. Und so tauchte, als wir den kleinen Hügel umrundeten, hinter dem wir beim Angriff auf die Stadt Schutz gesucht hatten, plötzlich ein Berg von Menschen- und Pferdeleichen vor uns auf. Das Feld vor der Stadt hatte sich in eine Landkarte des Todes verwandelt, auf der rote Streifen anzeigten, welche Strecken die leblosen Körper im Schnee zurückgelegt hatten. Sämtliche Versuche, sie zu verbrennen, waren an der Witterung und dem feuchten Holz gescheitert. Der Schnee schien die Verwesung zum Stillstand gebracht zu haben, denn nirgendwo roch es nach Tod. Stattdessen lag eine beißende, penetrante Mischung aus Blut und versengtem Fleisch in der Luft. Am Rande des Leichenhaufens unterbrach ein Fuchs gerade sein Festmahl und blickte ohne Scheu zu uns auf. Als wir keine fünf Meter entfernt an ihm vorbeiritten, gab ich mir alle Mühe, nicht auf seine rote Schnauze zu achten.

»Die Leichen hier aufzutürmen war Simons Idee«, sagte Zoe. »Aber wir hatten ohnehin keine Wahl. Und so kann der Rat bei einem möglichen Angriff wenigstens nicht mehr vernünftig hinter dem Hügel in Deckung gehen.«

In mir hallten Zachs Worte wider: *Alles, was euch einfällt, ist Krieg. Zu Tausenden werden die Menschen ihr Leben lassen.*

Ich vermisste die weißen Bündel, die Elsa und ich so sorgsam geschnürt hatten. »Was ist mit den Kindern?«, fragte ich.

»Die werden verbrannt«, antwortete Zoe. »Der Dompteur wollte erst, dass sie mit auf den Haufen kommen. Meinte, sie einzuäschern sei Zeitverschwendung und koste viel zu viel Öl. Doch Piper konnte ihn umstimmen. Am nördlichen Wall werden gerade die Scheiterhaufen errichtet.«

Piper hatte mir schon unzählige Male das Leben gerettet, doch noch nie war ich ihm so dankbar gewesen wie in diesem Moment.

Obwohl ich mich auf dem weiteren Weg redlich bemühte, keinen Blick zurück auf die unbestatteten Toten zu werfen, ließ mich der Schnee ringsum nicht vergessen, was auf dem

Feld geschehen war. Ein Blutspritzer neben einem zertrümmerten Schwert. Ein einsamer Stiefel.

Endlich ragten in der Ferne die ersten verkohlten Baumstümpfe aus dem Schnee.

»Hier picknickt vorerst keiner mehr«, stellte Elsa fest, als wir durchs versengte Unterholz trabten. »Ihr zwei habt wirklich ganze Arbeit geleistet.«

Der Wald war nur der Anfang jener Spur der Verwüstung, die ich hinter mir herzog. Zu den Toten auf der Insel kamen jetzt auch noch die halb verbrannten Soldaten auf dem Feld vor New Hobart. Ob der Rat die Insulaner nach dem Massaker bestattet hatte? Am Ende lagen die Toten noch immer im Innenhof der Festung und streckten dem Himmel ihre Knochen entgegen. Und dann waren da noch die kleinen, schmächtigen Leiber, die sich in weiße Laken gehüllt auf den Fuhrwerken stapelten wie Kerzen in einer Schublade. Daran trug mein Zwilling die Schuld, nicht ich. Und dennoch gehörten diese Kinder inzwischen ebenso fraglos zu mir wie er. Vielleicht hatte Zach auf der Landstraße recht gehabt, als er behauptete, ich sei Gift. Die zahllosen Menschen, die ich schon auf dem Gewissen hatte, sprachen jedenfalls eine deutliche Sprache. Ich war eine Abgesandte des Ödlands, die überall, wo sie hinkam, nur Asche zurückließ.

Warm drang Elsas Atem an mein Ohr. »Als der Wald brannte, hat man trotz Nordwind vor lauter Qualm tagelang die Hand nicht vor Augen gesehen. Der Bau des Walls hat sich dadurch verzögert, und in dem ganzen Chaos war es leichter, sich unauffällig aus dem Staub zu machen. Soweit ich weiß, konnten einige Leute, die auf der Fahndungsliste des Rates standen, noch rechtzeitig aus der Stadt geschmuggelt werden.« Zärtlich schmiegte sie ihre Wange an meine Schulter. »Als ich das Feuer gesehen habe, wusste ich gleich, dass wir es Kip und dir zu verdanken hatten.«

Die Suche nach dem Baum zog sich hin. Zwar führte Elsa uns stetig ostwärts, doch zwischen den unzähligen schwarzen Stumpen verlor man leicht die Orientierung. Schließlich saßen wir ab, ließen die Pferde bei den Wachen und gingen zu Fuß weiter.

Irgendwann wurde Elsa fündig. Vor dem Brand, als ringsum noch kleinere Bäume aufgeragt hatten, habe sich der Liebesbaum weniger deutlich von seiner Umgebung abgehoben, erklärte sie uns. Doch jetzt stand er beinahe alleine auf weiter Flur. Seine Krone hatte das Feuer nicht überlebt, doch dem dicken, uralten Stamm hatten die Flammen nichts anhaben können. Während die Soldaten ausschwärmten und mit dem Rücken zu uns einen weiten Kreis um den Baum bildeten, gingen wir geradewegs darauf zu. Statt einer Rinde trug der Stamm von oben bis unten einen tiefschwarzen Schuppenpanzer. Er war so gigantisch, dass Zoe, Elsa und ich zusammen ihn nicht hätten umfassen können. An seinem Sockel klaffte eine breite Spalte, die den Blick auf einen Hohlraum freigab. Früher hatte der Unterschlupf vermutlich zwei Personen, die enger Körperkontakt nicht störte, ein Dach über dem Kopf geboten. Jetzt verlor sich der Stamm in knapp zwei Meter Höhe auf einmal im Nichts, sodass die kreisrunde Höhle schutzlos den Launen des Wetters ausgeliefert war.

»Tut mir leid«, murmelte ich.

Elsa zuckte die Achsel. »Mein Mann wurde gefoltert und ermordet, Cass. Alle meine Kinder sind ertrunken, und Nina ist tot.« Sie schüttelte kaum merklich den Kopf. »Mit einem verkohlten Baum werde ich gerade noch fertig.«

Zoe kauerte bereits auf dem Boden und spähte durch den Schlitz im Stamm, bevor sie kurz entschlossen auf allen vieren hindurchkroch und sein Innenleben einer gründlichen Inspektion unterzog. »Wenn Joe hier irgendwas deponiert hat, ist es dank eurer Kamikazeaktion mit dem Feuer jetzt futsch«, drang ein paar Minuten später ihre Stimme nach draußen. »Von dem Regal ist nichts mehr übrig«, sagte sie, als sie wieder neben uns stand und sich die Knie abklopfte. »Die Höhle ist restlos ausgebrannt.«

»Dann müssen wir eben graben«, beschloss ich und ließ mich auf die Knie fallen. Dummerweise hatte ich nur eine Hand zur Verfügung, und obwohl sich der Schnee und die oberste Erdschicht anfangs leicht zur Seite fegen ließen, stieß ich bereits nach ein paar Zentimetern auf vereisten Grund.

Seufzend ging Elsa neben mir in die Hocke. »Immerhin war Joe viel zu faul, um irgendwas ordentlich zu verbuddeln. Sollte da unten was versteckt sein, müssten wir es bald finden.«

Zu dritt begannen wir zu wühlen. Auf derart beengtem Raum kamen wir einander andauernd in die Quere, und das zu einem Eisblock gefrorene Erdreich brachte uns zum Fluchen. Nach ein paar Minuten war ich so ausgekühlt, dass ich meine Finger nicht mehr spürte. Wir brauchten fast eine Stunde, um ein etwa ein mal ein Meter tiefes Loch zu graben.

Dass wir auf die Truhe gestoßen waren, registrierte ich erst, als das Kratzgeräusch unserer taub gefrorenen Hände mit einem Mal anders klang. Plötzlich schrammten unsere Nägel über verrostetes Blech. Als wir sie endlich freigelegt hatten, konnten wir die Kiste nur mit vereinten Kräften aus dem Loch heben. Sie war riesig – gut einen Meter breit und sechzig Zentimeter tief – und so schwer, dass ich im ersten Moment fürchtete, der Inhalt sei völlig durchnässt. Das einst glatte, glänzende Metall war von Rost zerfressen, und nachdem wir die letzten Zweige und Erdklumpen entfernt hatten, kam rundherum eine raue gelbgrüne Patina zum Vorschein. Anstelle eines Schlosses hatte der Rost die Kanten versiegelt. Minutenlang hantierte Zoe mit ihrem Messer, bis sie der Truhe schließlich einen gezielten Tritt verpasste, bevor sich der Deckel ein paar Zentimeter öffnen ließ.

Ich lehnte mich zurück und hielt Zoe am Ärmel fest. »Lass zuerst Elsa reinschauen.«

»Denk dir nichts«, sagte Elsa. »Da sind keine Liebesbriefe drin. Ich kenne meinen Joe – so heikel der Haufen Papiere auch sein mag, mit mir hat das alles bestimmt nichts zu tun.« Obwohl er inzwischen vom gröbsten Schmutz befreit war, fuhr sie noch einmal sachte über den Deckel und hob ihn dann vorsichtig an, worauf die eingerosteten Scharniere ein heiseres Ächzen von sich gaben.

Die Truhe war bis oben hin vollgestopft mit Papier, doch der Mehltau hatte die losen Blätterstapel mit der Zeit in feucht-klebrige Klötze verwandelt. Ob ich beim Graben nichts von dem unterirdischen Schatz gespürt hatte, weil Schimmel, Rost und Wasser sich so gnadenlos über die blecherne Kiste hergemacht hatten, dass sie von der Erde ringsum nicht mehr zu unterscheiden war?

Vorsichtig pulte Elsa die oberste Seite von einem Stapel ab. Stockend bahnte sich ihre Stimme einen Weg durch die unbekannte Sprache. »J. 1, 23. Okt. Memorandum (14b) für die Übergangsregierung der Arche: Sicherheitsvorschriften.«

»Verdammt«, sagte Zoe tonlos. »Wir brauchen einen Wagen. Das Zeug muss zu Piper. Sofort!«

25

WIR SCHICKTEN UMGEHEND einen Soldaten zurück in die Stadt, doch als wir die Truhe endlich nach New Hobart geschafft und im Amtssitz des Steuereintreibers abgeladen hatten, war es schon dunkel. Dem Dompteur unseren Fund zu verschweigen kam nicht infrage, denn unter den Soldaten im Wald und an den Stadttoren waren auch Anhänger des abtrünnigen Ratsmannes gewesen. Doch als sich alle im Sitzungssaal versammelt hatten und ich den Deckel anhob, sah ich aus den Augenwinkeln, wie er angewidert die Oberlippe hochzog.

»Ich will das nicht anfassen«, sagte er, während sich der Rest von uns um die Kiste scharte.

»Elsas Mann ist nicht umgekommen, weil er die Papiere angefasst hat«, sagte ich. »Sondern weil *dein* Rat ihn zu Tode gefoltert hat. Wenn es dich nicht interessiert, was hier drin ist, dann mach wenigstens Platz.«

Piper schnappte sich das oberste Blatt und las vor. Bei fremden Wörtern und an Stellen, wo das Papier vor dem Schimmel kapituliert hatte oder ganz einfach zu Staub zerfallen war, geriet seine Stimme ins Stocken.

J. 1, 24. NOV. MEMORANDUM (14b) FÜR DIE ÜBERGANGSREGIERUNG DER ARCHE: SICHERHEITSVORSCHRIFTEN

[…] steht die Sicherheit der Arche weiterhin an erster Stelle. In Anbetracht der körperlichen Verfassung der Überlebenden an der Oberfläche (insbesondere jenes Prozentsatzes, dessen Netzhaut so stark beschädigt wurde, dass im Grunde von Vollblindheit auszugehen ist [> 65 %, siehe Expeditionsbericht 2]) lässt sich dennoch festhalten, dass die derzeitigen Sicherheitsmaßnahmen keiner Ergänzung bedürfen […]

»Das kann doch nicht echt sein«, sagte der Dompteur. Obwohl wir ihm von Sallys Archepapier erzählt hatten, konnte ich seine skeptische Reaktion nachempfinden. Unsere ganze Welt ruhte auf einem Fundament aus Asche. Dass ein Teil des Vorhers die Explosion überlebt hatte, wenn auch nur kurzzeitig, war schier unvorstellbar.

»Wie ist Joe da nur rangekommen?« Zoe kauerte sich neben die Truhe und holte einen Stapel Aufzeichnungen heraus. »Forschergeist scheint er ja nicht gerade gehabt zu haben. So jemand entdeckt doch nicht auf eigene Faust die Arche.«

»Er ist nie weiter gereist als in die Marktstädte in der näheren Umgebung«, sagte Elsa. »Jedenfalls nicht in zwanzig Jahren Ehe.«

Piper zuckte die Achseln. »Irgendwer hat die Papiere aus der Arche geschafft, je nachdem, wer sie als Erstes aufgespürt hat – vielleicht war das nicht mal der Rat. Und irgendwann sind sie verloren gegangen oder gestohlen worden. Wer weiß, wie oft sie den Besitzer gewechselt haben, wahrscheinlich konnten die meisten sie nicht mal entziffern. Bis die Kiste dann zufällig einem harmlosen Gesellen wie Joe in die Hände fiel. Ich wette, er hatte keine Ahnung, worüber er gestolpert war.«

»Und als er versucht hat, sie auf dem Schwarzmarkt wieder loszuwerden, hat jemand die Dokumente gesehen«, sagte ich. »Jemand, der um ihre Bedeutung wusste und prompt den Rat alarmiert hat.«

»Es spielt keine Rolle, wie der Mann daran gekommen ist oder wer ihn verraten hat«, sagte der Dompteur, der inzwischen noch weiter von der Truhe abgerückt war. »Was sollen die ständigen Diskussionen? Woher rührt diese seltsame Faszination für das Vorher? Das Einzige, was diese Menschen mit ihren Maschinen erreicht haben, ist eine flächendeckende Vernichtung unserer Existenz. Sie tragen für all das die Verantwortung.«

Auf den ersten Blick richtete sich seine ausladende Geste gegen die versehrte Welt jenseits des Saales – die Felder, die in Schutt und Asche lagen, die Ruinen der Tabu-Städte und das Ödland im Osten. Doch wir wussten alle, was er wirklich damit meinte beziehungsweise wen: uns.

»Ich habe diese Stadt befreit, weil mir das Tabu etwas bedeutet und ich verhindern wollte, dass die Maschinen wieder zum Einsatz kommen«, fuhr er fort. »Was hat diese Arche uns schon zu bieten außer noch mehr Verderben?«

»Du hast Angst«, sagte Piper. »Und diese Angst macht dich blind für die Chancen, die sich auftun, wenn wir die Arche finden.«

»Du hast recht«, sagte der Dompteur und blickte in die Runde. »Aber wenn ihr wüsstet, was ich weiß, würdet ihr euch ebenfalls fürchten. Ihr solltet dankbar sein für das Tabu. Wenn der Reformer nicht eingesehen hätte, wie sehr sich das Volk vor den Maschinen fürchtet, hätte er sich nicht mit den Tanks begnügt. Als ich ihn kennengelernt habe, war er gerade erst in Wyndham angekommen und nannte sich noch gar nicht Reformer. Und schon damals kannte er nur ein Thema: das Vorher und was es damals alles gab. Maschinen und Waffen, die man sich heute kaum vorstellen kann. Er hat sich immer schon brennend für die Vergangenheit interessiert. Hütet euch lieber, in diesem Wespennest herumzustochern. Wenn das Tabu nicht wäre, hätten euch die Ratssoldaten in Fuhrwerken ohne Pferde gejagt, die hundertmal schneller fahren, als ihr rennen könnt, und bei der Schlacht um New Hobart wären Waffen zum Einsatz gekommen, mit denen man aus achthundert Metern Entfernung eine ganze Kompanie auslöschen kann. Dein feiner Bruder hat alle Hebel in Bewegung gesetzt, um die Maschinen aus dem Vorher aufzutreiben und nachzubauen. Die meisten Suchaktionen verliefen erfreulicherweise im Sand, dazu ist einfach zu viel zerstört worden. Und von den Relikten, die er aufgestöbert hat, existieren scheinbar nur Bruchstücke. Er hat immer was von Brennstoff und anderen Substanzen gefaselt, an die er nicht herankomme. Aber das wahre Problem sitzt tiefer. Wenn er ab morgen plötzlich auf einem elektrischen Gefährt durch die Gegend rasen würde, wäre sein Todesurteil gefällt. Die Bevölkerung würde so etwas niemals dulden. Dazu herrscht einfach zu große Angst vor den Maschinen und zu viel Respekt vor dem Tabu.«

Unwillkürlich musste ich daran denken, wie Piper im Schatten der Tanks erbleicht war und sogar Zoe um die hervorstehenden Drähte und Röhren einen großen Bogen gemacht hatte.

»Seit die Soldaten von den Tanks wissen, ist die halbe Armee zu mir übergelaufen«, fuhr der Dompteur fort. »Die Leute sind nicht bereit, sich mit den Maschinen anzufreunden, jedenfalls noch nicht. Und diese Angst gilt es zu schüren, wenn wir gegen deinen Zwilling und die Generalin etwas ausrichten wollen.«

»Natürlich darf man die Gefahr nicht unterschätzen«, sagte ich. »Aber die Augen vor der Wahrheit zu verschließen ist noch gefährlicher. Der Rat wäre mit Joe nicht so brutal umgesprungen, wenn er nicht geahnt hätte, wie bedeutsam diese Papiere sind. Xander meinte, es seien wieder Leute in der Arche. Ich würde alles darauf verwetten, dass Zach und die Generalin sie ausfindig gemacht haben, wahrscheinlich schon vor Jahren. Selbst wenn die Papiere in der Truhe nur einen Bruchteil der existierenden Aufzeichnungen darstellen, sind sie offenbar so wichtig, dass der Rat nicht müde wird, danach zu suchen.« Ich deutete auf die Kiste zu meinen Füßen. »Vielleicht sind ja Karten vom Anderswo oder von der Arche darunter. Oder Baupläne für Waffen und Maschinen oder Rezepturen für Arzneien, um das Leid der Omegas zu lindern.«

»Eben«, fiel mir der Dompteur ins Wort. »Ihr mischt euch damit in Sachen ein, von denen ihr nicht das Geringste versteht.«

»Sie versteht mehr, als du denkst«, knurrte Sally. »Und du könntest noch was von ihr lernen, wenn du sie ausreden ließest.«

»Wir können Zach und die Generalin nicht aufhalten, wenn wir nicht wissen, was sie vorhaben.« Ich bemühte mich um den gleichen souveränen Tonfall, um den ich Piper und Zoe immer beneidete.

»Ohne meine Truppen ist der Widerstand zum Scheitern verurteilt«, sagte der Dompteur. Er legte eine Gelassenheit an den Tag, die bedrohlicher wirkte als jeder Wutausbruch. »Wenn meine Soldaten nicht wären, hätte die Ratsarmee die Stadt doch schon längst überrannt und euch der Reihe nach in die Tanks gesteckt. Und dieser Technologie wollt ihr unbedingt auf die Spur kommen? Die Leute stehen hinter mir, weil sie wissen, dass ich alles daransetze, sie vor den Maschinen zu beschützen. Wenn ich dieses Vertrauen missbrauche, können wir nicht mehr mit ihnen rechnen, dann ist New Hobart dem Untergang geweiht.«

»Wir könnten in dieser Truhe auf Erkenntnisse stoßen, die alles verändern«, sagte ich. »Und damit meine ich nicht nur einen Führungswechsel im Rat oder eine humanere Lösung, was die Reservate und Abgaben angeht. Ich rede von echtem Wandel. Wir könnten endlich herausfinden, was es mit dem Vorher auf sich hatte. Ob das Anderswo existiert und was dort anders läuft als hier. In dieser Kiste liegt vielleicht der Schlüssel zu einer ganz neuen Welt. Einer Welt, in der deine Frau und deine Kinder eine Chance gehabt hätten!«

Unvermittelt trat er einen Schritt vor und packte mich am Handgelenk. »Für meine Familie kommt jede Rettung zu spät. Was fällt dir ein, sie überhaupt ins Spiel zu bringen?«

Als Piper und Zoe die Messer zogen, schien die Luft Funken zu sprühen wie ein Feuerstein. Ich ließ den Dompteur nicht aus den Augen und dachte daran, was Elsa in der Küche des Notquartiers über die Kinder gesagt hatte: *Aber es kommen neue.*

»Du hast recht«, sagte ich schließlich. »Deine Familie hat nichts mehr davon. Aber es gibt andere Ehefrauen, andere Ehemänner. Kinder, die noch nicht mal geboren sind. Willst du ihnen die Hoffnung auf ein besseres Leben nehmen, nur weil du Angst vor dem Fortschritt hast?«

Sekundenlang hielt er mein Handgelenk umklammert, bevor er mich ruckartig von sich stieß. »Von mir aus nehmt die Papiere mit und durchkämmt sie. Aber ich erwarte einen ausführlichen Bericht über alles, was ihr darin findet.«

[...] Jetzt, zwanzig Jahre später, ist die Zeit gekommen, der Wahrheit ins Auge zu blicken. Das vor den Detonationen formulierte Ziel, in erster Linie die führen-

den Vertreter ihrer jeweiligen Zunft in die Arche aufzunehmen, hat unweigerlich zu einer überalterten Gesellschaft geführt. Die Bevölkerungszahl der Arche liegt derzeit bei 1 280 Menschen, von denen sich weniger als 20 % im gebärfähigen Alter befinden. Seit den Detonationen konnten bislang nur 348 Geburten verzeichnet werden, wobei über 70 % in den ersten zehn Jahren stattfanden. Angesichts der Fortpflanzungsprognosen besteht kein Anlass zum Optimismus. Während unsere Vorräte noch viele Jahrzehnte reichen dürften und die Nuklearzellen uns fraglos überleben werden, machen sich die psychologischen Auswirkungen der unterirdischen Lebensweise auf zunehmend alarmierende Weise bemerkbar. Wenn die vor den lebensfeindlichen Verhältnissen an der Oberfläche geschützte Bevölkerung die gestellten Erwartungen hinsichtlich einer Sicherung der menschlichen Existenz auf Dauer nicht erfüllen kann, stellt sich die Frage, worin der Sinn und Zweck einer solchen Abschottung besteht.

[…] war ursprünglich als Schutzraum für die gesamte Bevölkerung vorgesehen und sollte nicht nur einer privilegierten Minderheit vorbehalten sein. Trotzdem wird selbst heute noch auf Kosten der Allgemeinheit unentwegt Strom für das Pandora-Projekt gespart. Wir, die Unterzeichner, möchten hiermit erneut unsere Hoffnung zum Ausdruck bringen, dass die Übergangsregierung ihr Augenmerk endlich wieder auf die unmittelbaren Bedürfnisse der Überlebenden sowohl außer- als auch innerhalb der Arche richtet, anstatt weiterhin nur die […]

Wir ließen die Truhe ins Notquartier transportieren, weil ich mich dort in Ruhe an die Arbeit machen konnte und nicht ständig dem geschäftigen Treiben im Amtssitz des Steuereintreibers ausgesetzt war, wo die Kundschafter und Boten Tag und Nacht ein und aus gingen. Außerdem war es schön, wieder bei Elsa zu wohnen, wenngleich Piper und Zoe darauf bestanden, sowohl an der Eingangstür als auch in der Gasse hinter dem Hof einen Wachmann zu postieren. Ich erhob keinen Protest. Schließlich war ich froh, den überdimensionalen Amtsräumen mit ihren Diskussionen und Verdachtsmomenten zu entkommen, wo Simon, Piper, Sally und der Dompteur das Zepter führten und in einem fort Späher empfingen, Konflikte zwischen den Soldaten schlichteten und sich wegen des weiteren Vorgehens in den Haaren lagen. Selbst im allgemeinen Trubel des Sitzungssaals hatte ich in einem fort die Blicke des Dompteurs auf mir gespürt. Außerdem blieb ich bei Elsa einstweilen von Xanders Gebrabbel verschont. Er machte einem das Leben nicht mit Absicht schwer, doch sobald er anfing zu zappeln oder von der Heimkehr der Rosalind zu faseln, ertappte ich mich dabei, wie ich meine Hände nach ersten Anzeichen desselben nervösen Zuckens untersuchte. Auch Zoe machte inzwischen einen großen Bogen um ihn. Ich konnte es ihr beim besten Willen nicht verdenken.

Ich schlug mein Lager im Schlafsaal auf, weil ich mich dort ungestört ausbreiten konnte, und machte mich zuerst daran, eine gewisse Ordnung in den Blätterwust zu bringen. Zunächst begnügte ich mich mit den leeren Betten, doch bald musste auch der Boden dran glauben, und irgendwann war der gesamte Saal mit Papier ausgelegt. Eine Matratze ließ ich frei, schließlich musste ich irgendwo schlafen, jedoch nicht, ohne zuvor jedes Mal zwischen den Blätterstapeln einen Hindernislauf absolviert zu haben. Mit dem Arm in der Schlinge brütete ich fortan von morgens bis abends und oft auch die ganze Nacht über den Aufzeichnungen.

Wann immer es ihre Aufräumarbeiten zuließen, gesellte sich Elsa zu mir. Sie war nie zur Schule gegangen, und obwohl sie sich mit der Zeit ein paar Grundlagen angeeignet hatte, fiel ihr das Lesen immer noch ausgesprochen schwer. Die Papiere aus der Truhe zu entziffern entpuppte sich als doppelte Herausforderung. In dem Chaos aus Schimmel und Löchern musste man sich jedes Wort einzeln erkämpfen, und so bestand unsere Arbeit weniger aus Lesen denn aus behutsamem Zusammenstückeln. Nach ein paar anfänglichen Versuchen gab Elsa auf. Trotzdem blieb sie neben mir sitzen und machte sich nützlich, indem sie Stapel für Stapel die mehltauverklebten Seiten auseinanderzupfte und zum Trocknen ausbreitete. Als es im Notquartier noch von Kindern gewimmelt hatte, war sie stets beschäftigt gewesen. Doch nun saß sie auf einmal ganz still. Ihre vom Schrubben und Scheuern des zertrümmerten Hauses geröteten und geschundenen Hände ruhten reglos in ihrem Schoß, während sie den Blick stumm auf das richtete, was Joe das Leben gekostet hatte.

Auch ich arbeitete schweigend. Alles, was Elsa und mich verband – die Kinder, Nina und Kip –, waren Themen, denen weder sie noch ich gewachsen waren. Doch inzwischen wussten wir mit den wortlosen Momenten umzugehen, und es lag etwas Tröstendes in diesen stillen Stunden im Schlafsaal und den gemeinsamen Mahlzeiten in der kalten Küche.

Meistens jedoch leisteten mir nur die Papiere und meine Visionen Gesellschaft. Am meisten Kopfzerbrechen bereitete mir dabei die schiere Vielfalt der Aufzeichnungen. Obwohl die Seiten nicht fortlaufend nummeriert waren, gelang es mir ab und an, ein paar Puzzleteile korrekt zusammenzufügen. Trotzdem wirkte es im Großen und Ganzen, als hätte sie jemand wahllos aus den unterschiedlichsten Quellen zusammengerafft. Manche waren in der Mitte entzweigerissen, andere hatten derart bedingungslos vor der Feuchtigkeit kapituliert, dass kaum zu erkennen war, wo die Schrift aufhörte und der schwarze Schimmel anfing. Und selbst die intakten Aufzeichnungen bargen oft Wörter, manchmal sogar ganze Abschnitte, mit denen ich rein gar nichts anfangen konnte. Aber immerhin verstand ich genug, um alles grob zu sortieren. Auf vielen stand *Gutachten* oder *Memorandum, Anhang* oder manchmal auch *Bericht,* und alle klangen wie ein Echo jener Seite, die Sally Jahrzehnte zuvor in die Hände gefallen war. Wieder andere bestanden aus seitenlangen Auflistungen von Zahlen oder Skizzen, die ich nicht verstand.

Auch die Art von Papier war mir so noch nicht untergekommen. Überall, wo der Schimmel keine pelzige Schicht gebildet hatte, fühlte es sich ungewohnt glatt an und war so dünn, dass die Schrift auf der Rückseite lesbar wurde, wenn ich es gegen das Licht hielt. Sämtliche Seiten sonderten feinen Staub ab und lösten sich manchmal regelrecht zwischen meinen Fingern auf. Immer wenn sie kurz davor waren auseinanderzufallen, musste ich den Text mühsam abschreiben. Manche von ihnen waren mit einem Datum versehen. Offenbar hatte die Explosion auch die alte Zeitrechnung zunichtegemacht, denn die Aufzeichnungen begannen mit dem Jahr 1, und das letzte Datum, das ich entdecken konnte, war das Jahr 58. Doch auch die undatierten Dokumente ließen sich oft zeitlich einordnen. Die früheren Schriftstücke waren mit den winzigsten, gleichförmigsten Buchstaben bedruckt, die ich je gesehen hatte. Doch ab dem Jahr 43 hatten sich die Bewohner der Arche scheinbar wieder auf handschriftliche Notizen besonnen. Oft war das Papier mehrfach benutzt worden. Zwischen den Zeilen und bis an die Ränder der bedruckten Seiten fanden sich handschriftliche Kommentare, Buchstaben und Zahlen.

J. 38, 12. MÄRZ. MEMORANDUM (18b): BETR. ANSTIEG VON ZWILLINGSGEBURTEN (ÜBER TAGE)

Noch immer liegen uns zahlreiche Einzelberichte über die gehäuft auftretenden Fälle von Unfruchtbarkeit (bzw. nicht lebensfähigen Föten) unter den Überlebenden über Tage vor. In diversen Expeditionsgutachten (siehe Anhang 6) finden sich Hinweise auf einen hohen Prozentsatz von Fehlgeburten, Totgeburten oder Säuglingen, die kurz nach der Entbindung sterben. Allerdings lassen sich seit den Expeditionen 48–49 im Hinblick auf die Geburtenrate wieder höhere Erfolgsquoten feststellen, die allerdings mit einem unvorhergesehenen Anstieg von Zwillingsgeburten (zweieiig, XX/XY) einhergehen. Bemerkenswert an diesem neuen Phänomen ist der hohe Anteil an gesunden Säuglingen, was jedoch nicht auf alle Neugeborenen zutrifft […]

[…] In sämtlichen Fällen, von denen die Expeditionsteilnehmer zu berichten wussten (sowie in 17 weiteren dokumentierten, allerdings unbestätigten Fällen) liegt ein Primärzwilling ohne genetische Beeinträchtigung vor, während die Mutation des Sekundärzwillings gleichzeitig einen besonders schweren Verlauf aufweist […]

[…] Sekundärzwillingen wurde die Verkrüppelung mehrheitlich in Kategorie 7 oder höher eingeordnet. Zu den typischen Missbildungen zählen laut Expeditionsgutachten 49 u. a.: Polymelie, Amelie, Polydaktylie, Syndaktylie (in den meisten Fällen tritt beides parallel auf [Polysyndaktylie]), Gonadendysgenesie, Achondroplasie, Neurofibromat […]

[…] weist der Primärzwilling nicht nur keinerlei Mutation auf, sondern erzielt hinsichtlich sämtlicher Messgrößen (Muskelkraft, Lungenkapazität, Abwehrleistung gegen virale und bakterielle Infekte) sogar überdurchschnittliche Werte. Ungeachtet der bedauerlichen Begleiterscheinung des Sekundärzwillings handelt es sich dabei um die bislang lebensfähigsten Exemplare.

[…] kann wohl als drastische genetische Ausgleichsreaktion auf die anhaltende Strahlung […] an der Oberfläche interpretiert werden, wobei der Körper beim Versuch, einen lebensfähigen Nachkommen (den Primärzwilling) zu produzieren, die Mutation gleichsam auf den Sekundärzwilling überträgt, der fortan als unerwünschtes (aber unvermeidliches) Epiphänomen gelten dürfte.

Vier Tage später kam Sally mit Xander im Notquartier vorbei in der Hoffnung, dass er etwas mit den Dokumenten anfangen konnte.

Langsam führten wir ihn durch den Schlafsaal. Mittendrin blieb er stehen und nickte. »Riecht wie im Labyrinth aus Knochen«, erklärte er.

»Meinst du die Arche?«, fragte Sally, um ihm auf die Sprünge zu helfen.

»Ich habe euch doch gesagt, dass sie auf der Suche sind«, sagte er.

»Und darum ging es also? Danach haben die Soldaten gesucht?« Ich deutete auf die Seiten.

Doch wieder antwortete er nur: »Sie sind noch nicht fertig.«

»Womit sind sie noch nicht fertig?«, fragte ich und nahm ihn an den Händen. »Sag mir doch, welche Aufzeichnungen wir brauchen.«

Xander verzog das Gesicht zu einer Grimasse und schnupperte. »Riecht wie im Labyrinth aus Knochen«, wiederholte er, bevor er den Ellbogen hob und das Gesicht an der Schulter vergrub, während er mit der anderen Hand in der Luft herumfuchtelte, als wolle er sich etwas vom Leib halten. Als er sich in Sallys Richtung wandte, erwischte er mit dem Fuß einen Papierstapel, der sich prompt unter dem nächstgelegenen Bett verteilte, und wir mussten ihn vor die Tür setzen, bevor er noch mehr Schaden anrichten konnte. Selbst als Sally ihn über den Hof bugsierte, hörte man ihn noch schreien: »Labyrinth aus Knochen. Ewiges Feuer.«

Ich brauchte über eine Stunde, um die Seiten, die Xander umgeworfen hatte, wieder zu sortieren. Die Bilder der Explosion und der Anblick von Kips schwebendem Körper verfolgten mich, bis ich ins Bett ging, doch in dieser Nacht träumte ich von knisterndem Papier und dem Geruch von Mehltau und Tinte.

> *[…] flächendeckendes Phänomen, was auch die jüngsten Gutachten (Expeditionen 40 und 41) nahelegen, wonach der sprunghafte Anstieg von Zwillingsgeburten selbst in den östlichsten […]*

Anmerkung 5: Trotz des stabilen Gesundheitszustands der Primärsäuglinge besteht weiterhin Anlass zur Besorgnis, denn die Säuglingssterblichkeitsrate über Tage ist unverändert hoch. Bei Befragungen von Überlebenden *wurde zudem von mehreren Fällen berichtet, in denen selbst der scheinbar gesunde Zwilling unerwartet verstarb. Da in sämtlichen Fällen der Tod des zuvor erkrankten Sekundärzwillings unmittelbar vorausging, kann aller Voraussicht nach von Umweltfaktoren oder einem (bislang nicht identifizierten) aggressiven Virus als Todesursache ausgegangen werden. Allerdings basieren diese Berichte auf Stichproben, die statistisch gesehen nicht ins Gewicht fallen. Anhand bisheriger Kontrollwerte geht die Sonderkommission weiter davon aus, dass der Anstieg von Mehrlingsgeburten langfristig zu einer höheren Geburtenziffer und einer gesteigerten Überlebensfähigkeit sämtlicher Säuglinge führen wird […]*

Alle paar Tage sah Piper nach mir. »Es ist nicht gesund«, sagte er, »dass du dich hier abschottest.« Er nötigte mich zu Spaziergängen zum Hauptquartier oder durch die Gassen der Stadt, auf denen er sich in allen Einzelheiten berichten ließ, was ich bislang in Erfahrung gebracht hatte.

Auf den Straßen von New Hobart war inzwischen wieder eine gewisse Normalität eingekehrt. Die zertrümmerten Türen waren ersetzt und die Fenster mit wuchtigen Holzplanken zugenagelt worden, um den Schnee abzuhalten. Die Bäckerei hatte wieder geöffnet, und auf dem Markt standen die ersten Budenbesitzer hinter ihren Auslagen. Doch es war eine seltsame Freiheit, die wir den Bürgern der Stadt ertrotzt hatten. Obwohl die alten Besatzer verbannt waren, trugen die Truppen des Dompteurs die gleiche Uniform wie die Ratssoldaten und besetzten genau wie sie noch immer den Wall. Beim Wachdienst wechselten sie sich mit Simons Heer ab, das durch diverse Rekruten aus New Hobart verstärkt worden war. Doch ständig gerieten die Alpha- und Omega-Patrouillen über Themen wie Ablösung und Aufgabenverteilung aneinander.

Auf einem unserer abendlichen Spaziergänge machte Piper am Osttor bei einigen Omega-Reitern halt, die gerade zu ihrer Schicht antraten.

Während ich wartete, bekam ich mit, wie sich eine ehemalige Ratssoldatin über den beinlosen Bogenschützen lustig machte, der ihren Platz auf dem Wachturm einnehmen sollte. »Und was hast du vor, wenn der Feind kommt?«, fragte sie. »Willst du dann übers Schlachtfeld robben?«

Statt einer Antwort hievte sich der Angesprochene weiter mit dem Bogen über der Schulter Holm für Holm die Leiter hinauf.

Außerdem kam es immer wieder zu Handgemengen und Raufereien zwischen den Soldaten des Dompteurs und den Bürgern, für deren Sicherheit sie eigentlich sorgen sollten. So war zum Beispiel ein Streit über die Ausweispapiere entbrannt, die der ehemalige Ratsmann auf keinen Fall abschaffen wollte. Laut Piper hatte daraufhin eine Menschentraube vor dem Amtssitz des Steuereintreibers ein Lagerfeuer entzündet und die Papiere darin verbrannt.

Die Bürger der Stadt durften inzwischen ungehindert kommen und gehen. Viele hatten bereits ihre Habseligkeiten gepackt und sich auf den Weg gen Osten gemacht. Piper schätzte ihre Zahl auf mehrere Hundert, und er vermutete, dass es wohl noch viel mehr wären, wenn die Leute wüssten, wohin sie ziehen sollten und der Winter nicht so streng wäre.

Den Abtrünnigen war kein Vorwurf zu machen. Wir wussten alle, dass uns ein Gegenschlag drohte. Seit Tagen schon vermeldeten die Späher Truppenaufmärsche vor der Stadt, doch New Hobart war noch immer nicht umstellt. Der Dompteur ging davon aus, es im Fall eines Angriffs oder gar einer Belagerung zahlenmäßig ohne Weiteres mit dem feindlichen Heer aufnehmen zu können, doch so weit kam es erst gar nicht. Die feindlichen Ratssoldaten lagen nur auf der Lauer und warteten.

Inzwischen waren in der Stadt die ersten Anzeichen eines Lagerkollers zu beobachten. Ohne einen unmittelbar bevorstehenden Einsatz blieb den Alpha- wie auch den Omega-Soldaten nichts anderes übrig, als im Wind und Schnee ihren

Wachdienst zu verrichten. Und auch die Essensvorräte gingen langsam zur Neige, da sämtliche Händler immer noch einen großen Bogen um New Hobart machten und der frühe Kälteeinbruch dem Saisongemüse stark zugesetzt hatte. Es war ein unbarmherziger Winter, und allmählich wurde das Feuerholz knapp. Der nächste Wald war abgebrannt, und viele Städter scheuten sich angesichts der Ratstruppen, Wanderungen in die Umgebung zu unternehmen. Auf der Straße begegnete man immer wieder schwer beladenen Passanten, die sich offenbar an den Holzbeständen der zerstörten Häuser bedienten. Viele Bürger hatten bei der Schlacht Verletzungen davongetragen, und selbst die dicksten Wintermäntel vermochten die knochigen Gelenke und hohlen Wangen nicht zu verbergen. Beim Anblick der ausgemergelten Gesichter wurde ich stets an Zachs Worte erinnert: *Wie sieht euer Gegenentwurf aus?* Ich hatte geglaubt, mit der Schlacht und dem Scheiterhaufen aus versengten Leichen sei der Höhepunkt des Grauens erreicht. Doch hinter der nicht enden wollenden Tristesse eines ungewissen Waffenstillstands lauerten ganz eigene Gefahren.

Doch die trostlosen Wochen bargen auch vereinzelte Lichtblicke. Einmal kamen Piper und ich an drei Omega-Teenagern vorbei, die in einer verkohlten Ruine Fußball spielten. Als der Ball zu nahe an den Wall rollte, kickte ihn ein junger Soldat aus den Reihen des Dompteurs zurück und schloss sich prompt der munteren Partie an. Obwohl ihn der Kommandant ein paar Minuten später zu seiner Einheit zurückpfiff und der Soldat, ohne einen Blick über die Schulter zu werfen, abdrehte, hob er im Weglaufen noch einmal kurz die Hand, wie um sich von seinen Mitspielern zu verabschieden. An einem anderen Tag bekamen wir mit, wie vor der Werkstatt des Hufschmieds, wo die Patrouillenpferde neu beschlagen wurden, ein Omega-Soldat beim Einfangen eines widerspenstigen Gaules half. Als er die Zügel an seinen Alpha-Kollegen übergab, zuckte dieser wider Erwarten nicht gleich zurück. Ganz im Gegenteil ließen sich die beiden Männer unter einhelligem Augenrollen halblaut über den ungeschickten Lehrling aus, der das Tier unnötig erschreckt habe. Eine echte Aussöhnung sah anders aus als ein kurzer Wortwechsel in einer verschneiten Gasse, doch Momente wie dieser machten mir mehr Mut als alles, was wir auf dem Schlachtfeld erreicht hatten. Doch von Lichtblicken allein konnten wir nicht zehren, solange sich der Rat und seine Maschinen gegen uns zusammenrotteten. Das Anderswo und die Arche stellten auf lange Sicht unsere einzige echte Hoffnung dar.

»Wir sollten noch mehr Späher an die Küste aussenden«, wiederholte ich deshalb bei den Diskussionen im Sitzungssaal des Steuereintreibers immer wieder. »Und wir sollten weitere Schiffe klarmachen, um sie auf die Suche nach dem Anderswo zu schicken.«

»Wir können niemanden entbehren«, entgegnete der Dompteur. »Nicht nur, was die Verteidigung der Stadt angeht. Von Wyndham bis zur Küste werden in einem Fort Kämpfe gemeldet. Jede Garnison, die sich auf meine Seite geschlagen hat, steht inzwischen unter Beschuss der Ratsarmee.«

Als ich mich Hilfe suchend zu Piper umdrehte, wich er meinem Blick aus. Seit Zach uns die geköpften Galionsfiguren vor die Füße geworfen hatte, verstummte selbst er, wenn jemand das Thema Anderswo anschnitt. Als ich nachhakte, schüttelte er den Kopf.

»Eins nach dem anderen«, sagte er. »Wenn das Anderswo existiert, stehen die Chancen gut, dass wir in der Arche mehr darüber erfahren. Und selbst wenn wir ausreichend Leute hätten – ich kann nicht schon wieder auf gut Glück eine Flotte aussenden.« Er senkte den Blick. »Ich habe schon genug Himmelfahrtkommandos erteilt«, fügt er leise hinzu. »Zu Wasser und zu Land.«

Und als Xander wieder in sein nervöses Geschnatter über die Rückkehr der Rosalind verfiel, brachte es keiner von uns übers Herz, ihm die Wahrheit zu sagen.

J.49, 23. NOV. VERSORGUNGSBERICHT

Die Feuchtigkeit ist inzwischen bis in Abschnitt B vorgedrungen und hat sowohl das Leitungs- als auch das Belüftungssystem in Mitleidenschaft gezogen. Bei der Wartung soll nach Möglichkeit versucht werden, die Lecks an den Lüftungsrohren zu stopfen. Laut Walsh erschwert jedoch die detonationsbedingte Absenkung in Abschnitt A den Zugang zu […]

Oberflächenexpedition 61: Strahlungswerte unverändert. Im Osten (ab Lager 3) weiterhin konsequent erhöht. Keine Überlebenden jenseits von Lager 5 gesichtet.

Der Alltag in der psychiatrischen Abteilung (Abschnitt F) gestaltet sich durch den Valium-Engpass zunehmend problematisch. Wenngleich über die Hälfte der Patienten im Sicherheitstrakt (D) untergebracht werden müssten, besteht dazu seit dem Generatorenausfall in Sektion D keine Möglichkeit mehr. Weiterhin keine Rückmeldung der Übergangsregierung bzgl. unserer wiederholten Aufforderung, Hilfsstrom vom Pandora-Projekt abzuzweigen (nicht nur zwecks Beleuchtung, sondern auch für die Kühlschränke. Sämtliche Nahrungsmittel lagern derzeit in den Kühlkammern der Pathologie neben […]

26

ZOE, PIPER, SIMON und der Dompteur hatten sich im Notquartier eingefunden. Ich war es so gewohnt, sie im Sitzungssaal Hof halten zu sehen, dass sie auf den quietschenden Kinderbetten, zwischen all den Papierstapeln seltsam fehl am Platz wirkten. Nur der Dompteur blieb mit über der Brust verschränkten Armen stehen.

Nach drei Wochen war ich endlich mit dem Sichten und Sortieren der Aufzeichnungen fertig geworden. Mein Handgelenk war noch immer leicht geschwollen, und ich konnte es nicht belasten, ohne dass mich ein stechender Schmerz durchzuckte, doch ich brauchte keine Schiene mehr und konnte die Finger wieder halbwegs normal bewegen.

»Hier werden die Zwillinge zum ersten Mal erwähnt«, sagte ich und hielt Piper eine Seite hin.

Er griff danach.

J. 38, 12. MÄRZ. MEMORANDUM (18b):
BETR. ANSTIEG VON ZWILLINGSGEBURTEN
(ÜBER TAGE)

»*Über Tage?*« Verständnislos sah er mich an.

»Damit ist unsere Welt gemeint«, sagte ich und deutete in Richtung Fenster. »Alles über der Erde. In älteren Aufzeichnungen heißt es noch *die Oberfläche*. Aber irgendwann steht da nur noch über Tage.«

»Hier geht es um uns, oder?« Piper war mit dem Zeigefinger an einer Stelle im Dokument hängen geblieben. »*Sekundärzwillinge.* Damit sind die Omegas gemeint.«

Schweigend wartete ich ab, bis alle den Abschnitt gelesen hatten.

Zu den typischen Missbildungen zählen laut Expeditionsgutachten 49 u. a.: Polymelie, Amelie, Polydaktylie, Syndaktylie (in den meisten Fällen tritt beides parallel auf [Polysyndaktylie]), Gonadendysgenesie, Achondroplasie, Neurofibromat […]

Es klang fast so, als seien die Mutationen zu furchterregend gewesen, um sie in gängige Worte zu fassen, sodass der Urheber des Berichts gezwungen war, eine ganz neue Sprache dafür zu erfinden. Als mein Blick auf Piper fiel, fragte ich mich, welcher der seltsamen Begriffe für seinen fehlenden Arm stand und wie man damals wohl eine Seherin genannt hatte, deren Bewusstsein haltlos zwischen Vergangenheit und Zukunft hin und her taumelte.

Piper und Zoe hatten den Kopf im gleichen Winkel geneigt, während sie lasen.

[…] kann wohl als drastische genetische Ausgleichsreaktion auf die anhaltende Strahlung […] an der Oberfläche interpretiert werden, wobei der Körper beim Versuch, einen lebensfähigen Nachkommen (den Primärzwilling) zu produzieren, die Mutation gleichsam auf den Sekundärzwilling überträgt, der fortan als unerwünschtes (aber unvermeidliches) Epiphänomen gelten dürfte.

»Die Hälfte davon verstehe ich nicht mal ansatzweise«, sagte Zoe. »*Genetisch? Epiphänomen?*«

»Ich auch nicht«, gab Piper zu. »Aber der Text scheint zu bestätigen, was wir immer vermutet haben. Dass wir uns so entwickelt haben, damit die Spezies überleben konnte. Dass die Omegas nach der Explosion die Mutationen zu schultern hatten.«

Ich nickte und musste wieder an die Worte der Generalin bei unserer Begegnung auf der Landstraße ein paar Wochen zuvor denken: *Ihr seid eine Begleiterscheinung von uns. Mehr nicht.* Hatte sie dieselben Aufzeichnungen oder zumindest ähnliche gelesen wie wir?

»Hier wird es richtig interessant.« Ich trat an die Kopfseite des Bettes und hob vorsichtig ein Blatt auf, das auf den ersten Blick an eine zarte Lochstickerei erinnerte, weshalb ich, anstatt das Papier herumzureichen, lieber daraus vorlas.

J. 46., 14. DEZ. BERICHT BETR. ZWILLINGE ÜBER TAGE: THERAPIEMASSNAHMEN

Im Rahmen der fortlaufenden Untersuchung des anhaltenden simultanen Zwillingssterbens über Tage konnte ein Zusammenhang hergestellt werden, der sämtliche bisherigen Erkenntnisse der Zwillingsforschung (sowohl im Hinblick auf dizygotische als auch auf monozygotische Paare) infrage stellt. Während der diesem Zusammenhang zugrunde liegende Mechanismus uns noch vor Rätsel stellt, konnten wir nachweisen, dass die Zwillingsbildung behandelbar ist. Mit der entsprechenden Therapie (Medikationsliste siehe Anhang B) für Primärzwillinge dürfte sich einer Zwillingsbildung in künftigen Generationen vorbeugen lassen. Diese Therapie in Verbindung mit […]

»Diese Medikation, um die es da geht, die Liste«, fuhr Zoe dazwischen. »War die auch mit in der Truhe?«

Ich schüttelte den Kopf. »Ich habe nichts gefunden. Vielleicht ist sie noch in der Arche. Oder jemand hat sie vernichtet.«

»Und mehr steht da nicht?«

»Nein.« Ausgerechnet an dieser Stelle verlor sich die Schrift im Mehltau. Ich hob den Blick, um zu sehen, ob die rätselhaften Worte bei meinen Zuhörern angekommen waren.

Eine lähmende Stille hatte sich über den Saal gesenkt, in der Luft schien mehr als nur Staub zu liegen.

Zoe fand zuerst die Sprache wieder. »Kein Wunder, dass Joe sterben musste. Verdammt! Man kann die Zwillingsbildung also verhindern.«

Alle waren aufgestanden. Zoe umklammerte Pipers Arm. Neben ihr schüttelte Simon mit einem breiten Lächeln langsam den Kopf. Der Dompteur kniff die Augen zusammen und runzelte die Stirn.

»Das ist leider nicht alles«, sagte ich. Man hätte sich eigentlich denken können, dass es in unserer verkrüppelten Welt keine einfachen Lösungen gab. »Hört zu.« Ich las weiter.

Angesichts der von der Übergangsregierung ausgegebenen Richtlinien in Bezug auf den Umgang mit oberflächenspezifischen Problemstellungen (siehe Anhang A) lassen sich die Nachteile des Therapieprogramms dennoch nicht von der Hand weisen, da dadurch zwar die Zwillingsbildung unterbunden wird, die Nachkommen allerdings weiterhin unter Mutationen zu leiden haben dürften. Langfristig sollten die Präventivmaßnahmen die Symptome zwar lindern, d.h. die (nicht als Zwilling) Geborenen dürften aller Voraussicht nach weniger schwere Missbildungen aufweisen als die aktuelle Generation von Zwillingen. Trotzdem legen unsere Modellversuche nahe, dass bei einer flächendeckenden Umsetzung des Maßnahmenkatalogs in absehbarer Zukunft bei sämtlichen Neugeborenen mit Mutationen zu rechnen ist.

Gleichzeitig spricht laut Kommission für die Therapie, dass bei Autopsien von Omega-Zwillingen ergänzend zu den Mutationen ausnahmslos ein defekter Reproduktionsapparat (innerlich) nachgewiesen werden konnte, was im Hinblick auf die Wiederbevölkerung ein entscheidendes Hindernis darstellt. Jedoch mehren sich in dem für die Richtlinien zuständigen Gremium Stimmen, wonach dies als evolutionäre Anpassungsreaktion zur Eindämmung der Mutationen gedeutet werden kann.

»Eine *evolutionäre Anpassungsreaktion zur Eindämmung der Mutationen*«, wiederholte Piper. »Klingt ganz so, als wären ein paar von denen ganz froh gewesen, dass wir keine Kinder zeugen können. Da kommt mal wieder die typische Alpha-Mentalität zum Tragen – auch damals galten wir offenbar schon als Untermenschen.«

Ich nickte. »Deshalb war die Kappung der Verbindung zwischen den Zwillingen auch so umstritten. Danach hätte es nicht nur mit den Omegas, sondern auch mit den Alphas ein Ende gehabt. Die Missbildungen sind scheinbar nicht ganz aus der Welt zu schaffen. Sie hätten alle Neugeborenen betroffen, wenn auch in abgeschwächter Form.«

»Und mit dieser Arznei könnten die Omegas sich fortpflanzen?«, fragte Zoe.

»Es gäbe dann keine Omegas mehr«, sagte ich. »Und auch keine Alphas. Nur noch Menschen.«

»Aber alle hätten Missbildungen«, sagte der Dompteur. »Oder?«

Ich nickte wieder. »So steht es zumindest in den Berichten.«

»Und die Leute in der Arche hätten eher in Kauf genommen, dass die Menschheit ausstirbt«, sagte Piper, »als dass sie mitsamt den Mutationen weiterexistiert.« Herausfordernd sah er den Dompteur an, als wartete er darauf, dass dieser die Entscheidung der Arche-Bewohner verteidigte. Doch der erwiderte nur schweigend seinen Blick.

»Es geht immer nur um künftige Generationen«, sagte Zoe und nahm mir behutsam das Papier aus der Hand, um sich noch einmal selbst zu vergewissern. »Steht da nirgendwo, was man gegen das fatale Band oder die Unfruchtbarkeit unternehmen kann, wenn die Zwillinge schon auf der Welt sind?«

»Nein.« Verstohlen musterte ich sie. Wenn sich das Band zwischen Piper und ihr kappen ließe, würde sie es zulassen?

Piper riss mich aus meinen Gedanken. »Und das war's? Die wussten damals, wie sich die Zwillingsseuche bekämpfen lässt, aber wurden sich einfach nicht einig?«

»Der fehlende Konsens war nicht das einzige Problem«, sagte ich und reichte Zoe die nächste Seite. »Es gab auch noch andere Gründe.« Sie las vor.

Obwohl sich besagte Behandlungsmethode nachweislich nicht allzu komplex gestaltet, sind wir bei der Umsetzung auf maßgebliche Probleme gestoßen, die durch die ungleichmäßige Verteilung der Bevölkerung über Tage noch verschärft werden.

Zu diesen Problemen gehört zunächst die Herstellung, Lagerung und Verteilung der Medikamente. Unseren Berechnungen zufolge dürften sich unter Verwendung der in der Arche vorhandenen Rohstoffbestände ohne Weiteres Präparate für > 5000 Patien-

ten herstellen lassen (im Rahmen eines Behandlungsplans, der gemäß den Befunden von Fegan und Blair 3 Dosen pro Tag vorsieht). Allerdings kann die Wirksamkeit des Medikaments durch mangelnde Kühlung stark beeinträchtigt werden und […]

[…] Haupthindernis bei der flächendeckenden Umsetzung des anvisierten Therapieplans erweist sich jedoch die zunehmend technikfeindliche Grundstimmung, die unter den Überlebenden über Tage zu beobachten ist. So kommt es Augenzeugen zufolge außerhalb der Arche derzeit zu einer systematischen Zerstörung sämtlicher Anlagen und Gerätschaften, die die Explosion unbeschadet überstanden haben. Mehrere Expeditionen berichten von heftigen Abwehrreaktionen auf ärztliche Untersuchungen, wobei in drei Fällen sogar Instrumente beschlagnahmt und vernichtet wurden. Von zwei Expeditionsteams fehlt weiterhin jede Spur. In Anbetracht der zahlreichen Gesundheitsrisiken, die ein Aufenthalt an der Oberfläche birgt, wäre es jedoch voreilig, ihr Verschwinden zwangsläufig mit den gewaltsamen, technophoben Säuberungsaktionen, die derzeit über Tage stattfinden, in Verbindung zu bringen. Trotzdem besteht nach wie vor akuter Anlass zur Besorgnis.

»Damit ist das Tabu gemeint«, sagte ich. »Wenn es heißt, dass sich die Überlebenden auf einmal gegen die Maschinen zur Wehr setzen.«

»Man kann es ihnen kaum übel nehmen«, sagte der Dompteur. »Schließlich hatten sie damals schon jahrzehntelang mit den Auswirkungen der Explosion zu kämpfen.«

»Nicht nur das. Es gab noch einen weiteren guten Grund, sich vor den Arche-Bewohnern und ihren Maschinen zu fürchten«, sagte ich und trat zum nächsten Bett, wo die Blätterstapel allesamt dieselbe Handschrift trugen. Der Autor hatte keinen Wert auf die Lesbarkeit seiner Aufzeichnungen gelegt. Sein wüstes Gekrakel hatte mich fast genauso auf die Probe gestellt wie das verblasste, feuchte, sich langsam auflösende Papier. »Diese Notizen stammen ausnahmslos von einem gewissen Professor Heaton, und es geht darin um die Experimente an sich.« Ich las den anderen den Abschnitt vor.

Dank der Forschungsleistung von Professor Fegan und Professor Blair muss das Arche-Projekt noch nicht zwangsweise als gescheitert gelten. Es liegt nach wie vor in unserer Hand, die Zwillingsbildung aufzuhalten, die an der Oberfläche inzwischen nahezu epidemisch um sich greift. So konnten Blair und Fegan vielfach nachweisen, dass die Therapie selbst unter ökonomischem Einsatz der verbliebenen Rohstoffe nicht nur erfolgreich verlaufen (zumindest bei lokaler Beschränkung auf das direkte Umfeld der Arche), sondern auch zu einer maßgeblichen Senkung sowohl der Sterblichkeitsrate als auch der Wahrscheinlichkeit schwerer Behinderungen unter künftigen Generationen beitragen dürfte.

Die moralische Tragweite ihrer Untersuchungsmethoden (von denen ich mich bereits ausdrücklich distanziert habe, sowohl persönlich als auch in Form eines offiziellen Beschwerdeantrags) steht auf einem anderen Blatt. Ungeachtet dieser Einwände stehen uns die Ergebnisse ihrer umfangreichen Studie nun zur Verfügung, und es wäre geradezu vermessen, wenn wir die Gelegenheit zum Handeln verstreichen ließen.

»Was meint er denn mit, *die moralische Tragweite ihrer Untersuchungsmethoden?*«, fragte Zoe.

»Hier«, sagte ich und reichte ihr das nächste Blatt Papier.

Während sie weiter vorlas, sah ihr Piper über die Schulter.

Unter den zahlreichen Menschenrechtsverletzungen im Rahmen ihres Forschungsprojekts werfen Fegan und Blairs Experimente an Überlebenden von über Tage ohne deren ausdrückliche Einwilligung zweifellos die meisten Fragen auf. Angesichts der umfangreichen Sicherheitsvorkehrungen an den Ein- und Ausgängen der Arche kann der Zutritt dieser Versuchspersonen unmöglich ohne Genehmigung von höchster Stelle erfolgt sein. Deshalb gilt es, sowohl die Mitarbeiter der Abteilung als auch die Übergangsregierung zur Verantwortung zu ziehen, da es sich hierbei nicht nur um ein ethisches Versagen, sondern (in Anbetracht der hohen Sterblichkeitsrate unter den Kandidaten) auch um ein kaltblütiges Verbrechen handelt.

»Die haben sich also einfach ein paar Leute von oben geschnappt und an ihnen herumexperimentiert«, knurrte Piper. »Und dabei ist schon mal einer draufgegangen, vielleicht sogar alle.« Als er sich wutentbrannt vor mir aufbaute, wurde mir wieder einmal bewusst, wie Furcht einflößend er sein konnte. Es lag nicht nur an seiner Größe und den breiten Schultern. Was mir am meisten Angst machte, war der Mangel an Zurückhaltung in seinen grünen Augen. Die absolute Gewissheit seines Zorns.

»Und trotzdem hatten sie die ganze Zeit Angst vor uns«, sagte ich. »Sie haben sich eingesperrt und *Sicherheitsvorkehrungen* getroffen, damit wir ihnen nichts anhaben können.« Mein kurzes, gequältes Lachen hallte schaurig durch den Schlafsaal.

Trotz meiner Bedenken, was die Zwillingsversuche angeht, hatte ich stets gehofft, dass der Zweck die unorthodoxen Mittel heiligen würde. Sollten die Ergebnisse der Studie jedoch von rein akademischem Interesse bleiben und weiterhin ausschließlich dazu dienen, die Neugier der Arche-Bevölkerung zu befriedigen (bzw. ihr auch in Zukunft lediglich als Ausweichmöglichkeit zur Verfügung stehen), ist jeglicher Rechtfertigungsversuch als hinfällig zu erachten. Deshalb bitte ich Sie als Vertreter der Übergangsregierung inständig, ihren Beschluss noch einmal zu prüfen und sich dazu durchzuringen, den Therapieplan in die Tat umzusetzen. Dieser verspricht nicht nur eine drastische Verbesserung der Lebensverhältnisse über Tage, sondern birgt auch eine echte Chance zur Wiederbevölkerung.

Dies ist weder mein erster Appell an die Übergangsregierung, noch bin ich der einzige Bürger der Arche, der sich zum Kurs der Regierung in dieser Frage kritisch geäußert hat. Wenn jene Ressourcen (in erster Linie die Stromaggregate), über die das Pandora-Projekt derzeit in Eigenregie verfügt, stattdessen bei der Massenbehandlung der Überlebenden über Tage zum Einsatz kämen, dürften sich in der kommenden Generation bereits erste Erfolge verbuchen lassen.

Aufmerksam ruhte mein Blick auf dem lesenden Piper, der angestrengt die Stirn runzelte, während Zoe beim Versuch, die Worte zu entziffern, auf ihrer Unterlippe herumkaute. Sie hatten keine Ahnung, wie sehr sie einander in diesem Moment ähnelten.

»Am Ende ist nichts daraus geworden«, sagte ich. »Die Behandlung der Zwillinge war ihnen einfach nicht wichtig genug. Sie waren viel zu sehr mit sich selbst beschäftigt und hatten zu große Angst vor den Überlebenden an der Oberfläche. Und außerdem ging in der Arche langsam alles den Bach runter.«

Ich führte sie ans andere Ende des Schlafsaals, wo ich die von oben bis unten vollgekritzelten Blätter ausgelegt hatte, auf denen die letzten Jahre der Arche dokumentiert waren. Dass sie jüngeren Datums waren, merkte man nicht nur am Wechsel von Druck- zu Handschrift oder dem mehrfach benutzten, vor Buchstaben nur so berstenden Papier. Der Wandel im Tonfall sprach ebenso Bände.

»Die älteren Aufzeichnungen klingen durch die Bank steif und förmlich«, erklärte ich, »Memorandum hier und Gesuch da. So spricht doch kein Mensch. In manchen Texten ändert sich daran nichts, speziell, wenn es um technische Details geht. Aber bei fast allen anderen schlägt der Ton irgendwann um. Der Verfasser gerät ins Stocken. Wirkt verzweifelt. Schaut mal.« Ich reichte Piper eine Handvoll kreuz und quer beschriebener Blätter. Die Berichte und Notizen wurden immer kürzer und einsilbiger, als hätte jemand die Sprache an sich in Schutt und Asche gelegt.

Springfield-Baby Geboren – Junge, Gesund, 3,5 Kilo –, Aber Mutter Kann (Will?) Nicht Stillen.

Ausfall Lampen Flügel F – verbliebene Bewohner übergangsw. in Flügel B untergebr. Sperrzeiten Strom 18-6h für alle Bürger (außer Abschnitt A [Pandora-Projekt] und Kühlschränke Kantine).

»Sollen mir diese Leute jetzt etwa leidtun?«, fragte Zoe. »Sie wollten es doch nicht anders. Während die Welt über ihnen in Flammen aufging, haben sie es sich unter der Erde bequem gemacht. Und anstatt den Überlebenden an der Oberfläche zu helfen, haben sie sie beobachtet wie Ameisen in einem Schraubglas.«

»Ja, natürlich«, sagte ich. »Ich will auch gar nicht behaupten, dass sie gute Menschen waren. Ich wollte euch nur zeigen, was passiert ist. Wieso es mit der Arche so unaufhaltsam bergab ging. Ich habe den Eindruck, irgendwann ist ein Teil der Bewohner einfach durchgedreht, weil sie schon zu lange unter der Erde gelebt hatten. Hört mal zu.«

Abschnitt F jetzt verriegelt, zum Schutz vor besonders instabilen Patienten, die sich jeglichem ärztlichen Zugriff entziehen und somit eine akute Gefahr für die restliche Arche-Bevölkerung darstellen. Nachdem alle vorhandenen Waffen entfernt wurden, hat die Übergangsregierung dem Quadranten eine großzügige Essensration zuteilen lassen, und die Wasserversorgung besteht weiter. In sämtlichen Räumen wurde der Strom abgeschaltet (Belüftung weiter in Betrieb), um dem Bedarf der restlichen Bewohner besser entsprechen zu können.

Die Patienten an der Oberfläche auszusetzen, stand zur Debatte, aus Sicherheitsgründen (Kontakt mit Überlebenden über Tage) wurde davon letztlich jedoch Abstand genommen.

Sämtliche Türen und Luken wurden endgültig verriegelt. In Anbetracht des schweren Verlaufs der Krankheit ist nicht zu erwarten, dass sich diese Verwahrung als Dauerzustand erweist.

»Diese Sprache ist wie ein Deckmantel, oder?«, sagte ich. »*Patienten* – damit meinen sie wohl Gefangene. *Nicht zu erwarten, dass sich diese Verwahrung als Dauerzustand erweist* – soll heißen, dass sie wahrscheinlich alle bald tot sind. Man ging offenbar davon aus, dass sich die Wahnsinnigen entweder das Leben nehmen oder einander umbringen würden.«

»Aber sie sind nicht die Einzigen, die die grausame Wahrheit in harmlose Worte verpacken«, sagte Piper. »Die Alphas machen das heute noch so. Denkt nur an die sogenannten Reservate.«

Nicht nur die Alphas, dachte ich. Wie oft hatte ich selber schon Zuflucht gesucht in der Kluft zwischen Wort und Ding? Zum Beispiel, als ich Piper und Zoe von Kips Tod erzählt hatte. *Es ist zu Ende,* hatte ich gesagt, doch diese Worte hatten nichts von der Wahrheit jenes Moments gehabt, von der bitteren Wahrheit seines Sterbens. Sie klangen sauber und ordentlich, dabei verstieß sein lebloser Körper, der wie ein rohes Ei auf dem Betonboden aufgeschlagen und entzweigebrochen war, gegen sämtliche Regeln. Worte waren unblutige Symbole, mithilfe derer wir die Welt in Schach hielten. Als Simons Späher losgeritten waren, um Soldaten für die Schlacht in New Hobart zu rekrutieren, hatten sie eine Botschaft im Gepäck: Kampf, Freiheit, Aufstand. Kein Wort von Schwertern, die Kehlen durchschlitzten, oder halb verkohlten Leichenbergen im Schnee.

»Wir haben nichts mit den Arche-Bewohnern gemeinsam«, beharrte Zoe. »Ich meine, die Insassen von Abschnitt F wurden bei lebendigem Leib begraben! Entweder haben sie einander zerfleischt, oder sie sind nach einer gewissen Zeit einfach verhungert.«

»Am Ende hat die gesamte Arche-Besatzung da unten den Tod gefunden«, sagte ich. »Nicht nur die Kranken, die weggesperrt wurden. Zum Schluss saßen sie alle unter der Erde in der Falle. Erst ist ihnen das Licht ausgegangen und dann das Essen.«

»Immer noch besser als ein Leben an der Oberfläche«, sagte Piper. »Über Tage mussten die Leute nicht nur mit der Explosion fertigwerden, sondern auch mit dem Langen Winter und den trostlosen Jahren danach.«

Dem war nichts hinzuzufügen. Und weil diese Menschen keine Arche gehabt hatten und Berichte über sie in den Dokumenten von damals nur am Rande auftauchen, würden wir nie erfahren, wie es ihnen in jenen ersten Jahrzehnten an der Oberfläche ergangen war. Ab und zu hörte man die Barden noch vom Langen Winter singen, von einer Strahlung, die die Kinder schon im Mutterleib versengte. Es kursierten Geschichten von Babys, die ohne Nasenlöcher oder Mund auf die Welt kamen. Doch das ganze Ausmaß des Schreckens würde für immer ein Rätsel bleiben, denn selbst die Legenden, die ihren Weg zu uns fanden, muteten so grotesk an wie die Kinder, die damals geboren wurden.

»Warum sind sie bloß so lange in der Arche geblieben?« fragte Simon. »Über fünfzig Jahre, wenn die Zahlen nicht täuschen. Irgendwann war die Strahlung doch nicht mehr so stark, das steht sogar in den Papieren. Natürlich wäre es nach wie vor kein Spaziergang da oben gewesen, aber immerhin hatte sich die Natur langsam wieder erholt. Die Überlebenden haben Kinder bekommen. Da hätte man sich doch rauswagen können.«

»Sie hatten keine Angst vor der Welt draußen«, sagte Piper. »Es lag auch nicht an der Strahlung. Das Problem waren wir.« Sein Blick blieb an seiner linken, armlosen Schulter hängen. »Denkt nur daran, was uns die Alphas auf der Straße hinterherbrüllen, und die sind an uns gewöhnt.«

Er hatte recht. Selbst in New Hobart war man als Omega

nicht vor Pöbeleien gefeit. Und »Freak« und »Verunstaltete« hatte ich hier nicht zum ersten Mal gehört.

»Da habt ihr es schwarz auf weiß«, fuhr Piper fort und hielt ein Blatt Papier hoch. »Man war sich nicht sicher, ob es sich überhaupt lohnt, die Zwillingsbildung aufzuhalten. Ob Leute mit Mutationen es wert sind, gerettet zu werden, oder ob man die Menschheit vielleicht doch lieber aussterben lässt, bevor alle so aussehen wie wir. Nur deshalb sind die Arche-Bewohner da unten geblieben, damit wir ihnen nicht gefährlich werden konnten. Eins steht fest: Sie hatten panische Angst, so zu enden wie wir.«

27

WIR WANDTEN UNS wieder den Papierstapeln mit Professor Heatons Gekrakel zu.

»Nicht alle Arche-Bewohner hatten die Überlebenden an der Oberfläche abgeschrieben. Heaton zum Beispiel hat sich weiter mit der Kappung des Zwillingsbands beschäftigt und dafür plädiert. Und er war nicht der Einzige.« Aus einem Antrag aus dem Jahr 20 ging eindeutig hervor, dass die Arche-Bewohner ihre Fortpflanzungsversuche weitgehend eingestellt hatten und ihre Überlebenschancen unter der Erde inzwischen als gering einschätzten. Stattdessen sprachen sich einige dafür aus, den Menschen über Tage zu Hilfe zu kommen.

»Dieser Mann«, sagte Zoe. »Professor. Er schreibt …«

»Professor ist nicht sein richtiger Name. Viele Leute in der Arche werden so bezeichnet. Es scheint eher ein Titel zu sein. So wie Ratsmann, nehme ich an. Professor Heaton.«

»Und das stammt alles von ihm?«, fragte sie und deutete auf die Unmengen an Dokumenten, die dieselbe unleserliche Handschrift trugen.

»Ja.«

Zum besseren Verständnis erklärte ich grob meine Vorgehensweise bei der Sortierung. Ein dicker Stapel aus Joes Truhe ließ sich Professor Heaton zuordnen. Eine weitere umfangreiche Sammlung von Aufzeichnungen bestand aus Skizzen, in denen hauchfeine blaue Linien verschlungene

Muster bildeten, deren Bedeutung sich mir nicht erschloss. Die meisten Papiere jedoch enthielten nur Ziffern, die ich Spalte für Spalte durchgegangen war, bis mich die Nullen irgendwann angestarrt hatten wie erblindete Augen. Ein paar Spalten waren beschriftet, doch ich wusste mit den Begriffen nichts anzufangen: *Curie (C), Röntgen (R), Strahlungsdosis (SD)*. Dabei fiel mir wieder ein, dass auch die Beichtmutter im Zusammenhang mit den Maschinen Worte benutzt hatte, die mir ganz und gar fremd waren. *Computer. Generatoren.* Während wir uns noch den Kopf über die rätselhaften Buchstabenketten zerbrachen, hatte sie längst die Sprache der Maschinen gelernt.

»Das alles sagt mir rein gar nichts.« Entnervt ließ Piper ein von oben bis unten mit Zahlen bekritzeltes Blatt fallen.

»Doch«, sagte ich. »Diese Aufzeichnungen beweisen, dass die Leute in der Arche dabei waren, Probleme zu lösen. Wir wissen, dass sie ein Mittel gegen die Zwillingsbildung gefunden hatten, auch wenn am Ende niemand Gebrauch davon gemacht hat. Aber wenn wir die Arche finden, uns Stück für Stück an die nötigen Informationen herantasten und unsere besten Leute darauf ansetzen, könnten wir es schaffen. Kann sein, dass es Jahre dauert, vielleicht sogar mehrere Generationen. Aber erinnert euch, was Zach und der Rat binnen kürzester Zeit mit den Tanks erreicht haben.«

»Seit wann dient uns dein Bruder als Vorbild?« Wie ein Peitschenhieb zischten die Worte des Dompteurs durch die Luft.

»Dreh mir nicht immer das Wort im Mund um«, gab ich zurück. »Du weißt genau, was ich meine. Natürlich gehören die Tanks vernichtet. Trotzdem sind sie der beste Beweis dafür, wozu die Maschinen imstande sind.«

»Dazu brauchen wir keine Tanks«, sagte Piper. »Schau dich doch nur mal um.«

»Ja, damals haben sie am Ende nur Chaos und Verwüstung angerichtet.« Ich gab mir alle Mühe, Ruhe zu bewahren. »Aber wenn wir vor lauter Panik vor den Maschinen all das Gute ausblenden, das sich damit wahrscheinlich bewirken ließe, ist niemandem geholfen.«

»Langsam klingst du wie der Reformer«, sagte der Dompteur.

»Rede keinen Unsinn! Die Technologie aus der Arche kann die Zwillingsgeburten verhindern, wir müssen sie nur finden. Damit könnten wir ein ganz neues Zeitalter einläuten.«

»Bist du dir sicher? Dass sich die Arche so einfach aufspüren lässt, meine ich«, sagte Piper. »Schließlich ist das die Grundvoraussetzung. Wenn du mit der Vermutung recht hast, dass der Rat sie längst ausfindig gemacht hat, war dein Bruder bestimmt schon vor Ort. Vielleicht stöbert er gerade in diesem Moment dort herum. Kannst du dich nicht von ihm leiten lassen?«

Ich senkte den Blick. »Das habe ich schon versucht, aber bislang vergeblich. Egal, wie sehr ich mich konzentriere, ich kann weder eine Karte ausmachen noch irgendwelche Ortsnamen. Ich spüre rein gar nichts.«

Alle Blicke ruhten auf mir.

»Du hast doch auch auf die Insel gefunden, und das, obwohl sie Hunderte von Kilometern entfernt lag«, sagte der Dompteur.

»Mag sein«, gab ich gereizt zurück. »Aber ich bin nun mal keine Maschine. Und von der Insel hatte ich von klein auf gehört und außerdem jahrelang von ihr geträumt. Die Arche konnte ich mir bis vor Kurzem noch nicht einmal vorstellen.«

In den langen Tagen und Nächten zwischen den Papierstößen hatte sich ein paarmal etwas in mir geregt – ein leiser Sog schien mich in Richtung Arche zu ziehen. Doch in meinen unsteten Visionen hatte sich das Gefühl immer wieder so schnell verzogen wie ein Dufthauch im Wind, der mich kurz neugierig hatte schnuppern lassen, mir jedoch keinen erkennbaren Weg wies.

»Als Seher ist man seiner Gabe hilflos ausgeliefert«, erklärte ich dem Dompteur. »Glaubst du etwa, ich wache freiwillig jeden Morgen von meinem eigenen Geschrei auf, weil ich mal wieder von der Explosion geträumt habe?«

Zum Glück wechselte Zoe das Thema. »Xander hat was von Geräuschen in der Arche gesagt. Und am Anfang wurden doch auch noch Kinder geboren. Hast du in dem ganzen Papierwust keinen einzigen Hinweis darauf gefunden, dass da unten vielleicht irgendjemand überlebt hat?«

Ich schüttelte den Kopf. »Keine vierhundert Jahre, jedenfalls nicht unter der Erde.« Das jüngste Dokument in der Truhe stammt aus dem Jahr 58. Damals stand die Arche schon kurz vor dem Kollaps. In mehreren Abschnitten hatte die Elektrik versagt. Die Bewohner lebten in einem feuchten, finsteren Loch. Fast alle waren hochbetagt, und mit dem Schimmel hatte auch der Wahnsinn um sich gegriffen. »Viel länger haben sie da unten sicher nicht mehr durchgehalten. Xander hat gesagt, dass es in der Arche früher ganz still war und erst seit Kurzem wieder was los ist. *Jemand hat mit den Knochen gerasselt*, waren seine Worte. Aus der ersten Arche-Generation hat bestimmt niemand überlebt. Wenn Xander dort Bewegungen spürt, ist das nur ein weiteres Indiz dafür, dass der Rat sie gefunden hat.«

»Warum hat die Regierung dann noch nichts unternommen, wenn sie weiß, wie man die Zwillingsbildung verhindern kann?«, fragte Simon. »Die Alphas sind doch noch versessener darauf als wir, endlich das Band zu kappen. Nach dieser Therapie wird in Wyndham seit Jahrzehnten geforscht, laut Sally und den anderen Spionen gab es zu ihrer

Zeit richtige Züchtungsprogramme. Und das ist über vierzig Jahre her. Warum arbeitet man so lange auf etwas hin und streicht dann kurz vor dem Ziel die Segel?«

»Weil auch die Arche nicht die saubere Lösung birgt, hinter der der Rat her ist«, sagte ich mit einer Geste in Richtung der Papiere. »Selbst wenn sie es schaffen, den Ansatz der Arche-Forscher zu kopieren, ist die Gefahr der Mutationen damit nicht gebannt, nur mit den Zwillingsgeburten hat es ein Ende. Dafür leiden dann *alle* Neugeborenen an Missbildungen, zwar nur noch in abgeschwächter Form, aber perfekte Alpha-Babys sind damit Geschichte.«

»Du glaubst also, sie nehmen freiwillig das fatale Band in Kauf, nur um ihren Kindern die Mutationen zu ersparen?«, fragte Piper.

»Ja«, sagte ich. »Dank der Tanks glauben sie, in Zukunft eine Wahl zu haben. Sie könnten die Zwillingsbildung verhindern, dafür müssten ihre Nachkommen aber mit Mutationen leben. Oder das Band bleibt bestehen, die Omegas wandern in die gläsernen Gefängnisse, und alle Alphas sind glücklich. Sie können sich angstfrei an ihren starken, makellosen Körpern erfreuen, denn schließlich wissen sie ihre Zwillinge sicher verwahrt.«

Piper seufzte. »Die Alphas und die Arche-Bewohner sind sich erstaunlich ähnlich, oder? Beide hatten die Chance, die Zwillingsseuche ein für alle Mal auszurotten, haben sie aber nicht ergriffen.«

»Mir tut es nicht leid, dass sie da unten in ihrem selbst gebuddelten Rattenloch krepiert sind.« Aus Zoes Stimme sprach pure Verachtung.

»Nicht alle.« Ich griff nach einem weiteren Blatt Papier. Es gehörte zu den kreuz und quer beschriebenen, auf denen jemand zwischen Zahlenreihen mit der Überschrift *Strahlungswerte: Oberflächenexpedition 11* mit Mühe und Not seine handschriftlichen Notizen untergebracht hatte. »Das sind die letzten Aufzeichnungen von Professor Heaton, die ich finden konnte. Sein Name steht zwar nirgendwo, aber seine Schrift ist unverkennbar.«

Ich las vor.

J. 52, 19. JULI
Z. Hd. ÜBERGANGSREGIERUNG

Da Sie der wiederholten Aufforderung (sowohl von meiner Seite als auch vonseiten mehrerer Personen, die sich in den letzten Jahren den zunehmend sporadischen Expeditionen an die Oberfläche angeschlossen haben), über Tage endlich die nötige Hilfestellung zu leisten, erneut nicht nachgekommen sind, muss ich Ihnen leider mitteilen, dass sich meine Rolle im Forschungsteam der Arche mittlerweile nicht mehr mit dem Gelöbnis, das ich als Arzt abgelegt habe, vereinbaren lässt. Von meinem Gewissen ganz zu schweigen. Als ich meinen Dienst antrat, war ich fest davon überzeugt, im Rahmen eines historischen Projekts einen wertvollen Beitrag zum Überleben unserer Art leisten zu können. Angesichts der hartnäckigen Weigerung der Regierung, sich ihrer Verantwortung über Tage zu stellen, geschweige denn die nötigen Behandlungsmaßnahmen zur Eindämmung der Zwillingsepidemie einzuleiten, empfände ich einen weiteren Verbleib meiner Person in der Arche inzwischen als Ausdruck reinen Egoismus. Nachdem nun auch noch sämtliche Oberflächenexpeditionen faktisch eingestellt wurden, kann von der Regierung beim besten Willen kein glaubwürdiger Anspruch mehr darauf erhoben werden, die Arche zum Wohle all jener, die […]

[…] weshalb ich hiermit mit sofortiger Wirkung von meinem Amt zurücktrete. Wenn Sie dieses Kündigungsschreiben erreicht, habe ich die Arche bereits verlassen. Ich gehe nicht davon aus, über Tage lange zu überleben. Als ich meine Arbeit in der Arche aufnahm, war ich jung und gesund, doch inzwischen habe ich körperlich stark abgebaut, was sicher auch meinem hohen Alter geschuldet ist. Dennoch hoffe ich, in der mir noch verbleibenden Zeit möglichst vielen Überlebenden aktiven medizinischen Beistand leisten zu können.

Man wird mich in der Arche wohl nicht allzu sehr vermissen. In den letzten Jahren musste ich – vermutlich bedingt durch meinen Ruf als »Unruhestifter« und »Dissident« – in allen Bereichen zunehmend harsche Kritik an meiner Person hinnehmen. Ich sah mich sogar Zweifeln an meiner Zurechnungsfähigkeit ausgesetzt, nachdem ich mich öffentlich gegen die anhaltende Priorisierung des Pandora-Projekts ausgesprochen hatte, angesichts dessen das Leid der Bevölkerung über Tage vollkommen in Vergessenheit zu geraten droht und dessen umfangreiche Mittel meiner Meinung nach besser […]

An dieser Stelle trübte kupfergrüner Schimmel Heatons Worte ein. Die Federn quietschten, als ich mich vorbeugte und das Blatt sorgsam wieder auf den Stapel zurücklegte.

»Er war allein«, sagte Zoe. »Ein alter Mann, der endlich den Absprung gewagt hat. Was kann er unter den Überlebenden schon groß ausgerichtet haben?«

»Keine Ahnung«, antwortete ich. »Aber immerhin hat er es versucht. Ich wünschte, ich wüsste, wie seine Geschichte ausgeht.«

Doch wir hatten keine Zeit, uns Spekulationen hinzugeben. Piper kniete bereits auf dem Boden und war dabei, die Papiere durchzublättern. »Andauernd geht es um dieses *Pandora-Projekt*«, sagte er. »Hast du nichts Näheres dazu gefunden?«

Ich schüttelte den Kopf. »Nur das, was ich euch gezeigt habe. Aber allein, dass es so oft erwähnt wird, beweist, wie wichtig es für die Arche-Bewohner war. Auch als der Rest schon im Chaos versank, haben sie mit aller Macht daran festgehalten.«

»Dann müssen wir mehr darüber herausfinden«, sagte Piper.

Den Rest des Tages durchkämmten die vier meine vorsortierten Blätterstapel. Ich überließ sie ihrem Schicksal und half stattdessen Elsa dabei, eine versengte Stelle an der Mauer rings um den Hof neu zu verputzen. Nach dem wochenlangen Brüten über den Aufzeichnungen tat es gut, sich wieder körperlich zu betätigen. Und obwohl ich danach Gips im Haar hatte und meine Hände vor Schmutz ganz grau waren, kam mir die Arbeit bedeutend sauberer vor, als sich durch einen jahrhundertealten Nachlass zu wühlen.

Als ich in den Schlafsaal zurückkehrte, war es dunkel. Zoe und Simon hatten sich bereits verabschiedet, und Piper schnürte am Fenster gerade einen kleinen Stapel Papiere zusammen, die er offenbar mitnehmen wollte. Am anderen Ende des Raums saß der Dompteur alleine auf einem Bett. Er stand auf, als ich eintrat.

»Das wollte ich dir noch zeigen«, sagte er und reichte mir ein Blatt, das er zur Seite gelegt hatte. Es gehörte zu den Listen, die ich bereits überflogen hatte. Reihenweise Zahlen, mit denen ich ebenso wenig anfangen konnte wie mit den rätselhaften blauen Skizzen. »Du hast da was übersehen.« Er deutete auf eine Stelle weiter unten, wo das Papier mit einer dicken, flaumigen Mehltauschicht überzogen war. »Da steht noch eine handgeschriebene Notiz. Unter dem ganzen Schimmel ist sie bloß kaum auszumachen.«

Ich warf ihm einen wütenden Blick zu. »Hast du nur auf mich gewartet, um mir unter die Nase zu reiben, dass ich etwas übersehen habe? Du weißt genau, wie viele Seiten ich sichten musste.«

»Ich will dir keinen Vorwurf machen. Ich dachte nur, das könnte dich interessieren.«

Widerstrebend nahm ich ihm das Papier aus der Hand und las die blassblaue Überschrift des handgeschriebenen Vermerks: *Anhörung Disziplinarverfahren (J. 52, 10. Sept.).* »Das kenne ich schon«, sagte ich. »Es gibt ein paar solcher Listen mit Vergehen und Strafen. Die haben mich an die Mitschriften bei Anhörungen vor dem Ratsmann erinnert.«

Auf die Überschrift folgte ein Verzeichnis von Namen, die jeweils mit kurzen Anmerkungen versehen waren.

Upcher, J.
Diebstahl Lebensmittel aus Kantine. Verurteilung. Kürzung von Rationen, 6 Monate; Verlegung in Abschnitt D, wo erweiterte Sperrzeiten (Strom) gelten.

Hawker, R.
Unerlaubter Stromverbrauch zu Sperrzeiten. Verurteilung. Kürzung von Rationen, 3 Monate.

Anderson, H.
Totschlag. Freispruch. Minderung der Anklage: Exzessive Gewaltanwendung. Verurteilung. Versetzung in unbewaffnete Einheit, 6 Monate.

Verständnislos sah ich ihn an. »Wie gesagt, die kenne ich schon.«

Der Dompteur schüttelte den Kopf. »Schau mal genauer hin.« Er drehte das Blatt ein Stück und deutete auf eine Stelle am Rand.

Und dann sah ich, was er meinte: Im rechten Winkel zur Liste hatte jemand einen Kommentar hingekritzelt. Ich konnte die Schrift nur im Schein der Öllampe entziffern.

Da jedwedes unerlaubtes Entfernen von der Arche ein schwerwiegendes Sicherheitsrisiko für die Allgemeinheit darstellt, kam der Disziplinarausschuss zu dem Schluss, dass Andersons Maßnahmen in seinen Aufgabenbereich als Sicherheitsbeamter fielen. Trotzdem mussten seine tödlichen Schüsse auf Heaton strafrechtlich geahndet werden, da Anderson im Vorfeld keinen Versuch unternommen hatte, H. ohne Waffengewalt zu überwältigen, als er ihn beim Betreten des Hauptlüftungsschachts ertappte. Obwohl bei der Anklageerhebung berücksichtigt wurde, dass Anderson H. zunächst mündlich verwarnt hatte, war man sich einig, dass […]

Der Rest war unleserlich.

»Heaton hat es nie an die Oberfläche geschafft«, sagte der Dompteur. »Eigentlich hätten wir uns denken können, dass er abgefangen wurde. Er kannte sich in der Arche aus und wusste, wie und wo man am besten rein- und wieder rauskommt. Wahrscheinlich hatten die anderen Bewohner panische Angst, von einer Horde Überlebender überrannt zu werden, wenn sie seine Flucht nicht verhinderten.«

»Das klingt so, als hättest du für den Mord an Heaton Verständnis.«

»Das habe ich nicht gesagt. Ich kann mir nur gut vorstellen, was in den Köpfen der Leute da unten vor sich ging.« Er wandte sich zur Tür. »Wie gesagt, ich dachte nur, es interessiert dich.«

»Ich wünschte, du hättest es mir nicht gezeigt!« rief ich ihm hinterher.

Der Dompteur blieb ihm Türrahmen stehen und drehte sich um. »Selbst wenn er es nach draußen geschafft hätte – wie, glaubst du, wäre es ihm über Tage ergangen? Du hast die Gutachten gelesen. Alles lag brach, die Überlebenden kamen kaum über die Runden. Heaton hätte nicht lange durchgehalten. Er war alt und gebrechlich, und wenn ihn nicht irgendeine Krankheit dahingerafft hätte, wäre er bestimmt bald verhungert. So ging es wenigstens schnell. Die Waffen damals waren gewiss hoch entwickelt.« Wie beiläufig er vom Tod sprach. Das Sterben war Teil seines Alltags, wie die Patrouillen oder das Wetter.

»Ich weiß, dass seine Überlebenschancen gleich null standen«, sagte ich. »Aber er wusste es auch und hat sich trotzdem auf den Weg gemacht.« Ich musste wieder an Pipers Worte vor der bereits verloren geglaubten Schlacht denken: *Das ist Hoffnung*.

Der Dompteur zuckte mit den Schultern. »Du wolltest doch unbedingt wissen, was mit ihm passiert ist.« Ohne Vorwarnung hob er eine Hand und ließ sie einen Augenblick lang an meiner Wange ruhen. Das letzte Mal, als wir uns so nahe gekommen waren, hatte er mich bei unserem Streit im Sitzungssaal des Steuereintreibers unsanft am Handgelenk gepackt.

Ich fuhr zusammen und machte einen Schritt rückwärts.

Er musterte seine Finger, als gehörten sie einem Fremden. Uns beiden stand der Abscheu ins Gesicht geschrieben. Dann war er verschwunden.

Als ich mich mit der Hand an der Wange in Richtung Fenster umdrehte, war Piper dort noch immer mit seinem Papierstapel beschäftigt und hatte offenbar nichts bemerkt.

Als ich im Bett lag, kreisten meine Gedanken um Heaton. Natürlich hatte ich wissen wollen, wie es mit ihm weitergegangen war. Und zweifellos war ein schneller, schmerzfreier Tod besser als ein langsames Dahinsiechen an der Oberfläche. Trotzdem wünschte ich mir in jener Nacht insgeheim, das Ende seiner Geschichte nicht zu kennen. Ich wollte mir vorstellen, wie er die Leiter nach oben kletterte, ein letztes Mal die Luke aufklappte und durch den Ascheschleier am Himmel ins trübe Tageslicht blinzelte, bevor er mit entschlossenen Schritten hinaus in die Welt trat.

28

IM MORGENGRAUEN KAM Piper zurück. Ich lag bereits stundenlang wach, da mich kurz nach Mitternacht neue Bilder von der Explosion aus dem Schlaf gerissen hatten und ich seither vergeblich versuchte, das Feuer zu löschen, das noch immer in mir schwelte. Als ich Schritte über den Hof hallen hörte, tastete ich nach dem Messer unter meinem Kopfkissen.

»Ich bin's nur«, sagte er und ließ die Tür hinter sich zufallen. Unter seinen verquollenen Augen lagen tiefe Schatten.

»Hast du überhaupt geschlafen?«, fragte ich, setzte mich auf und schwang die Füße über die Bettkante.

»Ich glaube, ich weiß, wo sie ist«, sagte er. »Die Arche, meine ich. Schau mal.« Er hielt mir ein Blatt Papier unter die Nase, doch ich griff als Erstes nach meinem Pullover.

»Ich will mir wenigstens noch was anziehen«, sagte ich. »Die Arche gibt es seit vierhundert Jahren, die rennt uns schon nicht davon.« Es war so kalt im Schlafsaal, dass ich mir die Bettdecke um die Schultern wickelte, bevor ich mich neben Piper auf den Boden kauerte.

»Hier«, sagte er und schob mir eine Seite zu.

Die Aufzeichnung war undatiert, doch die akkurate Druckschrift sprach dafür, dass sie aus den Anfangsjahren der Arche stammte. Bei näherem Hinsehen entpuppten sich die Ziffernreihen als Expeditions-Logbuch, dessen Verfasser die Strahlenbelastung an der Oberfläche dokumentiert hatten.

»Achte auf die erste Spalte«, sagte Piper.

Die Überschrift lautete: *Radioaktive Belastung (Bq), gemessen in Abständen von jew. 1 km ab Arche (Eingang 1).* Darunter waren die entsprechenden Zahlen aufgelistet: *West 1, W. 2, W. 3* und so weiter bis ans Ende der Seite.

»Und plötzlich hören die Messungen einfach auf«, sagte Piper. »W. 98 ist der letzte Wert. Aber hier«, er reichte mir ein zweites Blatt, das ebenfalls von einem Gitternetz aus Zahlen überzogen war, »macht sich ein zweites Team nach Osten auf, und das ist viel weiter gekommen. Bis E. 386.«

»Na und? Dann sind sie im Westen eben früher umgekehrt. Wahrscheinlich waren sie einfach am Ziel oder kamen irgendwann nicht mehr weiter. Vielleicht sind sie auf kampfbereite Überlebende gestoßen und mussten flüchten.«

Piper schüttelte den Kopf. »Die hatten es nicht eilig. Auf dem Rückweg haben sie weitergemessen. Die Werte stehen in der dritten Spalte.« Er suchte meinen Blick. »Das Team ist umgedreht, weil die Küste erreicht war.«

»Okay.« Ich hielt inne und wischte mir den Schlaf aus den Augen. »Nehmen wir an, es war so. Wie hilft uns das weiter? Das heißt doch nur, dass die Arche etwa hundert Kilometer landeinwärts liegt. Aber auf welcher Höhe? Die Küste ist fast tausend Kilometer lang.«

»Moment.« Er blätterte seinen Stapel durch und reichte mir ein weiteres Blatt. »Schau mal da unten, wo es ums Wasser geht.«

Auf den ersten Blick sah es aus wie ein gewöhnlicher Zwischenbericht aus der Arche, mit Angaben zum Versorgungs- und Krankenstand und einer Auflistung der aktuellen Probleme mit dem unterirdischen Bauwerk an sich.

J. 3, 9. AUG. RESSOURCEN-/INFRASTRUKTUR-BERICHT (VERWALTUNGSAUSSCHUSS)

Trinkwasser: Bei gleichbleibendem Verbrauch dürfte die Arche noch etwa 26 Monate mit den bestehenden Tankreserven auskommen (aufgrund der detonationsbedingten Beschädigung von Tank 7 musste die Prognose leicht nach unten korrigiert werden), danach ist ein Umstieg auf die externe Wasserversorgung geplant. Obwohl die Filteranlage ordnungsgemäß in Betrieb genommen und der Strahlenwert durch die Entfernung von Asche und sonstigen Rückständen erheblich gesenkt werden konnte (er liegt derzeit weit unter dem vor der Filterung bei Oberflächenexp. 4 ermittelten Index), weisen die entnommenen Proben weiterhin deutlich erhöhte […]

Ich hob den Kopf. »Sie hatten Zugang zu Trinkwasser, also floss in der Nähe vermutlich irgendein Bach.«

»In der Arche haben damals über tausend Menschen gelebt. Das wird kein Rinnsal gewesen sein.«

»Okay. Es geht also um einen größeren Fluss etwa hundert Kilometer vor der Westküste. Damit kommen wir dem Standort der Arche aber auch nicht viel näher.«

»Da.« Die nächste Seite lag griffbereit, allerdings fehlte die untere Hälfte. Ich las die Überschrift.

J. 18, 18. APRIL. OBERFLÄCHENEXPEDITION 39: ANMERKUNGEN (ERKUNDUNG GELÄNDE I. H. A. WIEDERBESIEDLUNG)

Doch Piper wartete gar nicht erst ab, bis ich alles gelesen hatte, sondern deutete gleich auf einen Abschnitt weiter unten, wo das Papier abgerissen war. »Um den Teil geht's.«

[…] da die Strahlenbelastung anderslautender Prognosen zum Trotz bislang nicht nennenswert gesunken ist, sollte jegliche Wiederansiedelung an der Oberfläche in den kommenden Jahrzehnten idealerweise im näheren Umfeld der Arche stattfinden, damit deren Einrichtungen weiterhin genutzt werden können (insbes. die Filteranlage und […]

Obwohl der Standort der Arche im Hinblick auf die Schadensminimierung bei Einschlägen beste Voraussetzungen bietet, dürfte sich eine Wiederbesiedelung der Oberfläche in diesem Gebiet als problematisch erweisen, da sich der Ton-Lehmboden zwar ausgezeichnet für tiefe Grabungen eignet, in Sachen Ackerbau jedoch […]

»Dreh um«, sagte Piper.

Obwohl ich so vorsichtig mit dem Dokument umging wie möglich, rieselten dabei winzige Papier- und Staubflocken zu Boden. »Was soll da sein?«, fragte ich. »Ich sehe nur einen Fleck.« Auf der Rückseite stand nichts mehr geschrieben. Alles, was ich erkennen konnte, war ein verblasster brauner Klecks, der sich von der Unterkante aus über das Blatt ausbreitete, als hätte jemand vor langer Zeit seinen Tee darauf verschüttet.

»Das dachte ich am Anfang auch«, sagte er. »Aber dann habe ich mich gefragt, weshalb die Rückseite nicht wiederverwendet wurde. Alle anderen Seiten sind von oben bis unten vollgekritzelt.«

Als ich mich vorbeugte, um den Fleck näher zu begutachten, fiel mir auf, dass die Verfärbung unterschiedliche Schattierungen hatte und von links nach rechts immer mehr zunahm.

»Es ist ein Bild«, sagte Piper und drehte das Papier. Jetzt

begriff ich, worauf er hinauswollte. Die vermeintlichen Flecken waren Berge, die in einen kahlen Himmel ragten. »Aber es sieht ganz anders aus, als die Zeichnungen in dem Stapel«, sagte er und deutete auf die technischen Skizzen, die in der Ecke auf einem Haufen lagen. »Man kann keine Details ausmachen, und es geht nicht darum, wie etwas funktioniert. Mich erinnert es eher an die Bilder, die meine Eltern zu Hause an der Wand hängen hatten.«

Von wem es wohl stammte? Ich stellte mir vor, wie der Künstler auf der Expedition immer wieder mit dem Pinsel in der Hand innehielt, um ein Bild jener Welt auf Papier zu bannen, in die die Arche-Bewohner nie mehr zurückkehren konnten.

»Sieh hier«, sagte Piper.

Als er sich vorlehnte, um auf die betreffende Stelle zu zeigen, schmiegte sich sein Oberkörper an meinen Rücken, und ich spürte die Wärme, die von ihm ausging. Bei der Berührung des Dompteurs hatte mich ein Frösteln überkommen, doch Pipers Nähe war mir so vertraut wie der Rucksack auf meinen Schultern beim Wandern oder die kratzige Decke, in die ich mich eingehüllt hatte.

»Siehst du den Berg«, fuhr er fort, »der auf einer Seite steil abfällt? Das ist der Broken Mountain, von Westen aus gesehen. Und der daneben, mit dem flachen Gipfel, das muss der Alsop sein.«

Als ich ihm einen verstohlenen Seitenblick zuwarf, sah ich, dass er grinste. Seit Langem schon hatte ich kein so breites Lächeln mehr gesehen.

»Westlich der Spine Mountains liegt eine weite Ebene, ungefähr hundertdreißig Kilometer von hier. Der Pelham River fließt mitten hindurch, und auch sonst passt alles zusammen – die Zeichnung, die Entfernung zur Küste, sogar der Lehmboden.«

Ich musste an die Landkarten in Pipers kleiner, spartanisch eingerichteter Kammer auf der Insel denken. Bevor er sich dem Widerstand angeschlossen hatte, war er jahrelang mit Zoe durch die Gegend gezogen. Er kannte die Welt auf eine Art und Weise, die mir gänzlich fremd war. Während ich mich an dumpfe Ahnungen klammerte, hatte er sein Leben im Freien verbracht. Er wusste, auf welchen Pässen man einen besetzten Gebirgszug überqueren musste, wann eine Höhle an der Küste geflutet wurde und wie man am schnellsten auf Schleichpfaden durch den Sumpf kam.

»Wenn wir in der richtigen Gegend sind, kannst du die Arche dann finden?«

»Sie wird bestimmt streng bewacht«, antwortete ich ausweichend.

»Das habe ich nicht gefragt. Kannst du sie finden?«

Ich schloss die Augen. Auf der Suche nach der Insel hatte mir der Felskegel im Meer wie ein Leuchtfeuer den Weg gewiesen, und ich war einfach seinem Licht gefolgt. Bei der Arche lagen die Dinge ganz anders. Ringsherum herrschte eine Finsternis, die so tiefschwarz und allumfassend war, dass ich nicht einmal in ihre Richtung fühlen konnte. Trotzdem startete ich Piper zuliebe noch einen Versuch. Anstatt wie sonst instinktiv vor dem Gedanken zurückzuschrecken, biss ich die Zähne zusammen und fing an, mir die Flussebene mit den Bergen am Horizont auszumalen. Und auf einmal spürte ich es – ein kaum merkliches Zupfen, einen sachten Schauder, als krabbelte ein winziges Insekt durch mein Haar. Irgendetwas wartete dort unter der Erde auf mich, wo die Knochen uns verraten sollten, woran sie sich erinnerten.

Ich nickte.

»Dann brechen wir heute noch auf«, sagte Piper.

Als ich bei Elsa anklopfte, um mich zu verabschieden, kam sie mit einem Tuch um die Schultern im Nachthemd zur Tür geeilt. Ohne Fragen zu stellen, zog sie mich an sich und hielt mich so fest, dass mir ihre Wärme und der Geruch von Schweiß und der scharfe Knoblauchduft ihrer Finger in die Nase stiegen. Keine von uns sprach vom Wiedersehen. Die Zeiten, in denen uns Worte schalen Trost gespendet hatten, waren endgültig vorbei.

Im Amtssitz des Steuereintreibers warteten die anderen bereits.

»Ich habe drei unserer besten Pferde satteln lassen«, sagte der Dompteur. »Eigentlich solltet ihr auch noch Geleitschutz haben, aber Piper wollte das Angebot partout nicht annehmen.«

»Er hat recht«, beeilte ich mich zu sagen. »Zu dritt sind wir schneller und fallen weniger auf.«

Zu meiner Überraschung ließ der Dompteur es dabei bewenden, obwohl ich genau wusste, wie misstrauisch er uns und der ganzen Arche-Mission gegenüberstand. Doch dann beugte er sich vor und raunte mir zu: »Wenn ihr mein Vertrauen missbraucht oder uns alle mit euren Maschinen in Gefahr bringt, habe ich hier eine ganze Stadt, Cass. Ich habe deine geliebte Elsa und Sally und Xander.«

Es war keine offene Drohung, doch ich hatte verstanden.

Der Dompteur richtete sich wieder auf. »Seid vorsichtig«, sagte er in die Runde. In den Ohren der anderen klang es vermutlich, als erteile er uns seinen Segen. Ich wusste es besser.

In diesem Moment betrat Sally den Saal. »Ich habe gerade mit der Morgenpatrouille geredet«, sagte sie, während sie sich aus ihrem Mantel schälte. »Vor der Stadt ist alles beim Alten: Im Süden steigt Rauch auf, und es werden ständig neue Ratssoldaten gesichtet. Die rotten sich da draußen zusammen, und das nicht zu knapp. Ihr müsst warten, bis es wieder schneit. Bei diesen Sichtverhältnissen kommt ihr hier nicht unbeobachtet weg.«

Ich sah hinaus. Dicht und düster hingen die Wolken am Himmel, doch seit zwei Tagen herrschte Windstille, und auf der Straße hatten die Fußgänger den Schnee in grauen Matsch verwandelt.

Piper folgte meinem Blick. »Lucia hatte ein Gespür fürs Wetter«, sagte er plötzlich. Meinen fragenden Blick schien er nicht zu bemerken, und wie immer, wenn er von der toten Seherin sprach, was selten genug vorkam, klang seine Stimme auf einmal ganz weich. »Sie hätte uns bestimmt sagen können, wann es das nächste Mal schneit.«

»Sie ist aber nun mal nicht da«, schnitt Zoe ihm das Wort ab, so scharf und unerbittlich wie mit einer frisch geschliffenen Axt.

Erst nach Sonnenuntergang lösten die Wolken ihr Versprechen ein, und dicke Flocken fielen vom Himmel, weiße Tupfen in der Finsternis. Für lange Abschiedsszenen blieb keine Zeit. Sally drückte Piper und Zoe kurz an sich, bevor sie mir zu meiner Überraschung verstohlen den Arm tätschelte.

Xander wich nicht von seinem Platz am Fenster, vor dem die Schneeflocken im böigen Wind auf und ab wirbelten. Auch als ich zu ihm trat, zeigte er keinerlei Reaktion. Sein Kinn ruhte auf der Fensterbank, und wenn er ausatmete, verschwamm sein Spiegelbild in der Scheibe.

Wir hatten kurz überlegt, ihn zur Arche mitzunehmen, schließlich hatte er als Erster ihre Witterung aufgenommen. Doch es war schnell klar, dass wir uns mit ihm und Sally im Schlepptau weder langfristig die Ratssoldaten vom Leib halten noch halbwegs zügig vorankommen würden.

»Wir müssen jetzt los«, sagte ich zu ihm, »aber du musst leider hierbleiben.«

»Geht ihr die Rosalind suchen?«, fragte er. Seit Wochen hatte er keinen so klaren Satz mehr von sich gegeben.

Ich brachte es nicht übers Herz, ihm von dem abgehackten Kopf aus Holz zu erzählen, der noch immer auf der Landstraße vor New Hobart im Schnee lag, oder von der Besatzung, die in den Tanks trieb. »Wir suchen die Arche«, sagte ich stattdessen. »Das Labyrinth aus Knochen.«

Wenn er mich verstanden hatte, ließ er es sich nicht anmerken.

»Tut mir leid«, sagte ich, und es war mein voller Ernst. Nicht weil wir ihn zurücklassen mussten, schließlich hatten wir keine Wahl. Ich schämte mich dafür, Xander so lange aus dem Weg gegangen zu sein, und das nur, weil er für das stand, was mir in der Zukunft blühte – der Wahnsinn. Mir hatte ganz einfach der Mut gefehlt, mehr Zeit mit ihm zu verbringen. Jetzt, den Blick stumm auf den Schnee vor dem Fenster gerichtet, wirkte er mehr bei Verstand denn je. Bevor ich mich zum Gehen wandte, strich ich ihm noch einmal über die Hand, und als er »Ewiges Feuer« flüsterte, klang es wie ein Versprechen.

29

ALS ICH MEINEN Rucksack schulterte, ertönte ein lautes Scheppern, und etwas bohrte sich unsanft in meine Schulter. Da wir nicht wussten, was uns in der Arche erwartete, hatten wir nicht nur Essen, Wasser und Decken eingepackt, sondern auch eine Laterne und mehrere Gläser Öl. Sally, Simon und der Dompteur standen Spalier, als wir durch den Schnee davonstapften.

An einer Kreuzung kurz vor dem östlichen Stadttor warteten sechs Widerstandssoldaten auf uns, darunter Crispin, der unsere Pferde am Zügel hielt. Nachdem Piper mit gedämpfter Stimme und außer Hörweite des restlichen Trupps mit ihm gesprochen hatte, nickte er und kam wieder zu Zoe und mir zurück. »Wir reiten mit Crispins Wachmannschaft los«, sagte er. »So können wir uns unauffällig absetzen, auch wenn wir unter Beobachtung stehen. Aber ihr dürft den Soldaten auf keinen Fall verraten, wo wir hinwollen oder warum.«

Jenseits des schützenden Walls trieb uns der Wind gnadenlos den Schnee ins Gesicht, und ich zog meinen Schal hoch bis unter die Augen. Etwa zehn Minuten lang folgten wir Crispin auf der Landstraße gen Osten, bevor der gesamte Tross in Richtung Süden abschwenkte, um zu einem breiten Kreis um New Hobart anzusetzen. Rings um den Wall brannten Fackeln, die den Schnee in warmes Licht tauchten, und in den Wachtürmen glühten Laternen. Beim Anblick des Feuerkranzes um die Stadt kam mir die Finsternis, durch die wir ritten, nur noch undurchdringlicher vor.

Irgendwann stieg mir ein beißender Geruch in die Nase.

Crispin deutete nach Süden. »Ein paar Kilometer weiter hat eine Ratseinheit ihr Lager aufgeschlagen«, erklärte er. »Mindestens hundert Soldaten. Aber seit letzter Woche haben unsere Späher ein Auge auf sie.« In der Finsternis ließ nur die Rauchsäule in der schneegeschwängerten Luft erahnen, dass an der Stelle jemand kampierte. »Simon und der Dompteur haben demnächst einen Überfall geplant«, sagte Crispin.

Ich nickte. Ein Angriff war dringend notwendig, bevor noch mehr Ratstruppen auftauchten und New Hobart irgendwann komplett umzingelt war. Doch beim Gedanken an eine weitere Schlacht, egal, wie unverzichtbar sie war, stieg Übelkeit in mir hoch. Aber so war es scheinbar mit der Gewalt. Einmal ausgebrochen, ließ sie sich nicht mehr eindämmen, sondern griff um sich wie eine Seuche aus glänzenden Schwertern.

Stumm ritt die Patrouille südlich der Stadt am Wall entlang, während auf der linken Seite das Gespenst des verkohlten Waldes vor sich hin spukte. Als wir nach Norden abdrehten, drang plötzlich Musik an mein Ohr. Doch einen Augenblick später hatte der Wind die Melodie schon wieder verschluckt, und während ich mich in den Steigbügeln aufrichtete und nach allen Seiten umsah, ritten die anderen ungerührt weiter. Als auch Piper verneinte, etwas gehört zu haben, wusste ich, dass die Töne nur in meinem Kopf existiert hatten.

Kurz bevor unser Weg die Hauptstraße von New Hobart in Richtung Westen kreuzte, hob Crispin an der Spitze des Zugs auf einmal warnend die Hand, und wir machten halt. Vor uns auf der Straße war unter einer einsamen Eiche ein

Schatten auszumachen. Mit gezückten Waffen schwärmten Crispins Soldaten aus, doch in dem dichten Schneefall war schwer zu erkennen, worum es sich bei dem Hindernis handelte. Für eine menschliche Gestalt schwebte die Erscheinung zu weit oben im Baum und schwankte im Sturm zu stark hin und her. Im ersten unwirklichen Moment dachte ich, wir seien einem Opfer der Schlacht begegnet, das als Gespenst rings um New Hobart sein Unwesen trieb. Doch dann fegte der nächste Windstoß einen Augenblick lang den Schnee zur Seite.

Der Mann hing im Baum. Sein Kopf stand in einem unnatürlichen Winkel vom Hals ab, und als Crispin und zwei seiner Männer auf den leblosen Körper zuritten, ergriffen auf dem Ast über seinem Kopf drei Krähen die Flucht.

»Bleib hier«, zischte Piper und streckte beschwörend die Hand aus, um mich zurückzuhalten. Er hatte sein Messer gezogen, während sich Zoe und die anderen Soldaten wachsam umsahen.

»Ist ein Omega«, rief Crispin Piper zu. »Als die letzte Patrouille hier vorbeikam, war er noch nicht da, aber ich sehe auch keine Spuren. Wahrscheinlich haben sie ihn bei Sonnenuntergang gehängt, noch vor dem Neuschnee.«

Das allgemeine Unbehagen hatte sich inzwischen auf die Pferde übertragen, die nervös schnaubend auf und ab trippelten.

»Das ist eine Botschaft«, sagte Piper. »Er wurde hier festgezurrt, damit unser Wachtrupp ihn findet.«

»Ich muss wissen, wer da hängt«, sagte ich.

»Legst du es etwa darauf an, dir das Ratsverlies noch mal von innen anzuschauen?«, knurrte Zoe. »Denn da wirst du landen, wenn du nicht endlich auf uns hörst. Wir sind hier keinen Kilometer vom Wall entfernt. Am Ende ist das ein Hinterhalt!«

Ich ignorierte sie und trat mein Pferd kräftig in die Flanken. Wütend galoppierte Piper hinter mir her, doch ich hörte sein Protestgeschrei gar nicht. Die Musik in meinem Kopf – plötzlich erkannte ich sie wieder. Es war das Lied von den Reservaten, und je näher ich dem Baum kam, desto schiefer klang die Melodie, als seien die Saiten verstimmt.

Am Ast baumelte Leonard. Die Ratssoldaten hatten seine Gitarre zertrümmert und ihm den Gurt um den Hals geschlungen. Zusammen mit dem hervorstehenden Gitarrenhals sah er aus wie eine verkrüppelte Vogelscheuche. Als er sich im Wind hin und her drehte, sah ich, dass man ihm die Hände auf den Rücken gebunden hatte und seine Finger in alle Richtungen abstanden. Es war schwer zu sagen, ob er zu starken Widerstand geleistet hatte oder gefoltert worden war. Vielleicht waren seine steifen Finger auch nur der Leichenstarre geschuldet. Ich wollte es gar nicht so genau wissen.

Flankiert von Piper und Zoe, ließ ich schweigend den Blick auf Leonard ruhen, bis eine neue Bö kam und er uns wieder den Rücken zukehrte. Sein lebloser Körper war eine Sache, doch was mich viel trauriger stimmte, waren all die Lieder, die er noch in sich trug. All die Verse, die noch von ihm gesungen werden wollten.

»Wir müssen ihn da runterholen«, sagte ich.

»Das ist zu gefährlich«, widersprach Piper. »Hier liegen überall Ratssoldaten auf der Lauer. Am besten trennen wir uns jetzt von den anderen und machen uns schleunigst aus dem Staub.«

Ohne auf seinen Einwand zu achten, stieg ich ab und band meine Zügel an einem niedrigen Ast fest, um Leonards Hände zu befreien. Der Strick saß ungewohnt stramm, und die Fasern scheuerten meine Finger wund, als ich versuchte, die Knoten zu lösen. »Könnt ihr die Leiche nach New Hobart mitnehmen und vernünftig bestatten?«, rief ich Crispin zu, der den Blick noch immer auf die Straße nach Westen gerichtet hatte.

Er schüttelte den Kopf. »In der Stadt stapeln sich die Leichen. Und wir sind Wachen, keine Totengräber. Ich schicke einen Kundschafter zurück zu Simon, und zwei Leute sollen die Gegend durchkämmen. Der Rest muss weiter die Runde drehen.«

»Gut«, sagte ich. »Dann begrabe ich ihn eben selber.«

»Dafür ist keine Zeit«, raunte Zoe, doch ich ließ mich nicht beirren und machte mich weiter an dem Strick um Leonards Handgelenke zu schaffen.

Als ich den letzten Knoten entwirrt hatte, fielen seine Arme nicht locker zur Seite, sondern blieben steif auf seinem Rücken überkreuzt, als seien sie in dieser Stellung festgefroren. An den Strick um seinen Hals kam ich nicht heran. »Es ginge bestimmt schneller, wenn du mir helfen würdest, anstatt hier untätig rumzustehen«, sagte ich zu Piper.

»Wir haben keine Zeit für ein Begräbnis«, erwiderte er. »Von mir aus können wir ihn vom Baum holen, aber dann müssen wir wirklich los.«

»Gut«, sagte ich außer Atem.

Wir gaben uns alle Mühe. Während ich Leonards Beine festhielt, kappte Piper vom Sattel aus das dicke Tau. Dann ließen wir den leblosen Körper auf den Boden hinab, wobei mir erneut ein stechender Schmerz durch den noch nicht ganz verheilten Arm schoss. Zoe griff nach den Zügeln von Pipers Pferd, und er stieg ab, um sich um die Gitarre zu kümmern, deren zersplittertes Holz erbärmlich knarrte und knackste, als er sie hochhob. Als ich den Strick um Leonards Hals mit dem Messer durchtrennte, kam darunter ein purpurner Streifen Haut zum Vorschein. Gemeinsam schleiften wir seinen Körper an den Straßenrand und rollten ihn in den Graben. Mit jeder Minute auf offener Straße stieg die

Gefahr, entdeckt zu werden, und unsere bloßen Hände vermochten gegen die gefrorene Erde nichts auszurichten. Zum Schluss schnitt ich einfach ein Stück von meiner Decke ab und legte es ihm übers Gesicht, erleichtert, dass er keine Augen besaß, die man hätte schließen müssen. Dann lief ich noch einmal zurück zur Eiche, las die kläglichen Reste der Gitarre auf, die Piper dort hatte fallen lassen, und legte sie behutsam neben Leonard.

Zunächst folgten wir Crispin und zwei seiner Soldaten noch ein Stück weiter auf ihrer Runde rings um die Stadt, doch einen knappen Kilometer nördlich der Landstraße lenkte Piper sein Pferd auf einmal westwärts, und wir lösten uns von der Gruppe. Die anderen drosselten nicht einmal das Tempo, nur Crispin drehte sich im Sattel um und hob kurz die Hand. »Gute Reise«, sagte er. Piper erwiderte den Gruß.

Wir legten ein schnelles Tempo vor und kamen gut voran. Doch durch das Schneetreiben und die Finsternis hatte man oft das Gefühl, blind querfeldein zu jagen, und ich dachte an Leonard und seine dunkle Welt. Zweimal strauchelte mein Pferd auf dem glatten Untergrund, und einmal spürte ich, wie sich jemand näherte. Wir suchten Schutz in einem Hohlweg, froh, dass die rasch nachfallenden Flocken unsere Spuren verwischten, als direkt über unseren Köpfen eine berittene Einheit vorbeigaloppierte.

Bis es hell genug war, sich einen Weg durch das Schluchtengewirr weiter im Norden zu bahnen, hielten wir uns westlich. Gegen Mittag ragten in der Ferne die ersten Ausläufer der Spine Mountains vor uns auf. Der Schnee, für den wir zuvor noch so dankbar gewesen waren, hatte auf dem felsigen Untergrund eine spiegelglatte Eisschicht gebildet, vor der die erschöpften Pferde beharrlich scheuten, sodass wir mehrmals absitzen und sie am Zügel führen mussten.

Auf dem Weg kreisten meine Gedanken um Pipers Worte: *Lucia hatte ein Gespür fürs Wetter.* Normalerweise mieden Zoe und er das Thema Lucia wie einen Dornbusch, und als Piper sie erwähnt hatte, war ihm seine Schwester fast an die Gurgel gesprungen. Wann immer ihr Name fiel, tauschten die beiden vielsagende Blicke, und als Xander nach ihr gefragt hatte, war Zoe instinktiv in Abwehrhaltung gegangen, während es Piper mehr schlecht als recht gelungen war, seine Trauer zu überspielen. *Lucia ist tot,* war alles gewesen, was er dazu gesagt hatte.

Mit Lucia war es wie mit der Arche. Sie hatte die ganze Zeit unter der Oberfläche gelauert, und als ich endlich begriff, was es mit ihr auf sich hatte, war schlagartig alles anders. Jetzt, da mir klar wurde, was Piper für sie empfunden hatte, ergab sein seltsames Verhalten auf der Insel mit einem Mal Sinn – dass er von Anfang an meine Nähe gesucht und mir gegen den Willen der Versammlung die Freiheit geschenkt hatte. Um mich war es dabei nie gegangen, die Erinnerungen an Lucia hatten seine Entscheidungen gelenkt. Und auch aus Zoes Verhalten konnte ich mir nun einen Reim machen. Weshalb sie mir gegenüber stets mürrisch war und so gereizt auf meine Visionen reagierte. Selbst auf Xanders Verlorenheit hatte sie schweigsam und spröde reagiert. Ihr Leben lang waren sie immer nur zu zweit gewesen: Zoe und Piper. Ich wusste um dieses Band, denn ich hatte es am eigenen Leib mit Zach erfahren, bevor wir gesplittet worden waren. Doch unser Verhältnis war mit Piper und Zoes enger Bindung nicht zu vergleichen. Selbst als Piper gebrandmarkt und verstoßen worden war, hatten die beiden sich nicht voneinander trennen können. Wie groß musste Zoes Liebe zu ihrem Bruder sein, dass sie freiwillig ihre Eltern verlassen und auf ein sorgenfreies Leben als Alpha verzichtet hatte, nur um bei ihm zu bleiben? Sie hatte ein Leben auf der

Flucht in Kauf genommen, und dann hatte er sie verlassen. Nicht nur, dass er auf die Insel verschwunden war, wohin sie ihm niemals hätte folgen können, er hatte dort jemanden gefunden, mit dem ihn noch sehr viel mehr verband als mit Zoe. Dass sie das noch immer nicht verwunden hatte, konnte ich gut verstehen. Aus eigener Erfahrung wusste ich, dass Nähe ganz unterschiedliche Spielarten kannte, die sich oft nicht weniger innig ausnahmen als ein Liebesverhältnis. Mir fiel wieder ein, wie ich Zoe an der Quelle überrascht hatte, wo sie sich mit geschlossenen Augen im Takt der Musik gewiegt hatte. Noch nie war sie mir so verwundbar vorgekommen wie in jenem Moment, und bevor sie aufgebracht davongestürmt war, hatte sie mir noch erzählt, wie Piper und sie sich als Kinder heimlich aus dem Bett geschlichen hatten, um im Dorf einer Bardin zuzuhören.

Bei Anbruch der Dunkelheit machten wir in einem Wäldchen an einem halb zugefrorenen Bach halt. Nachdem wir die Pferde flussabwärts festgebunden hatten, brachten wir mit Mühe und Not ein Feuer in Gang. Zoe hielt ihre behandschuhten Finger so nah an die Flammen, dass es nach versengter Wolle roch. Piper saß mit dem Rücken zu uns in ein paar Metern Entfernung und hatte den Blick auf die Bäume geheftet.

Ich wartete bis nach dem Essen, um das Gespräch auf Lucia zu bringen. »Ich weiß, wie es ist, ein enges Verhältnis zu seinem Zwilling zu haben«, begann ich. »Piper und du, ihr steht euch näher als alle anderen, weil ihr zusammen durch dick und dünn gegangen seid.«

»Wovon redest du?« Zoe stocherte mit einem Stecken im Feuer herum, sodass die Funken durch die Luft stoben, bis sie in der Finsternis erloschen.

»Ich kann gut verstehen, dass es nicht leicht für dich war«, fuhr ich fort. »Ihr zwei habt immer zusammengehalten.«

»Ja, und worauf willst du mit deinem kleinen Monolog hinaus?« Ein Ende des Stocks hatte Feuer gefangen, und sie hielt ihn senkrecht wie eine Fackel in die Höhe.

»Ich wollte nur sagen, ich weiß Bescheid. Über Lucia, meine ich.«

Zoe zog eine Augenbraue hoch, und Piper fuhr so schnell herum, dass die Messer an seinem Gürtel klirrten.

Ich hielt inne. Meine Worte waren wie Steine, deren Gewicht ich erst prüfen wollte, bevor ich sie zu Wasser ließ. »Du bist eifersüchtig«, sagte ich zu Zoe. »Weil Piper sie geliebt hat. Du wolltest ihn damals schon mit niemandem teilen. Auch wenn Piper und ich kein Paar sind, kannst du es nicht ertragen, dass wieder eine Seherin zwischen euch steht, oder? Deshalb fährst du mich ständig so an und kritisierst mich.«

»Cass«, schaltete Piper sich ein. Er war aufgestanden und kam langsam auf uns zu. »Ich glaube, du hast da was missverstanden.«

Zoe hatte den brennenden Stecken fallen gelassen, der nun keine drei Zentimeter von meinem Fuß entfernt vor sich hin glühte, bis Piper ihn aufhob und zurück ins Feuer warf.

Insgeheim hatte ich mit einer Ohrfeige gerechnet, doch Zoe schüttelte nur langsam den Kopf. »Du glaubst also, du wüsstest über mich Bescheid? Über mich und mein Leben mit Piper? Nur weil du im Schlaf die halbe Nachbarschaft zusammenschreist, hast du die Weisheit noch lange nicht mit Löffeln gefressen. Du bist einfach nur erbärmlich. Was soll an dir so besonders sein? Warum hältst du dich für was Besseres als Xander und Lucia? Wart's nur ab, bald bringst du auch keinen geraden Satz mehr über die Lippen. Xander ist wenigstens nicht so arrogant wie du und hält ab und an auch mal die Klappe.«

Um gegen das laute Heulen des aufkommenden stürmischen Winds anzukommen, musste ich beinahe brüllen. »Hast du Lucia genauso gehasst wie mich?« Meine Stimme klang schrill. »Ich wette, du warst froh, als sie gestorben ist. Dann hattest du deinen kostbaren Piper endlich wieder ganz für dich allein!«

Als Zoes Hand in Richtung Gürtel zuckte, rechnete ich mit dem Schlimmsten. Und auf welche Seite würde sich Piper schlagen, wenn wir beide die Messer zückten? Doch anstatt sich auf mich zu stürzen, stand Zoe auf und marschierte wortlos davon.

Ich sah ihr nach, bis die Nacht sie verschluckt hatte und außer den Schatten, die das Feuer an die Baumstämme warf, nichts mehr zu sehen war.

Piper machte Anstalten, ihr nachzugehen.

»Tut mir leid«, rief ich ihm hinterher. »Bei Zoe werde ich mich nicht entschuldigen, dazu wollte ich ihr schon zu lange die Meinung sagen. Aber für dich tut es mir leid.« Ich zögerte. »Ich weiß, wie schwierig so etwas ist. Es ist furchtbar, dass du Lucia verloren hast.«

»Ich fürchte, ich muss dir was erklären«, sagte Piper zögerlich.

»Nicht nötig. Ich habe mit Kip dasselbe durchgemacht. Wenn du mir von Lucia erzählt hättest, hätte ich dir bestimmt helfen können. Du tust immer so, als wolltest du mein Freund sein, aber sie hast du mit keinem Wort erwähnt. Stattdessen musste ich von ganz alleine darauf kommen.«

Ich war auf alles gefasst, nur nicht auf das, was folgte. Nachdem Piper mich sekundenlang angestarrt hatte, brach er plötzlich in schallendes Gelächter aus. Er bog sich regelrecht vor Vergnügen, und sein Adamsapfel hüpfte mit jeder Lachsalve auf und ab.

Ich war wie vor den Kopf gestoßen. Machte er sich über

Kip lustig? Nahm er mir übel, dass ich es gewagt hatte, einen Vergleich zwischen seinem und meinem Verlust anzustellen? Die Baumstämme und das Feuer warfen sein Gelächter zurück wie ein Echo, bis ich das Gefühl hatte, dass sogar die Flammen über mich spotteten.

Irgendwann senkte Piper den Kopf und seufzte tief. »Ich weiß auch nicht, was in mich gefahren ist«, sagte er und wischte sich übers Gesicht. »Aber wir hatten schon so lange nichts mehr zu lachen.«

»Und das findest du witzig? Kip und Lucia sind tot.«

»Ich weiß.« Mit seinem Lächeln verschwanden auch die Fältchen um seine Augen. »Und du hast recht, es ist eigentlich nicht witzig. Aber du verwechselst da was.«

»Dann verrate mir doch, was.«

»Das überlasse ich lieber Zoe. Du weißt ja, wie sie ist.«

»Von wegen«, sagte ich und hob unwillkürlich wieder die Stimme. »Offenbar habe ich ja von nichts eine Ahnung.«

»Ich weiß, dass es nicht so gemeint war. Aber du hast bei Zoe echt was wiedergutzumachen.« Damit stiefelte er zurück zu seinem Aussichtsposten und ließ mich mit dem Feuer allein.

Zum Schutz vor dem Schnee hatten wir ein Stück Segeltuch zwischen zwei Baumstämme gespannt, unter dem ich wach lag, bis Zoe nach Mitternacht zurückkam, sich wortlos unter dem Behelfsdach neben mir einrollte und am ganzen Körper fröstelte, bevor sie schließlich einschlief.

Sie träumte vom Meer. Nachdem wir in New Hobart wochenlang getrennt geschlafen hatten, waren wir jetzt wieder gezwungen, uns eng aneinanderzuschmiegen, und ich sah erneut jene Bilder vom Wasser, die verlässlich wie die Gezeiten Zoes Nächte heimsuchten. Vielleicht erkannte ich dadurch auch meinen peinlichen Irrtum, denn als Piper mich an der Schulter rüttelte, um mich für die nächste Wachschicht zu wecken, fiel mir die Wahrheit über Lucia plötzlich wie Schuppen von den Augen.

30

WÄHREND DIE BEIDEN schliefen und ich Wache hielt, ließ ich mir noch einmal sämtliche Hinweise, die ich falsch ausgelegt oder übersehen hatte, durch den Kopf gehen.

Zoe hatte immer schon am besten gewusst, wie mit meinen Visionen umzugehen war. *Lass sie doch erst mal in Ruhe,* hatte sie gesagt, als Piper mir gleich nach dem Aufwachen mit seinen Fragen auf den Leib gerückt war. *Es geht bestimmt gleich wieder.* Damals hatte ich ihre Bemerkung als Ausdruck reiner Verachtung abgetan, anstatt darin die gelassene Zuversicht einer Frau zu erkennen, die sich mit so etwas auskannte – weil sie unzählige Nächte mit einer Seherin verbracht hatte.

Was hatte sie zu mir gesagt? *Du bist nicht die Erste mit der Gabe.* Mir fiel wieder ein, wie ungern sie auf dem Wasser war und wie panisch sie sich an der Reling festgekrallt hatten, als wir an der Verlorenen Küste in See gestochen waren. Und ich hatte sie auch noch verhöhnt: *Ich wette, du warst froh, als sie gestorben ist.* Dabei suchte Zoe jede Nacht im Schlaf nach ihrer Geliebten.

Ich warf einen Blick über die Schulter in Richtung Nachtlager. Als ich Zoe und Piper Rücken an Rücken unter der schneebeladenen Plane schlafen sah, hatte ich wieder das Schlachtfeld vor Augen, wo sie in derselben Haltung Seite an Seite gekämpft hatten. Unter der bis an die Ohren hochgezogenen Decke sahen sie aus wie ein Geschöpf mit zwei Köpfen.

Warum lag ich nur immer so falsch? Ich war manchmal blinder als Leonard. Als Erstes hatte ich mich in der Beichtmutter getäuscht, die nicht hinter mir, sondern Kip her gewesen war. Dann hatte ich Zoes Träume falsch interpretiert, von ihrer Beziehung zu Lucia ganz zu schweigen. Unter den Visionen zu leiden, war eine Sache, sie zu deuten eine ganz andere. Dank der Bilder in meinem Kopf waren wir auf die Insel gelangt, doch das hatte auch die Beichtmutter angelockt. Und obwohl mich die Visionen zu den Silos geführt hatten, wo die Datenbank versteckt gewesen war, musste Kip dort sein Leben lassen. Mir war so viel gezeigt worden, und doch hatte ich so wenig verstanden.

Wie immer musste Zoe für ihre Wachschicht nicht extra geweckt werden. Leise kam sie aus dem Unterschlupf gekrochen und stand plötzlich hinter mir. Es war noch dunkel. Flussabwärts gab eins der Pferde ein sachtes Wiehern von sich. »Geh schlafen«, sagte sie. »Bis zum Morgengrauen ist noch Zeit.«

»Ich habe mich geirrt, oder?«, sagte ich. »*Du* hast Lucia geliebt, nicht Piper.«

In der Finsternis ließ ihr Gesicht keine Regung erkennen, doch ich sah, wie sich ihr Atem in der kalten Luft zu weißen Wölkchen auftürmte. »Wir haben einander geliebt.« Es war seltsam, sie von Liebe sprechen zu hören. Zoe mit dem Augenrollen und dem Achselzucken. Mit dem Messer im Anschlag.

»Tut mir leid«, sagte ich. »Ich habe mich aufgeführt wie die Axt im Walde.«

»War ja nicht das erste Mal. Und wird bestimmt auch nicht das letzte Mal gewesen sein.« Aus ihrer Stimme klang keine Bosheit, nur Erschöpfung.

»Ich weiß auch nicht, weshalb ich so lange gebraucht habe, um es zu kapieren.«

»Ich schon. Weil ich eine Frau bin. Und weil ich eine Alpha bin und sie eine Omega war. Weil du dir einbildest, der restlichen Welt mit ihren Mutmaßungen und Vorurteilen einen riesigen Schritt voraus zu sein, und dabei doch bist wie alle anderen.«

Auf ihren Vorwurf fiel mir keine Entgegnung ein. Wie Asche sank er auf mich nieder. »Warum hast du nie was gesagt?«, fragte ich schließlich.

»Ich wollte es eben für mich behalten.« Sie hielt inne. In der Finsternis blitzten ihre Augen kurz strahlend weiß auf, bevor sie den Blick wieder abwandte. »Mir ist so wenig von ihr geblieben, das will ich nicht auch noch mit anderen teilen.«

Ich musste daran denken, wie sich alles in mir dagegen gesträubt hatte, über Kip zu reden. Manchmal mutete sein Name an wie ein Relikt – er war alles, was ich noch von ihm hatte, und drohte zur Neige zu gehen, wenn ich ihn zu oft benutzte. »Damals, an der Quelle, als wir die Musik gehört haben und du mir von der Bardin aus eurer Kindheit erzählt hast, da dachte ich, du denkst an Piper.«

Zoe nickte. »Diese Bardin werde ich nie vergessen. Vom ersten Moment an hat Lucia mich an sie erinnert. Beide hatten so schöne Hände.« Sie lachte kurz auf. »Und Lucia konnte auch ganz gut singen. Morgens beim Haarekämmen hat sie immer vor sich hin gesummt.«

»Ich wünschte, du hättest mir von ihr erzählt«, sagte ich nach einer Pause. »Ich hätte dich verstanden.«

»Auf dein Verständnis kann ich verzichten.«

»Aber vielleicht hätte ich deins gut gebrauchen können.«

Sie schüttelte den Kopf. »Ich bin nicht dazu da, dir eine Trauerlektion zu erteilen. Meine Freundin ist nicht gestorben, nur damit wir zwei am Ende tränenreich das Kriegsbeil begraben.«

Sie ließ sich neben mir auf dem Baumstumpf nieder und zog die Knie an. Wie fünf bleiche Tupfen schwebten ihre Fingerspitzen durch die Nacht, als sie sich das Haar aus der Stirn strich.

»Ich habe früher auch nie von ihr gesprochen. Wir mussten ja ständig auf der Hut sein. Das Letzte, was der Widerstand brauchen kann, ist unnötige Aufmerksamkeit. Und auf eine Beziehung zwischen einer Alpha und einer Omega steht nun mal die Peitsche. Dass wir Frauen waren, kam noch erschwerend hinzu. Als Alpha hat man die Pflicht, Nachkommen zu zeugen und dieser ganze Mist.« Sie schnaubte verächtlich. »Aber da waren sie bei mir sowieso an der falschen Adresse. Als hätte ich mir sonst irgendeinen netten Typen gesucht und am laufenden Band Kinder produziert.« Ihr Lachen verwehte in der eisigen Luft. »Auf der Insel hatte sie es nicht leicht. Du weißt ja, wie die Leute sind. Als Seher wird man bestenfalls misstrauisch beäugt und ansonsten gemieden. Doch als rauskam, dass wir ein Paar sind, hatte Lucia endgültig nichts mehr zu lachen.« Sie ballte die Hände zu Fäusten. »Dass ich mir jahrelang für den Widerstand den Arsch aufgerissen hatte und Lucia tagaus, tagein für die Insulaner ihr Leben riskierte, spielte auf einmal keine Rolle mehr. Fortan wurde sie regelrecht schikaniert. Alle schnitten sie, sie musste ihr Haus verlassen und wurde zu allem Übel auch noch als Verräterin und Alpha-Liebchen beschimpft. Aber von ihren Visionen haben sie natürlich weiterhin gerne profitiert. Piper hat getan, was er konnte. Er hat ihr eine Wohnung in der Festung besorgt und den schlimmsten Verleumdern einen Maulkorb verpasst. Aber er musste den Widerstand führen, und irgendwann war auch er mit seinem Latein am Ende. Ab da ging es mit Lucia bergab. Natürlich lag es an den Visionen, aber als sie noch Freunde gehabt hatte, war sie damit besser klargekommen. Wohl, weil sie sich jemandem anvertrauen konnte. Als sie auf einmal alleine dastand, war sie ihren Träumen schutzlos ausgeliefert.«

Bei ihren Worten musste ich an meine Einzelhaft in den Verwahrungsräumen denken, wo der Horizont plötzlich auf ein paar graue Mauern zusammengeschrumpft war und es nichts gegeben hatte, womit ich mich von den grausigen Bildern in meinem Kopf hätte ablenken können.

»Und ich war nicht da«, fuhr Zoe fort. »Dabei wollte sie so gerne mehr Zeit auf dem Festland verbringen. Am liebsten wäre sie ganz zu mir gezogen. Aber ich habe sie hingehalten, weil es einfach zu gefährlich war und ich erst einen passenden Unterschlupf für uns finden musste, irgendwo im Osten, wo sich keine Patrouillen hin verirren. Je schlechter es ihr ging, desto schwieriger wurde es, sie zu verstecken und für ihre Sicherheit zu sorgen. Bald ist sie regelmäßig ausgerastet, und das nicht nur, wenn die Visionen kamen. Manchmal hat sie auch einfach wild drauflosgeredet, so ähnlich wie Xander. Wir konnten uns nicht mehr auf ihre Informationen verlassen, geschweige denn darauf, dass sie sich nicht aus Versehen verplappert.«

Zoe hielt inne und senkte den Blick. Der Wind hatte die Wolken vertrieben, und im Mondlicht sah ich, dass sie ein Messer hervorgeholt hatte, mit dem sie abwesend spielte.

»Ich habe ihr gesagt, sie soll das Boot nehmen.« Stille. Sie ließ die winzige Klinge von einer Hand in die andere gleiten, als wollte sie damit die Luft in Scheiben schneiden. »Obwohl sie sich jedes Mal mit Händen und Füßen gewehrt hat, wenn sie zurück auf die Insel sollte. Aber ich habe sie gezwungen. Habe sie angeschrien, als sie gebockt hat. Es sei doch zu ihrer eigenen Sicherheit.« Ein bitteres Lachen entfuhr ihr. »Wie Piper schon sagte, Lucia hatte ein Gespür fürs Wetter. Du bist gut im Orten, sie konnte dafür den Himmel lesen, egal, ob ein Sturm aufzog oder bloß ein Windwechsel anstand.

Deshalb war sie auch so wichtig für den Widerstand. Sie wusste, wann man gefahrlos die Überfahrt zur Insel antreten konnte und wann nicht.«

Auf einmal hielt Zoe die Finger ganz still. Wie eine Opfergabe lag das Messer in ihrer Hand.

»Aber damals hat längst niemand mehr auf sie gehört, weil sie immer sonderbarer wurde und alle sie gehasst haben. Wegen uns. Wegen mir. Überall war sie als Verräterin verschrien. Und außerdem wollten die Leute so schnell wie möglich zurück auf ihre geliebte Insel.« Herausfordernd sah sie mir in die Augen. »Sie hat die Besatzung vor dem Sturm gewarnt, das weiß ich genau.«

Bei den letzten Worten versagte Zoe die Stimme. Abwartend sah ich sie an, während sie geradeaus in die Dunkelheit starrte und mehrmals hintereinander tief Luft holte.

»Ich war dabei, als es bei ihr anfing. Bei ihr und bei Xander«, sagte sie. »Als du daherkamst, habe ich zuerst geglaubt, diesmal sei alles anders. Piper hat sich ja kaum mehr eingekriegt vor Begeisterung. Nicht zu vergessen, dass du im Alleingang auf die Insel gefunden hattest. Und auch als wir uns schon eine Weile kannten, habe ich immer noch gehofft, dass du deine Visionen in den Griff bekommst und nicht in dieselbe Falle tappst wie Lucia. Und alle anderen. Aber dann ging es auch bei dir los mit den Albträumen und dem Geschrei und den wirren Blicken. Inzwischen machst du sogar in normalen Gesprächen einen abwesenden Eindruck. Manchmal siehst du uns gar nicht mehr an; dein Blick sucht irgendwas in der Ferne, als wären wir Luft. Genauso war es bei Lucia auch.« Sie sah auf ihre Hände. »Deshalb habe ich genug von euch Sehern. Wenn du schreiend aufwachst, weiß ich, was es bedeutet. Und wenn du von der Explosion faselst, ist mir klar, worauf es hinausläuft. Wie es endet.«

Sonst musterte Zoe mich fast immer mit einer Mischung

aus Verachtung und Ungeduld und wurde nicht müde, mich daran zu erinnern, dass ich uns durch mein nächtliches Geschrei noch die Ratssoldaten auf den Hals hetzen würde oder dass Piper und sie ohne mich doppelt so schnell unterwegs wären. Was jetzt in ihren Augen stand, sah ich zum ersten Mal. Mitleid. Mir fiel Xander ein mit seinen zitternden Händen und dem ruhelos wandernden Blick, und auf einmal erinnerte ich mich an meine eigene Zukunft.

Unsere Blicke trafen sich. »Ich kann nicht wieder alles auf eine Seherin setzen. Egal, ob es um die Zukunft des Widerstands geht oder um Pipers persönliches Glück. Ich kann so etwas nicht noch mal mit ansehen«, sagte sie und wandte sich ab.

Ich wartete noch ein paar Minuten, doch sie hüllte sich weiter in Schweigen. Irgendwann schlüpfte ich zurück unter die Plane, wo Pipers Wärme mich empfing und ich kurz darauf in Zoes Träume eintauchte. Graue Wellen, über denen sich ein Sturm zusammenbraute. Pechschwarze Untiefen, die kein Geheimnis preisgaben.

Am nächsten Morgen war sie fort. Einsam stand Piper an der verwaisten Aussichtswarte, und seine hängenden Schultern verrieten, dass er wusste, was los war.

Im Osten färbte das Morgengrauen den Himmel blassrosa.

»Sie hat uns die Laterne dagelassen«, sagte er. »Und das Dörrfleisch.«

»Kannst du sie nicht zurückholen?«

Er schüttelte den Kopf. »Wenn sie nicht gefunden werden will, habe ich keine Chance.« Fragend sah er mich an. »Habt ihr heute Nacht über Lucia geredet?«

Ich nickte. »Ich dachte eigentlich, damit sei die Sache erledigt. Ich habe gehofft, dass sie mich nicht mehr so hasst.«

»Es geht nicht um dich, Cass«, sagte er. »Es ging nie um dich.«

Beim Schlafplatz kauerten wir uns hin und befreiten das Segeltuch aus den Ästen, bevor wir den Schnee abklopften und es in Pipers Rucksack verstauten.

»Wusstest du, dass sie wegwollte?«, fragte ich.

»Nein.« Und nach einer langen Pause fügte er hinzu: »Aber überrascht bin ich nicht.« Er stand auf und schulterte den Rucksack. »Lucias Tod hat sie stark mitgenommen, und mit anzusehen, wie Xander und du mit euren Visionen zu kämpfen habt, war letztlich wohl einfach zu viel für sie.«

Als wir an jenem Abend am Feuer saßen, kreisten meine Gedanken um das Meer, das sich beharrlich weigerte, Lucias Knochen herauszugeben. Um Leonard in seinem seichten Grab am Straßenrand. Und um Kips leblosen Körper am Grunde des Silos. Hatte der Rat sich seiner angenommen und ihn irgendwo bestattet? Oder hatte er in dem verlassenen Turm seine letzte Ruhe gefunden, zusammen mit der Beichtmutter? Ich wusste nicht, welche Vorstellung schlimmer war: dass die Soldaten ihn abgeholt und in irgendein Loch geworfen hatten oder dass er noch immer auf dem kalten Betonboden lag.

In dieser Nacht schwebte Kip wieder in seinem Tank durch meine Träume. Ich wachte von meinem eigenen Schrei auf, der die Pferde derart erschreckte, dass sie panisch an ihren Zügeln rissen. Piper nahm mich in den Arm, bis mein Zittern allmählich nachließ.

Später, als der Schweiß mein Gesicht kühlte und meine Hände nicht mehr bebten, setzte ich mich neben ihn und erzählte ihm alles, was ich über Kips Vergangenheit wusste. Manches kommt einem im Dunkeln leichter über die Lippen. Schweigend hörte er zu, ohne mich zu unterbrechen, und erst als ich fertig war, ergriff er das Wort.

»Kip hat schreckliche Dinge getan. Aber er musste dafür auch büßen, oder? Man hat ihm den Arm abgetrennt, und er war jahrelang im Tank gefangen. Und dann hat er sich das Leben genommen, nur um dich zu retten.«

Darauf fiel mir keine Antwort ein. Wie viel Vergebung ließ sich mit einem Arm oder einem Leben erkaufen? Und wer entschied über das Strafmaß und vollstreckte das Urteil? Ich ganz gewiss nicht. Dazu hatte ich selbst viel zu viel Schuld auf mich geladen.

In den nächsten fünf Tagen begegneten wir keiner Menschenseele. Das zerklüftete Gelände war übersät von spitzen Gesteinsbrocken und bot wenig Sichtschutz, und als wir auf die breite Landstraße in Richtung Norden stießen, nahmen wir das Risiko, erwischt zu werden, in Kauf, da uns nur ein paar Kilometer vom schützenden Wald trennten.

Der Soldat entdeckte uns zuerst. Als ein paar Hundert Meter vor uns die rote Tunika aufleuchtete, hatte er sein Pferd schon herumgerissen. Selbst aus dieser Entfernung war deutlich zu erkennen, dass Piper ein Arm fehlte, und jedem Omega, der beim Reiten erwischt wurde, drohte unweigerlich die Peitsche. Einmal bei seiner Garnison angekommen, würde er uns bestimmt einen Suchtrupp auf den Hals hetzen.

Ohne meine Reaktion abzuwarten, lehnte Piper sich vor und setzte zum Verfolgungsgalopp an. Ich tat es ihm gleich, wobei mir im ersten Moment selber nicht klar war, ob ich nun zusammen mit ihm Jagd auf den Soldaten machte oder nur vorhatte, ihn von seinem Vorhaben abzubringen.

Um ihn einzuholen, hatte der Soldat viel zu viel Vorsprung, außerdem waren unsere Pferde nach dem tagelangen Ritt durch Eis und Schnee müde und ausgehungert. Doch Piper legte es gar nicht darauf an, zu dem Mann aufzuschließen. Stattdessen warf er, kaum dass wir uns ihm auf dreißig Meter genähert hatten, das erste Messer. Zunächst dachte ich, er hätte sein Ziel verfehlt, denn weder zuckte der Reiter zusammen, noch ertönte ein Schrei. Doch dann sackte er plötzlich nach vorne, und als er mit dem Gesicht in der Mähne auf seinem Pferd hing, sah ich in seinem Nacken die Klinge aufblitzen. Unerträglich langsam rutschte er aus dem Sattel. Doch ein Fuß blieb im Steigbügel hängen, sodass das panisch die Flucht ergreifende Pferd ihn mit sich davonschleifte, wobei sich zum Hufschlag des Tieres ein zweiter, makabrer Rhythmus gesellte, in dem der Kopf des toten Soldaten auf der eisglatten Straße aufschlug. Die gespenstische Hetzjagd schien kein Ende zu nehmen. Nur langsam schlossen wir auf. Als wir uns endlich auf derselben Höhe befanden, griff Piper nach den Zügeln. Das Pferd warf mit wildem Blick den Kopf hin und her, als wolle es seinen eigenen Hals abschütteln, auf seinem dunklen Fell glänzte der Schweiß.

Früher hätte ich Piper wütend zur Rede gestellt, weshalb der Soldat und sein ahnungsloser Zwilling hatten sterben müssen. Jetzt verkniff ich mir jeden Kommentar. Wenn wir den Ratstruppen in die Hände fielen, rückten die Arche und das Anderswo für den Widerstand in unerreichbare Ferne. Dann hatten Zach und die Generalin gewonnen.

Piper saß ab und befreite den Fuß des toten Soldaten aus dem Steigbügel, während ich mir alle drei Zügelpaare schnappte und sie mit einem Gesteinsbrocken beschwerte. Dann schleppten wir die Leiche an den Straßenrand, rollten sie in den Graben, wo sie vor Blicken halbwegs geschützt war, und schaufelten Schnee über den leblosen Körper. Am Halsansatz war das getrocknete Blut schwarz, doch im Schnee ringsum verfärbte es sich zu leuchtendem Rosa. In diesem Moment wurde mir mehr denn je bewusst, wie recht Zach hatte: Ich war Gift. Wer einen Blick auf meine vermummte Gestalt im Schnee erhaschte, war automatisch dem Tode geweiht. In den letzten paar Monaten hatte ich quer durchs Land eine Spur aus Knochen gelegt. Wenn ich eine Prophetin war, dann verhieß ich alleinig den Tod. Seit dem Silo hatte ich Mühe gehabt, den Kip, den ich kannte, mit der Beschreibung der Beichtmutter auszusöhnen. Jetzt fragte ich mich zum ersten Mal, ob Kip in mir die alte Cass wiedererkennen würde.

Prüfend streckte Piper die Hand aus und fing ein paar Flocken auf. »Immerhin verwischt der Schnee unsere Spuren. Dadurch dürften wir Zeit gewinnen – mehr, als wenn er heute Abend bei seiner Truppe Alarm geschlagen hätte. Vor Tagesanbruch wird die Leiche bestimmt nicht gefunden, wenn bis dahin überhaupt jemandem aufgefallen ist, dass der Mann fehlt. Aber wir müssen schleunigst von der Straße runter.«

Das Pferd des toten Soldaten nahmen wir mit. Gegen Mitternacht hatten wir endlich den Wald erreicht. Piper übernahm die erste Wachschicht, während ich mich ein paar Stunden hinlegte, bevor mich neue Bilder der Explosion aus dem Schlaf rissen und ich vergeblich versuchte, die zwei Extreme in Einklang zu bringen – meinen vor Kälte zitternden Körper und die flirrenden Flammen in meinem Kopf.

Als ich die Augen öffnete, sah ich in Pipers Gesicht, doch wie immer seit Zoes Verschwinden wirkte er nicht ganz bei der Sache. Gedankenverloren ließ er den Blick über den Horizont wandern. Er warf mir nie vor, Zoe vergrault zu haben. Das musste er gar nicht, denn inzwischen sah ich mich durch ihre Augen. Es war, als stünde ich neben mir. Ich merkte, wie erbärmlich ich zuckte und zappelte, wenn mich eine Vision heimsuchte. Wie ich nach einem Traum von den Tanks mit weit offenem Mund hochschreckte und gierig nach Luft schnappte, als wäre ich selbst gerade erst aus der klebrigen

Flüssigkeit aufgetaucht. Ich hörte, wie ohrenbetäubend meine erstickten Schreie durch die Nacht gellten, während sie in meinen Visionen stets im Nichts verhallten, weil es dort niemanden mehr gab, der sie hören konnte.

»Wo Zoe wohl hin ist?«, fragte ich.

»Sie hatte mal überlegt, sich mit Lucia irgendwo im Osten niederzulassen. Die Gegend ist ziemlich rau, dahinter beginnt gleich das Ödland. Aber da ist man natürlich weit weg von alldem hier.« Dabei beließ er es, doch ich wusste auch so, was gemeint war.

Früher hätte ich geschworen, dass Zoe dem Widerstand niemals den Rücken kehren würde, doch nach allem, was ich mir geleistet hatte, maß ich mir nicht mehr an, sie zu kennen. Und das Recht, noch mehr von ihr zu verlangen, hatten wir alle für immer verwirkt.

»Glaubst du, sie kommt wieder?«, fragte ich Piper.

Er antwortete nicht.

31

NOCH VOR DER Arche spürte ich den Fluss. Als wir aus dem Wald hinausritten und sich Weideland vor uns auftat, nahm ich jenseits der Stille ganz deutlich wahr, wie das Wasser durch die grasige Steppe rauschte. In dem gedrungenen Gebirgszug, der im Osten den Horizont säumte, erkannte ich den unverwechselbaren Gipfel des Broken Mountain und daneben den Alsop mit seinem Hochplateau aus dem Gemälde wieder.

Nach ein paar weiteren Stunden im Sattel bahnte sich schließlich die Arche selbst den Weg in mein Bewusstsein, zunächst als Abweichung im Untergrund. Vor uns auf der Ebene machte sich im Boden plötzlich eine harte, störrische Stelle bemerkbar, die weder aus Erdreich noch aus Stein bestand. Und inmitten dieses unterirdischen Panzers klaffte ein riesiges Loch. Gleichzeitig spürte ich, dass sich dort unten ein Heer von Soldaten befand. Auf einmal drang Xanders Stimme an mein Ohr: *Laute im Labyrinth aus Knochen.* Das geschäftige Summen ließ keinen Zweifel daran, dass der Rat die Arche entdeckt hatte. Unter der Erde lag ein Bienenstock, der kurz davor war auszuschwärmen.

Ein paar Kilometer vom Fluss entfernt, zurrten wir die Pferde in einem Wäldchen fest. Ich ließ sie ungern so zurück, denn es gab im näheren Umkreis nur ein paar halb zugefrorene Pfützen, und wann wir zurückkehren würden, war ungewiss. Doch wenn wir sie freiließen, drohten sie, den Soldaten aufzufallen. »Und vielleicht brauchen wir sie ja noch mal«, sagte Piper. Das *vielleicht* war mir nicht entgangen, denn insgeheim dachten wir beide dasselbe: wenn wir überhaupt zurückkommen.

Gebückt schlichen wir durchs hohe Gras. Vor uns erhob sich ein flacher, breiter Hügel, auf dem ein paar Bäume tapfer versuchten, den Felsen und Steinen ihren Platz streitig zu machen, und um dessen Fuß sich von Westen her der Fluss krümmte. Der Winter hatte ihm nichts anhaben können. Seine dunklen Fluten flossen zu tief und zu schnell, um zuzufrieren.

»Müssen wir da durch?«, fragte Piper mit einem argwöhnischen Blick auf das reißende Gewässer.

Ich schüttelte den Kopf und zeigte in Richtung Hügel. »Die Arche liegt auf unserer Seite. Da drunter.« Inzwischen spürte ich sie noch deutlicher. Der scharfe Geschmack von Eisen lag mir auf der Zunge, unter der Erde musste sich Metall befinden. Mit einem Mal tauchten vor meinem geistigen Auge Türen und Gänge auf, die ein filigranes Geflecht aus Stahl und Luft unter der Erde bildeten.

Im Schutz einiger Bäume führte ich Piper näher heran, bis ich vor uns einen Gang wahrnahm, der an die Oberfläche führte. Schon bald spürte ich die massive Stahltür, die in den Abhang eingelassen war. Doch noch bevor wir sie ausfindig machen konnten, erspähten wir die ersten Soldaten. Auf der Straße am Fuße des Hügels fuhr, flankiert von acht Reitern, ein zugedeckter Wagen vorbei, der von vier Pferden gezogen wurde.

Blitzschnell gingen wir hinter einigen Büschen in Deckung, doch jedes Mal, wenn einer der Soldaten sich umdrehte und den Blick prüfend über die Ebene wandern ließ, zuckte ich zusammen. Als der kleine Tross keine dreißig Meter vor uns in eine Kurve bog, konnte ich die roten Barthaare des Kutschers erkennen und den Riss in der Tunika des hintersten Reiters, dessen Schwertknauf an der Hüfte den Stoff aufgescheuert hatte. Dann war die Gefahr gebannt. Wir sahen zu, wie die Truppe auf die Narbe im Erdreich zusteuerte, wo sich einst ein Tor befunden haben musste, inzwischen jedoch nur noch ein fast vierzig Meter breiter Abgrund gähnte. Irgendwann in den letzten vierhundert Jahren hatte der felsige, steinige Hügel die Stahltür, die ich zuvor so deutlich gespürt hatte, verschlungen.

Allem Anschein nach war die Ausgrabung mühsam gewesen. Auf einer Seite des Eingangs türmte sich ein Erd- und Geröllhaufen mit Felsbrocken, von denen manche so groß waren wie ein Pferd. Auch Bäume, deren Wurzeln nun kahl in der Winterluft hingen, waren rigoros aus dem Weg geschafft worden. Am Rande der Öffnung wartete in Reih und Glied ein knappes Dutzend Soldaten auf Einlass, wie eine rote Zunge, die sich aus dem offenen Schlund des Hügels reckte.

Eine gute Stunde lagen wir auf der Lauer. In einem fort liefen Männer zwischen dem Wagen und der dunklen Erdspalte hin und her, doch die Wachen auf ihren Posten bewegten sich keinen Zentimeter von der Stelle. Und sie waren nicht allein. Piper deutete auf eine Bogenschützin, die knapp zwanzig Meter über der Tür im Schatten einer Felsgruppe am Hang kauerte. Hätte er mich nicht darauf hingewiesen, hätte ich die Spitze ihres Pfeils für einen dünnen Zweig gehalten, doch wenn sie sich zur Seite drehte, sah man ihn sachte vibrieren. Jeder, der es wagte, sich unbefugt diesem Eingang zu nähern, hatte bereits sein Todesurteil unterzeichnet.

Mit beiden Händen schob ich das Gras vor uns zur Seite, kratzte den Schnee weg, schloss die Augen und legte die Wange auf den eiskalten Boden, um ein Gefühl für den groben Aufbau der Arche zu bekommen. Es dauerte eine ganze Weile, bis ich begriff, weshalb mir die Form so bekannt vorkam, doch irgendwann fiel der Groschen: Die Arche sah aus wie die Insel, hätte man sie auf den Kopf gestellt. Während das Eiland kegelförmig aus dem Meer ragte, steckte dieses Gebilde wie ein Trichter im Boden. Die oberen Gänge bildeten einen Kreis von mehreren Kilometern Durchmesser, und innerhalb dieses Rings grub sich ein weitverzweigtes Geflecht aus Räumen und Gängen in die Erde. Ein kreisrund angelegtes System, das nach unten hin immer enger wurde und am tiefsten Punkt spitz zusammenlief. Doch selbst der äußerste Ring lag nicht direkt unter der Erdoberfläche. Jenseits der versunkenen Türen verband ein steiler, tiefer Schacht den obersten Gang mit der Außenwelt. Während sich meine Wahrnehmung zwischen Stahl und Steinen vorantastete, wurde mir klar, dass die Arche symmetrisch angelegt war. Der Schacht, der an die Oberfläche führte, wiederholte sich in regelmäßigen Abständen rings um den gesamten äußeren Rand des unterirdischen Bauwerks.

»Weißt du noch, was in den Papieren stand?«, flüsterte ich Piper zu. »Die Strahlenbelastung wurde von Eingang 1 aus gemessen. Es muss also noch weitere Zugänge geben. Ich kann jedenfalls noch drei andere spüren. Einen in jeder Himmelsrichtung.«

Den Rest des Tages umrundeten wir mit eingezogenen Köpfen und gehörigem Sicherheitsabstand im hohen Gras den felsübersäten Hügel. Dreimal spürte ich, wie vor uns ein Schacht in die Erde führte. Doch jedes Mal, wenn wir uns nahe genug herangepirscht hatten, bot sich uns der gleiche Anblick: Wachen, Schwerter und Bogen. Im Zeltlager vor der Tür im Westen fanden mindestens hundert Soldaten Platz.

Das südliche Tor in der Nähe des Flusses war das einzige unbeschädigte. Anstelle eines gähnenden Abgrunds erwartete uns dort ein stark verrostetes, etwa zwei Mann hohes stählernes Bauwerk, dessen runde Öffnung mehr an eine Luke als an eine Tür erinnerte. Es machte den Anschein, als hätte der Rat diese zu sprengen versucht, denn in der Mitte klaffte ein Loch, an dessen Rand messerscharfe Metallsporne herausragten.

Als wir uns wieder außer Sichtweite des Eingangs befanden, seufzte Piper tief. »Wir müssen mit Soldaten wiederkommen. Selbst mit Zoe hätten wir hier keine Chance. Und wenn wir doch an den Wachen vorbeikämen, säßen wir da drinnen in der Falle.« Wütend verpasste er dem Schnee einen Tritt.

Wir hatten keine Zeit für solche Dinge. Keine Zeit, die gefährliche Rückreise nach New Hobart anzutreten, nur um dann mit Verstärkung noch einmal hier aufzulaufen. Keine Zeit für eine erneute Schlacht und noch mehr Blut. Wie viel Glück und wie viel Zeit blieben uns noch? Jeden Tag förderten die Ratssoldaten in der Arche mehr Wissen und damit mehr Macht zutage, während die Reservate vor lauter Omegas inzwischen schier aus allen Nähten platzten.

Piper ließ sich auf einen Felsbrocken sinken und stieß ein verzweifeltes Lachen aus. »Es ist absurd. Heaton, der arme Teufel, ist lieber gestorben, als noch länger in der Arche zu bleiben. Und wir zerbrechen uns den Kopf, wie man am besten hineinkommt.«

Bei der Erwähnung von Heatons Namen horchte ich auf. »Es gibt noch einen Eingang.«

»Na und? An sämtlichen Türen wimmelt es nur so von Wachen.«

»Ja, aber ich glaube, es handelt sich dabei um keine richtige Tür. Als eben Heatons Name fiel, musste ich wieder daran denken. Weißt du noch, was in dem Bericht über den Wachmann stand, der ihn bei seinem Fluchtversuch getötet hat?«

Piper nickte. Ich hatte Zoe und ihm von der Entdeckung des Dompteurs und dem traurigen Ausgang von Heatons Abenteuer erzählt.

»Da wurde doch auch erwähnt, an welcher Stelle der Typ ihn überrascht hat«, sagte ich. »Irgendwas von einem *Lüftungsschacht* … Bisher habe ich nicht verstanden, was damit gemeint war, und ich habe auch nicht weiter darüber nachgedacht. Aber es kann eigentlich nur bedeuten, dass sich Heaton nicht durch einen der vier Hauptausgänge aus dem Staub machen wollte. Warum auch? An den Türen hätten ihn früher oder später die Wachen geschnappt. Er hatte einen anderen Fluchtweg aufgetan.«

»Dieser Lüftungsschacht, ist das so eine Art unterirdischer Schornstein?«

»Wahrscheinlich. Irgendwie mussten sie da unten ja an Frischluft kommen.« Genau wie ein Schornstein fühlte es sich auch an, wenn ich meine Sinne auf die Suche schickte – ein Korridor, der an die Erdoberfläche führte, sowohl enger als auch steiler als die Hauptzugänge.

»Passt ein Mensch überhaupt da durch?«, fragte Piper. »Und ist der Weg halbwegs ungefährlich?«

»Heaton ist wohl davon ausgegangen.«

»Trotzdem hat ihn die Aktion das Leben gekostet.«

»Aber nicht, weil er sich den falschen Weg ausgesucht hatte«, sagte ich. »Sondern weil er dabei erwischt wurde.«

»Meinst du nicht, dass der Schacht nach seinem Fluchtversuch gesperrt wurde?«

»Wenn ihm die Flucht gelungen wäre, vielleicht. Aber so? Aus Sicht der Arche-Führung hat das System einwandfrei funktioniert, denn am Ende ist niemand entkommen. Und vergiss nicht, es handelte sich um einen Schacht, durch den die Arche mit frischer Luft versorgt wurde. Sie konnten ihn nicht einfach so stilllegen.«

»Aber was, wenn der Rat ihn inzwischen gefunden und dichtgemacht hat?«

»Dazu müssten sie wissen, dass er überhaupt existiert.« Doch nicht nur der Gedanke an den Rat machte mir zu schaffen, auch das Alter des Bauwerks und die Launen der Natur, die bereits drei der vier Türen unter sich begraben hatte, galt es nicht zu unterschätzen.

Die Haupteingänge wurden zwar streng bewacht, doch sie lagen auch kilometerweit auseinander, und so bezogen wir auf halbem Weg zwischen dem östlichen und nördlichen Zugang Stellung und warteten, bis wir uns im Schutz der Dunkelheit hinter dem hohen Gras hervorwagen konnten. Bevor wir den Fahrweg überquerten, der sich rings um den Hügel schlängelte, erinnerte Piper mich daran, von Stein zu Stein zu springen, um keine Spuren im Schnee zu hinterlassen, die von vorbeireitenden Soldaten entdeckt werden könnten.

Jenseits der Straße, ein Stück den steinigen Abhang hinauf, befanden wir uns schließlich direkt über der Arche und genau zwischen den vier Wachstationen des Rats. Die schiere Größe und Tiefe des unterirdischen Höhlensystems versetzte mich in Erstaunen, vor allem, weil man dem Hügel nicht ansah, was sich darunter verbarg. Ich nahm die Leere unter der Oberfläche jetzt so deutlich wahr, dass ich an mich halten musste, nicht wie auf rohen Eiern durch den Schnee zu schleichen, obwohl ich wusste, dass der Betontrichter erst in weit über hundert Metern Tiefe das Erdreich aushöhlte. Während manche Bereiche der Arche emsig vor sich hin summten, spürte ich in anderen Abschnitten nur gähnende Leere und nichts als Luft unter den Füßen.

Sich lediglich mithilfe des Mondlichts zwischen Felsen und Gestrüpp zurechtzufinden, erwies sich als keine leichte Aufgabe, und ohne mein Sehergespür als Kompass hätten wir die Falltür wohl niemals gefunden. Auf den ersten Blick mutete sie an wie eine ganz normale Kuhle zwischen Bäumen und Steinen. Doch im nächsten Moment sah ich die Öffnung vor mir, den Hohlraum im Erdreich darunter, ähnlich wie bei der blätterbedeckten Fallgrube auf dem Weg zu Sallys Haus nur unendlich tiefer. Als ich in die Hocke ging und das Gras beiseiteschob, blitzte darunter ein verrostetes Metallteil auf, das sich leuchtend orange vom Lehmboden abhob.

Fieberhaft schaufelten wir den Schnee zur Seite und rupften das Gras, an dessen spröden, scharfkantigen Halmen ich mir die Finger aufritzte, mitsamt den Wurzeln aus, bis irgendwann die halb überwucherte Luke zum Vorschein kam. Sie bestand aus einem keine sechzig Zentimeter breiten kreisrunden Stahlgitter, das ringsum an einem Metallring in den Boden eingelassen war. Am Rand ragten knapp über dem Boden vier spitze, verrostete Eisenstangen in die Höhe.

»Da muss mal irgendwas drauf gewesen sein. Eine Art Deckel oder so«, überlegte Piper. Egal was es gewesen war, es hatte die Jahrhunderte nicht überdauert.

Ich beugte mich über die Öffnung. Sie maß im Durchmesser höchstens so viel wie meine Schultern und musste dem doppelt so breit gebauten Piper geradezu winzig vorkommen.

»Verdammt, Cass. Dieser Heaton muss der reinste Hungerhaken gewesen sein.«

»Hier in der Nähe gibt's noch mehr Tunnel.« Sie machten sich jetzt deutlich in meinem Geist bemerkbar, ein Gewirr an Luftröhren, die das Herz der Arche mit der Erdoberfläche verbanden, als hätte jemand den Hügel mit einem Spieß eingestochen wie einen Kuchen, bevor man ihn aus dem Ofen holt.

»Sind sie größer als der hier?«

Ich schüttelte den Kopf. »Im Gegenteil.« Soweit ich es beurteilen konnte, waren die anderen Schächte allesamt nur ein paar Zentimeter breit. »Aber so stand es auch in den Aufzeichnungen: *Hauptlüftungsschacht*. Das hier ist der größte Schacht.«

Vorsichtig fuhr Piper mit seinem Messer am Rand der Falltür entlang, um Erde und Moos zu lockern. Als er fertig war, hakte ich meine Finger unter die Eisenstäbe und zog mit einem Ruck daran. Anstatt sich von der Stelle zu bewegen, gab das Gitter jedoch nur ein unwirsches Ächzen von sich. Also unternahm Piper einen weiteren Versuch. Obwohl er sich über die Abnutzung seines Messers beschwerte, setzte er dieses Mal direkt bei der Rostschicht an, und während sich der Schnee ringsum grellorange färbte, jagte mir bei jedem Kreischen der Klinge ein Schauer über den Rücken. Als er sein Werkzeug schließlich abklopfte und mir aufmunternd zunickte, versuchte ich erneut mein Glück. Nichts. Erst als wir mit drei Händen daran zogen, löste sich die Falltür auf einmal mit einem heiseren Seufzer vom Boden.

Mit vereinten Kräften hievten wir das Gitter hoch und ließen es neben dem kreisrunden Loch in den Schnee fallen, doch über dem Eingang zum Schacht lag noch immer eine Dreckkruste, zumindest sah es auf den ersten Blick so aus. Als Piper mit der Messerspitze darin herumstocherte, sank seine Klinge fast drei Zentimeter tief ein, und als er sie seitwärts durch die sandige Schicht zog, war darunter ein feines Sieb zu erkennen. Ein Filter, der dafür sorgte, dass nichts von dem, was durch das Gitter fiel, in den Luftschacht darunter geriet. Auf prüfenden Druck gab das dünne Drahtgeflecht sofort nach, und die Scheibe ließ sich problemlos anheben, wobei ein Großteil des Unrats in das kreisrunde Loch hinabrieselte. Er fiel jedoch nicht weit. Nachdem wir den ersten Filter entfernt hatten, galt es im Abstand von jeweils zwei Handbreit noch mindestens vier weitere Schichten freizulegen, von denen sich die letzte über einen Meter tief unter der

Oberfläche befand. Piper musste mich am Gürtel festhalten, während ich mit dem Oberkörper voraus im Schacht hing. Als ich fertig war, zog er mich hoch, und ich warf erschöpft den letzten Filter in den Schnee. Er war so leicht, dass er kaum einen Abdruck hinterließ. Noch nie hatte ich etwas derart Filigranes gesehen. Das feinmaschige, hauchzarte Netz erinnerte an Spinnweben. Ein dünnes Häutchen zwischen Arche und Welt.

Anhand der Altlasten, die wir mit den Filtern zutage gefördert hatten, hätte sich die reinste Zeitreise anstellen lassen. Jahrhundertelang hatten sich die Sedimentschichten auf den Gittern abgesetzt. Ganz oben lag der Schnee dieses Winters und darunter der vertraute Schutt aller Tage, Erdreich und Samen. Darauf folgten die trostlosen Jahre, aus denen sich mit viel Glück ein paar spärliche Reste bergen ließen, vielleicht die ersten Vertreter einer allmählich wieder zum Leben erwachenden Pflanzenwelt. Darunter klebte die Asche aus dem Langen Winter, die den Himmel auf Jahre verdüstert hatte, und zum Schluss folgten die Überreste der Explosion, winzige Splitter von Häusern und Knochen.

Wir spähten in den Tunnel hinab. Er bestand aus einer stahlverkleideten Röhre, die zwar nicht senkrecht, aber dennoch ziemlich steil in die Tiefe führte. Obwohl die Nacht längst angebrochen war, wirkte die Finsternis über der Erde geradezu gnädig im Vergleich mit dem pechschwarzen Loch, das uns aus dem Boden entgegengähnte.

»Immerhin treten wir in Heatons Fußstapfen«, sagte ich. »Ich habe das Gefühl, dass er uns den Weg weist.«

»Er hat versucht, aus der Arche zu flüchten«, erwiderte Piper. »Wir haben genau das Gegenteil vor.«

Ich überging seinen Einwand und musterte ihn von Kopf bis Fuß. »Du passt nie im Leben durch diese Röhre«, stellte ich fest.

»Alleine lasse ich dich nicht da runter.« Er ging am Rande des Tunnels auf die Knie. Und obwohl ich es mir nicht anmerken ließ, war ich insgeheim froh, mich nicht ohne ihn ins Ungewisse stürzen zu müssen.

Für unsere Rucksäcke war der Eingang zu eng, also stopften wir uns die Taschen mit Streichhölzern und Trockenfleisch voll und befüllten die Öllampe. Dann schnallte ich mir die Wasserflasche um. Unsere übrigen Sachen versteckten wir hinter einem Felsen.

Piper zündete die Lampe an. »Ich gehe voraus«, verkündete er.

»Nein, lass mich. Ich muss spüren, wo es langgeht.«

Ich griff nach der Lichtquelle, obwohl es auf die Sichtweite nicht wirklich ankam. Nur mein inneres Auge würde sich zwischen Lücken und Spalten und Hindernissen Stück für Stück seinen Weg in die Tiefe bahnen.

»Fertig?«, fragte ich.

Er lächelte. »Na klar. Ich folge einer Seherin auf den Spuren eines Fremden, der hier vor vielen Hundert Jahren einen erfolglosen Fluchtversuch unternommen hat, in eine unterirdische Ruine, die von Ratssoldaten nur so wimmelt. Was soll schon schiefgehen?«

32

MIT BEENGTEN VERHÄLTNISSEN kannte ich mich aus. Kip und ich hatten in stockdunklen, niedrigen Tunnel unsere Flucht aus Wyndham angetreten, und auch in dem Rohr, durch das wir mit angehaltenem Atem aus dem Tankraum geschossen waren, hatte totale Finsternis geherrscht. Doch damals war alles so schnell gegangen, dass wir gar keine Zeit gehabt hatten, uns die Gefahren, die in der Dunkelheit lauerten, bewusst zu machen. Kein Vergleich zu jetzt, wo ich langsam einen Betonschacht hinabkroch, der so schmal war, dass ich die Arme nach vorne ausstrecken musste, weil seitlich zu wenig Platz war. Als ich versuchte, einen Blick über die Schulter auf Piper zu werfen, blieb ich mit der Wange an der Metallverkleidung hängen. Jenseits des kleinen Lichtkegels der Öllampe ragte eine stockfinstere Wand vor mir auf, die allmählich zurückwich, während wir uns Stück für Stück vorarbeiteten.

Umkehren stand nicht zur Debatte, und ich verdrängte den Gedanken daran, was passieren würde, sollten wir auf ein Hindernis treffen, denn der Tunnel fiel zu steil ab, um sich rückwärts darin wieder nach oben zu bewegen. Mehrmals musste ich innehalten und tief Luft holen, um nicht die Nerven zu verlieren. Hinter mir hörte ich Piper atmen und die Messer an seinem Gürtel geräuschvoll am Dach der Röhre entlangschrammen. Mit jedem Meter, den wir vorrückten, wurde es wärmer. In der Arche herrschte ein ganz eigenes Klima, das mit der kühlen Nachtluft über der Erde nichts zu tun hatte. Auf meiner Haut verband sich der Schweiß mit dem Staub zu einem klebrigen Film, und meine verschwitzten Hände fanden an den glatten Metallwänden keinen Halt, weshalb ich inzwischen mehr schlitterte als kroch. Über uns machte sich indes der Fluss bemerkbar. Obwohl man ihn noch nicht hören konnte, spürte ich den Sog des Wassers, der die Last auf meinen Schultern noch weiter erhöhte. Die Röhre verengte sich immer mehr, und der Druck auf meine Brust nahm zu. Sämtliche Selbstberuhigungsversuche schlugen fehl. Ich holte in immer kürzeren Abständen Luft, bis mein Atem hin und her wirbelte wie in einem Fiebertanz, schneller als Leonards Finger über die Saiten, aber ohne eine Spur seiner Disziplin und Akribie.

Der Tunnel verzerrte Pipers Stimme so stark, dass ich sie zunächst kaum wiedererkannte. »Cass, du musst Ruhe bewahren.« Er klang abgeklärt und gefasst, obwohl seine Lunge bestimmt noch weniger Platz hatte als meine.

Mein Atem flog. »Ich. Kann. Nicht«, stieß ich hervor. »Ich. Kriege. Keine. Luft.«

»Ich bin dir bis hier runter gefolgt. Du bist die Einzige, die den Weg kennt. Du musst jetzt all deinen Mut zusammennehmen.«

Hätte er mir Befehle erteilt, wäre ich noch mehr in Panik geraten. Doch sein Bekenntnis, ohne mich aufgeschmissen zu sein, erinnerte mich schmerzhaft daran, was alles auf dem Spiel stand. Wenn ich mich nicht zusammenriss, waren nicht nur wir beide dem Untergang geweiht, sondern auch Zoe und Zach. Und unsere sterblichen Überreste würden unentdeckt unter der Erde verrotten. Prompt musste ich wieder an Kip denken. Energisch schüttelte ich den Gedanken ab. Gegen die Erinnerung an ihn war die Finsternis im Tunnel ein Kinderspiel. Mit zusammengebissenen Zähnen schob ich mich weiter vorwärts.

Zweimal vollführte die Röhre eine so scharfe Biegung, dass wir uns nur unter Schmerzen um die Ecke zwängen konnten. In dem waagerechten Stück, das daraufhin jeweils folgte, war uns eine kleine Verschnaufpause vergönnt, bevor der Tunnel wieder nach unten abknickte. Dreimal stießen wir auf Abzweigungen, an denen ich die Strecke neu ausloten musste. Dazu kniff ich die Augen zusammen und tastete mich in Gedanken so lange vor, bis sich der richtige Weg vor mir auftat. Es war, als würde man einen Stein in einen Brunnen werfen und auf das Echo aus der Tiefe warten. Piper stellte keine Fragen und beschwerte sich nicht, wenn ich haltmachte, sondern wartete geduldig ab, bis ich mir meiner Sache sicher genug war, um den Weg fortzusetzen. Jenseits der schwach glühenden Lampe war es so dunkel, dass ich schließlich mit geschlossenen Augen vorankroch, um mich ganz von meinem Gefühl leiten zu lassen.

Beruhigend war, dass ich ringsum keine Menschenseele wahrnahm. Tief im Innern der Arche spürte ich noch immer das geschäftige Summen der Soldaten, doch vor dem kahlen, kalten Abschnitt vor uns hatten wir nichts zu befürchten. Kein Atemzug und keine Stimme drang von dort aus zu mir hinauf. Allerdings verließ ich mich nicht blind auf diese Ahnung – mit Orten hatte ich mich immer schon leichter getan als mit Menschen, und beides zu erspüren erforderte höchste Konzentration. Dass meine Sinne ständig wie Irrlichter zwischen Vergangenheit, Gegenwart und Zukunft umherflirrten, kam erschwerend hinzu. Doch in dem unterirdischen Bollwerk schienen Menschen ein Echo zu erzeugen, während sich in anderen Bereichen der Arche kein Lüftchen regte.

Schwer zu sagen, wie weit wir schon gekommen waren, ich tippte auf etwa hundert Meter. Hier unten war die Luft so warm und feucht, dass die Schneedecke über unseren

Köpfen in eine andere Zeit, ja, eine ganz andere Welt zu gehören schien. Obwohl ich gespürt hatte, dass sich der Tunnel langsam wieder weitete, fiel ich aus allen Wolken, als meine Finger plötzlich ins Leere griffen und ich nach einer kurzen Rutschpartie mit dem Kopf voraus auf einem zentimeterdicken Staubteppich landete. Ich war unverletzt, doch vor lauter Schreck japste ich nach Luft und rief dann nach Piper, der noch in der Röhre steckte, bevor ich merkte, dass mir eine widerliche Mischung aus Spucke und Staub den Mund verklebte. Bei meinem Sturz war in der Lampe ein Glas zu Bruch gegangen, doch sie brannte noch.

Als ich den Kopf hob, streckte Piper gerade den Arm aus dem Schacht, vollführte eine elegante Drehung und landete mit den Stiefeln voran in einer Staubwolke auf dem Boden. Das wahre Ausmaß seiner Angst wurde mir erst bewusst, als sich im Schein der hin und her schwankenden Lampe auf seinem Gesicht langsam Erleichterung breitmachte und ich in der Dunkelheit seine Zähne aufblitzen sah.

»Keine Bewegung«, sagte ich.

Pipers gelöstes Lächeln erlosch, als er sah, was ich meinte. Wir befanden uns in einem runden Raum mit knapp fünfzehn Metern Durchmesser, in dessen Mitte ein Loch klaffte, das auf den ersten Blick fünf- bis sechsmal so breit aussah wie die Röhre, durch die wir uns gerade gezwängt hatten. Einen Schritt rückwärts und Piper wäre hineingefallen.

»Spürst du hier in der Nähe Soldaten?«, fragte er.

Ich schüttelte den Kopf. »Nein. Die sind alle viel weiter unten, in der eigentlichen Arche. Der Bereich hier oben ist nicht für Menschen gedacht, da kommt nur die Luft durch.« Trotzdem hatte ich instinktiv die Stimme gesenkt.

Als Piper die Lampe nahm und in das Loch leuchtete, sahen wir, dass es gar nicht leer war. Wie die Speichen eines Rades führten von einer zentralen Achse strahlenförmig flache Schaufeln nach außen, die fast zwei Meter lang und mindestens dreißig Zentimeter breit waren und mich spontan an die Flügel einer Windmühle erinnerten, mit dem Unterschied, dass sie aus massivem Stahl bestanden und auf der Seite lagen. Als Piper dagegentrat, setzte sich das kreisrunde Gebilde unter lautem Knarren in Bewegung, stand nach einer halben Drehung jedoch wieder still.

»Das hat sich bestimmt von selber gedreht, als die Elektrik noch ging«, sagte ich.

»Aber Heaton kann doch nicht da hochgeklettert sein, während sich das Ding bewegt hat?«

»Heaton war ein kluger Mann. Er wusste bestimmt, wie man die Mechanik abstellen kann, zumindest vorübergehend.«

Prüfend stupste Piper noch einmal eine der Schaufeln mit der Stiefelspitze an.

»Das gehört bestimmt alles zum Belüftungssystem«, sagte ich. »Dabei wurde die Arche nicht nur mit frischer Luft versorgt, sondern auch die Asche herausgefiltert. Kein Wunder, dass es hier unten keine Mutationen oder Zwillinge gab. Schau dir das mal an.« Ich deutete auf die Wände ringsum, die von oben bis unten mit Kabeln übersät waren. Dazwischen klafften in fußbreiten Abständen handtellergroße Löcher, aus denen zum Teil Rohre ragten, während andere offen standen wie Münder, die gerade zum Schrei ansetzten. Unter jeder Öffnung war ein metallenes Schild angebracht, doch auch nachdem ich den Staub abgewischt hatte, konnte ich die Inschriften kaum entziffern: *VAKUUMP. 471. UMWÄLZ. 2 (ZUFUHR). ENTLÜFTUNGSVENTIL.*

Obwohl ich darauf gefasst gewesen war, in der Arche auf Maschinen zu stoßen, hätte ich mir nie träumen lassen, dass sie selbst eine Art Maschine darstellte, einen gewaltigen, komplexen Apparat, ohne den das Leben unter der Erde undenkbar gewesen wäre. Zwischen der Welt hier unten und der über Tage lag ein Sicherheitsabstand von mehreren Hundert Metern, doch ihre Erbauer hatten sogar der Luft von oben so sehr misstraut, dass sie erst einen Hindernisparcours überwinden musste, bevor sie bei ihnen ankam. Während die Überlebenden an der Oberfläche mit einer grimmigen, grausamen Natur zu kämpfen hatten, ohne Falltüren, Filter oder verriegelte Tunnel, waren die Arche-Bewohner klammheimlich unter der Erde in Deckung gegangen.

Inzwischen war Piper am Rande des Lochs in die Knie gegangen und spähte in die Tiefe. »Es geht nicht allzu weit runter«, sagte er.

Keine zwei Meter unter dem Rad war der Boden des nächsten Stockwerks zu erkennen, und die Lücken zwischen den Speichen boten selbst für Piper genug Platz, um ohne viel Mühe hindurchzuklettern.

»Ich zuerst«, sagte ich und ging rückwärts auf alle viere. »Dann kannst du mir die Lampe runterreichen.«

Doch als ich die Beine über die Kante schieben wollte, zischte Piper auf einmal: »Stop! Schau mal, der Staub.«

Ich sah nach unten, konnte an der schmutzig grauen Schicht jedoch nichts Ungewöhnliches entdecken, außer, dass meine Finger bis zu den Knöcheln darin einsanken.

»Nicht da. Auf den Schaufeln.«

Ich blickte in das Loch hinab.

»Da liegt doch gar kein Staub«, sagte ich.

»Eben.« Er streckte die Hand aus und half mir mit einem energischen Ruck auf die Füße.

»Dieses Rad-Ding dreht sich noch. Und zwar so regelmäßig, dass sich auf den Schaufeln kein Dreck ablagert.«

Dass hier unten noch irgendetwas funktionieren sollte, klang geradezu lächerlich. Doch Piper hatte recht. Die Schaufeln waren sauber, und bei näherem Hinsehen fiel mir auf, dass der weiche graue Teppich am Rande der Öffnung flacher wirkte als rings an den Wänden, ganz so, als würde der Staub von der Mitte aus in alle Richtungen gepustet.

»Die Arche ist vierhundert Jahre alt«, sagte ich. »Wenn nicht sogar älter. Du hast doch gelesen, was in den Papieren stand. Irgendwann haben die Maschinen den Geist aufgegeben.«

»Offensichtlich nicht ganz.«

Ich musste an die gelegentlichen Lichtausfälle in meinem Verlies in Wyndham denken. Hatte es so auch in der Arche angefangen? Als ein leises Stottern der Elektrik, das allmählich auf die totale Finsternis zusteuerte?

»Außerdem haben wir keine Ahnung von den Maschinen«, fuhr Piper fort. »Warten wir doch erst mal ab. Wenn es losgeht, während du da drinhängst, dann gute Nacht.«

Wir hockten uns an der Wand in den Staub und hielten Wache in der Hoffnung, dass die Apparatur nicht wieder zum Leben erwachte. In dem stickigen Raum hallten sämtliche Geräusche dumpf wider, und so schwiegen wir uns an, bis ich es nicht mehr aushielt.

»Auch wenn es sich bewegt, ändert das nichts«, sagte ich. »Wir müssen da immer noch durch.«

»Ich will es mir trotzdem vorher anschauen«, beharrte Piper.

Während wir darauf warteten, dass sich das Rad in Bewegung setzte, ging auf einmal das Licht an. Ohne Vorwarnung wurde es taghell, als hätte jemand einen Vorhang beiseitegerissen. Blitzartig zog ich den Kopf ein, während Piper mit gezücktem Messer aufsprang und den Blick argwöhnisch durch den Raum wandern ließ. Nach dem gedämpften Schein der Öllampe schmerzten mir von dem grellen Licht die Augen. Anders als in den Verwahrungsräumen, wo an nackten Kabeln fahl glimmende Glaskugeln gehangen hatten, waren die Lampen hier in die Decke eingelassen, von der sie in langen Reihen blendend weiß auf uns herunterstrahlten. Und auch die Wände waren so hell erleuchtet, dass wir nicht mal einen Schatten warfen.

Ein paar Sekunden später ertönte ein Knacken, als wäre jemand auf eine Glasscherbe getreten. Im selben Moment setzten sich schleppend die Schaufeln in Bewegung, und bald drehte sich das Rad in einem solch enormen Tempo um die eigene Achse, dass mir Hören und Sehen verging. Irgendwann konnte ich in dem wirbelnden Haufen keine einzelnen Speichen mehr ausmachen. Der Druck war so stark, dass mir die Haare wild um die Ohren wehten und ich mir schützend die Hand vors Gesicht halten musste, während der Lüfter den Staub ringsum in Raserei versetzte.

Auch Piper hob jetzt zögernd den Arm, und als ich sah, wie gebannt er zwischen Lampen und Lüftung hin und her blickte, wurde mir klar, dass er vermutlich zum ersten Mal in seinem Leben die Elektrik in Aktion erlebte. Ich hatte vier Jahre in einer Zelle mit künstlichem Licht zugebracht und neben den komplizierten Gerätschaften in den Tankräumen auch die Datenbank der Beichtmutter zu Gesicht bekommen, doch für ihn tat sich gerade eine ganz neue, strahlend weiße Welt mit bislang ungekannten Geräuschen auf: nicht nur das laute Brummen der Lüftung, sondern auch das behäbige Surren der Lichter selbst, das die Luft zum Erzittern brachte wie der Flügelschlag einer Libelle. Und obwohl er kurz darauf sein Messer zurück in den Gürtel gleiten ließ, hielt er weiter die Knie leicht gebeugt und ballte die Hand zur Faust, als könnte er der Elektrik so notfalls mit einem kräftigen Haken in die Parade fahren.

»Wahnsinn«, erhob er seine Stimme über die dröhnende Lüftung. »Und das nach Hunderten von Jahren.«

Ich ließ den Blick zurück an die Decke wandern. Piper

hatte recht, selbst im Angesicht der Gefahr konnte man sich einer gewissen Ehrfurcht vor den Maschinen nicht entziehen. Und als ich mich todesmutig in Richtung Speichen vorlehnte und der Luftstrom auf meine Wangen prallte, schien es auf einmal, als wehte in dem leeren Raum unter der Erde ein kräftiger, böiger Wind. Ich wagte kaum, darüber nachzudenken, was passiert wäre, hätte ich mich wie geplant in das Loch fallen lassen. Immerhin wären mir dank der blitzschnellen, messerscharfen Klingen wohl längere Qualen erspart geblieben, und auch Zach hätte es auf der Stelle erwischt, vielleicht mitten in einer Ratssitzung oder bei der Besichtigung eines neuen Massentanks. Aus heiterem Himmel wäre er in sich zusammengesackt wie eine Marionette, bei der unverhofft jemand die Schnüre durchtrennt hatte.

Das gleißende Licht und der Lärm hielten minutenlang an, wobei in dieser hermetisch abgeriegelten Welt jedes Zeitgefühl trügerisch war. Wie eine letzte Warnung flackerten die Lampen schließlich noch zweimal auf, bevor sich schlagartig Finsternis über den Raum senkte. Im schwachen Schein der tapfer glimmenden Öllampe drehten die Speichen zwar noch ein paar Runden, doch mit der manischen Kraft war es vorbei. Stattdessen sank mit jeder Umdrehung das Tempo, bis das Rad irgendwann endgültig zum Stillstand kam.

»Wir müssen da immer noch durch«, wiederholte ich.

»Ich weiß.« Piper sah sich um. »Ich sehe hier nichts, das man zwischen die Schaufeln klemmen könnte«, sagte er, und ich musste ihm leider recht geben. Weit und breit gab es keine Möbel, und sämtliche Rohre saßen viel zu fest, um sich als Sperrbalken zweckentfremden zu lassen.

»Wir können auf keinen Fall hindurchklettern«, sagte er. »Wenn, müssen wir springen. Je schneller wir durchkommen, desto geringer ist das Risiko.«

Seite an Seite wagten wir uns bis zur Kante vor und spähten nach unten. Selbst am äußersten Rand des Rades, wo die Schaufeln am breitesten waren, beliefen sich die Zwischenräume auf maximal sechzig Zentimeter. Es galt also, beim Absprung genau Maß zu nehmen, sonst drohten schmerzhafte Blutergüsse und im schlimmsten Fall eine Fleischwunde – vorausgesetzt natürlich, die Klingen hielten still. Wenn die Elektrik zum Leben erwachte, während wir auf dem Weg nach unten waren, ließen sich keine Best- oder Worst-Case-Szenarien mehr entwerfen – dann galt alles oder nichts.

Um herauszufinden, ob die Elektrik einem bestimmten Muster folgte, warteten wir etwa eine Stunde ab. Währenddessen sprang das Licht dreimal an, jeweils gefolgt von der Lüftung, allerdings nicht in regelmäßigen Abständen. Zwischen den ersten beiden Malen lagen lediglich Minuten, während wir vor der dritten Runde fast eine Stunde lang in der Dunkelheit ausharrten und der ganze Spuk nur wenige Sekunden dauerte, in denen das Rad nicht einmal volle Fahrt aufnahm. Die Elektrik war wie ein Gespenst, das durch die Kabel und Drähte der Arche spukte und mit seinen Launen die Schauerstimmung unter der Erde derart auf die Spitze trieb, dass ich inzwischen beim kleinsten Knacken oder Flimmern panisch zusammenzuckte.

Ein paar Sekunden nachdem das Licht zum letzten Mal aufgeflackert war, kamen auch die Schaufeln allmählich zur Ruhe.

»Jetzt«, sagte ich und trat an den Rand der Öffnung. Ringsum verschwamm alles vor meinen Augen, die sich erst wieder an den schwachen Schein der Öllampe gewöhnen mussten.

»Ich springe zuerst«, sagte Piper. »Wenn irgendwas schiefläuft, gehst du alleine zurück.«

Zurück zu was? Wenn er starb, blieb auch Zoe für immer

verschollen. Vor dem Gedanken, ohne ihn den Rückweg durch den engen Schacht antreten zu müssen, graute mir mehr als vor der Lüftung an sich.

»Wir springen gleichzeitig«, entschied ich.

Nach einem prüfenden Blick in meine Richtung bezog Piper auf der anderen Seite des Lochs Stellung. »Es ist nicht weit«, sagte er, doch wir wussten beide, dass es darum nicht ging. Was mir den kalten Schweiß auf die Stirn trieb, war nicht die Aussicht auf eine unsanfte Landung, sondern der Gedanke an das, was davor kam.

»Und du spürst wirklich gar nichts?«, fragte er. »Keine Ahnung, wann das Ding wieder loslegen könnte?«

Ich schüttelte den Kopf. »Ich habe vorhin ja nicht mal gemerkt, dass es überhaupt noch funktioniert.«

»Gut. Dann also bei drei. Willst du zählen?«

»Hast du eine Glückszahl?«, fragte ich.

Er gluckste leise. »Auf mein Glück würde ich mich an deiner Stelle nicht verlassen.«

Obwohl mir die Zahlen nur mit Mühe über die Lippen kamen und sich alles in mir gegen die letzte Silbe sträubte, hörte ich mich selbst auf einmal »Drei« rufen, und wir sprangen.

Ganz glatt lief es nicht. Mein linkes Knie blieb irgendwo hängen, sodass ich mit der rechten Schulter gegen eine Schaufel prallte, während Piper mit der Lampe in der Hand auf der anderen Seite wie ein heller Fleck nach unten sauste. Und doch lagen wir kurz darauf beide ein Stockwerk tiefer nebeneinander auf dem Boden. Während Piper einen Seufzer der Erleichterung ausstieß und ich meine Schulter inspizierte, hörte ich mich erlöst lachen. Doch unsere gute Laune erstarb, als sich über unseren Köpfen unter lautem Knarren die Klingen in Bewegung setzten. Der erste Windstoß kam mit einer solchen Wucht, dass wir von der Druckwelle flach auf den Boden gepresst wurden.

»Wir hätten keine Sekunde länger warten dürfen!«, brüllte Piper über den Lärm der Lüftung hinweg. »Stell dir vor, meine Glückszahl wäre die Zehn gewesen – wir wären einen Kopf kürzer hier unten angekommen.«

»Vielleicht hast du mehr Glück, als du denkst«, rief ich zurück und kroch in Richtung Wand, wo man dem Luftzug nicht ganz so gnadenlos ausgesetzt war. Dann ließ ich den Blick durch den Raum schweifen.

Genau wie im Stockwerk darüber wimmelte es auch hier an allen vier Wänden nur so von Kabeln, Rohren und Knöpfen, und wieder stand auf sämtlichen Schildern eine frustrierende Mischung aus Vertrautem und gänzlich Rätselhaftem: *ENTLÜFTUNGSKANAL EBENE 4. UMLEITUNG ÜBER DEKONTAMINATIONSSCHLEUSE.* Auf drei Seiten waren große stählerne Luken angebracht, die ringsum mit einem schwarzen Material versiegelt waren, das bereits etliche Risse und Bruchstellen aufwies.

Stumm formten Pipers Lippen die Frage: »Und welche nehmen wir?« Als er vorsichtig an einer Umrandung zog, zerbröselte die schwarze Substanz zwischen seinen Fingern. Prüfend ließ er den Blick über die Luken wandern. »Verdammt«, brüllte er mir ins Ohr, »ich dachte, die Tunnel hätten wir erst mal hinter uns.«

»Haben wir auch«, erwiderte ich. »Schau mal genauer hin.«

In diesem Augenblick fiel das Licht aus, und wir mussten wieder mit dem schwachen Schein unserer Lampe vorliebnehmen.

»Okay«, sagte ich in die gnädige Stille hinein. »Dann hör eben zu.« Ich trat einen Schritt rückwärts und stampfte leicht auf. Obwohl die dichte Staubdecke das Geräusch etwas dämpfte, war ein deutliches Scheppern zu vernehmen. Unter meinem Fuß saß im stählernen Boden etwas fest.

Piper stellte die Lampe ab, und wir machten uns auf den Knien daran, die verborgene Falltür vom Staub zu befreien. Dabei kam auf der Luke nach und nach ein Schriftzug zum Vorschein.

ZUGANG NUR IM NOTFALL (TECHN. PERSONAL).
VOR DEM ÖFFNEN DER LUKE MÜSSEN
DIE EINLASSVENTILE DEAKTIVIERT SEIN.
BEI VERLASSEN DES KONTROLLRAUMS
DEKONTAMINATIONSHINWEISE BEACHTEN.

»Ob das hier als Notfall durchgeht?«, fragte Piper und zog amüsiert einen Mundwinkel hoch.

Die Falltür war von dem gleichen brüchigen schwarzen Material gesäumt wie die Luken an der Wand, und als Piper am Griff zog, ließ sie sich mühelos öffnen. Der Tunnel, der sich zu unseren Füßen auftat, war breiter als sämtliche Schächte, die uns bisher untergekommen waren, und noch dazu an der Seite mit einer Leiter versehen.

Nach gut dreißig Metern Kletterpartie stieß ich mit den Füßen auf eine zweite Luke. Ich hielt kurz inne, um mich zu vergewissern, dass sich im Gang darunter nichts regte, doch alles, was ich außer dem Staub spürte, war das ferne Summen der Elektrik. Trotzdem stellte ich so lautlos wie möglich die Lampe ab, bevor ich behutsam die Falltür anhob. Dann kletterte ich durch die Öffnung und ließ mich auf den Boden des Korridors fallen, bevor Piper es mir gleichtat.

Wir waren in der Arche.

33

HIER UNTEN ERINNERTE die Umgebung immerhin ansatzweise an eine menschliche Behausung. Besonders wohnlich wirkte die Arche trotzdem nicht, mit ihren harten grauen Böden und der niedrigen Decke, unter der sich rechter wie linker Hand ein langer Gang in der Finsternis verlor. Alle paar Meter prangte über unseren Köpfen ein Gitter, hinter dem ich ein Labyrinth aus Lüftungsschächten erahnte. Der Lichtkegel unserer Lampe reichte keine zwei Meter weit. Hier eine offene Stahltür, da ein Knick im Korridor, dessen scharfe Kanten der Staub sanft verwischt hatte. Und immer wieder tat sich eine neue Tür vor uns auf, die in den nächsten Gang mündete, wo abermals alles in Finsternis getaucht war.

Als Zoe, Kip und ich vor Monaten auf die Tabu-Stadt im Gebirge gestoßen waren, war schon von Weitem das Geschrei der Toten an meine Ohren gedrungen, doch hier war davon nichts zu hören. Vielleicht lag es daran, dass die Menschen in der Stadt so plötzlich gestorben waren, als die Explosion stattgefunden und sie ohne Vorwarnung aus dem Leben gerissen hatte. In der Arche lag eine ganz andere, stumme Schwermut in der Luft, die mir fast den Atem raubte. Hier hatte sich der Tod Zeit gelassen. Statt verzweifelter Schreie vernahm ich ein langsames Siechtum, Jahrzehnte im Dunkeln. Ein Unbehagen, das schwerer wog als die vielen Hundert Meter Stein, Erde und Fluss, die über uns lagen.

»Ganz schön deprimierend, oder?« Piper schwenkte die Lampe nach allen Seiten.

Dem war nichts hinzuzufügen. Jeder Zentimeter der Arche starrte nur so von Trostlosigkeit.

»Ich hatte es mir anders ausgemalt«, sagte er. »Irgendwie behaglicher. Ich dachte immer, die Leute in der Arche hätten das große Los gezogen. Aber wenn ich mir vorstelle, wie lange die hier unten festsaßen …«

Seit meiner Zeit in den Verwahrungsräumen konnte ich nur allzu gut nachempfinden, was eine solche Gefangenschaft mit einem anstellte. Jahrelang hatten sich meine Nerven an den harten Oberflächen und versperrten Türen wund gerieben, bis alle meine Sinne geächzt und geklirrt hatten.

Auf dem Rundweg, den die Geografie der Arche vorgab, bewegten wir uns westwärts. Selbst jenseits der engen Lüftungsschächte lag der Staub dick genug, um unsere Schritte zu dämpfen. Hier war schon lange niemand mehr vorbeigekommen. Obwohl der Rat zweifellos die gesamte Arche erkundet hatte, spürte ich sofort, dass sich in diesem Trakt kein Soldat mehr aufhielt. Ich musste nicht extra einen Blick in jeden Raum werfen, die Leere war für mich auch so deutlich greifbar. Es war wie bei einer Flasche, deren Deckel man nicht erst aufschrauben muss, um zu wissen, dass kein Wasser mehr drin ist.

Auf beiden Seiten des Korridors zweigten immer wieder Gänge ab, doch wir hielten uns stur geradeaus. Dabei passierten wir in regelmäßigen Abständen schwere, sperrangelweit offen stehende Stahltüren, die mit ihren Stahlriegeln und dicken Eisenstäben einen abschreckenden Eindruck machten. Bei näherem Hinsehen fiel mir auf, dass an den Schlössern das Schlüsselloch fehlte und stattdessen neben dem Riegel ein Metallkästchen mit Knöpfen angebracht gewesen war, auf denen Zahlen von null bis neun standen. Jemand hatte die Kästchen abgeschraubt, sodass sie nun an nackten, glänzenden Drähten herunterbaumelten.

Immer wenn sich bei den Spontaneinsätzen der Elektrik das Licht über uns ergoss, gingen damit auch Geräusche einher. Neben dem leisen Summen der Lampen an sich ertönte in den Luftschächten über unseren Köpfen ein lautes Surren und ab und an ein ohrenbetäubendes Scheppern. Sobald das Licht erlosch, senkte sich eine Stille über den Korridor, die so unheimlich anmutete wie die in einer Gruft.

»Kein Wunder, dass sie hier unten alle durchgedreht sind«, sagte Piper. »Ich habe schon die ganze Zeit Gänsehaut.«

In manchen Abschnitten des Gangs war Wasser durch die Wände gedrungen. Auch wenn es den Arche-Bewohnern gelungen war, das Ausscheren des Flusses nach unten aufzuhalten, hatte er doch nie ganz aufgegeben. Wie ein verendetes Tier zog sich rechter Hand ein pelziger schwarzer Schimmelteppich die Wand entlang, und in einem der Räume hatte sich, gespeist von einem steten Tropfen, eine stinkende Pfütze gebildet. Träge tropfte das Wasser im Rhythmus unserer Schritte von der Decke, und als wir weiterzogen, musste ich an mich halten, keinen verstohlenen Blick über die Schulter zu werfen, nur für den Fall, dass uns vielleicht doch jemand folgte.

Irgendwann kamen wir in einen großen Raum, wo sich die Finsternis gegen die Ränder unseres schwachen Lichtkegels zu stemmen schien. In der Mitte stand eine lange, sorgfältig gedeckte Tafel mit Messern, Gabeln und Tellern, auf denen eine Staubmahlzeit angerichtet war. Als ich mit der Hand an einer Stuhllehne entlangfuhr, spürte ich unter den Fingern weder Leder noch Holz, sondern ein anderes, mir gänzlich unbekanntes Material, das auch nach vierhundert Jahren unter der Erde nicht geschimmelt oder abgesplittert war. Es fühlte sich hart an, aber nicht so kalt wie Metall. Ansonsten bot sich uns ein alltägliches Bild, wie ich es in einer Küche oder einem Gasthaus erwartet hätte.

Piper stellte die Lampe auf den Tisch, griff nach einer rostgesprenkelten Gabel und ließ sie klirrend wieder fallen.

Als ich mich vorbeugte, um sie an ihren angestammten Platz neben dem Messer zurückzulegen, wurde mir schlagartig bewusst, wie lächerlich die Geste an einem Geistertisch wie diesem war.

Auch die Tür nebenan stand weit offen, am Schloss ragten die Riegel hervor wie gefletschte Zähne. Als ich über das Türblatt strich, blieben meine Finger an einer Inschrift hängen. Trotz des Drecks, der sich in den Rillen festgesetzt hatte, waren die Buchstaben im Schein der Lampe deutlich zu erkennen: *ABSCHNITT F.*

»Da wurden doch die Verrückten verwahrt, oder?«, fragte Piper.

Als ich über die Schwelle trat, knirschte es leise unter meinen Stiefeln, doch der Widerstand erinnerte eher an einen trockenen Keks. Hörbar zog ich die Luft ein, und sofort war Piper mit der Lampe zur Stelle. Ich war auf den Oberschenkelknochen eines Skeletts getreten. An der Wand gegenüber waren im Halbdunkel noch mehr Gerippe auszumachen, und obwohl in diesem Augenblick im Gang hinter uns das Licht anging, veränderte sich in der Kammer selbst nichts. Mir fiel wieder ein, was ich in den Aufzeichnungen zu Abschnitt F gelesen hatte: *In sämtlichen Räumen wurde der Strom abgeschaltet (Belüftung weiter in Betrieb), um dem Bedarf der restlichen Bewohner besser entsprechen zu können.* Ich drehte mich zu den Gebeinen an der Schwelle um. Wie lange hatten die Gefangenen wohl in der Dunkelheit vor der verriegelten Tür ausgeharrt? Hatten sie verzweifelt an der Klinke gerüttelt, geschrien und um ihre Freilassung gebettelt? Der glatte Stahl offenbarte keinerlei Spuren, er behielt seine Geschichte für sich.

Vor unserem Abstieg in die Arche hatte ich mich vor den Soldaten und den geheimnisvollen Maschinen gefürchtet. Mir war nicht klar gewesen, dass einem auch bei einem Häuflein Knochen hinter einer Stahltür das Blut in den Adern gefrieren konnte.

Bald stießen wir auf weitere Skelette. In einer Kammer lag ein Gerippe mit angezogenen Beinen in eine dicke Staubdecke gehüllt auf einem Klappbett. Ein paar Räume weiter bekam man den Eindruck, als hätte jemand mehrere Skelette auf einen Haufen geworfen. Aus den Augenwinkeln sah ich in der Ecke einen einsamen Schädel, der kopfüber dalag wie eine Schüssel mit Zähnen.

»Meinst du, das waren die Ratssoldaten?«, fragte ich.

Piper kniete sich hin, um die Knochen in Augenschein zu nehmen. »Lange liegen die jedenfalls noch nicht so da. Achte auf die Farbe an den Kanten.«

Als ich mich bückte und einen der Splitter im Schein der Öllampe näher begutachtete, sah ich, dass sich an der Bruchstelle das strahlende Weiß des sauberen Knochens deutlich von der graubraunen Außenschicht abhob.

Ein paar Meter weiter hatte sich die halb offen stehende Tür mit der Beschriftung *ABSCHNITT G* so hartnäckig verklemmt, dass wir seitlich hindurchschlüpfen mussten. Im Raum dahinter standen eine Reihe von stählernen Arbeitsbänken mit einem Überbau aus Schläuchen und Hebeln, unter denen tiefe Becken eingelassen waren. In einem lag neben dem Abfluss eine tote Spinne. Die Regale an der Wand barsten schier vor runden Gefäßen, deren Glas sich über die Jahrhunderte eingetrübt hatte. Von den geplatzten oder zu

Bruch gegangenen Behältern war nur mehr ein Ring aus gefährlichen Spitzen übrig, aus deren Mitte Knochen aufragten.

Zaghaft näherte ich mich. Um ihren Inhalt länger haltbar zu machen, waren die Gefäße früher scheinbar bis zum Rand mit Flüssigkeit gefüllt gewesen. Inzwischen zeugte nur noch ein schmutziger Saum unter dem Rand davon. Als ich den Blick nach unten wandern ließ, fiel mir am Boden jedes einzelnen Behälters ein Nest aus winzigen Knochen ins Auge. Wären mir nicht bereits in der Grotte unter der Ratsfestung in Wyndham etliche Säuglingsskelette untergekommen, ich hätte vielleicht einen Moment lang verzweifelt zu hoffen gewagt, dass es sich dabei um die Überreste von ein paar Kleintieren handelte. Doch spätestens als ich mich zum näheren Hinsehen zwang, musste ich mir eingestehen, dass diese winzigen verknöcherten Köpfe, die ohne Weiteres in meine Handfläche gepasst hätten, von winzigen Menschen stammten.

»Schau mal.« Piper hielt mir einen der Säuglingsschädel entgegen.

Der bräunlich verfärbte kleine Ball wog nicht mehr als eine Eierschale, und als ich ihn nach allen Seiten drehte, sah ich auch, was Piper daran aufgefallen war. Der Schädel hatte drei Augenhöhlen. Behutsam legte ich ihn in sein Bett aus Knochen zurück.

»So sahen also die unfreiwilligen Versuchskandidaten von über Tage aus«, stellte Piper fest.

Der Nachbarraum war noch breiter und höher, und die Gefäße, die sich in den Regalen drängten, hatten die Ausmaße von kleinen Fässern, in denen sich je zwei Skelette befanden – vermutlich Vertreter der ersten Zwillingsgeneration. Angestrengt spähte ich durch das trübe Glas des ersten Behälters. Die beiden Schädel waren aufeinander zugerollt, und einer der winzigen Kiefer stand offen, als müsste der Säugling bitterlich weinen. Der Rest der Knochen lag, lose aufgetürmt wie brennfertiges Kleinholz, daneben.

Die meisten Etiketten waren bis zur Unkenntlichkeit verblasst oder dem Schimmel anheimgefallen. Vereinzelt ließen sich jedoch noch ein paar Worte erkennen.

Paar 4 (Sekundärzwilling: Hyperdontie)
7 (Sekundärzwilling: Polykephal)

Ein Zwilling besaß mehrere Zahnreihen, die wie die Schuppen eines Tannenzapfens überlappten, und in einem anderen Behälter war der größere der beiden Schädel mit vier Augenhöhlen und zwei Nasen ausgestattet. Ich versuchte mir vorzustellen, wie die Beschriftung dieser gläsernen Fässer abgelaufen war. Wie die Arche-Bewohner den Omegas komplizierte Namen verpasst hatten, als könnte man unsere ungehorsamen Körper besser auf Linie bringen, wenn man sie in Kategorien presste. Wie sie fieberhaft nach Erklärungen suchten, wie und weshalb wir uns von ihnen unterschieden, und dazu wehrlose Kinder aufgeschlitzt, auseinandergebaut und, als all ihre Knochen gezählt waren, wieder zusammengesetzt hatten. Schon damals waren wir ein Problem gewesen, das es zu lösen galt.

Die Querseite des nächsten Raums bestand von oben bis unten aus eisernen Schubladen, die viel tiefer waren, als sie auf den ersten Blick aussahen. Als ich an einem der Griffe zog, kam mir schwungvoll ein ganzer Meter Lade entgegen. Mit leerem Blick starrte mir daraus ein Totenkopf entgegen. In sämtlichen Fächern bot sich uns das gleiche Bild. Langsam bekam ich das Gefühl, dass das Gerüst der Arche nicht aus Stahl und Beton bestand, sondern aus Knochen.

Das wachsende Unbehagen war mir offenbar anzusehen,

denn irgendwann schob Piper die Schublade, die ich gerade inspizierte, mit einem energischen Ruck zu. »Was sollen wir mit den ganzen Skeletten?«, fragte er. »Warum sind hier keine Papiere? Keine Unterlagen?«

»Weil der Rat alles mitgenommen hat.«

Nirgendwo waren Hinweise darauf zu finden, wie es den Arche-Bewohnern gelungen war, das fatale Zwillingsband zu kappen. Wenn dazu noch Aufzeichnungen existierten, dann hatten Zach und die Generalin sie sich längst unter den Nagel gerissen und im schlimmsten Fall bereits vernichtet.

Als Piper wütend gegen eine der stählernen Schubladen trat, ertönte ein Scheppern.

»Die Arche hat so viele Stockwerke.« Ich gab mir redlich Mühe, nicht völlig verzweifelt zu klingen. »Ich wette, der Rat ist längst noch nicht durch mit der Suche. Warum wären die Soldaten sonst noch hier?«

Stundenlang durchkämmten wir die staubigen Räume. Wände mit Mustern aus Rost und Wasser. Ein Babyschädel, der genauso schwer wog wie ein Albtraum. Eine Bank, auf der die Knochen drapiert waren wie in einem Schaufenster.

Irgendwann wurde ich der Soldaten gewahr – genauso deutlich und unverkennbar, wie ich den Fluss spürte, der über unseren Köpfen hinwegrauschte –, obwohl ich sie weder sehen noch hören konnte. Und schon bald drangen die ersten gedämpften Geräusche zu uns herauf. Ein leises Scheppern, ein entferntes Kommando. Ich scheute mich davor, ins Herz der Arche vorzustoßen, doch außer Schimmel und Knochen hatte die Suche in den beiden oberen Stockwerken nichts zutage gefördert. Der Rat oder vielleicht sogar seine Vorgänger hatten sämtliche Spuren beseitigt, und die dicke Staubschicht bewies, dass auch die Suchtrupps diesem Abschnitt schon vor langer Zeit den Rücken zugekehrt hatten.

Unter dem nächstbesten Lüftungsschacht kletterte Piper auf einen Stuhl und löste mithilfe seines Messers das auch hier vollkommen verrostete Gitter. Durch das Loch in der Decke schwangen wir uns zurück in das Tunnellabyrinth.

Dank der vergitterten Luken konnten wir in den engen Schächten alle paar Meter einen Blick in die leeren Korridore und Zimmerfluchten unter uns werfen. Mein Gefühl bahnte uns den Weg, parallel zu einer schmalen Treppe ins nächste Stockwerk, an deren Fuß ich die Lampe löschte, damit uns ihr Licht nicht verriet. Fortan waren wir darauf angewiesen, dass die Elektrik ansprang, während wir vorsichtig hinabspähten.

Ausgerechnet, als die Soldaten kamen, ließ uns die Elektrik natürlich im Stich. Ihren Schritten nach zu urteilen waren sie zu zweit und mit einem ratternden Handkarren unterwegs. Als sie mit dem Gefährt um die Ecke bogen, warf ihre wild schaukelnde Laterne seekranke Schatten an die Wand. Ich erstarrte und versuchte fieberhaft, den Gedanken an den Widerhall meines Atems in der stählernen Röhre zu verdrängen.

Mit einem lauten Rumms prallte der Wagen gegen die Wand, und einer der beiden Männer fluchte. »Aufpassen! Da ist kein Heu drin.«

Wir befanden uns jetzt fast auf gleicher Höhe. Ich konnte die Schweißperlen auf der Halbglatze des älteren Mannes erkennen, der stehen geblieben war, um den Karren wieder auf Kurs zu bringen.

Der Zweite grunzte. »Sauheiß hier unten. Da habe ich's nun mal eilig, wieder an die frische Luft zu kommen.«

Als sie unter uns durchmarschierten, verengte ich die Augen, um einen besseren Blick auf den Inhalt des Wagens zu erhaschen, doch alles, was ich ausmachen konnte, war ein heilloses Kabelwirrwarr, unter dem im Laternenlicht etwas Metallenes aufblitzte.

»Wenn du den Karren umschmeißt und das Ding hier kaputtgeht, sind wir geliefert«, sagte der Mann mit dem schütteren Haar. »Denk dran, was mit Cliff passiert ist.«

Der Jüngere schwieg, drosselte jedoch gehorsam das Tempo. »Bin ich froh, wenn ich endlich hier weg bin«, sagte er schließlich.

»Bleibst du nicht mit den Technikern da?«

Der junge Mann schüttelte den Kopf. »Ich habe mich für die Montage im neuen Bunker einteilen lassen, wenn wir hier fertig sind.«

Inzwischen befanden sich die Soldaten außer Sichtweite. Den beiden hinterherzukriechen kam trotzdem nicht infrage. Das Risiko, sich in der engen Röhre durch eine unachtsame Bewegung zu verraten, war einfach zu groß.

Erneut ertönte die Stimme des Älteren. »Da musst du nicht mehr lange warten. Wenn alles nach Plan läuft, brauchen wir höchstens noch zwei Wochen, hieß es gestern im Speisezelt. Aber ich glaube, drei sind näher an der Wahrheit.«

»Mindestens«, fiel ihm sein Begleiter ins Wort. Inzwischen musste ich angestrengt die Ohren spitzen, um dem Gespräch noch halbwegs folgen zu können. »Außer die lassen uns Nachtschichten schieben. Die letzten Kammern auszuräumen wird bestimmt kein Spaß. Die Gänge da unten sind gerade mal breit genug für die mobilen Generatoren. Ein paar Teile müssen wir sicher vor Ort zerlegen.«

Nach einer Weile verlor sich das Rattern des Karrens in der Dunkelheit. Danach war alles still. Fortan robbten wir noch langsamer vorwärts und zuckten schon zusammen, wenn einer von uns aus Versehen mit dem Knie oder dem Ellbogen gegen die Metallverkleidung stieß. Zweimal kamen uns unter uns Soldaten entgegen, einer allein und zwei mit Wagen, aber beide Male ging es viel zu schnell, um durch die

Gitterstäbe irgendwelche Details auszumachen. Manchmal drangen durch die Schächte verzerrte Satzfetzen zu uns herauf, deren Quellen wir nicht ausmachen konnten: »Zurück in den Serverraum …« – »Ohne die Batterien …« – »Also, wenn es heute Abend schon wieder Fisch gibt …« – »Schau doch mal unterm Konverter …« Doch irgendwann fiel mir auf, dass sämtliche Stimmen in dieselbe Richtung unterwegs waren: nach draußen, in Richtung Treppe zum Westausgang.

Schweren Herzens warteten wir ab, doch immerhin lenkte mich das Sekundenzählen von der Hitze, dem Hunger und den Schmerzen in meinen geschundenen Knien und Ellbogen ab. Nach einer Stunde ohne Soldaten oder sonstige Anzeichen menschlichen Lebens ringsum zündete ich die Lampe wieder an. Aus dem Tunnel zu klettern war eine geräuschvolle Angelegenheit, zudem schaffte ich es, mein Messer an den Rändern der Luke derart stumpf zu schaben, dass ich irgendwann aufgab und es Piper überließ, die letzte Schraube zu lösen, worauf das Gitter mit einem ohrenbetäubenden Knall unter uns auf dem Betonboden landete. In diesem Korridor, durch den am laufenden Band Soldaten liefen, dämpfte keine Staubschicht den Aufprall.

Unbeirrt ließ sich Piper durch das Loch hinabgleiten, und ich tat es ihm gleich, obwohl ich insgeheim damit rechnete, mich sprichwörtlich ins Verderben zu stürzen. Doch statt eines Hinterhalts wartete unten im Gang nur ein wachsamer Piper, der mit gezücktem Messer und, wegen der niedrigen Decke, mit leicht eingezogenen Schultern im Halbdunkel nach allen Seiten spähte.

»Wir müssen die Luke wieder zuschrauben«, raunte ich.

»Wenn der Knall nicht weiter aufgefallen ist, brauchen wir auch nicht zu flüstern«, gab er zurück, bevor er folgsam mit anpackte und wir mit vereinten Kräften das Gitter wieder an der Decke anbrachten. Man musste schon genau hinsehen, um zu erkennen, dass die Schrauben nicht mehr ganz fest saßen.

Inzwischen musste an der Oberfläche die Nacht angebrochen sein, und mein Hunger machte sich nach der langen Reise durch die Arche deutlich bemerkbar. Wir teilten uns etwas von dem Dörrfleisch, das selbst in meiner Jackentasche vom Schmutz nicht verschont geblieben war, bevor wir uns schweigend auf den Weg durch den schmalen Korridor mit den vielen Türen machten, die zumeist in leere Zimmer führten. Wo noch Möbel standen, hatten die Soldaten die Regale ausgeräumt und die Schubladen geleert.

Die Kammer am Ende des Gangs sah jedoch anders aus. Statt Regalen waren hier metallene Kästchen in die Wand eingelassen. Auf den Knöpfen und Zifferblättern der Maschinen lag Staub, wenn auch weit weniger dick als in den oberen Stockwerken. Ein paar Gehäuse standen offen oder fehlten ganz, und aus einem Bedienfeld ragte ein Knäuel von Drähten, bei deren Anblick ich mich unwillkürlich auf das Schlachtfeld vor New Hobart zurückversetzt fühlte, wo aus den aufgeschlitzten Bäuchen die Eingeweide gequollen waren.

Als das Licht anging, machte ich mich schnell daran, die Schilder und Etiketten zu lesen, musste mich den Worten jedoch erneut geschlagen geben: *Satellit 4. Triangulieren. Funkspruch 2.*

Neben mir zog Piper mit dem Zeigefinger auf einer glatten schwarzen Glasfläche eine Spur durch den Schmutz.

Die Stimme, die plötzlich ertönte, klang sowohl zu laut als auch zu weit entfernt.

Piper schnellte herum, schob mich blitzschnell zwischen sich und die Tür und zückte das Messer. Doch niemand stand auf der Schwelle. Und trotzdem schien die Stimme von allen Seiten auf einmal durch den Raum zu schallen.

Auch meine Hand war instinktiv in Richtung Gürtel gewandert, doch da lauerte kein Soldat, auf den man zielen oder vor dem man in Deckung hätte gehen können. Was meine Ohren mir weismachen wollten, passte weder zu dem, was ich sah – einen leeren Raum –, noch zu dem, was ich fühlte. Außer Piper und mir befand sich hier unten weit und breit keine Menschenseele.

Die Stimme hob in einem fort an und brach dann wieder ab, genau wie Xander, wenn er sich unermüdlich gegen die verriegelte Tür der Sprache warf. Zwischen den Wortfetzen brandete ein Knistern auf, das mich an ein prasselndes Feuer im trockenen Heu erinnerte oder an eine wütend fauchende Katze.

... ist eine Nachricht ... der Vereinigten Versprengten Inseln ... bei den Detonationen und mussten insgesamt drei Anschläge auf ... Überlebende, doch die Gebiete im Süden und Westen sind weiterhin unbewohnbar ... trotz massiver Verluste ... Wiederaufnahme des Ackerbaus und Fortschritte bei ... die Zwillingsseuche erfolgreich eingedämmt werden, nur in den äußersten Randgebieten ... inzwischen die gesamte Bevölkerung von den Mutationen betroffen, der Schweregrad variiert all... Breitengrad und ... Bitte antworten ...te antworten ...

... ist eine Nachricht ... der Vereinigten Versprengten Inseln ... bei den Detonationen ...

Sechsmal ertönte die Nachricht – dieselben Worte, sogar dasselbe Knistern. Dann erlosch das Licht, und die Dunkelheit verschluckte alle Geräusche.

Ich hatte die Elektrik immer für eine Art Gespenst gehalten, das in den Kabeln und Drähten der Arche sein Unwesen trieb. Doch nun waren wir in der stickigen kleinen Kammer dem wahren Spuk auf die Spur gekommen: einer Stimme aus dem Anderswo, die hier unten gefangen saß. Irgendwie hatte sich diese Nachricht einen Weg gebahnt, durch Tausende von Kilometern, Hunderte von Jahren und unzählige Tunnel, Rohre, Kabel und Drähte.

Wie eine Faust pochte mir das Herz von innen gegen die Brust. Piper und ich schwiegen. Was gab es auch groß zu sagen? Auf einmal sah ich Sprache an sich in einem ganz neuen Licht, als hätte ich jetzt erst verstanden, welche Macht sie besaß. Jedes Wort, das die Maschine uns verstümmelt, verdreht und verzerrt vor die Füße gespuckt hatte, war eine Explosion gewesen, die unsere Welt weiter auf den Kopf stellte.

Immer wenn in der nächsten Stunde die Elektrik aufflammte, nutzten wir die Gelegenheit und machten uns an den Maschinen im Raum zu schaffen. Doch alles, was wir dabei zustande brachten, war, mithilfe des Bedienfelds die Stimme an- und auszuschalten. Den restlichen Geräten konnten unsere forschenden Finger keine Regung abtrotzen. Die meisten waren längst ausgeschlachtet, und von Papieren oder gar Karten fehlte jede Spur. Alles, woran wir uns klammern konnten, war die Stimme aus dem Nichts.

Dass sich die Suche letztlich als Zeitverschwendung entpuppte, überraschte mich nicht. Wenn diese Maschinen tatsächlich noch funktionieren würden und weitere Nachrichten aus dem Anderswo empfangen könnten, hätte es hier unten von Soldaten nur so gewimmelt. Der Rat hatte den Raum längst auf den Kopf gestellt, viel gründlicher, als wir dazu je in der Lage gewesen wären. Außer den ewig gleichen Worten gab es hier nichts zu holen, und das reichte uns insgeheim vollkommen aus. Die herrenlose Stimme trat nicht nur den Beweis an, dass es im Anderswo Überlebende gab und man der Zwillingsbildung dort erfolgreich den Kampf angesagt hatte, sondern auch, dass der Rat davon wusste.

34

UNTER DER ERDE, wo das Sonnenlicht nur eine fahle Erinnerung und die Luft zum Atmen von Staub durchsetzt war, konnte man leicht das Zeitgefühl verlieren. Irgendwann würden die Soldaten zurückkehren, und wir mussten schleunigst das Weite suchen, sei es in einem Lüftungsschacht oder in den oberen Stockwerken. Und doch barg die Arche noch zu viele Geheimnisse. Das Anderswo hatte überdauert, aber wo? Man konnte das Zwillingsband kappen, nur wie?

Wir verließen den Raum und schlichen die Treppe hinunter. Die Tür an ihrem Fuß war aufgesprengt worden. Außer einem schmalen Stahlrand, der kläglich in den verzogenen Angeln hing, war nichts mehr von ihr zu sehen, und anstatt nur gelegentlich aufzuflackern, brannte jenseits der Schwelle durchgehend ein helles Licht. Seltsam, dass ausgerechnet die untersten Stockwerke der Arche am besten beleuchtet waren. Andererseits hatte man das Pandora-Projekt laut den Aufzeichnungen selbst dann noch am Laufen gehalten, als überall sonst schon gespart wurde und manche Bewohner sogar in ewiger Finsternis vor sich hin dämmern mussten. Hier, im Bauch der Arche, funktionierte die Elektrik nach wie vor problemlos. Es musste sich um den Abschnitt A handeln. In den Aufzeichnungen hatten sich erste Hinweise darauf gefunden, dass manche Brennstoffe aus dem Vorher praktisch unverwüstlich waren – *die Nuklearzellen werden uns fraglos* überleben –, doch zwischen Schimmelbefall und

Tintenklecksen davon zu lesen, in einer Sprache, die zusammen mit der Arche vor Jahrhunderten untergegangen war, hatte mich nicht dafür gewappnet, jenes ewige Licht mit eigenen Augen zu sehen. Die Szene mutete an wie Zauberei, wie das Hexenwerk von Maschinen.

Piper war bereits über die Schwelle getreten, doch irgendetwas ließ mich zögern. Selbst im bleichen Schein der Öllampe und bei den Spontaneinlagen des elektrischen Lichts war es mir auf unserer Reise durch die Arche bereits ein ums andere Mal eiskalt den Rücken heruntergelaufen. Egal, was uns in Abschnitt A erwartete, hier konnten wir nicht auf die Gnade der Finsternis hoffen. Nach zwei langen, tiefen Atemzügen folgte ich Piper.

Im ersten Moment glaubte ich, einen Schlag auf den Kopf erlitten zu haben. Der Druck war so heftig, die Lichtexplosion vor meinen Augen so grell, dass ich einen Schrei ausstieß und die Hände vors Gesicht schlug, bevor ich in blinder Panik losstolperte und gegen Piper prallte. Ich sah, wie sich seine Lippen bewegten, doch die Feuersbrunst in meinem Kopf übertönte alle anderen Geräusche. Als er mich an den Schultern packte, schüttelte ich ihn ab und taumelte in Richtung Wand, wo ich mit dem Kopf zwischen den Armen zusammensackte.

Erst als die Vision gänzlich abgeebbt war, konnte ich wieder aufrecht stehen, doch vor meinen Augen tanzten noch immer weiße Punkte, und der beißende Geruch von verkohltem Fleisch juckte mir in der Nase. »Geh weiter«, sagte ich zu Piper und machte eine abwehrende Handbewegung, während ich mich energisch schüttelte, um wieder Herrin meiner Sinne zu werden. Trotzdem stützte ich mich auf dem weiteren Weg durch den Korridor vorsichtshalber mit einer Hand an der Wand ab.

Auf einmal drang ein Geräusch an mein Ohr, das ich bisher in der Arche vermisst hatte: Wasserrauschen. Ich schloss die Augen. Seit wir uns durch die rostige Luke im Erdreich gezwängt hatten, hatte ich den Fluss über unseren Köpfen gespürt, doch jetzt konnte ich ihn zum ersten Mal wirklich hören. Neben den Lüftungsschächten zogen sich jenseits der Decke riesige Rohre entlang, in denen die schwarzen Fluten grollten.

Alle Zimmer, durch die wir kamen, standen leer. Nicht so wie in den Stockwerken darüber, wo man scheinbar von Anfang an auf jeglichen Putz verzichtet hatte, nein, die Räume in Abschnitt A wirkten regelrecht ausgehöhlt, als hätte man sie ihres Kerns beraubt. Die Wände selbst waren halb eingerissen, ganze Bedienfelder fehlten, Drähte ragten schutzlos ins Leere. An anderen Stellen hatte man Kabel achtlos zu Stummeln gestutzt. Noch immer hallte die Explosion in mir wider. Wie die flackernden Lampen in den oberen Stockwerken der Arche stotterten kleine Nachbeben durch meinen Kopf. Doch ich biss die Zähne zusammen und versuchte, mich auf das Chaos zu besinnen, das vor mir lag. Die Zerstörung war uferlos: Ob große Säle oder kleine Kammern, alles hatte der Rat bis auf die Grundmauern bloßgelegt. Doch durch die Flure zog sich keine Trümmerspur. Abgesehen von ein paar einsamen Kabeln, fehlten sämtliche Hinweise auf die Maschinen, egal, ob kaputt oder funktionstüchtig. Die Plünderer hatten sich Mühe gegeben. Anhand sauberer Schnitte im Beton war genau zu erkennen, wo einst Kästen gesessen hatten. Nur ein paar Schilder an den Türen oder im Mauerwerk zeugten noch davon, dass die kahlen Wände einmal von oben bis unten mit Gerätschaften bestückt gewesen waren: *KÜHLMITTELPUMPE (3). KONDENSATABLAUF. DRUCKVENTIL (AUX).*

»Der Rat hat die Maschinen gar nicht vernichtet«, sagte ich. »Sie wurden nur woanders hingeschafft.« Dabei fiel mir der neue Bunker ein, den der Soldat ein paar Stunden zuvor erwähnt hatte.

Und der Umzug war noch nicht zu Ende. Je weiter wir in die schier endlosen Zimmerfluchten vordrangen, auf desto mehr Räume stießen wir, deren Bedienfelder samt Knöpfen, Zifferblättern und grün oder orange leuchtenden Lämpchen noch nicht den Hämmern und Sägen der Ratsarmee zum Opfer gefallen waren. An manchen Stellen war der Abriss gerade voll im Gange, kunstvolle Kabelgebilde ohne schützendes Gehäuse baumelten von Decken und Wänden, und in einem Zimmer fanden wir ein Stück Pergament mit einer detailgetreuen Skizze des Bedienfelds darüber, auf der jeder Draht und jeder Sockel mit einer Ziffer versehen war. Daneben stand ein Handkarren mit nummerierten Maschinenteilen. Beim näheren Blick auf die Zeichnung am Boden musste ich enttäuscht feststellen, dass sie wie so oft vor Zahlen und rätselhaften Begriffen wie »Startkoordinaten« und »Handbetätigung« nur so strotzte. Der komplexe Aufbau der Maschinen versetzte mich immer wieder in Erstaunen, und es stand außer Frage, dass dem Umzug der Gerätschaften jahrelange Planungsarbeit vorausgegangen war. Es war, als würde man einen Strand an einen anderen Ort verfrachten und jedes Sandkorn einzeln beschriften.

Im nächsten, eher kleinen Raum empfing uns schon von Weitem ein lautes Surren. Außen an der Tür war ein Schild angebracht:

PROJEKT H2S
GESCHÜTZTE DATEN
ZUTRITT NUR FÜR BEFUGTES
TECHNISCHES PERSONAL

Fragend sah ich zu Piper, doch er warf mir nur einen ratlosen Blick zu. »Stand dazu nichts in Joes Papieren?«, fragte er.

Ich schüttelte den Kopf und trat über die Schwelle.

Statt der erwarteten Überraschung bot sich uns in dem schummrig beleuchteten Raum ein vertrauter Anblick. Ich erkannte den Geruch, noch bevor ich unter den blinkenden Lichtern an der Decke die Umrisse der Tanks ausmachte. In ordentlichen Zweierreihen ragten insgesamt zehn davon vor uns auf. Wie ein Ausschlag kroch der orangerote Rost von dem metallenen Ring an der Unterseite die staubigen, verschmierten Scheiben hoch. Fast alle Behältnisse waren belegt. Ich hatte Sally immer für hochbetagt gehalten, doch die Gestalten hinter dem Glas sahen aus, als hätten sie das Greisenalter längst überwunden und sich wieder in pummelige Babys verwandelt. Aufgedunsen und mit angezogenen Beinen drifteten sie auf und ab. Ihr bleiches, weiches Fleisch hing in Lappen herunter und glänzte wie die Haut unter einer frisch aufgekratzten Schorfkruste. Allesamt hatten sie überdimensionale Nasen und Ohren, als seien diese weitergewachsen, während der Rest ihres Körpers allmählich verrottete. Es handelte sich ausschließlich um Männer, deren Organismen den Haarwuchs allem Anschein nach schon vor Langem eingestellt hatten. Selbst von Augenbrauen und Wimpern fehlte jede Spur. Dafür waren ihre Finger- und Fußnägel so lang, dass sie am Boden der Tanks entlangschrammten, ineinander verkeilt wie die Baumwurzeln im Sumpf bei New Hobart. Einer der Männer hatte die Augen halb geöffnet, doch dahinter war nichts als Weiß auszumachen. Es war schwer zu sagen, ob sie nur verdreht waren oder die Jahrhunderte unter Wasser seine Pupillen ausgebleicht hatten. Bei unserer Flucht auf die Insel waren Kip und mir etliche Quallenschwärme begegnet. Angesichts der schwebenden Körper vor mir fühlte ich mich an die unförmigen Kreaturen mit ihren aufgeblähten, wabbeligen Leibern erinnert.

Mit verkniffenem Mund und bebenden Nasenflügeln machte Piper neben mir einen Schritt auf die gläsernen Gefängnisse zu, sein Gesicht war zu einer Maske des Ekels erstarrt. »Leben die noch?«, fragte er.

Ich sah genauer hin. In der vorderen Reihe von Gefäßen ragten aus sämtlichen Nasen und Handgelenken die altbekannten Schläuche, doch rund um die Ausgänge war die Haut angewachsen und hatte die Grenze zwischen Mensch und Maschine verwischt. Als ich mich weiter vorbeugte, um eine der fleischfarbenen Röhren näher zu betrachten, lief mir ein Schauer über den Rücken. Es war noch immer ein dumpfes Surren zu hören, und die Männer hinter den Scheiben zitterten kaum merklich im Rhythmus der Elektrik. An den hinteren Tanks hatte man die Maschinen bereits abgebaut und die Schläuche entfernt. Zwei waren noch besetzt, doch die beiden darin Gefangenen schwebten reglos in dem zähflüssigen Sud.

»Die zwei da hinten sind tot«, sagte ich. »Die Flüssigkeit sorgt dafür, dass sie nicht verwesen, aber um hinter das Geheimnis der Tanks zu kommen, musste der Rat die Maschinen zerlegen.«

Die letzten drei Behältnisse in der hinteren Reihe waren leer, die Deckel standen offen. Bis auf eine seichte, klebrige Pfütze am Boden hatte man sämtliches Wasser abgelassen. Die Schläuche baumelten schlaff über den Rand.

»Und die hier?« Piper deutete auf die Männer vor uns.

»Nicht tot«, sagte ich. »Aber auch nicht am Leben. Außer Körpern ist da nichts mehr.«

»Und die stammen wirklich alle aus dem Vorher?«

Ich blieb ihm eine Antwort schuldig, doch der Anblick der verrosteten Behälter mit den ausgebleichten Insassen, die sich seit Jahrhunderten an eingewachsenen Schläuchen stumm ihrem Schicksal fügten, sprach für sich.

»Wer, meinst du, war das?«, fragte Piper und klopfte gegen das Glas. »Ich dachte immer, der ganze Wahnsinn sei auf Zachs Mist gewachsen. Im Vorher gab es doch gar keine Zwillinge, jedenfalls keine solchen wie bei uns.«

Ich schüttelte den Kopf. »Ich glaube, das war das Werk der Arche-Bewohner.«

Eigentlich hätte ich mir denken können, dass die Idee für die Tanks von hier stammte. Der Rat, oder vielleicht sogar Zach höchstpersönlich, war irgendwann auf diesen Raum gestoßen und hatte die Maschinen nachbauen lassen. Die zehn gläsernen Behältnisse in dieser Kammer hatten das Ende aller Omegas eingeläutet, denn während Piper und ich darin nur ein grausames Folterwerkzeug sahen, hatten der Reformer und die Generalin eine einmalige Gelegenheit gewittert.

Ich trat an die Längswand, wo eine Plakette montiert war. Auch vor ihr hatte der Rost nicht haltgemacht, doch im Licht der Öllampe war zu erkennen, dass vor ein paar Jahren jemand mit einem spitzen Gegenstand die Inschrift wieder lesbar gemacht hatte.

HIER RUHEN DIE MITGLIEDER
DER ÜBERGANGSREGIERUNG DER ARCHE
IN DER HOFFNUNG, DASS UNS IM FALLE EINES
ÜBERLEBENS DER MENSCHHEIT ANDERSWO JEMAND
FINDET UND AUFWECKT, DAMIT WIR UNSEREN
WISSENSSCHATZ AN KOMMENDE GENERATIONEN
WEITERGEBEN KÖNNEN.

»*Unseren Wissensschatz?*« Bei den Worten entfuhr mir ein keuchendes Lachen, als müsste mein Körper sich noch einmal mit aller Macht gegen die bittere Wahrheit zur Wehr setzen. »Da warten sie all die Jahre, dass die *Menschheit* sie findet, während ein paar Hundert Meter weiter oben die Leute ums Überleben kämpfen.« Ich trat wieder neben Piper, der noch immer wie gebannt auf die beinahe reglosen Gestalten starrte. »Am Schluss muss ihnen klar gewesen sein, dass keine Rettung in Sicht ist«, sagte ich. »Die Nachricht aus dem Anderswo war ihre einzige Hoffnung. All die Jahre. Jahrzehntelang.«

Mit gekräuselter Nase nahm ich die schwebenden Greise näher in Augenschein. Ihren aufgedunsenen Leibern zum Trotz ließ sich an ihnen keine Missbildung feststellen, weder überflüssige Gliedmaßen noch fehlende Augen. Jeder für sich war so perfekt wie eine in Paraffin eingelegte Puppe. Diese Männer hatten versucht, dem Tod ein Schnippchen zu schlagen – aber nicht uns zuliebe. Auch in ihrer Welt hatten Leute wie wir nur als fleischgewordener Makel gegolten.

»Wenn sie noch leben, sollten wir sie vielleicht mal aufwecken, oder?«, fragte Piper. »Mit ihnen reden? Verdammt, wenn das wirklich Mitglieder der Arche-Besatzung sind, Menschen aus dem Vorher, was die alles wissen müssen! Vor allem über das Anderswo.«

»Das hat der Rat schon versucht«, sagte ich und wies auf die drei leeren Tanks. »Aber das hätten sie sich sparen können. Hier ist nichts mehr zu holen.«

Ich trat einen Schritt vor, den Blick fest auf die weißen Augen des Mannes gerichtet, und legte die Handflächen an das Glas. Doch ich spürte nichts. Bei den bewusstlosen Omegas in den Behältnissen unter Wyndham hatte sich hinter der Scheibe immerhin ein Funken geregt, ein winziges Zeichen, dass diese Menschen noch da waren. Zu wissen, dass in jedem der gestrandeten Körper ein Geist vor sich hin schlummerte, machte ihr erbärmliches Schweben zwischen Leben und Tod ja gerade so ungeheuerlich. Doch der Mann, der jetzt vor meinen Augen durch die Flüssigkeit driftete, war nur noch ein Stück Fleisch ohne jedes Bewusstsein. Diese Gestalten hatten mit Menschen so wenig gemein wie Treibholz mit einem Baum.

»Sie sind nicht tot«, fuhr ich fort, »aber es ist einfach nichts mehr von ihnen übrig.« Und so ließen wir sie zurück in den gläsernen Gräbern, die sie sich eigens errichtet hatten und deren Geruch uns noch lange durch die halb leeren Zimmer und hallenden Korridore verfolgte.

Als wir das Südende von Abschnitt A erreichten, kam es erneut zur Explosion. In dem Moment, als ich Piper in einen weitläufigen Raum mit hoher Decke folgen wollte, peitschte mir aus dem Türrahmen die Erinnerung an die Flammen entgegen. Das Feuer loderte auf einmal so hoch, dass mir Tränen in die Augen schossen und ich kopflos rückwärtsstolperte, offenbar unter lautem Geschrei, denn im nächsten Moment spürte ich Pipers Arm um meine Taille. Und dann herrschte Dunkelheit, mit einem Schlag sah ich nichts mehr. Die Welt war ein Raub der Flammen geworden, und als Piper mich behutsam auf den Boden gleiten ließ, hatte ich längst das Bewusstsein verloren.

Als ich die Augen aufschlug, lag ich der Länge nach auf dem Betonboden. Prüfend fasste ich mir ins Gesicht, wo der Staub wie ein samtiges Fell auf meinen verschwitzten Wangen klebte. In meinem Kopf zuckte erneut ein Blitz.

»Ich kann das jetzt nicht«, sagte ich und schüttelte den Kopf, um die Visionen zu verscheuchen.

»Ganz ruhig«, sagte Piper. »Hör zu.«

»Sag mir nicht, was ich tun soll!«, fuhr ich ihn an. »In meinem Kopf geht die Welt unter, und zwar immer und immer wieder. Du hast keine Ahnung, wie sich das anfühlt.« Nur Xander konnte sich in mich hineinversetzen, denn Lucia hatte das Meer entführt. Die Irren und die Toten waren die Einzigen, auf deren Verständnis ich noch zu hoffen wagte.

»Was, wenn alles ganz anders ist, als du denkst?« Piper ließ sich nicht aus der Ruhe bringen.

Ungläubig starrte ich ihn an. »Du musst nicht jeden Tag mit den Visionen leben. Tu nicht so, als könntest du besser damit umgehen als ich.«

»Das habe ich doch gar nicht gesagt«, seufzte er. »Du sollst nur mal darüber nachdenken.« Er beugte sich weiter zu mir herunter. »Warum siehst du in dieser einen Vision die Vergangenheit und sonst fast immer nur die Zukunft?«

Solange die Flammen noch an den Rändern meiner Wahrnehmung züngelten und die Erde und der Fluss über uns mir zu Leibe rückten, hatte ich Mühe, mich auf seine Fragen zu konzentrieren. »Ich sehe manchmal auch die Vergangenheit.« Ich setzte mich auf. »Oder, besser gesagt, Eindrücke von dem, was mal war.« Es fiel mir oft schwer, Visionen, Träume und Erinnerungen voneinander zu trennen, und dazu kam noch die Willkür der Zeit. In der Tabu-Stadt auf dem Berggipfel hatte ich gespürt, wie das Leben und Sterben ihrer Bewohner auch vierhundert Jahre danach noch wie ein dichter Nebel über den Ruinen lag. Als ich eine Woche nach dem Massaker auf der Insel davon erfuhr, hatten sich die blutigen Ereignisse noch einmal in meinem Kopf abgespielt. Und manches erlebte ich auch in Echtzeit. Dass ich, wenn jemand vor meinen Augen starb, im gleichen Moment dem Tod seines Zwillings beiwohnte, war inzwischen nicht mehr die Ausnahme, sondern die Regel.

»Ich weiß, dass die Unterscheidung oft nicht ganz einfach ist«, sagte Piper. »Aber in deinen Visionen – den richtigen, meine ich – geht es doch fast immer um das, was kommt oder ist, und nicht um das, was mal war. Warum sollte es also ausgerechnet bei der Explosion anders sein?«

Ich schüttelte den Kopf. »Die Explosion gehört nicht der Vergangenheit an. Sie passt nicht in die Zeit, sondern existiert weiter.«

»Trotzdem.« Er ließ nicht locker. »Du hast immer angenommen, dass die Bilder Rückblenden sind. Aber was, wenn dem nicht so ist?« Er hielt mich mit seinem Blick fest. »Warum häufen sich die Visionen von der Explosion in letzter Zeit so? Das gilt übrigens nicht nur für dich, sondern auch für Xander. Sogar bei Lucia war es kurz vor ihrem Tod so.« Er hielt inne. Begleitet vom Surren der Elektrik gurgelte über unseren Köpfen der Fluss, und mein Puls begann zu rasen wie auf der Flucht. »Irgendwas liegt in der Luft, Cass. Was, wenn du bei den Explosionen gar nicht die Vergangenheit siehst, sondern die Zukunft?«

»Nein!« Ich erkannte meine schrille, bebende Stimme kaum wieder.

»Doch! Und genau darum ging es auch beim Pandora-Projekt. Für das Anderswo und die Zwillingstrennung hat sich hier unten kein Mensch interessiert. In Abschnitt A wurden Maschinen gebaut, um eine neue Explosion auszulösen.«

»Nein!« Mein Aufschrei klang wie ein Bittgesuch. Ich wollte Piper zum Schweigen bringen, aus Angst, dass seine Worte das Feuer neu entfachen könnten. Wenn er wüsste, was ich gesehen hatte. Wenn er wie ich ein ums andere Mal miterlebt hätte, wie die Welt in Flammen aufging, dann hätte er nicht einfach so vor mir gekniet und von der Explosion gesprochen, als wäre sie aufzuhalten. Doch neben der neuen Angst regte sich noch etwas anderes in mir: Erkenntnis. Das kategorische *Ja* meines ganzen Körpers, der die Explosionen in meinem Kopf endlich als das erkannte, was sie waren: Zukunftsvisionen, keine Erinnerungen.

Die Katastrophe drohte sich zu wiederholen.

35

STUMM SASSEN WIR nebeneinander auf dem Boden, wo sich wie grober, schmutziger Staub die Schuppen des zersägten Betons gesammelt hatten. Ein dumpfes Geräusch drang an mein Ohr, doch ich wusste nicht, ob es sich um den Nachhall der Explosion handelte oder nur um das Summen der Elektrik.

Ich hatte den Blick starr auf die Wand gegenüber gerichtet und war froh, meine Aufmerksamkeit einen Moment lang in einfache Bahnen lenken zu können, nachdem die Welt scheinbar nur noch aus Widersprüchen bestand. Zach war mein Zwilling und mein erbitterter Feind. Kip hatte ich geliebt, und doch war er ein Fremder. Die Explosion lag in der Vergangenheit und in der Zukunft. Xander war nicht bei klarem Verstand, doch seine Worte sollten in Erfüllung gehen: *ewiges Feuer.*

Schließlich brach Piper das Schweigen. »Insgeheim hatte ich so etwas schon befürchtet«, sagte er. »Weil du in letzter Zeit ständig von der Explosion geträumt hast. Aber so ganz habe ich es immer noch nicht verstanden. Der Rat kann mit den Maschinen ja schlecht auf die Omegas losgehen – die Verluste wären auf beiden Seiten gleich hoch. Das ist der einzige Segen der Zwillingsseuche. Ein Massenmord lohnt sich nicht für die Regierung, und die Umweltzerstörung würde die Alphas genauso hart treffen wie uns. Wenn man uns so einfach aus dem Weg räumen könnte, wäre das doch schon vor Langem passiert. Deshalb hat sich der Rat auch nie für die Waffen aus dem Vorher interessiert.«

»Bis jetzt«, sagte ich.

»Aber warum? Warum macht man sich die Mühe, Maschinen zu bauen, die man nicht gegen uns verwenden kann?«

Als ich den Blick hob, traf mich plötzlich mit grausamer Wucht die Wahrheit. Am liebsten hätte ich Piper kein Wort gesagt. Auf ihm lasteten schon genug Sorgen. Doch diese Bürde konnte ich nicht alleine schultern. »Die Explosion soll auch nicht uns treffen, sondern das Anderswo.«

Hilflos deutete ich auf die kahlen Wände ringsum. »Der Rat weiß vom Anderswo. Vielleicht weiß er sogar, wo es liegt. Und er weiß, dass dort die Zwillingsbildung gestoppt wurde und dass wir danach suchen. Falls die Regierung im Anderswo eine Bedrohung sieht, würde sie vor einer neuen Explosion bestimmt nicht zurückschrecken.«

Ich musste an die starren Eidechsenaugen über dem lächelnden Mund der Generalin denken. Und an Zach, durch den die Wut peitschte wie der Fluss durch die Rohre über unseren Köpfen.

»Ich habe mich schon wieder geirrt«, sagte ich. Die Wände aus Stahl und Beton warfen ein Echo zurück. »Seit ich denken kann, habe ich Visionen von der Explosion, und die ganze Zeit habe ich sie missverstanden. Alles, was ich sehe, entpuppt sich am Ende als Täuschung.« Erschöpft rieb ich mir die Augen, als könnte ich dadurch meinen Blick schärfen.

»Du hast Joes Papiere gefunden.« Pipers Worte klangen beschwörend. »Und den Zugang zur Arche. Ohne dich hätten wir das alles niemals geschafft.«

»Ich dachte, wir stoßen hier unten auf die Antwort«, sagte ich mit matter Stimme.

»Das sind wir auch«, sagte Piper. »Nur nicht auf die, die wir uns erhofft hatten.«

Unter uns lag noch ein weiteres Stockwerk, doch inzwischen regten sich in mir die ersten Hinweise, dass in die äußeren Korridore der Arche wieder Leben geriet. Ein Schwingungswechsel in der Luft, der leise den Staub aufwirbelte. Als die ersten Stimmen durch die Rohre hallten, unterbrachen wir jäh unsere Reise durch die hell erleuchteten Katakomben und jagten die Treppen hinauf zurück an die Stelle, wo wir das Lüftungsgitter nur locker festgeschraubt hatten. Wir hatten uns gerade wieder durch das Loch in der Decke gezwängt und den Verschluss der Luke an ihren Platz zurückgeschoben, als im Korridor unter uns die ersten Soldaten vorbeikamen. Zum Glück waren sie zu beschäftigt mit ihren lärmenden leeren Handkarren, um das gedämpfte Scharren und Schnaufen über ihren Köpfen zur bemerken. Erst als sie außer Hörweite waren, wagten wir wieder, uns zu rühren, und traten mit letzten Kräften den Rückweg zur Oberfläche an.

Insgesamt fünfmal passierten zu unseren Füßen Gruppen von Arbeitern, deren Gespräche mir nur allzu vertraut und gleichzeitig vollkommen fremd vorkamen: »Kann ich mir nicht vorstellen, außer die Betavoltaik Batterien fallen auch noch aus …« – »Am Westausgang habe ich schon zwei neue Container gesehen …« – »Steht da seit der Explosion, wozu also die Eile? …« – »Unter der Kühlmittelleitung. Aber ohne Bohrmaschine komme ich an das Gehäuse nicht ran.«

Bei einem Wort jedoch fuhr ich so ruckartig auf, dass ich mit dem Kopf an die Decke des Lüftungsschachts stieß. »Reformer.« Hinter mir zog Piper deutlich vernehmbar die Luft ein. Reglos spitzte ich die Ohren. Weit und breit war kein Soldat zu sehen, doch die Stimmen und Schritte kamen aus nächster Nähe.

»Angeblich will er selber noch einen Blick drauf werfen, bevor er sein Okay gibt. Du weißt doch, wie er ist.«

Dann herrschte wieder Stille.

Irgendwo in der Arche wartete mein Bruder. Erst vor ein paar Wochen hatte ich ihm auf der Landstraße vor New Hobart gegenübergestanden, mit nassen Hosenbeinen, weil ich kurz zuvor noch auf Knien die leblosen Körper der ertrunkenen Kinder in Laken gehüllt hatte. Mir fielen wieder Luisas Zähne ein, so rund und glatt wie kleine Grabsteine.

Während Piper und ich uns Stück für Stück in die oberen Stockwerke vorarbeiteten, kreisten meine Gedanken um die Worte des Soldaten: *Du weißt doch, wie er ist.* Galt das auch für mich? Konnte ich nach allem, was er sich geleistet hatte, noch behaupten, meinen Bruder zu kennen? Und wie gut kannte er mich? Vor über zehn Jahren hatte er unsere enge Bindung ausgenutzt, um mich zu verraten und zu verstoßen. Er hatte genau gewusst, dass ich den Kopf hinhalten würde, wenn er sich als Omega ausgab, um ihm das Brandmal und die Ächtung zu ersparen. Er hatte unsere Vertrautheit in eine Waffe verwandelt und sie auf mich gerichtet. Und ich hatte es zugelassen und ihn beschützt, ohne Rücksicht auf Verluste. Doch in dem Mann, der jetzt im Bauch der Arche auf mich wartete, erkannte ich nur noch den Reformer. War ich inzwischen etwa auch ein anderer Mensch geworden?

Im oberen, verlassenen Trakt der Arche angekommen, krochen wir aus dem Schacht und landeten in den staubigen Fluren vor Abschnitt F. Zwischen den Knochenhäuflein hinter Glas aßen wir unser Dörrfleisch und tranken die Wasserflasche fast aus. Nach allem, was wir seit unserem Abstieg in die Arche gesehen und erfahren hatten, wäre unter normalen Umständen an Schlaf nicht zu denken gewesen. Doch wir waren seit über zwei Nächten wach, und so suchten wir uns eine kleine Kammer ohne Knochen, legten uns hin und schliefen auf der Stelle ein.

Statt von der Explosion träumte ich von Kip. Das trübe

Glas und der zähe Sud, in dem er schwebte, verwischten sämtliche Konturen. Doch der schemenhafte Umriss reichte, seinen Körper hätte ich überall wiedererkannt. Als ich aufwachte, wusste ich mit absoluter Gewissheit, dass die Bilder von Kip im Tank genauso wenig aus der Vergangenheit stammten wie meine Visionen von der Explosion. Bei unserer Begegnung vor den Toren New Hobarts hatte Zach behauptet, noch etwas von uns zu haben. Angesichts der Galionsfiguren war ich davon ausgegangen, es ginge um die Schiffe. Doch jetzt wurde mir klar, dass er Kip gemeint hatte.

»Er ist hier«, sagte ich. »In der Arche.«

»Natürlich«, brummte Piper schlaftrunken. »Hat der Soldat doch gesagt.«

»Nicht Zach. Kip.«

Er stutzte und setzte sich auf. Der Staub hatte sich in seinem krausen Haar und in den Bartstoppeln an seinem Kinn verfangen.

»Du bist müde«, sagte Piper geduldig. »Und wir haben uns hier einiges zugemutet. Das ist alles nicht so leicht zu verkraften, besonders nicht für jemanden wie dich.«

Ich schüttelte sein Mitleid ab wie eine unwillkommene Liebkosung. »Ich bin nicht verrückt! Seit seinem Tod sehe ich ihn andauernd vor mir. Ich dachte immer, es handele sich um Rückblenden. Aber du hattest recht, so funktioniert das nicht.« Dazu leuchteten die Bilder von Kip hinter Glas in viel zu kräftigen Farben. »Das sind Visionen, keine Erinnerungen. Wenn sogar die Explosion in die Zukunft gehört, dann gilt das für die Träume von Kip erst recht. Der Rat hat ihn. Und er steckt wieder in einem Tank.«

Es war keine Hoffnung, die mich aufspringen ließ. Ich wusste, dass Kip tot war, schließlich hatte ich seinen geschundenen Leib auf dem Siloboden gesehen. Diesen Sprung hätte kein Mensch überlebt. Und ich erinnerte mich an den leblosen Körper der Beichtmutter. Nein, statt Hoffnung durchströmte mich eine unbändige Wut. Vor seiner Befreiung hatte Kip jahrelang in der zähen Flüssigkeit gelegen und war dank seiner robusten Alpha-Konstitution die meiste Zeit bei Bewusstsein gewesen. Beim Gedanken daran, dass man ihn wieder in ein gläsernes Gefängnis gesperrt hatte, drohte mir das Grauen die Kehle zuzuschnüren. Bei unserer Flucht aus Wyndham hatte er auf dem Felsvorsprung hoch über dem Fluss geschworen, eher in den sicheren Tod zu springen, als sich schnappen und zurück in den Tank verfrachten zu lassen. Monate später im Silo hatte er dieses Versprechen eingelöst. Statt mir hatte damals Kip in die Zukunft geblickt, und seine Weissagung war in Erfüllung gegangen. Doch selbst das hatte Zach ihm nicht gegönnt.

Wir mussten uns noch ein paar Stunden gedulden, bis die Soldaten ihren abendlichen Rückzug ins Lager antraten. Als es endlich so weit war, hatte man das Gefühl, die Arche würde langsam ausatmen.

Ich war hin- und hergerissen. Zum einen konnte ich es kaum erwarten, Zach wiederzusehen, zum anderen nahm meine Angst beim Gedanken an ihn inzwischen neue, ungekannte Formen an, und mir spukten in einem fort Xanders Worte im Kopf herum: *Sie sind noch nicht fertig*. Das hatte er gesagt, als ich Kips Namen erwähnt hatte.

Sobald in den Korridoren unter uns Ruhe eingekehrt war, kletterten wir zurück in die Tunnel und hangelten uns Stockwerk für Stockwerk abwärts. Da ich inzwischen wusste, was mir in Abschnitt A bevorstand, biss ich die Zähne zusammen und gelobte feierlich, die Ruhe zu bewahren, auch wenn mich aufs Neue die Bilder der Explosion heimsuchten. Wir waren schon zu weit gekommen, um uns durch einen achtlosen Schrei zu verraten und wie zwei Ratten von einem

Soldaten beim nächtlichen Wachgang aufgescheucht zu werden. Und so presste ich mich an die Wand der Röhre und dachte an Kip, während die Explosion ihre Schneise durch meine Gedanken schlug. Als die Flammen von mir abließen, blutete meine Zunge, doch ich hatte keinen Mucks von mir gegeben.

Inzwischen befanden wir uns über der Treppe, die ins unterste Stockwerk der Arche führte, eine Ebene tiefer, als wir in der Nacht zuvor gekommen waren. Obwohl die Tür an ihrem Fuß allem Anschein nach verriegelt war, bot unser Lüftungsschacht freien Durchgang. Jenseits der Schwelle lag noch immer unüberhörbar das Summen der Elektrik in der Luft, doch die einzige Lichtquelle hier unten bestand aus einem schwachen grünlichen Leuchten, das von unten durch die Gitterstäbe drang. Ich beugte mich vor und wagte einen Blick in die Tiefe.

Gestützt von mehreren Säulen, tat sich ein riesiger Saal unter mir auf, der fast das gesamte Stockwerk einzunehmen schien. Genau wie die Zimmer darüber hatten die Soldaten ihn bis auf die Mauerknochen zerlegt. Die kahlen Wände trugen Schmisse und Narben, und aus sämtlichen Flächen ragten herrenlose Kabel hervor. Doch im Gegensatz zu den anderen Räumen war diese Halle wieder möbliert worden – mit Reihen um Reihen von Tanks. Im Halbdunkel war nur die vorderste Front deutlich auszumachen, allerdings regte sich hinter den Glaswänden nichts. Grün blinkende Bedienfelder tauchten alles in ein gedämpftes Licht. In die Behälter in der Mitte passte je eine Person, während die an der Wand dahinter von den Ausmaßen eher an die Massenbehältnisse erinnerten, die wir in New Hobart gesehen hatten. Und wieder führte in jeder Reihe eine erhöhte Plattform vorbei, von der aus man von oben Zugriff auf die Tanks hatte. Zwischen Behältern und Decke war ein Gewirr aus Rohren und Kabeln angebracht, und über alledem schwebte bedrohlich ein mehrere Meter dickes Wasserrohr, in dem es über die gesamte Länge der Halle hinweg ungeduldig rumorte.

Auf die Ellbogen gestützt, kroch ich zum nächsten Lüftungsgitter, das direkt über einer Plattform lag. Um es loszubekommen, musste ich die Öllampe entfachen, doch die Schrauben waren weit weniger stark verrostet als in den oberen Geschossen, und obwohl mein Messer längst stumpf war und meine Finger vor Wut und Erschöpfung zitterten, hatte ich die Luke in ein paar Minuten geöffnet. Behutsam hob ich den Deckel hoch und verstaute ihn neben mir im Schacht, bevor ich durch das Loch schlüpfte und mich so lautlos wie möglich auf die Plattform fallen ließ.

Doch trotz der sanften Landung hallten beim Aufprall meiner Stiefel auf dem Metall plötzlich Schritte durch den Saal. Im Dämmerlicht konnte ich niemanden erkennen, doch ich wusste auch so, wer es war.

36

ALS ICH IHN entdeckte, glitt Zach gerade am anderen Ende des Saals in Richtung Tür und hielt erst inne, als Piper neben mir auf der Plattform landete. Noch bevor seine Füße den Boden berührten, hatte er das Messer gezogen. Elegant wie immer hielt er die Waffe zwischen Daumen und Mittelfinger, doch ich hatte ihn oft genug in Aktion erlebt, um zu wissen, mit welch roher Wucht sich die Klinge in Zachs Kehle bohren würde.

»Wenn du mich tötest, stirbt sie auch«, rief Zach.

»Sobald du Alarm schlägst, bin ich sowieso tot«, sagte Piper. »Die Folter nicht zu vergessen. Und Cass wandert direkt in den Tank. Wenn es darauf ankommt, steht unsere Entscheidung.«

Ich wusste, dass wir beide an den Moment dachten, als sich auf dem Schlachtfeld vor New Hobart das Blatt zu wenden gedroht und er das Messer auf mich gerichtet hatte. Wir hatten danach nie mehr darüber gesprochen. Das mussten wir gar nicht.

»Bleib lieber, wo du bist«, rief Piper. »Wenn ich dich nicht erwische, muss eben Cass daran glauben.«

»Dann mach wenigstens die Lampe aus, verdammt noch mal«, raunte Zach wütend in meine Richtung. »Durch ein paar von den Rohren fließt Schwefelwasserstoff. Du sprengst dir sonst noch die Hand weg!«

Zwar hatte ich ihn nur zur Hälfte verstanden, doch die

Panik in Zachs Blick, der jetzt nervös zwischen der Öllampe und den Rohren über unseren Köpfen hin und her zuckte, wirkte echt, also blies ich die Flamme aus.

»Du kannst hier mit dem Messer rumfuchteln, solange du willst«, rief Zach Piper zu. »Aus der Arche kommt ihr nie wieder lebend raus!«

»Ich weiß, was du vorhast«, sagte ich. »Ich weiß von der Explosionsmaschine und vom Anderswo.«

»Du weißt gar nichts«, gab er zurück.

»Vor Jahren hast du in den Verwahrungsräumen zu mir gesagt, dass du etwas aus deinem Leben machen willst. Dass du die Welt verändern möchtest. Alles, was man dazu braucht, hast du in der Arche gefunden. Und damit meine ich nicht die Explosionsmaschine. Du hättest der Zwillingsbildung ein Ende setzen können. Du weißt, dass es möglich ist. Im Anderswo hat es auch funktioniert.«

»Damit wir am Ende alle zu Freaks mutieren? Das passiert nämlich, wenn man die Zwillingsseuche ausrottet. Man schafft die Omegas damit nicht aus der Welt, stattdessen werden wir alle wie ihr.«

»Du hältst also lieber an dem fatalen Band fest?«, fragte Piper.

Zach winkte ab. »Das ist doch längst kein Thema mehr. Dank der Tanks sind wir euch bald los. Das Anderswo kann keiner gebrauchen. Vierhundert Jahre hat die Menschheit jetzt schon überdauert. Weder die Explosion noch der Lange Winter noch vierhundert Jahre Ödland und Dürre und womit wir sonst noch fertigwerden mussten, konnten ihr etwas anhaben. Wenn wir jetzt das Anderswo ins Spiel bringen, wäre es mit dieser Menschheit vorbei.«

Ich schüttelte den Kopf. »Und was an deinem Plan soll menschlich sein? Anstatt die Zwillingsplage zu bekämpfen und dich mit dem Gedanken anzufreunden, dass es in künftigen Generationen zu Mutationen kommen wird, löst du lieber eine neue Explosion aus und machst das Anderswo dem Erdboden gleich.«

»Wenn du wirklich glaubst, als Omega müsste man sich nicht schämen«, zischte Zach, »warum hast du dich dann so erbittert dagegen gewehrt? Warum hast du als Kind andauernd gelogen und jahrelang so getan, als wärst du eine von uns?«

»Weil ich bei meiner Familie bleiben wollte«, sagte ich, ohne den Blick von seinem Gesicht zu lösen. »Ich wollte bei *dir* bleiben.«

Darauf lief es bei Zach jedes Mal hinaus. Egal, worum es ging – die Explosion, die Zukunft ganzer Erdteile, das Schicksal der Menschheit –, wenn ich seinen Argumenten lange genug folgte, landeten wir immer am selben Punkt. Bei einem verschreckten, gekränkten Kind, das fürchtete, um sein Geburtsrecht gebracht zu werden und anstelle seiner Schwester als Freak zu gelten. Der Gedanke, dass die Geschicke der Welt an einem so hauchdünnen Faden hingen, war geradezu lachhaft. Doch ich spürte, dass in dieser vermeintlichen Nichtigkeit der Schlüssel zu allem lag. Wenn man die Tanks und den Rat und die Arche und die Explosionsmaschine abzog, kam darunter mein verbitterter, verängstigter Bruder zum Vorschein. Und indem ich meine Sehergabe so lange wie möglich verheimlicht hatte, um nicht von ihm getrennt zu werden, hatte ich ihn unwiederbringlicher verloren, als wenn ich mich bei der ersten Gelegenheit hätte brandmarken und fortschicken lassen.

Piper riss mich aus meinen Gedanken. »Du bildest dir doch nicht etwa ein, dass sich die Explosion eindämmen lässt?«, fragte er Zach. »Wenn ihr eure Maschine auf das Anderswo loslasst, bleiben auch wir von den Folgen nicht verschont.«

Ungeduldig schüttelte Zach den Kopf. »Das Anderswo liegt sehr weit weg.«

»Aber ihr habt es noch nicht gefunden«, sagte ich. Es war nicht bloß eine Feststellung, sondern auch ein Gebet.

»Alles nur eine Frage der Zeit. Euch kommen wir auf jeden Fall zuvor. Wir wissen, dass es existiert und wozu die Menschen dort imstande sind.«

»Dann lasst sie doch einfach in Frieden. Was auf der anderen Seite der Welt vor sich geht, kann euch doch egal sein.«

Mit bebenden Nasenflügeln holte Zach Luft. »Sie sind uns auf der Spur. Wir sind hier in der Arche über eine Botschaft von ihnen gestolpert. Nur ein paar Worte, aber immerhin. Die Erbauer der Arche hatten nichts mehr davon – als der Funkspruch kam, ging hier unten schon alles drunter und drüber. Sie konnten nicht mal mehr antworten, geschweige denn sich auf die Suche machen. Aber die Nachricht haben sie behalten. Scheinbar gibt es im Anderswo auch noch Maschinen, wie hätten sie sonst die Botschaft schicken sollen?«

»Das kannst du nicht machen«, sagte ich tonlos.

Er lachte. »Wir stehen kurz davor. Der Umzug der Explosionsmaschine ist fast abgeschlossen. Früher musste ich mir immer alles mühsam zusammenreimen. Nie war etwas vollständig, nie hat etwas funktioniert, und irgendwann ist uns jedes Mal der Brennstoff ausgegangen. Aber hier unten war alles tadellos erhalten und bis ins kleinste Detail schriftlich erfasst. Ihr habt meine Tanks gesehen, sie sind ein perfektes Abbild. Und mit der Explosionsmaschine haben wir dasselbe vor. Vielleicht nicht ganz so erfolgreich, denn für den letzten Schliff fehlt uns die Beichtmutter.« Zach hielt inne und schluckte. Der Gedanke an sie schien ihm mehr zu schaffen zu machen als Pipers Messer, das noch immer in seine Richtung zeigte. »Sie hatte viel technisches Gespür«, fuhr er schließlich fort. »Es war faszinierend, ihr zuzusehen. Keiner konnte so gut mit den Maschinen umgehen wie sie. Ich habe viel von ihr gelernt. Aber auch ohne sie könnt ihr uns nicht aufhalten. Vor ihrem Tod war sie für die Technik hier unten verantwortlich, und jetzt habe ich meine besten Leute auf ihre Pläne angesetzt. In der Arche sind wir so gut wie fertig.« Er legte den Kopf schief. »Dass ihr diesen Ort gefunden habt, ist eine Sache. Damit hatte ich fast gerechnet, schließlich schwirren überall noch irgendwelche Papiere herum, und ihr seid wie eine lästige Zecke, die man einfach nicht loswird. Aber das war's dann auch. Gegen uns habt ihr keine Chance.« Er richtete den Blick auf Piper. »Auch wenn du Cass und mich tötest, ist die Explosion nicht mehr aufzuhalten. Dasselbe gilt für die Tanks. Glaubt ihr etwa, ohne mich gibt die Generalin einfach so auf? Auf ihren Wunsch hin wurde hier unten noch aufgestockt. Allein auf diesem Stockwerk haben fünftausend Omegas Platz.« Ein Lächeln huschte über sein Gesicht. »Die Arche ist dafür wie geschaffen, vor allem, seit die Explosionsmaschine weg ist. Der fehlende Ausblick ist für unsere Gäste gewiss zu verschmerzen.«

Mit einem Mal war ich es müde, ihm weiter zuzuhören. »Bring mich zu Kip.«

An Zachs Hals trat eine Ader hervor. »Ich weiß nicht, was du meinst«, sagte er mit gepresster Stimme.

Ich kletterte die Leiter hinunter und bahnte mir einen Weg durch die Tankreihen. Hinter dem bauchigen Glas nahmen sich sämtliche Umrisse in dem gedämpften Licht seltsam verzerrt aus, als wäre die Luft selbst gewölbt und verdichtet. Wortlos ging ich an Zach vorbei in die Richtung, aus der er gekommen war, als wir ihn überrascht hatten. Ich wusste, was er nachts alleine hier unten gemacht hatte, während sich die Soldaten in ihre Schlafstätten und auf die Wachposten verzogen hatten. Und ich wusste auch, was mich in der Mitte der Halle erwartete.

Zwischen den Reihen von leeren Behältnissen standen zwei, die gefüllt waren. Beim Ersten angekommen, drückte ich die Nase ans Glas und spähte hinein.

Es war wie bei unserer ersten Begegnung. Und doch ganz anders. Als man Kip vor Jahren den Arm abgetrennt hatte, damit er als Omega durchging, war die Wunde so sorgfältig versorgt worden, dass man keine Narbe hatte erkennen können. Doch diesmal hatten seine Flickschuster jegliches Feingefühl vermissen lassen. Kips ganzer Oberkörper wurde nur noch von Nähten zusammengehalten; an manchen Stellen sah er aus wie eine Wurst, die man mit einem Stück Zwirn abgebunden hatte. Eine Narbe krümmte sich rings um die Taille, eine zweite lief senkrecht über seine Brust, und auf einer Seite zurrten die kaum verheilten Stiche so energisch an seiner Kopfhaut, dass darunter ein Ohr in die Länge gezogen wurde. Dass ich unwillkürlich die Hand ausgestreckt hatte, um es wieder gerade zu rücken, fiel mir erst auf, als ich mit den Fingern gegen die Scheibe stieß. Doch die Narben waren nicht der einzige Unterschied zu damals. Kips Augen waren geschlossen, und als ich die Wange an das harte, unnachgiebige Glas presste, wusste ich mit Gewissheit, dass er tot war. Bis auf seinen zertrümmerten Leib war nichts mehr von ihm übrig.

Im Tank daneben schwebte die Beichtmutter. Außer den Schläuchen, die aus ihren Handgelenken traten, wies nichts an ihrem nackten, narbenlosen Körper darauf hin, dass sie tot war. Jahrelang hatte ich sie gefürchtet, doch jetzt jagte sie mir keine Angst mehr ein. Sie hatte die Knie bis zum Kinn hochgezogen und wirkte viel kleiner, als ich sie in Erinnerung gehabt hatte. Mein Blick fiel auf ihre zu Fäusten geballten Finger, und ich wusste, dass sie sie nie wieder öffnen würde.

»Ich musste sie behalten.« Zach hatte zu mir aufgeschlossen, dicht gefolgt von Piper. »Da ist viel zu viel wertvolles Zeug drin«, sagte er mit einer Geste in Richtung Tank. »Die Datenbank lief nur, weil sie sie zum Laufen gebracht hatte. Und sie hat im Alleingang die Explosionsmaschine entschlüsselt und eine Strategie entworfen, wie wir sie hier rausbekommen. Sie war meine Trumpfkarte. Ohne sie hat die Generalin vollkommen freie Bahn.« Mit jedem Satz war seine Stimme einen Halbton höher gekrochen. »Und irgendwann wird sie mir alles wegnehmen, wofür ich so lange gekämpft habe.« Inzwischen stand er mit erhobener Hand und dem Rücken zu mir vor dem Tank mit der Beichtmutter, als wollte er sie gegen mich abschirmen.

»Schon seltsam, was aus uns geworden ist«, sagte ich.

»Ich weiß nicht, was du meinst.«

»Du konntest es kaum erwarten, mich endlich los zu sein«, sagte ich. »Und dann bist du ausgerechnet bei ihr gelandet.«

»Du bist ganz anders als sie.«

Ich nickte. »Trotzdem war sie eine Seherin, genau wie ich. Ihre Kindheit war meiner sehr ähnlich.«

Früher hätte ich dasselbe von Zach behauptet, doch inzwischen wusste ich es besser. Obwohl wir zusammen aufgewachsen waren, ließen sich unsere Kinderjahre nicht miteinander vergleichen. Uns beiden hatte stets die Angst im Nacken gesessen, doch während mir davor gegraut hatte, enttarnt und von ihm getrennt zu werden, hatte er sich davor gefürchtet, mich niemals loszuwerden.

»Bei mir lief es genauso«, sagte ich. »Ich habe mich auch in jemanden wie dich verliebt. Kurz vor ihrem Tod hat mir die Beichtmutter von Kips Vergangenheit erzählt. Er war genau wie du.« Zachs angewiderten Seitenblick auf Kips verunstalteten Leib ließ ich unkommentiert. »Bevor er in den Tank gesteckt wurde, hat er seine Schwester ebenso gehasst wie du mich«, fuhr ich fort. »Er hat nichts unversucht gelassen, um sie zu entlarven, damit sie endlich fortgeschickt wurde. Und als Erwachsener hat er alle Hebel in Bewegung gesetzt, um sie aus dem Verkehr zu ziehen.« Ich zuckte mit den Schultern. »Was das betrifft, sind du und ich uns also ganz ähnlich. Wir haben uns beide instinktiv zu jemandem hingezogen gefühlt, der so war wie unser Zwilling.«

In diesem Moment kam mir alles vor wie ein gewaltiger Kreis, der so rund wie die Tanks war, zwischen denen wir standen. Zach und ich, getrennt und wieder vereint. Kip, der zum Schluss wieder in demselben Gefängnis saß, aus dem ich ihn befreit hatte. Die Explosion, die einst war und bald wieder sein würde.

»Was hast du nur immer gegen die Tanks?«, fragte Zach. »Ohne sie wären Kip und die Beichtmutter doch längst nicht mehr am Leben.«

»Sie sind nicht mehr am Leben«, sagte ich. Auch wenn Kip nicht so aufgedunsen und verblichen anmutete wie die alten Arche-Bewohner, regte sich in seinem Körper schon lange nichts mehr. »Du hast die beiden vielleicht ein Stück weit zurück ins Leben geschleift, aber mehr auch nicht. Dir war von Anfang an klar, dass keine Hoffnung besteht und die Beichtmutter nichts mehr für dich tun kann. Du hast sie nur hier reingesteckt, weil du nicht den Mut hast, sie loszulassen.«

»Sei still!« Zachs Stimme drohte sich zu überschlagen. Er drückte mit der Hand noch fester gegen das Glas, hinter dem die Beichtmutter vor sich hin trieb. »Wer sagt denn, dass es dabei bleiben muss?« Auf einmal klang er ungewohnt eifrig. »Du könntest mich unterstützen. Wenn wir uns zusammentun, könnten wir mithilfe der Ärzte sicher Mittel und Wege finden, um die beiden wieder aufzuwecken. Wir können sie doch nicht einfach so aufgeben!«

Ich hatte am eigenen Leib erfahren, was die Jahre zwischen Leben und Tod mit Kips Gedächtnis angestellt hatten.

Was, glaubte Zach, nach dem tödlichen Sturz noch aus den beiden Tanks bergen zu können? Wollte er die beiden so lange in dem zähflüssigen Sud einlegen, bis sie so aussahen wie die Männer aus der Arche?

»Sieht so dein Appell an meinen Optimismus aus?«, fragte ich.

Suchend ließ er den Blick über mein Gesicht wandern. Ausgerechnet Zach, der mir mit gnadenloser Konsequenz beigebracht hatte, dass Hoffnung etwas für andere Leute und andere Zeiten war.

Ich wandte mich wieder Kips Tank zu. »Es geht nicht um Hoffnung oder aufgeben«, sagte ich so leise, dass meine Worte kaum mehr waren als ein Lufthauch. »Es geht um eine Entscheidung und darum, was in Kips Sinne gewesen wäre. Und das hier hätte er nicht gewollt. Nie im Leben. Und dasselbe gilt für die Beichtmutter.« Damit drehte ich mich um und erklomm die Leiter zu der eisernen Plattform.

»Hast du dir das auch gut überlegt?«, fragte Piper.

Ohne auf seinen Einwand zu achten, trat ich an Kips Tank. Als ich mit einem Ruck den Deckel hochklappte, stieg mir ein übler Geruch entgegen. Bei unserer Flucht aus Wyndham war ich nach den vier Jahren im Verlies zu schwach gewesen, um Kip eigenhändig aus dem Tank zu hieven. Doch inzwischen war ich erstarkt, und er wog noch weniger als damals. Also umschlang ich seinen von Narben gefurchten Oberkörper mit beiden Armen und zog an ihm. Als ihn die Flüssigkeit freigab und er mir, schwer wie ein nasser Sack, in die Arme sank, musste ich all meine Kräfte aufbieten, aber loslassen kam nicht infrage. Irgendwann schaffte ich es, ihn über den Rand zu wuchten, und ich ließ seinen geschundenen Körper behutsam auf die Plattform hinab. Er lag auf dem Rücken vor mir, das Gesicht schmierig glänzend vom klebrigen Sud. Zweimal zuckte mechanisch sein Arm, wie ein frisch gefangener Fisch, der auf einem Schiffsdeck sein Leben aushaucht. Durch das Metallgitter der Plattform tropfte die Flüssigkeit aus seinen Haaren, von seinen Fingern und Füßen hinunter auf den Betonboden. Als ich den Pfropfen aus seinem Handgelenk zog, füllte sich das Loch träge mit Blut. Erst dann entfernte ich den zweiten Schlauch, der ihm wie eine zusätzliche Zunge aus dem Mund hing.

Zach versuchte, zu mir zu gelangen, doch Piper stellte sich ihm in den Weg. Falls mein Bruder mir etwas zurief, bekam ich es nicht mit. Stattdessen beugte ich mich über Kips Gesicht.

Er seufzte zweimal, jeder Lufthauch ein winziger warmer Weihspruch auf meiner Wange, bevor sein Mund ein letztes Mal aufklappte. Seine Augen blieben geschlossen, und ich war froh darüber. Zärtlich schmiegte ich die Wange an seine Brust, obwohl ich wusste, dass er von meiner Umarmung nichts mehr hatte und ich die Einzige war, deren Schmerz durch diese letzte tröstende Geste gelindert wurde.

Während ich Kips leblosen Körper liebkoste und den Blick über seine Lider und Finger gleiten ließ, wanderte meine Hand instinktiv in seinen Nacken, um noch einmal die vertraute Wölbung seines Kopfes unter meinen Fingern zu spüren. Er hatte seinen letzten Atemzug getan, und zum ersten Mal seit dem Silo musste ich weinen.

Irgendwann stand ich auf und blickte hinab in den Tank mit der Beichtmutter. Sie war auf den Boden gesunken und hatte die Augen in Richtung Decke verdreht, doch ihr Gesicht zeigte keinerlei Regung. Tot war sie genauso undurchschaubar wie lebendig.

Zach saß mit tränenüberströmtem Gesicht an die Scheibe gelehnt da. »Hier kommt ihr nie wieder raus«, sagte er und machte Anstalten, sich aufzurichten. Piper ließ ihn gewähren, blieb jedoch mit gezücktem Messer hinter ihm stehen. »Alle Eingänge sind bewacht«, fuhr Zach fort. »Gegen meine Soldaten habt ihr keine Chance. Kip kommt zurück in seinen Tank. Und dann erwecken wir sie wieder zum Leben.«

»Das ist kein Leben«, sagte ich. Vorsichtig stieg ich über Kips Leichnam, ging zurück an die Stelle der Plattform, wo ich die Öllampe abgestellt hatte, und tastete nach den Streichhölzern in meiner Jackentasche. Anfangs stellte ich mich so ungeschickt an, dass das Holz entzweibrach. Erst beim zweiten Versuch fing der Zündkopf Feuer.

»Verdammt, was soll das?«, rief Zach. »Hast du mir vorhin nicht zugehört? Du bringst uns alle in Lebensgefahr.«

Ich musste laut lachen. »Gefahr« war hier in der Arche, wo Kip in einem Labyrinth aus Knochen tot auf dem Boden lag und eine Armada von Tanks ihres Einsatzes harrte, längst zu einer leeren Worthülse verkommen.

»Was soll das?«, wiederholte Zach.

Das Grollen des Flusses in dem Rohr unter der Decke drang immer lauter an mein Ohr. Prüfend schwenkte ich die Lampe hin und her, während Zach mich entgeistert anstarrte. »Als wir gesplittet wurden«, sagte ich, »habe ich dir zuliebe das Brandmal und die Verbannung auf mich genommen. Du wusstest genau, dass ich alles tun würde, um dir die Qual zu ersparen. Und wenn man so will, bin ich dir seit jenem Tag immer wieder zu Hilfe gekommen. Aber damit ist jetzt Schluss.« Ich senkte die Lampe ein Stück, hielt sie jedoch weiter fest. »Hier wird es gleich keine Tanks mehr geben. Und an die letzten Teile der Explosionsmaschine kommst du auch nicht mehr ran, das schwöre ich dir.« Ich starrte ihn an. »Bilde dir bloß nichts ein. Du hast keine Ahnung, wer ich bin.«

Ich warf Piper einen beschwörenden Blick zu und hoffte inständig, dass er mich gut genug kannte, um zu ahnen, was ich vorhatte.

»Lauf!«, rief ich.

Mit Schwung schleuderte ich die Laterne in Richtung Decke, wo sich die schmaleren Leitungen an den Boden des riesigen, runden Hauptwasserrohrs klammerten. Mit einem ohrenbetäubenden Knall und grell aufzuckenden Blitzen zerbarst die Luft über unseren Köpfen. Die Druckwelle riss mich von den Füßen. Schützend hielt ich mir eine Hand vors Gesicht. Als ich den Arm hochriss, hechtete Piper blitzschnell zur Seite, doch Zach reagierte zu langsam und krachte rücklings gegen einen der Tanks. Auf den Hitzeschwall folgte ein markerschütterndes Klirren, als schräg unter mir zwei leere Behältnisse einstürzten, während die Scheibe daneben ein zartes Muster aus feinen Sprüngen zierte.

Ich sah zur Decke hinauf. An der Stelle, wo bei der Explosion mehrere kleine Rohre geplatzt waren, war an der dicken Wasserleitung ein dunkler Haarriss zu erkennen, aus dem die ersten Tropfen im Takt meines immer schneller dahinjagenden Pulses quollen.

Zach hatte sich indes wieder aufgerappelt. An einer Schläfe prangte eine Schnittwunde, sein Gesicht war kalkweiß. »War das alles?« Wie aus weiter Ferne drang seine Stimme an mein Ohr, in dem noch immer die Explosion widerhallte. »Drei Tanks sind futsch. Sieht so deine große Geste aus?«

In diesem Moment zerbarst das Rohr, und sein höhnisches Gelächter ging im Gurgeln des Wassers unter. Der Fluss war gekommen, um uns zu holen.

37

DIE WUCHT DER Strömung schwemmte Zach in Richtung Tür, wo er sich am Griff festklammerte und keuchend versuchte, wieder Boden unter die Füße zu bekommen. Hektisch hackte er mit dem Zeigefinger auf das metallene Bedienfeld ein, bis wenige Sekunden später ein grünes Licht aufleuchtete und der Riegel zur Seite glitt. Doch als er sie aufstieß, riss ihm der Wasserdruck die Klinke aus der Hand, und die Tür schlug mit einem lauten Knall gegen die Wand des Korridors jenseits der Schwelle. Über die Schulter warf er mir noch einen Blick zu, das Wasser reichte ihm inzwischen fast bis zur Taille.

Im gleichen Moment lösten sich mehrere Rohre von der Decke und brachten bei ihrem Fall zwei weitere Tanks zum Einsturz. An sämtlichen Bedienfeldern begannen jetzt gleichzeitig die Lämpchen zu leuchten, worauf der Saal zu funkeln begann wie von Abertausenden grünen Sternen, die sich im schwarzen Wasser spiegelten. Dann blitzte es plötzlich rot auf, und die Lampen erloschen, sodass uns nur noch das Licht aus dem Korridor, den Zach hinuntergeflüchtet war, den Weg wies.

Unsere Arbeit hier unten war getan. Der reißende Fluss übertönte fast unsere Schritte auf der eisernen Plattform. Als wir die Luke in der Decke erreichten, schnappte das Wasser bereits nach unseren Stiefeln. Irgendwo hinter uns versank Kips Leichnam gerade in den finsteren Fluten, doch anstatt einen Blick zurück zu riskieren, zog ich mich in den Lüftungsschacht hoch, und kurz darauf verriet mir ein lautes Scheppern, dass sich Piper dicht hinter mir befand.

Vom ersten Moment in der Arche an hatte ich gespürt, wie über unseren Köpfen der Fluss dahinrauschte. Jetzt, da wir uns Stück für Stück den schrägen Schacht ins nächste Stockwerk hinaufhangelten, vernahm ich das Wasser auch unter uns und wusste, dass es vor nichts und niemandem haltmachen würde. Obwohl wir noch vor den Fluten im nächsthöheren Stockwerk ankamen, war längst klar, dass wir nicht weiter im Schneckentempo durch die Tunnel kriechen konnten, wenn uns unser Leben lieb war. Also ließ ich mich bei dem Lüftungsgitter, das ich tags zuvor entfernt hatte, wieder in den Korridor hinabfallen. Hier brannte zwar noch immer Licht, doch bald schon stand ich knöcheltief im Wasser, das mir schneidend kalt in die Stiefel schwappte, bevor die Lampen an der Decke blaue Funken sprühten und ausgingen. Nur ein kräftiges Platschgeräusch in der Dunkelheit verriet mir, dass Piper mir gefolgt war. Als wir die nächste Treppe erreichten, reichte mir das Wasser bereits bis zur Hüfte.

Es spielte keine Rolle, wie sehr wir uns beeilten. Irgendwo in der Arche lief Zach um sein Leben, und wenn er den Fluten zum Opfer fiel, würde ich sein Schicksal unweigerlich teilen. Doch im Gegensatz zu mir kannte er sich in dem Labyrinth unter der Erde gut aus und wusste, wie man auf schnellstem Weg zu den Haupteingängen gelangte. Und selbst wenn dort Wachen ausharrten, brauchte Zach sie nicht zu fürchten. Trotzdem rannten wir, so schnell wir konnten.

In den oberen Stockwerken brannte kein Licht, und mit dem dumpfen Grollen des steigenden Wassers im Ohr wirkte die Finsternis noch undurchdringlicher. Ganz oben holte uns der Fluss schließlich ein. Als er durch den breiten Korridor stürzte, ertönte von der Decke ein Zischen, und ich sah im fahlen Funkenschein einen Totenschädel vorbeischwimmen. Ein Boot aus Knochen. Verzweifelt versuchte ich, den Hauptlüftungsschacht ausfindig zu machen, doch in den wilden, wirren Wasserstrudeln gerieten meine Gedanken immer wieder auf die falsche Fährte. Schließlich erreichten wir Abschnitt F, doch danach führte ich uns in die falsche Richtung, und wir mussten beinahe zwanzig Meter stromaufwärts zurückwaten. Inzwischen schwammen wir fast, und ich war derart durchgefroren, dass sich meine Lungen vor Kälte zusammenzogen und jegliche Luftzufuhr zu verweigern schienen. Da Piper sich nur mit einem Arm gegen die Wassermassen stemmen konnte, fiel er allmählich zurück, und immer wieder drohten sich seine Paddelgeräusche in der Finsternis zu verlieren.

Wäre der Fluss im letzten Korridor nicht zufällig in die für uns günstige Richtung geflossen, wir hätten den Einstieg in den Lüftungsschacht niemals rechtzeitig erreicht. Ich spürte längst keinen Boden mehr unter den Füßen und ließ mich eher vom Wasser treiben, als mich vergeblich gegen die Fluten zu wehren. Doch als ich den Rand der offenen Luke zu fassen bekam und versuchte, mich daran hochzuziehen, entpuppte sich die Strömung als Verräter, der mich so gnadenlos mit sich fortzureißen drohte, dass ich mir an der scharfen Kante die Haut blutig schürfte. Doch schließlich schaffte ich es, mich hochzustemmen.

Hier, in dem schmalen Schacht, konnte ich mich immerhin an der Leiter festhalten, wenngleich meine steif gefrorenen Finger ständig an den glitschigen Sprossen abrutschten. Unter mir tastete Piper blind nach meinem Fuß, bevor seine Hände die rettenden Eisenstäbe fanden.

Auch im Kontrollraum, wo das Schaufelrad auf uns wartete, war uns das Wasser dicht auf den Fersen. Immer wenn ein Funkenschlag an der Decke den Raum erhellte, sah ich, dass der Pegel ein Stück weiter angestiegen war, bis irgendwann eine der Wandluken nachgab und der Griff sich mir schmerzhaft in die Flanke bohrte, während der Fluss durch die Röhre geschossen kam. Wir standen bis zur Taille im Wasser, und nur ein paar Dezimeter trennten uns noch von den tödlichen Klingen. Der schwindende Abstand verstärkte sämtliche Geräusche, und jeder Atemzug klang in dem engen Raum wie das schrille Schrappen einer Säge an einem Baum. Es blieb keine Zeit, sich um die Elektrik oder die messerscharfen Schaufeln zu sorgen, denn hier unten lauerte der sicherere Tod.

Piper kniete sich hin, damit ich mich auf seinem Oberschenkel abstützen konnte, und hielt mich fest, während ich in der Finsternis an den Speichen nach Halt suchte. Das Licht blieb aus, und das Rad rührte sich nicht, bis ich oben angekommen war. Sogar der Funkenflug hatte sich gelegt. Vielleicht hatte der Fluss geschafft, was vier Jahrhunderte nicht vermocht hatten, und die Elektrik endgültig lahmgelegt.

Piper war jetzt völlig auf sich allein gestellt. Bei seinen ersten beiden Versuchen, die Schaufeln zu fassen zu kriegen, ertönte kurz darauf ein lautes Platschen und Prusten. Ich kauerte derweil am Rande des Lochs und versuchte, in der Dunkelheit anhand der Geräusche abzuschätzen, in welchem Tempo das Wasser stieg und wie viel Zeit wir noch hatten. Wie viele Atemzüge uns blieben und ob ich auf Piper warten würde, wenn er ein drittes Mal fiel.

Wir hatten Glück. Beim nächsten Sprung konnte sich Piper an der Betonkante festklammern, und ich griff mit beiden Händen nach seinem Arm und warf mich flach auf den Boden, um sein Gewicht auszugleichen. Von dem eiskalten Wasser war unsere Haut glitschig und taub, und als Piper sich ächzend zwischen den Schaufeln hochzog, zitterte sein

Arm von oben bis unten. Während er mein Handgelenk umklammerte und mein Fleisch wie in einem Schraubstock gequetscht wurde, entsann sich mein frisch verheilter rechter Arm seines Schmerzes, doch mein Schrei verlor sich in den fauchenden Fluten.

Irgendwann hatte er es geschafft. Wir sprachen kein Wort, denn die Zeit drängte. Langsam drohte uns in dem kleinen Raum die Luft auszugehen. Nur noch ein paar Minuten, dann hatte uns der Fluss mit Sicherheit eingeholt. Ohne zu zögern, schwang ich mich in den Schacht, der an die Oberfläche führte. Alles, worum meine Gedanken jetzt noch kreisten, war das Wasser unter unseren Sohlen und die Luft über unseren Köpfen. Und so stemmte ich mich mit den Füßen gegen die Tunnelwand, streckte die Arme nach vorne und kletterte los.

Wenngleich selbst die steilsten Abschnitte nicht ansatzweise senkrecht ausfielen, galt es an diesen Stellen sämtliche Kraftreserven aufzubieten. Mit jeder ruckartigen Bewegung gewann ich nur ein paar Zentimeter, und oft rutschte ich mit Händen und Füßen an der glatten Metallverkleidung ab. Obwohl ich am ganzen Körper wie Espenlaub zitterte, wurde mir einfach nicht wärmer, und so musste ich auf dem Weg durch den Schacht an mich halten, nicht vollends die Nerven zu verlieren, während ich mich um die engen Kurven zwängte. Mein einziger Trost war, Piper hinter mir zu wissen. Doch als sich unter sein vertrautes Keuchen ein neues, unverkennbares Geräusch mischte, wusste ich, dass der Fluss die Röhre hinaufkroch. Zunächst fiel mir nur auf, dass das Echo unserer Knie und Ellbogen, die in einem fort an der Tunnelwand anstießen, mit einem Mal ungewohnt dumpf klang, doch nur wenige Minuten später hörte ich es gurgeln. War ich anfangs noch froh gewesen, dass der Tunnel nicht senkrecht nach oben verlief, wurde mir jetzt mit grausamer

Gewissheit bewusst, was die nur leichte Schräglage mit sich brachte. Selbst mir, die ich Piper ein paar Meter voraushatte, würde es nicht gelingen, mich in der Röhre über Wasser zu halten, geschweige denn, mich von der Strömung nach oben tragen zu lassen. Wir saßen in der Falle.

Im ersten Moment bereute ich es, nicht in der Halle mit den Tanks geblieben zu sein, wo die Flut einen raschen Tod bedeutet hätte. Dann hätte ich meine letzten Minuten mit Kip verbringen können, anstatt hier oben verzweifelt nach Luft zu schnappen, während Piper ein paar Meter tiefer qualvoll ertrank und sich sein klägliches Gurgeln mit Zoes letzten Atemzügen vermischte. Seltsam, dass ich nach all meinen Träumen vom Feuer ausgerechnet im Wasser mein Ende finden sollte. Mein Puls verwandelte sich in einen Schrei, den nur ich hören konnte: *Zach. Kip. Zach. Kip.*

Auf einmal begannen zwei weiße Punkte vor meinen Augen zu tanzen. Gehörte das etwa zum Sterben? War mein Körper inzwischen so taub, dass mich das Wasser unbemerkt in seine Gewalt gebracht hatte? Oder war Zach irgendwo in der Arche dem Fluss zum Opfer gefallen? Doch die Lichter erloschen nicht. Die beiden hellen Flecken waren kein Trugbild, kein letztes benommenes Aufflackern meines Bewusstseins, bevor mir endgültig schwarz vor Augen wurde. Es waren Sterne.

38

AUF DEN LETZTEN Metern, den Nachthimmel im Blick, kletterten wir dem Fluss davon. Irgendwann gab das Wasser die Verfolgung auf, und anstelle des Gurgelns ertönte von unten nur noch ein hohles Scheppern und Quietschen, während sich Piper hinter mir durch den Schacht zwängte. Obwohl das Mondlicht nicht bis zu uns herabdrang, war die Finsternis in der engen Röhre auf einmal wie verwandelt. Ringsum glänzten die Schweißkanten der metallenen Verkleidung, und über mir, am Rande des Erdlochs, wiegte sich das hohe Gras in einem Wind, den noch einmal zu spüren ich nicht mehr zu hoffen gewagt hatte.

Nach allem, was wir in der Arche erlebt hatten, kam uns die Welt an der Oberfläche seltsam unverändert vor. Dichter Schnee lag auf den Felsen, und der Wind schob in einem fort Wolken vor die Sterne. Unbeeindruckt von Fluten, Archen oder Explosionen setzte der Mond seine Reise über den Himmel fort. Doch als ich mich neben der Luke auf alle viere fallen ließ, vernahm ich noch immer das Grollen des entfesselten Stroms, der sich gewaltsam einen neuen Weg durch die Erde bahnte.

Von oben bis unten durchnässt, waren wir dem Angriff der eisigen Nachtluft hoffnungslos ausgeliefert, und meine Hände zitterten so stark, dass ihre Umrisse vor meinen Augen verschwammen. Neben mir war Piper im Gras auf die Knie gesackt. Beim Anblick des dunklen Lochs, das hinter ihm in der Erde gähnte, musste ich daran denken, was der Fluss bei seinem Befreiungsschlag alles unter sich begraben hatte. Die gespenstische Stimme aus dem Anderswo. Die letzten Reste der Explosionsmaschine, die Zach noch nicht geborgen hatte. Das Meer von gläsernen Gefängnissen, die jetzt bis zum Rand gefüllt waren mit den alten Knochen aus der Arche. Und Kip, dem wir endlich die Freiheit geschenkt hatten, jenseits der Tanks und jenseits seines geschundenen Körpers.

Taub vor Kälte, taumelten wir durch die nächsten Stunden. Als wir unsere Rucksäcke holten, ertönte aus östlicher Richtung plötzlich lautes Gebrüll, in der Ferne gingen die Lichter an, und wir nahmen die Füße in die Hand. Dabei gerieten wir auf den spiegelglatten, schneebedeckten Steinen immer wieder ins Straucheln, doch auch als wir endlich das hohe Gras am Fuße des Hügels erreicht hatten, rannten wir weiter. Obwohl die Verfolgungsgefahr längst gebannt war, gönnten wir uns keine Pause, denn innezuhalten und sich patschnass, wie wir waren, schlafen zu legen bedeutete den sicheren Erfrierungstod. Bald schlugen die steif gefrorenen Aufschläge meiner durchweichten Hose bei jedem Schritt gegen meine Fußgelenke, und im ersten Licht der aufgehenden Sonne begann meine Haut, bläulich zu schimmern.

Als wir endlich das Gehölz mit den Pferden erreichten, fielen bereits neue Flocken, und obwohl wir uns glücklich schätzen konnten, dass der frische Schnee unsere Spuren verwischte, galten meine Gedanken einzig und allein der Kälte. An den warmen Hals meines Pferdes geschmiegt, hing ich im Sattel, während Piper neben mir das Tier des Soldaten am Zügel führte, den wir auf dem Weg zur Arche aus dem Weg geräumt hatten. Die Begegnung schien Jahre zurückzuliegen, so viel war in einer Handvoll Tagen und Nächten unter der Erde geschehen.

Hinter uns erhob sich in der Ferne der flache Hügel über der Arche. Da die Tür dem Fluss irgendwann nicht mehr hatte standhalten können, war auch das Zeltlager vor dem Westeingang inzwischen Opfer der Fluten geworden. In den Bäumen stromabwärts hingen überall weiße Planen.

Immer wenn ich zurückfiel und vor Müdigkeit aus dem Sattel zu rutschen drohte, ermahnte Piper mich lautstark, wach zu bleiben. Als er mich an der Schulter packte, versuchte ich unwillig, seinen Griff abzuschütteln, doch meine Hände waren so kalt, dass ich die Finger nicht mehr bewegen konnte. Mein Körper war zu einer Last geworden, einem kalten Fleischklumpen, den mein Pferd durch die Gegend schleppte.

Kurz nach Sonnenaufgang, als die Grassteppe hinter uns lag und wir uns wieder in bewaldetem Gebiet befanden, führte Piper uns zu einer niedrigen Höhle, wo er geduldig die Pferde festmachte, da meine Finger endgültig den Dienst quittiert hatten. In dem steinernen Unterschlupf entledigten wir uns unserer klirrend kalten Kleider und drängten uns in Unterwäsche unter einer trockenen Decke zusammen. Doch Pipers Körpernähe brachte keine Linderung, denn er war genauso durchgefroren wie ich. Die Kälte hatte etwas Raues, Rohes an sich, als hätten wir uns nicht nur aus unseren nassen Sachen geschält, sondern gleichsam aus unserer Haut. Einen nach dem anderen steckte ich mir die steifen Finger in den Mund, um ihnen ein Lebenszeichen zu entlocken, doch wenn mit dem Blut die Wärme in meine Glieder zurückkehrte, hatte sie stets Schmerzen im Schlepptau. Ob Zach dasselbe spürte? Wie nah musste ich dem Tod kommen, damit sein Körper im Gleichklang mit meinem zu zittern begann?

Irgendwann schloss ich die Augen und wurde vom Schlaf übermannt. Im Traum sah ich die Küste. Als Zoe noch bei uns gewesen war, hatte ich oft zusammen mit ihr von dem ungerührten Auf und Ab der Wellen geträumt, doch diesmal war etwas anders. Statt dem gesichtslosen, unendlichen Ozean tat sich eine weiße Klippe vor mir auf, die wie ein Bollwerk zwischen Land und Meer aus dem Wasser ragte. Ich sah ein Segel, das sich im Wind blähte. Gischt auf Holz. Noch nie im Leben hatte ich so helle Felsen gesehen. Noch exotischer war nur die Fracht an Bord des Schiffes.

Ich schreckte hoch, das Wort »Anderswo« auf den Lippen.

Piper, der sich am Höhleneingang an einem kleinen Feuer wärmte, fuhr herum.

»Du warst doch dabei«, sagte er, als ich mir hastig ein paar Sachen übergezogen und ihm von meinem Traum erzählt hatte. »Als Zach uns in New Hobart die Galionsfiguren gezeigt hat. Die hätte ich überall wiedererkannt. Der Rat hat Hobb und die Besatzung in seiner Gewalt. Es fiel sogar sein Name, erinnerst du dich? Die Rosalind und die Evelyn wurden gekapert, Cass.«

Das konnte ich nicht bestreiten. Ich konnte ja nicht einmal mit Details zu dem Schiff aufwarten, das ich gerade gesehen hatte – ein weißes Segel vor einer weißen Klippe, dahinter wie ein Schmollmund der Horizont. Doch ich wusste, dass dort etwas auf uns wartete. Und als ich Piper die Küstenlandschaft näher beschrieb, nickte er.

»Klingt auf jeden Fall nach Cape Bleak. Aber ich wüsste nicht, wer da noch ankommen sollte. Von meiner Flotte ist kein Schiff mehr unterwegs. Wir müssen so schnell wie möglich zurück nach New Hobart und Simon und den Dompteur auf den neuesten Stand bringen. Und wenn wir gegen die geplante Explosion etwas unternehmen wollen, gilt es, endlich den Widerstand zu einen. Apropos, was ist eigentlich mit den anderen? Die sitzen quasi in Geiselhaft.«

Daran hatte ich auch schon gedacht. Elsa, Sally und Xander waren dem Dompteur in New Hobart auf Gedeih und Verderb ausgeliefert. »Letzten Endes haben wir in seinem Sinne gehandelt«, sagte ich. »Wenn seine Spione ihm irgendetwas zutragen, dann, dass wir die Arche mitsamt aller Maschinen, die noch vor Ort waren, zerstört haben. Mehr kann selbst er nicht von uns verlangen. Solange er davon ausgeht, dass wir an seiner Seite gegen die Maschinen kämpfen, wird er uns schon nicht verraten.«

Ungeduldig drückte ich die Fingernägel in die Handflächen. Seit ich von Zachs neuer Explosionsmaschine wusste, kam mir die Zeit auf einmal endlich vor. Genau wie die Luft in der gefluteten Arche drohte sie uns allmählich auszugehen. Durch die Versenkung der letzten Maschinenteile und die Überschwemmung der Tankhalle hatte ich Zachs Plänen zwar einen Dämpfer verpasst, doch das reichte noch lange nicht aus. Wenn die Generalin und er uns zuvorkamen, würde das Anderswo unweigerlich in Flammen aufgehen.

»Ein Schiff hat Kurs auf Cape Bleak genommen«, fuhr ich fort. »Ich weiß nicht, wie es heißt und woher es kommt. Aber ich weiß, dass es etwas mit dem Anderswo zu tun hat. Das habe ich gespürt.«

Mir fehlten die Worte, um meine Gefühle zu beschreiben, als das Schiff im Traum vor mir aufgetaucht war. Doch ich wusste mit einer Gewissheit, die so unerschütterlich war wie die Höhlenwand in meinem Rücken, dass dieses Boot eine Spur hinter sich herzog, die im Anderswo endete. Irgendwo unter den großen weißen Segeln befand sich etwas ganz und gar Fremdes, das mich unwiderstehlich in seinen Bann zog und mir gleichzeitig einen Schauer über den Rücken jagte.

»Die Landung steht kurz bevor«, sagte ich. »Und wir müssen vor dem Rat da sein, sonst haben wir keine Chance. Für einen Abstecher nach New Hobart fehlt uns schlichtweg die Zeit.« Ich stand auf. »Was du dazu sagst, ist mir egal. Ich reite nach Cape Bleak, ob du mitkommst oder nicht.«

Starr ruhte Pipers Blick auf seinen vernarbten Fingerknöcheln. Wie oft hatten seine Messer wohl schon ein Todesurteil vollstreckt? Wie viele Leben hatte diese Hand auf dem Gewissen? Wenn ich mich jetzt auf den Weg machte, würde Piper versuchen, mich aufzuhalten?

Seine Miene war ernst. »Wenn wir etwas gegen den Rat ausrichten wollen, braucht dich der Widerstand dringender denn je. Aber dank dir sind wir letzte Nacht in der Arche fast draufgegangen. Du kannst nicht schon wieder jede Gefahr ignorieren.«

»Wenn mich der Widerstand so dringend braucht, wie du behauptest, dann nur, weil auf meine Visionen Verlass ist«, sagte ich. »Also hör gefälligst auf mich.«

»Mich brauchen sie doch genauso.« Er hatte die Stimme gesenkt. »Ich muss den Anführer spielen. Entscheidungen treffen. Ich muss immer das Richtige tun, obwohl ich in letzter Zeit kaum mehr weiß, wo mir der Kopf steht.« Als er den Blick hob und mich ansah, war sein Kinn ins warme Licht des Feuers getaucht, doch seine Augen lagen im Schatten. Draußen hatte es aufgehört zu schneien, und die Nacht dämpfte alle Geräusche.

Mir fiel wieder ein, was er Monate zuvor zu Leonard gesagt hatte: *Mut hat viele Gesichter.* Ich kannte Piper als unerschrockenen Kämpfer und charismatischen Feldherrn, der furchtlos vor seine Truppen trat. Doch um sein Schicksal jetzt in meine Hände zu legen, bedurfte es einer ganz anderen Art von Courage.

»Wenn ich sofort aufbreche«, sagte ich, »schaffe ich es vielleicht bis zum nächsten Schneefall über den Westgrat.«

»Ich komme mit.«

»Freut mich«, erwiderte ich, doch erst nachdem die Worte über meine Lippen gekommen waren, wurde mir klar, wie ernst ich sie wirklich meinte.

Auf unserem langen Ritt gen Westen kehrten meine Gedanken immer wieder zu jenen letzten Momenten im Lüftungsschacht zurück, als ich so instinktiv wie beim Ein- und Ausatmen Zach und Kips Namen gerufen hatte. Auch Zoe spukte mir oft im Kopf herum, obwohl Piper sie nie erwähnte. Alles, was wir von ihr wussten, war, dass sie lebte. Und auch wenn mir abends am Feuer das Klacken der Klinge auf ihren Nägeln fehlte, hoffte ich inständig, dass sie sich weiterhin rarmachte und so lange wie möglich von den schrecklichen Nachrichten aus der Arche verschont blieb. Sie hatte schon genug durchgemacht.

Ich träumte immer wieder von der Klippe, die ungeduldig auf das Schiff harrte. Mit den Visionen von Kip in den Tanks war es zum Glück endlich vorbei, umso erbarmungsloser holten mich jetzt, da ich um ihre wahre Bedeutung wusste, die Bilder von der Explosion ein.

»Ich habe meinen Visionen früher nie ganz getraut«, sagte ich eines Nachts zu Piper. »Weil sie oft undeutlich waren oder widersprüchlich. Irgendwie habe ich mich immer im Stich gelassen gefühlt. Aber inzwischen weiß ich, dass es an mir lag. Ich habe nur gesehen, was ich sehen wollte.«

»Vielleicht hast du auch gesehen, was du sehen *solltest.*«

Ich ließ den Blick über den Sternenhimmel wandern.

»Vielleicht war es eine Art Schutzmechanismus«, fuhr er fort. »Wenn du die ganze Zeit gewusst hättest, dass eine neue Explosion droht, wäre dir vielleicht alles über den Kopf gewachsen. Vielleicht hättest du dann den Verstand verloren. Oder aufgegeben.«

Manchmal beschlich mich die ungute Ahnung, dass mein Wahnsinn einfach nur tief in mir versteckt lag, genau wie die Arche unter der Erde. Egal, was Piper sagte, ich konnte ihn spüren. Und es war nur eine Frage der Zeit, bis ihn jemand ans Tageslicht zerrte.

Bei unserer Flucht aus der Arche, nass bis auf die Knochen und völlig verfroren, hatte ich mir eine fiebrige Erkältung zugezogen. Schweißgebadet, mit geschwollenem Hals und entzündetem Rachen fröstelte ich nun schon seit drei Tagen vor mich hin, und obwohl er es nicht zugab, ging es Piper nicht besser. Seine Haut wirkte seltsam wächsern, und er wurde in einem fort von heftigen Hustenanfällen geschüttelt. Auf dem Pass durchs Gebirge waren die Schneeverwehungen zum Teil so hoch, dass wir absitzen und zu Fuß durch die eisigen Dünen waten mussten. Und nachdem wir den Kamm überquert hatten, klapperte ich weithin hörbar mit den Zähnen, und auch Piper zitterte am ganzen Körper.

Als wir auf eine kleine Siedlung am Fluss stießen, war es schon weit nach Mitternacht, und in den Fenstern brannte kein Licht mehr. Kurzerhand warfen wir sämtliche Bedenken über Bord, banden die Pferde in einem Wäldchen flussaufwärts fest und schlichen zu einer Scheune am Rande des Dorfs, wo wir lautlos die Leiter zum Dachboden erklommen und erschöpft in die Heuberge sanken. Ungeachtet des Kratzens und Pikens kuschelte ich mich selig ins warme Stroh, während Piper neben mir versuchte, seinen Husten zu unterdrücken. Mir war gleichzeitig heiß und kalt, mein entzündeter Hals pochte. Wir schliefen nicht ein, sondern verloren auf der Stelle das Bewusstsein.

Durch die Erschöpfung waren wir leichtsinnig geworden. Keiner von uns hielt in dieser Nacht Wache, und so fuhren wir im Morgengrauen wie von der Tarantel gestochen hoch, als unter uns das Scheunentor aufgestoßen wurde. Kurz darauf ertönte ein Scheppern, und Piper fasste automatisch an seinen Gürtel. Doch niemand kam die Leiter hinauf, und sämtliche Geräusche klangen nach normalem bäuerlichem Tagwerk. Ein Karren wurde in die Scheune gerollt, bevor sich jemand an einem Holzhaufen zu schaffen machte.

Ich rollte mich auf den Bauch und schob behutsam das Stroh zur Seite, um zwischen den groben Planken nach unten zu spähen. Jenseits des offenen Scheunentors waren die ersten zaghaften Anzeichen des neuen Tages auszumachen, und in einer Ecke stand eine einäugige Frau und belud einen Schubkarren mit Brennholz.

In diesem Moment vernahm ich das Pfeifen. Es war Leonards Lied. Die Frau pfiff den Refrain, und obwohl sie immer wieder Pausen einlegte, um sich nach neuem Holz zu bücken, und manche Noten in der klirrenden Kälte durch ein Schnaufen ersetzte, war die Melodie doch unverwechselbar, und ich sang in Gedanken den Text zu den Tönen, die der träge Windhauch zu uns hinauftrug.

Oh, du bist niemals müde, dir ist niemals kalt
Und du wirst nie und nimmer auf dieser Welt alt.
Und der einzige Preis ist dein Leben
Ja, dein Leben musst du geben.

Als ich Pipers breites Lächeln sah, schloss ich die Augen und suchte nach seiner Hand. Bis hierher, mindestens hundertfünfzig Kilometer nordwestlich der Stelle, wo wir Leonard zum letzten Mal getroffen hatten, war sein Lied also schon vorgedrungen. Es schien geradezu absurd, dass ein paar zarte Töne, die einen Augenblick lang schwerelos durch die Luft schwirrten, eine so dringende Warnung überbrachten. Und doch machte die Kunde von den Tanks unaufhaltsam die Runde.

Sobald die Frau weg war, kletterten wir vom Heuboden und machten uns im fahlen Licht der Morgendämmerung davon. Dabei kreisten meine Gedanken um Leonards erkalteten Leib und die zersplitterte Gitarre um seinen Hals. In den letzten Monaten war ich oft genug Zeuge geworden, wie jemand sein Leben aushauchte, um zu wissen, dass der Tod kein Erbarmen kannte. Ich hatte nicht nur die Leichen auf der Insel und nach der Schlacht bei New Hobart gesehen, sondern auch Kips verdrehten, zerstörten Körper, erst auf dem Siloboden und dann hinter der gläsernen Scheibe. Zu sterben hatte nichts Romantisches an sich, und nichts würde die Toten wieder zum Leben erwecken, weder Tanks noch Tränen noch Lieder. Doch als in der Scheune Leonards Musik erklungen war, war ich mir plötzlich sicher gewesen, dass ein Teil von ihm aus der Schlinge geschlüpft war.

Zwei Wochen später erreichten wir endlich Cape Bleak. Inzwischen war der Schnee geschmolzen und unser Fieber abgeklungen. Dank des dritten Pferdes konnten wir öfter wechseln und kamen schneller voran, obwohl wir uns im Alpha-Gebiet nur noch nachts aufs freie Feld hinauswagten. Über eine Woche lang führte uns der Weg im Schutz der Finsternis durch liebliche, dicht besiedelte Hügellandschaften, doch ich hatte keine Angst, nicht einmal, als Piper mich darauf hinwies, dass ein paar Kilometer entfernt die größte Ratsgarnison im Westen des Landes lag. Nach der Arche mit ihren Geheimnissen und der Feuersbrunst, die mich jeden Abend aus dem Schlaf riss, war ich nicht mehr so leicht aus der Fassung zu bringen. Außerdem gab mir das Lied, das ich im Heuschober aufgeschnappt hatte, Kraft und ließ meinen kranken Körper gesunden, mehr als es sämtliche sehnige Kaninchen, die Piper für uns fing, vermocht hätten.

Schließlich wurde die Landschaft wieder rauer. Knorrige Bäume ächzten im Küstenwind, und weit und breit war kein Alpha-Dorf mehr zu sehen. Irgendwann tauchte der Ozean vor uns auf, und beim Anblick der steilen, unwirtlichen Klippen war mir sofort klar, wo wir uns befanden. Der helle Fels leuchtete wie eine frische Fleischwunde, bevor das Blut herausquillt.

In dieser Nacht träumte ich wieder vom Meer, und als ich aufwachte, wusste ich, dass die Wellen, die an den Rändern meines Schlafes gebrochen waren, nicht zu meinem eigenen Traum gehört hatten. Ruckartig setzte ich mich auf, doch meine heimliche Hoffnung, eine schlafende Zoe neben mir zu finden, wurde jäh enttäuscht. Stattdessen fiel mein Blick auf Pipers breiten Rücken, der vom Höhleneingang aus zusah, wie über dem Wasser die Sonne aufging.

»Siehst du die Landzunge da hinten?« Er machte eine Kopfbewegung nach Norden, wo die Küste wie ein anklagender Finger ins Meer hinausragte. »Das ist Cape Bleak. Man kann es von hier aus nicht sehen, aber an der Nordseite führt ein Pfad hinunter zu einer kleinen Bucht. Wenn ein Kurierschiff von der Insel angesagt war, haben unsere Späher auf dem Festland immer ein Feuer entfacht, damit die Besatzung wusste, dass das Beiboot gefahrlos landen kann.«

Als wir die äußerste Spitze der Halbinsel erreichten, war die Nacht angebrochen, und Piper musste erst den letzten Rest des Lampenöls über den feuchten Zweigen verteilen, die wir unterwegs gesammelt hatten, bevor in der Dunkelheit eine klägliche Flamme aufloderte. Wir warteten mehrere Stunden, doch bis auf ein schwaches Blinken der Gischt, wenn jenseits der Klippe die Wellen brachen, gab das Meer keine Antwort.

Im Morgengrauen war das Feuer zu einem Häuflein Asche zusammengesackt. Piper seufzte tief und wischte sich übers Gesicht. »Morgen Abend versuchen wir's noch mal«, sagte er, doch seine hängenden Schultern und der bittere Zug um seinen Mund blieben mir nicht verborgen.

Wir hätten es eigentlich wissen müssen, nach der Insel und den Tanks voller toter Kinder, nach den Galionsfiguren, die Zach uns so achtlos vor die Füße geschleudert hatte, und vor allem nach der Arche, in deren Bauch nur eine neue Explosion auf uns gewartet hatte. Nichts war gefährlicher als die Hoffnung.

Anstatt uns schlafen zu legen, blieben wir einfach sitzen, denn keiner von uns beiden wollte zurück in die enge Höhle, nur um dort über ein Schiff zu spekulieren, das vielleicht niemals kommen würde. Also verharrten wir auf der Klippe, während die hinter uns aufgehende Sonne das Meer zum Funkeln brachte.

In meiner Vision war das stolze Schiff elegant durch die Wellen gepflügt. Doch der altersschwache Kahn, der sich jetzt müde um die Spitze der Landzunge schob, geriet bei jedem Windstoß ins Schlingern, und der Rumpf neigte sich bedrohlich weit nach links. In der Mitte ragte ein schiefer Mast in die Höhe, die vielfach geflickten Segel warfen unschöne Falten, und die Galionsfigur war nicht das Einzige, was fehlte – rund um den Bug klafften riesige Lecks, und obwohl man die tiefsten Löcher mit Teer und Planken geflickt hatte, waren die Wunden noch immer zu sehen. An Deck herrschte emsiges Treiben, gerade erklomm jemand die Takelage. Nur vorne am Bug stand reglos eine Gestalt und hielt sich an der Reling fest.

Ein Pfiff ertönte. Der böige Wind auf der Klippe verzerrte die Töne, nur um sie danach blitzartig zu verschlucken, doch ich hatte genug gehört.

Piper sprang auf, und gemeinsam rannten wir zu dem schmalen Pfad, der sich zwischen den Felsen hinabschlängelte, während vom Meer her sachte der Refrain von Leonards Lied an unsere Ohren drang.

39

ALS WIR ES nach einer abenteuerlichen Kletterpartie endlich in die felsgesäumte Bucht geschafft hatten, kam uns das Beiboot bereits entgegen, und Piper watete hüfttief ins eiskalte Wasser, um es in Empfang zu nehmen. Als er Zoe umarmte, schlang er den Arm so fest um ihre Taille, dass er sie einen Augenblick lang in die Luft hob und der Rest der Besatzung schnell gegensteuern musste, damit die kleine Jolle nicht umkippte. Dann ließ er sie los, und die beiden kamen an den Strand gestapft, wo ich auf sie wartete.

In diesem Moment hätte ich am liebsten die Zeit angehalten: eine lächelnde Zoe und hinter ihr Piper, der übers ganze Gesicht grinste. Die Worte blieben mir im Hals stecken – ich wollte ihre Wiedersehensfreude an diesem strahlenden Morgen nicht mit Geschichten von unserem grausigen Fund in der Arche trüben.

»Ich dachte, du wärst irgendwo im Osten«, sagte ich schließlich. »Hättest alles hinter dir gelassen.« Mit alles meinte ich mich.

Sie schüttelte den Kopf. »Das hatte ich auch vor.« Wie immer nahm sie kein Blatt vor den Mund. »Ich war schon auf dem Weg.« Sie hielt inne und blinzelte in Richtung Wasser, auf dem sich das gleißende Morgenlicht spiegelte. »Aber dann musste ich ständig an Xander denken.«

Inzwischen hörte auch Piper zu, doch Zoes Blick ruhte

weiter auf dem Meer, das jenseits der Rosalind friedlich in der Sonne glitzerte.

»Mir ist wieder eingefallen, dass er ständig gesagt hat, die Rosalind sei auf dem Heimweg. Wir haben das ja immer gleich abgetan.« Sie hatte die Stimme fast bis auf ein Flüstern gesenkt. »Ich dachte, ich muss es einfach versuchen, damit wenigstens einer von uns an ihn glaubt.« In diesem Moment wurde mir klar, dass sie nicht nur Xander die Treue gehalten hatte, sondern auch Lucia, auf die am Ende niemand mehr hatte hören wollen.

Derweil waren auch Zoes Begleiter an Land gegangen und schickten sich an, das Beiboot zu dritt an den Strand zu ziehen. Der vierte Mann kam humpelnd auf uns zu und machte bei der Begrüßung den Eindruck, als wollte er Pipers Hand gar nicht mehr loslassen.

»Das ist Thomas«, sagte Piper zu mir. »Kapitän der Rosalind.«

»Wir haben euer Feuer erst kurz vor Sonnenaufgang gesehen«, sagte Thomas. »Deshalb wussten wir nicht, ob wir euch überhaupt noch erwischen.«

»Wir dachten, ihr wärt dem Rat in die Hände gefallen«, sagte ich.

»Es war verdammt knapp«, erwiderte Thomas. »Gerade mal einen Monat, nachdem wir die Segel gesetzt hatten, sind die Schiffe in der westlichen Meerenge in einen heftigen Sommersturm geraten. Wir sind noch mal mit dem Schrecken davongekommen, aber die Evelyn ist auf ein Riff gelaufen. Dabei ist die Hälfte der Wassertanks geplatzt, und der Schaden war so schwer, dass Hobb wohl oder übel umkehren musste.« Er schnitt eine Grimasse. »Zoe hat uns erzählt, was passiert ist – von der Insel und den Galionsfiguren und was die Generalin über Hobb und die Besatzung gesagt hat. Klingt ganz so, als sei der Rat kurz vor Rückkehr der Evelyn auf der Insel eingefallen. Wahrscheinlich ist Hobb der Ratsflotte geradewegs in die Arme gesegelt.«

»Und was ist mit eurer Galionsfigur?«, fragte Piper mit einem Blick auf den notdürftig ausgebesserten Bug. »Ich habe sie mit eigenen Augen gesehen. Wie ist der Rat da rangekommen?«

»Als wir endlich auf dem Heimweg waren, haben wir es gar nicht erst bis zur Insel geschafft. Kurz vor dem Riff hat ein Ratsschiff die Jagd auf uns eröffnet. Bei dem Angriff hat der Mast ganz schön was abbekommen, aber irgendwann konnten wir die Bande abschütteln und uns aus dem Staub machen. Da war uns klar, dass die Insel gefallen war. Also sind wir mit Mühe und Not zurück in Richtung Festland und wie vereinbart zuerst ans Kap. Aber hier war vom Widerstand weit und breit nichts zu sehen. Danach haben wir die üblichen Treffpunkte abgeklappert, aber nirgendwo hat ein Feuer gebrannt, und überall in Küstennähe wimmelte es nur so von Ratsschiffen. In Chantler Bay lagen ganze drei vor Anker. Zum Glück war es schon dunkel, und wir sind niemandem aufgefallen. Dann kamen die ersten Winterstürme auf, und wir wussten langsam nicht mehr weiter. Bei Atkin Point habe ich sogar zwei Späher landeinwärts geschickt, aber das Geheimversteck war natürlich längst ausgebrannt. Nachdem der Rat die Küstenwache so stark aufgestockt hatte, konnten wir nie länger an einem Ort bleiben. Vor einem Monat etwa wurden wir dann gesichtet, und gerade saß uns wieder ein Zweimaster im Nacken, als von Norden her ein gewaltiger Sturm aufzog. So hohe Wellen habe ich mein Lebtag noch nicht gesehen. Das Ratsschiff waren wir danach zum Glück los, aber es mussten auch zwei Männer dran glauben. Kurz vor Chantler Bay haben wir dann einen Felsen gerammt und uns ein Riesenleck zugezogen. Dabei ist uns auch die Galionsfigur abhandengekommen, zusammen mit dem halben Bug. Der Zweimaster, der uns auf den Fersen war, hat sie wohl irgendwo aufgegriffen. Wer weiß, am Ende dachten sie vielleicht wirklich, wir seien gekentert. Nachdem der Sturm endlich abgeflaut war, konnten wir jedenfalls nirgendwo an Land, um das Leck zu flicken, also musste die Besatzung Tag und Nacht pumpen.«

An dieser Stelle übernahm Zoe. »Nach unserer Trennung bin ich als Erstes hierher. Ich habe ein paar Nächte vergebens gewartet und es dann in Chantler Bay versucht. Da hatte ich erst auch kein Glück, aber in der Dorftaverne hat mir eine Fischersfrau von einem ziemlich ramponierten Schiff erzählt, das gen Süden unterwegs gewesen sein sollte. Laut ihr sah es nicht nach Ratsflotte aus, für ein normales Fischerboot sei es aber zu groß gewesen. Also bin ich zum Siddle Point und habe an der alten Aussichtswarte drei Nächte lang das Feuer entfacht. Prompt kam am zweiten Tag eine Patrouille vorbei, keine hundert Meter von meinem Versteck entfernt. Ich war schon drauf und dran aufzugeben. Als ich der dritten Nacht auf dem Wasser das Leuchtfeuer entdeckt habe, bin ich fast ausgeflippt vor Freude. Kurz darauf war ich an Bord, und wir sind zurück ans Kap gesegelt.«

Ich wusste, welche Überwindung es sie gekostet haben musste, trotz ihrer Träume die Fahrt übers Meer anzutreten.

»Zum Glück kommen die Patrouillenschiffe nicht so weit nach Norden«, fuhr sie fort, »und wir konnten in Coldharbour Bay gefahrlos den Strand anlaufen. Den Mast halbwegs wieder instandzusetzen hat fast eine Woche gedauert.« Sie ließ den Blick zwischen Piper und mir hin und her wandern. »Wenn ihr ein paar Tage später gekommen wärt, hätten wir uns verpasst. Ich wollte eigentlich zurück nach New Hobart zu Simon und Paloma unter Aufsicht der Besatzung hierlassen.«

»Paloma? Ist das ein zweites Schiff?«, fragte ich.

Zoe schüttelte den Kopf.

Als wir bei der Rosalind ankamen, warfen zwei Besatzungsmitglieder die Strickleiter aus, und sobald sie Piper im Beiboot entdeckten, wurde ehrfürchtig salutiert. Thomas führte uns zum Bug des Schiffes, während die Seeleute stumm Spalier standen. Sonne und Salz hatten ihre Kleider gebleicht, und sie wirkten ebenso mitgenommen wie die Rosalind selbst. Viele waren nur mehr Haut und Knochen, und manche Arme und Hände waren unübersehbar vom Skorbut gezeichnet.

Vorne im Bug, wo statt der Galionsfigur nur noch ein trauriger Stumpen in den Himmel ragte, saß ein Grüppchen von Seeleuten. Als wir uns näherten, erhob sich aus ihrer Mitte eine Gestalt und kam uns leicht hinkend entgegen. Im ersten Moment sah es so aus, als sei einer ihrer Füße nackt, doch das ergab in der frostigen Winterluft auf dem windigen Deck keinen Sinn. Erst als sie näher kam, erkannte ich, dass sie ein künstliches Bein hatte. Allerdings bestand es nicht wie üblich aus Holz, sondern aus einem glatten, harten Material, das anmutete wie menschliche Haut und weiter unten bis ins kleinste Detail einem Fuß nachempfunden war, mit dem einzigen Unterschied, dass der Knöchel beim Gehen nicht abknickte. Doch es war nicht der täuschend echt wirkende Fuß, der mich zögern ließ, und auch dass die Frau im Gegensatz zum Rest der Besatzung keine blaue Uniform trug, machte mich nicht stutzig. Als sie vor mir stand, spürte ich auf einmal ganz deutlich, dass noch etwas an ihr anders war: Sie fühlte sich seltsam dünn an. Ihre ganze Erscheinung umgab eine Leere, die sich schwer in Worte fassen ließ. Als würde sie keinen Schatten werfen. Dabei machte ihr kräftiger Händedruck einen ausgesprochen robusten Eindruck.

»Ich bin Paloma«, sagte sie und trat zur Seite, um Piper die Hand zu schütteln.

Ich konnte den Blick nicht von ihr lösen. Piper hingegen schien nichts weiter an ihr aufzufallen. Warum wich er nicht vor ihr zurück?

»Sie hat keinen Zwilling«, sagte ich. Aus meiner Stimme klang Furcht. Ich hatte die fremde Frau nicht bloßstellen wollen, doch es kam mir vor, als klaffte mitten in ihrer Brust eine tiefe Wunde, die die anderen einfach nicht sehen konnten. Sie war unvollständig. Ein halber Mensch.

»Auf den Versprengten Inseln gibt es keine Zwillinge«, sagte sie. »Aber soweit ich weiß, heißt meine Heimat bei euch Anderswo.«

Dann begannen Thomas und Paloma zu erzählen. Trotz einer beschwerlichen Reise durch eisige Gefilde, in die sich vor ihr noch kein Widerstandsschiff gewagt hatte, war die Rosalind auf der Suche nach dem Anderswo im Norden nicht fündig geworden. Stattdessen hatte Palomas Schiff ihren Weg gekreuzt.

»Nach den Detonationen gab es bei uns anfangs noch Maschinen, mit denen man Botschaften senden und empfangen konnte«, sagte sie. »Aber weil sich nie jemand gemeldet hat, wussten wir nicht, ob unsere Nachrichten überhaupt ankamen. Irgendwann haben die Kommunikationsmaschinen dann den Geist aufgegeben, und seither schickt die Regierung fast jedes Jahr neue Erkundungsschiffe aus. Bisher ohne Erfolg.«

Dass mir ihre Sprachfärbung nicht geläufig war, überraschte mich angesichts des Dialektreichtums allein auf dem Festland nicht weiter. So ließen nicht nur die zerlumpte Kleidung und die ausgemergelten Gesichter der Bewohner des Ödlands auf ihre Herkunft schließen, sondern auch ihre schleppende Sprechweise, bei der manche Worte melodisch in die Länge gezogen wurden. Weiter im Norden hingegen geizte man eher mit Vokalen, weshalb mein Vater, der dort aufgewachsen war, stets einen leicht rauen Ton an den Tag gelegt hatte. Trotzdem klang Palomas Aussprache sonderbarer als alles, was mir bislang zu Ohren gekommen war. Sie dehnte vertraute Worte so lange in alle möglichen unerwarteten Richtungen aus, bis man sie nicht mehr wiedererkannte.

»Nachdem wir auf die Rosalind gestoßen waren, ist meine Besatzung mit der frohen Kunde zurück nach Broken Harbour gesegelt«, sagte sie. »Caleb und ich sind an Bord gekommen, als erste Abgesandte sozusagen. Aber er hat den Sturm nicht überlebt.« Sie senkte den Blick. »Deshalb bin ich jetzt allein.«

Stille breitete sich über das Deck. Wo sollten wir anfangen? Welche Fragen stellte man zuerst, wenn sich eine neue Welt vor einem auftat? Allein vom Anderswo zu träumen war mir stets so gewagt erschienen, dass ich mich nie getraut hatte, den Gedanken weiterzuspinnen oder mir gar auszumalen, wie die Menschen dort sein könnten. Diese blasse, einsame Frau ohne Zwilling ähnelte uns mehr, als ich jemals gedacht hätte, und gab mir doch unlösbare Rätsel auf.

Gerade beugte sie sich zusammen mit Thomas über eine Landkarte, um Piper in groben Zügen zu zeigen, wo das Anderswo lag. Zoe stand schweigend daneben und sah zu.

Als Piper sich anschickte, den anderen von der Arche zu erzählen, suchte ich das Weite. Vielleicht war ich ein Feigling, aber Palomas zwillingsloser Zustand hallte schrill in mir wider, und ich ertappte mich dabei, wie ich in ihrer Nähe die Zähne zusammenbiss und hilflos nach Atem rang. Also verzog ich mich ans Heck, um mein Unbehagen mit den rastlosen Wellen zu teilen.

Bald darauf vernahm ich hinter mir auf den Planken Schritte.

»Piper hat uns erzählt, was ihr in der Arche alles herausgefunden habt«, sagte Zoe. »Über die Explosion.«

Ich nickte, den Blick weiter aufs Wasser gerichtet.

»Ich bin froh«, fuhr sie fort und trat neben mir an die Reling. »Nicht über die Explosion natürlich«, beeilte sie sich hinzuzufügen, als ich fragend die Brauen hochzog. »Aber darüber, dass ich endlich Bescheid weiß. Ich glaube, jetzt kann ich Lucia besser verstehen.« Sie hielt kurz inne. »Warum die Visionen von der Explosion ihr immer so zugesetzt haben, meine ich. In gewisser Weise muss sie wohl geahnt haben, dass ein neuer Anschlag geplant ist.«

Ich nickte und musste an Xanders qualvolle Anwandlungen denken. Er, Lucia und ich konnten alle bezeugen, was bevorstand.

»Piper hat auch erwähnt, dass ihr Kip gefunden habt«, sagte sie leise.

»Nicht Kip«, antwortete ich. »Seinen Leichnam.«

Ich war dankbar, dass sie auf tröstende Worte verzichtete. Sie hatte genug Menschen auf dem Gewissen, um zu wissen, dass sich der Tod nicht schönreden ließ. Stattdessen blickte sie stumm aufs Meer.

»Obwohl er inzwischen ganz anders aussah«, fuhr ich fort, »konnte ich mich zum ersten Mal, seit mir die Beichtmutter von seiner Vergangenheit erzählt hat, wieder richtig an ihn erinnern.«

»Der Typ in ihren Geschichten, das war nicht Kip.« Zoe klang ungeduldig. »Kapier es doch endlich. Egal, wen der Rat damals in den Tank gesteckt hat, als er da wieder rauskam, war er nicht mehr derselbe Mensch. Alles andere wäre doch absurd.« Sie sah mir in die Augen. »Die Beichtmutter hat ihn nicht gekannt. Und das war ihr großer Fehler. Sie hat Kip und dich in jener Nacht zu sich ins Silo gelockt, weil sie dachte, dass du gegen ihr Zwillingsband keine Chance hättest. Sie wollte dir eine Falle stellen. Der Kip, mit dem sie aufgewachsen ist, wäre nie einem anderen Menschen zuliebe in den Tod gesprungen.«

Im Sturzflug glitt eine Möwe über das Wasser.

»Wenn du dir weiter einredest, Kips Vorleben sei entscheidend, sitzt du demselben Irrglauben auf wie die Beichtmutter«, sagte Zoe. »Und dann hat sie es gleich zweimal geschafft, ihn dir wegzunehmen.«

Jenseits der Brandung spiegelten sich die Wolken im Meer. Ein zweifacher Himmel.

»Ich weiß genau, warum du dich so an Kips Vergangenheit klammerst«, fuhr sie fort. »Ich habe das früher auch so gemacht. Alle schönen Erinnerungen ausgeblendet, damit ich nicht um Lucia trauern musste.« Sie sah mich wieder an. »Anstatt vom Ozean würde ich viel lieber jede Nacht von Lucia träumen. Ohne den Tod, ohne den Wahnsinn, nur von Lucia, wie sie wirklich war.« Ein schiefes Grinsen huschte über ihr Gesicht. »Beim Lächeln hat sich ihre Nase gekräuselt. Sie konnte überall und jederzeit einschlafen. Und wenn sie geschwitzt hatte, roch sie im Nacken nach Sägespänen.« Sie machte eine kurze Pause. »Erst hat der Wahnsinn mich um mein Glück gebracht und dann das Meer. Aber dass ich mich immer so auf die hässlichen Momente versteift habe, das war meine eigene Schuld. Man muss sich an alles erinnern, auch wenn es schwerfällt.«

Als sich Piper zu uns gesellte, stand die Sonne bereits hoch am Himmel. Breitbeinig stellte er sich auf dem schwankenden Deck neben mich an die Reling.

»Hat Paloma dir alles erzählt?«, fragte Zoe.

Er nickte. »Auf den Versprengten Inseln hat man eine Lösung für das Zwillingsproblem gefunden, genau wie die Forscher in der Arche«, sagte er zu mir. »Die Methode ist nicht einfach und offenbar auch kein Wundermittel, denn das fatale Band wird zwar gekappt, aber danach leiden alle unter Mutationen. Vielleicht für immer. Und bestehende Zwillingspärchen kann man nicht splitten. Die Maßnahmen greifen erst in der nächsten Generation. Aber das stand ja alles schon in Joes Papieren.«

»Weiß sie vom Rat und von der Explosion?«, fragte ich.

Er nickte wieder. »Ich glaube, sie muss das alles erst mal verdauen. Aber sie sagt, sie will bleiben und uns helfen.«

Aus Opfern, die ich anderen abverlangte, entstand allmählich die Landkarte meines Lebens. Leichen dienten als Wegweiser. Und jetzt war auch noch das Anderswo in Gefahr.

»Ach, noch was«, sagte Piper. »Thomas hat doch zwei Späher zu einem Unterschlupf auf dem Festland geschickt, erinnerst du dich? Auf dem Weg haben die beiden in einer Siedlung scheinbar Leonards Lied aufgeschnappt, und so hat die Besatzung auch von der siegreichen Schlacht bei New Hobart erfahren.«

»Aber die Schlacht kommt in dem Lied gar nicht vor«, sagte ich. »Wir haben die Stadt doch erst einen Monat, nachdem Leonard es komponiert hat, befreit.«

Piper lächelte. »Er hat recht behalten, das Lied verändert sich in einem fort. Es entwickelt sich weiter, weil es immer mehr Leute hören und ständig etwas dazukommt.«

»Nur Leonard erfährt davon nichts mehr«, sagte ich. Früher oder später mussten wir Zoe ohnehin von seinem leblosen Körper im Baum erzählen.

»Es besteht immer noch Hoffnung, Cass.« Meine belegte Stimme war Piper offenbar nicht entgangen. »Denk an unser Bündnis mit dem Dompteur und an seine Armee. Wir haben New Hobart befreit. Die Wahrheit über die Reservate und die Tanks verbreitet sich wie ein Lauffeuer. Und inzwischen wissen wir sogar, dass der Rat eine neue Explosion geplant hat. Du hast die Arche geflutet, mitsamt den Tanks und sämtlichen Teilen der Explosionsmaschine, die dem Reformer noch fehlen. Und wir haben das Anderswo gefunden.«

Er hatte recht. Aber wie immer lauerte hinter allem noch eine zweite Wahrheit. Vor dem Rat war New Hobart fürs Erste sicher, aber wie lange wir uns noch auf den Dompteur verlassen konnten, stand in den Sternen. Obwohl ihm die Zerstörung der Arche in die Hände spielte, war nicht abzusehen, wie er auf Paloma und die Neuigkeiten, dass man im Anderswo die Zwillingsplage geheilt hatte, reagieren würde. Und nur weil wir das Anderswo gefunden hatten, hatten der Rat und seine Explosionsmaschine die Suche noch längst nicht eingestellt. Entweder würden sich die Menschen auf den Versprengten Inseln zu unseren Rettern aufschwingen oder wir ihnen zum Verhängnis werden.

Mein Blick fiel auf meine Hände an der Reling. Angesichts meines Körpers war ich seit jener Nacht im Silo manchmal versucht, verwundert den Kopf zu schütteln. Zwischen Zach und mir verlief das fatale Band, doch es war Kip, dessen Tod ich beinahe nicht überlebt hätte. Und jetzt stand ich hier. Dieselben Hände. Dasselbe Herz, das weiter unbeirrt Blut durch meinen treulosen Körper pumpte, mit dem ich nach Kips Sprung in die Tiefe so hart ins Gericht gegangen war, weil er sich beharrlich weigerte aufzugeben. Ich hatte mich der Kälte, dem Hunger und der Erschöpfung ausgesetzt, als hätte ich es nicht anders verdient – bis zu jenem atemlosen Moment im Tunnel, als ich plötzlich angefangen hatte, um mein Leben zu kämpfen, und zwar ohne auch nur einen Gedanken an den Widerstand zu verschwenden. Alles, was mir in diesem Augenblick durch den Kopf gegangen war, war mein unstillbares Verlangen danach gewesen zu leben. Statt einer Entscheidung, die es zu treffen galt, hatte sich die

Hoffnung als trotziger Reflex entpuppt, während sich mein Leib in der engen Röhre unaufhaltsam nach oben, der kalten Nachtluft entgegengewunden hatte. Ein Atemzug. Dann der nächste. Monate zuvor auf McCarthy's Pass hatte Piper mich beim Anblick der fernen Küste daran erinnert, wie viel Schönes es noch auf der Welt gebe, und oft hatte ich mich leichter getan, an das Anderswo zu glauben als an seine Worte. Doch jetzt, mit dem Holz unter den Fingern und dem Horizont im Blick zwischen Piper und Zoe an Deck des Schiffes, war ich froh, in der Arche nicht aufgegeben zu haben.

Am Bug wartete schon Paloma. Es galt, Kriegsrat zu halten und Pläne zu schmieden, denn der Konflikt hatte Kreise gezogen und ging jetzt auf einmal die ganze Welt an. Sämtlichen Visionen zum Trotz kam ich auf keine Lösung, doch in diesem kurzen, kostbaren Moment ließ ich die Ohnmacht ganz einfach zu und besann mich stattdessen auf meinen Körper. Mir fiel wieder ein, wie ich als Kind versucht hatte, mich mit meinem frisch gebrandmarkten Gesicht abzufinden: *Das ist jetzt mein Leben,* hatte ich gesagt, und hier, am Heck der Rosalind, ließ ich den Gedanken noch einmal Revue passieren: *Das ist jetzt mein Leben.* Die Betonung lag inzwischen woanders.

Erst dann sprach ich vor Zoe und Piper aus, was ich mir selbst noch nicht eingestanden hatte. »Früher habe ich es wegen Zach nicht übers Herz gebracht, mir das Leben zu nehmen. Aber jetzt geht es nicht mehr um ihn.« Ich hob den Blick. »Sondern nur noch um mich. Ich wünsche mir mehr Tage. Ich will so etwas noch öfter sehen«, sagte ich mit einer ausladenden Geste in Richtung der Wellen und der Möwen, die sich munter kreischend von der Klippe stürzten. »Ich will wieder den Barden lauschen. Ich will so alt werden wie Sally, ohne Visionen, aber dafür mit tausend Erinnerungen.« Als sich ein Lächeln in mein Gesicht stahl, schämte ich mich fast.

In Anbetracht dessen, was sich im Bauch der Arche verbarg, klang der bescheidene Wunsch nach mehr Tagen geradezu dreist.

Alle meine Erinnerungen rankten sich um den Tod, und doch konnte ich sie mir nicht nehmen lassen. Und so las ich sie auf wie die Reste von Leonards kaputter Gitarre, bevor ich die Nase in den Wind hielt, die Augen schloss und meinen Blick in die Vergangenheit wandern ließ.

Danksagung

Ich könnte mir keine bessere Agentin wünschen als die wunderbare Juliet Mushens, die sich zusammen mit Sarah Manning und Sasha Raskin von Anfang an mit so viel Herzblut um die *Feuerzeichen*-Trilogie gekümmert hat.

Mein aufrichtiger Dank für ihre klugen, klarsichtigen Anregungen und Kommentare ergeht an meine beiden Lektoren, Natasha Bardon von Harper*Voyager* (Großbritannien) und Adam Wilson von Gallery Books (USA). Dank gebührt außerdem meinem hervorragenden Redaktionsteam.

Clara Haig-Whites und Andrew Norths Geduld und Genauigkeit waren mir bei der Arbeit an dem Buch eine ungemeine Hilfe. Dank Sarah Heaton bin ich auf den Titel gekommen.

Besonderer Dank gilt Florence Laty, Aysel Durmaz und Julie Bonaparte, die mir bei der Betreuung meines Sohnes unter die Arme gegriffen haben, damit ich diesen Roman schreiben konnte.

Selbst der stärkste Gegner ist verwundbar …

… du musst nur wissen, wo! Als David sechs ist, zerstört eine gewaltige Explosion die Welt, die er kannte. Einige der Überlebenden erlangen Superkräfte, die sie dazu nutzen, sich die übrigen untertan zu machen. David muss miterleben, wie einer dieser Superhelden, ein gewisser Steelheart, seinen Vater ermordet. Von da an kennt David nur ein Ziel: herauszufinden, warum sein Vater sterben musste. Und ihn zu rächen. David ahnt, dass sogar der mächtige Steelheart eine Schwachstelle hat. Er muss sie nur entdecken …

HEYNE

Brandon Sanderson, Steelheart
ISBN 978-3-453-26899-9

heyne-fliegt.de

Orange
Fantastisches
Heiß
Band 2